秦勇◎著

大唐廉相 陆贽

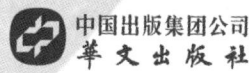
中国出版集团公司
华文出版社

图书在版编目（CIP）数据

大唐廉相陆贽 / 秦勇著. －－北京：华文出版社，2019.5（2022.9重印）

ISBN978-7-5075-5106-8

Ⅰ．①大… Ⅱ．①秦… Ⅲ．①长篇历史小说－中国－当代 Ⅳ．①I247.5

中国版本图书馆CIP数据核字（2019）第075805号

大唐廉相陆贽

DATANGLIANXIANG LUZHI

作　　者：	秦　勇
策划编辑：	胡慧华
责任编辑：	南　洋
出版发行：	华文出版社
地　　址：	北京市西城区广外大街305号8区2号楼
邮政编码：	100055
网　　址：	http://www.hwcbs.cn
电　　话：	总编室 010-58336239　发行部 010-58336267　58336230
	责任编辑 010-58336251
经　　销：	新华书店
印　　刷：	天津新科印刷有限公司
开　　本：	710×1000　1/16
印　　张：	26.75
字　　数：	400千字
版　　次：	2019年5月第1版
印　　次：	2022年9月第4次印刷
标准书号：	ISBN978-7-5075-5106-8
定　　价：	56.00元

版权所有，侵权必究

序

又闻大唐最清亮的鹤声

王觉仁

我曾在《血腥的盛唐》第七卷写过一章"贤明宰相与糊涂天子"。这个贤明宰相就是陆贽。

没想到,陆贽安息重庆忠州翠屏山1213年后,生于斯长于斯的青年作家秦勇呕心沥血,写下洋洋洒洒三十五万字,全景式呈现这位千古名相的生命辉煌,并推诚相请我为这部力作写个序。

于此,我既惊喜,又惶恐。

惊喜的是,这位中唐时期最著名的政治家、文学家、政论家、军事家、外交家,已在历史的长河中沉默了太久太久,太需要一个人来浓墨重彩地写写他。

惶恐的是,陆贽作品之序可非常人能写。唐贞元年间,所撰《唐赠兵部尚书宣公陆贽翰苑集序》者,就是三知贡举的中唐著名文学家、宰相权德舆;雍正年间,重臣年羹尧编撰了一套12厚册24卷的《陆宣公全集》,雍正皇帝主动为书作序,并以朱墨套印龙纹御制序……所以,我作为一位研究大唐历史的作家,给这部作品作序得用心、用情。

捧读此书,倏然让我穿越了时空,恍见陆贽化羽成鹤,一声声清亮而高吭的鹤鸣,划破长空,响彻九皋,震颤我的心魂。

或许,这正是作家秦勇想要的感觉。

在秦勇笔下,陆贽(754-805)就是高翔于大唐半个世纪的一只鹤。他在"华亭鹤唳"中出生,特立不群,以出尘之资,奋志于寥廓。他年仅18岁便登第进士,又中博学宏词,俊逸出群而"计日飞鸣"。

不料泾原兵变,长安沦陷,大唐几欲倾覆,陆贽随唐德宗避难梁州,展翅咯血,差一点就没能飞过秦岭雪山。在血流成河的奉天保卫战中,他身中利箭,从连天烽火间涅槃重生。在权知贡举的春闱中,他引吭高歌,创造了百鹤翔集的"龙虎榜"。当中书门下"政事堂"前的香樟上飞来一只黄鹤,38岁的陆贽位极人臣、入阁拜相,登上权力巅峰。

其迹如鹤的陆贽,最终在纲纪废弛的历史困局中,在危机四伏的宦海浮沉中,在暴风骤雨般的谗邪中铩羽而坠,鹤唳大江,归逝云鹤观。

"昔人已乘黄鹤去。"但留下了一个伟大的"三不朽"名相。

鲁国大夫叔孙豹称"立德、立功、立言"为"三不朽"。有人说,我国历史上能做到三不朽只有两个半,孔子、王阳明和曾国藩。其实,我认为至少是三个半,孔子、陆贽、王阳明和曾国藩。

《春秋左传》诠释为"立德谓创制垂法,博施济众","立功谓拯厄除难,功济于时","立言谓言得其要,理足可传"。若是以此为观,陆贽三点都做到了。

陆贽出生次年,安史之乱爆发,叛军铁骑倾巢南下,唐玄宗仓皇亡奔蜀地,一个歌舞升平的煌煌盛世就此崩坍。生不逢时的"陆九"少年丧父,家道中落,却是"颇勤儒术,特立不群"。"民为邦本,本固邦宁"的传统儒家思想从小就深深地扎入他的骨髓。

得天下有道，得其民，斯得天下矣。陆贽一次次进谏唐德宗，"立国之本，在乎得众""得众则得国，失众则失国"……在陆贽看来，人君立国，以民为本，治平天下，关键在人心向背。就是以人民为中心，"一切为了人民，一切依靠人民。"

贞元八年（792年），河南、河北、江、淮、荆、襄等四十州洪涝成灾，陆贽进言唐德宗："舟即君道，水即人情，舟顺水之道乃浮，违则没，君得人情乃固，失则危。"第一时间赈救灾民，抚恤贫民。贞元十年（794年），京畿及同、华等州发生特大地震，陆贽立即起草颁布《赐京畿及同华等州百姓种子赈给贫人诏》，恢复义仓，调节物价，备荒赈恤，在全国大力实施他提出的"均节赋税恤百姓六条"。

陆贽卸任郑县尉东归省母，寿州刺史张镒与他结为忘年之交，告辞时赠钱千贯"请作为太夫人一日饭食之费"，陆贽只收下一串茶叶。陆贽母丧解职，丁忧洛阳，各地藩镇、官员厚赠赙仪和馈饷百万，他皆一无所取，亲友韦皋置遗帮扶也都"奏而受之"。位极首相后，陆贽更是刚正律己，两袖清风，唐德宗让顾少连转告陆贽说："卿清慎太过！诸道馈遗，一皆拒绝，恐事情不通，如鞭靴之类，受亦无伤。"

面对糊涂天子"鼓励宰相受贿"，陆贽直言上奏："贿道一开，辗转滋厚。鞭靴不已，必及衣裘；衣裘不已，必及币帛；币帛不已，必及车舆；车舆不已，必及金璧。"他甚至犯颜进谏唐德宗宽息征徭，省察冤滥，用度有节，躬行俭约，罢除天子私用的"琼林""大盈"二库。

此为立德也。

建中四年（783年），朱泚僭越称帝，"海内波摇，兆庶云扰"，陆贽扈从舆驾播迁奉天，参赞机要，诏书旁午，洒翰即成，实务"内相"。在人心惊疑、大厦将倾时，陆贽建议唐德宗"痛自引咎，以感人心，不吝改过,以言谢天下",起草颁布了历史上最为出名的《罪己诏》。

一纸诏书日行五百里,宛如千军万马,令十万叛军心惊胆寒,令天下"武夫悍卒,无不挥泪感泣"。陆贽与李晟、马燧、珲瑊等运筹帷幄,浴血共战,挽狂澜于既倒,扶大厦于将倾,立下再造社稷之功。

思想家王夫之有言:"唐室为之再安,皆敬舆悟主之功也。"可以说,没有陆贽,危如累卵的李唐王朝从此就灭亡了。

面对藩镇拥兵割据、尾大不掉的乱局,陆贽汲取贾谊《治安策》加强皇权集权的政治思想,提出"立国之权,居重驭轻""修偏废之柄以靖人,复倒持之权以固国"的削藩方针,巩固皇权,剪除凶逆,平定了席卷大半个帝国的"四王二帝之乱"。

在军事上,陆贽改革将士轮番防秋制,实施"边蓄既富、边备自修"的足食备边战略,贮积军粮,戍边筑城,与西川节度使韦皋强强联手,建立"守则固,战则强"的边疆防御体系。在经济上,陆贽改革租庸调制和"两税法",首次提出"量入为出""养人资国"的财政思想,限制土地兼并,实行轻徭薄赋,缩小贫富悬绝,使"贫弱不至竭涸,富厚不至奢淫"。在外交上,陆贽主张"北结回纥、南接南诏、西结大食天竺,以困吐蕃",三番起草《赐吐蕃宰相尚结赞书》《与回纥可汗书》,力图"不用中国之兵使吐蕃自困";在人事上,陆贽提出"求才贵广,考课贵精"的选官用人思想,以"四赋经财实,五术省风俗,五要简官事,六德保罢瘵,八计听吏治"。在他主持的科举考试中,韩愈、李绛、崔群、欧阳詹、李观等23人登第,时称"龙虎榜",誉为"天下第一"。

此为立功也。

贞元二十一年(805年),唐德宗驾崩,顺宗李诵即位,急诏陆赞复相,"诏未至而赞卒",李诵仰天恸哭,追赠陆赞兵部尚书,谥号"宣"。

一代贤相虽如巨星奄然坠落,但留下了一部皇皇巨著《翰苑集》,其制诰10卷85篇,奏草7卷32篇,中书奏议7卷24篇,共141篇。"尚德者,教化之所先;求贤者,邦家之大本""理或生乱,乱或资理,有以无难而失守,有以多难而兴邦""王者蓄威以昭德,偏废则危;居重以驭轻,倒持则悖""人事治而天降乱,未之有也;人事乱而天降康,亦未之有也""广咨访之路,开谏诤之门,通雍郁之情,宏采拔之道""夫居安而骄,恃理而怠,骄则纵肆其奢欲,怠则厌恶于忠言"……

一句句公忠体国、治国安邦的警世名言,深切著明,足为万世龟鉴者,昭昭然与金石不朽,彰显着一代贤相"吾上不负天子,下不负吾所学"的人格力量,闪烁着超迈高洁、清明透亮的政治智慧,一道道灿烂的光芒瞬间擦亮我们回望历史的目光。

陆贽另有诗文别集15卷,久佚失传。但从《全唐诗》留下的《赋得御园芳草》《晓过南宫闻太常清乐》《禁中春松》3首诗,《全唐文》所载的《东郊朝日赋》《月临镜湖赋》《鸿渐赋》等7篇文赋,我们见识到了这位大唐文学家"榷古扬今,雄文藻思"的笔底波澜和绝世才华。

单说陆贽所著50卷《陆氏集验方》,炳炳如丹,足以流芳百世了。

此为立言也。

"上以格君心之非,下以通天下之志",陆贽的"立德、立功、立言",得到了历代帝王将相和历史文化名人的推崇。

苏东坡一生崇拜陆贽,赞其"才本王佐,学为帝师"。司马光于《资治通鉴》引用陆贽奏疏39篇,无人能及。乾隆皇帝为陆贽御赐"内相经纶"横匾。日本天皇称陆贽为"圣哲中的圣哲"。朝鲜国王讲,《陆贽奏议》可以维持三百年气运,熟读得力,"可以为文章,可以做事业。"2015年9月11日,中央政治局集体学习陆贽的清廉政德,一代贤相成为"立政德、明大德、守公德、严私德"的学习楷模。

传记小说,事事皆实,则失于平庸;事事皆虚,则过于诞妄。作家秦勇力求实者贯虚,虚中见实,以独到的政治视角,惊心的故事情节,深邃的散文笔法,将陆贽"立德、立功、立言"三不朽,融进唐德宗时代血雨腥风的重大历史事件中,融进主人翁跌宕起伏的官场命运中,融进大明宫险象环生的朝廷权争中……尤其是写到唐德宗将陆贽"冷藏"忠州,植入太子李诵与舒王李谊、后宫韦贤妃、宦官窦文场集团的"夺嫡"阴谋之中,简直让我恍然大悟,拍案叫绝!

翻开这第一部以陆贽为主角的传记式历史小说,去倾听回荡在大唐王朝里那一声声清亮、高吭的鹤声。

掩卷沉思,让我痛心扼腕的是,陆贽卒时仅仅五十二岁。若是陆贽身体健朗,复相悟主,大唐复兴的"贞元之治"方可得矣!

于此,愿天下读者,健康,平安!是为序。

目 录

第 一 章　华亭鹤鸣 / 001

第 二 章　江东望族 / 009

第 三 章　乱世秣马 / 017

第 四 章　特立不群 / 029

第 五 章　苏州际遇 / 037

第 六 章　崇论闳议 / 047

第 七 章　莫逆相知 / 055

第 八 章　乡试鹿鸣 / 065

第 九 章　麻衣如雪 / 073

第 十 章　鸿渐之仪 / 081

第十一章　进士及第 / 089

第十二章　计日飞鸣 / 098

第十三章　博学宏词 / 106

第十四章　潜龙勿用 / 113

第十五章　洞房花烛 / 121

第十六章　初仕郑县 / 130

第十七章　东归省母 / 139

第十八章　忘年之契 / 149

第十九章　渭南主簿 / 158

第二十章　监察御史 / 167

第二十一章　亮剑藩镇 / 177

第二十二章　四王二帝 / 185

第二十三章　泾原兵变 / 195

第二十四章　血战奉天 / 205

第二十五章　多难兴邦 / 216

第二十六章　罪己诏书 / 226

第二十七章　逼上梁州 / 235

第二十八章　克复长安 / 243

第二十九章　王者归来 / 251

第三十章　中书舍人 / 257

第三十一章　平凉劫盟 / 266

第三十二章　北结回纥 / 274

第三十三章　丁忧洛阳 / 282

第三十四章　龙虎榜单 / 292

第三十五章　陆窦角逐 / 301

第三十六章　首席宰相 / 310

第三十七章　清慎太过 / 319

第三十八章　均节赋税 / 327

第三十九章　治军强国 / 334

第 四 十 章　薰莸同器 / 343

第四十一章　核才取吏 / 352

第四十二章　步步惊心 / 357

第四十三章　劣币逐良 / 367

第四十四章　别驾忠州 / 377

第四十五章　良相良医 / 386

第四十六章　鹤唳长江 / 396

附录一 / 406

附录二 / 413

第一章　华亭鹤鸣

天宝十三载（754年）秋，江淮稻熟，天朗气清。

嘉兴城南的西南湖，轻烟拂渚，碧波潋滟，接天的莲叶里，新结的莲蓬随风摇曳。湖畔绿树葱茏，商贾林立，游人穿行来往，孩童嬉戏玩耍，江南庶地还依然沉浸在开元盛世的河清海晏里。

夕阳西下，一抹殷红的晚霞洒在西南湖上，掩映于花树绿荫丛的一座四角亭阁光亮鲜艳，沐浴在一片金色的余晖之中。

这座亭子依水而建，造型别致，黛瓦朱柱，花梁漏窗，四个飞檐的翘角各自停立一只展翅欲飞的仙鹤，好似瞬间就要冲向那湛蓝的天空。亭子正梁当中的匾额题写着"华亭"二字，两旁亭柱上悬挂着一幅木刻楹联："清风明月华亭鹤，翰墨丹青平复帖。"

华亭入翠微，秋日乱清晖。这"华亭"倒是有些来历。

公元303年，西晋后将军、河北大都督陆机奉成都王司马颖之命，率20万大军讨伐挟持惠帝的长沙王司马乂，在鹿苑之战中不幸兵败七里涧，受宦官孟玖的诬陷谗言，被诛杀于嘉兴东境一处白鹤群的常栖之地——华亭。

临刑时，这位"少有奇才，文章冠世"的大都督脱去战袍，衣袂飘飘，仰天而长叹："华亭鹤鸣，岂可复闻乎？"

"华亭的鹤鸣声，哪能再次听到啊！"陆机被斩死，时年42岁。

那时，华亭大雾弥合，山泽苍然，大风折断树木，平地积雪一尺余厚，栖聚于华亭的千万只白鹤腾空而起,霎时冲烟而飞鸣,唳嘹云端三日不绝,吴地士卒嗨哭,百姓怨声载道。

陆氏宗族于是在嘉兴西南湖畔建此"华亭",纪念这位志匡世难、怀才不遇的"太康之英"。

此时,在离华亭不远的人群中,一位身着月白道衣的道士缓步而行,他身材高长,发髻头顶,手提布囊,步履轻微,看上去好似远道赶路而来,却又独自慢赏着这一湖别致的风景,夕阳照着他风度飘逸的身影,半明半暗间,犹见一张峻朗而白皙的脸。

突然,西南湖掠过一阵狂风,几声高亢的鹤鸣划破夕阳的宁静,响彻云霄。道士停下脚步,循声望去,只见一只硕大的白鹤掠过西南湖,朝着斑斓的晚霞远远飞去……

"神了,神了!"四周的人群开始躁动起来,很多人驻足仰望着天空,用手指着华亭的亭角议论纷纷。

"华亭檐上的白鹤成仙了,变成了真的白鹤。"道士向周围的人一打听,有人说那华亭角上的白鹤飞走了。

道士挽起衣袖擦了擦眼睛,再次凝望那华亭,只见华亭的飞檐处,一角空空如也,只剩三只白鹤静默着。他收回目光,朝着鹤鸣消失的方向望去,北方的天边罕见地刷满如血的残霞,残霞在白云间游动,游动成一只巨大的鹤鸟……

道士提起左手掐指一番,霎时脸色一颤,喃喃而道:"长空鹤唳,草木皆兵,天下殆哉,岌岌乎?"

"华亭鹤唳,难道陆氏士族,又将出一位鹤鸣之士?"道士又提起左手反复掐指,又放下手中包裹,迅速取出一本《周易》翻开,口中喃喃道:"鸣鹤在阴,其子和之。我有好爵,吾与尔靡之……"

道士合上书,神情欣然地仰天而呼:"鹤鸣九皋,声闻于天,我巍巍大唐,鹤鸣之士不绝,江山社稷不绝啊!"

道士正是从长安太清宫而来的吴善经,专程到江南拜访昔日好友张志和,约定纵论道家经义。

吴善经要见的张志和,生于长安,原名张龟龄,三岁识字,六岁能文,过目成诵。

16岁太学结业时,已是满腹经纶,又擅道术,受到太子李亨的赏识,亲赐御名张志和。天宝十二载(753年),张志和被外擢杭州,候补杭州刺史,捉拿当地的土豪恶霸李保,获得了很好的口碑。特别是他写的《渔歌子》:"西塞山前白鹭飞,桃花流水鳜鱼肥。青箬笠,绿蓑衣,斜风细雨不须归。"在江南广为传唱。

吴善经这一路南下,已游历江南的风景名胜两月有余,今天恰好路过嘉兴,又惊闻华亭鹤唳,见识不少。天近黄昏,吴善经会友心切,想把今天所见所闻与张志和论道一番,于是急忙打点行装,叫上一辆轿子,赶路去杭州。

轿子穿过熙熙攘攘的嘉兴内城,路过城郊时,吴善经感到口渴难耐,于是叫轿夫停下找找水喝。轿夫热情地说道:"道长别急,前面不远就是甜水井(今嘉兴市区斜西街东首),那里的井水甘甜清冽。井主是一个大户人家,非常仁义好施,请道长先忍耐一下,片刻就到。"

两位师傅抬着轿子走了不足半刻,突然从前方传来一声洪亮而尖锐的婴儿啼哭,道士掀开帘子仔细倾听,又传来一声声呱呱的啼哭声,断定是前面哪户人家刚生了小孩。

"赶上了喜事,前去看看。"吴善经说完,轿夫应了一声,加快了脚步,抬着轿子,哼着小调快步行去。

刚生小孩的这户人家姓陆,陆氏大院的正房里,接生的大娘正从一个青花玉壶春瓶里取出一把长剪刀,迅速剪下脐带,再用打湿淡盐水的棉巾蘸了蘸婴儿的肚脐,擦了擦婴儿的眼睛,用小棉袄轻轻地裹住婴儿,系上一根红绳儿。

接生婆熟练地抱起婴儿,不慌不忙地来到夫人床前,笑哈哈地说道:"恭喜夫人,又添了一个少爷!"

这少爷整整怀得11个月,生得天庭饱满,地阁方圆,夫人看着婴儿嗷嗷待哺,手扬足蹬,一双清澈的眼睛里闪动着自己疲惫的脸庞,那样清晰,那样透亮。

夫人笑了,两行热泪禁不住哗地滚落下来,流过她清秀的脸,流到含笑的嘴角,一滴滴渗进洁白的唇齿里……

这天,正是唐玄宗天宝十三载(754年),甲午马年,农历八月十四。

这夫人已是早上就有了发作,婴儿却不肯落地。孩子的父亲早已是站在门外心急如焚地翘首等候了半天,当听见阁房传来了婴儿啼哭,迫不及待地跑进房来,抓住夫人的手说:"夫人受苦了,夫人受苦了!"

"恭喜陆大人,恭喜陆夫人,又生了一个少爷!"接生婆把婴儿抱过来递给孩儿父亲。

这位陆大人,正是昨夜刚从溧阳府赶回的县令陆侃。陆侃接过婴儿,左看看,右看看,欢喜得不得了。

接生婆见陆大人高兴,又是一阵子美言:"陆大人,少爷天生吉相,天庭饱满吃官饭,地阁方圆掌大权,将来要当大官啊!"

陆侃哈哈一笑,忙把婴儿抱到床头给夫人看,夫人伸出手来,摸了摸婴儿的脸,正当她从襁褓里掏出婴儿小手的时候,一块指头大小的翠玉从他柔嫩的小手中滑落出来。

"哪来的玉石啊?"夫人惊讶道,在场的人无不惊诧。

"好漂亮的玉石,你们说像不像一颗蚕豆啊?"接生婆拿过那块翠玉,边捏边嬉笑眉开地说道。

"真奇了,好玉,好玉!"陆侃的母亲张氏啧啧赞叹!

接生婆又将那块翠玉放回婴儿手中,没想到这婴儿伸开的小手,竟握起手指将翠玉紧紧地抓住。接生婆爽朗地笑道:"你看,你看,少爷好能干。这叫手执美玉,一生富裕!陆家好福气啊!"

"谢谢婆婆吉言!"老夫人笑眯了眼,"托婆婆吉言,我孙儿如是长大有出息了,一定不会忘记婆婆的。"老夫人边说边从怀里摸出一枚开元通宝递给接生婆。

接生婆接过金灿灿的通宝,满面堆笑地回礼道:"谢谢老夫人!谢谢陆大人!你看少爷手中的玉石,碧如翡翠,形如蚕豆,对啊,蚕豆就是胡(谐音'福')豆,少爷就是个福星啊!"

"婆婆辛苦了,辛苦了!"陆侃一边感谢,一边又从怀里摸出一些碎银递给接生婆。那接生婆一边推辞一边微笑着说道:"陆大人太客气了,上天保佑陆家人丁兴旺,洪福齐天。"

家佣郑妈接过话来:"陆大人,你学识渊博,快给小福星起个名字吧!"郑妈说完,又朝着韦氏说:"是不是啊,陆夫人?"

陆夫人点了点头,笑着望着陆侃。陆侃拍了拍前额说道:"对对对,给少爷起个名字。"也许是太高兴，陆侃一时半会竟想不出满意之名，正在犹豫时，家佣大贵忽在屋外大声叫道："陆大人，门外有一位远道而来的道士，说是在院外喝了甜水井的水，听闻大人添了少爷，想进来道贺，大人可否允许？"

"少爷刚出生，就有道士上门道喜，真是人逢喜事有贵客啊！大贵，快快请道士进屋！"陆侃吩咐道。

陆侃又把少爷抱在怀里，开心地逗起来。只是这个小家伙好像并不听话，一到陆侃的怀里就呱呱地哭。郑妈说："陆大人，怕是少爷饿了，要吃奶了。"陆侃忙把小家伙轻放在韦氏枕边，来到正房客厅。

大贵已将道士引到客厅，见到迎面走来的陆大人，道士忙上前拱手施礼道："福生无量天尊，散人吴善经，前去杭州拜友，路过贵府，欣闻陆大人喜得九子，恭喜恭喜啊！"

陆侃笑着回道："同喜同喜！吴道长幸临寒舍，陆家又添一喜啊，快快上座。大贵，给吴道长倒茶！"

"吴道长主持的长安大宁坊太清宫，正是长安道教与国家的礼制中心，是李唐王室的家庙，你的声名可是远播天下，如雷贯耳啊，这次南下访友游学，卑职有失远迎，还望道长见谅啊！"

"哪里，哪里，打扰陆大人了！"道士缓步走上前，屈身就座，抬头望见正堂挂着一块四尺匾牌，楷书"德齐望重"四个金字，遒劲有力，闪闪发光，不禁颔首称道："好字，好字，刚强正直，让人肃然起敬啊！"

"吴道长好眼力，陆家祖上陆齐望大人才学八斗，德高望重，老人家是开元进士秘书监，这是玄宗皇帝封祖上润国公时的御笔！"家佣大贵边说边给吴道长倒上热茶，躬身退下。

道士落座开口说道："陆大人，陆家是江南世家望族，书香门第，今日一见，果真开了眼界，散人敬佩万分！今天，贵府又添新脉，我看陆家福地洞天，井泉喷涌，气象昌盛，日后必出将相之才！"说完端起茶盅，轻轻啜了口茶。

陆侃哈哈笑道："吴道长来自处州缙云县，于仙都山因缘入道。据说，在道教的洞天福地中，仙都山时有彩云祥瑞，名列第二十九小洞天。卑职愚居江南区区一隅，小小七品芝麻官，庸鲁无才，教子愚笨，深感惶恐。吴道长何来此言？

敬听教谕。"

吴善经欠礼道:"陆大人宅心仁厚,又有遗臣之风。今日下午西南湖天显祥瑞,惊现华亭鹤鸣,大人可否听见?"

"卑职今日只盼着孩儿降生,没听见你说的鹤鸣之声。倒是家佣大贵提过此事,不知是真是假。吴道长你可听见?"

"散人也曾听闻陆氏先祖陆机,世称'陆平原',文才倾动一时,其草隶书法作品《平复帖》结体错落有致,笔法自然天成,乃晋代流传至今的第一件法帖墨迹,京师洛阳的士族阶层和文人墨客无不将其作为书法临摹的第一蓝本。今日华亭鹤鸣,贵府少爷降生,少爷莫不是陆平原转世?"

"祖上陆平原,一生倾心儒家学术,非礼不动,同时恪守道家崇尚自然的思想,并受黄老内修之学的影响,今日有缘结识吴道长,此乃陆家祖上恩德所赐啊!请受卑职一拜!"

陆侃正要起身,吴善经忙起身扶住陆侃坐下。"陆大人,公子今日出生,属甲午'沙中金'命,乃沙汰之金,强悍之金。进神魁气,其器乃成,定有机谋统帅之才气,刚明纯正之仁德。"

"千里马常有,而伯乐不常有啊。沙中金命,还得逢上淘金之人,陶熔之器啊!以后还要仰仗吴道长多多指点!"

"不敢当,不敢当。记得《周易》里有一言,'鸣鹤在阴,其子和之',难得的巧合,若是采精金于青沙,尚德政于明主,振鹤翅于青天,陆家少爷定将科场夺魁,沙场立功,鹤鸣朝堂,官至三公!"

"承蒙吴道长吉言,天色已晚,敬请道长留宿,喝杯陆家的喜酒!"

陆侃说完朝大贵点了点头说:"大贵,快去准备些酒菜!"

吴善经推辞了一番,但见屋外已近傍晚,于是决定明日再走。当晚,吴善经也甚是高兴,以清酒与陆侃对饮,畅谈儒、道、释三教之幽微,摆谈天下人文地理之神韵,讲述那些帝王将相的长安故事,热闹到深夜。

此夜,风清月明,安排好吴善经睡下已夜至子时,也许是酒酣茶浓,陆侃毫无睡意。陆侃端坐书桌,一边揉捏着那块蚕玉,一边静静地仰望着窗外那一轮明月,月光浣洗着整个天宇,九霄清静,万景澄明。

"给儿子取什么名字呢？"陆侃思索了良久，仍没有上好之名。陆侃站起身来，走到窗前，只见一轮明月悬在夜空，星辰闪烁，城内西南湖方向忽然燃放起一丛丛烟花，不禁想起初唐苏味道的诗来："火树银花合，星桥铁锁开。暗尘随马去，明月逐人来。游伎皆秾李，行歌尽落梅。金吾不禁夜，玉漏莫相催。"

诵完苏味道的诗，陆侃想起年轻时在长安城里，在那灯火辉煌的中秋佳节，与妻子韦婉芝共渡风清月白的良宵往事，而今圣上宠幸杨贵妃，宰相杨国忠独揽朝政，剑南兵败南诏，关中相继水旱，这开元盛世之景渐显下落，不由一阵唏嘘。

"还是这江南的夜色好啊！天佑我陆家，赐吾赓、赏、贺、贤、贡、贞、资、赟，今年又添了公子，六子三女，算是九九归一了。"想着自己陆家枝繁叶茂，陆侃心中自是感到些许安慰！

陆侃悠悠踱步于窗前，喃喃自语道："儿子手中哪来的玉石呢？是接生婆放的？还是母亲放的……唉，我此生为国为民，公忠勤能，上天定待吾不薄。手中执玉，执掌金帛，难道上天真要赐陆家相国之才？"

此念一出，陆侃甚是大喜，眉宇怡然舒展，他缓缓捋了捋胡须，退步书桌前，提笔写了两个大字——陆贽，"就叫吾儿陆贽吧！"

当陆侃再次仰望夜空，月华淡郁，一缕黛青的云纱将圆月遮成了弯月，但满天的星斗愈显明亮，尤其是那文曲星格外璀璨夺目。

"高山有缺，林可补之；大河有缺，堤可补之；月亮有缺，星可补之；而人有缺，何以补之？"陆侃再次提起毛笔，轻轻地蘸上浓墨，在宣纸上又簌簌写下《八月十四日得贽儿》：

"九子中秋会，嘉禾皓月中。华亭临泖水，羽鹤向长空。执贝思民苦，赋诗造世功。致君尧舜上，千古共清风。"写完这首五言诗，陆侃来到内房，看了看熟睡的夫人和孩子，悄悄地和衣睡下。

次日一早，天刚蒙蒙亮，陆家上下有的舂糍粑，有的做月饼，有的做早饭，忙得不亦乐乎。吴善经也早早起了床，早饭吃了糍粑、稀粥，整理好了行李，继续赶路杭州。

陆侃叫来一辆轿子，安排大贵给道士备了些月饼和盘餐，又赠钱十缗，将吴道士送到村头，陆侃躬礼道："吴道长，今日正逢中秋佳节，不如留此吃个团圆饭，再去一观钱塘潮之天下奇观！"

吴善经缓声回礼道："谢谢陆大人，我从京城出发，出来已有几月，得早日赶路去杭州会见好友张志和，以免让他担心。陆大人不远送，我们后会有期。"说完，吴善经从怀里摸出一块绸绢递给陆侃，挥手别去。

吴善经的轿子远远消失在马路尽头，陆侃打开绸绢，正是一首五言诗，其隶书气韵浑厚，方正圆熟，透出道法自然的内在气息。

朝上一微风，天外一渐鸿。雪卧秦岭下，春鸣翰林空。
辇道逐氛氵参，西台数舜功。良医与良相，鹤唳仿佛同。

陆侃将这首诗反复读了几遍，字字斟酌一番，也不解其语。沉思了良久后，他展了展眉睫，微微笑了一下，将绸绢放进怀里，转身回到陆府。

不知是吴善经叫的轿夫所传，还是陆家家佣所传，陆家少爷是陆氏先祖陆平原转世的传言，几天后就传遍了嘉兴城的大街小巷。

嘉兴也有不少的官吏前来贺喜送礼，毕竟陆侃也算是一堂堂县令，趁机巴结奉承，或是以图私利之人当是不乏其中。

"不受曰廉，不污曰洁。"陆侃是明智的，也是淡定的，虽然那个时候朝廷没有印发领导干部不准借婚丧嫁娶大操大办的文件，但陆侃心里有杆秤，廉洁是士大夫的立身之本，是陆家世代秉承的家风。

在陆氏堂屋的正中，就挂着陆侃父亲陆齐望撰写的一副楹联：
"勿骛声华忘百姓，还从无私保廉偶。"

或许是顾忌"收礼"，政务繁忙的陆侃没有享受完"公务员"的"陪护假"，就带着对妻儿的牵挂急急忙忙地赶回溧阳。

夜过子时，一轮素月分外明，甜水井外的一驾马车便在哒哒的马蹄声中悄悄远去，渐渐消失在明朗而澄澈的夜色里。

第二章　江东望族

怀山之水，必有其源。传奇之人，必有其渊。

在中国的版图上，陆氏家族繁衍出的名门望族，大多起源于河南郡、平原郡和吴郡。

公元前202年，汉高帝刘邦改秦三川郡置河南郡，将治所置于洛阳。随后，刘邦又从齐郡分置平原郡，治所于青州。到了东汉永建四年（129年），汉顺帝刘保又分会稽郡的浙江（钱塘江）以西设吴郡，治所于吴县（今苏州）。

在辽阔富饶的三郡大地，陆氏家族如同郁郁葱葱的爬山虎，或攀沿，或匍匐，或竞生，与地球的自转一样，锲而不舍地繁衍生息，在历史的高山、平原或罅隙里，蓬勃着旺盛的生命……

他们，穿越残酷战争的血与火，躲过朝代更迭的劫难，在大江南北的一次次迁徙中，又像是三郡天穹之间，流动着的一条浩瀚无际的星河，闪烁着一个一个虎啸龙吟、感天动地的家族神话。

陆氏始祖是谁？他们从何而来？何以播迁三郡？何以成为世代望族？

这得从陆氏始祖受姓之源说起。

陆氏出自妫姓，妫姓出自上古后裔舜帝封地。传说，帝尧时的祝融（火神）吴回生了个儿子，赐名为陆终，即是黄帝的七世孙。

后来，陆终一家渡过黄河，辗转迁徙到山东的汶上县（东平陆县）一带生活，后又有一支陆氏后裔北迁到陆乡（平原郡般县陆乡），从此以陆为姓，世代繁衍。

到了战国时代，田完的裔孙、齐国国君齐宣王，娶了无盐女钟离春为王后，生下一个儿子名叫田通，田通受封于陆终的故地——平原陆乡，因此以陆为氏，史称平原陆氏始祖，算是平原郡陆氏一世。

作为齐宣王的儿子，陆通才华横溢，满腹经纶，算是正宗的"官二代"，可以说荣华富贵，享之不尽，用之不竭。

但陆通偏偏不喜欢富贵骄淫的生活，他甘于淡泊，不念仕途，视名利如浮云，一生躬耕以食，佯狂避世，乐于山水之间。

陆通的儿子陆发，可能是看惯了山水，不喜欢寂寞，从小就有很大的政治抱负，三十而立就被齐湣王拜为上卿，仕途顺畅，在官场上游刃有余，后来被封为陆侯，死后还得了谥号"恭侯"。

成功的男人，背后的女人一定也有来头。这陆发的妻子蔺氏夫人可不简单，她是蔺相如的女儿。蔺相如是何人？就是家喻户晓的"完璧归赵"故事中的主人公，赵国著名的政治家、外交家。

一个是上卿的儿子，一个是外交家的女儿，生了两个了不起的儿子，陆万和陆皋。

陆万从武，很快成了齐国的上将军，秦灭东周时，陆万率师勤王，血洒沙场。陆皋从文，齐襄王时拜为上卿，娶了魏国著名政治家信陵君魏无忌的长女，秦朝灭齐后，齐王建被虏，陆皋痛哭于太庙，自刎殉国。

一文一武两兄弟，皆为齐国肝脑涂地，视死如归，真可谓感天地、泣鬼神的陆氏忠臣。

陆皋的孙子陆贾是个大人物。他继承了祖上遗风，忠心耿耿，能言善辩，年轻时追随汉高祖刘邦风里来、雨里去，打下了天下，定都长安。

后来，陆贾作为刘邦信任的幕僚，与萧何、张良、陈平等一起辅佐刘邦治理天下，完成了南方疆域的统一。他将博大精深的齐鲁文化融入汉文化的血脉之中，成为汉代第一位力倡儒学的思想家、外交家，官拜太中大夫，成为汉朝当之无愧的开国功臣。

而今，在陕西永寿县，陆贾的墓地仍在，墓碑上刻着"汉太中大夫陆贾墓"。

由此，始祖陆通繁衍的平原郡陆氏，已成为陆氏的先祖世系——陆乡侯世系，他们在历史的长河中迎风斩浪，逐着雪一样的浪花向前奔腾，奔向中原，奔向江南……滚滚江水，汇江纳川，即将在中国的版图上冲开一条新的河流。

这条新的河流的名字就是"吴郡陆氏"。

汉高祖刘邦对一同打天下、治天下的陆贾也格外赏识和优厚，先是将其长子陆烈提拔为谏议大夫，不久又将陆烈放到地方去主政一方，到"江东第一都会"担任吴县县令。

陆烈没有辜负高祖和父亲的期望，他离别都城，跨过黄河、长江，来到美丽富庶的姑苏大地。

陆烈在吴县为官清明，爱民如子，惠德巍峨，政声仰止，他一生辗转多地，鞠躬尽瘁，最后死于豫章（今江西）都尉任上。

陆烈去世的消息传到姑苏大地，吴县的家人、亲戚和老百姓无不哀痛流泪，于是组成一个声势浩大的悼念团，一道前往千里之外的江西，硬是将这位老县令的灵柩运回吴县，把他葬在虎丘山麓的胥屏亭，让他永远栖息在吴郡这方富饶宁静的大地上。

从此，陆烈后代落地生根，定居吴郡，繁衍生息。这也标志着陆氏从此由"平原之陆"向"吴郡之陆"过渡，开启了恢宏的陆氏吴郡世系，陆烈即是吴郡陆氏的始迁祖。

两汉魏晋南北朝时期，中原混战不息，社会动荡不安。唯独江南地区休养生息，相对稳定，北方中原士族开始大量南迁，陆氏宗室也顺应时代，衣冠南流，一批一批迁徙到以姑苏为中心的"三吴"大地，种下了一片陆氏森林.历经千年的风雨沧桑，吴郡陆氏得天时地利，人丁兴旺，枝繁叶茂，终成为名声赫赫的"江东望族"。

清代学者王鸣盛曾说："朱张顾陆，吴中四姓，而陆氏尤盛，自三国至南北朝代有闻人，《新唐书》列传及宰相世系表所载名位著闻者不下数十人，皆一族也，呜呼！可谓盛矣。"

正是如此，吴郡陆氏，世系绵绵，可谓盛矣。陆氏22世陆逊将军，便是吴郡陆氏的代表人物之一。

陆逊出生于吴郡华亭，身长八尺，面如美玉，黄武元年（222年），刘备率大军攻打吴国，孙权任命陆逊为大都督，两军在彝陵、秭归一带兵锋相见，相持半年之久，不分胜负。

后来，智勇双全的陆逊抢占时机，趁蜀军身体疲惫、斗志松懈之际，巧用火攻，封锁江面，而后全线出击，一举击破蜀军40余营，刘备遭到惨败，连夜退至白帝城，从此一病不起，托孤诸葛亮，惭恚身亡。

公元228年，魏军大举进攻吴国，陆逊以朱桓、全琮为左右，北御曹魏，领军决战于石亭（今安徽潜山东北），一举击溃魏国十万兵马，获车乘万辆，军资器械无数，打出了吴国的气势和威风。

这些故事，在《三国演义》里讲得绘声绘色，神采飞扬。

孙权很是器重陆逊，他做主将自己的侄女（孙策与大乔之女）嫁给他，可谓是英雄配美女。

后来，孙权称帝后，以陆逊为上大将军、右都护，官至吴国丞相。陆逊文韬武略，戎马一生，忠诚恳至，忧国忘身，他还以身为范，影响其弟陆瑁，陆瑁后来官至吏部尚书，又给吴郡陆氏添上一道闪烁的光环。

陆逊死后葬于吴县东山的白沙坞，英名永垂青史。特别是他提出的"故为国者，得民则治，失之则乱""国以民为本，强由民力，财由民出"等治国理念，至今依旧适用。

到了西晋，陆氏家族更是人才辈出，名士不绝，顶尖的要数孙吴丞相陆逊的孙子陆机。陆机倾心儒家学术，才高词赡，尤其擅长骈文诗书，辞藻宏达佳丽，排偶秀逸华美，留有诗赋105首，可谓西晋骈文鼻祖。陆机与其弟陆云出仕洛阳时，文才倾动京城，甚有"二陆入洛，三张减价"（"三张"指张载、张协和张亢）的传说。

《晋书》记载，陆机"少袭父兵为牙门将军，年二十而吴灭。退临旧里，与弟云勤学。机妙解情理，心识文体，故作《文赋》"。唐代诗人杜甫在《醉歌行》第一句就写道"陆机二十作文赋"。唐代诗人李白也为之慨叹："陆机作太康之杰士，未可比肩；曹植为建安之雄才，惟堪捧驾。"

太安二年（303年），陆机率军讨伐长沙王司马乂，大败于七里涧，遭谗遇害，血洒华亭县。因其担任过平原内史，后世遂称其为"陆平原"。

吴郡陆氏就这样迈着铿锵的步伐继续前行，24世陆瑾又开辟了陆氏家族的新局面，他官至东晋秘书监、中书侍郎，赠金紫光禄大夫，从此建立吴郡陆氏侍郎支系。

侍郎支传至37世陆元感时，已是唐太宗贞观之治的年代，陆元感躬逢盛世，又通《左传》《史记》《汉书》，以儒家君子风范和中华民族传统美德传家，先后任黄州（湖北省黄冈市）司马、朝散大夫。

从《大唐故朝散大夫护军行黄州司马陆府君墓志铭》上可以读到唐右拾遗（谏官）靳翰这样赞美陆元感：

"君生而敏慧，长而温良，识清朗而惟深，体矜重而不野，宗族爱而加敬，乡党狎而愈恭。"

可见，陆元感官品、人品俱佳，在政界和乡野的名声都非常好。大唐繁荣的经济文化，日臻完善的科举制度，造就了这一家族300余年科第绵延、长盛不衰的望族史。

今天，分布于浙江、江苏、上海以及东南沿海、海外东南亚等地的陆氏宗族，多系吴郡陆氏侍郎支系的后裔。

陆元感衣锦还乡后，将陆氏上上下下徙迁到了苏州府嘉兴县西南宝花仓巷。据说，陆元感夫人在生第三子陆齐望时，梦见天女散花从天而降，于是把所居之地改为宝花仓巷。

宝花仓巷的陆氏家族连续九世至唐朝末年，门庭赫奕，人才辈出，诞生了6位宰相、29位进士。

陆齐望思维缜密，谨重笃行，开元十一年（723年）考中进士，踏上仕途，官至唐玄宗开元时代的秘书监，后又进太师衔，跻身于大唐王朝的政治中心，但却因李林甫与张九龄的一场政治斗争，枉受牵连，辞官归隐，从此离别京城，携着家眷回到祖居地嘉兴城。

嘉兴，位于浙江东北部、长江三角洲杭嘉湖平原腹心地带，东临大海，南倚钱塘江，北负太湖，西接天目之水，大运河纵贯境内。早在7000年前，嘉兴的先民们就创造了灿烂的马家浜文化。

自古以来，嘉兴是江南的粮食主产区，素有"浙西三屯，嘉禾为大""嘉禾一穰，江淮为之康；嘉禾一歉，江淮为之俭""一岁或稔"可以"数郡忘饥"的说法，可谓"浙西大府""江东一都会也"。

嘉兴不仅是全国最富庶、最发达的地区之一，也是全国文化教育事业的中心之一。这里自古崇文好学，尤慕文儒，文贤人物之盛前后相望，奇才秀士辈出，田野小民皆教子孙读书，"三家之村必储经籍"，是天下人才的一个渊薮。唐朝至清朝，嘉兴考中进士2203人，其中唐代进士24人，五代进士2人，宋代进士717人，元代进士20人，明代进士666人，清代进士774人，忠臣良将、文人墨客可谓灿若星辰。

"门生故吏遍天下"的吴郡陆氏，好似星河中一泓柔光交辉的星泉。

陆齐望回到苏州嘉兴，坚持耕读传世，以儒家礼仪治家，借着盛世好时光，凭着陆家祖上的好血统，先后养育了陆泌、陆潭、陆涧、陆淮、陆灏、陆浐、陆渭、陆沣这8个儿子，时称"苏州八貂"，个个英姿飒爽，才华横溢，先后都参加科举，及第进士，为官四方。

陆齐望一家八子进士及第，是嘉兴进士世家的传奇。这个传奇，当然还有另一半的功劳要归陆齐望的夫人张氏，张夫人正是开元宰相张九龄的女儿。《全唐诗》记载有张九龄写给外孙陆沣的一首小诗：

　　松叶堪为酒，春来酿几多。
　　不辞山路远，踏雪也相过。

"就算山路崎岖遥远，纵使大雪纷飞不停，我也要踏雪前去与你相聚，品尝你母亲做的松叶酒。"可见张九龄对陆家的那份真情。

其实，在陆齐望这八个儿子中，张九龄和陆齐望最为看重的，要算陆灏。

九天阊阖的长安城，自古就有"八水绕长安"的说法，司马相如在《上林赋》中也写过"荡荡乎八川分流"。八水浩浩穿流于长安四周，七水汇入渭河，渭河汇入滚滚奔腾的黄河。

陆齐望以长安八水为意起名，旨在寄望儿女能像长安八水一样川流不息，汹涌澎湃，陆氏家族能够"日月经天，江河行地"，百代昌盛。

这八条河流中有一条位于城东的河叫灞河,春秋时期,秦穆公在此修建了"灞桥"。从此,灞桥就成了关中的交通要冲,是东西入城,以及进出崤、潼两关的必经之路。

每到早春三月,灞桥两岸的五里柳堤,新柳披翠,绿云垂野,柳絮飘舞,宛如飞雪,好一派含烟笼翠的郊外风景,居住在长安城的人们纷纷相约到此春游,"灞桥风雪"也就成了著名的关中八景之一。

朝廷在灞桥上设立了驿站,成为众多外放官员离京饯别的理想之处。特别是那些文人雅士,或外放官员,或名落孙山的举子,他们在此折下桥头柳枝相赠,表达离愁别绪,抒发人生感怀。

汉末文学家王粲为避战乱东出长安,曾在此留下"南登灞陵岸,回首望长安"的慨叹;李白在此写过"送君灞陵亭,灞水流浩浩,上有无花之古树,下有伤心之春草";"诗豪"刘禹锡在此唱道"征徒出灞涘,回首伤如何";边塞诗人李益也写有"杨柳含烟灞岸春,年年攀折为行人";晚唐李商隐也曾在此吟道"灞水桥边倚华表,平时二月有东巡"……这样描写或提及灞桥的诗,《全唐诗》里比比皆是。

昔我往矣,杨柳依依,年年柳丝不堪折。"灞桥折柳""灞桥风雪""灞水平沙"……这里的一切,被无数文人迁客伤别离恨演绎成一段一段刻骨铭心的千古意象。

开元六年(718年),陆齐望第一次进京参加科举考试,这次他落榜了。而与他一同北上应试的五弟陆调金榜题名,进士及第,弟弟将陆齐望送到灞水,叫哥哥不要灰心落志,回去好好温课,下次定能一举成名。两兄弟在灞桥备了一桌酒菜,酒过三巡,陆调有感而发,吟诗送别:

日暮长安别,驿楼酒旗斜。雾浓隐绡带,柳垂逐江沙。
举袂掩琴管,行舟向烟霞。灞水一相送,春色满天涯。

陆齐望别过弟弟,登上篷船,带着苦闷的心情回到嘉兴。他暗暗下了决心,一定要再次蹚过灞水,踏进京城,以博南宫折桂,春闱一鸣。

功夫不负有心人，开元十一年（723年），陆齐望再次进京，一举考取进士，又参加了皇帝下诏举行的制科选拔，被唐玄宗一眼看中，高兴地赐了他一个秘书省的官职——校书郎。

秘书省在汉代是宫廷藏书机构，专掌图籍艺文。在唐代，秘书省有图书馆和档案馆性质，唐高宗时将其改为"兰台"，自古多有诗人咏其美誉，权德舆写过"兰台有客叙交情"，白居易写过"犹喜兰台非傲吏"，李商隐写过"走马兰台类转蓬"……唐玄宗时，朝廷专门修建了集贤院和弘文馆，收藏了不下五万卷的玉版宝书，秘书省领著作、太史二局，成为大唐众多名儒著述、名臣初仕之地。

校书郎一般设十人，乃"校理典籍，勘正错误"的正九品下小官。但陆齐望却很是勤奋，每天翻阅浩瀚的古籍丛书，徜徉在前人无穷的智慧里。

在秘书省，陆齐望还遇见了一位好上司——张九龄。

张九龄能诗善文、秉公守则，最初也是一名校书郎，现在已升为秘书中丞。在张九龄的影响下，陆齐望兢兢业业，勤勉务实，校理典籍，勘正错误，其人品和才华都很受张九龄的赏识，还把女儿嫁给了陆齐望。

令陆齐望没想到的是，张九龄后来成了开元盛世最后一位贤相。

陆齐望也从校书郎干起，后任秘书郎（从六品上）、秘书中丞，再任秘书少监（从四品上），一步一个脚印，最后当上了秘书省的最高长官——秘书监，官至三品。

或许是对灞水别有一番情感，又或许是陆灞在八个儿子中更为聪慧，陆齐望格外器重第五子陆灞，从小就把他带在自己身边，亲自教他识字习书，传授他儒家经典。陆灞也就在"兰台"的梧桐烟雨中，博览群书，激扬文字，好似长安城外的那条灞水，水势浩然，奔流不息。

第三章　乱世秣马

陆灞15岁时，陆齐望把他送到大唐最高学府国子监学习深造，在这里的大多是贵族子弟和官宦子女，也是培养进士的摇篮。

陆灞在国子监读了三年，陆齐望便要求他入闱应试，堂堂正正地走上仕途。

可是，陆灞对仕途却不在意，不愿与那些贪念金榜题名、谋求荣华富贵的官宦子弟为伍，对那些一朝考中进士便出入花街柳巷、风月场所的轻薄之士选艳征歌、寄情声色、醉生梦死的放浪行为，更是不屑一顾。

或许是受浩若烟海的秘阁图书浸染太深，又或许是受父亲"纠正讹误"的影响，年轻的陆灞性格耿直，爱憎分明，不喜欢拐弯抹角，也不喜欢张扬显摆。特别是在国子监里，每次听到别人叫他"陆霸——陆霸——"，感觉就是一个如同"恶霸"的贬义词，叫得他背上一阵一阵凉。再者，一听到这个"灞"字，就想起"灞桥折柳""灞水离别"，不禁令人顿生莫名的伤感，心里很是不爽。

陆灞决定请他父亲给自己重新改名。

"你在秘书省、国子监也算是读书万卷，你不喜欢这个'灞'字？"陆齐望问陆灞。

陆灞回答道："父亲，儿子不是不喜欢灞水的灞，而是讨厌霸道的霸，不做专横霸道、朋比作奸之徒，要做外公那样刚直不阿、济世为民之臣。"

陆齐望点了点头，缓声说道："侃者，刚强正直，从容不迫也！侃字如何？"

"父亲所言极是，侃者，刚强正直。孩儿在《汉书》中还读到'我徒侃尔，乐亦在而'，侃也有和乐太平之意。东晋陶渊明的祖父陶侃，曾任荆州刺史，后官至侍中、太尉，他平定苏峻之乱，稳定东晋政权，立下赫赫战功，孩儿很是崇拜。"陆灏激动地说。

陆齐望欣然说道："你的先祖陆机，为文辞采华茂，音律谐美，法帖墨迹，堪称国宝；为官刚正不阿，清廉正直，忠君爱民、磊落光明。你要专注研习儒学，传承先祖遗志，不负陆氏先辈！"

陆灏听着父亲的教诲，点头答道："先祖陆平原才高词瞻，志匡世难，却生不逢时，千古遗恨。外公张九龄能诗善文，谦虚谨慎，又刚直不阿，敢于进谏，我要发奋向他学习，跟他一样当个好官！"陆齐望和张夫人听后，心里倍感欣慰。

从此，陆灏正式改名"陆侃"，再没有人叫他"陆灏"了。

陆侃更名的故事，顺即在京城里传播开来，其至传到了紫柱金梁的皇宫，传到了朝中大臣和一国之君唐玄宗的耳朵里，长安城到处都知道了一个自诩"刚强正直"的年轻人陆侃。

陆侃一下子在长安城有了名气，引起宫廷内外、名门大户士族们的关注，京城的贵胄公卿悄悄派出亲信，侧面了解陆侃的才学和品貌，了解的结果是陆侃"行博雅，美才貌"，用现代话来讲就是："颜值高"，何况也算是一个京城的小小"官二代"。

因此，陆侃成了择婿贵族家的抢手货而争相纳之，纷纷派媒婆上门提亲，争着要把陆侃选为自家千金小姐的乘龙快婿。

在来来往往说媒的人群中，就有一位高官夫人派来的媒婆，要为自己的女儿选一位如意郎君。这位生于贵族之家的女儿也是一位难得的才女，腹有诗书，天资颖慧，清秀漂亮。当然眼光很高，不说达官贵人家的纨绔公子，就算是近两年金榜题名的进士她都未能看上。

难怪她如此清高、美丽，谁叫她是李林甫的女儿呢？

李林甫祖籍陇西，出身高贵，其曾祖父是唐高祖李渊的堂弟长平王李叔良。但到了他父亲李思诲时，已是家道中落，门庭衰微，只混到一个七品官扬府参军。如此，有着远大抱负的李林甫，从小就立志要入朝做官，光大门楣，干出一番惊天动地的伟业。

李林甫小名哥奴，入仕时只当上了一个宫廷侍卫官，经过一番辗转，凭着自己敏锐的洞察力和感情投资，他攀上了唐玄宗的大红人宇文融，当上了御史中丞（唐御史台的次官，正五品上）。

随后，他把目光从外朝转向了妃嫔和宦官，攀上了唐玄宗最爱的妃嫔武惠妃，搭上了唐玄宗最宠幸的宦官高力士，依着大树，他又拼命地一个劲往上爬，先提任刑部侍郎，后又改迁更有实权的吏部侍郎、黄门侍郎（正四品上），距离宰相之位仅有一步之遥了。

有着如此父亲大人的女儿，一定不同凡俗。

这次，提亲的媒人还悄悄带来了李林甫女儿的一幅自画像，画上还写有一首诗："雨来洗京华，风吹石楠花。独坐幽居里，晨露抹紫霞。"

此画淡淡的墨香，氤氲着贵族才女的闺香。陆侃细细欣赏，字体隽秀，诗意空灵，诗旁留名李藤芝，心中一阵欣喜，几番书信来往，开始对这位"独坐幽居"的贵族才女有了心慕之意。

然而，世事难料，李藤芝的父亲李林甫不顾女儿的幸福，断然浇灭了这刚刚燃起的爱情火花。

或者说，是李林甫与宰相张九龄的官场恩怨坏了这门亲事！

李藤芝是黄门侍郎李林甫的女儿，陆侃正是张九龄的外孙、秘书少监陆齐望的儿子。说来本是门当户对、名族美彦，但李林甫偏偏与张九龄杠上了。

开元二十三年（735年），在唐玄宗武惠妃的枕边风里，在最宠幸的宦官高力士的夸奖中，在新提拔为相的韩休的举荐下，李林甫被唐玄宗任命为礼部尚书、同中书门下平章事。

李林甫用所谓的权谋和智慧，终于实现了自己的人生理想，入阁拜相，修成正果，位列宰相张九龄、裴耀卿之后，成为政事堂（宰相班子）的第三把手。

令人遗憾的是，本来唐玄宗好不容易选了两个"精诚团结、和衷共济"的宰相，他们不仅才华横溢，品行高洁，而且竭尽忠诚，互相搭台，共辅唐玄宗治国理政，唐玄宗这个皇帝可是当得轻松加愉快。

可是，偏偏出现了李林甫这个"第三者"。

时任首席宰相、中书令的张九龄看不起李林甫，早在唐玄宗征求他对李林甫拜相意见时,他就曾直言不讳地说:"宰相系国安危,陛下相林甫,臣恐异日为庙社之忧,万万不可啊!"

李林甫记下了张九龄这一不共戴天之仇,从此成了他的头号政敌,展开了一场场冰与火的生死较量。

显而易见,陆侃与李藤芝的爱情注定黄了!多年以后,对爱执着的李藤芝看破红尘,挣脱了套在脖子上的封建礼教,遁入庐山修道,道号"腾空"。她居于北凌云峰下,布道行医,济生救民,留下了这一段凄美的爱情故事。

后来,李林甫与张九龄明争暗斗,嫌隙越结越深。尤其在朔方(治所在灵州,今宁夏吴忠市)节度使牛仙客的任命与封赏中(即"牛仙客事件"),李林甫煽风点火,阳奉阴违,致使"事无细大皆力争"的张九龄一次次违忤,遭致唐玄宗的厌烦,在皇帝心中的地位一落千丈。

再后来发生了"王元琰贪污案"。王元琰的妻子找到她前夫——中书侍郎严挺之请求搭救,严挺之作为张九龄提拔的部下,认为自己在朝中还有一定势力,又看在与前妻一日夫妻百日恩的情分上,决定帮她为王元琰开脱罪责。

然而,这个"弄獐宰相"李林甫抓住时机,向皇上密告在审理王元琰贪污受贿一案中,张九龄纵容部下严挺之徇私枉法。妨碍司法公正,诬陷张九龄犯有徇私包庇、交结朋党之罪。

触逆龙颜的宰相张九龄,不明不白地被唐玄宗罢了相位,降为尚书右丞。随后,李林甫很快取而代之,出任中书令,兼集学殿大学士,坐上了首席宰相的交椅。

张九龄万万没想到,自己竟然也会栽在李林甫的口蜜腹剑下。

之后,李林甫跟在唐玄宗的身边19年,成为一个玩弄权术的绝顶高手。他独揽朝政,妒贤嫉能,排斥贤才,兴起了一场又一场血雨腥风的大狱,强力铲除异己,打击一切政治上的对立派,可谓"所挤陷诛夷者数百家"(《资治通鉴》卷216)。

唐玄宗也渐肆奢欲,纵情享乐,怠于政事,一个歌舞升平的大唐王朝就这样在李林甫此等蛀虫的啃噬下,一步一步地走向衰落,直至天宝十四载(755年)酿成"安史之乱"。

张九龄罢相后，与他交厚很深的副宰相裴耀卿也被免去了侍中一职，罢为尚书左丞，张九龄的宗族、亲戚和平时关系比较亲近的大臣都受到了牵连，或免职降级，或流放外贬。

陆齐望也被卷入这场政治漩涡里，但凭着自己的忠耿尽职和儒善宽仁，并没有受到太大的牵连，主动辞官归隐嘉兴故里。

当然，陆齐望家族的发展也受到了影响，比如品学兼优、踌躇满志的陆侃，连续参加了两次科举考试，都被宰相李林甫给"淘汰"掉了。在外公罢相、父亲辞官、自己又无缘功名的颓境中，陆侃的意志受到沉重打击。

陆侃在国子监曾结识不少挚友。其中有位叫韦贲，他身高七尺，魁梧英俊，善骑擅射，也非常耿直仗义，就是学业没有陆侃出色。于是，陆侃有时便帮韦贲抄经作文，韦贲则教陆侃习武健身，韦贲欣赏陆侃的博学才气，陆侃欣赏韦贲的侠肝义胆，俩人惺惺相惜，遂结成兄弟。

韦贲的祖上是京兆（京师西安）望族，其主支自西汉时已迁入关中。公元前35年前，汉元帝任命韦玄成为太子太傅，直至御史大夫，位列三公，从此举家迁居京兆杜陵，以诗礼传家，绵延数百年长盛不衰。

韦贲有个妹妹韦婉芝，从小就在其母窦氏的教育下读书练字，接受士族门风的熏陶，十六岁就长得亭亭玉立，贤淑端庄，可贵的是她还通文史、工诗书，算得上京城长安街的一大美女。

一来陆侃与韦贲、韦婉芝在交往中建立了深厚的友情，窦氏发现自己的女儿也喜欢上了这位知书达礼、才华出众的小伙子，在与孩子的父亲韦岳一番慎重商量后，韦家毅然决定将女儿韦婉芝嫁给了陆侃。

陆侃与内秀外慧的韦婉芝结为夫妻，从此，陆韦两大家族的仕途和命运也紧紧连在了一起。

开元二十八年（740年），正当唐玄宗与杨玉环在骊山华清池逍遥时，传来了张九龄病逝荆州长史任上的消息。

沉浸在华清池里的唐玄宗，身体不由打了一个寒颤。虽然曾经是有那么些时日讨厌张九龄的犯颜直谏，但他的才学、他的风度可谓寥若晨星，他是"开元之治"不可多得的贤才啊！唐玄宗心里默念道，不禁悲从心来，追思不已。

痛哭之余，唐玄宗随即遣使赶赴张九龄的故地慰问祭奠，赐以谥号"文献公"。张九龄去世之后，唐玄宗对宰相推荐之士，总要问"风度得如九龄否？"可是，他再也没有找到像张九龄那样气质优雅、风度翩翩的宰相了。

张九龄虽然是典型的草根出身，但靠着自己的出众才华、高洁品性和对朝廷的竭尽忠诚，用自己的一生追求着"致君尧舜上，再使风俗淳"的政治理想。他倡导开凿梅关古道，冒死直谏唐玄宗，铁骨勇斗李林甫，不愧为一位秉公守法、直言敢谏的政治家，一位情辞委婉、襟怀高洁的著名文学家。

杜甫在《故右仆射相国张公九龄》中写道："一阳发阴管，淑气含公鼎。乃知君子心，用才文章境……自我一家则，未缺只字警。千秋沧海南，名系朱鸟影。"句句读来，无不令人感怀伤悲。

这位开元盛世最后一名贤相，就像一轮悬挂苍穹的明月，澄澈的光辉洒落在大唐的每一个角落。

每到中秋佳节，陆侃的母亲就会唱起父亲张九龄那首《望月怀远》："海上生明月，天涯共此时，情人怨遥夜，竟夕起相思。灭烛怜光满，披衣觉露滋。不堪盈手赠，还寝梦佳期。"唱得好生凄伤，唱得泪流满面。陆侃也因失去这样一位好外公而伤心失落，心中暗暗以外公为标杆，做一个不畏权贵、肃贪除奸的清官！

天宝五载（746年），陆侃第三次参加科举，终于及第进士，从此踏入仕途，被授予太常寺的奉礼郎之职，官秩从九品上，负责管理君臣版位，以奉朝会祭祀之礼。就是在皇帝朝会，或者祭祀活动时布置会场，安排君臣座次和拜跪礼仪。

奉礼郎这个官职级别很低，但却是在皇帝的眼皮子底下工作，每隔几天就能与朝中的大臣们见上一面，混个脸熟，很容易得到升迁提拔。

陆侃在奉礼郎任上干了三年，谨小慎微，恪尽职守，对朝中文臣武将彬彬有礼，谦虚谨恭，工作干得有声有色，从未出现过什么差错，为人处世低调，人缘也很不错，在皇帝和朝臣中留下了很好的印象。

唐朝建立了严格的官员政绩考课制度，对新提任的官员实行严格的考核，一年一小考，三年或四年一大考，大考后定黜陟（黜：废掉官职；陟：提升官职）。陆侃任奉礼郎三年后，在这次吏部考课中得了"优秀"等次，受到了唐玄宗的赏识，很快就擢升为京兆府蓝田县主簿（相当于县委办主任）。

陆侃由中央调到了地方,当了一个辅佐郡县长官的小官,怎么说是被提拔重用了呢?

蓝田县以"玉之美者为蓝"而得名,唐时属京兆府管辖的22县之一,即由长安所管辖的郊区县,这里既是蓝田猿人的发祥地之一,也是盛产中国四大名玉——蓝田玉的宝地,这里的秦楚大道更是关中通往东南诸省的交通要道,地理独特,物产丰饶。

蓝田县距京城只有20余公里,属于"畿县",其县令官品高配正六品上,佐官县丞为正七品上,主簿为正八品上。看来,这个蓝田县主簿在奉礼郎的官阶上连升了三级。

治国理政,上靠宰臣辅佐,下赖州县吏治。但在歌舞升平的唐玄宗时代,很多权贵和官宦子弟都不愿外任地方官。一些人出任京官,养尊处优,欣欣然喜形于色。要是被外任地方官,则戚戚然垂头丧气。

陆侃不这么认为,离开长安城,从京官下到地方为官历练,虽是艰辛而漫长,甚至再也"回不去"了,但这却是增长人生阅历、扩大社交圈子、实践治政才能,为将来成就一番事业的必修功课。

陆侃来到蓝田县,作为主簿,算是县衙的中枢,担负着筹集办公财税、保障县衙运转的任务。然而,蓝田县前几年连遭大旱,农业生产受到严重破坏,蓝田玉的开发挖掘又控制在当地豪强手中,社会贫富差距越来越大,面临着民不聊生、非法开采、盗匪横行的严峻形势。

如何化解这样的局面?陆侃一方面鼓励百姓大力发展农业生产,建设防洪抗旱水利设施;另一方面改革蓝田玉石的开采制度,打击关闭非法玉矿,提高矿上农工待遇,统一培训玉石开采、加工雕刻技术,统一设计玉石配饰、玉石物件的各类造型,最大限度提高蓝田玉的开采率。这项改革很快提高了蓝田玉的生产规模和艺术品质,蓝田县的财政收入也迅速上升,县衙用玉矿收入免除穷人的税赋,又大力修建水塘,疏浚沟渠,发展生产,百姓的生产生活条件很快就得到了改善。

天宝十载(751年),吏部又派出黜陟使(考查官吏的巡视员)在全国开展"考课官人善绩"工作。黜陟使来到蓝田县,看到田野山丘的沟渠畅通,地上的庄稼、农作物长势喜人;官办的石矿、玉矿以及玉石加工作坊一片忙碌有序,生产的玉杯、玉砚、玉镯等格外精致典雅。黜陟使按照"四善""二十七最"的标准，对陆侃的官箴政绩评定为"上上等"。

唐玄宗听完黜陟使的汇报，称赞陆侃是一位勤政爱民的好官，特别是在发展经济上很有才干。此刻，唐玄宗想到自己的财赋重地江南，正缺这样懂经济的人才，于是下诏提拔陆侃为溧阳县县令。

溧阳在唐代属中县（两千户以上为上县），县令官阶从七品上。看来，陆侃又连升了好几级。并且，这是由副职直接提任一把手，更何况是江南富庶之地的溧阳县令，看来陆侃的前途一片光明。

天宝十一载（752年）三月，关中还是寒意微微，灞桥的垂柳刚刚吐出嫩叶苞，流经蓝田县的灞河、浐河的河水依旧冰冷透凉，遥望南部的秦岭上还覆盖着皑皑白雪。而在陆侃的家乡嘉兴，已是"春风又绿江南岸"的季节，处处万物复苏，草长莺飞，春花烂漫。

陆侃先回到吏部领了职，看望了岳父岳母，又与在御史台任监察御史的大哥陆泌见了面，叙谈了彼此的工作，讨论了时局形势，陆泌为弟弟能离开京城到江南主政一方，感到特别欣慰。

陆侃携韦贲与昔日京城好友李勉、韦谔等饮酒叙旧了好几日。随后离开长安，东出灞桥，南下扬州，带着韦婉芝和几个孩子回到家乡嘉兴，跪在堂上给父亲陆齐望、母亲张氏请安，一家人热闹了两日，陆齐望便催促陆侃前往溧阳走马上任。

去往溧阳的路上，陆侃看见江南处处良田美池，庄稼茂盛地生长，时不时听见孩子们唱着"耕者益力，高山绝壑，耒耜亦满"的民谣，这正是一个天下大治、繁荣昌盛的时代。

"千里莺啼绿映红，水村山郭酒旗风。"富庶的江南，五谷丰登，商贾云集。地处长江三角洲之南，苏、浙、皖三省交界处的常州溧阳也不例外。

溧阳，唐代属丹阳郡，今江苏常州市，这里东邻宜兴，西与高淳、溧水毗邻，南与安徽广德、郎溪接壤，北接句容、金坛，四通八达，交通便利。

溧阳境内太湖河网纵横，田舍井然，物产丰富，是江南的鱼米之乡、丝绸之乡、茶叶之乡。在这里，史贞女义救伍子胥的故事被传为千古佳话，唐代诗人孟郊任溧阳县尉时，在此写有"慈母手中线，游子身上衣"的动人诗句。

可以说，溧阳正是一幅刚刚打开的山水画卷，等待陆侃挥毫泼墨，画出一幅政通人和的江南水乡图。

唐玄宗罢相张九龄后，委任口蜜腹剑的李林甫为相，近奸疏贤，声色自娱，迷恋于歌舞升平的太平盛世，沉迷于杨贵妃的石榴裙下，宠信奸臣李林甫、杨国忠、安禄山等人，朝堂人才凋敝，官场腐败骄奢，国库日渐空虚，安禄山在渔阳擂响了反叛的鼙鼓。

天宝十四载（755年），就在陆侃第九子陆贽出生后的第二年，身兼范阳、平卢、河东三镇节度使的安禄山起兵叛唐，大唐王朝从此陷入万劫不复的"安史之乱"，一步一步地走向崩溃的边缘。

有道是"天上胡星孛，人间反气横"。

在这流民四处、兵荒马乱的年代里，如何为官一任、造福一方，确保溧阳地区平安稳定？溧阳县令陆侃面临着前所未有的严峻考验。

这场考验，好似比暴风雨来得更猛烈！

溧阳在县令陆侃的带领下，疏通河道沟渠，开垦荒地，种植茶树，大力发展农田水利生产，粮食年年获得大丰收。他心系民生疾苦，体察民情，俭朴清廉，筹集资金兴办学校，推行儒学，百姓安居乐业，社会和谐稳定，一个鱼米之乡、丝绸之乡、茶叶之乡呈现出一派安宁祥和的景象。

可是，"永王之乱"打破了溧阳城的宁静。

战争在金陵（南京）、广陵（扬州）、丹阳（今江苏镇江市）、晋陵（常州）等地拉开序幕，毗邻溧阳县的边境也燃起战火，城内百姓惶恐不安，部分商宦弃城而逃，而溧阳县令陆侃丝毫不惧，与县丞、主簿等官吏幕僚坚守衙门，时刻关注着时局的变化。

陆侃敏锐地感觉到永王李璘另立朝廷、割据江淮与肃宗争夺皇帝之位的异志野心。

为了将陆侃拉到自己阵营，永王亲自给陆侃写了一封"许官书"，派遣韦子春和李白前往溧阳劝降。永王之所以派李白做说客，正是听取了韦子春的进言，一则可以利用李白的大名彰显永王的贤主地位，二则李白的族弟李济曾经任过溧阳县尉，是陆侃的部下，交情颇深。

陆侃何去何从？在此关键时刻，陆侃收到度支郎中刘晏的书信：

"陆侃大人，晏逢玄宗封禅，献赋《东封书》，承蒙皇帝厚爱得秘书省正字（唐朝史官，负责撰修国史，正字官的任务就是校对著作），在秘书省学习十余载，齐望大人予晏诸多教诲，感激不尽。然今逢乱世，两京沦陷，太子已得上皇传位诏书，即帝上应天命，下顺民心。上皇下诏封永王李璘四道节度使、江陵郡大都督镇守江陵，永王不思剿灭逆胡，消弭战乱，反而进袭江淮，网罗名士，图谋异志，实与叛逆无异，望陆大人晓明大义，举城讨伐永王！"

"看来，李璘没有光复李唐社稷之愿，而是企图占据江南与李亨分庭抗礼，另立王朝！此乃大逆不道，不忠不孝啊！"陆侃看完书信，即刻召集官员和幕僚商讨迎敌之策。

当李白来到溧阳时，其族弟李济已调离溧阳，县尉郑晏也已擢安徽泾县知县。陆侃虽然欣赏李白的盖世才华，但对他误入永王门下担任幕僚感到疑惑不解，面对大是大非，陆侃选择了李亨。

陆侃加紧整顿兵马，筹备粮草，对李白一行的到来并没有亲自接见，而是称故身体染病，安排新任县尉宋陟前往陪同。

陆侃不见，李白自是心里明白，臣本各为其主，无可奈何。便与宋陟饮酒叙旧，席间怅然赋诗《赠溧阳宋少府陟》：

> 李斯未相秦，且逐东门兔。宋玉事襄王，能为高唐赋。
> 常闻绿水曲，忽此相逢遇。扫洒青天开，豁然披云雾。
> 葳蕤紫鸳鸟，巢在昆山树。惊风西北吹，飞落南溟去。
> 早怀经济策，特受龙颜顾。白玉栖青蝇，君臣忽行路。
> 人生感分义，贵欲呈丹素。何日清中原，相期廓天步。

一句"何日清中原，相期廓天步"，意在劝说宋县尉能与自己一道在永王麾下建功立业，救黎民于水火，挽社稷于危亡。

李白举起酒杯，吟诵着"欲济苍生未应晚"的诗句，一杯一杯狂饮，或许又是借酒消愁愁更愁，他知道，已经无法完成永王的使命了。或许，他又是在用一杯一杯酒追问自己，是不是选择错了？

永王在送别李白前往溧阳时，特地把随行的亲信韦子春叫到一旁悄声说道："若是陆侃不领情，择机杀之。"

就在李白和宋少府吟诗作赋时，韦子春已在宋少府的茶汤里加了迷药，悄悄带领着永王派来的百余名刀斧手潜入溧阳官府。

刚刚部署完抵御永王大军事宜的陆侃回到县衙，他丝毫没有睡意，泡了一壶溧阳天目湖茶，凝望着窗外的夜空，只见一颗流星划过苍穹，消失在茫茫天际。陆侃端起杯来，踱着小步，轻轻地喝了几口，一缕缕氤氲的茶香溢满了整个屋子……按照约定，宋少府子时将来此汇报商酌他与李白的密谈事宜。

陆侃没有等到宋少府，等来的是永王派来的刺客。当宋少府醒过来，匆匆赶回溧阳县衙时，院内横七竖八地躺满了尸体，手握长剑的陆侃已经倒在血泊之中……就在半个时辰前，溧阳县衙发生了一场激烈的血拼，衙门的官吏士卒与刺客进行了生与死的较量。

"我们上当了！永王太不仗义了！"宋少府忍着愤怒和悲痛，上前用手试探了一下，发现陆侃还有微弱的呼吸，急忙抱起陆侃，飞快地跑进衙门，把他轻轻地放在床上，赶紧对陆侃进行紧急抢救，又派手下去请县里有名的郎中前来治疗。

陆侃伤势不轻，刺客向他的腹部猛插一剑，对直从胃侧穿过，深达十余厘米，左胸也被狠刺了一剑，差一点就正中心脏，头部、背部和双腿也被砍伤好几道口子，血迹斑斑。

闻讯赶来的几位郎中赶紧对伤口进行止血、缝针、包扎、敷药，一直忙到天亮，奄奄一息的陆侃虽然不省人事，但一直没有断气。

永王以浑惟明、季广琛、高仙琦为将领，带领浩浩大军直捣丹阳（丹阳市，位于溧阳北部），溧阳、常州、无锡、苏州都危在旦夕。

此时，户部度支郎中刘晏已从襄阳赶往苏州，与吴郡太守李希言、常州刺史独孤及、招讨判官李铣会合，共商平叛讨伐之策。

唐肃宗命来瑱为淮南西道节度使，命韦陟（宰相韦安石之子，善文辞书法，其签名的"陟"字，据传宛若五朵云彩）为江东节度使，率军从金陵（南京）、广陵（扬州）挥师而下，同刘晏、李希言、李铣的军队对永王构成三路围堵、南北夹击之势。

  无疑，永王李璘这场冒险的叛乱注定速战速灭。至德二载（757年）十二月，李璘兵败仓皇南下，准备逃往岭南，联军紧追不舍，在丹阳（今江苏镇江）遭江西采访使皇甫侁一箭射落马上，被乱刀砍杀了。

  想当天子的李璘死了，一个叫"太白"的诗人何去何从？

  可惜，一代诗人一厢情愿的政治抱负也成了一场幻梦。永王李璘的江淮兵马都督从事李白被唐肃宗视为"从逆"，愤然判处死刑，幸在朔方节度使郭子仪冒死搭救下才免于一死，流放夜郎（今贵州桐梓）。

  溧阳的夜空升起一轮弯月，大地一片宁静。宁静得可以听见溧阳县令陆侃的心脏跳动，听见一位刚正忠臣的生命喘息……

第四章　特立不群

永王死了，在灵武称帝的李亨笑了。

或许，马嵬坡诛杀杨国忠、杨玉环；以大唐皇帝的名义下发敕书，诏命李璘西归成都；策反江陵长史李岘、大将季广琛；部署各路唐军南下镇压李璘……都是李亨布下的棋局。虽然，他没有李世民"玄武门之变"杀死长兄皇太子李建成、四弟李元吉，逼迫其父李渊退位称帝做得那么直接、那么突然。

又或许，有乱方有治，有盛必有衰，历史总是在轮回中起伏前行。只是，张养浩在《潼关怀古》中写道："兴，百姓苦。亡，百姓苦。"这场太子与皇子的厮杀，理所当然需要他的臣民作出牺牲。

陆侃昏迷了六天六夜，命在旦夕，第七天才微微睁开了眼睛，侥幸逃离了鬼门关。虽从死神那里抢回了半条命，但他的肺和胃都受刺出血，胸腔和腹部大量瘀血，左腿也因受伤感染不得不被锯掉。

至德三载（758年），永王之乱胜利平叛，长安、洛阳终于光复，唐肃宗李亨回到长安，改元"乾元"，举国一片欢腾。

唐肃宗大开封赏，对讨伐永王之乱的将士进阶、赐爵、加食邑。刘晏被诏拜彭原太守，徙陇、华二州刺史，迁河南尹；江东节度使韦陟升为吏部尚书；襄阳太守李山亘升蜀郡长史、剑南节度使；将作少监魏仲犀升襄阳、山南道节度使；丹徒县令刘汇迁丹阳太守兼防御使；黄门侍郎崔涣升余杭太守、江东采访防御使，补足授予当地官吏……

溧阳县令陆侃也受到朝廷的嘉奖,擢升为兵部郎中(即由从七品上的县令升任至从五品上的朝中要员)。

遗憾的是,身负重伤的陆侃已没力气回到京城去兵部履新了。在刘晏的建议下,唐肃宗下诏,陆侃享受兵部郎中待遇,回乡休养。

曾经,立志要成为像外公张九龄那样的宰相。而今,陆侃只有把这个梦想寄托给自己的下一代了。可是谁能担当这份寄托?

是的,从唐太宗李世民贞观之治的"房谋杜断"、到唐玄宗李隆基开元盛世的"姚崇宋璟",再到张九龄这位开元盛世的最后一位名相,大唐帝国的江山社稷、黎民百姓都在期盼着这样的贤相横空出世。

陆侃的第九个儿子陆贽,渐渐浮出历史的水面。

刘晏接到皇帝的诏书后,并没有赶紧北上赴彭原任职太守,而是带领吴郡太守李希言、丹阳太守刘汇、溧阳县尉宋陟所辖官兵,亲自将陆侃护送到嘉兴老家。

陆侃离开溧阳的这天,溧阳全城的老百姓纷纷来到县衙门前为陆侃送行,有的提着一篮鸡鸭蛋,有的端着一坛自酿的米酒,有的抱着孩子流泪,有的跪在地上磕头,人群中不断有人大声地喊:"陆大人是好官啊,溧阳百姓永远记着您!""陆大人,养好身体,溧阳人民等您回来!"……

刘晏一行将陆侃送到嘉兴城郊的甜水井,陆侃的母亲张氏、夫人韦婉芝和儿女们都早已在此等候多时。当刘晏的马车停下,陆夫人抱起陆贽快步跑上前来,当看见身上、头部到处缠着绷带,右手紧紧握着而躺在车上的陆侃,眼里顿时溢满了泪水。

"父亲,父亲,你怎么了?"陆贽用稚嫩的童声喊着。

陆侃的母亲、兄弟和几个儿女们围过来,看望奄奄一息的陆侃。陆侃望着眼前的亲人,脸上露出欣慰的笑容,他轻轻地点着头,提起一口气说道:"没事,别担心,回家吧!"

老夫人流着泪,一夜之间苍老了许多。陆侃的父亲陆齐望已病逝。如果他还健在,看到最器重的儿子遍体鳞伤时,也一定会伤心不已。

一位心性澄澈、忠勤爱民的溧阳县令,还没来得及建功立业、光耀门楣,因为这场"安史之乱",只能终生瘫卧于床,静度余生了。

陆侃一家热情地款待了刘晏一行。刘晏代表朝廷对陆侃一家进行了慰问,逐一了解了陆侃一家人的情况,对陆氏家族的忠烈先辈和书香门风甚是敬仰。特别是五岁的陆贽一声声"刘爷爷——刘爷爷"把刘晏叫个不停,刘晏乐开了怀,高兴地考起了陆贽。

"陆贽,你几岁啦?"刘晏笑问道。

陆贽上前鞠躬道:"刘爷爷,我五岁了。我知道孔融四岁让梨的故事!"

刘晏听完陆贽绘声绘色地讲完孔融让梨的故事,开心地问道:"你会讲故事,但会不会认字呢?"

"母亲教会我很多字,还教我读《礼记》《孝经》《忠经》呢!"

"真的吗,那我考考你,我说上句,你续下句?"

"可以的。"陆贽从容回答。

刘晏考虑到陆贽太小,既不能出题太难把他考住,又想试试陆贽有无才气,于是想了想说道:"玉不琢,不成器。"(《礼记》)

"人不学,不知道。"

"何为道?"

"道者,正心、修身、齐家、治国、平天下!"

"爱亲者,不敢恶于人。"(《孝经》)

"敬亲者,不敢慢于人。"

"君子和而不同。"(《论语》)

"小人同而不和。"

"不登高山,不知天之高也。"(《荀子·劝学》)

"不临深溪,不知地之厚也;不闻先王之遗言,不知学问之大也。"

"善莫大于作忠"。(《忠经》)

"恶莫大于不忠。"

"勿以恶小而为之。"(《三国志·蜀书·先主传》)

"勿以善小而不为。"陆贽对答如流。

刘晏又以诗相对:"少小离家老大回,乡音无改鬓毛衰。"(贺知章《回乡偶书》)

"儿童相见不相识,笑问客从何处来。"

陆贽回答完后，大声问刘晏："刘爷爷从哪里来呀？你又要到哪里去啊？"

看着陆贽可爱顽皮的样子，刘晏继续与陆贽对诗。

"白日依山尽，黄河入海流。"（王之涣《登鹳雀楼》）

"欲穷千里目，更上一层楼。"

"江畔何人初见月，江月何年初照人？"（张若虚《春江花月夜》）

"人生代代无穷已，江月年年只相似。"

刘晏不由一阵惊喜，笑哈哈地问道："张若虚这么长的诗你也背得了，平时是谁教你背诵这些的呢？"

陆贽自豪地说："这首不长，汉代乐府长诗《孔雀东南飞》我都可以背呢，母亲和哥哥们天天教我背诗。昨天，我又学会了一首《七步诗》呢！"说着，陆贽朝向前走了七步，然后背诵起来——"煮豆持作羹，漉菽以为汁……"

站在旁边的韦夫人脸色倏然一变，好似觉得有什么不对劲，赶紧上前将陆贽抱在怀里，刮了一下他的鼻梁道："贽儿，以后不允许背这诗了。"

韦夫人说完，立马将陆贽五哥陆贡叫到跟前，罚跪一个时辰。

这首《七步诗》，反映的正是三国时代曹植和曹丕兄弟手足相残的故事，但又似乎在说当今皇上李亨残害同胞骨肉永王李璘？这要是传到官府，可是会有杀头之罪的啊！

韦夫人放下陆贽，连忙在刘晏面前跪下说道："刘大人，小儿不懂事，还望大人恕罪。"

刘晏额头好似也渗出一丝冷汗，赶紧上前扶起韦夫人："夫人快起来，童言无忌，童言无忌。"看见陆贽被吓得不敢出声，刘晏便从怀里掏出一个"开元通宝"送给陆贽，叫他拿去买糖吃。

陆贽一边推迟，一边说道："刘爷爷，母亲说过'见小利，则大事不成'（《论语》），小孩子不能随便要别人的东西。"

刘晏不由对如此懂事的陆贽刮目相看，转身对韦夫人说道："陆贽小小年纪如此聪慧，如此懂事，真是小神童啊，若是好好教谕，必成大器。唉，如今他父亲惨遭厄运，生命垂危，以后一家上下就全靠韦夫人了，以后有什么难事可以寄信找我。"

韦夫人从此担起了陆氏家族养家育子的重任。既要孝敬已年迈的婆婆，又要服侍卧床的陆侃，还要为膝下九个儿女操心，实在是力不从心。好在陆侃的兄弟们也都才学出众，成家立业，得以相互照顾，儿女们也个个争气，腹有诗书，崇德尚学，韦夫人独自撑起陆家上下，将陆贽拉扯长大，并让他从小受到儒家思想的传统教育。

陆贽的童年，就是在安史之乱的兵荒马乱中度过的，加之上元元年（760年）发生了江淮刘展之乱，帝国后院的江南地区也深受其害，豪强恃私，天灾人祸，百姓流连……杜甫有诗写道："四邻何所有，一二老寡妻。"刘长卿也有诗写道："处处蓬蒿遍，归人掩面看。"

国破家衰的帝国景象，深深地烙印在陆贽的童年记忆中。生逢乱世的陆贽，在江南脆弱的安宁与虚假的繁华中渐渐长大。

不知不觉中，安史之乱已悄然过去十年。

765年正月初一，唐代宗李豫改年号为永泰元年。唐肃宗李亨已在李辅国的"宦官之乱"中黯然逝去三年，盛唐已远去，中唐的历史序幕渐渐拉开。

这一年的正月间，长安城大雪满满一尺厚，寒风如刀，吹过冰天雪地，将梅花树上挂满的冰条吹得叮叮当当地响。

江南嘉兴，也盖上了一层厚厚的大雪，从来未有的寒冷，肆虐着江南的山水，一片"凉风冷露萧索天"。

躺在病榻上的陆侃，八年来一直饱受着病痛的折磨，而今已是满鬓清霜，瘦骨嶙峋，气息垂危。身体日愈衰竭的陆侃，感到自己时日不多，怕是逃不过这个冬天，于是将儿女们叫到床前说话。

韦婉芝和儿女们都跪于陆侃床榻前，大颗大颗的泪珠从各自的眼眶里汹涌而出，陆侃提起虚弱的语气，缓缓地嘱咐道："为父老了，你们的母亲也老了，以后要靠你们兄弟姊妹自己了。"

陆侃刚说完这几句话，已是气喘吁吁，歇了片刻继续说道："孩儿们不要哭了，以后不论遇到什么大灾大难，也不要大哭，要从容面对。虽祸福变幻无常，但万事皆有转机，贵贱贫富、吉凶祸福、良相罪臣、寿夭穷通，无不是相生相克，相克相生。自先祖陆烈开辟吴郡陆氏以来，陆氏家族历代以忠义之道继世，以耕读传家繁衍,仕者清白守节,政声仰止;耕者俭以养德,勤慎肃恭。孩儿们要代代相传啊!"

"父亲,孩儿们记住了!"陆贽跟着兄姐们哭泣道。

"贽儿,你最小,你过来,父亲有话对你说。"

陆贽一步一步挪动脚膝,跪于陆侃榻前。陆侃伸出手来握住他的手,轻声说道:"贽儿天性忠纯,天资聪慧,如若考取功名,位极卿臣,定要学你先祖陆机,忧国忧民,光明磊落,做到立德、立功、立言三不朽。如若出仕不第,躬耕乡野,定要学践东汉医学家张仲景'进则救世,退则救民',上疗亲君、下救贫贱、中以保身。"

一家人听着陆侃的教导,大受教益,大为悲恸。陆贽流着眼泪,正声说道:"孩儿记住了。"

当夜,这位公忠勤廉、视国如家的溧阳令耗尽了生命中最后的一丝元气,在病榻上走完了生命的最后一程。

这一年,因唐代宗大赦天下,陆侃(致仕兵部郎中,从五品上)长子陆赓荫补(指不参加科考,因祖上功绩恩荫做官,唐代五品以上皆可得荫补)为殿中省主事。殿中省主掌皇帝生活诸事,所属有尚食、尚药、尚衣、尚舍、尚乘、尚辇六局,官阶从九品上。

这一年,陆贽刚刚12岁,就成了"少孤"之子。

历史上由"少孤"成为大人物的不乏其人。"千古第一诤臣"魏征就是其中的楷模。

历史上有多少家族能经受如此波澜的大浪淘沙,他们皆如一叶扁舟,不经意间就湮没在汹涌的风波里。丈夫的离去,给韦夫人的心灵沉重的打击,她多么希望,自己的儿子陆贽能像魏征那样,不受父亲早逝的影响,在"孤贫"中坚强地成长,长大之后光耀门楣,以告慰早逝的夫君。

陆侃的去世,对幼稚之年的陆贽,不啻一个晴天霹雳的打击,失去慈父与导师让他悲痛欲绝,变得有些沉默,有些寂寞,也有些早熟。

陆贽从小就在严明的礼法、忠诚的家风中深受言传身教,再加上在父辈深厚的学养中耳濡目染,使他保存和研习世代典籍,传承着文明的火和光。

陆贽每日沉浸在《论语》《孟子》《诗经》《尚书》《礼记》《周易》《春秋》等儒家经典中，愈加坚韧独立，愈加恬静好学。阅经诵览，遂即不忘，这既是他从小养成的习惯，也是他化解悲痛、立志成业的唯一方式，为其后来形成的哲学、政治、经济、军事思想打下了坚实的基础。

在沧海横流的乱世中，这真是一段"少年壮志不言愁"的求学岁月、伤感岁月。

从此，儒学成为陆贽最重要的生命营养，他以尧舜之道、孔孟之道为思想根源，探本五经，精习诸子，博采汉唐，革新骈文，研习典籍。背诵起《文赋》《滕王阁序》《子虚赋》来滔滔不绝，如行云流水，嘉兴的文人士子们无不感慨地说：如果陆贽能长大成人，一定会是"天下伟器"。

陆侃的九个儿女谨守礼法，饱读诗书，在母亲韦氏的教诲下长大成人，自食其力。长子陆赓受朝廷恩荫到长安做了官，负责唐代宗出行车乘方面的事务。次子陆赏，得到刘晏的照顾，安排在离嘉兴不远的扬州海陵监（盐厂管理部门）当差，协助盐铁使管理盐业事务。三子陆贺对中医很有研究，与妻子在苏州城山塘街开了一家"陆氏医馆"，算是苏州小有名气的郎中。

父亲去世后，母亲一天比一天更老，拖着几个弟妹辛苦劳累，陆贺决定将陆贽接到人文底蕴更深的苏州城，找一个德高望重的名儒先生好好栽培，以便能学而优则仕，早日争得一世功名。

陆贺将九弟引到苏州南宫坊，拜于名儒陆景倩门下求学。

这陆景倩祖籍苏州吴县，为吴郡陆氏太尉支分鸾台支，父亲陆元方，兄长有陆景初、景融、景献、景裔。陆贽因是吴郡陆氏侍郎支陆元感的曾孙，说来本是吴郡陆氏宗室，陆景倩高兴地收下这个门生。

陆景倩的父亲陆元方年轻时连通八科举，闻名士林，在武则天时期辗转仕途，曾任扶风、渭南县尉、殿中御史等职，后拜鸾台侍郎、平章事，两次出任宰相。

在这样的门风浸润中，陆景倩博学工书，精通《诗》《书》《礼》《春秋》等儒家经典，对《春秋》更有研究，但他不像他长兄陆景初那样仕途顺畅、平步青云，在唐玄宗时代更是坐到了宰相的位置。

相反，陆景倩不羡富贵，甘于清贫，甚有儒者之风，是个难得的清官。朝廷这样评价陆景倩："某强清，某诈清，唯景倩曰真清。"意思就是，在当朝官员中，迫使自己清廉的有，伪装清廉的有，但能做到真正清廉的，唯有陆景倩一人。

陆贽后来成为大唐第一廉相，或许正是深受陆景倩的影响。

陆景倩官至右台监察御史就辞官归隐了，回到苏州南宫坊的祖宅设学奉祀，建塾学，执经义，以教其乡之子弟及四方从游者。自此，南宫坊书香氤氲，远近趋慕，致徒数十人。他以儒家典籍的微言大义、古往今来的历史掌故和其他百代不刊之典教诲陆贽。

陆贽于是出入孔孟，精习先秦诸子，钻研唐太宗的治国理政思想，研究贤相房（玄龄）、杜（如晦）、姚（崇）、宋（璟）的辅佐智谋，对为君为国之道、治国治家之术有了深刻的理解和独到的鉴别力，深得陆景倩学问的精髓。每当他写完一篇文章，陆景倩的弟子们无不争相传阅，名动当时。

或许是陆氏家族遗传，陆贽不仅苦钻儒学，而且擅于书法。

陆贽的书法很有个性，既不尊崇先祖陆平原的《平复帖》，也不尊崇王羲之的行草《兰亭序》，却偏偏喜欢王羲之七子王献之的书法。

行草楷书源于汉末，而成熟于魏晋。陆贽非常推崇魏晋行楷，对其楷书更是情有独钟，每天都要用三四个时辰临摹王献之的《洛神赋》。

《洛神赋》乃楷书的经典之作，其点画劲健，体势秀逸，横、竖、撇、捺，处处带着宽放流畅的笔风，妍丽流美，风神秀逸。

常道"字如其人"。性格刚正的陆贽，将字中的撇捺笔画向外伸展得很长，笔力一直运送到笔画末端，结体疏朗而茂实，气势严整而俊美，遒劲有力，柔中寓刚，给人一种昂扬向上的蓬勃朝气。

陆贽每天苦练《洛神赋》，原文背得滚瓜烂熟，写得栩栩如生，其结体、点画和神韵，如同王献之的原版。不足一年工夫，陆贽以其出众的才华、俊美的书法、流畅的骈文，成为陆景倩府上最有才学的青年，一时名震姑苏大地。

陆景倩也时常勉励陆贽，学好儒家经典，早日参加科举，凭一手好书法、好文章，博得一个进士出身。

第五章　苏州际遇

公元 768 年，唐代宗大历三年。

这一年，浙西观察使、苏州刺史韦元甫调回朝中，升任尚书右丞。常州刺史李栖筠接任苏州刺史、浙西观察使。朝中大臣、尚书郎（尚书省郎官，尚书令秘书）萧复外任常州刺史。

浙西时辖吴县、长洲、嘉兴、昆山、常熟、海盐、华亭七县，囊括了今天最富庶的苏、沪、嘉地区，苏州为治所地，李栖筠便是这苏州府的"一把手"、掌管这七县的最高军政长官。

李栖筠来到苏州，给这座"东方水都"又注入了一泓清流。

从"苏"的繁体"蘇"来看，苏州芳草茂盛、鱼虾鲜美、禾谷丰稔。有诗道："君到姑苏见，人家尽枕河。古宫闲地少，水港小桥多。夜市卖菱藕，春船载绮罗。遥知未眠月，乡思在渔歌。"

此时的苏州城，小桥流水，粉墙黛瓦，"七堰八门六十坊"里闾棋布，"三纵三横一环"水系鳞次。晨曦初醒，载着一船绫罗绸丝的画舫穿过枫桥，驶入运河，悠然荡过一行潺潺的橹声；华灯初上，平江路夜市弥散着细腻、甘醇的酒香，飘忽着一曲曲缠绵、柔曼的江南小调……

这座西抱太湖、北依长江的苏州城内河流纵横，湖泊密布，交通便捷，商旅兴旺。安史之乱后，北方兵革不息，民坠涂炭，山河残破不堪，好在"乱兵不及江淮"，苏州七县得以重农兴商、休养生息，社会较为安宁，市井百姓较为富足。

"苏民富而庶"，但越是富庶、繁华的地方，也最容易滋生奢侈腐败，产生土豪列强，更考验官员的执政能力，确非贤能良臣不足以胜任。

比如，张正甫上任苏州刺史时，白居易就曾对皇上说过："浙右列城，吴郡（苏州）为大，地广人庶，旧称难理，多选他郡二千石之良者，转而迁焉。"意思就是苏州刺史一职，多为"循良之吏"，或是"抚绥之才"。

"坊闹半长安"的苏州，诗人韦应物、白居易、刘禹锡都曾在苏州刺史任上历练过，并且政声显著，受到苏州人民的爱戴。"何似姑苏诗太守，吟诗相继有三人"，苏州人民把这三人并称为"三杰"，修建"三贤堂"世代纪念。

其实，李栖筠为政苏州的政声口碑，远在这"三杰"之前。

李栖筠来到苏州后，可没有像刘禹锡和李绅那般享受，而是第一时间深入基层了解民情，关心民生疾苦；他招徕民众兴修水利，引江水灌溉农田，大力发展农业生产，在嘉兴大兴屯田行动，使得"嘉禾土田二十七屯，广轮曲折千有余里"，鱼米之乡的三吴地区更加富庶。

李栖筠在苏州礼贤下士，拔擢人才，听说范阳人卢东美、韩会、张正则、崔造四人避居江淮，时号大历"四夔"，李栖筠亲自到他们的家里拜访，与其把酒畅叙，论讲周公孔子。

为了兴教传儒，关心后学，李栖筠在苏州"增学庐，表宿儒"（《新唐书·李栖筠传》），他向当地官宦富商筹资了一大笔善款，在府治之南设立学庐，以训生徒，学庐"远近趋慕，致徒数百人"。

李栖筠走访苏州名流，聘请褚冲、吴何员、陆景倩等担任苏州教育学官，鼓之以经书，润之以仕义，自己身体力行，手捧经书向褚冲等人问询经义，于先圣庙"帅诸生讲乡饮"。从此，苏州崇文兴学、尊师重道蔚然成风。

其实，繁华的苏州城也不宁静，暗流涌动。有个土豪名叫方清，网罗了一批亡命之徒，依山为盗，欺压百姓，扰乱社会治安，百姓谈"方"色变。

李栖筠积极张设武备，整顿治安，维护社会秩序，剿灭了以方清为首的苏州盗匪，设计请辩士动摇许杲叛军军心，以"不战而屈人之兵"的策略平息了许杲之乱，浙西地区又重现路不拾遗、夜不闭户的盛唐气象。

这天，李栖筠又来到苏州名儒陆景倩府上拜访，刚进院里就听见琅琅书声，

"然秦以区区之地，致万乘之势，序八州而朝同列，百有余年矣；然后以六合为家，崤函为宫；一夫作难而七庙隳，身死人手，为天下笑者，何也？仁义不施而攻守之势异也。"

读的正是贾谊的《过秦论》。李栖筠转过院内走廊，只见一位身穿青灰色儒衫的青年端坐于亭下读书。李栖筠停住脚步，打量了一下这位青年书生，只见他面庞端正，容貌英俊，一股"腹有诗书气自华"的轩昂气宇令人肃然。

青年读完此句，正欲翻开第二页时，抬头的一瞬目光正与李栖筠相对。李栖筠微笑着点了点头示意。那一刻，他看到了这个青年一双眸子炯炯有神，眼神坚毅透彻，却又精气内敛，似乎含有几许深邃不惑，几许孤傲不驯。

这青年见李栖筠着一身绯色圆领袍衫，腰佩银鱼符，知是朝廷五品以上的官员，说不定便是苏州的父母官，于是立忙起身向远在两丈之外的李栖筠鞠躬行礼后，又独自坐下看起书来。

这个大声朗读《过秦论》的青年，正是陆贽。

李栖筠不好打扰，径直朝中庭前去。陆景倩已在正厅设茶恭候，见李栖筠进堂，便俯身相迎而坐。

一阵寒暄后，李栖筠问道："陆大人，刚才我在院里见到有人在诵读《过秦论》，其声势朗朗，气韵铿锵，颇有才气，可是你家公子？"

"哈哈，李大人过奖了。我哪有如此好学的公子，他是原溧阳县令陆侃的九公子陆贽。这孩子特而不群，颇勤儒学，对《礼记》与《左氏春秋》了如指掌，尤其对贾谊的文章熟稔于心，写得一手好骈文，难得的才子啊。"陆景倩答道。

李栖筠不由一惊："溧阳令陆侃的公子。唉，陆侃比我大一岁，学识渊博，刚强正直，他在京城为官时我常到秘书省去查阅图籍，早有结交，想不到永王之乱害了他，他是忠臣啊！"

陆景倩轻声说道："陆贽少孤，性格上有些刚直，有时寡言不语，有时又疾恶如仇，但聪明颖悟，满腹赤诚，还望李大人提携！"

"唉，陆大人，我也是'幼孤'。我刚十岁时父亲就去世了，舞勺之年就带着丧亲之痛离开故土，徙居汲郡（今河南汲县）共城拜师游学，渴望有一天能像管仲、乐毅那样建功立业，其辛酸坎坷我也是感同身受！"陆贽少孤的身世，勾起了李栖筠对童年往事的回忆。

"想不到李大人也有如此身世,但是李大人气度宏远,文章粹清,为政清正,是心系民生疾苦、关心国家治乱的好官啊!"

"做得还不够,还不够。像陆贽这样的青年才俊,好在遇到陆大人这样德高望重的名儒,将来大有作为。"

原来,李栖筠年轻时家里贫穷,只有离乡游学,四处拜师求学。有一次,李栖筠流浪他乡,曾投奔过一个叫"宋大夫"的人,可宋大夫见他穷困潦倒,让他吃了闭门羹。《全唐诗》就收录了他当时写的一首诗《投宋大夫》:"十处投人九处违,家乡万里又空归。严霜昨夜侵人骨,谁念高堂未授衣。"

李栖筠投靠受挫、衣不蔽体、食不果腹的艰辛遭遇,使得其后来特别注重提携后辈、奖掖才俊,史载其提携的300多位后学俊逸中"登将相跻台阁显名于时者"就有数十位。

也许是历史的巧合,陆贽注定与李栖筠,以及他的儿子李吉甫、孙子李德裕都有着传奇的命运交集。说来也巧,李栖筠差点也任溧阳令。

据晚唐卢肇所著《逸史》记载,李栖筠在赴长安科举考试时,曾拜访过一位有名的田姓隐士,隐士端详了眼前这位敦厚的青年后,沉默了良久不说话,李栖筠很失望,正当转身欲走时,田隐士说道:"这次要是中了进士,此去会担任溧阳县尉!"

只能当个县尉官,李栖筠有些失落。田隐士告诉他自己看的也不一定准,叫他去白鹤观请张弘道士看看。李栖筠在第三次去白鹤观时方才遇见了张道士,张道士告诉他:"你的官职是冠氏县主簿。"

李栖筠更是一脸落寞,张道人安慰他:"万丈高楼从地起,日后郎君官居显贵、声华煊赫,不要太介意于此。"这一年长安春闱,李栖筠高中进士,得到了朝廷的任命,果然是溧阳尉,看来田隐士真说准了。

然而事有蹊跷,数日之后,唐玄宗突然宣布,先前的任命作废,改授他为冠氏县的主簿。李栖筠第一个官职果为冠氏县主簿,官为正九品下。然而,正是在冠氏县主簿任上,李栖筠遇到了生命中的贵人——李岘,时任魏州太守的李岘,将其纳为"布衣之交",将他领向了政治舞台。

世事难料，如果真是李栖筠被任命为溧阳县令，那陆侃就不会任溧阳县令，说不定李栖筠在"永王之乱"中也就难逃一劫了。

李栖筠回首自己的人生际遇，不禁感慨万千，他决定也要将陆贽纳为布衣之交，以回报李岘对他的那份知遇之恩。

从第一眼见到陆贽，他就隐隐感触到，陆贽同自己年轻时一样，孤寂而坚毅的躯体里隐藏着一片飞扬的灵魂，如果得力提携，定会成为大唐之栋梁。

李栖筠与陆景倩品茶畅谈，从苏州的历史变迁谈到人文地理，从风土人情谈到农商经贸，从文化名人逸事谈到养民资政策略，不觉已到黄昏，李栖筠虽是意犹未尽，但府中事务繁多，只道下次再来拜访，于是起身拱手道别。

不久，苏州府贴出告示，隆重举行以苏州"寒山寺"为主题的诗词大赛，进一步提升寒山寺的美誉，同时发掘一批苏州才俊，繁荣一方文化艺术。

诗词征集令下发后，寒山寺一时成为了江南最热门的旅游地，江南诸郡县的才子文青们纷纷前来仰寺采风，吟诗作画。苏州城内的茶楼亭榭、酒肆饭店的生意也一下子火爆起来，俊才穿梭，门庭若市，好不热闹。

没过多久，文人雅士吟咏寒山寺的诗词，好似这金色的银杏叶，纷纷扬扬地飘荡在苏州城里的大街小巷。苏州府收到的应征诗篇已达300余件，李栖筠安排熟知书仪的掌书记刘绪专门负责诗词收集评选工作。

刘绪是天宝末年进士，因安史之乱，携着一家老小从洛阳避乱南迁，流落江南，好与文人雅士交游。李栖筠听说刘绪行事端正，颇有才学，又善理财，于是伸出援助之手，将刘绪辟为幕僚。

送来的诗赋文采斐然，各具神韵，或借物抒情，咏物言志，或酬答唱赠，咏史怀古，或绝句律诗，骈文赋体。恬静幽雅有之，奔放飘逸有之，沉郁顿挫有之，不乏气象万变和雄奇飘逸的妙句。

刘绪做事严谨，将征得的寒山寺诗词去掉作者名字，重新誊写，编上序号，择日再邀请苏州名儒集中评选，以求公平公正。

九月的苏州，城里的银杏树一片金黄，微风吹过，簌簌而响，阳光洒下满地金色的斑斓。

这天傍晚，天气骤变，突然下了一场秋雨，伏案誊写诗赋的刘绪感觉腰酸臂疼，准备搁下笔墨收工，突然瞟到下一篇作品，不觉眼前一亮：

辞家远客怆秋风，千里寒云与断蓬。
日暮烟隔寒山寺，钟声何处雨濛濛。

刘绪读完，不由起身长叹"好诗！"他拿起诗卷来又诵读了好几遍，仍然意犹未尽。他抬起头，望了望窗外，雨滴正从屋檐下缓缓地飘落下来，打在院角芭蕉叶上"嘀嗒嘀嗒"地响着，好似陷入了沉思。

写这首诗的人名叫杨凭，祖籍虢州弘农县。杨凭的祖上杨素是隋朝的著名宰相，父亲杨成名是玄宗朝的监察御史，安史之乱后，杨成名担心受到杨贵妃、杨国忠的牵连，祸及子孙，自缢而亡，以表对朝廷的一片忠心。

杨凭一家从此家道中落，生计艰难，杨凭的母亲拖着三个孩子避难江南，投奔寓居吴县（苏州）的舅父家，艰难度日已有十余年。值得庆幸的是，在舅父和母亲的教育下，杨凭生得仪貌端伟，神情朗俊，口才很是出众，正是这段遭遇，杨凭才写出如此悲怆的诗句。

窗外雨声渐停，刘绪回过神来，想起自己避难江南十余年，功名未就，子女亦无，看到杨凭的诗，心中不免生起悲伤怜惜之情。

刘绪平静下来，拿起杨凭的诗去找李栖筠，李栖筠正一边饮茶，一边阅看前几日刘绪送上的诗词。

"李大人，又有一首好诗啊！"刘绪一进门就急匆匆地说道。

"好好好，让我看看！"李栖筠起身笑道。

李栖筠接过诗来，边看边读，刚才还满是欣然笑容的脸变得有些严肃起来，一时没有了言语。

过了良久，李栖筠叹道："安史之乱，国破家亡，多少家族颠沛流离，多少子弟流落他乡，生死茫茫？你也是安史之乱的受害者啊！"

"谢李大人垂爱，若不是李大人，刘绪怕是要穷困潦倒一生了。"刘绪躬身应道。

"刘绪，这些诗中比较出色的还有哪些？"

"回大人，顾少连的一首《枫桥送别》也很出色，坊间的乐师为诗编写了曲子，一些酒楼的歌女已传唱开来。"

"顾少连,我有所耳闻,此人也算是苏州一大才子,只是两次进京应试都未能中榜,怀才不遇,志气消沉,常于酒楼妓馆饮酒买醉,听说他与一位叫真娘的歌妓交往很深,可惜了。你且唱来听听。"

刘绪压了压嗓子,捋起袖子,轻声唱道:"枫叶芦花落萧萧,暮烟笼月宿枫桥。寒山送客孤帆远,隔岸佳人泪溅腰。"

刘绪唱完说道:"李大人,献丑了,我唱得不好。"

"不是你唱得不好,而是这些诗固然很有才情,但写得太伤感落寞,像陈子昂、杜甫所写的那些风骨峥嵘、苍劲有力的诗越来越少了。"

"李大人说的极是,刘绪以自己的心情取诗,实为惭愧。"

李栖筠叹道:"安史之乱十年过去了,还未见到大唐复兴的迹象,我朝需要的是胸怀文韬武略的经世之才!刘绪,有没有以诗言志、胸怀大志的诗作。"

"回大人,嘉兴陆贽的诗,倒是有些风骨,令我佩服!"

"陆贽,我与他也算有一面之缘。他是苏州名儒陆景倩的门生,陆大人对他很是器重,评价他是特立不群,颇勤儒学,文风如贾谊,性格似魏征。不知他这次写寒山寺的诗如何?"

"陆贽的诗推崇古风,文藻雄蔚,铮铮有声,而且书法刚劲方正,很有骨力,颇有王献之的风格。"刘绪随即朗诵起陆贽的诗来:

> 枫桥晚照空,霞散半江红。秋露沾前殿,孤舟荡远钟。
> 催书传羽信,投笔换兵戎。待见凌烟处,白鹤贯长虹。

"投笔换兵戎,白鹤贯长虹!好诗!"李栖筠听完,不禁大赞。

"李大人,这陆贽听说是其祖上陆平原转世,他出生之日,嘉兴西南湖又见华亭鹤鸣,他这诗是托物言志,自喻白鹤,豪气冲天啦。"

"这句是用典言志,用的是初唐骆宾王《边城落日》中的'壮志凌苍兕,精诚贯白虹',我看他有着满腔建功立业的远大抱负。刘绪,重阳节快到了,抓紧筹备寒山诗会颁奖大会。"

九月初九，苏州正是金秋，大街小巷的市民们或佩戴茱萸，或头插菊花，或出游登高，或饮酒尝糕……好一派"吃蟹饮酒菊花天"。

为庆祝唐代被正式定为民间节日的重阳节，李栖筠策划了虎丘登高、寒山诗会、插茱萸会、吃重阳糕、饮菊花酒等活动。这天将举行寒山诗会颁奖大会，士子文人们早已翘首相盼，格外引人关注。

枫桥外碧水潺潺，枫叶灿灿，沿着枫桥的栏杆挂满了诗词书画，慕名而来的文人墨客们交头接耳，谈笑风生，热烈地讨论着。熙熙攘攘的人群之中，便有陆贽、杨凭、顾少连、杨岱、刘言史、沈既济等青年才俊。

诗会颁奖之前，苏州弹词、茶艺表演、现场书画、箜篌（古老的弹弦乐器）演奏、苏女歌舞……陆续登台献艺，人们沉浸在一片欢乐的节日气氛中。节目表演至半，刘绪登台主持颁奖，高声讲道："下面，有请苏州刺史、御史中丞、浙西团练观察使李栖筠大人宣布寒山诗会评奖结果。"

全场顿时一阵躁动，李栖筠踱步走上舞台中间，台下立刻响起热烈的掌声，之后是一片静寂，等待着李栖筠宣读评奖公告。

"第一名，皎然的诗作《寒山闻钟》，"李栖筠情不自禁抑扬顿挫地朗诵起来，"古寺寒山上，远钟扬好风。声馀月树动，响尽霜天空。永夜一禅子，冷然心境中。"

这皎然取得头冠，当是实至名归。他是谢灵运的第十世孙，虽为佛门僧侣，却是琴棋书画，样样精通，不仅深谙佛学、道学、茶事、茶理、茶道，诗词蜚声海外，堪称一代诗僧、茶僧。

"第二名，杨凭《雨过枫桥》。"杨凭虽是避难苏州的外乡人，但他凭借自己的博学多闻，已在姑苏城内外小有名气，获得第二名也在预料之中。

"第三名，陆贽《枫桥鹤影》。"此刻，陆景倩也松了口气，虽是第三名，但能从百余首诗中脱颖而出已然不易。

"待见凌烟处，白鹤贯长虹。"陆景倩又念了诗的最后一句，喃喃自语道："为何不是第一名？唉，如果陆贽再推敲一下平仄，或许能中得头冠。"

其实，在此次诗词评选上，李栖筠府上也有一场激烈的讨论。

评判会上，李栖筠请来了当地几位很有造诣的诗词前辈，与幕僚们对每首诗进行了认真的赏析，一看诗的意境、文采，是否有深厚的文学功底。二看诗的格律韵致,读来是否抑扬顿挫,一唱三弄。三看诗的情感表达,借景抒情也好,托物言志也好,是否具有强烈的兴发感动的力量,独超众类。

经过一番筛选,大家一致选出了三首上乘之作。但如何定个雌雄,发生了较大的争论。一方认为陆贽以诗言志,满怀忧国忧民之心,以"鹤"自喻,用典精当,把自己想要投笔从戎、报效国家的志向表现得淋漓尽致,读来令人心潮澎湃,应该评为第一名。另一方认为,杨凭的诗再现自己流落江南的命运多舛,深深地烙上"安史之乱"的历史印记,文采流畅,意境深远,应该评第一。

双方各执己见,争论不休,不得不请求李栖筠定夺。

李栖筠沉思了良久说道:"皎然、杨凭、陆贽、刘言史、顾少连等人的诗各有风格,难分伯仲。但我认为,皎然的诗,诗境隽永优美,语言清丽洗练,有着陶渊明的隐士风度,他在文学、佛学、茶学等方面皆有造诣,应为第一。"

刘绪问道:"李大人,那陆贽和杨凭的诗如何排序?"

李栖筠笑道:"你们随便排都有道理的,依你们之见吧。不过,我个人认为,还是不评陆贽的作品为好,诗末平仄有瑕疵。"

诗会还评出了50首入选作品,苏州府编印了一本《大历四年寒山诗会集注》,很快被来苏州考课的官员传到了朝廷,一时京城广为传播。

时为太子的李适,认为诗会中大多诗词浮华沉沦,缺失峥嵘风骨,毫无阳刚之气,他只喜欢陆贽那首《枫桥鹤影》,有着问鼎沙场的豪迈气概、报效社稷的雄心壮志,对那些儿女情长、清歌慢吟的诗文毫无兴趣。经历过"安史之乱"的颓废大唐,需要的正是这样的热血青年。

可惜的是,到了唐宪宗时期,李栖筠的孙子李德裕因陷入"牛李党争"而失败,使得《大历四年寒山诗会集注》遭到焚烧毁灭。

陆贽随陆景倩回到陆府,陆府上下喜庆热闹,刚做的重阳糕,肥美的大闸蟹,上等的菊花酒,既庆贺重阳佳节,又庆贺陆贽获奖。酒过三巡后,陆景倩举杯对陆贽说:"贤侄,这次虽然未中得头名,也是好事。少年得志,过早成名,反而一事无成。来,老夫与你干一杯!"

陆贽饮下一杯菊花酒后说道:"谢谢陆大人点拨。今读《易经》,不甚其解,譬如乾卦的象辞讲'潜龙勿用',而乾卦第六爻又讲'亢龙有悔',陆大人,学生如何体悟其真谛是好？"

"龙潜深渊，是为了有更大的作为，藏锋守拙，待机而动。三国时期的杨修才华横溢，却得不到曹操重用，就是因为他不懂得隐藏自己的光芒，惹来杀身之祸。"陆景倩语重心长地说。

陆贽回道："陆大人，看来我以后要少写诗了，多写切于实用、明白晓畅的骈文，多钻研体国正俗、安上治民的儒家学说。"

"以后作诗文不要太锋芒毕露，宣扬标榜自己。如今你还年轻，要把锋芒收敛起来，藏器于身。儒家经典蕴含恒久的至道，有着匡时济世的无穷内涵，以后要多钻研骈文诏策。"听完陆景倩的教诲，陆贽顿时醒悟，从此更加刻苦钻研儒学，对历代经典骈赋、朝廷的诏制奏议手不释卷、镂心铢肝。

第六章　崇论闳议

陆贽的诗名落第三，甚至差点被"枪毙"，刘绪一直心思不解，趁着晚上李栖筠邀请晚宴，他决定再作请教。

酒至兴处，刘绪说："李大人，陆贽的诗写得非常不错，也是苏州大才子，您也曾大加赞誉，为何不给他第一名，好生栽培栽培？"

李栖筠捋了捋胡子，笑着问刘绪："刘绪，陆贽诗中的凌烟处，想必你应该知其来历？"

"回大人，这凌烟处应是凌烟阁吧，贞观年间，太宗皇帝为表彰一同打天下的功臣，修建了一座气势恢宏的阁楼，又命画家阎立本描绘了24位功臣图像置于高阁。长孙无忌、杜如晦、魏征……这些功臣名相都位列其中，更是闻名于世！"刘绪趁着酒兴，滔滔不绝地讲起来。

李栖筠举起杯与刘绪干杯，边喝边道："刘绪啊，正是这句'待见凌烟处，白鹤贯长虹'，一方面展现他的自信与抱负，另一方面也透露出他的自负和高傲。这是才子们的通病，不要做少年成名的秀才，古代许多神童折戟沉沙，也都缘于此啊！"

刘绪听李栖筠这一说，恍然大悟道："原来李大人是在帮他，是啊，陆贽的这句诗也是太直接了，要登凌烟阁，可不是一般的人物啊！"

李栖筠郑重说道："陆贽熟读古典，背碑覆局，聪慧过人，非一般人才可比，将来一定会对我大唐做出重大贡献，在他还没有参加科举前就让他过早出名，于他不利，或许还会害了他。"

刘绪听罢，微微点了点头，深有同感地说道："天将降大任，必将苦其心志，劳其筋骨。李大人如此深谋远虑，多年后，陆贽会理解您的这份苦心的。"

"刘绪，等过段时间，你去请一下陆贽到我府上，我想和他谈谈，一是安慰一下他的心情，同时看看他是否真有真才实学。"

过了两月，苏州进入了冬季，这一年姑苏大地下起了小雪。陆府院里的银杏树被雪花覆盖，纤细的树枝上既挂着纯洁的白雪，又挂着几片零落的金黄的叶子，一派澄澈安宁的世界。

雪后初晴，刘绪来到陆景倩府上，刚进屋子就传来一阵铿锵有力的诵读声："以礼义治之者，积礼义；以刑罚治之者，积刑罚。刑罚积而民怨背，礼义积而民和亲……"

刘绪寻声打望，只见一青年站在院里的一棵大银杏树下，手握书卷反手于背，望着满树银枝，字正腔圆地背诵。

"这正是贾谊27岁时向汉文帝进献的《陈政事疏》。"刘绪心想，此文洋洋洒洒6800余言也能背诵如流，这陆贽果然不简单。

刘绪走到陆贽身后，干咳了两声，陆贽回过头来，见到刘绪，忙躬身行礼道："刘绪大人，陆贽有礼了！"

刘绪笑道："果真是以礼义治之者，积礼义，公子才气出众，佩服！"

"过奖了，请问先生有何指教？"陆贽又躬礼道。

"陆公子，受李大人的委托，特地来请公子到府上做客。"

听说苏州刺史李大人要见自己，陆贽用大拇指使劲地掐了一下食指，并不是在做梦，激动地说："承蒙李大人、刘大人关爱，晚辈荣幸之极。不过，我得先向陆大人禀报后再去。"

"那是当然，走，我们一起去见陆大人。"刘绪说完，跟随陆贽和门佣走进里屋，陆景倩正在院前做养生操，旁边一女子拨动着古筝，陆景倩随着时缓时急的乐声，握拳、转腿、冲拳、推掌……一张一弛，柔中带刚，白发随风而动，颇有些道士仙骨。

刘绪不忍打搅，等陆景倩做完养生体操，忙走上前去，躬声行礼道："陆大人，好身骨啊，刘绪打扰您了。"

陆景倩深吸了口气，笑盈盈地说道："让刘大人久等了，今天真是朝闻喜鹊叫，果有贵客到啊！刘大人，有失远迎！快请屋里坐！"

客随主便，刘绪在陆家吃过早餐，说明来意，陆景倩高兴地叫家佣拿出两盒上等好茶，一盒送与刘绪，一盒嘱托带给李刺史品尝。

陆景倩将刘绪和陆贽送出门口，突然叫道："陆贽，我有话与你。"

陆贽忙转身回到门前，陆景倩对着他的耳朵小声说道："你年轻气盛，不谙世道，古人云，木秀于林，风必摧之。切记！切记！"陆贽点了点头，望着陆大人的眼睛说道："晚辈谨记！"

刘绪将陆贽领至李栖筠家中，李栖筠今日心情特别好，特地备好了一壶好茶，在家中等待与陆贽好好聊一聊。

陆贽诚恳地拜见了李栖筠，自报了家门。李栖筠和蔼笑道："陆贽，不必拘束，请入座说话。"

陆贽见李栖筠丝毫没有官架子，再打量一下客厅，堂屋正厅挂着"循法守正"的书法横匾，四个大字刚劲敦厚，透出一股朗拔章明之气。

再环视了一下家中，除了几盆兰花之类的花草，再没什么豪华奢侈的家什，只是处处收拾得特别干净整洁。陆贽心想，这李大人果真如外面所传，确是一位亲民节俭、尽心尽职的好官。

陆贽入座后，李栖筠亲切地说："陆贽，天气越来越冷了，你先喝一杯我刚煮好的热茶。"

陆贽端起茶杯，只见杯中鲜芽似笋，汤色清澈，一缕淡雅的清香水汽沁入心肺，轻轻地呷了一口，只觉得回味甘甜，禁不住赞道："好茶啊！晚辈从来未曾喝到如此佳茗。恕晚辈愚钝，请教李大人此茶之名。"

"哈哈，此茶倒是有些来历！这是老夫前年在常州刺史任上，陆羽给推荐的阳羡茶。"李栖筠笑道。

陆贽惊讶地道："阳羡茶,难怪有'天子须尝阳羡茶,百草不敢先开花'的说法，这可是吴郡上贡朝廷的贡茶啊！"

"是的，这茶也叫'阳羡贡茶''阳羡紫笋''晋陵紫笋'。想不到陆贽也对茶有研究,不知近来又在研究什么学问?"

陆贽躬身答道:"回李大人,在下在读贾谊的《治安策》。"

"《治安策》,好文章!它针对文帝时中央与地方诸侯之间、汉廷与北方异族之间,以及社会各阶层之间的种种矛盾,阐述了深刻的政治思想和高瞻远瞩的治国方略,不仅在文帝一朝起了作用,更对西汉王朝的长治久安起了重要作用,贾谊很了不起啊!"

"匈奴侵边、制度疏阔、诸侯王割据是危害西汉王朝政治安定的三大毒瘤,贾谊开出了施仁义、行仁政的药方,提出了仁以爱民、礼以尊君的儒家治国理念,可惜文帝听信谗言,逐渐疏远贾谊,不再采纳他的意见。"陆贽说完,发出了一声叹息。

李栖筠点了点头,喃喃地说:"贾谊敢于针砭时弊,指陈社会现时危机和潜在隐患,大胆地提出了解决矛盾的根本措施。陆贽,我们不妨来谈谈,我朝面临最大的弊政难端又有哪些?"

陆贽想了想,肃然道:"这个,这个……"他欲言又止,带着疑惑的眼神看着李栖筠。

李栖筠面色一敛,郑重地说:"安史之乱后,天下祸乱继起,生灵涂炭,田地荒芜,人口凋敝,百姓在连年的战乱中流离失所,许多州县、乡村成为了废墟,让人触目惊心啊。陆贽,这里只有你我在场,你但说无妨!"

陆贽见李栖筠一片真诚,跟着说道:"是啊,我出生的那年(754年,安史之乱前一年),全国有 9069154 户,人口有 52880488 人。而今全国只有 2933125 户,16900676 人,多少人死于战乱和饥荒,受灾的是天下无辜的百姓。"

"陆贽好记性啊!"李栖筠见陆贽将全国的户数、人口数量如此了然于胸,充满爱国爱民的情怀,不由倾心佩服。于是继续说道:"为平定安史之乱,我朝将朔方、陇右、安西、北庭等边防重镇的精兵内调,边防空虚,西北部的数十个州县相继沦陷,国防已是名存实亡。广德元年(763年),吐蕃军队长驱直入,杀进长安,洗劫宫闱,焚烧陵寝,当今圣上出奔陕州,京城再次失陷,这是我大唐帝国的国耻啊!"

陆贽沉吟着说道:"好在有朔方节度使郭子仪将军,挽狂澜于既倒,扶大厦于将倾，克复了长安。三年前，仆固怀恩再度纠集吐蕃、党项、回纥、吐谷浑数十万大军大举入侵奉天（今陕西乾县），围攻泾阳，又是郭子仪将军'单骑盟回纥'，大破吐蕃军队，保住了我大唐江山社稷。"

李栖筠切入正题，慢声说道："陆贽，这便是我大唐当今面临的弊政难端之一啊，这与你讲的西汉王朝面临的'匈奴侵边'非常相似，由于西汉与匈奴长期战乱，中原地区经济残破，人口锐减，百姓贫困，国库空虚，军力衰弱，西汉王朝濒临灭亡的边缘。"

陆贽理了理思绪，不紧不慢说道："汉武帝英明地放弃和亲和防御战略，实行'徙民实边''输粟实边'等政策，以免罪、拜爵、免除征役、修房舍、配农具、供衣食等措施，鼓励民众向边境城邑迁徙；以赐爵、赦罪等办法，鼓励民众向边境输送粮食，在边境大建城邑。二是在边郡设立马苑，大量养马，政府养马达45万匹，对边郡居民进行军事训练，建设了一支强大骑兵。三是选拔使用卫青、霍去病等杰出的骑兵将领，采取远程奔袭、纵深迂回、各个击破等战法，对匈奴发动了10余次反击作战，取得河南之战、漠南之战、河西之战、漠北之战的胜利，匈奴终为西汉所灭。"

李栖筠没想到陆贽对军事也有如此独到见解，不由感叹道："西汉与匈奴，亦如我大唐与吐蕃，如今，我大唐边境之患主要是北方的回纥，西方的吐蕃，西南的南诏，你这总结的三条战略经验值得我朝借鉴啊，吐蕃不灭，大唐随时都岌岌可危啊！"

提到吐蕃，陆贽有些激动，他慷慨而道："吐蕃者，犬羊同类，狐鼠为心，贪而多防，狡而无耻，威之不格，抚之不怀，大抵常为边患，越境侵掠，阴诈难御。唯举全国之力以颠覆吐蕃，乃是社稷遐福。不然，则后患无穷啊。"看得出，陆贽似乎从骨子里对猾黠蛮夷嫉之如仇。

以现在的观点来看，陆贽绝对是个真正的爱国青年。让人不禁想起西汉战将陈汤那"犯我强汉者，虽远必诛"的豪言壮语。

正如陆贽的预言，吐蕃后来成为唐德宗执政时期帝国最大的外患之一，好在后来陆贽提出加强西北军镇防御、调拨东部军镇参与"防秋"等战略，才得以抑制了这颗毒瘤的恶化。

李栖筠愤然说道:"后患无穷的,不仅是吐蕃啊。我看还有一大毒瘤,要数安史之乱后上演的一幕幕'藩镇割据',那些拥有封地或封国的亲王或郡王,文武将吏,擅自署置,拥兵自重,各霸一方,内政权、司法权、财政权各自独立,贡赋不入朝廷一缗,成为各自独立的小王国。"

"李大人说的极是,他们名为藩镇,实如异域。朝廷对跋扈藩镇叛乱总是一味姑息,不求铲除根源,使得外地将领拥兵自重,中央集权削弱,必然形成大唐帝国强枝弱干之虞,尾大不掉之患。"

"此言有理。就在前年,原剑南节度使严武旧部崔旰率兵攻打益州,杀死了刚刚上任的剑南节度使兼成都尹郭英义。朝廷任命宰相杜鸿渐出任蜀中各道副元帅兼剑南西川节度使,平定蜀中之乱。结果是杜鸿渐畏于崔旰兵势,反为崔旰请封,导致官军全军覆没,朝廷不得不牺牲纲纪,对崔旰既往不咎不说,还任命他为成都尹兼西川节度使,以换取表面的安宁。'蜀中之乱'就是对藩镇姑息养奸的典型。"

陆贽脸上露出遗憾的表情,继续说道:"汉文帝时,贾谊提出'众建诸侯而少其力'的策略,把诸侯王的封地分封给更多诸侯,使其国小势弱,逐步削弱诸侯王势力。景帝后来免除诸侯王的行政权和官吏任免权,削减王国官吏,诸侯王强大难治的局面大为改变。汉武帝刘彻推行主父偃'推恩令',兵不血刃却从根本上强化了中央集权。总体来讲,贾谊'众建诸侯而少其力'政策,是文帝、景帝、武帝三朝的基本削藩思想。"

"目前,各地藩镇有增无减,目无朝廷、篡位夺权、自立自代越来越严重,如何扭转这太阿倒持局面,老夫也是智尽力穷啊!"李栖筠说完,用期待的眼光看着陆贽。

陆贽一针见血地说:"立国之安危在势。立国之权,在审轻重,本大而末小所以能固,故治天下者若身使臂,臂使指,小大适称而不悖。要实现大唐中兴,必须将贾谊的'少其力'与主父偃的'推恩令'整合一体,采用强干弱枝之术,才有利于国家的长治久安。"

陆贽说完,还没等李栖筠表态,口直言快地说:"藩镇叛乱平定一波又一波,总是死灰复燃。宦官擅权的也一样,一批一批宦官走马灯似地换,却总是阴魂不散,祸国殃民,长此以往,必然国将不国啊!"

"陆贽，你对当今时事看得如此透彻，真叫老夫佩服。我也最恨宦官恃宠乱政，权宦集团为了巩固权位，勾结各地藩镇、打击朝中贤良重臣，甚至染指军权，架空、挟持天子，把持朝政。这正是我朝面临的第三大毒瘤啊！"李栖筠感慨道。

"民间盛传郭子仪的祖坟给盗贼挖空，郭将军是平叛安史之乱、克复长安的国家功臣，又是当今皇上的亲家。听说干这等卑鄙龌龊之事的，正是当今圣上的身边红人、独掌禁兵的大宦官鱼朝恩，李大人可知这坊间流言是真是假？"

"目前，朝中有三大政治强人，副元帅郭子仪、宰相元载、宦官鱼朝恩。最张狂的要数鱼朝恩，朝中大臣们都称其'专典禁兵，宠任无比，圣上常与其议军国之事，势倾朝野'。今年正月，鱼朝恩邀请郭元帅到章敬寺进香礼佛，事先埋设伏兵，打算趁机一举除掉郭元帅，不料阴谋被泄露，郭元帅才躲过一劫。"

陆贽咬了咬牙，狠狠说道："坊间还传闻他养了一大群儿子，有个养子才11岁，便在宫中担任内给使，着六品官员的绿袍，有一次他与宫中同年吵了一架，鱼朝恩认为儿子受了欺负，拉着儿子在朝会上请皇上赐他紫衣（三品以上官服），这是何等的荒唐。像这种乳臭未干之小儿就能轻而易举穿上紫袍，天下寒门士子再多读几年书又有何用？"

李栖筠话锋一转，轻声说道："陆贽，高宗时期有位经世之才李义府认为自己出身寒门、有才无名，不敢参加科举考试，在考场外涂鸦了一首'上林如许树，不借一枝栖'诗，唐太宗看到后，便以'吾将全树借汝，岂惟一枝'予以回复，只要有真才实学，终会得到朝廷的起用和器重，李义府后来通过科举入仕，最终官居宰相。"

李栖筠喝了口茶，语重心长地说："陆贽，年轻人不要悲观，也不要急躁，早些按照'身、言、书、判'的科举规则抓紧研习文选史集，力争明年乡试一举夺魁，参加后年的春闱（礼部试）。"

陆贽见李栖筠如此礼贤下士，倍感温暖，于是充满感激地说："谢谢李大人栽培，晚生才疏学浅，直言贾祸，还望李大人批评教诲。"

李栖筠望着陆贽，充满期待地说："贞观年代里，朝廷谋臣如云，猛将如雨，虞（世南）、李（百药）、岑（文本）、许（敬宗）之俦以文章进，王（珪）、魏（徵）、来（济）、褚（遂良）之辈以材术显，咸能起自布衣，蔚为卿相，国势之盛，且超汉代而上之。陆公子如此出类拔萃，忧国忧民，将来一定能跻身朝堂，官拜卿相。"

"李大人，晚生愚笨，还请李大人多多点拨。"陆贽说完，立马站起来向李栖筠行了个躬身礼。

李栖筠哈哈大笑起来，他拍了拍陆贽的肩膀说道："有道是后生可畏，陆贽，大唐中兴就靠你们这一代啦！"

苏州的冬月，已是有些寒冷，而李栖筠的府上显得格外的温暖，满屋溢满了热腾腾的阳羡茶清香，李栖筠与陆贽谈吐生风，好似一见如故，情投意合，皆有相见恨晚之意。

经过这一番畅谈之后，李栖筠发现陆贽果然是满腹经纶，见识深远，是个难得的雄迈王佐之才，应该给他提供一个施展才华的广阔的舞台。从此，陆贽与苏州刺史李栖筠有了非同寻常的私交。

这份渊源关系，就如同李栖筠与他的恩人李岘一样。

第七章　莫逆相知

大历五年（770年），早春二月。

苏州已是半城春水一城花，古城西的阊门外，柳叶新裁，葺穗初萌，千枝万缕，一派春色美不胜收，人们踏青赏花，走亲串友，络绎不绝，"杨柳阊门路，悠悠水岸斜。"姑苏春日，美得令人陶醉。

出了阊门城，向西北郊再行五里路左右，便是虎丘山，山上的几株老梅树提前吐蕊绽放，疏影横斜，暗香浮动。

"自古英雄相惜"，寒山诗会后，顾少连很欣赏陆贽的诗，对这位比自己小近十岁的才子很是佩服，一直想与他交个朋友。顾少连决定邀约陆贽到虎丘山踏青赏梅，吟诗浅唱。

这虎丘山，原名海涌山，唐代诗人朱长文有诗写道："海涌当年有旧山，吴王侈葬倚层峦。"相传，春秋时期，吴王夫差葬其父于此，葬后三日有白虎踞其上，从此改名虎丘山。

虎丘山绝岩纵壑，茂林深篁，常年流水潺潺，鸟语花香。在苏州人的眼里，虎丘山虽然不高，但却有"江左丘壑之表"风范，素有"吴中第一名胜"之誉。

这里是青年男女们踏青观花、谈情说爱的地方，也是文人士大夫们放逸闲适、烹茗论道之佳地。

顾少连约陆贽踏春虎丘，同时，还约了一位绝代佳人。

这位佳人，才情出众，能歌善舞，名叫胡瑞珍。

这真是一个春暖花开的好时节。顾少连带着胡瑞珍与陆贽一同出阊门，蹚溪涧，过田野，来到虎丘山踏春。

陆贽也早闻顾少连才名，是个性情中人，几次落第，心情自是郁闷。今年已是28岁仍孤单一人，或许是破罐子破摔，于是沉醉于烟花柳巷、青楼艳歌之中。

在"黄金榜上，偶失龙头望"的日子里，顾少连遇见了他一见倾心的红颜知己胡瑞珍，也就是他诗中的"真娘"。

胡瑞珍本是出身长安一个书香门第的才女，从小受到良好的家庭教育，又受到祖上香书遗风的熏染，长得眉清目秀，聪慧娇丽，十五六岁就出落得楚楚动人，有着亭亭玉立、苗条婀娜的身材，加之又擅长歌舞，工于琴棋书画，特别弹得一手好听的琵琶。

只可惜命运捉弄人，胡家受"安史之乱"的牵连，一家老小忽喇喇大厦倾，胡瑞珍与母亲千里逃难到江南苏州，路上又与家人失散，迫于生计，孤苦无依，无奈被诱骗堕入青楼。

胡瑞珍因出众的才艺、如花如玉的容颜，很快她的芳名传遍姑苏大地，成了苏州有名的歌伎。但胡瑞珍只陪客人歌舞书画，守身如玉，卖艺不卖身，在苏州的日子生活拮据，过得相当清苦。

有道是：同是天涯沦落人。一个是几次落榜的失意者，一个是身世飘零的弱女子，胡瑞珍与顾少连一见如故，被他的才气深深打动，从此倾心以对，同命相怜，对他有了真感情。

这次顾少连邀约踏春，陆贽也想借此劝他不要消沉意志，自暴自弃，于是欣然前往，一路赏花游玩，纵论天下，云清花秀，情趣盎然。

胡瑞珍这天手如柔荑，肤如凝脂，着一袭月白色的短襦长裙，披着一件红色的织锦披风，虽然不是很华丽，却也格外秀雅动人。她一声声清脆地叫着"陆公子"，还将陆贽写的《枫桥鹤影》编成曲子一路小唱，这让陆贽感到特别的亲切、舒畅，对胡瑞珍顿生同情与怜爱。

行走在虎丘山径，胡瑞珍看到路旁的梅花，似有心思，轻吟道："虎丘余寒在，早春旧燕归。梅花犹带语，雪落几时回。"

听得出来，这春雪梅花，又勾起了胡瑞珍对失散亲人的思念。顾少连摘折一枝梅花送给胡瑞珍，也道一首诗来："虬枝疏影簇朝霞，胭脂灼灼傍铅华。冰清玉容何所似，一枝春雪冻梅花。"那一刻，胡瑞珍的脸颊轻轻一红，她知道，在顾少连的心中，她就像这初春里的一枝梅花。

"难怪顾少连如此念她，果然是一对才子佳人。"陆贽真为他们感到庆幸，衷心希望他们能结成伉俪之好。

三人在虎丘览景游玩了整整一天，大家情投意合，无话不谈，很快成了知心的朋友。傍晚时分，三人下得山来，一同来到胡瑞珍所在的青楼——山塘街的"乐云楼"。

胡瑞珍热情地接待了二人，给他们叫了一壶上好的黄酒，弹唱了几曲琵琶，还高兴地陪着顾少连和陆贽饮了好几杯，不一会就两腮红霞，更是楚楚动人。胡瑞珍乘兴又为他们跳起长安宫中梅妃所创的《惊鸿舞》，她载歌载舞，柔情似水，宛如仙女下凡，让人惊艳不已。

顾少连已是微醉，站起身来，一边做着纵身飞舞的动作，好似一只鸿雁要展翅翱翔，一边摇摇晃晃地举杯吟诗："一枝疏影素，独抗严霜冷；早晚散幽香，香飘十里长……"

陆贽也是有些醉意，但他知道，失意的顾少连是在借酒消愁，不愿看到他在这花柳丛中寻找生活的方向、精神的寄托。他端起酒杯走到顾少连跟前说道："顾兄，这杯干了不喝了，我们回家吧。"

顾少连道："贤弟，少连哪有家可回，当春人尽归，我独无归计啊！"

陆贽将顾少连扶到座位，敬酒劝慰道："顾兄，记得王维送綦毋潜落第还乡的诗吗？"

"记得，记得。"顾少连随口便诵来："远树带行客，孤城当落晖。吾谋适不用，勿谓知音稀。"

陆贽道："对啊，顾兄不要自暴自弃，落第不足惜，明年重头来。好好准备，我俩一同参加秋天的乡试。"

"死辱片时痛，落第长年羞。"顾少连沮丧道："科场腐朽，命运弄人，我不再去应试了。"

胡瑞珍见顾少连如此低落，也过来挽住他的胳膊，真心劝道："顾公子，振作起来，你不是常说天生我材必有用，千金散尽还复来吗？"

陆贽跟道："嘉谷不夏熟，大器当晚成。我知道你不图青史留名，不图荣华富贵，但你若真爱瑞珍，就得发奋立志，金榜题名，骑马戴花回来娶她！"

顾少连听到陆贽这句话，好似一下酒醒。他拉住胡瑞珍的手，深情地说："真娘，我听陆贽的，待到金榜题名之日，便是我娶你之时。"

胡瑞珍用衣袖抹去感动的眼泪："顾公子，我等你，瑞珍非你不嫁！"

从此之后，顾少连便把陆贽当成挚友，一同研习科举文选，谈论时事策论，日夜苦读，心思不复他顾，积极准备秋天的乡试。

功夫不负有心人，顾少连当年就与陆贽取得乡试解元，胡瑞珍取出多年的积蓄，赠银百两，资助顾少连奔赴长安应举。

遗憾的是，次年五月，当顾少连进士及第赶回苏州时，却得到了关于胡瑞珍的噩耗。原来，在顾少连进京参加礼部试后，苏州城有一富家纨绔子弟王荫祥，早已对胡瑞珍的美貌垂涎已久，非要将她纳为小妾，胡瑞珍心中只有顾少连，死活也不答应。

但王荫祥有权有势，哪肯善罢甘休？他用重金买通老鸨，想要在"乐云楼"实施"霸王硬上弓"。瑞珍得知自己难逃厄运，为保誓言贞洁，让王荫祥答应等她梳妆打扮、换上新衣服后，再入房。

当王荫祥迫不及待地打开房门时，瑞珍已悬梁自尽，一代红颜香消玉殒。这天，苏州城吹起大风，满城正盛开的茉莉花被风吹散，四处飘零，同情、敬重胡瑞珍的人们，便将茉莉花当做真娘的香魂，茉莉花从此在苏州广为种植，几乎家家都种上一盆茉莉花。

桃花流水杳然去，雪梅惊鸿不再逢。

顾少连悲痛至极，加上又身无分文，无钱给真娘办丧事。此时，陆贽向三哥陆贺和三嫂讲述了顾少连的遭遇，三哥三嫂深受感动，给了陆贽一些银两以解顾少连一时之难。

陆贽与顾少连在他们曾经一同游玩过的虎丘剑池西边，于绿树黄花中厚葬了真娘，并刻碑"苏州真娘之墓"。之后，又在墓前栽了一大片茉莉花，又依岩而建了一座四角飞檐的亭子以纪念，从此成为历代才子佳人眼中一道情意缠绵的风景。

陆贽对真娘的命运感叹不已,他与顾少连一同为她捧土烧香,顾少连大声痛哭,令陆贽也悲从中来,不禁轻吟道:

昨日雪上梅,今朝陌上魂。虎丘埋香玉,花月暧夕阴。
寂寥红粉尽,冥寞黄泉深。江山惊风雨,顾陆同伤心。

看得出,陆贽既有对真娘薄命红颜怜香惜玉的悲悯之感,又有对"安史之乱"后大唐社会动荡、战争频繁的忧国忧民之情,这更坚定了他与顾少连发奋读书,求取功名,以济天下苍生的雄心壮志。

"冰肌玉骨有遗妍,粉作娇云黛作烟。"顾少连对真娘念念不忘,他每天读书泡茶,总是放些自己采来晒干的茉莉花,以此寄托对真娘的相思。后来,陆贽也将这种喝茶方式带到了京城,茶香与茉莉花香交互融合,别有"窨得茉莉无上味,列作人间第一香"的韵味,不知不觉这一饮茶方式在京城的酒楼茶肆、王宫贵族中慢慢流行起来。

茉莉花被认为是玉骨冰肌、淡泊名利的象征,代表着士大夫的气节。泡上一杯茉莉花茶——鲜灵持久的香气、醇厚鲜爽的滋味、黄绿明亮的汤色、嫩匀柔软的花叶——成为文人士大夫一种高贵的饮茶风尚。

从一同为真娘修墓那时起,顾少连便将陆贽视为生死之交。在以后的岁月中,失意时相互劝勉,困惑时相互帮协,窘迫时相互慰藉,也因此便有了后来唐德宗时代,顾少连力挺好友陆贽,笏击奸臣裴延龄、与之势不两立的朝廷斗争。此为后话。

寒山诗会后,杨凭也想结交才华横溢的陆贽。

杨凭比陆贽长三岁,家里还有两弟——杨凝、杨龄。虽然家道中落,日子过得相当贫困,但三位公子都爱读书,相貌英俊。《太平广记》198卷记载:"杨凭,兄弟三人皆能文,为学甚苦,或同赋一篇,共坐庭石,霜积襟袖,课成乃已"。杨凭更是外貌又好,气质又佳,人们称他是娶太平公主为妻的薛绍,可与西晋美男子潘安相比。

古语有云："陆才如海，潘才如江。"说的就是陆机（陆贽祖上）的才华如大海一样博大，潘安之才如同大江一样澎湃。

这潘安不但文采风流，容貌出众，政声也很出彩。他30余岁就出任河阳县令，在全县广种桃树，兴农富民，如同现在兴起的生态效益农业，深受百姓爱戴，"河阳一县花"的典故就是说的他。

这位貌如潘安的杨凭也"善诗文"，也"美资仪"，但却与潘安不同。寒山诗会后，杨凭在苏州声名远播，于是他常常出没于华街闹市之间，成为那些文青以及青楼女子的偶像，甚至有的歌女粉丝倒送钱供他游乐，杨凭似乎有些飘飘然，玩得乐此不疲，俨然一位"风流才子"。

杨凭之后七百年，苏州出了个点秋香的风流才子唐伯虎，就有杨凭"狂士标格，才子声名"的遗风，唐伯虎自号"桃花庵主"，也或许就是因仰慕杨凭的代表作《千叶桃花》而得。

苏州是一座养荷的城市，夏日炎炎，周遭的湖泊、园林、池塘、溪畔，荷叶田田，荷花争妍，整个城市都沉浸在荷香之中。

这天，艳阳当空，清风徐徐，陆贽正与顾少连在一起摇着扇子研习诗赋，苦读《文选》，杨凭兴致勃勃地登门来约二人一起去观赏荷花。

江南水乡，河流纵横交错，湖荡星罗棋布，到了夏天，处处都是"接天莲叶无穷碧，映日荷花别样红"的风景，而荷花开得最多、最艳、最美的地方，要数太湖鼋头渚、阳澄湖莲花岛一带。陆贽提议，到太湖、阳澄湖太远，怕陆景倩先生不允，就到城东的金鸡湖去。

时至仲夏，金鸡湖畔，杨柳依依，水草丰美，软泥上的青荇，油油地在水底招摇，特别是一湖次第盛开的荷花，轻摇曼舞，千姿百态，白莲高洁，粉莲优雅，红莲妖娆，真是美不胜收。

在去往金鸡湖的路上，陆贽又讲起了故事，他说："这金鸡湖有人说是金鸡飞临湖上降'芡实'（睡莲科水生植物果实，可食用、药用，营养价值极高），有人说从空中俯瞰湖如金鸡。我却不以为然。"

"贤弟要编新故事？快快讲来！"顾少连迫不及待地问。

陆贽侃侃而道："我认为它不叫'金鸡湖'，而应该叫它'琼姬湖'（吴语中，

'琼姬'与'金鸡'音相近)。"

陆贽缓缓说道:"当年,勾践在浣纱溪寻得西施,采用美人计将她进贡给吴王夫差,吴王从此与西施在灵岩山姑苏台享乐游玩,不理政事。吴王女儿名叫琼姬,发现勾践别有用心,于是多次冒死进谏父亲提防勾践,杀死西施。吴王哪愿失去'西子',西施加之以挑拨,吴王便把琼姬赶到这里'面湖思过'。"说到这里,陆贽停下了片刻。

"陆兄,继续讲下去。"杨凭急切地问。陆贽继续道:"后来你们知道的,越国军队兵临城下,其大臣建议吴王将琼姬作为'礼物'送给勾践请罪求和。琼姬得知消息,痛不欲生,于此跳湖自尽!所以,我认为此湖应改为'琼姬湖',以此纪念这位刚烈不让须眉的女子!"

听完陆贽一番话,顾少连与杨凭连声称道。三人一路高谈阔论,徜徉在湖光山色中,一边欣赏荷花,一边吟诗作对。顾少连吟了一首卢照邻的诗:"浮香绕曲岸,圆影覆华池。常恐秋风早,飘零君不知。"诗刚吟完,陆贽便道:"顾兄,如此美好风景,不要吟得那么感伤嘛!"

"是的,正是一年好风景,吟些畅快的——"杨凭正说着,突然停住脚步,轻声说道:"快看,西施——"

陆贽、顾少连一阵诧异,循着杨凭的手势向前边望去,只见一位美女身着白裙,依在栏杆边,正观赏着荷花。

这美女,真的好像下凡的仙女一般美。湖风吹拂起她一席墨发,凤裙微微飘荡,衬托着女子玲珑凹凸的优美曲线,夏日的阳光透过姑娘纯白的纱裙,半明半暗,一对纤细修长的美腿,若隐若现,惹人遐想,让三人一时心跳加速,目瞪口呆。

或许是那女子也隐约听到了一声"西施",随意回过头来寻望,她这一回首,让陆贽看到了她的脸,面如芙蓉,肤如凝脂,眉若轻烟,虽算不上倾城倾国,却也宛如湖中一朵不可亵玩的白莲花。

17岁的陆贽,从未见过如此让他触目心动的女子,从秀发到下巴,从细腰到修腿,无处不美,无处不动心。当他惊叹的目光与姑娘那一双轻漾着柔媚的眼波相遇,好似触电似的,不知所措。那姑娘也是一颤,回眸好似氤氲着一汪活水,微笑潋滟，在陆贽的心湖里荡漾开去。

"哇！好美！闭月羞花之貌，沉鱼落雁之容！"迷糊中，陆贽听见杨凭啧啧的赞叹。

还没等陆贽回过神来，杨凭已飞快地从湖边摘下一枝荷花，快步走到那姑娘身旁，试图将荷花送给姑娘。

只见这姑娘回头看见一个陌生的男子来送花，既惊又羞，吓得迈开盈盈脚步，赶紧朝前躲开，或许是杨凭被姑娘跑开时裙袂轻漾间的妩媚所吸引，杨凭竟伸出手去，一把抓住她一截半露半含的藕臂，那姑娘顿时一声惊叫："徽哥哥，救命啊——"

陆贽回过神来，正欲上前阻止杨凭。说时迟，那时快，一声"住手"的劲喝猝然响起，一道灰影疾冲过来，迅疾给杨凭的肚子一脚，杨凭毫不防备，一个踉跄倒在地上，松手的一刻，姑娘也摔倒在地。

那公子赶紧蹲下身去扶姑娘。杨凭哪受得了这个气，顿时眼就红了，顾不得疼痛，飕地爬起来，冲过去就给那公子一拳。那公子站起身来，狠狠地回了一拳过来，杨凭的嘴角渗出一丝鲜血，他用手抹了一下疼痛的脸，发现手指上沾着一股血腥味，原来鼻子被打出血来，于是握起拳头，朝那公子狠狠一拳打过去，两人即刻厮打一团。

陆贽忙跑上前去，抱住杨凭，大声吼道："杨兄，是你错了，不要打了！"那杨凭比陆贽大，又听陆贽责备自己错了，猛一发力，从陆贽手中挣脱，奔前三步，跳起给那公子一脚。

那公子身子一阵踉跄，眼看就要退踩到那姑娘，只见那公子用力一侧，却没能稳住，身子失去平衡，"扑通"一声仰面跌进湖中。

陆贽从落水声可听出，此处湖水一定很深。他奔上前来，看见那公子狼狈掉入水中，从挣扎的情形料定公子水性不行，于是来不及脱衣，"扑通"一声跳进水中，扯住公子的衣袖，使劲往岸边拽。

杨凭感觉腹部一阵剧痛，立时瘫倒在地。顾少连赶紧上前扶起他，用力掐了他人中，杨凭从晕厥中苏醒过来，顾少连用力将他扶到湖边的柳荫下休息，在附近找来步舆，赶紧送往苏州城内的医馆。

陆贽将落水公子拉上岸来，已全身湿透，那公子经刚才一阵厮拼，也是筋疲力尽，他坐靠湖边柳树下，边喘着粗气，边感谢陆贽搭救。

那姑娘娉娉跑上前来着急问道："徽哥哥，伤着没有？"然后又转头对陆贽说："谢谢公子出手相救。"

陆贽看见那姑娘，因刚才惊吓，又有些伤心，那微带羞涩的脸更是透出一种别样的妩媚动人。那公子见陆贽看着姑娘出神，忙介绍道："请问公子贵姓，这是我妹妹钱薇，我是他哥哥钱徽。"

陆贽见自己失态，赶忙自我介绍："幸会钱公子、钱姑娘，在下嘉兴陆贽。钱公子伤得要紧不要紧？"

"原来是大才子陆贽啊，你的才名可是如雷贯耳呐，久仰久仰。在下平时练了些拳脚，并无大碍。我家离此不远，请陆公子到府上一聚，以谢公子救命之恩。"

陆贽见钱徽说得客气，含笑抱手道："都是年轻气盛，不打不相识，钱公子客气了。与你过手的是在下的朋友杨凭，今日之事，全是他的不对。"

钱徽诧异道："你是说他就是寒山诗会摘奖的杨凭？唉，此等恃才放荡之人，钱某不屑一顾。迟早与他算算这笔账的。"

陆贽见钱徽怒气未消，忙解释道："钱兄，我想杨凭也没恶意，你妹妹也是出落得太漂亮了，让他一时失态。陆某替他先向钱姑娘赔礼道歉了。"说完，陆贽就要跪下给钱姑娘道歉。

钱徽赶紧扶起陆贽道："哈哈，看来是我妹妹太过漂亮惹的事。算了，不与他计较。我请陆公子去喝一杯，杯酒泯恩仇，如何？"

陆贽见那钱姑娘望着自己，已没有了惊吓之情，眼神里透出的是一丝温暖爱慕的柔情，嘴中不由自主答道："那先谢谢钱公子！"

三人一行去到附近的商铺，钱薇给陆贽、钱徽买了两件衣裤，两人换掉打湿的衣服，然后来到得月楼。钱徽要了一壶酒，三样下酒菜，一番交谈，两人情趣相投，皆是直言快语、嫉恶如仇之人，谈得十分投机，一壶酒喝完，两人已是称兄道弟。

陆贽与那钱姑娘也熟识起来，离别之时，眼神交错之间，似乎都有了些难舍难别之情，真应了那句"人间自是有情痴"。

"有美人兮，见之不忘。"回到家中，陆贽抚摸着身上的衣服，好似还沾着钱姑娘的香味，或许，那便是情窦初开的味道！

好男儿应以国家大事为重，岂能纠缠于儿女私情？

陆贽将对钱姑娘的那点思慕之情藏于心底，愈是沉浸在读书作文之中，转瞬就到了苏州府乡试的日子。

第八章　乡试鹿鸣

"方今俊秀，皆举进士，乡试鹿鸣，科举之始。"

在唐代，入仕之门向全社会开放，想要踏入仕途，可以通过科举、门荫、流外入流和藩镇辟召等渠道，进入大唐权力中枢，跻身社会上层，从而"修身齐家治国平天下"。

其中，最主要的入仕途径是科举与门荫。

何为门荫？朝廷的中高级文武官员的子弟们，在入学、入仕等方面都享受着特殊待遇，不需经考试也能摘得功名，是最正宗的"官二代"。这种"推恩荫补"的门荫制度，是封建社会中官僚世袭制的一种延续、一种变相。但在盛唐、中唐时期，这种靠"拼爹"入仕的还是少数。

另一种就是科举。"学而优则仕"，指的是通过地方荐举和朝廷举行的正规考试获取功名，哪怕是寒门子弟，也可以"朝为田舍郎，暮登天子堂"，可以"十年窗下无人问，一举成名天下知"。科举考试为寒门庶族开辟了一条通往仕途的"绿色通道"，这一项具有显著优越性的选官制度，一直持续推行1200余年，直到1905年才被废除。

要想进京参加进士考试，必须先取得"乡贡举人"的通行证，也称"贡士"。这贡士也不是那么好考的。唐律曾有限定，原则上上州三人，中州二人，下州一人，当然在长安京兆府和京畿地区名额相对要多一些。

苏州虽属上州，可选三名乡贡举人，但苏州历来是一座崇文重教之城，加之近两年李栖筠更加尊师兴学，拔擢人才，苏州文人士子习儒风盛，举子课业，不废于时，参加今年乡试的竟达到 800 余人，要杀进前三名，非出类拔萃、凤毛麟角者不可企及。

杨凭因与钱徽那场打斗，腹部受了重伤，一直在家养伤休养，未能参加这年乡试的报名，与乡贡解元擦肩而过。

大历五年（770 年）八月八日，苏州乡试如期举行，来自吴县、长洲、嘉兴、昆山、常熟、海盐、华亭七县的书生们纷纷来到考场，人头攒动，摩肩接踵，有鬓间微染霜花的不惑壮年，有气宇轩昂的弱冠俊郎，有衣衫褴褛的寒门布衣。这年，陆贽 17 岁，是这次乡试中年纪最小的一个。

这次苏州府乡试，朝廷特地派了太子詹事、翰林学士吴湫赴苏州任主考官，主持浙西道选拔科举人才事，苏州刺史李栖筠任副主考，嘉兴、常熟、海盐三县县令为考官。三场紧张有序的考试很快结束，三日之后，苏州城八门之一的阊门前人头攒动，喜鼓响过三通，阊门外的照壁前放榜公告：陆贽、顾少连、钱徽三人榜上有名，陆贽名列榜首。

陆贽从容不迫，三场试一气呵成，试帖、诗赋、时务策俱佳，一篇叙议结合、情景交融的《月临镜湖赋》，更是折服了吴湫、李栖筠和其他三个考官，弥封打开，居然都将陆贽圈为头等，陆贽一举夺得苏州乡试解元。这篇《月临镜湖赋》很快传遍苏州，士子们赞叹不已，无不慷慨诵之。

月配阳，含虚而明；湖止水，体柔而平。
光无不临，故丽天并耀；清可以鉴，因取镜表名。
月包阴以成象，水禀月而为精。
两气相合，实不入而疑入；二美交映，伊本清而又清。
色皎洁而秋天愈静，波演漾而宵风乍轻。
类泗滨之磬见，疑合浦之珠明。至明洞幽，至清无垢。
同元泽无远不遍，等达人以虚而受。
满不可恃，望之足戒以亏盈；形或未分，鉴之则辨其妍鬼。
轻霭不起，纤尘莫过。沉璧彩而为镜，碎金辉以成波。

皓质未判，空闻田鹤之唳；香风乍度，暗传莲女之歌。
万象皆总，湛清光而不动；极望靡穷，凝虚皓而如空。
照同心千里之外，洞游鳞百丈之中。
棹影乍浮，如上天边之汉；桂华不定，多因蘋末之风。
白昼诚穷，残夜将短，临远峰而欲落，沉馀景而犹满。
月之德也朗而迥，水之性也柔而静，照有馀晖，光无匿影。
满而将缺，顾兔自殊于太阳；导之则流，无禽岂同于旧井。
原夫德无不应，理必相符。
湖以柔而藏月，月因朗而彰湖。
不私其明，明则有裕；无逆于物，物乃不孤。
异投珠而按剑，等藏冰而耀壶，
惟水月之叶美，与君子而同涂。

此赋出自17岁陆贽之手，可见其深厚的儒学涵养、丰实的古文功底和涌泉般的才思天分，确非寻常之辈，可与王勃《滕王阁序》媲美。

观此赋，平仄对仗工整，韵律洒脱铿锵，藻绘畅晓感切，既继承了盛唐骈文俪偶沉雄、斫雕为朴的"燕许"气象，又闪烁出融散入骈、舒卷自然的改革之风，文质彬彬、声律抑扬，属对精且、宛然如诗。

此赋既没有大量描写镜湖自然山水、优美风景的恣肆之语，也没有借物故作、用典使事的难解之意，而采前人骈文之长，去其所短，在协调平仄、讲究对仗、注重声韵上独辟蹊径，读来朗朗上口，真有"泉水激石，泠泠作响，好鸟相鸣，嘤嘤成韵"的气韵风度。

"夫德无不应，理必相符""不私其明，明则有裕"彰显陆贽崇尚德政、光明磊落的政治理想。

"皓质未判，空闻田鹤之唳；香风乍度，暗传莲女之歌""月之德也朗而迥，水之性也柔而静"体现陆贽用典运辞、婉转畅达的雄文藻思。

"光无不临，故丽天并耀；清可以鉴，因取镜表名""满而将缺，导之则流"，闪烁着陆贽辩证包容的哲学思想。

"至明洞幽，至清无垢""惟水月之叶美，与君子而同涂"洋溢着陆贽"心如明镜、水月同融"的君子情怀。

主考官吴涗读后，啧啧赞叹："陆贽的骈赋，声转于口，玲玲如振玉，辞靡于耳，累累如贯珠，既不同于初唐采丽香泽的病态美文，也不同于盛唐浮艳雕琢的骈四俪六，一开以文达意论理之先河，给我朝文学带来了一股清新之风，真是难得的人才啊！"

李栖筠虽读过陆贽的诗作，但这是首次读到他的骈文《月临镜湖赋》，对陆贽当是刮目相看。

"吴学士说的极是，这篇镜湖赋既有六朝骈体之精美，又含经国济世之宏论，骈散结合、明白晓畅，平仄偶对、声韵悦耳，既有词韵美、视觉美，又富声乐美，尤其是诗中流露出年轻人与水月竞美、与君子同途的心性襟怀，令老夫欣慰之极啊！"

"待我回朝后，定向圣上和礼部举荐陆贽之才，不负这次到苏州阅卷取士之责。"吴涗仰天道，"这是天降我大唐之才啊！"

李栖筠的幕僚、掌书记刘绪读了陆贽的赋，自叹不如，他感叹而道："将来我的儿子若有如此才赋，我刘家便能光宗耀祖了！"

多年后，刘绪的儿子刘禹锡果真辞赋了得，其《秋声赋》亦可与《月临镜湖赋》媲美，唐代辞赋史中就存有刘禹锡之赋 11 篇。

陆贽不仅在唐代骈文革新运动中有着突出的成就，在唐代古文运动中也有着极大的功劳。柳宗元、韩愈、刘禹锡这三位文坛巨星，都是深受陆贽的熏染，并得到陆贽亲自提携过的后起之辈，此为后话。

吴涗回朝后，将此《月临镜湖赋》呈给当今圣上李豫，李豫又将其转给太子李适研读。李适读后大为震撼，不禁由衷感叹："这个陆贽果然有贾谊之思、王勃之才，我大唐不需要华而不实之文，当需要像陆贽这样改华从实的经世之文。"

"君臣歌鹿鸣，乐人舞鼛鼓。"诗句写的正是科举中盛行的一种宴会——鹿鸣宴。鹿鸣宴起源于魏晋，在唐开元时期后已较盛行。这是古时地方官祝贺考中贡生或举人的"乡饮酒"宴会，宴请新科举人和内外帘官等，宴会上要朗诵《诗经》中《鹿鸣》篇，史称鹿鸣宴。

鹿鸣宴既展现地方官礼贤下士的风范，又提倡举子们有了美食而不忘其同伙的君子之风，还以鹿象征"禄"，祝福举子们升官发财，因此从唐至清延续了1000多年。

乡试放榜的次日，苏州府举行隆重的庆典，"会属僚，设宾主，陈俎肉，备管弦"，为中举贡生和秀才们准备了丰盛的鹿鸣宴。

陆贽与顾少连、钱徽穿上苏州府新发给的贡士白麻衣，拜见了主考官吴溆、副主考官李栖筠和其他考官，分别跪行谢恩礼。

庆典结束时，值陆贽登台发言，李栖筠给陆贽戴上解元帽，陆贽铿锵有力地朗诵了《小雅·鹿鸣》："呦呦鹿鸣，食野之蒿。我有嘉宾，德音孔昭。视民不恌，君子是则是效。我有旨酒，嘉宾式燕以敖……"

在一阵如浪的喝彩声中，鹿鸣宴开席，桂榜贡士与簪花秀才们举觞互敬，推杯换盏，一觞一咏，好不热闹。而陆贽无心呼朋聚友，勾栏买醉，酒至微醉时，心中愈发想念自己去世的父亲，想念嘉兴老家的母亲。

次日，陆贽便向陆景倩先生和好友顾少连、钱徽、杨凭等人辞行。又来到三哥陆贺在山塘街经营的"陆氏医馆"，给母亲带了些治疗哮喘肺虚的草药，随身捎了些干粮，便匆忙赶回嘉兴老家看望年迈的母亲。

苏州到嘉兴，近80公里，经过两天的步行跋涉，归心似箭的陆贽回到嘉兴城东的老家，直接就跑进内堂，迎面看见满头白发的母亲被家侍搀扶着走出来，大喊了一声"娘"，就咚地一声跪倒在母亲跟前。

"贽儿回来啦！快起来，都长成大人了。"

"劳娘亲挂念，孩儿一切安好。"

韦婉芝笑着扶起陆贽，双手摸了摸陆贽的脸，又摸着陆贽的头说："头发都这么长了，在苏州书读得怎样？听说都乡试了。"

"回娘亲，孩儿过了乡试，取得了解元。"

"真的？贽儿给陆家争气啦！你早去的父亲地下有知，也该瞑目了。"

"娘，孩儿一定牢记爹爹的教诲。"

"贽儿，你从小比几个兄长聪慧，你父亲生前也对你格外看重，期望你长大取得功名，为国尽瘁，光耀祖宗，为陆家争口气啊。"

"娘，孩儿以后一定以报效社稷、利济苍生为己任，刻苦读书，发奋图强，光大门楣。"

"只要贽儿有出息，娘也算对得起你死去的爹爹了。倘若他日你能入仕做官，定要为社稷、为天下百姓，干一番事业。"

韦婉芝看着陆贽，欣慰地笑了。她抬起手臂，指着院角的一棵桂花树说道："贽儿，那棵金桂是你爹爹在你出生那年，从溧阳带回来栽的，还隔几天就有17年了，你也快吃18岁的饭啰！"

陆贽回过头来，顺着母亲的手看过去，只见院里的那棵桂花树已长成碗粗，笔直的树根、硕大的树冠，枝繁叶茂，郁郁葱葱，开满了一树金灿灿的桂花，一阵阵沁人心脾的桂香随风扑鼻而来。

"娘，好香的桂花！"陆贽不禁大叫起来。

"贽儿！今年的桂花开得最早，开得最多，开得最香。我就知道，你今年的乡试一定能够中得桂榜。"

"娘，父亲为政溧阳，兴修水利，宽政爱民，廉洁奉公，百姓爱戴，却受奸臣暗害，贽儿若能摘得功名，一定要为父亲洗清冤仇。"

"贽儿，报一家之恩仇，是一己之利；谋天下之福祉，才是一国之幸。你若是中了进士，万不可桀骜不驯，狂妄自大。"

陆贽正与母亲谈话时，院外顿时响起一阵震耳欲聋的鞭炮声和一阵欢呼声。家佣大贵气喘吁吁地跑进内堂说道，嘉兴县令丘岱领着苏州幕府刘绪大人等人前来送达乡试榜帖，登门报录。

陆贽挽着母亲的胳臂，一家人赶忙来到门前，跪迎丘岱、刘绪大人。刘绪打开盖上苏州府印的桂榜，大声宣读道："岁次大历五年，苏州府乡试放榜公告，嘉兴陆贽高中解元，第一名。特喜特贺，请接榜帖！"

陆贽欣然起身，接过金花榜帖，向丘岱、刘绪大人躬身行礼，全场响起一阵喝彩声。原来，嘉兴城内的百姓听见贺喜的鞭炮声，得知陆贽高中乡试头榜，纷纷前来恭喜道贺。

陆贽的母亲笑逐颜开，乐得合不拢嘴，赶忙叫家佣大贵跑进里屋，端出一篮为即将到来的中秋节做的桂花饼、花生酥，送给丘岱、刘绪大人一行和闻讯前来庆贺的邻里乡亲们品尝。

这天，嘉兴陆氏大院张灯结彩，宰鸡杀鱼，置酒宴客，喜气洋洋。在家照顾母亲的四哥陆贤从后院菜地里掏出一罐埋了十年的嘉兴黄酒，做了一桌丰盛的家宴，山肴野蔌，水陆美馔，好似过年一般喜庆。

次日清晨，嘉兴湖上空笼罩起一团团雾霭，沿着古运河道向西飘散。陆贽同四哥陆贤来到位于嘉兴古运河畔父亲陆侃的坟茔前，兄弟两人跪在墓前，摆上两盘鲜果，点上三炷清香，伏地磕头，那祭香、纸钱燃起红亮的火星，袅袅青烟随风聚散……

陆贽三拜三叩后已是双眼含泪，哽咽着说："爹爹，孩儿来看您来了。秋后便将赴京应考，爹爹安息吧！孩儿取得了功名再来看您！"

陆贤边烧冥纸边道："爹爹放心，几个兄长和弟妹都各自成家，家和事顺。孩儿无能入仕，也无钱从商，就待在家里赡养娘亲，耕读教子。您要保佑九弟平安赴京，题名金榜，出人头地。陆家才能长盛不衰，代有人才！"

雾开云散，河风徐徐吹过两岸的梧桐，金黄的树叶飒飒而下，翩翩洒洒，在晨曦中透出金灿灿的霞光。北上的船舶满载着今秋的粮食，从这里起航，再经水、陆两途转运到洛阳、长安。陆贽站在河岸，远眺泊船，缓缓前行，慢慢消散在江南水乡的尽头……

过了中秋节，陆贽虚岁18。媒人给他选了嘉兴一个望族的沈姑娘，今年16岁，属相生辰都相宜，知书达礼，也算门当户对，对方的父母都无异议。母亲韦婉芝决定做主，先订下这门亲事。

陆贽对母亲说，自己尚未取得功名，光大门楣，不想论及婚娶，母亲一再催促把婚事办了，陆贽始终态度坚决。"知儿不过母"，母亲问他是不是在苏州遇着了心仪的人？陆贽只得含羞承认。

母亲一再追问，陆贽才将那日在金鸡湖遇见钱姑娘钱薇、救起落水钱公子钱徽的事情，以及钱家的家世讲给了母亲。母亲听完严肃地说："贽儿，咱陆家自你爹爹走后，已是家道中落，这钱家可是苏州的望族，钱姑娘的父亲钱大人是朝廷吏部司勋员外郎，怕是不配对啊！"

"从钱姑娘的眼神看得出，她对我是有意的。"陆贽扬了扬眉头，自信满满地说:"精诚所至,金石为开,孩儿只看得上她。"

"娘拗不过你。不过,要想娶钱姑娘,你得取得进士,才有机会啊。"韦婉芝知道陆贽长大了,有自己的主见了,也不再强求。

韦婉芝又给陆贽讲了一番为人、处事、持家、养生的道理,叮嘱陆贽又背诵了一次民为天、公为大、忠为根、廉为本、勤为柱、身为梁等10条祖传的陆氏家训,方才作罢。

第九章　麻衣如雪

时维九月，序属三秋。

正是"落霞与孤鹜齐飞，秋水共长天一色"的时节。

嘉兴的秋天，美轮美奂。

最美之地，当属"青翰往来舟"的大运河（嘉兴段），她是养育禾城的"母亲河"，是这座千年古城的血脉和精神符号。

古运河畔，三塔影里，一排排银杏树，像极了挺拔俊秀的绅士，陶醉在金色的舞曲中。修道院里，寻常巷陌，静默的香樟树，仿佛在聆听阳光透过大唐帝国的时光往事。落帆亭外，长虹桥边，参差的枫香树，宛如名门闺秀舞起殷红的裙裾，挥动着一片片云彩。

　　虹影卧澄波，登高供远瞻。
　　南浮越水白，北接吴山绿。

诗中的位置便是吴越的交界处——王江泾，王江泾上的长虹桥，既是大运河进入浙江的标志，也是长达百余公里的嘉兴大运河自南向北的起点。

这条古运河，既是补充大唐帝国肌体营养的"赋税之路"，也是江南士子进京入仕的"科举之路"。多少年来，无数文丞武将、骚人墨客、才子佳人打此起程，走向滚滚红尘，走向茫茫边关，走向漫漫仕途……帝国的山川河流，遍布着他们日夜跋涉、漂泊的身影。

大历五年（770年）九月初六，长虹桥下，一艘乌篷船停在河畔，湿漉漉的河风携着薄薄晨雾氤氲地逸散。远处，大运河的货运码头已是人头攒动，赤膊上阵的力夫正扛着一袋一袋江南大米上船，桅杆上挂着"洛阳水运"的红色旌旗猎猎飘扬，货船尾部的船舱，几缕炊烟袅袅升起。

天刚蒙蒙亮，一名身高一米七上下，身着一袭青布长衫，背着一个青篾竹箧的青年男子，搀着一名六十上下的妇女，步履稳健地从河边走来，身后跟着两名背扛书箱、手提包裹的壮年。

青年男子正是陆贽，身后是陆贽的母亲韦婉芝、四哥陆贤、家佣大贵，一家人在此送别陆贽北上赴京。

大贵将书箱、行李搬进船篷，陆贽登上乌篷船，放下包裹，转过身来，望着母亲和四哥，依依不舍。

"娘，天冷了，河风大，着凉了，又要犯哮喘，回去吧娘！四哥，就麻烦你照顾好娘了！"

"贽儿，路上注意安全，多加小心，保重身体，到了京城先去你大哥那里，安顿好了就写信回来！"

"九弟，你放心去吧！我和你四嫂、郑妈会照顾好娘的。记住了，到了京城安心读书，遇事要冷静些，对人要大方些，秋后我再给你寄些钱物过来。"

"谢谢四哥，九弟一定铭记娘亲和四哥的教导。"陆贽哽咽着说完，两眼不禁湿润，他走到船头，朝母亲深深地鞠了三躬。

船工提起船桨，划开两道长长的水痕，乌篷船缓缓离开石阶。突然，离船百余米的芦苇丛中，一只白鹤跃过水面，沿河飞去，一声鹤唳划过清晨的宁静，回荡在长虹桥的上空。

陆贽伫立在船头，举起双手向母亲、四哥他们不停地挥手。

乌篷船渐行渐远，韦婉芝的身影已模糊。陆贽回过头来，眺望远处无际的河面，那样浩渺宽阔，他咬了咬牙，没让盈满眼眶的泪掉下来。

陆贽进京应试，便是从嘉兴运河的长虹桥起航，经苏州、镇江、扬州（江都），再经通济渠到洛阳、赴长安。

遥望悠长的运河，碧水荡漾，环视江南两岸的良田沃土，一片膏腴之地，村树城郭，错落有致，一片安详宁静。陆贽心里想着未来更长远的路，一时心潮悸动，有感而发，拂袖吟诗道：

矩步渡虹桥，钟声早不同。帆亭萦翠霭，三塔潜苍龙。
前路寻知己，远途对酒觥？一鸣惊洛水，鹤影入云中。

真可谓"晴空一鹤排云上，便引诗情到碧霄"，豪情满志的陆贽，好似那一只直冲云霄的白鹤，等待他的会是怎样的天空？

陆贽到苏州，先到陆景倩先生府上，呈上嘉兴黄酒、乌镇杭白菊等嘉兴特产，感谢陆先生的悉心栽培之恩。陆景倩吩咐府上准备了丰盛的晚宴，要给陆贽赴京应考饯行。

晚宴上，陆贽起身给陆景倩行礼敬酒道："鱼知水恩，羊跪乳恩，先生耳提面命的教诲，学生一生受用不尽，感恩不尽！此般深恩厚德，学生永志不忘！"陆贽有些动情，碰杯饮尽。

陆景倩听了，哈哈大笑，抚须说道："得天下英才而育之，乐莫大焉，陆贤侄资质聪慧、词情华赡，经纶满腹，他日定能履出将入相之职，立济世安民之功。能当回你的老师，实在是老朽难得的荣耀啊！"

"多谢先生激励之恩。"陆贽急忙站起身来，躬身深深一礼，面色恭然道："学生才疏学浅，刚愎自用，此去京城赴考，感觉胸无点墨，忐忑不安，还望先生不吝赐教。"

陆景倩举起杯与陆贽相饮，语重心长地说："木秀于林，风必摧之；行高于众，人必非之。此去长安，定要勤奋苦读，博览群书，冷静自持，一日三省。他日踏入仕途，要做济世治国的好官，公忠勤廉的清官。"

"先生之言，学生一定铭记于心。"

"老朽在御史台任职时，与当朝吏部尚书刘晏有一些交情，刘尚书爱人重才，海纳百川，必择通敏精悍廉勤之士而用之。他又是我朝最有名望的经济改革家和理财家。老朽待会给刘尚书修书一封，你到长安后，争取能带上你的骈赋文章去拜访行卷，得到他的推毂举荐。"

"多谢先生指点提携，学生一定铭记于胸。记得我五岁时曾见过刘尚书，那时还给他背过诗呢！母亲说刘尚书当时还夸我是神童，现在我才知道，刘尚书八岁时便献《颂》唐玄宗封泰山，才华横溢，名噪当时，他才是真正的'神童'啊！"

"是啊，八年安史之乱，帝国千疮百孔，经济萧条，百姓穷困，是刘晏改革漕运、盐政、粮价，推行常平法等系列措施，才使大唐恢复了元气。贤侄将来也要多读一些理财方面的书籍，发展生产，繁荣经济，国家就可安宁，百姓就可安居。"

"学生誓必牢记先生教诲，上不负天子，下不负所学，终生践之而不息不怠！"陆贽再次起身，对陆景倩恭然拜道。

晚宴后，陆贽跟先生去到书房，一边饮茶一边畅谈，一直谈到夜深人静才去休息。次日，陆贽与顾少连、钱徽聚在一起，一番觥筹交错、划拳行令后，三人决定结伴而行，一同乘船北上应试。

十月底，长安已是深秋，天气转冷渐寒。街道两侧的槐树和榆树，宫城的梧桐和垂柳，在斜阳中疏叶纷落。

安史之乱后，科举制和铨选制进一步确立完善，大批进京应举、赴选的举选人及其家属以及待选官吏从全国各地赴京应举参选，长安的大街小巷、茶坊酒肆，处处可见身着白色麻衣的贡士举子，形成一道"四方秀艾，挟策负素，坌集京师"的人文风景。

千门九陌的长安城，麻衣如雪，纷然满于九衢。

陆贽三人从苏州出发，一路跋山涉水，风雨兼程，一路浏览山川名胜，吟诗作赋，又在洛阳城拜谒了白马寺，登临了中岳嵩山，在城里游玩逗留了几日，到达长安时已是孟冬。

顾少连已是第三次赴京应试了，他领着早已兴奋不已的陆贽、钱徽登上一处高大的城墙，一览长安的壮美盛景。

"堂高凭上望，宅广乘车行。"

澄明的天空下，是辽阔的城郭，恢宏的宫阙，数不清的桂殿兰宫、亭台楼阁，数不完的寺庙邸舍、园林内苑，数不尽的长坊里巷、车水马龙……密密麻麻，错落参差，一直延伸到斜阳西下的尽头，天地之间，这是一座如此令人心潮澎湃、血脉汹涌的辉煌之城。

此时的长安城，正是七世纪地球上最繁华的一座城。

它东西长 9721 米，南北宽 8651 米，全城周长 36.7 公里，面积 84 平方公里。城内布局三大建筑群，北部正中为宫城，由皇帝和皇族所居；宫城之南为皇城，是朝廷主要行政机构所在地；宫城和皇城之外是外郭城，是长安的居民区和商业区。

这座取意"长治久安"的城市，是大唐帝国丝绸之路的东方起点，也是跨越地球 10 个纬度、长达 2700 公里的隋唐大运河起点，它与雅典、罗马、开罗并称为世界四大文明古都，唐代大诗人曾写下"九天阊阖开宫殿，万国衣冠拜冕旒"的诗句来赞美它。

长安城规模宏伟，布局严谨，结构对称，排列整齐。一条宽约 150 米，长 5020 米的朱雀大街纵贯南北，定为长安城一条亘古不变的中轴线，它将宫城的承天门、皇城的朱雀门和外城的明德门连为一体，又将长安分成对称的东西两城，东为万年县，西为长安县。

朱雀大街两侧又各有 11 条平行的南北大街，与 14 条笔直的东西大街垂直相交，东、西两城各设一个商业区，即东市、西市，全城共建有 108 坊，好似一个巨大的围棋盘，又暗合茫茫苍穹中同等数目的天体星曜之数。

站在这样一座气势磅礴的城墙上，俯瞰这座南有巴蜀之饶、北有胡宛之利的天府之国，"百千家似围棋局，十二街如种菜畦"，恢弘到缥缈，生动到眩目，没有哪一个赴京应试的举子不悚然动容，就算已见识过繁华富庶的苏州、扬州的陆贽也不例外。

"目眇眇以心远，野悠悠而气和，可以乐芳时之景物，壮皇室之山河。"（陆贽《登春台赋》）诸如此类的诗文，就像山中喷涌而出的温泉，不停地在陆贽的脑际里起伏、翻腾，长安初冬的瑟瑟寒意，顿时被这些炙热的文字消融殆尽。

顾少连用手指向东北方，款款说道："那就是唐太宗在龙首原上建起的大明宫，那里可以俯瞰整座长安城。当今圣上就是在那里起居听政、举行朝会、号令天下的。"

"顾兄已是颖悟通明的饱学之士，不久的将来，你一定能站于朝堂之上，位极权臣，我和钱兄就跟着你飞黄腾达，吃香喝辣了。"

顾少连惭然笑道："陆弟，你是在取笑我两试不举吧！你是桂榜解元，这次能否金榜题名，为苏州争光，为兄弟争脸，只有靠你顶起了！"

钱徽点头赞同，拍着陆贽的肩膀说："顾兄说言极是，陆弟的文采，早已名闻京城，这次一定南宫折桂，春闱一鸣。"

陆贽咬了咬牙，微微说道："今朝我们三兄弟结伴而行，踏过万水千山，赴京驰逐于科场，他日兄弟三人同登科第，并肩朝堂，共佐明君，岂不为美？"

三人于是立于城墙，面朝大明宫方向，滴血拱手叩拜，结为异姓兄弟。夕阳西下，天色已晚，整座长安城被落日染出酡红的醉色，三人来到春明门城墙下的道政坊，找了一家邸舍（客栈），安顿好住处，陆贽便来到楼下大厅，点了一碟牛肉脯、一碟酥花生、一盘蛋炒韭菜、一钵葫芦头泡馍，沽了两斤烧酒，三人聚在一起喝了个痛快。

席间，钱徽邀请陆贽、顾少连次日退房，一起到他父亲位于城西北隅的崇贤坊住读，三人同吃同宿，备战科举。顾少连惭然推辞道，他自己手头拮据，决定明日去道政坊不远的宝应寺寄寓，那地方他前两次来京应考住过，既便宜又清静。陆贽也推辞了钱徽一番好意，说他要去找在朝廷太仆寺当差的大哥陆赞。

各地举子聚集长安应考，有亲人在京为官的就可以住在京城各坊，有熟人的投靠亲朋好友，家境好的住宿旅店或赁屋而居，绝大多数家境一般的寒门举子，寺院道观是他们最好的去处。

按唐律，赴京的举子们从八九月启程，至长安科举发榜需近半年时间，吃住、交往、以及请托、行卷等开支花费是笔不小的数目，若是屡试不第，仍要坚持好几年直到考中为止的，那花费就更惊人了。

《太平广记》有载："在京应举，每年常用二千贯文。"家庭贫寒的举子为了筹齐路费、驻京应考，常常是"货鬻田产，竭家赢粮"。对于大多数举子来说，寓居佛寺是不错的选择。

宝应寺在长安颇有名气，此地原是王维之弟王缙的宅邸，其夫人去世后，他舍其宅邸为寺，当今圣上御赐"宝应"，从此声名鹊起。

宝应寺占地大，空闲房舍比较多，不仅有基本的客房和斋堂，而且还有浴室及包含五经、纬候、诸子、史传、杂说、文纪的藏经阁。除供僧人居住用斋和供奉佛像外，有空闲房舍容纳举子们留宿。

唐玄宗开元末宰相段文昌有个儿子叫段成式，他与温庭筠、李商隐齐名，时号"三十六"，著有《酉阳杂俎》20卷。段成式就曾寄寓宝应寺，还题壁留有一诗："古画思匡岭，上方疑傅岩。蝶闲移忍草，蝉晓揭高杉。"（《道政坊宝应寺·僧房联句》）因此，很多进京的士子文人便在宝应寺寄住。

酒过三巡，三人约定，每月最末一日到宝应寺会面，这里也就成了顾少连暂留长安的家，成了陆贽、钱徽等举子好友们聚合之地。

次日，三人在道城坊西街，拥抱离别，各奔去处。临别之时，陆贽将自己途经镇江，看见长江滚滚、鸿鹄翱翔时激情写下的《鸿渐赋》抄送给钱徽，嘱他呈送他父亲钱起斧正，以求汲引荐拔。

陆贽走在长安车如流水、马如游龙的宽阔大道上，百尺重城、千寻大道，朱紫参差、冠盖如云，时有朝廷官员、商人、僧侣、歌姬擦肩而过，甚至有"色黑如墨、唇红齿白"的黑色人种昆仑奴，一切是那样新鲜、奇幻和陌生，好像在梦游。

费了九牛二虎之力，陆贽在长安城转悠了半天，终于按照大哥家信中寄来的草图，在靖安坊东门之南找到陆赓的宅子。

多年未见面的兄弟俩紧紧相拥，喜极而泣。看到比自己大20余岁的兄长虽已鬓生华发，面带皱纹，但依然胸阔背直，神采奕奕，粗壮有力的双臂，让陆贽感到一股暖流流遍全身，那百味杂陈、赴京应考的焦虑感、自卑感、不安感顿时消退得无影无踪。

陆贽再次定眼打量眼前的陆赓，一米八的魁梧身材，眉宇间闪动着稳重刚直的目光，他着一身绯色絺冕（官服），冕有六旒，衣裳绣着三章纹，腰佩"鱼袋"和金饰剑，陆贽顿时瞪大了眼睛，按捺住心里的激动，颤声问道："大哥，你做到多大的官了，穿的是绯袍？"

"九弟，说来哥哥惭愧，只做了个负责舆马之事的小官，太仆寺少卿。"陆赓边说边将陆贽引进房里，安顿行李，陆赓的妻子李氏和孩子一一见过陆贽，李氏忙从内屋端出一盆热水，热情地递给陆贽一方新毛巾，让陆贽随即洗去了一身疲惫、一脸灰尘。

原来，陆赓算是门荫得官，没有朝臣们那般学识渊博，才学出众，出入朝堂，参与政事。但太仆寺是尚书省下的"九寺"之一，略同于汉代的"九卿"，执掌皇帝车辂、厩牧之令，一把手乃太仆寺卿，官秩从三品，太仆寺少卿两人，官秩从四品上。

看来，陆赓只负责些天子五辂、属车，后妃、王公车辂侍从服务之事，虽地位不高，官品和俸禄还并不低。

陆贽心想，这些年来，大哥陆赓能官秩四品，又在长安城的靖安坊置了这套临街而开的宅邸，也是很不容易。心中暗下决心，一定要凭着自己的真才实学出人头地，成就一番事业。

次日，陆赓便带领陆贽到尚书省报到，到礼部缴纳了文解（州府发给举子的证明文书）和家状（类似家庭状况调查表，包括姓名、行第、生辰、籍贯、身体状况以及祖上三代的名讳、官秩和存殁等，相当于政审资料），结款通保，接受了礼部的各项审核。

万事俱备，陆贽只等"春闱"！

第十章　鸿渐之仪

"蹇驴放饱骑将出，秋卷装成寄与谁。"

这是诗人张籍写给贾岛的诗句，讲的是进士"行卷"。

何为"行卷"？

唐之举人，先借当世显人，以姓名达之主司，后以所业投献。于是天下之士，戴破帽，骑蹇驴，拜谒于公卿之门，投其所为之文，谓之行卷。

意思就是，各地举子到了京城，精选出自己最得意的诗赋，编辑誊写，制作成一个个卷轴，上加装饰，写好行款，向当朝的达官权贵、名流世卿投书献文章，以便博取他们的举荐揄扬，在同僚间制造声誉，期盼着"一登龙门，则声誉十倍"，从而得到（知贡举）主考官、朝廷重臣甚至皇帝的关注和赏识。

这种"行卷"并非舞弊行为，而是正大光明的事情。在唐代，朝廷鉴于一次考试不足以反映举子的"综合素质"，打破了"一考定终身"的弊病，允许举子在考试前向主试官员献纳诗文，也允许官员举荐延誉。

对于举子们来讲，以文为贽，自我推荐，凭一篇诗词歌赋，博得知贡举或是考官的赏识或眷顾，既便捷省力地推销了自己，又体现了儒门风雅。到了中唐，行卷以多为贵，纳卷越多，登科的机会越大，有才华的贫寒士子，有时不但能求得荐引，还能谋取一份经济上的资助。

白居易"因为之延誉，名声逐振"，27岁及第进士。

然而，"千里马常有，伯乐不常有"，真正具有周公之风，极力引致后进、荐贤若渴的权贵伯乐并不常见，真正帮狠心忙的，除了具有深厚本位意识、家乡情结的同乡，比较靠谱的，还是要数有天然血缘的亲戚关系、同宗关系。

陆贽按照母亲韦婉芝临行时的嘱托，到京城找到大哥陆赓后，先去拜望韦婉芝的母亲窦氏，得到舅舅韦贲一家的帮助。

韦婉芝的父亲韦岳，也就是陆贽的外公，出身京兆韦弘机一系，其父辈皆以吏治见长，勤干为固有家风。开元年间，韦岳病逝在颍州别驾任上，陆贽的外婆窦氏已是年近八旬的垂暮老人，住在长安城西南部偏僻的安乐坊。

韦岳的长子韦景骏，开元年间，由房州刺史转授奉先县令时，还未赴任就生病去世了。二儿子韦贲，时任蓝田县尉，未居长安城，妻子段氏和儿女们住在安乐坊，照顾年迈的窦氏。

韦贲和段氏生了四个儿子，韦津、韦易、韦皋和韦平，四男子皆长得浓眉大眼、强壮魁梧，体态雄健，也都精明能干。特别是三儿子韦皋，身材高壮，英俊潇洒，一双眸子炯炯有神，既敏锐阳刚，又精气内敛。

韦皋刚出生满月时，前来庆贺的有不少僧侣，席上，有个相貌特丑、碧眼胡僧不请自来，韦家的仆人将这位不速之客随便安排了一个座位。吃完饭后，夫人段氏将婴儿抱出来，让群僧祈福。

这位碧眼胡僧径直走上前去，握着婴儿的手，笑眯眯地说道："韦公子，别来无恙！别来无恙乎？"

大家诧异地望着胡僧，以为他在说胡话。没想到小韦皋好似听懂他的话，咯咯地对着他笑。

韦贲疑惑问道："吾儿降生刚一月，师父怎说别来已久呢？"

胡僧不慌不忙，缓言说道："天机不可泄漏，不可告诉施主。"大家一再追问，胡僧才露出深深的笑意，悠悠地说道："贵公子是西蜀宰相诸葛亮转世，将来要做大唐西川（西蜀）统帅。听说武侯的后身降生在你韦家，适才不远而来，只有小韦皋未曾冷落老僧啦！"说完拂着饱饱的肚腹，哈哈大笑而去。

安史之乱时，年幼的韦皋与其家族依附于唐玄宗的车驾避难成都，后随玄宗车驾还京，颠沛流离的避难给韦皋留下了不可磨灭的印痕。宝应元年（762年），唐肃宗李亨溘然驾崩，葬于咸阳城西北50公里处的建陵。

按唐律，朝廷将从皇亲国戚与当朝权贵中挑选60个子弟为挽郎，负责给唐肃宗出殡时引灵柩、唱挽歌。挽郎条件较为苛刻，除名声嘉美、博通诸艺、富于才情外，还需要有良好的家族出身。18岁的帅气小伙韦皋就被选中为建陵挽郎，正式进入仕途。

陆贽与陆瓒来到舅舅韦贲家，外祖母窦氏见着嘉兴来的外孙中得解元赴京应考，高兴得合不拢嘴。陆贽给窦氏跪地请安后，介绍了家中的情况。舅妈段氏也将在家的儿女介绍陆贽认识，一家人欢天喜地，其乐融融。

此时的韦皋正值风华正茂之年，"以文翰之美冠于一时"，早已不是那个建陵挽郎了，目前官至监察御史，相当于中央纪委官员，虽然官阶不高但年纪轻轻就当值御史台，又有监察百官之责，前途可是无可限量！

令人羡慕的是，他的新任上司张延赏对他青睐有加，他于是经常给上司家里送些水果蔬菜之物，讨得苗夫人的喜欢，苗夫人给张延赏吹枕边风说："韦皋将来的尊贵，无人能比。"于是将他的女儿张英嫁给了他。

英姿勃勃的韦皋见到远道而来的表弟陆贽，也是双目炯炯，堂堂一表人才，举手投足颇有涵养，两人一见如故，特别亲切。

韦皋未参加过进士科考，当他看了陆贽的几篇诗赋，顿时刮目相看。韦皋将陆贽的《月临镜湖赋》《鸿渐赋》等诗文做成数份规范的卷轴，向他熟识的朝中大臣和京城名儒不遗余力地推荐，为陆贽应举助力。

陆贽赴京前，其先生陆景倩也给刘晏写过荐书，加之陆贽父亲也与刘晏相识，曾在平定唐玄宗第16子"李璘之乱"时有过交往。少年时刘晏见过自己，还考过诗词，并多有奖掖，冀成大器。

大历五年（770年）的元正节（春节）即将来临，经过一番思想斗争后，陆贽在韦皋的鼓舞下壮着胆子向刘晏行卷《鸿渐赋》。

此时，56岁的刘晏正是吏部尚书。之前，宰相元载独擅朝政，设计将大宦官鱼朝恩缢杀。元载为了排除异己，以户部侍郎、判度支第五琦与鱼朝恩同党为由，逸言将其贬为了处州刺史（今浙江丽水）。

诛杀了鱼朝恩后，元载野心膨胀，几乎到了翻手为云、覆手为雨的地步，唐代宗于是有意重用刘晏对元载加以遏制，遂以宰相的身份不能久兼度支事务为由，启用尚书右丞韩滉接替第五琦，与刘晏分治大唐东西财赋。

毋庸置疑，刘晏已是朝臣中一位举足轻重的人物，他不仅掌执东南财计，而且兼管吏部，算是皇帝的红人、朝廷的重臣，如果能得到刘晏提携，陆贽自然能平步青云、飞黄腾达。

殊不知，当朝宰相大人元载，虽然曾经还当过一段时间刘晏的下属，但对于吏部这一重要的官署，根本不愿意将权力过多地放给刘晏，另外安排了自己的亲信薛邕为吏部侍郎，掌握着吏部的大多实权。

当然，初来乍到的陆贽，并不能看清朝堂中这等纷纷扰扰、勾心斗角、盘根错节的蛛丝"官网"。

刘晏的宅邸位于长安地势最高的乐游原南边的修行坊，相对大明宫来说也算远坊。但刘晏是吏部一把手，宅邸都有门卫把守，陆贽去了两次，大门紧闭，都被门卫以诸如刘大人不在等理由拒之门外。

看来，刘晏定是事先有过吩咐，杜绝关说之风，在科举前一律不接受投状行卷，以免被人挑出错失，借机朝堂发难，"身在高位，不得不防啊！"

"无弊不成科场"，刘晏深谙此道，对这时政看得清楚。的确，在每年的科举关头，长安城私底下流弊之风也盛行，牵涉到方方面面的复杂关系和权力角逐，搞不好还会涉及朋党之争，过去很多朝中重臣因形形色色的"科举案"身首异处的前车之鉴举不胜举。

行卷无门怎么办呢？陆贽四顾茫然。

看到不少举子为登科第，摧眉折腰事权贵，甘愿低眉敛翅，自贬身价，有的举子像那入秋的青蝇，在朱门甲第飞来飞去，甚至巴结宦官……

在深厚家风和儒学熏陶下长大的陆贽，骨子里透出的自负让他对这些浮华之士不屑一顾，甚是反感，他决定放弃投献，凭自己的真功夫应考。

陆贄为九弟着急，于是背着陆贽，直接去到尚书省六部之首的吏部，找到刘晏尚书，慎重地将九弟陆贽的行卷呈上。

刘晏听说是嘉兴陆贽的行卷，方才想起陆景倩的推荐信来，得知陆贽取得苏州解元，目前已到京城，甚是高兴，迫不及待打开卷轴，一股幽淡的墨香传来，遒劲方直的楷书跃然纸上，整齐流畅，正是陆贽的骈文《鸿渐赋》。

深不测者道，大无疆者空。空非羽而何适，道匪人兮孰通。通于道者，是谓君子；适于空者，莫如渐鸿。

故圣人托象以明义，务勤以饬躬，将自迩而图远，必因卑而致崇。始其素卵新化，青春戏融，一之日乳哺衡阳之曲，二之日朝翔彭蠡之中。且爱居以乐水，亦从正而养蒙。毳毛其成，洞庭之芳草初绿；弱羽云就，武陵之繁华已红。而见其进，未知其终。

美夫姿淑伟丽，飞鸣有检，动靡求栖，游皆远险。思奋志于寥廓，且藻容于菱芡。升不越次，先冒履木之危；进而得中，乎及于磐之渐。渐如何其，往有攸措。方去渚而庆止，俄跻陵而退顾。风水遥辅于羽毛，烟云未通于道路。嗌嗌相召，惊月夜而乱趋；肃肃连行，拂天池而径度。信梁燕之莫俦，岂谷莺之足慕。亦犹九层起于累土，千里始于投迹。琢玉者日就其功，为学者月将其益，皆自微以成著，固何求而不适。

异夫出陵搏空，骧首矫翮，顺寒暑以攸往，亘山川而罔隔。以言乎鸟也，尚不忘进；以言乎人也，如何勿思。思者所以志道，进者所以修辞。诚既往而莫返，冀将来而可追。蒙亦有望于斯渐，敢不肃然而勉之。

刘晏执轴欣喜读来，时而慷慨激昂，字正腔圆，时而柔声细语，舒缓雅致，时而沉郁从容，婉转低吟，不由啧啧称叹："好文章啊！"

"气势之盛，恰如渐鸿！"

"鸿鹄之志，旷世之才啊！"

吏部上班的群臣闻声而来，无不投来惊赞的目光，纷纷击掌喝彩，竞相争问是谁的大作，令刘晏如此褒扬。

"苏州解元，嘉兴陆贽！"刘晏有些动情，好多年没有像今日这般喜形于色，他扬了扬手中的卷轴，递给闻声而来、站在身旁的司勋员外郎（吏部司勋，负责官吏勋级授予）钱起，煞是高兴地说道："仲文（钱起字号），你乃大历十大才子之首，你看看陆贽的骈文如何？"

虽然钱起的儿子钱徽已将此文呈给他读过，他一看到陆贽的文章，顿时就被瑰丽的文采折服,煞是惊叹陆贽的才华,自己的儿子能与陆贽这样的才子结为好友,心中甚是高兴,他一边教导钱徽多向陆贽学习,一边也想留意机会对他推荐揄扬。

但钱起镇定了一下,仍是装着若无其事,接过卷轴认真细致地看起来,其他官员也围过来,一睹为快。

何为鸿渐,"鸿,鸟也;渐,进也",典出《周易》卷五《渐卦》,意为鸿鹄飞翔,从低到高,循序渐进。

陆贽写的这篇骈文,是从大运河北上赴京途中,看见远骛的鸿雁飞翔于滚滚长江之上,触景生情,以鸿自喻,表达积极进取、奋发向上的渐进精神。

陆贽之前,美男子潘岳《西征赋》中写过:"振鹭于飞,凫跃鸿渐,乘云颉颃,随波澹淡。"《文选·班固〈幽通赋〉》中也有"皇十纪而鸿渐兮,有羽仪于上京"之名句。唐代诗人刘商在送别好友李元规赴举时赠别道:"见诵甘泉赋,心期折桂归。凤雏皆五色,鸿渐又双飞。"宋代陆游《答发解进士启》中写过"将鸿渐于天廷,始龙骧于学海",就是以鸿鹄喻君子仕进于朝。

钱起轻声读了一遍《鸿渐赋》,灿然说道:"陆贽深得《易经》之道,以赋盛赞鸿鹄,志在'遨游太空',却又有'飞鸣有检,动不栖身'的渐进精神,寄怀自己要'肃然而勉之',读来真有一股浩然之气啊!"围在旁边的吏部官员们也有同感,都点头称赞。

"燕雀安知鸿鹄之志,怕他是把我们都比作燕雀了吧!"这是吏部侍郎杨炎的声音,他突如其来的话让大家面面相觑,堂内顿时鸦雀无声。

能出此言者,也非寻常之人。这杨炎美须眉,峻风寓,也算当朝一代文俊,难得的是他不但文笔了得,还同刘晏一样精通国家发展经济之道。

杨炎后来也官居宰相,他颁行"唯以资产为宗,不以丁身为本"的"两税法",彻底打翻了自战国以来以人丁为主的赋税制度,虽然也有其时代的弊端,但他一下子让唐王朝的财税收入翻了近三倍,经济得以迅猛地恢复与发展,算是中国历史上一个具有划时代意义的里程碑。

遗憾的是,这位中唐著名的财政大臣,后来"专意报恩复仇",构陷诛杀刘晏于忠州(重庆市忠县),罪之功之,泾渭两清,此为后话。

杨炎与宰相元载是同乡,与刘晏早有宿怨,元载专权后,杨炎即倾身依附,元载提携他到吏部当了二把手，实则是想让杨炎取刘晏而代之。《新唐书》写道："杨炎为吏部侍郎，晏为尚书，盛气不相下。"

也难怪杨炎敢公然在刘晏面前"唱反调"。因此，陆贽的这篇《鸿渐赋》很快传于朝堂上下，争论之声不绝。门生故吏满天下、权高位重的刘晏也对元载、杨炎毫不相让，陆贽无意之中，成了他们暗自较量的棋子。

《鸿渐赋》好似一夜之间传遍长安，在京城引起不小的反响。陆贽名冠士林，已然是长安冬天的星空下那一颗最引人瞩目的星。

陆贽的《鸿渐赋》在长安士林中广泛传阅时，又有一则重大而震惊的消息传遍京城，闻者无不悲戚动容！

在这个寒冷的深冬里，鼎鼎盛名的一代诗人杜甫撒手西去。

有人说，杜甫是在去往岳阳时江水暴涨，所乘小舟被洪水所吞噬；有人说，湖南兵马使臧玠在潭州举兵为乱，杜甫在逃往衡州的战火中被乱兵所杀；也有人说，流落漂泊的杜甫半月未得食物，身如枯柴，重疾染心，恶吃耒阳县令所送的牛肉白酒，过量而卒……

陆贽早对这位有着"致君尧舜上，再使风俗淳"理想的大诗人心存敬仰，对他一生屡遭贬谪、颠沛流离的官场命运也深表不满。听到这则消息，陆贽不由大为震动，恸心而道："子美哪是食肉酒而卒，他是食人间痛苦而卒啊。像他这样心系苍生、胸怀国事的大诗人，为何也沦落到如此境遇？"

杜甫的仕途多舛更是让陆贽叹惋不已。天宝六载（747年），年轻的杜甫也如自己一样踌躇满志来到长安应试，却因权相李林甫"野无遗贤"的闹剧而落榜。天宝十载(751年)，杜甫又向宰相和皇帝投献三大礼赋《朝献太清宫赋》《朝享太庙赋》《有事于南郊赋》，参加集贤院应试，却只获得了一个"参列选序"资格。之后，杜甫客居长安，奔走献赋，处处行卷投献《封西岳赋》《雕赋》等文赋，直到天宝十四载（755年）才被授予河西县尉之职……

陆贽心里暗道：杜甫所著《朝享太庙赋》《封西岳赋》等行卷文赋，笔底波澜，沉郁顿挫，仁民爱物，尚且未能得到一官半职，而自己的这篇行卷《鸿渐赋》要得到朝中重臣的赏识，怕是希望渺茫，心中不胜惆怅。

陆贽一遍遍重读杜甫的诗作，从"荡胸生曾云，决眦入归鸟。会当凌绝顶，一览众山小"(《望岳》)到"万里悲秋常作客,百年多病独登台。艰难苦恨繁霜鬓,潦倒新停浊酒杯"(《登高》);从"国破山河在,城春草木深。感时花溅泪,恨别鸟惊心"(《春望》)到"安得广厦千万间,大庇天下寒士俱欢颜!"(《茅屋为秋风所破歌》);从"剑外忽传收蓟北,初闻涕泪满衣裳"(《闻官军收河南河北》)到"出师未捷身先死,长使英雄泪满襟"(《蜀相》);从《新安吏》《石壕吏》《潼关吏》读到《新婚别》《垂老别》《无家别》……激昂、悲怆、豪迈的文字无不满怀忧国忧民之心,读到至情之处,陆贽常常痛彻心扉,潸然泪下。

"朱门酒肉臭,路有冻死骨""君不闻汉家山东二百州,千村万落生荆杞,纵有健妇把锄犁,禾生陇亩无东西"……特别是杜甫这一首首反映政治动乱、民不聊生的诗词,宛如一束束锋利的剑芒,深深刺痛着陆贽的心扉。

杜甫的死,让陆贽好似一下子成熟了许多,立国要以民为本,为政要轻徭薄赋的仁政思想从此扎根心田。陆贽暗暗发誓道:"安史之乱,民益困穷,有朝一日我能揭榜入仕,一定要安贫恤穷,止兵息乱!"

也正是这位大唐现实主义诗人的影响,才有了陆贽后来逾10000字的传世之作《均节赋税恤百姓六条》,此为后话。

第十一章　进士及第

大历六年（771年）的正月初九，夜幕降临。

长安大明宫外，雪花微落，紫宸内殿，静谧无声。

45岁的唐代宗看上去疲惫苍老了许多，幽幽暗暗的烛光照着他半明半暗的脸，浓眉下面的那双眼睛很久没有睁开，也许是真累了，他仰卧于木榻已有三个时辰，右手紧紧攥着一张半卷的大唐地图。

夜过子时，一阵急促的脚步声打破夜空的宁静，宦官（太监）马承倩来到紫宸内殿，清了清嗓子，抿了抿嘴，露出一丝笑后，轻轻地吭了两声，唐代宗的眼睛惊醒睁开。

"启奏陛下，大喜啊，'玉皇诞典'（农历正月初九是天界玉皇大帝的诞辰）显灵了，显灵了，司天监杨景风前来求见。"

司天监即司天台长官，掌天文历法、风云气象、史书图籍，隶属秘书省，官秩三品，称"史官之长"。乾元元年，唐肃宗改太史局为天文台，设春官、夏官、秋官、冬官、中官五官，天文历法得到空前发展。

杨景风是天宝六载进士，满腹经纶，擅测天象，潜心研究过《易经》以及著名天相家袁天罡和李淳风的《推背图》，并著《宿曜经》于司天台普授传经，虽年过七旬，仍是黛眉皓然，白须飘逸。

"臣叩见陛下，吾皇万岁万岁万万岁。"杨景风入殿掀袍跪奏。

"爱卿平身，今夜星象几何？"唐代宗开口问道。

杨景风嗫嚅地说道："回陛下，今夜上九之日，玉帝之诞，天地瑞雪，朗朗星空，岁星当头（现指木星冲日），星罗棋布。"

"紫微星（紫微星垣代称皇帝）可在？"

"紫微星璀璨夺目，三垣居中，紫微宫群星闪烁，尤其是东南方的岁星光芒灿烂，星月交辉。"

唐代宗立身站起，缓声道："爱卿，陪朕出去看看。"

宦官马承倩接过皇帝手中的地图，放在御桌上。又赶忙给代宗披上一件外衣，同杨景风跟着代宗走出殿外。

一弯半月挂于苍穹，月光沐浴着大明宫，帝都长安披上银装，静默在晶莹的雪花里。唐代宗仰望着星空，口中深情地念道："忽如一夜春风来，千树万树梨花开。"

这是边塞诗人岑参吟雪的诗句，而今，这位两度出塞、驰骋沙场、立功报国的幕府判官、嘉州刺史已于去年卒于成都。"四边伐鼓雪海涌，三军大呼阴山动"的大唐国威也已随诗人远去。

唐代宗是在咏雪，还是在怀人？也许都有。

他是多么渴望像岑参那样胸怀文韬武略、慷慨报国的英雄志士再多些，多得像那漫天的雪花，在这雪夜星空下，悄然落在这恢宏的大明宫。

"陛下，紫微正中啊，您看那便是紫微星。"唐代宗遥望北方，那颗硕大的紫微星依然明亮地悬于苍穹。

"太微、天市二垣在哪里？"代宗侧过头问杨景风。

杨景风答道："臣来时太微、天市二垣甚是亮洁，此时已变得有些模糊。陛下，它们在那里，还能看得到。"

唐代宗顺着杨景风的手势，用目光搜寻着北方的星空，一边疑惑地问道："爱卿，那连着的几颗是北斗七星吗，怎么只有四颗？"

杨景风睁大眼睛，他看到的北斗七星确实只有四颗，四颗北斗星与无数小星宿组合一块，多像一个"田"字。

此时，一阵微风吹过，纷飞的雪花骤停，北方的天空好似有浮云流动，而南方的星宇愈显澄澈。

杨景风躬着身,毕恭毕敬地说道:"陛下,雪霁风停,您看那二十八宿格外皎洁,南方群星汇聚,由北向南连起一泓迢迢的银河啊。"

银河南端,一颗星宿特别明亮耀眼,在群星中闪烁着蓝色的火焰。

杨景风心里默念道:又见文曲星下凡了,天佑大唐啊!天下苍苍,人海茫茫,文曲星遗落人间何处?不得而知。天上星移斗转,地下一夜一兴亡,杨景风默默地祈祷着:利社稷、辅明主的贤才早些到来。

夜过三更,大明宫外越来越寒冷,宦官马承倩看见代宗嘴里呼出的热气,霎时变成一圈一圈的白雾。

马承倩轻声道:"陛下,休息吧,别冻着了,明天还要早朝啊!"

唐代宗仰着的头从左到右,又从右到左再次仰望了一遍这雪夜星空,他知道,明天应该是一个晴朗的日子。

"朕今晚不睡紫宸殿,到贵妃(独孤氏)那里去。"

官宦马承倩开心地说:"奴才马上去办!贵妃一定好生欢喜。"

走进贵妃的寝宫已是寅时,贵妃美梦初醒,雪肤凝脂,帐里暖意融融,暗香浮动,唐代宗冰冷的身体好似燃起冬天里的一把火。也许,在这冷飕飕的寒夜,阴森森的宫殿里,代宗需要那一处真实的温暖。

那一刻炙热的温暖却是那么短暂,一个偌大的唐朝,需要的是一个万木葱茏、欣欣向荣的温暖春天。

"春宵苦短日高起,从此君王不早朝。"在历朝历代的皇帝之中,唐代宗也算是一个痴情帝王,但他没有像李隆基那样眷恋贵妃的芙蓉帐。他明白,满朝文武五品以上官员,以及两省供奉官、监察御史、员外郎、太常博士还等着他朝参议政。卯时刚过,唐代宗就来到大明宫前朝的第一正殿——含元殿。这是长安最宏伟的建筑,也是最高的权力中心所在。

唐代宗端坐于龙椅之上,看上去铆足了精神,他环视了一周这开朗而辉煌的大殿,今日好似如日之升、如在霄汉。是啊,他何尝不期待那"千官望长安,万国拜含元"的盛世轮回?

而殿下的满朝百官,此刻正议得热闹,针对正月初九雪夜星空的奇异星象各抒己见。看见今日的皇帝精神焕发,那淡定而从容的眼光扫过整个大殿的一刻,满朝文武百官顿时安静下来。

静，静得能听见大臣们的呼吸。谁都想站出来畅言一番，但好似谁也没做好心理准备。

唐代宗等待着，这个曾经以兵马元帅名义在安史之乱中收复洛阳、长安两京的皇帝，这个曾经制约平衡着郭子仪、元载、鱼朝恩三角政治的皇帝，已然学会了冷静，学会了以静制动。

吏部尚书刘晏打破了大殿的寂静。他踱步走上殿前，欣然说道："陛下，昨日乃玉皇大帝的诞辰，南方夜空岁星夺目，群星灿烂如宝石，天宇澄澈似明镜，此为人杰地灵之天象啊！"

"那你说说这人杰与地灵。"

"纵观十载，大唐经历了西北吐蕃入寇，河北藩镇割据，蜀中大乱，唯江南浙西和平宁静，免于战火，风调雨顺，鱼米满仓，就在昨日，浙西观察使李栖筠发送的两万斛米已运抵洛阳。"

"李爱卿治州有方，政声显著。他到苏州任职有三年了吧！"

"陛下，天象乃天时、地利、人和，重在人为，轻在天助。李栖筠在浙西苏州刺史任上已满三年，吏部考察其政绩为优等。若将他调回朝中，其光芒定可喻那太微、天市二垣。"刘晏的话音刚落，大殿里好似炸开了锅。

特别是刘晏的最后一句，大家心照不宣，那可是直指那个紫微星旁的太微星——弄权宰相元载，刘晏的话说到唐代宗的心坎上了。

站在群臣前排的元载，脸色青一阵紫一阵，他抬头看了看皇帝的眼神，犀利而坚定，不由咽下心中的怒火。

"臣反对！"正在群臣等看一场唇枪舌战时，这三个字让大殿一下寂静无声，吏部侍郎杨炎出班说道。

"皇上，刘晏向来精心运筹朝廷财赋、盐铁、转运等大事，今天何以良苦用心力荐地方官员，相中的还是宰相位置。刘晏如此力荐李栖筠，隐然有受贿纳赃之嫌！请皇上明察！"杨炎说完，低着头，躬身回到队列，他没有去看元载的脸，也没有看刘晏的脸。

不过，元载侧过身子，斜着眼瞥了一瞥自己"亲重无比"的杨炎。看来，这个"美须眉、峻风寓、有风仪"的老乡我没看走眼……想着这些,宰相元载看上去轻松了许多。

皇上静默着,好似没有发言的迹象。杨炎烧的这把火,得赶快将它扑灭,礼部尚书张谓走出列队,迈至殿前,侃侃而道:"陛下,寒冬之夜能见二十八星宿,其苍龙、玄武、白虎、朱雀四象中,南方七宿井、鬼、柳、星、张、翼、轸宛如出现在天空中的朱雀,这正是凤凰来朝的天象。致安之本,惟在得人,恳请陛下颁布求贤诏令,我朝必是群星荟萃,天下大治。"

这个张谓,朝堂上奏讲得舌灿莲花,也非等闲之辈。

"一树寒梅白玉条,迥临村路傍溪桥。不知近水花先发,疑是经冬雪未销。"这首《早梅》就出自张谓之手。那似玉非雪、近水先发、凌寒不惧的梅花,正好似这个凛然高洁、不屈权势的张谓。

唐代宗沉默了许久,郑重说道:"擢礼部侍郎张谓为知贡举,代朕草拟求贤令,选拔天下英才。"

正月二十九日,长安还是春寒料峭,春闱如期举行。

这天,尚书省礼部南院热闹非凡,2000多举子寅时(凌晨四五点)就起床,穿好白色麻衣,怀抱美好的憧憬,络绎不绝地聚集贡院。

大历六年的这场礼部试,唐代宗带领宰相元载和六部重臣亲临考场巡视。贡院篱墙四筑,早已派重兵把守,举子们在有司派遣的专差引导下,需进行全身搜检,防止携带违禁之物。

"密雪分天路,群才坐粉廊。"举子们鱼贯入场,先与知贡举(主考)张谓和副考官员们行礼对拜后,分东西两廊到各自的考舍。

考试从早上六点(卯时)开始,日势将晚前收回考卷,确因未答完可以延时夜试,给烛三根,烛尽交卷。因此,举子们只有自备一日三餐,带上餐具茶水等必需之物,朝廷也允许带上烤火取暖的炉篮、照明蜡烛等。夜幕来临时,还可见到"百莲千朵照廊明"的璀璨夜景。

陆贽虽是初次应举,但胸有成竹,有着沉稳自信的气势,不足三个时辰便完成了诗赋各一篇。其应制诗为六韵五言排律《禁中春松》,在《唐韵·钟部》中选一平声字为韵,陆贽取"松"字,以"松、浓、钟、重、封、峰"为韵脚,写出了这首对仗工整、雍容典雅的《禁中春松》：

> 阴阴清禁里，苍翠满春松。
> 雨露恩偏近，阳和色更浓。
> 高枝分晓日，虚吹杂宵钟。
> 香助炉烟远，形疑盖影重。
> 愿符千载寿，不羡五株封。
> 倘得回天眷，全胜老碧峰。

主考官张谓看到这首立意恳切、音律铿锵的五律，完全被诗中宏大的气势、优美的意境、立体的画面所征服，一番摇头晃脑地轻声吟诵后，不由拍案叫绝："江东子弟多才俊，俊才啊！"

纵观唐朝300年举行的226次进士考试，如此水平的五言格律可以说是凤毛麟角。陆贽的同乡、钱徽父亲钱起当年应举时，其诗《湘灵鼓瑟》有一句空灵如鬼魅的"曲终人不见，江上数峰青"，算是百年难得一遇的好诗，难怪张谓有感而道"江东子弟多才俊"。

"倘得回天眷，全胜老碧峰"，张谓反复欣赏，心里默念道："此诗确比钱起的诗还胜拔一筹啊！如此高妙空灵的结句，只有神物相助才能写得出来啊！难道他便是正月初九那晚，皇帝看到的北斗文曲星？"

阅卷会上，张谓和八名副考官将陆贽的试卷拿在手中，一再端详，再看了他的《东郊朝日赋》，无不赞其学养深厚、文采斐然，争先诵读这篇让人耳目一新的骈赋，面现惊容，对其双行偶句的骈俪外形、气韵流转的古文气势、骈散相间的平仄韵律、明白晓畅的生动语体啧啧赞许，大家一致同意将其列为头榜状元。

七日过后，阅卷完毕。按照唐代宗的口谕，张谓带着几名副主考直接将选出的前十名送到宣政殿，呈请皇帝御览，亲点甲第。

此年的科举组织严密，风平浪静，京城内外反响良好。唐代宗甚为高兴，拿起举子们的诗赋认真审读，《东郊朝日赋》就在其中：

日为炎精，君实阳德，明至乃照临下土，德盛则光被四国。天垂象，圣作则，候春分之节，时则罔怨。顺《周官》之仪，事乃不忒。

　　于是载青旗，俨翠华，荵留残月，旗拂朝霞。咸济济以皇皇，备礼容于邦家。天子躬整服以待曙，心既诚而望赊。倏而罢严，更辟禁城，五略齐驾，八鸾启行。风出郊而草偃，泽先路而尘清。卷馀霭于林薄，动神光于旆旌。初破镜而半掩，忽成轮而上征。杲耀荣光，分辉于千品万类；烟煴瑞色，均烛于四夷八纮。一人端冕以仰拜，百辟奉璋而竭诚。故曰天为父，日为兄。和气旁通，帝德与晶德俱远；清光相对，帝心与日心齐明。时也春事既用，夹钟律中，登观台而瑞集，睹芳甸而农众。东为阳位，故出拜于国东；仲居时中，乃展礼于春仲。既而盛礼毕陈，锡銮回轮。家有馨室，巷无居人。备礼服之烁烁，殷游车之辚辚。

　　人望如草，我泽如春。惟天德与圣寿，配朝日而长新。伊兹礼之可持，历前代而修之。汉拜庭中，成烦亵之细事；魏朝岁首，失礼经于旧时。国家钦若天命，率由时令，矫前王之失德，修古典而施敬。俾伯夷之掌礼，侔轩后以作圣。恭承命于春卿，遂观光而兴咏。

　　唐代宗读完此赋，龙颜大悦，欣然道："'人望如草，我泽如春。惟天德与圣寿，配朝日而长新。'藻绘堪比初唐王勃，政论堪比西汉贾谊，从谏堪比贞观魏征，好文章！"

　　张谓上前躬礼道："是啊，陆贽的诗文以复古为革新，推崇三代，取法汉文，骈散相间，锵然可唱。臣惊叹如此年少便作此等宗经明道、经世致用的文章，实属难得。臣等提议陛下赐其状元。"

　　唐代宗满面春风，欣然说道："天河漫漫，北斗粲然，此等俊才，寥若晨星，朕赐以状元，他日与爱卿们齐心匡扶社稷，中兴大唐。"

　　"臣反对！不宜赐状元！"科举副主考、御史大夫张延赏肃然说道。

　　张延赏是唐玄宗时期宰相张嘉贞（665—729）之子，但张延赏自幼丧父，开元末才得到唐玄宗召见，初授左司御率府兵曹参军。

　　由于张延赏博览经史、通晓吏治，受到宰相苗晋卿器重，成为宰相女婿。就在去年，唐代宗免去了张延赏河南、淮西、山南等道副元帅之职，命其所属部队镇守东都洛阳，并代东都留守。他政绩突出，在各地牧守望中位居第一，于是被唐代宗召拜为御史大夫。

唐代宗怔了一下，缓声问道："张大夫，监察百官正是你应有之责，有何反对意见？说来朕和大家听听。"

张延赏慢声说道："陛下，陆贽应举的诗赋确乃上乘之作，无可厚非，可堪状元之才。臣之前也读了他夺得苏州解元的骈赋《月临镜湖赋》，读了他行卷给吏部尚书刘晏的《鸿渐赋》，其文章博采汉唐，风格峻拔，议论酣畅，音律豪放，给当下华而不实的文风注入了一股清流。"

众臣们听张延赏说完这番话，已是面面相觑，这哪里是反对意见，简直就是在给陆贽"贴金"。

"张大人，你对陆贽文章如此褒扬，为何又反对拟为状元？"唐代宗笑了笑，似有所解，示意张延赏继续说下去。

"陛下，魏国李康在《运命论》中写道，'木秀于林，风必摧之；行高于人，众必非之'。陆贽已在乡试中取得第一，名盛江南，其行卷的诗赋情文并茂，闻名长安。如果陛下再赐其为状元，他便是我朝科举以来最年轻的进士、最年轻的状元，他还未到18岁啊！臣恐隆恩过重，怕他年少承受不住，反会害了他！"张延赏语气恳切地说。

张谓说道："陛下，臣之前听闻宰相大人（元载）对陆贽也有贬讥之辞，刘晏大人在吏部褒扬《鸿渐赋》时，吏部侍郎杨炎就以'燕雀安知鸿鹄之志'公然反驳，暗讽陆贽目中无人，恃才傲物，藐视朝廷，看来，陆贽似乎成了政事堂（宰相府）与吏部剑拔弩张的导火索了！"

"陆贽中了状元，怕会招来杀身之祸，成为宰相与尚书博弈的牺牲品。况且，纵观历届科举状元，最终能'匡扶社稷、中兴李唐'的寥寥无几。从陆贽诗中，臣能读到他也有自负、刚愎的一面，陛下可将陆贽藏之以才，多加磨炼，定能成为我大唐中兴的社稷之臣！"张延赏慎重说道。

唐代宗点头说道："张大夫所言有理。那爱卿有何建议？"

张延赏思虑了片刻，不缓不急地说道："陛下，陆贽在家排行第九，就列为进士第九名吧！"

张谓不以为然，面色凝重地说道："如此太委屈陆贽，他的诗赋若列为二甲之末，朝臣、士子、百姓将如何看我等贡举考官。陛下，若不能擢以状元，至少也应列一甲榜眼。"

唐代宗踌躇了片刻，定住心神，开口说道："就拟在一甲探花之后吧。"大臣们见皇上拍了板，也只能缄口不言，扼腕叹息。

当夜，唐代宗与考官们反复研究至深夜三更，最终敲定录取的进士。次日黎明时分，尚书省礼部贡院的东墙上就挂出金榜。

状元王溆、榜眼严绶、探花章八元，陆贽位列第四名，周存、常沂、员南溟等28人榜上有名。陆贽好友顾少连列进士第19名，而钱徽却黯然落榜。

三月三日天气新，长安城春暖花开。九衢长安，春意盎然，沉浸在一片绚烂的杏花中，最是一年春好处，绝胜烟柳满皇都。

这天，唐代宗在含元殿隆重举行新进士觐见大典，召见宴请新科进士，满朝文武百官身穿朝服，头戴"进贤冠"，踏曦上朝，赶在唐代宗还未驾到之前，早早就来到含元殿参加觐见大典。

陆贽被指定为觐见大典的唱名传胪，传胪即唱名之意。陆贽从容大度地走到殿前，洪亮的噪音铿锵有力地从第一名状元、第二名榜眼一一顺次唱名，唱传到的新科进士由鸿胪寺官引领出班，依次觐见圣颜，向皇上行三跪九叩之礼。

传胪唱毕后，新科进士们跪聆皇上圣谕。状元王溆率领进士们齐诵谢恩表后，满朝文武与众进士俯首高呼："吾皇万岁！万岁！万万岁！"颂赞声、鼓乐声、庆贺声在含元殿里久久地回荡。

第十二章　计日飞鸣

碧草春，杏花尘，青丝骑，红粉妆。

这是长安一年中最让人心醉的时分，曲江两岸，春风徐徐，杏花如雨，连绵十里，好一幅"异香飘九陌，丽色映千门"的早春图。

觐见大典之后，陆贽和新科进士们到吏部拜谢座主，再到政事堂参谒宰相，举行完"谢恩"和"过堂"仪式后，就要参加一项科举后最为重要的活动——曲江会。

"草色青青柳色黄，桃花初绽杏花开。"朱雀大道清扫得一尘不染，鼓乐喧天，人潮汹涌，长安城的官宦士家、游客百姓、男女老少聚在大街两侧翘首相盼，争相目睹新科进士的容貌。活动还给新科进士们提供了一个与豪门贵胄联姻的好机会，达官贵族的待嫁千金们倾城出动，来此选择心仪的白马王子，甚至皇帝的公主们也会精心打扮，悄悄来此挑选驸马。

张谓盛服冠履，乘彼辂车，与鼓乐队并行引路，状元王溆、榜眼严绶、探花章八元胸戴红花，骑着白骏马，在众进士的簇拥下，遍览长安名园，采撷初开的牡丹，尽情享受"春风得意马蹄疾，一日看尽长安花"的畅快。

唐代宗带着王公大臣和宗室子女来到曲江，于曲江亭亲下敕令曲江会开宴（闻喜宴），拉开曲江宴集的序幕。皇帝、王公大臣及与宴者一边观赏曲江的天光水色，一边品尝宫廷御宴的美味佳肴。得意的新进士们"曲水流觞"（置酒杯于流水，流至谁前则由谁饮酒作诗），陶然引杯，把酒吟诗，流连在春光旖旎的曲江头。

闻喜宴后，举子们还要参加相识宴、烧尾宴、樱桃宴、月灯打球、杏园探花、雁塔题名、看佛牙等一系列的宴集活动，到曲江关宴最后结束，时长月余，直到暮春，有时甚至长达数月，延至仲夏。

"题名登塔喜，醵宴为花忙。"这些密集的活动，雁塔题名最负盛名。

闻喜宴上，举子们不管是一举而登龙门，还是历经数举方得中榜，一下子获得了精神的大欢喜、大释放，喝得昏昏欲醉、手舞足蹈，集体来到晋昌坊的慈恩寺，雁塔题名，抒情言志，象征由此步步高升，平步青云。

大雁塔是长安最著名、最宏丽的佛寺，它是为供奉唐玄奘"西天取经"从天竺经丝绸之路带回长安的经卷、佛像、舍利和梵文经典，于永徽三年（652年）主持修建的阁式砖塔。这里既是中国大乘佛教的圣地，也是帝王宗室临幸之所；既是长安百姓踏春胜地，也是文人骚客与才子佳人的流连之地。

唐中宗李显神龙年间（656年—710年），新科进士张莒游至慈恩寺，一时兴起，将名字题于大雁塔下，从此后进慕效，沿袭成习。尤其是新科进士更把雁塔题名视为莫大的荣耀，将他们的姓名、籍贯和及第时间用墨笔题于塔壁，若是有人日后做到了卿相，还要将姓名改为朱笔。

顾少连见第三名探花章八元提笔走到大雁塔下，挥笔题诗"十层突兀在虚空，四十门开面面风，却怪鸟飞平地上，自惊人语半空中"。于是对陆贽催促说道："陆弟，该你题名了，给他们露一手！"

陆贽挥了挥衣袖，谦声笑道："眼前有景道不得，崔颢题诗在上头。我就不题了。"

"陆弟之才，世人皆知，远在状元探花之上，你就别谦虚了。况且'雁行有序'，如果陆弟不题，后面的进士们也不敢题了，好扫兴嘛！"顾少连拿过毛笔，拽着陆贽就要上塔题诗。

陆贽拗着身体，执意不肯上前，迷迷糊糊地说道："顾兄，我醉了，我醉了。"遂身体一软，瘫倒在地上，假装酒醉。于是顾少连只有把他扶到旁边的亭子里休憩。

顾少连以为陆贽是没获得状元，心情不悦，于是劝慰道："真为贤弟打抱不平，其实你的诗赋才华远在状元之上，长安士林都为你没能定为状元而议论纷纷，扼腕叹息。"

陆贽摇了摇头，缓声说道："顾兄抬举了，状元不状元无所谓，真正能成就一番经世伟业的,历来又有几个?"

陆贽也许不会料到,他后来真做了大唐卿相,大雁塔却没能留下他的题名,也就谈不上回来改为朱笔了。如果不明白陆贽踌躇满志的品格与心路,或许我们会认为他为此一定"肠子都悔青了"。

但《全唐诗》还是留下了陆贽在曲江会写下的这首诗《赋得御园芳草》,生动地描绘了曲江池的美丽景致和热闹繁华,真实地表达了他金榜题名、出人头地、踌躇满志、不负韶光的自豪和愉快。

> 阴阴御园里,瑶草日光长。霏霏含烟雾,依稀带夕阳。
> 雨馀蒹更密,风暖蕙初香。拥杖缘驰道,乘舆入建章。
> 湿烟摇不散,细影乱无行。恒恐韶光晚,何人辨早芳。

陆贽在曲江会上保持了沉默,但也有在此狂放的例子。

贞元十六年(800年),白居易以第四名及第进士,在大雁塔写下"慈恩塔下题名处,十七人中最少年"的诗句,"在慈恩塔下我们曾一起留刻名字,而我,是一行17人中最年轻的",又以诗"翩翩马蹄疾,春日好乡情"(《及第后归觐留别诸同年》)倾盖同年,得意之情洋溢于字里行间。

殊不知,白居易中进士已是27岁,且是第三次应举。而陆贽首次应举及第,年仅18岁,如果他在雁塔题名"最少年",定还说得过去。

"初获美名,实皆少隽,既遇春节,难阻良游。"春风得意的举子们遽尔成名,一春狂饮,自是顺理成章。但一些及第进士,出入花街柳巷纵情声色,恣意挥霍着狂喜、金钱和身体,有的携带乐工舞伎泛舟饮酒,有的则脱冠摘履、解衣露体于草地上"颠饮"。"归时不省花间醉,绮陌香车似水流""无人不惜花园宿,到处皆携酒器行"……便是这些少年得志的新科进士写照。

陆贽不屑于进士们沉浸在妖艳的杏花中,依红偎翠、轻薄滥饮,狎语亵言不堪入耳,宣泄着"朝为田舍郎,暮登天子堂"的狂傲、醉生梦死的冲动……他看到一些朝中官员,带着刚刚相认的新科进士,走马章台,博求名妓,在花红柳绿中,肆无忌惮地与长安教坊的倡伎调笑逗情,丑态百出。

陆贽与顾少连同榜题名，甚是一番欢愉，但心中念念不忘落榜的钱徽。他们找到沮丧失落的钱徽，拽到曲江，陪他举杯消愁，一起伤感与喟叹。

次日，陆贽邀请顾少连、钱徽来到靖安坊，大哥陆赓与大嫂准备了丰盛的饭菜，庆贺陆贽及第进士。吃过喜气腾腾的午饭，陆贽带着两人来到舅舅韦贲家中，给外祖母请安报喜，介绍顾钱两人认识了英俊帅气的表哥韦皋。

韦皋无疑是长安的"京城名少"，还是一位受到唐代宗表扬的蹴鞠高手。他带着妻子张英、弟弟韦平和陆贽三人来到大雁塔以东的"月灯阁"，痛快地踢了一下午蹴鞠。

这项始于轩辕黄帝，被唐太宗作为"增强士兵战斗力、提升军队凝聚力"的军事训练，后来发展成了世界性的体育运动——足球。陆贽从此成了韦皋的"粉丝"，也爱上了蹴鞠运动。

在恬淡春风里，韦皋带着陆贽、顾少连等人参观了长安的外郭城、宫城、皇城，游览了京城的山川名胜，吃遍了东市、西市的特色小吃，美好的时光，正如白驹过隙，转瞬就到了芳菲落尽的五月。

陆贽及第进士后，朝廷给苏州府和嘉兴陆府寄去了报喜的"泥金帖子"（相似于录取通知书），自己也给家中寄去了报喜的书信。欢喜过后的陆贽，归心似箭，早想回到苏州谢师孝母。顾少连心中也对苏州的真娘夜夜相思，于是两人决定做伴一起擢第还乡。

临行前，两人来与好友钱徽告别，钱徽的父亲钱起高兴至极，喜笑颜开，丝毫没有因儿子落榜的不快情绪，他邀请了朝中几位同僚共聚同乐，热情地置酒设宴，款待两位新科进士。

钱起端起酒杯，款款而道："各位，今日两位新科进士亲临寒舍，看望昔日结拜为兄的犬子钱徽。难得各位同僚也看得起老朽，不吝枉驾来临叙饮，令我钱府蓬荜生辉，才气溢门，老朽先敬各位一杯！"说完，仰面一饮而尽。

钱起向各位同僚对陆贽、顾少连褒扬赞誉了一番，各位同僚对两位进士声名早有耳闻，于是一席觥筹交错，相互敬酒畅饮。

钱起给陆贽、钱徽斟满酒杯，笑容满面地举杯赞道："陆公子学问纯粹，志大才广，忠勤敏达，风节凛然，将来必成大器，但望日后多多提携钱徽。"钱徽也点头说道："是的是的，还望陆兄多指教！"

陆贽受宠若惊，赶忙举起杯来，起身躬礼说道："钱大人谬赞了，晚生深受您的延誉之恩和衷心推戴。我与钱公子志趣相投，情同手足，一定互学互助，不负钱大人的期望。"

顾少连向各位简单介绍了三人相遇的故事，众人笑为"江南才子三结义"，又是举杯欢愉畅饮，气氛融融。

酒过三巡，钱起已是七八分醉意，他晃悠着身体，端起酒杯，捋了捋胡须，拂了拂袍袖，一首词彩清丽、音律和谐的《送陆贽擢第还苏州》脱口而出：

乡路归何早，云间喜擅名。思亲卢橘熟，带雨客帆轻。
夜火临津驿，晨钟隔浦城。华亭养仙羽，计日再飞鸣。

"华亭养仙羽，计日再飞鸣"，钱起以诗抒怀，以鹤喻人："陆公子，今日一别，祝你一路顺风。你要学你先辈陆机'二陆入洛、三张减价'的盖世文章，学他'鹤鸣九皋、声闻于天'的浩然气节，明年再来长安参加吏部的铨选，入仕为官，造福百姓，不久的将来，你定能成为我大唐高迈雄远的治国安邦之才。"

钱起以浓浓乡音，声情并茂地唱诵完这首饯行之诗，拳拳乡情、殷殷期冀溢于言表，众人皆鼓掌击箸，无不动容。

陆贽向钱起深深地行了躬礼，十分谦恭地说道："钱大人如此爱护、提携晚生，晚生感激不尽。"

钱徽用自家的马车将陆贽、顾少连送出春明门，马蹄得得，悠悠而行，来到柳色掩映的灞桥，挥手作别之时，钱徽给陆贽一个包裹和家信，叫陆贽顺便带回苏州老家，并交代他明年五月进京参加吏部铨选时，就顺便将他的母亲和妹妹钱薇带到长安。

其实，钱徽早就看出了陆贽的心事，他喜欢上妹妹钱薇了，于是借故让他给家中捎带东西，给他创造机会，至于能否修成正果，就看缘分了。

陆贽心里比吃了蜜还甜，擢第还乡的路途在欢愉的心情中似乎变得很短，陆贽与顾少连两人称兄道弟，结伴而行，沿路畅游，领略大唐山川风光，品尝各地不同美食，纵酒放歌，属对酬诗，经过一个月的跋山涉水，六月初方回到道别半年的苏州城。

姑苏江南，正是满城荷花初开的时节，苏州刺史李栖筠热情地接待了两位新科进士，当地的文人名士也纷纷邀同饮酒庆贺，真可谓"湖声莲叶雨，野气稻花风。州县知名久，争邀与客同。"

陆贽将钱徽的家信和包裹送到钱府，钱夫人甚是高兴，拿着陆贽在京城给她们母女俩单独买的礼物，更是对眼前这位文质彬彬的新科进士赞不绝口，准备了一桌好茶好饭，留请陆贽在家喝茶吃饭，住了一宿。

夜里，钱薇躲在闺房，紧张而又急切地打开陆贽送的小匣子，一双玉手好像不听使唤，颤颤地翻开一层黄绸，里面包着的正是一支小叶黄杨木梳篦，她用手抚摸着精巧的梳篦，雕花细腻光滑，梳齿圆润纤细，心里不由上下咚咚地跳起来，如荷花般嫩洁的面颊，顿时泛起一片淡淡羞涩的红晕，微微绽开了一片殷红的笑意……

发簪、玉佩和梳篦，正是古代男子追求女子的定情信物。梳子意为结发同心，欲与你私订终身、白头偕老的意思。才貌双全的陆公子擢第归来，以梳为礼，悄表爱意，钱薇自是情窦初开，欢喜得不可言喻。

钱薇对镜理妆，一绺一绺梳理着秀发。不知过了许久，拿出一把剪刀，轻轻剪下一绺青发，用黄绸将它包好，小心翼翼地放在陆贽送来的小匣子。

次日，钱夫人与钱薇在运河觅渡桥送别陆贽回嘉兴，钱薇将小匣子还给陆贽，羞涩地对他说："陆公子，你送的礼物太珍贵了，还给你吧！"当着钱夫人的面，陆贽不好拒绝，心中像是放进块冰，拔凉拔凉的。

篷船驶出运河，陆贽失落地打开小匣子，见是钱薇的一绺青丝，高兴得倏地跳起来，把驾篷船的师傅吓了一跳。

"窈窕淑女，君子好逑。参差荇菜，左右流之。窈窕淑女，寤寐求之，求之不得，寤寐思服……"宽阔的大运河，婀娜的柳色中，回响着陆贽爽朗而豪迈的歌声。

嘉兴的陆府，早在月前就接到朝廷送来的"泥金帖子"，陆贽及第进士的消息早已家喻户晓，老少皆知，都以陆贽18岁一次高中为嘉兴争光而自豪。陆贽四哥陆贤将家里里里外外又重新修缮粉刷了一番，张灯结彩，置酒备菜，只等陆贽载誉归来。

陆贽回到嘉兴，平日清静的陆氏庭院顿时热闹起来，前来道喜的、提媒的来来往往，络绎不绝。陆贽整日热情地招待来访客人，陪着母亲，逗着四哥陆贤家中的一对儿女，一家人欢聚一堂，把手谈笑，享受着温馨无比的天伦之乐，比春节过得还热闹舒心。

年仅 18 岁就及第进士，将来前途无可限量，陆贽一时成为嘉兴富商名门的千金们追捧倾慕的对象。母亲韦婉芝又旧话重提，张罗着要给陆贽介绍一门亲事，早日成家立业。

陆贽总是以功名未就推辞母亲，整日待在家里看书写字，将钱起大人那首《送陆贽擢第还苏州》写了无数遍，选了一幅装裱后挂在房里勉励自己。

每当瞥见"华亭养仙羽，计日再飞鸣"，陆贽不禁回想起从京城还乡时，一路遇见安史之乱后的萧落山川和疾苦百姓，心中便燃起一股熊熊烈火，更是坚定了"致君尧舜上，再使风俗淳"的雄心壮志。

母亲韦婉芝知道陆贽念着钱薇姑娘，于是托人前去钱家提亲。钱夫人甚是高兴，对陆贽的人品才华也很满意，表示应允。但回话说她做不了主，还得要给京城的钱起大人禀报同意后，才能答应这门亲事。

又过了一月，陆贽的三嫂又带上聘礼来到钱家，为陆贽提亲。钱夫人说钱起大人已回家信，告知陆贽正在读书备考来年的吏部铨事，不应以儿女婚事耽误了仕途，需待明年吏部铨选后再作决定。

一月不见钱薇，陆贽早已是心乱如麻，哪有心思在嘉兴读书，他赶到苏州，又带上大包礼品，上门拜访钱夫人家。钱夫人对这个未来的女婿更是热情周到地招待，还同意了女儿与他到金鸡湖去赏荷游玩。

故地重游，两人已是心有灵犀，情意缠绵，尽情地徜徉在金鸡湖畔的荷香垂柳之间，夕阳西下时分，两人来到湖心亭，已是难舍难分。

在这曾经相遇的地方，留下了两人一见钟情的刹那瞬间，陆贽自是触景生情，不禁深情地吟起诗来：

灼灼荷花瑞，亭亭出水中。一茎孤引绿，双影共分红。

  色夺歌人脸，香乱舞衣风。名莲自可念，况复两心同。

  正是"名莲自可念，况复两心同"，钱薇望着陆贽那一双清澈的眼，心中一阵狂喜，转而又略带伤感地说："陆公子，家父的信你知道的！你要用心读书，不要分心，等铨试后再来提亲。"说完，钱姑娘脸带飞霞，羞涩不语。

  陆贽深情款款地看着钱薇，怔怔说道："一言为定，等我铨试之后，堂堂正正地回苏州娶你！"

  湖心亭外，一对对白鹤展开飘逸的翅膀，在荷花与水草间浪漫起舞，那白色的翅膀，好似钱薇姑娘那飘逸的白裙，在蔚蓝的天空下，显得那样纯洁、透明。微风吹过，一湖碧水泛起涟漪，一层层荡漾开去，一对执手相依的倒影在湖波里闪烁着金色的余晖……

  陆贽回到嘉兴，来到南湖之畔，收养了两只受伤的白鹤，精心编织了一支竹笼挂在院里，一边复读《文选》《左氏春秋》等典籍，一边悉心喂养白鹤。那对白鹤在陆贽的照料下，恢复了身肌，好似略懂人的心性，每日以清脆的鹤鸣，伴着陆贽诵读经典。

  疲惫孤单时，陆贽放飞两只白鹤，看着它们展开洁白的羽翅，飞过屋顶，飞越田野、溪流、村庄，消失在茫茫的苍穹之中。

  陆贽翘首等待着，等待着它们扑闪着洁白的翅膀，轻鸣两声，静静地飞落到院里。那一刻，陆贽好似见到了自己朝思暮想的钱薇，白鹤那洁白轻柔的羽翅，多像心上人那一袭纯洁飘逸的白裙。

  转眼就是大历七年（772年）的阳春三月，正是新科进士们一鸣金榜、曲江宴集之时，陆贽与顾少连又要北上长安，参加由吏部举行的铨选考试。因为考取进士只取得入仕资格，只有在铨选考试中脱颖而出，才能真正入仕为官。

  按照钱徽的嘱托，陆贽与顾少连来到钱夫人家，帮助钱家打点行李，携带钱夫人和钱姑娘一同进京。一路向北，美女做伴，沿路芬芳，欢歌笑语，苏州到长安的旅途，如同三月桃花烂漫，格外赏心悦目。

  钱薇一路细心照料着陆贽的白鹤，两人眉目传情，顾盼流离，一路欢歌笑语，也好似一对形影不离的白鹤。

第十三章　博学宏词

考上进士不算完，铨试过后方为官。

在唐代，考中进士并不意味着马上就去当官，只能说具备了当官的资格。古人叫它"功名"，今人谓之"文凭"。

发"文凭"是礼部的事，"封官"又是吏部的事。

《资治通鉴》记载："进士及第而于时无官，谓之前进士。"前进士们要脱去一身白麻布衣，换作九品青衫，释褐（把布衣换作官服）授官，必须通过吏部举行的铨试。

能参加铨试的，都是经过县府、州府、礼部的层层考试选拔的进士，皆是凤毛麟角、天之骄子，要在其中突出重围，脱颖而出，简直就是千军万马过"独木桥"，难于上青天。

吏部的铨试，既要考诗赋，又要考策论；既要考智商，还要考情商；既要挑人才，还要挑口才；既要看面相，还要看"官相"。相当于把当今报考公务员考试的"笔试""面试""考察""体检"四者整合一体，是对及第进士为官从政素质的一次综合考察，是一场异常艰辛而又左右一生命运的人生炼狱。

铨试第一关："身、言、书、判"。

"身"，考的是容貌仪表，讲究"体貌丰伟"，五官端正，身体健康；"言"，考的是口才谈吐，讲究"言辞辩证"，能说会道，雄辩滔滔；"书"，考的是书法，讲究"楷法遒美"，颜筋柳骨，笔底春风；"判"，考的是公文判例，讲究"文理优长"，通晓法理，明辨是非。"判"文特别重要，它集学问识见、儒家经义、法律事理和分析构断于一体，熔"立功"与"立言"、政治与法律、实践性与文学性于一炉，旨在考核进士"临政治民"的吏事能力。

以上四者皆可，方才进入第二关，报考铨试科目。

铨试科目设有博学宏词、书判拔萃、三礼、三史、三传、五经、九经等，凡考试优等者不论出身年数多少，都可以立即释褐入仕。

在这些铨试科目中，尤以博学宏词科为首要，因其"人尤谓之才，且得美仕"而为人瞩目，登科者地位崇高，受人尊重，众多博学多才的及第进士都要为此一搏。然而，"博学宏词"既要"博学"，有渊博精深的学识，又要有"宏词"，有优美恢宏的文词。

唐代有不少著名人士应博学宏词科试一再受挫，屡试不中，失望而归。譬如有着"文章巨公""百代文宗"之名的韩愈，第四次参加科举及第后，却三试吏部不中，困顿长安十余年，犹然布衣，29岁才被董晋召为幕府，谋得官职。甚至还有众多进士整整20年都未能跨过吏部这道槛，只能奔走于权贵，谋求幕僚官职，或终身沉浮于底层生活。

唐代科考之残酷，于此可见一斑。能一次闯过两关的，当是货真价实、出类拔萃的满腹经纶之士。

大历七年（772年）的六月，陆贽同百余名拿着进士"文凭"的八斗之才来到吏部报到，接受朝廷的挑选。

这位来自江南的嘉兴才子，以他英俊而坚毅的脸庞，睿智而深邃的目光，沉着稳健的言谈，浑厚有力的书法，从容自信的举止论辩，一路闯过"身、言、书、判"的红线。

陆贽的判文更是他的拿手好戏，四六骈文写得不仅文采粲然，弘雅可观，而且对偶齐整、音韵协调、语言流畅、气势极盛，又毫无虚夸浮华，"文理"兼优，被考官们一致确定为甲等。

顺利通过第一关后，陆贽更是信心百倍，胸有成竹地报考了难度系数最大的"博学宏词科"。

此次博学宏词科铨试安排在含元殿，这是大明宫前朝第一正殿，是皇帝举行朝会大典以及阅兵、献俘等重大仪式的殿宇。

进士们走进这座气势雄伟的殿宇,感觉如在霄汉,震慑而紧张。宰相元载、吏部尚书刘晏、礼部侍郎张谓等当朝重臣都悉数到场,诸位铨试考官分列四周,肃穆而立。

殿内的座椅、笔墨纸砚早已安置停当,桌上摆放好了答题试卷。陆贽极目环顾,找到自己的位置安静坐下,仔细听完吏部尚书刘晏读完此次博学宏词的试题后,正襟危坐,屏息静气,闭目良久,方才从容下笔,作此《登春台赋》:

> 春发生以煦物,台居高而处明。
> 俯而望焉,舒郁郁之和气;登可乐也,畅怡怡之远情。
> 触类斯感,众芳俱荣。风出谷以天霁,云归山而景晴。
> 俯视平皋,傍临远峤,穷汉苑以周览,匝秦城而回眺。
> 林峦彩翠,浮佳气于遥天;宫观参差,丽飞甍于夕照。
> 望莫若兮望远,感何深兮感春。
> 登其台则历阶而至极,应乎律故阴惨而阳伸。
> 令行期顺,泽布惟均。视虽微而必审,思何远而不亲。
> 懿夫情之诱人,人罔或舍;时之感物,物莫能假。
> 台有春而必望,春何情而不写。
> 条风始至,散灼灼之红桃;谷雨初收,润萋萋之绿野。
> 天何言哉生众汇,人有灵兮感元气。
> 既望春而可乐,亦升高而足贵。
> 赏同沂水,聊舞雩以咏歌;登异观台,宁睹蜡而增欷。
> 周望既极含情则多,媚迟日之未下,爱清风之屡过。
> 目眇眇以心远,野悠悠而气和,
> 可以乐芳时之景物,壮皇室之山河。
> 岂比夫羁士登楼而作赋,硕人在轴而为歌者哉。
> 春无物而不滋,台无远而不览。
> 岂老氏之或论,伊潘生之所感,稽其趣时之规远,创意之义深。

春非台而何乐，台非春而罔寻。
故望春者惟台是履，登台者惟春是临。
系在物之可用，必从时之所任，
傥自下而可托，庶升高而至今。

陆贽一气呵成写完这篇文章，搁下毛笔，忽然感觉身后有气息动静，不由回头一看。

这一看，着实让他惊诧不已。

唐代宗李豫身着龙袍，头戴冕冠，正俯身站在他身后观看他的文章，旁边站着宰相元载、尚书刘晏等大臣。陆贽立忙站起身，伏身跪下，牙齿狠咬了一下嘴唇，很快稳定情绪，高声喊道："吾皇万岁，万岁，万万岁！"

"陆进士平身！"唐代宗点了点头，欣然说道："陆进士的文章读来音律有声，气象有形，如登高台，如沐春风啊！"

唐代宗的话音刚落，全场文武百官、进士考生的目光齐刷刷地看过来，聚焦在皇上和陆贽身上。

身旁的刘晏点头称道："文士之冠、儒林之杰，当之无愧！"说完，上前将陆贽双手扶起，让他重归座位。

宰相元载听刘晏这一夸奖，心中甚是不快，他干咳了一声，肃然说道："陆进士的文章行云流水，但字迹过于潦草，涂改随意，卷面不整，怎敢在御前失仪？此乃对陛下大不敬，还不快快请罪。"

偌大的含元殿一时鸦雀无声，空气都快被凝固，无不为陆贽捏一把汗。陆贽听到宰相的呵斥，赶紧又伏身跪下："陆贽知罪，请陛下责罚！"

唐代宗上前扶起陆贽，笑着说道："陆进士文思泉涌，兴之所致，卷面不整，重新誊写则可，时间还早，无罪，无罪！"

众进士见唐代宗如此宽宏大量，平易近人，不由都放下手中的毛笔，起身跪地，大声齐呼："皇上英明，吾皇万岁，万岁，万万岁！"

这下，堂堂宰相元载几乎是伤透了天下士子之心，也在皇帝面前没讨到什么好处。相反，他好似被唐代宗狠狠地打了一耳光，一副难堪的窘态，面颊顿时染上横七竖八的猪肝红。

陆贽"身、言、书、判"均获甲等,骈赋《登春台赋》又得到唐代宗的亲自御览、褒扬,虽然半路杀出个"程咬金",宰相元载有意责难,但都无足轻重,陆贽解褐为官,已是铁定的事。

与陆贽一同参加铨试的顾少连,虽然年龄已是31岁,但凭着他出众的才华和老道的经验,也顺利过了"身、言、书、判"。顾少连不想与好友陆贽同场拼杀,就没有报考"博学宏词科",而是选择了"书判拔萃"科目,受到礼部侍郎薛邕的器重、推崇,铨试也晋级过关。

夜幕降临,两人踏着皇宫里的烛光,昂首挺胸地走出含元殿,走过高高的皇宫城墙,两手双掌相击,高喊一声,便如两支离弦的箭,嗖地而出,一直朝着宽阔的朱雀大街向南奔跑。

千门九陌的帝京上空,正是一片璀璨的星空,一点一点斑斓的星光,跟着两位进士疯狂的脚步闪烁,闪烁……

铨试过关的进士,初仕为官,大抵要从九品执事官做起,我国现行公务员级别为十五级,从办事员、科员、副主任科员,再到省部级、国家级。而唐代的官阶从正、从、上、下共分为九品三十级。

过了铨试的进士们,面临"分配工作"的抉择,他们何去何从?

吏部根据全国各地空缺官职的整体情况,以及擢第进士的资历、能力、健康、籍贯等情况,综合考量决定派到哪里任职,大抵有三个去处:

上者,留京任京官,授校书郎之类职务。譬如陆贽的祖父陆齐望、唐代大诗人柳宗元、李商隐登博学宏词科后,皆授秘书省校书郎,掌校勘、整理图籍之职。唐朝名相杨绾,中举后初授秘书省太子正字,官阶一般授"正九品上"。

在京城"六部"任官,虽然官阶也不高,但身在天子脚下,庙堂之高,属中央部门、系统的官员,能够结识高层领导,升迁的机会较多,既可以回翔翰苑,也可以入主中枢,还可以"空降"地方要员,出路比较优越,日子也过得相对安定富足,比如巡抚、尚书以及上州刺史的职位,几乎被进士出身的京官所垄断。

中者,任州县官员,授县尉、主簿之类职务。譬如被后世尊称为"草圣"的书法家张旭,初任常熟县尉(与县丞同为县令佐官,掌治安捕盗之事),"从九品上"。人称"姚武功"的姚合初授武功县主簿（负责文书簿籍，掌管印鉴），官秩"从九品下"。也有直接任州县"一把手"的，如唐代宰相狄仁杰，释褐初任彭泽县县令，当然进士授知县也是授一些简缺的知县，并且都是极少数。

到州县当地方官，能授州县"一把手"，或是赤、畿两县县尉定是难得，但一般都初任中下县尉、主簿之类的佐官，劳多功少，地位卑微，若无特别显著的政绩或是有朝中重臣提携牵引，哪怕历数十年，仍是处江湖之远，不得不浮沉于令、丞、尉、簿之间。

大多数进士一旦被任命京官，则欢呼雀跃，欣喜不已；反之被外放州县官时，则一脸沮丧，如临大敌。而受辟为使府佐僚就让进士郁闷得多了。

下者，受辟为使府佐僚（文武官署中佐助人员）。多数是那些仕途不得意者才选择进入幕府，譬如刘禹锡及第进士后，在岭南西道节度使杜佑府上任掌书记。

出现这种情况，有时是因为当时全国没有空缺的官职，需要"候轮子"，等候某官位空缺时顶替或上任，至于这个"候"的时间是多长，便要看自己的造化和运气了。无法忍受漫长等待之苦的进士们，滞留日久，虚费资粮，入幕成为了他们身不由己的选择，只能寄人篱下，受人辟召，为人作嫁。

吏部铨选过了三个多月，朝中仍没有动静。铨试过关的进士们望穿秋水，等待着朝廷的任命状。

陆贽待在大哥陆赓的家中，一边辅导侄儿陆简仁、陆简义读书，指导他们练习王献之的书法。一边研读来京应考时三哥陆贺临行前送的医书——《黄帝内经》，这是其祖父陆齐望任秘书监时收藏的一本中医典籍。或是隔三岔五地邀约顾少连、钱徽和表兄韦皋，一同到芙蓉园的月灯阁踢蹴鞠。

时间长了，陆贽也感到无聊，那些应考的儒家经典早已是倒背如流，再读也觉得没啥新鲜。捧着《黄帝内经》看了几章，觉得自己又不去当郎中，不久就要入仕为官，提不起阅读的兴趣，加之又无人点津，书中的草药名目闻所未闻，记载的药方也是云里雾里，读起来十分头疼。

陆赓看出了九弟的无聊，知道陆贽对"高考"的书籍早已读透，对中医又没什么兴趣，但整天无所事事也不好。于是在上朝的时候遇见吏部尚书刘晏，悄悄打听风声，不知何时九弟才能出去做官。

刘晏告诉陆贽，皇帝正在为处理幽州节度使朱希彩被部下所杀之事而发愁，铨选授官的事可能要耽搁一段时间。

面对怪象环生的朝纲，日倾颓废的社稷，拥有满腔经国济世豪情的铨试进士们也只能等待。

等待时光的流转，等待命运的眷顾，等待一束金秋的金色曙光，照亮帝都长安的早晨……

第十四章　潜龙勿用

"树树皆秋色，山山唯落晖。"

转眼，又是银杏落叶的秋天，陆贽坐在靖安坊东门之南的一棵千年银杏树下，欣然地欣赏着落英缤纷的秋景，金色的银杏叶落满一地，宛如铺上一层金色的地毯。

陆贽微笑着，沉思着，不知是在回忆苏州城银杏纷飞的美好时光，还是在憧憬未来为政一方、造福百姓的美好前程，抑或是在幻想牵着钱薇的玉手，在这银杏树下卿卿我我地浪漫……他手中拿着的一本《黄帝内经》正翻开至中页，上面清晰地载着："银杏为上药，具有通脉、活血、去腐、治脑梗、脑萎等作用……"

"陆进士！"一声熟悉的叫声，惊醒了陶醉在这初秋风景中的陆贽。

陆贽抬起头来，只见五丈开外一辆马车停在东门入口的朱雀大街，马车的前面坐的正是李栖筠的掌书记刘绪。刘绪见陆贽抬起头来，果然是陆贽，提鞭一扬，马车便"辚辚辚"地从靖安坊东门开进来。

"陆进士，让我找得好生费力。"刘绪边驾车边兴奋地喊着。

陆贽不禁大吃一惊，站起身来跑上前去，拱手行礼道："刘大人，别来无恙！"刘绪跳下车来，踱步上前，也拱手说道："陆进士，别来无恙！你现在可是名扬京城了。"

刘绪说完，上前握住陆贽的手，给他使了一个眼色，然后回头看了一下马车车厢。陆贽心领神会，上前牵过马绳，领着刘绪一同朝宅邸行去。

马车上的人正是李栖筠,这位苏州刺史怎会突然出现在长安街头?

很多年前,五次登上相位、六次官拜尚书的李岘对李栖筠有着深切的知遇之恩,而唐代第一个当上宰相的宦官李辅国却对李岘恨之入骨。与李辅国渊源很深的元载于是将李栖筠视为异己,将他远远地外放常州刺史。

大历年初,苏州被方清、张度等豪强、草寇骚扰得鸡犬不宁,朝廷又调任李栖筠为浙西都团练观察使、苏州刺史,让他去收拾江南浙西这盘残局。

元载万万没想到的是,李栖筠南方之行,政声显著,百姓爱戴,朝臣们敬佩有加。更重要的是,唐代宗李豫很是欣赏他。

日渐嬗变的宰相元载,每日流连在长安城南北两座玉钩鸾柱、雕拱画梁的别墅里,享受着帝王之家般的尊荣和奢华,沉浸在歌童舞伎的靡靡之音中。他把外政托付给胥吏,内事听从悍妻,肆无忌惮地安插党羽,独断专行,朝中朝外,没有敢与之不合者,甚至到了"挟天子以令诸侯"的地步,连皇上的话也当做耳边风。

用谁来擒住元载这头脱缰的野马?就在去年八月,唐代宗终于下定决心,索性绕开中书省的政事堂(宰相府),直接颁布了一道诏令,召回李栖筠回朝主政御史台,担任御史大夫(中央纪检监察最高长官)。

御史大夫这个位置举足轻重,非皇帝信任之人不可,其专门负责弹劾大臣不法行径,审理重大案件,制衡宰相。这对于独揽朝纲的宰相元载而言,御史台的弹劾是最具有杀伤力的一种威胁,唐代宗的心思,朝臣们一目了然。

唐代宗诏书发出的那天,长安城发生了月蚀,他召来司天监杨景风咨询天象突变之缘,杨景风告诉唐代宗宰相擅位,"月蚀修刑"。在结党营私、贪赃枉法道路上越走越远的元载,末路也越来越近了。

这位御史大夫的马车,缓缓行到陆贽的宅院停下,马车的布帘轻轻掀开,一位身着粗布服装的老者从容地跃下地来,稳稳站定,陆贽定神一看,惊喜地叫出声:"李大人,李大人!"

陆贽忙迎上前去,正准备掀衣跪下行礼,却被李栖筠上前扶住两臂,李栖筠紧握陆贽的双手,微笑着说道:"陆进士,别来无恙!"

陆贽感动万分,他抬头感激地望着李栖筠,已是无言相对。他看见李大人浓浓的眉角下，一双深邃的眼睛隐隐地掠过一抹喜色，转瞬又恢复成如秋后湖水般的平静。

陆赓当值不在家，陆贽的大嫂李氏猜着应是来了贵客，赶紧把大家迎回家中，热情地倒水泡茶。李栖筠和刘绪坐下，一阵寒暄后，刘绪缓声说道："陆进士，去年一别已有年余，我们都很牵挂着你，李大人特地来看望你。"

"李大人对我恩重如山，晚生没齿难忘。"陆贽感激说道，眼里竟隐隐似有泪光闪烁。

李栖筠喝了一口茶，轻言问道："陆贽，近来还好吧？南北气候不同，身体锻炼得怎样？"

"回李大人，晚生常与顾少连和表兄韦皋一同蹴鞠，常常踢到精疲力竭，日落西山，身体还可以。"

"那就好！有了强健的体魄，才能担当中兴大唐的重任。"李栖筠拍了拍自己的膝盖，缓声说道："老夫从苏州回来，好像不适应这北方的环境，秋天一到，就感觉身子骨一阵寒气。"

陆贽起身拱手向李栖筠说道："李大人千万要保重身体！"

"关于你的任职，刘晏大人与宰相元载分歧很大，元载还向天子进言，说张延赏是你表兄韦皋的岳父，与你有亲戚关系，在去年礼部试时有徇私舞弊之嫌。好在去年科举是天子亲自御批的，主考官张谓建议定你为状元时，张延赏并没有因亲戚关系对你有所包庇，而是义正词严地持反对意见。"李栖筠脸色一敛，叹了一口气说："张大人也是为你着想。木秀于林，风必摧之啊！"

"晚生明白张大人的苦衷，以后定谨言慎行，还望李大人以后多多提醒。"陆贽心中不禁为之一寒，胆战心惊地说道。

"自古以来，官场就是一个勾心斗角、明争暗斗的不流血的战场。如今，宰相元载与刘晏大人已是势不两立，看来你不宜留在京城做官了，到州县去历练历练，既是培养你，也是保护你。不过，我和刘晏大人，也会尽力向天子举荐，尽量留在京畿之地。"

"感谢李大人！晚生能在入仕之前，接受您的教诲，让我学习到了圣贤典籍上学不到的东西，真是三生有幸啊！"

"你还年轻,千万别落进朝廷重臣斗争的政治旋涡里。时势变幻莫测,你乃公卿之器、社稷之才,必须审时度势,以逸待劳。对此,你一定要切记勿忘。"李栖筠语重心长地说完,站起身来,从怀里掏出一本书送给陆贽。

陆贽接过书来一看,是唐代史学家吴兢所著的《贞观政要》。李栖筠捋了一下胡子,好似全身轻松了许多,微笑着说道:"老夫老了,以后就靠这本书陪你前行吧!"

李栖筠与陆贽握手道别,在刘绪的牵扶下登上马车,离开靖安坊。陆贽站在东门口,远望着马车缓缓驶去,渐行渐远,消失在朱雀大街的尽头……

陆贽打开李栖筠赠送的《贞观政要》,很快被书中唐太宗与魏征等大臣的政论问答所吸引,对唐太宗"贞观之治"时治国安邦的经纶兴致勃勃。

《贞观政要》内容广泛,叙事详赡,文字明畅,涉及政治、经济、军事、文化、社会、思想、生活等方方面面,有天子的诏书、敕旨,有大臣的谏议奏疏,有民为邦本、治国安民的施政经验,有慎刑恤典、德主刑辅的君臣谏言。

"治天下者,以人为本""悦以使民,不竭其力""为主贪,必丧其国;为臣贪,必亡其身""为政之要,惟在得人,用非其才,必难致治"……翻读这些经世警言,陆贽心无旁骛,手不释卷,整日沉浸在这一本集战略和策略、理论和实践之大成的史书,尤其对辅佐唐太宗共同创建"贞观之治"大业的一代名相魏征佩服得五体投地。

读着魏征"居安思危,戒奢以俭""怨不在大,可畏惟人,载舟覆舟,所宜深慎""因其材以取之,审其能以任之,用其所长,舍其所短"等直言强谏,陆贽总是血脉偾张,崇拜不已,心里暗暗言誓:"一定要做魏征那样'以谏诤为心,耻君不及尧、舜'的谏臣。"

母亲韦婉芝又寄来家信,陆贽这才想起一件重大的事情来。母亲几次来信催促陆贽早日结婚成家。而陆贽跟大多求取功名的大唐士子一样,总是将事业放在首位,非等到功成名就后才肯结婚。

俗话说:"皇帝爱长子,百姓爱幺儿。"母亲的家信写得其情潸然,对陆贽的婚姻大事时时念叨,放心不下。陆贽读完母亲的信,一下子想起自己的意中人钱薇,是该找个娘子了。

钱薇与母亲自四月底回到京城，一家人团聚，甚是欢喜。钱家好事连连，钱薇哥哥钱徽参加了今年的礼部应试，有了第一次落榜经历，钱徽用一年的时间，在父亲钱起的教导下刻苦攻读诗赋，这次终以第十名的成绩进士擢第，全家上下倍加欢喜。

钱徽的父亲钱起，乃"大历十大才子之冠"，加之他又是礼部司勋员外郎，与许多释道名流、诗人文士、朝廷官员等都有人情交往、诗赋唱答，前来恭贺的诗人、贤达、官员络绎不绝，钱薇跟着母亲买菜做饭，招待客人，忙得不亦乐乎。

这天，同在朝廷做官的窦参也带着礼品前来道贺。这窦参在御史台任职，两人上朝时经常照面，也较为熟悉，前来贺喜也是人之常情，况且以此若能结为朝中盟友，更是一举两得。

御史台是大唐的中央行政监察机关，职掌纠察弹劾官员、肃正纲纪，参与对重大案件的审理，相当于今天的中纪委。它与大理寺（最高审判机关）、刑部（最高司法行政机关）三个机构共同行使中央司法权，算是朝廷的要害部门。

窦参有个族子，名叫窦申，今年二十五六岁，机灵敏捷，处事圆滑，虽是尖嘴猴腮，但一张嘴巴倒像是抹了油，甚是讨得窦参喜欢。窦申两次应试都未能中榜，于是窦参到钱起家贺喜，也将其带在身边，意在让窦参结识钱徽，学些应试知识，顺便沾点金榜题名的喜气。

这窦申来到钱起家，几番交谈，钱徽发现这是个巧言令色、阿谀逢迎之人，与他没有共同话题，便没过多与他搭话。无趣的窦申只得到处转悠，无意转到钱家的灶房外。

透过灶房的窗户，窦申的目光一下被吸引，他看见一个十六七岁的姑娘正在厨房的案桌上切菜，直袖滑落肘间，露出一对雪白的手臂。她上着粉色齐胸襦裙，下穿一件轻薄的绿色绣花千褶长裙，腰间又系了一块蓝布围腰，恰好让她优美的身姿和曲线尽露无遗。

姑娘低着头左手切菜，头上倭堕髻上的银花饰微微颤动，乌黑的秀发散逸，衬出一张粉嫩的脸颊，她圆润的粉胸半掩起伏，上下抖动，看得窦申一时呆若木鸡，心跳顿时加速。

这切菜的姑娘，正是钱薇，她静静地切着菜，嘴唇抿笑，露出一对浅浅的酒窝，脉脉含情。或许，她心里正想着她与意中人陆贽相识、相知的点点滴滴，只有相思的姑娘才有这般模样。

目前也是单身的窦申，对钱薇可谓一见钟情，要是对其他的姑娘，凭着他伶俐的口才，他早就会冲上前去奉上一番花言美语。而此时，虽是心猿意马，却不敢造次，也只能是偷偷地多看几眼。

宴席上，窦参和客人一道，举杯推盏，与钱起一家互相敬酒，恭喜钱徽蟾宫折桂，荣登皇榜，大家尽情摆谈乐事，欢声不断，只有窦申心不在焉，两眼视线总是不由自主地跟着钱薇的身影转悠。

细心的钱徽察觉到了窦申的异样，猜度到了他的想法，但心里装着没看见，频频与窦申举杯对饮。

窦申本来酒量甚小，但他心思不在此，来者不拒，一番十几个来回，窦申已是颈红脸涨，平时一张口若悬河的嘴已是语无伦次，一副难堪的醉态。

回家的马车上，窦参看着醉得一塌糊涂的族子，以为他是见钱徽中得进士而自己落榜借酒消愁，于是摇醒窦申，想给他一些劝勉。

窦申睁开一双红通通的眼，口齿喃喃地说道："大伯，侄儿无能，不胜酒力，喝醉了。"

"胜败乃兵家常事，自古以来，成功的士子们一举中榜者寥寥无几。落榜乃常事，何必为之悲愁，喝得如此狼狈。大不了，等大伯有了更大的权力，请皇上给你门荫一官半职，当是小菜一碟。"

"多谢大伯，您对族子的关照胜过家父。"

"知是如此，你平时又很少饮酒，今天怎么喝得没有一点分寸，大伯的面子都给你丢完了！"

"大伯，我是高兴喝的。"

"有啥高兴的，醉成一团散泥还高兴！"

"大伯，钱员外郎的女儿好漂亮，侄儿好喜欢。"

"啊？原来你是看上钱姑娘了。"

"大伯做主，侄儿要娶钱姑娘，侄儿要娶钱姑娘……"窦申吞吞吐吐地说着说着，脑袋一歪，又睡倒了。

钱徽等窦参和客人们走后，自己也是喝得有些醉意，父亲钱起叫他休息，钱徽自有心思，大口喝了几杯浓茶，跟跟跄跄地走出门外，爬上钱起上朝骑的白马，皮鞭一扬，疾驰而去。

一家人见钱徽举动反常，不知所措，母亲追出门外大声问道："钱徽，你干啥去？"

"我出去醒醒酒！"钱徽话未说完，马蹄声早已消失远方。

一个时辰后，钱徽骑着马径直奔到靖安坊。住在靖安坊东门之南的陆贽此时也正想去找钱徽，顺便见见自己的意中人。

陆贽见钱徽满脸通红，周身散发着酒气，加上一阵骑马赶路，精神显得格外疲倦，于是赶忙把他扶下马来，扶到屋子里的长椅坐下，端来热水让他洗了脸，泡上一杯醒酒绿茶。

两人好久不见，相见甚是欢愉，钱徽绘声绘色地讲述自己今年参加礼部应试、曲江宴集的乐事，摆谈那些赴京应试举子在京城的奇闻轶事，两人时而哈哈大笑，时而手舞足蹈，时而高亢诵诗，不知不觉已是夜幕降临。

一番饮茶阔论，钱徽酒意逐渐散去，他抬头看了看天，天空弥散着一片片灰色的云层，好似要下大雨的前兆。于是站起身来，缓声说道："陆兄，看外面的天空，好似有雨，我来时走得匆忙，得早点回去，免得家人担心，不然又要挨父亲责罚。"

"既然天要下雨，正好你就在此住一晚，咱兄弟俩好好喝一杯，为你庆功，不醉不睡。"陆贽拉住钱徽的手，爽快说道。

"陆兄，酒以后慢慢喝。今天中午我已是喝得身不由己，忽东忽西，我咋地还醉醺醺地骑马来找你？"

"对啊，以后喝醉了莫骑马了，危险！你说，冒着危险来除了找我喝茶外，难道还有其他事？"

"唉！陆兄，有事，真有事！"钱徽欲言又止，不好开口。

"什么事？我和你、少连都是在长安城的城墙上滴血结义的兄弟，有什么事情你就明说。"

钱徽的双眼，酒后红晕还未褪去，他看着陆贽一双炯炯有神的眼睛，严肃地问道："陆兄，你是不是真的喜欢我妹妹？老实交代。"

钱徽这一本正经的突然一问，让陆贽心里一怔，面颊绯红，一时不知所措。他深吸了一口气，理直气壮地回话道："我不光是喜欢她，我还要娶她，钱兄难道有意见？"

钱徽听了陆贽的话，知道了他的心思，故意朗声而道："陆兄，恐怕你是过了这村没这店了！"说完哈哈大笑着走出门外，纵身跳上马背而去。

陆贽一时丈二和尚摸不着头脑，知道钱徽话中有话，于是追出屋外，见钱徽已骑在马上，正欲离去，追切地问道："钱兄，你什么意思？"

看着陆贽焦急的样子，钱徽又是一阵大笑道："梨五杏四，你有这个耐心吗？有人可是就要来提亲了哟！"

"啊！钱兄，万万使不得，你可不能胳膊肘子往外拐啊！"还没等他说完，钱徽的马早已像离弦之箭，奔到了靖安坊的东门外。

钱徽走后，陆贽恍然大悟，看来是有人也看上了钱薇。转念一想，有胆量敢瞄上吏部员外郎家千金的，定然是非富即贵，陆贽突然感到问题严重了。

"关关雎鸠,在河之洲。窈窕淑女,君子好逑。参差荇菜,左右流之。窈窕淑女,寤寐求之……"想着美丽的钱薇，陆贽不由敞开嗓子唱起《关雎》来。

沉迷在《贞观政要》里的陆贽，也该求得"颜如玉"了。

第十五章　洞房花烛

唐代婚礼很讲究，有严明的唐律法规及固定的程序和仪式。

长安城的官宦子女结亲，一贯延续自西周始创的"三书六礼"来进行。

"六礼"指谈婚、订婚到结婚等过程的六个礼仪法度，《仪礼》记载"婚有六礼，即纳采、问名、纳吉、纳征、请期、亲迎"；"三书"则是六礼过程中所使用的聘书、礼书、迎亲书这三种文书。

陆贽要娶钱薇姑娘，"纳采"是首礼，就是要请媒妁到钱家提亲，得到应允后，再请媒妁正式向女方纳"采择之礼"。《仪礼》记载："婚礼，下达纳采。用雁。"纳采以雁为礼物（后亦以鹅代）。

请谁到钱家纳采提亲呢？是请任监察御史的表兄韦皋出马，还是请自己的大哥、太仆寺少卿陆贽当阵，想来思去都不妥。女方父亲钱起乃朝廷吏部官员，又是当下文坛炙手可热的头号人物，得找一位德高望重、有头有脸之人担当媒妁，方才有希望。

陆贽到京城不长，也没结识多少达官贵人。进士及第的座主礼部侍郎张谓虽对自己加意提携，倍加赏识，但他时刻威严正直，不苟言笑，请他给门生当媒妁，肯定不容易。大哥陆贽虽为朝中官僚，但仅是个负责舆马之事的太仆寺少卿，也无深交的朝中红人、党派。陆贽正在绞尽脑汁，一筹莫展时，好友顾少连提议，要不去请李栖筠试试。

李栖筠作为御史台的"一把手"，乃监察百官之官，他能否愿意给还未真正入仕的陆贽当媒人呢？

　　陆贽和大哥陆赓先到东市买了一整块"座刀肉"（猪臀肉）和一大筐橘子，壮着胆子来到东市之南的安邑坊，找到李栖筠的宅院，叩门拜访。

　　正在家中悉心指导儿子李吉甫作文的李栖筠，听门卫来报陆贽上门来访，赶忙出门迎接。

　　"李大夫，晚生有礼了。"陆贽一踏进这座幽静别致的宅院，便躬身向李栖筠深深施了一躬礼。

　　"好！真是喜鹊登枝贵客到，快快有请！"李栖筠上前握住陆贽的手，笑着问道："别来无恙，《贞观政要》读得怎样？"

　　"回李大人，大人送的书让人醍醐灌顶，受益终身。"

　　"好，好！喜欢就好啊！外面风大，快快进屋说话。"

　　十月的长安，已悄悄地变了天气，初冬的北风吹来，宅院里一棵高大的梧桐纷纷飘下零落的黄叶，有一片落到脸上，让人感觉到一丝如水的凉意。走进李栖筠的家中，一阵阵迎面袭来的暖意扑面而来，这缓缓的暖流中，好似还氤氲着淡淡的檀香、悠悠的茶香。

　　"李大人，好熟悉的茶香啊！"陆贽不由轻声言道。

　　"哈哈，陆进士的鼻子挺灵的嘛。你说得对，这是江南常州的阳羡茶。"李栖筠边说，边叫身旁的公子李吉甫给陆赓、陆贽倒上茶汤。

　　"晚生实在是太幸运了，记得在苏州第一次拜访您时，您也是给晚生煮的阳羡茶，晚生终生难忘啊！"

　　"是啊，那时你还没参加苏州乡试，我问你在读什么文章，你说在读贾谊的《治安策》，现在你可是名闻京城的进士，不久就要换下你这身麻衣，去为官一方啦。"

　　"这都是李大夫提携的功劳，大人的简拔恩重如山，等同再造，晚生一直对您的大恩感佩不已，谨记终身报答大人的知遇之恩。"

　　"老夫在常州、苏州为官七年，江南文风蔚然，才子名士无数，能结识你这样的饱学之士，也是老夫一生最为得意的事情呐！"

　　"晚生虽苦读儒家诗书，却对为官懵懂无知，着实感到无比彷徨无助。还请李大人以后指点迷津、多多提拔关照。"

"陆进士志大才广，忠勤敏达，只要悉心研读、辩证取用老夫送你的《贞观政要》一书，将来必成大器。"李栖筠说完，将站在他身旁的儿子李吉甫拉过来，缓缓笑道："这是我家大公子，比你小五岁，才疏学浅，以后还望陆进士带携带携！"

"愚弟吉甫拜见陆进士，早闻陆进士兴文博学、才华超群、诗赋名扬，你的大作《登春台赋》《鸿渐赋》父亲都让我熟读背诵，无不令我颔首折服啊！"李吉甫走上前来，在陆贽面前躬声说道。

陆贽起身说道："吉甫弟有才，不敢当。"陆赓接过话说道："常言说虎父无犬子，陆贽你可不知，吉甫少年时就勤奋好学，文章精致，他特别喜欢钻研典章，对大唐典故、国家地理图籍了然于胸，将来定是大唐中兴贤相之才，朝中的官员们都羡慕李大夫教子有方……"

"陆少卿此言过誉了，老夫听来实是汗颜——"李栖筠急忙开口打断陆赓的夸赞之言，将话题引了开去，哈哈笑道："陆进士，你们兄弟俩今日买酒提肉来，莫不是来贿赂老夫吧？"

陆贽看着笑容满面的李栖筠，欲言又止，害羞地低下头来。陆赓见陆贽不好意思开口，笑着回话道："李大人，实不相瞒，老母亲多次来信催促为他找家姑娘，早日结婚成家。他嫂子给他介绍了好几个，他都以功名未就的理由拒绝了。我再三追问，才知他在苏州读书时早有心仪之人。这不，就是想请李大人给老弟做个主，当回月老。"

李栖筠听完陆赓的话，不由哈哈笑道："好事！好事！难怪给我送这么大一块'座刀肉'。不知陆进士相中的是哪家的姑娘？"

见李栖筠称是好事，陆贽终于松了一口气，于是便把与钱徽、钱薇姑娘相识相交的过程一一道来。

"原来陆进士是看上了钱员外郎家的千金，我看正是才子佳人，非常般配的嘛。况且你与钱公子早结为兄弟，这事八九不离十，板子上钉钉子的事。"李栖筠笑着说道。

陆贽收回了欣然的表情，无奈地说："李大夫，晚生还是个未释褐的进士，麻衣在身，前途未卜，父亲早故，家境中落。如今我只能暂寄于京城大哥家里，不知猴年马月才能拥有一处安顿家人的宅院。即使钱薇姑娘不在意，但钱员外郎那里怕是过不了关。"

"这个你别担心，老夫既要做纠察百官的'坏事'，也会做牵线搭桥的'好事'。明日我就去找钱员外郎，给他送上一个乘龙快婿。"李栖筠捋了一下须髯，哈哈笑道："谁叫老夫嘴馋，收了陆进士的座刀肉啊！"

听李栖筠这么一说，大家都跟着哈哈大笑起来。陆贽赶忙站起躬身相谢，内心激动得怦怦乱跳。

天上无云不下雨，地上无媒不成亲。第二日清晨，李栖筠便早早来到东市，买到一对羽丰肉肥的大雁，驾车前往钱起家。

这日，钱起也是起了早，夫人和钱薇在屋里做早饭，他与钱徽拿着扫帚，正在院前打扫初冬落下的树叶。一阵"吱呀吱呀"的马车声在崇贤坊的东西街前戛然停下，两人不禁站起身来循声望去，透过一层薄薄的晨雾，只见一位身着紫色朝服的清瘦男子跃身下地。

能着紫色朝服的，定是朝中三品以上官员，钱起带着疑惑定睛细看，那不正是御史大夫李栖筠吗？"钱徽，是李栖筠大夫。"两人丢下扫帚，赶忙跑上前去迎接。

"李大夫莅临崇贤坊，下官有失远迎，还望恕罪。"钱起跑上前来，果真来人正是李栖筠，赶忙躬身一礼，语气极为恳切地说道："李大人，下官就住在这崇贤坊东门南，诚请李大人到寒舍坐坐。"

"哈哈，钱大人，老夫正是专程来找你的。"李栖筠笑道。

钱起一听是来找自己的，心头一时纳闷。这御史台长官来访，多半不是什么好事。但转念一想，自己为官一身清正，两袖清风，于是毫无惧色地说："李大夫清早就大驾光临，寒舍蓬荜生辉啊！"

"钱大人广交名士，时时宾客盈门，作诗酬答，老夫若是不早起来报到，怕是喝不上钱大人的喜酒哟！"

钱起双颊上浮起一片笑容，整了整衣冠，欣然回道："哪里，哪里！李大夫亲临寒舍指教，钱起受宠若惊，岂敢失礼？"一番寒暄后，钱起便带路引着李栖筠来到家里。

钱起正欲请李栖筠入座，李栖筠扬起手中的大雁笑呵呵地说道："钱大人，老夫今早到东市,看见这对肥硕的大雁,羽丰翅硬,引吭嘹亮,特地买来送给钱大人,算是老夫的一点心意。"

钱起这才留意到李栖筠手中提着一对白额褐翅的大雁,大雁抖动着灰白的脖子,一对蓝色的眼珠透出温情的光芒,心中不由一怔,"这大清早的,李大夫专程送来一对大雁,难道是……"钱起心里疑惑片刻,灵机一动,笑着说道:"好鲜活的大雁,老夫近日也在西市买到一缸新酿的西域葡萄酒,下官今日好好敬大人几杯。"

钱徽赶忙上前接过一对大雁,两只大雁扑腾着翅膀"嘎嘎"地叫起来,钱徽高兴地逗弄着说道:"肯定是肚子饿了吧,走,我去给你喂碗燕麦,让你饱餐一顿。"

李栖筠坐定之后,接过钱起奉上的清茶,慢慢呷了一口,开口朗朗说道:"听这对大雁的叫声,让我想起钱大人'安史之乱'时写过的一首《送征雁》:秋空万里净,嘹唳独南征。风急翻霜冷,云开见月惊。塞长怯去翼,影灭有馀声。怅望遥天外,乡愁满目生。"

李栖筠吟诵完钱起的诗,缓缓说道:"钱起大人这首《送征雁》,秋意寒霜萧瑟,雁声凄清响亮,让人心中不禁而生惆怅和乡愁。不过,时过境迁,今日听这大雁之声,却是这般悦耳和美啊!"

钱起见李栖筠如此流利地背诵出自己的诗作《送征雁》,不禁感慨说道:"那是安史之乱后,下官滞留长安,难以归还苏州,在长安城望见一群秋雁南飞时而作,李大人还能记得,让下官感动不已啊!"

"大雁是候鸟,每年秋季南迁,自然引起游子思乡怀亲之情和羁旅伤感。不过,老夫认为大雁心怀高远,不畏艰险,热情向上,患难与共,总是给同伴以鼓舞,用叫声鼓励飞行的雁阵。这种精神,让人敬畏仰望啊!"李栖筠呷了一口茶,深情地说道。

"李大夫高见,让下官茅塞顿开呀!我们浙东的老百姓常说,大雁从不独活,一只死去,另一只再不会另寻新偶,也会郁郁而亡,这也正是忠贞不渝的爱情象征呐!"

"'雍雍鸣雁,旭日始旦。士如归妻,迨冰未泮。'所以呢,老夫今天到你这里来,一来是讨杯钱公子金榜题名的喜酒,二来也是专程为嘉兴才子、当朝进士陆贽纳采来的。"

钱起这下方才醒悟过来，哈哈大笑而道："陆贽是我同乡晚辈，与我公子钱徽要好，去年他进士及第后，下官在家设酒款待，还当众即兴一首《送陆贽擢第还苏州》，为他回乡饯行，想不到这小子有心眼，打起俺闺女的主意来了。"

"华亭养仙羽，计日再飞鸣。钱大人勉励陆贽的诗以典抒情，催人奋进，才有今日陆贽铨试登科，即将释褐为官。看来，钱家与陆家今世有缘，这门亲事不知钱大人意下如何？"

"李大人如此器重陆贽，真是他难得的造化，下官对儿女婚事一向开明，只要闺女同意便成。唉，只顾说话，李大人还未见过下官闺女呢，钱徽，快去叫你妹妹出来拜见李大夫。"钱徽心里暗自高兴，乐滋滋地跑到里屋去叫钱薇。

钱薇姑娘同钱夫人一同来到客厅，走到李栖筠跟前，蹲下半身款款施礼道："民女钱薇给李大夫行礼了。"

"钱姑娘多礼了。"李栖筠抬头仔细看了看眼前的钱薇，妙鬓蛾眉，淡施粉黛，顾盼之间流露出一股端丽典雅之气。她上着齐胸短袖襦裙，身穿一席梨花粉色长裙，落落大方，举止秀逸。

李栖筠爽朗一笑，由衷夸道："钱姑娘不愧为大家闺秀，知书达礼，端庄漂亮，我看与陆进士正是才子佳人，郎才女貌，天作之合呀！钱大人，你看是不是？"

钱起欠身呷了一口茶，肃然说道："下官开明，姻缘之事也得征求子女意见。"说完看着钱薇问道："闺女同意不？"

钱薇早已羞得低下头来，钱起这一问，更是让她不知所措，不由转过身来，躲到钱夫人的后面，边躲边轻声说道："父亲大人做主。"

"钱大人，我看姑娘应是同意了。不瞒你说，老夫已收下陆进士那小子好大一块'座刀肉'，老夫就为陆贽作个主，改日选个腊月的良辰吉日，陆家与钱家联姻结亲，热热闹闹地把这婚事给办了，如何？"

"好啊，那我们钱家今年可是双喜临门了，老爷，你说是吧？"站在一旁的钱夫人高兴地插言道。

"双喜临门啦，我看是三喜临门，这不还要感谢李大夫送雁喜来了吗？"钱起满脸笑容，大声说道："夫人还不赶快去准备酒菜，今日下官要与李大人好好喝几盅啊！"

　　钱家为李栖筠的到来，准备了一桌丰盛的午餐，西域楼兰的葡萄美酒喝过三巡，李栖筠已是双颊红润，甚是惬意，笑问道："钱大人，你这虽可谓饕餮盛宴，怎么不见我送的大雁肉啊？"

　　钱起又给李栖筠斟满一杯葡萄酒，爽朗笑道："李大夫送来的一对大雁，羽丰身健，正是展翅高飞，结伴南归之时，下官怎舍得杀之解馋呢？闺女钱薇已把两只大雁给放生啦！"

　　"好啊！让它们翱翔蓝天，相亲相爱去吧！"李栖筠端起酒来，与钱起一家碰杯后，一饮而尽，整屋顿时响起一阵阵欢笑声。

　　两个时辰后，钱起一家将李栖筠送出家门，当马车渐渐消失在京城大道的尽头，回到家中正待收拾桌椅时，钱家的院外又来了一辆马车。马车停下，从车上走下一位身着绯红朝服的官员，身后跟着一位着蓝色绸服的年轻人。

　　两人正是御史中丞窦参和他族子窦申，各自手中还提着一只黑雁。显而易见，两人乘兴而来，却是失望而归。气得窦参跺脚大骂："好你个陆贽，竟与我族子争夺美人，咱们走着瞧！"

　　陆贽与钱薇的婚事虽是圆满有序地举行了"纳采、问名、纳吉、纳征"四礼，已是万事俱备，只差"请期"就可以"亲迎"了，正是窦申搅了这一脚，钱起迟迟未能给陆家答复择婚之期。

　　转眼已是腊月初八，成天待在家里焦躁不安的陆贽，没等来钱家请婚之期的答复，却等来了皇上的圣旨——"奉天承运，皇帝诏曰：拟任嘉兴进士陆贽华州郑县尉，钦此。"

　　接到朝廷的授官，陆贽是喜忧参半，喜的是十年躬读，终是取得功名，此去任职的华州郑县又是华州治所地，系京城畿县，西距长安不过150余里路程。忧是的两月之内必须要到华州郑县府报到履职，这与钱薇的婚事还没办，夜长梦多，如何是好？

　　陆贽请大哥陈赓和夫人又去钱府请婚，钱起也已知晓朝廷对陆贽的任命，一家人经过一番讨论商量，终于下定决心认了这个有着"公卿之器、社稷之才"的女婿，定下正月初九为大喜之日。

这真是双喜临门，陆家、钱家忙开了，紧锣密鼓地筹备一对新人的婚礼。钱家为女儿准备了丰盛的嫁妆，雕花木床、大红衣柜、丝绸蚕被、锅碗瓢盆、洗脸架、梳妆台……陆赓将自己的偏房修整、粉饰一新，张灯结彩，暂时作为九弟的结婚新房。

春节很快过去，转眼就到了正月初九，正逢"玉皇会"节。

长安城的大街小巷，沉浸在过节的喜悦氛围中，清晨明媚的阳光照耀着京城的九衢街市，一片祥和安定；田野路旁的草尖从浅浅落落的白雪里探出头来，吐露着一片新鲜的春色。

一场喜庆的婚礼如期举行。午时许，迎亲的大红花轿落在崇贤坊内的东门，陆贽骑着一匹枣红色骏马立在轿前，身穿大红喜袍，胸戴红绸大花，看上去那般气宇轩昂、神采奕奕。

新娘钱薇在众多妇女姑娘和小孩子的簇拥下，走出钱家大门。钱起、钱徽带着送亲的人群缓步来到迎新的队伍前，陆贽赶忙从口袋里掏出一把一把的糖果和小铜钱四处挥洒，现场顿时热闹非凡。

钱薇头上蒙上一块鲜艳的大红盖头，一袭粉红紧身袍袖上衣，胸前戴着红绸织成的大红牡丹花，下罩透迤拖地鲜红烟纱长裙，娉娉婷婷地走过来，婀娜多姿，看得众人目瞪口呆，夸赞不已。

陆贽纵身跃下马来，上前从钱夫人的手中牵过钱薇的手，一同跪在钱起和钱夫人面前，磕了三个响头后，身旁的几位女子扶起早已泣不成声的新娘，送上迎亲的花轿。

随后，一声洪亮悠长的"发亲，起轿——"喊过，顿时鞭炮雷鸣，锣鼓喧天，迎亲送亲的队伍一阵沸腾。

迎亲队伍从崇贤坊出发，浩浩荡荡地行过两条东西大街，半个时辰转到长安城主干线朱雀大街，宛如一条缓缓游动的长龙，三队鼓乐班的乐手们齐奏婚礼乐曲，脆亮的鞭炮声此起彼伏，男男女女蜂拥而出来观看热闹，争先挤到大街前面一睹新郎新娘的模样。

朱雀大街也很久没有如此热闹沸腾，陆贽和钱薇的婚礼举行得隆重而新鲜，给长安城的早春增添了无限生机。

洞房花烛夜，醉意朦胧的陆贽，踌躇了许久，方才举起颤动的双手揭开钱薇头上的盖头，眼前顿时一亮，被新娘的美貌惊呆了。

平时素妆的钱薇，此时寐含春水，面若芙蓉，一头秀发挽成高高的美人髻，斜插碧玉瓒凤钗，樱桃小嘴翕动着青春期的萌动，湖水一般的眼睛闪动羞涩而又略带忧愁的眸光，两行长长的泪痕让人顿生怜爱和痴迷，陆贽不禁一下将钱薇揽入怀中，深情地说道："钱姑娘，我爱你！"

"我不是姑娘了，是陆夫人了。"被陆贽这一搂抱，钱薇身子一阵颤抖，片刻之间，又感觉一股暖意流遍全身。

陆贽觉察到钱薇的身子颤动，立即松开抱紧的双手，扶着钱薇柔弱的双肩，关心地问道："钱姑娘冷吗？不，娘子冷吗？"

钱薇看着陆贽的窘态，不由破涕一笑。陆贽见钱薇笑出声来，莞尔莺啭，娇媚若滴，身体的荷尔蒙抖然膨胀，瞬时又将钱薇搂入怀里，一张充溢着酒气的嘴风驰电掣般咬住钱薇的樱唇……

此般良辰美景，却是如此珍贵而短暂。

第十六章　初仕郑县

大历八年（773年）的春天格外生机盎然。

陆贽和钱薇终成眷属，沉浸在新婚燕尔的甜蜜中，如胶似漆，恩爱缠绵，如同从嘉兴带到京城的两只白鹤，整日厮守在一起，卿卿我我，形影不离。

《礼记·典礼》道："男子二十冠而字。"此年陆贽岁及二十，即将踏上仕途，为表达自己对儒家学派的代表人物孟子（字子舆）的敬仰，做一个光明磊落、不慕名利、仁政爱民、清慎志节的好官，于是将自己取字"敬舆"。

"长安二月多香尘，六街车马声辚辚"，车水马龙的长安城，一派繁荣和顺之景。长安城外，草长莺飞，春花初绽，好一幅"春城无处不飞花"的早春图。

清晨，长安城的春明门徐徐打开，三辆马车一一驶出城门，一行人马在哒哒的马蹄声中，朝着长安东南方渐渐远去。

哒哒的马蹄声渐渐变小，在灞水之畔的灞亭驿道依次静下，从第一辆马车上跳下一个神采奕奕的男子，他头戴黑色幞头，身着暗花圆领的青色袍衫，快步朝第二辆马车走过来，好似要躬迎重要人物。

第二辆马车的两匹枣红色骏马威然而立，轿子竹帘掀开，走出一位精神抖擞的老者，穿着五章纹紫袍，腰佩一把金饰剑，他正是吏部尚书刘晏。

三辆马车上的人也纷纷下车，走到第二辆马车前围成一圈。着青袍幞头的男子倏地跪下，掷地有声地说：

"刘大人，承蒙您的提携关照，下官才得以获取功名，释褐入仕，今尚书大人亲自为下官送行,您的恩德与教诲,下官将永铭心间,没齿不忘,此去一定为官一任,造福一方!"

"赶快请起——"刘晏双手扶起青袍男子。

"敬舆,老夫初见你时你还是四五岁的孩子,你的父亲陆侃正是那年卒于永王之乱。每念及令父,老臣深感内疚,心痛不已啊!他是大唐的忠臣啊!你的母亲大人现在住哪?身体可好?"

"刘大人,我娘仍住在嘉兴,四哥四嫂在家照顾,身体还好!承蒙大人挂念!"陆贽回答道。

刘晏深情地说道:"那就好!你父亲一生勤政爱民,尤为清廉,可谓一腔忠血,两袖清风。而今天子诏令任你县尉,此去定要励精为治,爱民为先,清廉为崇,干出一番利国利民的事业,切勿辜负朝廷恩典啊。"

陆贽答道:"吾定当上不负天子,下不负所学。秉承祖父与家父之遗志,学究天人,志存经世,贞刚律己,竭智报效。"

"好一句上不负天子,下不负所学!真要做到,实属不易啊!"刘晏那张严肃的脸,露出了难得的微笑。

此时此情,刘晏不禁想起年轻时出京赴任华州刺史的情景来,那时的刘晏,"明主拜官麒麟阁,光车骏马看玉童",何等气宇轩昂,何等意气风发。

大家看到尚书刘晏笑了,送别的气氛不再凝重。陆贽的表兄韦皋、好友顾少连、钱徽等围上前来,将陆贽紧紧抱成一团。

几人过了良久才分开身来,韦皋朗声说道:"此去华州,贤弟定将大显身手,我过去任华州参军时,交有几个兄弟,到了那里,他们一定助你一臂之力。盼你早日荣升归来,我们再打球狩猎,饮酒阔论。"

陆贽握住韦皋那一双坚硬有力的手,感慨说道:"表兄,多谢你的照顾,后会有期,后会有期!"韦皋取下胸前那条坚厉白润的狼牙挂坠,挂在陆贽的颈子上,深情地对陆贽说:"贤弟,不远送,多保重!"

钱徽走到陆贽面前,从怀里拿出一个轴制的手卷递给陆贽,面色一敛说道:"这是父亲给你写的一首诗,叫你勿念家事,安心做事。妹夫,你走后,妹妹暂且先住回我们家里,我定好生照顾,你且放心!"

陆贽打开卷轴，正是岳父钱起的笔迹，那洒脱飘逸的书法，还透着新鲜的墨香，不禁激动地读出声来：

> 昔日赋毫端，从今署尉职，直腰挂墨绶，耀锦至茅茨。
> 登陆怜露滋，居远念君思。良筹佐纲常，俸禄当民食。
> 此拜灞亭后，上升翠微里。鸿鹄翔苍穹，仰见定有期。

在钱起眼里，陆贽就是一只展翅欲飞的鸿鹄，将来一定大有作为，令他钱起都抬头仰望，这既是自谦，也是祝愿。岳父以诗相赠，自是期望风华正茂的陆贽能够以良筹佐纲常，以俸禄当民食，静讼安民，造福一方。

"大历十大才子"之一的卢纶是陆贽在京城相识的好友，也来为他送行，他狠拍了一下陆贽肩头，款款说道："贤弟，此去保重，早日回京，为兄在集贤殿院等你归来。"

"卢兄，谢谢你的帮助，让我在弘文馆读了那么多经书典籍，真是大开眼界，获益匪浅，这份情谊永生难忘啊！"陆贽感慨万分地说道。

"微薄之力，无足挂齿。贤弟，我看好你！你的文章将来也会存放于弘文馆，让天下读书人去读的。"卢纶脱口一首五言诗，潸然作别好友：

> 少孤为客早，多难识君迟。
> 掩泪空相向，风尘何处期？

送别的友人，站于灞水之畔，相互寒暄了将近半个多时辰，以酒相别，吟诗唱和，互道珍重。

"送别终须散，皓首以为期。"陆贽跃上马车，挥手作别。当马车缓缓地消失在驿道的尽头，送别的人们忽然听到两声高亢的鹤鸣，一只白鹤从灞亭一角展翅飞过，飞过灞水，飞向驿道的尽头。

华州郑县，将迎接一个踌躇满志的县尉到来。陆贽的心情，是兴奋？是紧张？是茫然？是满怀希望？也许都有。

华州属关内道，前据华山，后临泾渭，左控潼关，右阻蓝田关，历为关中军事重地，尤其是在唐朝，华州下辖郑、华阴（含潼关）、下邽3县，地位居天下各州郡之首，有"百二山河雄上国"之称。

唐代诗人王建称华州是"通化门前第一州"，这里是京城长安的东方门户，也是拱卫京城的股肱之郡。雄镇于此的潼关，既是军事战备要地，也是长安通往中原的重要关隘。因此，朝廷对这里的行政官员的选任特别慎重，多由重臣担任。令狐楚、李固言、刘晏、高郢、李绛等唐朝宰相都曾在此任过刺史。

华州郑县古为春秋战国时期诸侯国之郑国，唐时属华州的治所地（今为陕西渭南市华州区），位于秦岭东部、关中平原南部，南跨秦岭山脉，北居渭河之南，西距长安70余公里，东距华山30余公里。

华州郑县与长安相隔咫尺，地处长安与洛阳之间，交通便捷，山水环绕，与近畿的同州、岐州、蒲州并称为大唐"四辅"。

陆贽能够赴任"四辅"之一的华州郑县尉，无疑是幸运的。加之，这里正是平定安史之乱的朝廷重臣郭子仪将军的家乡，刘晏也曾在华州担任过刺史，可见朝廷对陆贽的任命考量深远。

陆贽渡过渭水，风尘仆仆向华州郑县赶路。出他意料之外，目极所处皆是一片片干涸的土地，枯黄的麦苗在田园里挣扎，焦躁地等待着大雨到来，道路上时现一个个蓬头垢面的饥民。

春季是一年中最缺乏食物的季节，人们储蓄的粮食大多消耗殆尽，基本上没有什么蔬菜。这年三月，关中又逢干旱，久未下雨，华州郑县正值春荒，赤地千里，民不聊生，人畜饮水都十分困难，大面积良田良地因无水灌溉，无法春耕春播。

"要让百姓度过春荒，必须赈灾救民，要让百姓秋后有粮，必须引水灌田。"郑县的灾情，陆贽看在眼里，痛在心里，体恤之情油然而生。

"天其养生，在物最灵，惟人最贵。"天地之间，还有什么比人的生命更珍贵的呢！只有惠养黎民，才能天下安宁，陆贽一上任就给县令杨建提出了自己的为政主张。

面对大面积灾情，杨县令一筹莫展。郑县既要负责衙门的日常运转费用，还要负担华州府的大笔开支，加之大历五年来，朝廷对吐蕃大举用兵，又平叛幽州军乱，连年打仗，天下凋敝穷困。宰相元载独揽朝政，不顾民生，赋敛增设，大肆挥霍，仓库出入无节，国用虚耗无度，用不知节，入不敷出，京师及附近地区，税赋更重，劳役更多，压得郑县百姓喘不过气来。

救灾恤患，尤当在早，在陆贽的建议下，杨县令下令调取太仓之粟，赈灾救民，以度春荒。但义仓本来存粮不多，赈灾7日就快空了，郑县城里的灾民每天聚集到县衙外，每个人只能领取一碗清淡得照见人影的稀粥，过了几天，粥棚只能救助老弱妇孺了，大部分饥民只能靠着挖野菜、煮草食、吃虫膳泥活命，匪患强盗以及逃户现象也开始出现。

郑县缺水缺粮，已到极限，百姓食不果腹，命在旦夕。虽然春荒是封建社会常遇的自然之灾，但是也容易成为一个社会事件，处理不当往往引发暴动。

怎么办？当务之急要解决灾民的吃饭问题。陆贽想到了刘晏曾经说过："王者爱人，不在赐予，而在于男有可耕之田，女有能织之布，若能如此，则胜于施舍一饭一粥百倍。"于是提出了"借粮养民、以工代赈"的策略。

借粮养民，就是以县衙的名义向有田的大户人家、佃主借粮，给予少量的利息，借据也可折成钱两作为下年提前预交的税赋。然后将借来的粮食又借给饥民，使百姓平安度过荒年，来年秋收后再归还县衙。

以工代赈，就是利用借来的粮食，组织灾民以出义工的形式，疏通河道，筑堤防水，清理旧渠，兴修水库，这样既解决了春荒之年灾民吃饱肚子的问题，又解决了兴修农田水利的长远问题，一举两得。

陆贽深入农户，调查了解村民的受灾情况和生产生活状况，发现很多荒地坡田有待开垦，很多流民也无地可种，于是用"以工代赈"的方式新开垦了近千亩田地，按照每亩五贯价公开张榜出售，提前缴纳的以八折计价，富人们纷纷掏出腰包，买田置地，很快一抢而空。对于无主的或者较为贫瘠的荒芜之地，实施"户籍登记划片""谁开荒谁受益"的政策，鼓励百姓自行开荒，同时蠲免三年赋税。

县衙将屯田收入的4000余贯一部分用于支付借粮利息，一部分用于救灾重建和农田水利建设。

陆贽的这些倡议得到了大户人家和百姓的大力支持，很快赢得了民心，百姓纷纷加入兴修水利、以工代赈、开荒屯田的劳动之中。

"我拉车，你驾辕，抡铁锤，开河渠，生产自救引水源。"郑县大地上响起了雄壮的劳动号子，陆贽带领百姓和工匠民夫在县西南23里处引乔谷水扩建了利俗渠，在县东南15里引小敷谷水疏浚了罗文渠，在溪河众多的高塘、瓜坡等地的山凹修筑小水库，经过几个多月的昼夜奋战，疏通旧渠，筑堤防洪，引水溉田，加之天公作美又下了几场大雨，灾民们铆足了干劲，耕田插秧，种菜播种，弥补生产损失，也想秋后有个好收成，早日还上借粮。

郑县的屯田大户见百姓劳动的积极性增强，趁机强行提高田租，佃户们极度恐慌，怨声载道，有的灾户只有退佃，连夜外逃他乡，申请剃度出家。

如此下去，将会导致劳动力急剧减少，陆贽感到问题很严重，立即草拟了一份《禁提租退佃令》，规劝豪强大户减租，鼓励百姓大力发展生产，这样既调动了佃农种粮积极性，又能保障业主的田租、借粮得到及时补还。

"收租要以养民为先，佃户有了田地才能安心耕作，安心耕作才能有粮食，才有田税可收。如果你们趁此打劫，落井下石，佃户们迁徙客乡，流离散亡，你们也将颗粒无收，这就是小河有水大河满的道理。"陆贽带着衙役亲自到屯田大户劝阻，大户们恍然大悟，逐渐理解陆贽这番良苦用心，明白了"提租退佃"无异于"杀鸡取卵"的道理。

屯田大户们于是不再强行提租，主动免租给往年的佃户，有了田地的农户于是复操旧业，起早贪黑，辛勤劳作，郑县的田野开始长出了葱茏的庄稼。

时任华州刺史的李承昭对陆贽提出的"借粮养民""以工代赈"和颁布《禁提租退佃令》等政策非常满意，于是在华州各县同步推行实施，对华阴县的白渠进行了疏浚整修，又将白渠扩建引到下邽县，灌溉金氏二陂。同时，李承昭又将郑县百姓抗灾自救的举措和成效上奏朝廷。

史载，唐代关中地区共发生旱灾47次，水灾59次，素有"十年一大旱，五年一小旱"之说，为了鼓励百姓抵抗自然灾害，自力更生，唐代宗采纳吏部尚书刘晏"天下之务莫大于恤民"的建议，下旨免除了华州一年的赋税，又命令天下青苗地头钱每亩交15文，京城附近原先是每亩30文，从今起一律都交15文。

郑县百姓和天下黎民一样，无不奔走相告，拍手称庆，全国上下大兴农田水利建设、发展生产和农副业，全国大部分地区风调雨顺，六畜兴旺，粮食增产，呈现出一派丰收祥和的景象。

郑县百姓兴修水利、人定胜天的精神自此一代一代传承，一代一代筑坝修堤，引水开渠。自唐代迄今，郑县（渭南市华州区）境内先后修筑了桥峪水库（大明镇）、小华山水库（瓜坡镇）、小夫峪水库（莲花寺镇）、牛峪水库（高塘镇）、构峪水库（柳枝镇）等16座大小型水库。

秋后，郑县的粮食产量较往年翻了一番，大部分灾民还清了借粮，终于有了前所未有的丰稔喜悦。然而物多则贱，物少则贵，丰收之后的郑县，又产生了新的问题——"谷贱伤农"。

陆贽想到了《贞观政要》里所载的一句话："理国者，在乎安人；安人者，在乎足食。以古先哲后，立法济时，使家有三载之储，国有九年之蓄，虽遇水旱，终保康宁。"很受启发，经过一番从长计议，陆贽动员杨县令由县衙出资，用高于市价的价格收购百姓多余的粮食和大户的囤积粮，到了来年春荒，或是遇到干旱季节，又以低于市价的价格卖给饥民，避免出现百姓食不果腹，逃户流亡的厄运。

陆贽倡导的"丰则贵取，饥则贱与"的措施，继承了尚书刘晏提出的"户口滋多，则赋税自广，故其理财常以养民为先"的思想，这样既能调剂粮食余缺，平抑物价上涨，又能调动农民耕种的积极性，使得广大农民免受饥荒之苦，生产得到更大发展，户口得到更快增加，国家也因此能得到更多税收。

在后来的从政生涯中，陆贽始终坚决反对"横征暴敛的苛政"，大力推行"鼓励生产、扩大税源"的理财政策，形成了他"养民资国"的治政理念。

他在《均节赋税恤百姓》中这样写道："明君不厚其所资而害其所养，故必先人事而借其暇力，先家给而敛其余财。"意即"建官立国"是为了"养人"，应把"养人"作为"资国"的基础。

百姓有了田耕，有了饭吃，陆贽又想着"让老百姓的孩子有书读"，群众的文化提高了，文明素质就会提升，民风民情就会越来越淳朴，社会治安就会愈来愈安定。陆贽仿照李栖筠任苏州刺史时的做法，探访名儒，修建学堂，经常同当地的名儒才俊们饮茶聚会，探讨骈文诗赋创作，编写讲义到学堂给学生讲授《文选》，快乐地享受着"传道授业解惑"的为师乐趣。

一年之后，过去偏重武学的郑县开始重视儒学的发展，全县的父老乡亲们更加重视子女的教育，城里乡村、街头巷尾流行着一首山歌民谣："文能提笔安天下，读书就学陆进士；武能上马定乾坤，练武要学郭子仪！"兴学重教、耕读传家的理念在郑县大地上蔚然成风。

陆贽来郑县的16年前，47岁的左拾遗杜甫，因上疏力救被贬的宰相房琯，也被贬到华州担任司功参军。

在安史之乱动荡的年代，杜甫目睹了"相州之战"、唐军惨败、百姓罹难的痛苦情状，见到了郑县百姓饱受战乱的煎熬，创作了传世名篇"三吏"和"三别"。这几年郑县又遇罕见的大旱，杜甫又写下了《夏日叹》和《夏夜叹》。

在郑县城西，有一条水势浩荡、风光绮丽的西溪，溪水之畔建有六角亭子，杜甫经常到这里散步游览，排遣自己忧时忧乱、壮志难酬之情，写了一首《题郑县亭子》："郑县亭子涧之滨，户牖凭高发兴新。云断岳莲临大路，天晴宫柳暗长春。巢边野雀群欺燕，花底山蜂远趁人。更欲题诗满青竹，晚来幽独恐伤神。"咏叹自己未能实现"致君尧舜上，再使风俗淳"理想的不幸与失意。

乾元二年（759年），杜甫觉得自己虽为大唐官吏，于国于民却又无所作为，终于弃官而去，漂泊他乡，大历五年（770年）不幸病逝于岳阳的一条小船上。郑县亭子也在这兵荒马乱的年代里残破倒塌，陆贽发起捐款修亭倡议，自己带头捐献，在西溪之畔重建了一座六角亭子，并以杜甫之字命名为"子美亭"。

郑县的百姓常到西溪，怀念心系百姓疾苦的大诗人杜甫。陆贽也常常来这里游览，背诵杜甫的诗词，凭吊心中的"诗圣"，坚定地继承这位伟大的现实主义诗人"致君尧舜上，再使风俗淳"的理想抱负。

"暮投石壕村，有吏夜捉人。老翁逾墙走，老妇出门看。吏呼一何怒，妇啼一何苦……"在郑县为官的日子里，陆贽常常吟诵起杜甫的《石壕吏》，眼前总是浮现出差吏到石壕村乘夜捉人征兵的残暴场景。

三年来，陆贽在郑县看到了底层农民"面朝黄土背朝天，日出而作日落而息"的艰辛劳动，看到了"赋税繁重，民命不堪"的痛苦生活，对底层人民的同情之感与怜悯之意与日俱增，脑海里深深地种下了"轻徭薄赋"的思想，开始思考如何改革赋役制度。

转眼，陆贽到郑县已满三年，按照唐代官员政绩考课制度，在职官史任满三年，就要接受吏部对其官德、政绩和功过的考核。

第十七章　东归省母

"四月八,大水发。"大历十一年(776年)四月初八凌晨,关中地区狂风肆虐、大雨倾盆、山洪泛滥,暴风拔起树木,吹走了屋瓦,吹垮了堤堰,京城附近庄稼受损的州县就有7个。

为抗天灾,吏部对全国州县官员的考课工作不得不暂停。

华州郑县山峪遍布,沟壑纵横,百姓的房屋、农作物受损更为严重,刚刚以左散骑常侍充任华州刺史的孟白皋组织郑县、华阴、下邽诸县官吏,紧张地投入到了抗洪救灾之中。

自四月初七那晚深夜,陆贽被三声巨大的雷声惊醒后,陆贽这几日都精神恍惚,烦躁不安,一到夜里,耳朵时时响起轰隆隆的声响。陆贽吃了些安神的中药,苦苦捱了七八日仍不见好转。没想到四月十六日凌晨,陆贽刚刚睡着,一道闪电又划破了天空的沉寂,几声震耳欲聋的雷声又将他震醒。

陆贽披衣起来去关被狂风吹开的窗户,一道刺眼的闪电迎面劈来,不由打了个趔趄,差点眩晕,定了定神,他上前刚要关窗,又一道闪电在长安方向垂直劈下,窗外顿时雨如柱下,铺天盖地,陆贽不由一阵颤抖,他默默地念叨着:"老天爷不要下了,郑县的百姓受苦啊!唉,不知京城的夫人可安好。"

陆贽殊不知,偌大的长安城此时亦是狂风暴雨,雷电交加,阴冷瑟瑟的狂风刮起朱雀大街两旁的梧桐树横冲乱撞。东市之南的安邑坊传出一阵撕心裂肺的号啕大哭,鞭炮声、雨声、哭声,交织在凄冷的夜空中久久地回荡。

一生光明磊落、累著声绩的李栖筠走到了生命尽头，病逝在安邑坊的凄风冷雨中，享年58岁。

陆贽出任郑县尉的这几年，宰相元载日益恣横，唐代宗已是忍无可忍，阴引刚鲠大臣自助，欲收纲权以黜元载。就在半年前，御史大夫李栖筠已将弹劾元载的奏章摆到了唐代宗的御案上。

唐代宗捧着沉甸甸奏章的双手，一直在犹豫地抖，从月缺抖到月圆，又从月圆抖到了月缺，一直抖到上月发生了月蚀，终没能落下御笔。如同他一直想拜李栖筠为相的踌躇一样，御笔一次次悬在白麻布上的最后一瞬间，皆因顾忌元载，终未能坚定地落下。

"应系星辰天上去，不留英骨葬人间。"望着蚁斗蜗争的朝政、满目疮痍的江山、焦头烂额的天子和满是忧患的世界，李栖筠郁愤成疾，病倒在床，在这雷霆雨骤的暗夜里一瞑不视，撒手西去。

有着"赞皇公""李西台"之称的李栖筠，如同一只高洁的鹓鶵（凤凰），随同朱雀大街那棵被狂风连根拔起的百年梧桐树，湮没在既富贵、雍容、妩媚，又充斥着阴谋、杀戮和死亡的长安城。恶贯满盈的元载却像一只魍魉的鸱枭（猫头鹰），依然在黑夜里吞噬着大唐的血与肉。

峨冠博带的朝臣，再也不敢议论元载的劣迹，朝野上下，噤若寒蝉，甲第千甍的长安城，在风雨晦冥中摇摇欲坠。

当李栖筠的噩耗传到陆贽耳中时，宛如又一声雷鸣轰地将他的耳膜震破，不禁一阵长啸，瘫倒在地，失声痛哭道："薤上露，何易晞，露晞明朝还落复，人死一去何时归？"

痛哭中的陆贽，泪眼蒙眬中又看到了知遇恩人的音容笑貌和铮铮风骨，耳畔又响起了李栖筠送他《贞观政要》时说的话："老夫老了，以后就靠这本书陪你前行吧！"是啊，以后的路上，再也遇不到李栖筠了。

一年后，唐代宗终于下定决心，将元载逮捕于政事堂，其心腹党羽和两个儿子也锒铛入狱。元载被诛时，大狱外的长安城"星辰早没夜初长"，李栖筠到底没能看到那一幕。

连日雨水泛滥，莲花寺镇西马村一个村庄发生了山体滑坡，一户郑姓人家的几间房屋被泥石流淹埋，郑姓一家除了当时正在出门割草的15岁女儿郑雨外，其余五口人全部遇难。

这日，一群人抬着一位姑娘来到县衙报案，他们在洪水滚滚的罗纹河中救起一位姑娘，经过一番抢救虽脱离了生命危险，但她死活还是要跳河。经过村民们一番追问，才知这姑娘正是西马村的郑雨，父母兄弟都被泥石流淹埋，房屋和家里的粮食、牲畜、坡上的庄稼都毁于一旦。更让人痛心的是，在姑娘无家可归、走投无路之时，租佃田地的东家郭长虎见郑家无力偿还租佃，对孤身一人的郑雨起了歹心，要强行与她发生关系，纳她为妾，以抵郑家欠下的租佃。

这郭长虎已是50多岁，家中已纳有两妾，郑雨死活不肯，于是跑到河边自寻短见，被好心的村民们救起。但村民们知道郭长虎自认为与当朝名将郭子仪有一点亲戚关系，一贯横行霸道，鱼肉乡民，于是只有把郑雨抬到了县衙，请求县衙救她一命。

陆贽见到奄奄一息的郑雨，赶紧叫衙役将姑娘抬进屋内安置，向前来报案的人详细了解了情况，然后大步登上高台，大声地对在场群众讲道："各位乡亲，天灾无情人有情，一方有难，八方相助，我们一定会安顿好郑雨姑娘，决不能让她落入虎坑。我马上就给郭子仪将军写信告知情况，相信郭将军通情达理，决不会纵容郭长虎的。"

在场的群众听完陆贽的讲话，见他不畏权贵，刚正不阿，敢于为民做主，替民作想，不由热烈鼓掌，齐声喊道："陆大人是好官呀！"

陆贽欣慰地说道："天灾人祸，乡亲们受苦了。作为郑县县尉，除暴安良、伸张正义乃是我的本分，只要大家齐心协力，我们一定能够战胜困难，重建家园。"

群众走后，陆贽赶紧回到衙门，取来笔墨，郑重地给郭子仪将军写了一封长信，详细介绍了郑县的洪灾情况和郑雨一家的悲惨遭遇以及自己对郑雨一家的救助打算，希望得到郭将军的支持。

其实，出生于郑县莲花镇的郭子仪将军，家风严明，公正无私，宽厚待人，他虽在平定安史之乱、收复两京、抗击吐蕃的战争中立下赫赫战功，但也不居功自傲，仗势欺人，对家乡的族亲要求甚严，从不袒护。这郭长虎也不是郭子仪的直系亲戚，只是打着他的牌子横行乡里，人们早已对他恨之入骨。

郭子仪将军收到陆贽的信函，不由一惊。对不畏权贵、心系黎民的陆贽立然起敬，对第六子郭暧肃然说道："在这兵连祸结、生灵涂炭之际，家乡还有这样的好官，乡人们也是有幸啊！郭暧，你比陆县尉长两岁，要以他为标杆，他日同朝为官，定要互相鼎助。"

郭子仪将军立刻给陆贽写了回信，对陆贽的官德、政绩给了高度的评价，在信中对郭长虎的行为进行了严厉的谴责，并随信送上100两银子，一是捐助家乡防治水灾，二是帮郑雨一家偿清所有租佃。

消息很快传到郑县，郑县的百姓对郭子仪的高风亮节之气、宽仁爱民之情无不拍手称赞。见郭子仪如此器重支持陆县尉，当地的一些豪强地霸也纷纷收敛行径，不敢造次，陆贽"写信救女"的故事也一时传遍郑县大地。

九月的郑县，秋高气爽，田野种植的水稻、高粱等农作物大获丰收，人们沉浸在一派喜悦之中，城里街道上一排一排的桦树，徐徐飘下金黄的叶子，铺得一地色彩斑斓。

朝廷已派出大使循行各地，对县"户口垦田、钱谷出入、盗贼多少"以及"严课农桑、罔令游堕、揆景肆力、必穷地利、固修堤防"等进行评定政绩，以此作为衡量县级官吏是否称职的主要标准。

陆贽回首三年的县尉经历，百姓的艰辛困苦、柴米油盐，抗灾救民的酸甜苦辣历历在目，不由百感交集，铺开宣纸，认认真真地写了一份"届满答卷"，等待吏部的考课：

"民为邦本，本固邦宁，若得一方平安，在亲一方百姓。臣任郑县尉以来，以'良筹佐纲常，俸禄当民食'为铭，竭力参助县令，宽惠待民，亲理庶务，分判众曹，割断追催，收率课调，恪尽职守，访察精审，清慎明著，从不徇私舞弊，从不贪赃枉法，时刻接受同僚和百姓的监督。郑县世风淳朴善良，人民安居乐业，生产欣欣向荣，税粮不缺分毫，上下一派安定和顺之景象！悉呈吏部考课鉴定。"

看完自己写下的三年工作总结，陆贽放下墨笔，取下头上幞头，长长地舒了一口气。这一刻，心中倍加想念长安的妻子，想念苏州的母亲，眼泪不由夺眶而出，滴滴落在泛黄的宣纸上。

陆贽决定早日起程，先回京城看望家人，再与妻子回乡省母。消息不胫而走，城中百姓自发来到县衙广场，议论纷纷。

"陆县尉是个好官呀，我们去联名请求杨县令不要调走这样的好官啊。""是啊，陆县尉关心群众，大公无私，兴修水利，整肃治安，全城的百姓有目共睹，都舍不得他啊！"……

这天，衙门外的广场陆续集聚了三四百人，纷纷表示要请求将陆县尉留下来。这几年每日跟着陆贽抗旱救灾、四处奔走的衙役们也被眼前的情景而感动。衙役李班头带领众人来到衙门，擂响了大门墩鼓，之后一个个咚地屈膝跪下，广场的妇女老幼们也纷纷聚齐过来跪在地上。

"陆县尉，您是郑县百姓的好官，乡亲们的恩人，求您留下来继续当我们的县尉！"李班头大声喊话。

县令杨建走出衙门，面对眼前的情景，心里也格外激动，赶紧走到衙门中间大声喊道："各位父老乡亲，大家快起来，快起来吧！"

陆贽也跟在杨县令后，一个个请起前面跪下的百姓，大声喊道："大家都起来吧！我只是回乡看望母亲，后会有期的，后会有期的。"23岁的陆贽从未见过如此场面，从未想到老百姓会如此看重自己。

"乡亲们，都起来吧，我不会忘记你们的！不会忘记你们的！"陆贽的声音已然有些哽咽，三年来与百姓们一起抗旱救灾、兴修水利、兴学重教、惩治盗贼的场景历历浮现眼前，感动得泪盈满眶。

在场的群众、官吏陆续站起来后，县令杨建大声讲道："各位乡亲，陆县尉的确是个年轻有为的好官！他18岁进士及第，到我们郑县后，陆县尉亲民爱民，嫉恶如仇，激浊扬善，兴修了一批水利设施，惩治了一批盗窃之徒，深得大家的拥戴，大家放心，我已向吏部如实陈述陆县尉的功绩。为了郑县的老百姓过上安居乐业的生活，我将奏请皇上擢升陆县尉为县令，本官已垂垂老矣，该退居还田啦！"

"杨县令，陆县尉，你们都是郑县的好官啊！两位大人都不要走，要把郑县治理得更好才行啊！"群众大声喊道。

"乡亲们，朝廷给陆县尉的任期考牒很快会下来的，你们都回去吧！我马上回屋给朝廷上表奏章。"杨建说。

在场的群众慢慢散开，但很多人都不愿回家，三人一堆五人一群地待在衙门外边的广场，继续摆谈着，不肯离去。

为了尽早离开郑县，少给衙门增添麻烦，陆贽请示杨县令，决定次日一早离开郑县回长安。当晚，县令杨建还请来了华州刺史孟白皋，带着县丞和部分僚属一同来到陆贽的寓所看望陆贽，高兴的陆贽摆酒设宴，亲自下厨炒菜款待。

陆贽喜欢嘉兴菜，嘉兴菜属于"南甜"风味，口味偏甜，注重配色。陆贽的四哥陆贤在嘉兴城内开有一家餐馆，从小就在母亲和四哥的熏陶下，也学得了一手好厨艺，今晚决定给同僚友人们露几个拿手好菜。

第一道菜端上来，盘子中间是油炸得红亮亮的花生米，盘子的一周摆了十个圆圆的油炸小酥饼。陆贽说："第一道菜，花好月圆。"大家开心地举起筷子，夹起一块甜甜的酥饼开吃。

孟刺史站起身端起酒杯说道："杨县令、各位同僚，皓月当空，美酒佳肴，我提议大家一起给陆县尉敬一杯，祝陆县尉此去一帆风顺，步步高升！"

不一会，陆贽上来第二道菜，菜名一报："关公战秦琼。"大家一看桌上的菜，哪有关公秦琼，就是一盘胡萝卜炒鸡蛋，原来一红一黄，好比关公的红脸、秦琼的黄脸。大家又饮了几杯，几人都脸红了，高兴地互称对方是关公，闹得不亦乐乎。

陆贽第三道菜已端上来，大家一看，是一碗红烧炖制的坨子肉，色泽红亮，肉肥汁浓，让人垂涎三尺，大家来不及听菜名，不禁抢筷吃上一坨，酥烂而形不碎，香糯而不腻口，可谓色、香、味俱全。

陆贽开心地说："菜名非红烧肉也，而名'红旆旋烧尘'。"（本义是红色的旌旗和战车开过，将旋急卷起的尘土染成红色。菜名意思是用新鲜的猪肉现成炖制的红烧肉）

大家一人一坨，吃得嘴角正流着油。此时，陆贽又端出第四道菜来，菜名是"一清二白情意长"，实则就是一碗豆腐青菜汤加粉条。

第五道菜端上桌来，菜名报上"出淤泥而不染"。大家一看，菜名含义深刻，原来是一盘雪白的清炒藕片。

最后一道菜端到桌上，大家一看，是一盘煮熟的黄豆炒黄豆芽，大家仰头看着陆贽不得其解。陆贽说："菜名母子相聚。"说完，大家哈哈笑起来，共同举杯祝福陆贽与母亲早日团聚。

菜已上完，陆贽举起酒杯说："郑县三年，承蒙孟刺史、杨县令和大家的关照抬爱，下官做了一些有益的事情，对基层有了熟悉的了解，对为官有了粗浅的体会，但做得还不够，还望大家多多批评。下官年轻气盛，性情耿直，不善隐曲，开口见喉咙，平常多有冒犯得罪之处，请多多包涵，下官先干为敬！"说完，陆贽一仰而尽，喝完长长地"哈——"了一声道："高兴——大家继续喝！"

杨县令举杯说道："敬舆贤弟，你过谦了，过谦了，天下没有不散之筵席，明日你将启程回京，老夫饮醉了，吟诗一首，见笑了！"杨县令说完，端起酒杯，站起身来，扬声吟唱道：

　　画舫照河堤，暄风百草齐。行丝直网蝶，去燕旋遗泥。
　　郡向高天近，人从别路迷。非关御沟上，今日各东西。

杨县令唱完，大家不约而同一起拍掌，齐声喊道："杨县令，干了！杨县令，干了！"

酒至酣处，便喝出了真情厚谊，喝出了离愁别绪，喝出了抖擞精神，同僚们尽情饮酒唱和，热闹到子时才散去。

次日清晨，陆贽早早地收拾了行李，乘上一辆备好的马车，静静地驶过城门。出了城门后，陆贽深情地驻足回首，天边微微泛起鱼肚白，郑县城沐浴在薄薄的晨雾里，显得那般安宁，那般亲切！

"乾坤含疮痍，忧虞何时毕。"有道是国不太平，家路漫长。就在陆贽从郑县回到长安不足两月，与久别的妻子钱薇正沉浸在男欢女爱的幸福时光之际，汴州刺史李灵曜发动了叛乱，陆贽原打算带着妻子回苏州看望母亲的想法被搁浅，决定先一人回苏州将母亲接到长安居住。

因为战事，曾经商旅繁沓、百货转乘、万商云集的汴河已被叛军割断，陆贽不得不改走旱路南下。

自懂事以来，陆贽见到的就是一幕幕此起彼伏的叛乱、兵变，内忧外患、藩镇割据的混乱局面，从来没有一丝好转的迹象……而今眼睁睁地看着大唐江山被跋扈的藩镇折腾得面目全非，心中不免一番伤感，痛声仰天长啸："寂寞天宝后，园庐但蒿藜，我里百余家，世乱各东西。"这正是杜甫的《无家别》。

苍茫的暮色中，陆贽踏上回家的归途，马车在官道上徐徐而行，泥泞的坑洼里留下一对对深深浅浅的马蹄印。马车沿途穿过田野，碾过石桥，翻越山冈，陆贽看见的是战争的疮痍，逃难的百姓，荒芜的田地，干涸的河床，一排排秋雁朝着南方飞过，留下一声声凄凄的雁鸣……

孤单的官道，留下陆贽的歌声："秋风起兮，白云飞，草木黄落兮，雁南归。"唱着唱着，巴不得快马扬鞭日行千里回乡省母的陆贽，突然感觉到身上不知从何而来的一种沉甸甸的责任："天下的百姓好苦啊！我该做点什么？"

大明宫含元殿内，唐代宗李豫正召集宰辅重臣紧急商议如何平叛李灵曜。大臣们分列朝堂两旁，肃然而立，忧心忡忡，气氛十分紧张。

兵部侍郎童光手持笏板上奏："启奏陛下，汴宋（今河南开封市）留后田神玉病卒后，河南节帅、都虞侯李灵曜趁机发动兵变，自立为汴宋留后，并北结田承嗣，拥兵自重，在汴河设卡，拦截朝廷过往的漕船，切断了京师粮食、赋税的供给线。"

吏部尚书刘晏出班，侃侃说道："李灵曜效仿河北诸镇，私自任命了境内八州的刺史和县令，朝廷任命的官员一夜之间全部罢免。臣提议首先加派重兵押送漕运，其次，迅速征调各路兵马征讨李灵曜。"

唐代宗李豫听完刘晏上奏，霍地站起身来大声吼道："岂有此理，大逆不道，忍无可忍！元大人有何对策？"

宰相元载上前一步，尖声尖气地说："自大历十年讨伐田承嗣以来，九镇联军连连征战，已将国库耗尽，加之李灵曜在河南擅征财税，拒缴中央，财政空虚，这仗打的是朝廷的银子啊！"

"没了江山，再多的银子又有何用？元大人的意思是继续采取姑息纵容的绥靖政策，任其为所欲为？"

"战役可以打，军事上足可两月平定河南之乱，但军费将耗资300万贯，钱从何来？刘大人你是理财首臣，你若能筹集这笔巨款，这仗明日便可开战。"

三百万贯，可不是小数目。满朝官员一阵躁动。刘晏正声道："钱没问题，但要奏请陛下实施一项经济体制改革。"

唐代宗听说钱没问题，急迫地问："怎么改革，请讲。"

刘晏缓声而道："目前实行的榷盐法，实施的是全国各地的食盐由国家统一专卖，严禁私人买卖，全国的盐池、盐井也是全部由国家统一管理，隶属盐铁使，我们实行'每斗加时价而出之，为钱一百一十'，盐利归中央所得，以济军需，以利国计，这对于平定安史之乱，维护中央集权，无疑做出了重大贡献。然而，榷盐法是战乱军需时的产物，目前已出现很多弊端，必须大刀阔斧地进行盐法改革，将食盐官营专卖制，改为'官收商销'间接专卖制，增加国库收入。"

元载半嘲半讽地说道："榷盐制大大增加了国库，如果轻易改革，必然造成金融混乱，奸商横行，百姓遭殃，我坚决反对。"

刘晏镇定地说："榷盐制由官府产运销，官商一体，权钱不分。全国粮米棉帛都有市场租庸，而食盐只有官产、官运、官销。加之全国盐官数量庞大，机构臃肿，盐价不断上提，严重窒息了市场流通，百姓无力购买，被迫淡食，导致民不聊生，疾病流行，全国食盐销量逐年下滑，已经到了非改革不可的时候了。"

唐代宗沉思了片刻，肃然说道："改革榷盐法，我看也有一定的道理，刘大人仔细给大臣们讲一讲，如何改革？"

"间接专卖制，就是食盐可由亭户自行生产，不得私卖，由政府统一收购贮于盐场，加价给商人批发食盐，商人自由运销全国，食盐的流通税、运营税等都包含于盐价之中。这样一来，产、运、销全部由私人承担，国家控制货源，稳定盐价，从购销差价中获得财政收入，生产者、国家和商人可得三赢。"刘晏沉着地将自己的想法和盘托出。

元载将信将疑地反问道："刘大人的间接专卖制与筹集军费有何直接关系？现在这三百万贯的军费可是迫在眉睫。"

刘晏胸有成竹地说："这种民制官收、商运商销的专卖制，既能调动产盐销盐的积极性，扩大生产和销售，又能保持盐价稳定，促进全国百姓消费。臣刚承办东南盐务时，年盐利只有六十万贯，如果实施间接专卖制，同时大力精简盐政机构，惩罚一批贪腐盐官，将赃款入归国库，预计今岁可达五百万贯，可从中提取三百万贯作为军费开支。"

全场发出一阵惊叹，唐代宗高兴地说道："好，朕同意'官收商销'的间接专卖制，请刘大人急商户部、御史台立即执行。元载大人，请速与兵部商定，诏命各节度使即日兵发河南，讨伐河南叛逆李灵曜。"

安徽寿州刺史张镒得到汴宋留后李灵曜反叛的消息，即向唐代宗上奏，主动请缨，率军五万北伐李灵曜。同时，朝廷命淄青节度使李正己、河南节度使马燧、淮西节度使李忠臣率军三十万，从东西南北四面围攻汴州。

官军势不可挡，不足两月就以优势的兵力一举击溃了李灵曜的十万叛军，斩首一万余级，李灵曜绝望无助，连夜逃亡，后被唐军擒获，押送京师处斩，官军大获全胜。

帝京沸腾了，唐代宗终于在声势浩大的平藩战役中扬眉吐气了一回。

第十八章　忘年之契

　　陆贽一边逃避战乱，一边顺道游览南阳、襄阳至汉阳一带的历史古城、风景名胜，从汉阳乘船而下，经江州，过安庆，当船到芜湖时，陆贽听闻寿州刺史张镒率军平乱凯旋。

　　陆贽早闻张镒为官政务清简，治军严谨，不徇私情。特别是他任寿州刺史以来，为人忠厚，秉公执法，百姓对他的评价很高。陆贽于是决定暂且不回乡，慕名前去拜访寿州刺史张镒。

　　这张镒又是何许人也？

　　张镒也是吴郡人，算是陆贽的老乡，其父张齐丘曾任朔方节度使。年轻时以门荫入仕，初授左卫兵曹参军。郭子仪为关内副元帅时，辟张镒为元帅府判官，累迁殿中侍御史。

　　唐肃宗乾元年初，张镒任扶州司户参军，后迁屯田员外郎，转祠部、右司二员外，大历十一年（776 年），张镒调任寿州刺史。

　　寿州，今安徽省寿县、霍邱、霍山等县及六安市，寿州控颍口（颍水入淮水处），濠州（今安徽省凤阳县一带）控涡口（涡水入淮水处），而泗州（今安徽省泗县、明光、天长一带，江苏省盱眙、泗洪两县）则控泗水，再加上南岸淝水要津庐州（今安徽省合肥市），一同构成了分割大唐南北江山的天然门户。

　　陆贽来到寿州，停留了三天都未能见到张镒。第四天，陆贽再次来到寿州衙门拜见张镒，张镒见陆贽相貌堂堂，言辞文雅，果然是才貌双全之人，于是当晚便请到家里设宴款待。

美酒佳肴上齐,张镒端起酒杯说道:"陆县尉,这几日因政务繁忙,怠慢了老乡,还望多多包涵!来,老夫敬你一杯,给你接风洗尘!"

"张大人,不敢当。晚生在郑县任职期满,罢秩回乡看望母亲,喜闻张大人北伐叛乱,逮捉叛逆,大获全胜,声威大震,所以慕名来谒张大人,愧多打扰!该是晚生先敬张大人才好!"

"哈哈,莫客气。早闻陆县尉乃社稷之才,自小得天资,辞藻博文采,治县有能名,义气激昂,年轻有为,今日一见,果然名不虚传啊!"

张镒再次举起酒杯,受宠若惊的陆贽恭敬地端起杯来,躬身碰过张大人的酒杯,举起杯来一饮而尽。

"张大人,晚生初出茅庐,才疏学浅啊。倒是张大人老骥伏枥,满腔热血,仍激荡着驰骋千里的雄心壮志,若天下再多些张大人这样的忠臣良将,大唐王朝重回开元盛世便指日可待了。"

"唉,先帝缔造的开元盛世,国力强盛,四海升平,政通人和,朝野上下,政治清明,贤臣清正。'安史之乱'之后,大唐江山狼烟四起,各地藩镇拥兵割地,朝政腐化软弱,社会动荡离乱,陆老乡,你我都仕不遇时,无能为力啊!"

"是啊,晚生出生第二年就爆发了'安史之乱',它改变了国家的命运,也改变了每个臣民的命运。忆昔开元全盛日,小邑犹藏万家室。稻米流脂粟米白,公私仓廪俱丰实……杜甫诗中的太平盛世一去不复返了。"

"老乡,你看是什么原因导致李唐王朝大厦的倾覆危机,把帝国推向这万劫不复的深渊?"张镒轻声地问。

陆贽沉思片刻,叹声道:"种种原因啊!"张镒以沉稳的语气说道:"老乡但说无妨,老夫自亦分寸。"

陆贽打消疑惑,缓声答道:"开元之初,贤臣当国,纠之以典刑,明之以礼乐,爱之以慈俭,律之以轨仪。庙堂之上,无非经济之才;表著之中,皆得论思之士。虏不敢乘月犯边,士不敢弯弓报怨,边境清平,万国归心,贞观之风,一朝复振,而自天宝已还,小人道长,导致大唐盛衰集一身、渔阳鼙鼓动地来的悲惨结局。如若犁庭扫穴,直追谜底,晚生认为归是用人之失也!"

张镒点头说道:"老乡所言极是,一语中的啊!老夫佩服!而今,淄青(又称平卢,治所在青州,今山东青州市)节度使李正己拥兵十万,雄踞东方,邻藩皆畏之;魏博(治所魏州,今河北大名县)节度使田承嗣占据魏、博、相、卫、洺、贝、澶七州;成德(治所恒州,今河北正定县)节度使李宝臣占据恒、易、赵、定、深、冀、沧七州;山南东道(治所襄阳,今湖北襄阳市)节度使梁崇义占据襄、邓、均、房、复、郢六州……唉,他们虽为大唐藩臣,而实如蛮貊异域。大唐如何才能摆脱这历史迷局啊?"张镒说完,气喘吁吁,扼腕长叹。

陆贽听得热血涌动,直言说道:"孟子说,生于忧患,死于安乐,多难而兴邦,关键在于人。"

"老乡讲得好啊,只有分层授权,拔擢真才,济济多士,得人之盛,方能治国安邦,陆县尉就是当朝不可多得之才啊!"张镒激动地说。"国之盛,在于得人,国之长,在于得民。而今征战连连,百姓流离逃难,赋税沉沉,社会动荡不安,官吏浑浑,贪腐触目惊心。宰相魏征曾谏太宗皇帝'怨不在大,可畏惟人。载舟覆舟,所宜深慎。'治理天下,必须得民心。"

陆贽点头说道:"是啊。君,舟也;人,水也;水能载舟,亦能覆舟。水既能让船安稳地航行,也能将船推翻吞没。民为邦本,本固邦宁这是千古不变的道理啊。"

陆贽一席话,让张镒不由对眼前这个年轻人刮目相看,心中念道:这陆贽年纪轻轻,却学究天人,志存经世,博晓古今,洞悉时事,不愧为当朝最年轻的进士啊!

两人可谓一见如故,谈笑风生,把酒论政。一个老者与一个年轻人之间竟然有谈不完的话题,讲不完的道理,喝不停的白酒。窗外,一轮皎洁的明月悬挂当空,洒下一地清辉。

"爹爹,你们已谈了三个时辰,菜都凉了,娘问你们还需要炒点热菜来不?"陆贽和张镒正谈得起兴,突然被一声温柔细腻的声音打断,两人方才回过神来。

陆贽抬头看去,只见立于四角桌旁的这位美女,面若美玉,眸若秋水,两手托着一只隽秀的青瓷油灯,灯芯燃着的火焰,把一张瓜子脸照得红润而妩媚,令人见了顿生爱慕之心。陆贽与这位美女四目相视,好似瞬间触电,愣愣地坐在那里，好似傻了一般。

"老乡，这是我女儿，张倩。这是郑县县尉陆贽，字敬舆，还是苏州老乡呢！你就叫他敬舆哥吧。"张镒赶紧给陆贽作了介绍，打破了尴尬氛围。

张倩笑盈盈地看着陆贽，忽见他双目直视过来，不觉有些微微害羞，竟自略略低下头去，温柔地说道："敬舆哥好！小女子张倩有礼了！早闻哥哥才华过人，风骨磊落，今日一见，确非虚传。"

眼前这位美女正是张镒的幼女，名叫张倩，虽没有"鱼见之深入，鸟见之高飞，麋鹿见之决骤"般倾国倾城之貌，但也是肌肤胜雪，粉面桃花，秀发如云，一颦一笑，露出怯雨羞云的风韵。

当张镒与陆贽高谈阔论时，张倩正在隔壁房里绣着手绢，对父亲与陆贽的谈话听得津津有味，不由对陆贽的才华倾慕不已。

"爹爹，你与敬舆哥如此投缘，相见恨晚，不如你们结为忘年之交吧！"张倩兴高采烈地说道。

陆贽站起身来，拱手说道："能与张大人结为忘年之交，陆贽闻宠若惊，不胜荣幸啊，请张大人接受陆贽三拜。"

已过天命之年的张镒赶忙起身，接受陆贽三拜后，輾然而笑道："好啊，能与陆县尉结为忘年之交，老夫喜不自胜啊，从此你我福祸相依，患难相扶，壮志相酬。"说完，又举杯与陆贽连饮了三杯。

是夜，张镒与陆贽虽已饮醉，但好似意犹未尽。张倩的母亲和家丁把陆贽扶到楼上客房，端来热水叫家丁给陆贽抹了脸，洗了脚，又给陆贽泡了一杯寿州黄茶，然后把那一盏青瓷油灯轻放在床头。

酒意朦胧的陆贽躺在床上，四肢没了力气，说话语无伦次，脑海里一时浮现出爱妻钱薇的娇容，一时又浮现出张倩的倩影，折腾到半夜才睡着。

次日醒来，只见一杯寿州黄茶搁于床头，汤色黄橙，香馥如兰，口渴的陆贽端起杯来，一口气喝得精光，顿觉酒气全消，齿颊留香。

放下茶杯时，陆贽发现柜子地下落有一块手绢，捡起一看正是一块刺绣，薄如蚕纱的绸绢上绣着碧翠欲滴的荷叶，白里透红的荷花，一朵盛开，一朵含苞待放，左边绣着"出淤泥而不染"。字，是那样娟秀，莲，是那样清鲜，一缕淡淡的清香扑入心怀。

昨夜照顾完醉后的陆贽，张倩匆匆回到阁楼，倏然发现手绢掉了，到处找了一番却没踪迹，断定手绢定是掉在陆公子的房间了。

去找陆公子，还是不去？夜深人静，男女授受不亲，如何是好？只好作罢。然而，不知是念那方手绢，还是念着风度翩翩的陆公子，张倩也是一夜辗转反侧，躺在床上翻来覆去不能入睡。

女儿的一举一动张镒早已看在眼里，其实他已明白，女儿定是喜欢上了老乡陆县尉，只是昨夜只顾喝酒议政，高谈阔论，却未能问询陆贽是否婚配。

吃过早饭，张镒亲切地问陆贽："昨晚还睡得好吧！老夫今日有件案子要处理，特地安排夫人和小女陪你到寿州的东禅寺走一走，看一看，为我们结为忘年之交烧香祈福。晚上再与陆县尉饮酒畅叙如何？"

"太麻烦张大人了，恭敬不如从命，晚上再向张大人请教！"其实，思乡之切的陆贽本打算今日启程，见张镒如此细心的安排，只有盛情难却了。

是日，张倩特地打扮了一番，一袭拖地的粉色罗裙，内衬一件青灰的锦缎裹胸，一枝梅花银簪将如云的秀发高高绾起，两臂挽一袭绣着荷花的蚕丝氅衣，举步窈窕，气若幽兰，全身上下散发着唐朝士族千金优雅高贵的气息。

陆贽在张倩和她母亲王氏陪同下来到东禅寺。寺内矗立着庄严的红色照壁，参天的古松苍柏，微风吹过，金黄的银杏树叶簌簌飘落，一片落在张倩的簪发上，陆贽将其取下，张倩望着陆贽莞尔一笑。

东禅寺位于寿州城内东北隅，旧名崇教禅院，现已改名为报恩寺，全寺占地30余亩，始建于唐贞观年间。

曲径通幽处，禅房花木深。张倩给陆贽当起了导游，仔细地介绍东禅寺的建筑、楹联、造像和古迹。不一会，三人一同走进第二进大院，来到大雄宝殿，宝殿正中矗立着释迦牟尼佛的铜像，两旁塑有两尊比丘塑像，释迦牟尼佛结跏趺坐于莲花台上，右手屈臂而伸，慈善而安详。佛前摆放着一台半人高的铜香炉，香炉下是张丈余宽的木榻，上面放着三个圆形的草蒲团。

王氏从宝殿僧人那里接过三炷香，每炷三支。一炷给了陆贽，一炷给了张倩。王氏燃香跪拜后，陆贽与张倩也点燃手中之香，跪在两边的蒲团上，陆贽侧过脸来，只见张倩手执三支青烟袅袅的焚香，合掌于胸前，闭上了眼睛，嘴唇微微地翕动，像是正在许愿。

陆贽也持香瞑目，双手合十，虔诚地默念着，祈愿母亲福寿康宁，长命百岁，祈愿来日鸿渐于干，造福百姓，祈愿爱妻钱薇平安快乐，早生贵子，而后俯下身子，礼佛三拜。

张倩侧过头，偷偷看到陆贽虔诚地跪拜，心里泛起一阵爱慕的涟漪。三人敬完香正准备离开时，宝殿的住持惠崇禅师走了过来，他躬身行了个礼，念了一句"阿弥陀佛"，一双慈善而又深邃的眼睛，凝神望着陆贽："施主，请留步。老僧惠请施主抽上一签再走。"

"好啊，敬舆哥先抽一签。"张倩拉着陆贽的手，来到老僧面前。陆贽不好推脱，随便抽了一签递与住持。

住持惠崇看陆贽的签，肃然一惊，然后再向陆贽行了礼，朗声说道："灵签求得第一枝，风云乾坤际会时，黄鹤展翅随江去，西京也会少帝师。"

"敢情施主已是纱笼中人。达，则兼善天下；穷，则独善其身，功名富贵，福分祸分，自有神灵纱笼佑护。阿弥陀佛！"老僧娓娓道来。

张倩见老僧竟能看出陆贽是朝官身份，煞是惊奇，闹着自己也要抽一签。她轻轻地闭上眼睛，纤纤玉手犹豫了片刻，瞬地挑了一签。

惠崇禅师仔细地看了抽签，又看了看眼前这位姑娘，皓齿明眸，冰肌玉肤，楚楚动人，好似也无动于衷，仍是喃喃念道："银杏知秋叶满天，日长三起又三眠；换却锦衣归故里，南北往来是鸿雁。"

"佛曰，春来花自青，秋至叶飘零，一花一世界，一叶一菩提，但愿有情人终成眷属。"惠崇禅师说完，右手立于胸前，躬身礼道："阿弥陀佛！"

张倩听完"南北往来是鸿雁"，一张红若桃花的脸一下子就没了笑容，她默不作声走到母亲身边，怅然地挽起母亲的手臂，朝宝殿佛像右侧慢慢而行。

正在这时，东禅寺的西边突然乌云密布，天气沉沉，好似下起了大雨。而东禅寺这边仍是阳光普照，寺院屋顶的黄瓦在阳光下闪着金灿灿的光芒，第三进院内的大香炉，鲜艳夺目的红烛烧得正旺，一米余高的高香插满一排又一排，处处香雾袅绕。

陆贽见张倩不高兴，走上前来欣然说道："张倩姑娘，你看这天气，城里正下大雨，寺里却阳光灿烂呢！"张倩终于露出笑脸。也难怪，一个是碧玉年华的怀春美女，一个是风度翩翩的有才公子，"若是没奇缘，今生偏又遇着他？"只可惜，张倩认识陆贽迟到一步。

张倩领着陆贽逛了城东的东禅寺，又逛了城内的孔庙，在城里吃了香喷喷的"大救驾"油酥饼，豆腐街的"臭豆腐"，福寿楼爽滑鲜嫩的淮王鱼。而后又出寿州靖淮门，逛了城北的珍珠泉……虽是走马观花，却也是玩得不亦乐乎。

当晚，张镒忙完府上的案子，嘱咐主簿在寿州城状元街淮南楼定了筵席，约请了别驾、长史、司马、参军等佐官款待陆贽。

淮南楼装潢宏丽，宾客盈门，灯烛荧煌。听说是张镒大人的客人，酒楼更是高规格接待。洁白的瓦埠湖刀鱼、徽香源烧鸡、醉意瓦虾、芙蓉套蟹、八公山豆腐、寿州粉皮、九香荞粑……宴席桌上，珍馐佳肴，美酒溢杯。

张镒端起酒杯，大声说道："诸位，此位乃当朝最年轻的进士，华州郑县尉陆贽，也是老夫的同乡，昨晚老夫与陆县尉对酒当歌，畅饮达旦，意气相投，已结为忘年之交。恭请诸位一同敬陆县尉一杯！"

"恭喜张大人，欢迎陆县尉！干杯！"一场酣畅的宴会开始了。

搁下酒杯，张镒缓声地问道："老乡，今天我夫人和女儿陪你去看了东禅寺，不知玩得开心否？"

"谢谢张大人盛情，让我领略了寿州的名胜古迹、风土人情和民间美食，真是大开眼界啊！"

"老乡也许不知，这东禅寺乃太宗皇帝的弟弟李元婴所建，永徽四年（653年），李元婴封于滕州，又建了一座恢宏大气的天下第一楼阁，就是王勃笔下的滕王阁。"

"是啊，这东禅寺雄踞城东，俯瞰淝水，规模之宏大，建筑之雄伟，也可谓江淮第一古刹，晚生也吟诗一首，望张大人指教！"在大家的一阵喝彩中，陆贽站起身来，拂袖吟诗：

执香东禅寺，十里袅云烟。院深藏佛钟，塔高齐仙山。

松风动清磬，惠崇解上签，半晴半雨时，归雁西湖边。

　　"好诗！不愧是大唐最年轻的进士。"席上宾客无不叹服陆贽的才华，纷纷起身给陆贽酌酒对饮。

　　"酒酣激滔滔，心潮逐浪高。"大家从治国安民谈到藩镇平叛，从宦官专权谈到宰相弄权；从突厥、回纥谈到南诏、吐蕃；从孔孟儒家思想谈到杜甫、王维、王勃的诗词歌赋；从沙场名将刘邦、曹操、周瑜谈到卫青、霍去病、李靖；从大唐名相房、杜、姚、宋谈到奸臣董卓、来俊臣、杨国忠；从丝绸之路谈到释迦牟尼；从白马秋风塞上谈到杏花春雨江南……

　　"酒逢知己千杯少"，张镒与陆贽喝得情趣盎然，直到夜深人静。是夜，两人就在淮南楼住了一宿。次日，张镒再次挽留陆贽在寿州多住几日，陆贽归乡思切，决定即刻启程。

　　寿州，枫叶纷飞，芦花飘散。张镒驾着马车，带着女儿张倩将陆贽一直送到淮河南岸。淮河水滔滔，离别情依依。一对忘年之交站于淮河之畔，互道珍重，拥抱一番后，张镒叫马夫从车上抱过来一个檀木箱子送给陆贽，陆贽打开一看，里面装满了刻有"大历元宝"的铜钱，足足一千贯。

　　陆贽不肯收留任何东西，张镒情真意切地对陆贽说："老乡收下吧，兵荒马乱之年，你刚成新家，俸禄又低，而今辗转南北，花费巨大，你母亲又患重病，就当是老夫借给你吧！"

　　"张大人，俗语说无德不受宠，无功不受禄，张大人几日来的盛情款待，我都无以为报。更不敢接受张大人这些钱财，还请张大人见谅！"陆贽将钱箱关好，推辞给马夫。

　　张镒握住陆贽双手，轻言劝道："这几年江淮地区连年大旱，天灾人祸不断，百姓的日子过得不容易。你我今已结为忘年之交，有道是，民以食为天，这点钱物就权作陆县尉孝敬你母亲的饭食费！"

　　"张大人，这礼太贵重了。这次张大人率军五万北伐李灵曜，虽然朝廷拨了军饷，但也是杯水车薪，张大人就用这些钱奖励那些有功的将士，抚恤那些阵亡士卒的家人吧！"陆贽执意不肯收下。

张倩提着一个篮子走到陆贽跟前，抬起头，看着陆贽充满暖流的眼睛说道："敬舆哥，这是谷雨前我到八公山上采下的茶叶，父亲说茶学家陆羽所著的《茶经》都载有这寿州黄芽，喝了能消暑解渴，益气敛神，还请陆公子收下。"

陆贽接过装茶的篮子，脸一下变红。他心里在想，昨日那杯黄茶被我一口气喝得精光，滴水不留，也真是太不雅了。张倩真是个有心的姑娘啊，送我一篮寿州黄叶，不收也太对不住了。

张镒见陆贽收下女儿的茶叶，正和陆贽说话，便转过身来与马夫一道，把刚才那个装满铜钱的箱子抱回马车。

陆贽接过张倩送的茶叶，不知该如何感谢为好。他踌躇了片刻，放下茶叶，举起双手将挂在颈上的那枚狼牙挂坠取下来递给张倩，深情地说道："张倩姑娘，我初为芝麻官，两袖清风，也没什么贵重之礼送你，这个挂坠就送你吧，它会助你逢凶化吉，驱恶辟邪，保佑你一生平安！"

这款狼牙挂坠正是陆贽赴郑县尉时，京城好友韦皋送别之礼，也是经过了一番强烈的思想斗争，陆贽才作出了这个决定。

"好漂亮的挂坠，谢谢敬舆哥，求哥哥给我戴上好吗？"看了张倩期待的眼神，陆贽只有为难地给她戴上。

张倩感动得一下子把陆贽抱住，陆贽赶紧用力推开她，慌张地说道："别这样，张姑娘。对不起，陆哥哥已有妻室了，对不起！"

红尘千万里，何日再逢君？这位对陆贽一见钟情的张倩，紧紧地握住那枚狼牙挂坠，任凭那狼牙尖把手刺得很痛，两行泪水夺眶而出，陆贽正准备说一番安慰的话，张倩捂住嘴巴，转身跑回了马车……

淮河滔滔，苍黄寂寥，一叶孤舟渐渐消失在茫茫江雾之中。

第十九章　渭南主簿

陆贽回到嘉兴，得知母亲今春到常州八姐陆赟家"度假"，不料摔成了骨折，卧床治病已有半年，秋来又肺病复发，身体每况愈下。

心急如焚的陆贽赶紧赶往常州，见到躺在床上虚弱不堪的母亲已是垂垂老矣、风烛残年，顿时伏在母亲的床头号啕大哭："娘，为何不写信告知孩儿，孩儿该早些回来服侍娘亲啊。"

陆赟哽咽着说道："娘担心影响你工作，所以不允许我们写信给你，都怪我照顾不周，让娘受苦了。"

母亲韦婉芝老泪纵横地抚摸着陆贽的头，轻声地说道："九儿回来了，母亲没什么大病，母亲高兴着呢！"

"九儿不孝，九儿有愧，让娘亲受苦了。"

"别哭了，娘知道九儿有出息，你大哥陆赓来信说，你在郑县关心百姓，抗灾救民，为你逝世的父亲争气了！"

"九儿不当官也罢，九儿要一辈子侍候娘亲！"

"娘好得快差不多了，你八姐和姐夫，还有你的几个哥哥对我照顾得好，明年一开春我就可以坐起来了。"

韦婉芝喘着粗气说完，又是一阵激烈的咳嗽，陆贽赶紧扶起母亲，用手轻轻地给她捶背按摩。

嫁到常州溧阳的陆赟今年又生了孩子，姐夫溧阳主簿梁居辰又调任常州任主簿，因此把母亲韦婉芝接到常州生活。

没想到韦婉芝来到女儿家，端午节前到天目山去采清明茶，不慎摔断了大腿骨，好在有常州名医治疗和姐夫一家人的精心照料，伤势大为好转，只是老人多年积淤的肺病反复发作，年过七旬的韦婉芝已是瘦骨嶙峋，奄奄一息。

陆贽原本打算这次回乡带母亲回长安居住，一来见见自己的岳父岳母和妻子，二来尽自己一份孝心。"忠孝之于人，如食与衣，不可斯须离也。"没想到出了这等状况，陆贽于是给吏部上奏请了公假，暂住常州照顾重病的母亲。

过了三月有余，母亲还是不能下床走动，生活不能自理。陆贽于是写信将母亲的情况告诉了京城的大哥陆赓，并嘱托大哥把钱薇一同带到常州相聚，以便共同照料母亲生活起居。陆赓接到母亲病重的家信，向朝廷请了假，带着妻儿和钱薇赶回常州。

陆贽与钱薇相聚常州，住在八姐陆赟家里，一边悉心照顾母亲，一边游览常州的风景名胜，享受着幸福的婚姻生活。过了几月，钱薇怀上了孩子，一家人其乐融融，享受着幸福的天伦之乐。

转眼就到了大历十二年（777年）的秋天，陆贽又接到吏部发来的官函，敦促早日回朝廷复命，以便对其职务重新任免，如果不能在秋后赶回吏部，就只能按自动辞职处之。而此时，母亲韦婉芝虽然能勉强站立，被人搀扶着行走，但肺病咳嗽愈为严重。加之妻子又身怀六甲，身体虚弱，行动不便，需要照顾。陆贽毅然决定放弃功名，留在常州服侍母亲，待妻子生产后再作他计。

陆贽这个决定让妻子钱薇感动不已，他辞官孝母的事迹很快家喻户晓，赢得当地百姓一片赞誉。刚调任常州刺史的萧复听闻此事，对陆贽甚是钦佩，加之以前对陆贽的博学文采和在郑县为官的不俗政绩有所耳闻，于是决定伸出援助之手，帮助陆贽渡过难关。

萧复带着府吏亲自上门看望陆贽一家，并诚恳地迎辟他为府上幕僚，一来让陆贽为自己执政出谋划策，为地方民众做些实事；二来也可以为刚刚成家立业的陆贽提供一些经济收入，解除一家柴米油盐后顾之忧。

萧复（732—788）是在原刺史独孤及去世后来常州履新的，也非一般等闲之辈。他系京兆万年（今西安市）人，祖籍南兰陵，出身名门世家，志励名节，祖父萧嵩在玄宗朝任过宰相，其母亲正是唐玄宗之女新昌公主。他的伯父是唐肃宗朝的宰相萧华，在萧复小时经常夸赞他"此子当兴吾宗"。

在常州的这段日子里，陆贽虽然远离了庙堂，放下了仕途，却是过得特别充实而愉悦。作为幕僚，他得到了萧复的赏识和器重，自己很多执政建议被萧复采纳，在施政上得到实现。

作为文人，陆贽对古文运动先驱独孤及"宽而简、直而婉，辩而不华，博厚而高明"的文集顶礼膜拜，每日诵之，如饮甘饴，立志要将李华、独孤及、萧颖士等"文以宗经明道"的文体文风改革思想代群传承。作为男人，他每日能服侍母亲膝下，看着爱妻的肚子慢慢变大，沉浸在盼得贵子的喜悦之中，度过人生中最为温情的时光。

大历十三年（778年）四月十八日，钱薇怀孕十月，为陆家顺利地生下了一个白白胖胖、虎头虎脑的公子。陆贽全家高兴得不亦乐乎，母亲韦婉芝也能自行走路吃饭了，肺病一下子好了许多。

陆贽喜得贵子的消息传出，常州府的大小官吏、地方名儒、青年才俊们和亲戚们，都纷纷上门道贺送礼，有的甚至送来不少的钱两。陆贽热情招待贵客，却一概拒收礼品。客人们一再推送，他总是满脸笑容地回辞道："我将儿子取名为陆简礼，就是要传承陆家清简素洁之风，期待他长大后行而简礼、简直清正，当父亲的首先得率先垂范，怎能借机敛财，食言收礼呢？"

人们无不为陆贽身上散发出的清简素洁气象啧啧称道，这正是他践行《孔子家语》"夫清高之节，不以私自累，不以利烦意，择天下之至道，行天下之正路"的韬晦之德行。

陆简礼满月不久，吏部向全国颁格于州县、选人应格，在现任和"故任"的进士中举行吏部铨选，选拔一批州县官员。常州刺史萧复虽舍不得这位才华出众的幕僚，但他觉得陆贽确乃当朝忠勤敏达、深沉笃实之才，于是极力推荐陆贽进京应试，谋求升迁。

见过了北方战乱的陆贽，此时生活在江南常州的安定富庶中，又有老母、娇妻、贵子的亲密陪伴，小日子过得滋润逍遥，宁愿在自己敬重的萧复府上当个知政幕僚，也不愿进京赴考。在母亲韦婉芝的一再催促下，陆贽带着妻儿依依不舍地离开常州，再次踏上北上长安的征途。

回到京城，陆贽已将《贞观政要》背得滚瓜烂熟，又重新温习研读了一番儒家经典，孜孜矻矻，毫不懈怠。由于自己18岁中得进士第六名，次年又在吏部铨试时中得"博学宏词科"，他决定再次挑战自己，在这次吏部诠选中报考"书判拔萃科"，一显身手。

"书判拔萃科"与"博学宏词科"都为唐代吏部科目选，是为了选人提升循资，针对选人破格铨选而设置的、主要以经义和律法为考试内容的科目，强调案牍与经义的考察，即是对经义、时政、案件类的分析，诸如"文章判""举贤任选判""牢祭有违判""均输田判""选择卒史刑罚疑赦判"等等。《新唐书·选举志》记载"选未满而试文三篇，谓之宏辞；试判三条，谓之拔萃，亦曰'超绝'，中者即授官。"

这年七月八日，中书舍人崔祐甫主持吏部科举选拔。陆贽的诗词文赋，早已名闻遐迩，作为早期古文运动改革的支持者，崔佑甫更是对这位后生格外赏识。加之这几年陆贽到郑县经历了一番基层磨炼，又受到萧复渊博的学识和丰富的政治经验的熏陶，面对吏部的铨选，陆贽沉稳应对，一举中得"书判拔萃科"甲科。

陆贽始以进士擢第，又中博学宏词，再中书判拔萃，三次应试一锤定音，皆升高等，一时名震京师，传名全国。唐代宗在大明宫延英殿上亲自接见了陆贽，当着朝中大臣之面夸奖陆贽学问之深、耳目之敏、文才之妙、忠孝之贤，于当世青年才俊之中鲜有其匹，任命陆贽为渭南县主簿。

陆贽从吏部尚书刘晏的手中接过委札，复跪于地，抬头望见坐在龙椅上的代宗皇帝，七年前曾见过的那张意气风发的俊脸已然没有了那份威仪天下的帝王霸气，那华丽高贵的冠冕玉旒，已经掩饰不住被内忧外患折磨得心力交瘁的疲惫与虚弱……

陆贽心中一震，清了清嗓子慷慨而奏："恭谢陛下天恩，臣定上不负天子，下不负吾所学！为大唐中兴竭忠义之道，尽忠义之节，服劳辱之事，鞠躬尽瘁，死而后已！愿大唐君臣康乐、国祚永盛！"

话音落地，只听见陆贽三声伏地磕头的清脆回音，和着他铮铮激昂的谢表之声在空旷的延英殿久久地回荡，满朝文武官员，好似听到一声声来自大唐心脏最深处跳动的琅琅清音……

渭南地处关中渭河平原东部,位于八百里秦川最宽阔地带,距长安城只有80余公里。它东濒黄河,西接长安,南依秦岭,北连延州,是长安的"东大门",早在秦汉就有"省垣首辅""形胜甲于三秦"的美誉。

中华民族的"华夏"之称就来源于渭南,"华"即取自西岳华山之"华","夏"则取自夏阳之"夏"。从这里走出了隋文帝杨坚等6位皇帝、宋代名相寇准等80多个宰相、唐代大将郭子仪等300多位将军和名扬华夏的"三圣"(史圣司马迁、字圣仓颉、酒圣杜康),就像一部活的二十四史。

渭南以渭河为轴线,形成南北两山、两塬和中部平川五大地貌架构,这里交通便达,河流纵横,四季分明,山河壮丽。西岳华山,被称为"华夏之根",天险潼关,堪称天下第二雄关,黄、渭、洛三河交汇渭南,渭、沋两河穿城而过,可谓"三秦要道,八省通衢"。

大历年间,渭南县属于京兆府管辖的京畿重地,比望县、上县还高一阶,主簿比尉又高一阶,因此渭南县主簿比郑县尉高两阶。朝廷将陆贽安排到距长安城不过百里之遥的渭南任职,释放出朝廷对陆贽大胆重用的信号,也显示出陆贽的政坛名声日益扩大。

又是一个银杏叶黄的秋天,钱薇抱着刚满七月的儿子,将陆贽送出春明门外。当远去的马车渐渐消失在空旷的田野尽头,陆贽的儿子陆简礼在钱薇的怀抱里不住地扑腾,张大嘴巴,第一次模糊地喊出了两声"爸—爸",那稚嫩的呵呵笑声,好似远去的马蹄声,节奏轻快而匀称。

夕阳西下,陆贽的马车来到昭应县(今陕西临潼县),昔日京城好友卢纶此时正任昭应县令,见到离别多年的陆贽,甚是高兴,选了一家上好的客栈,备了两坛陈年拐枣酒款待好友。

两人把酒叙话,从自己近几年人生的经历磨炼,谈到此起彼伏的藩镇之乱,从宫中阉人鱼朝恩的专权干政,谈到宰相元载被皇帝下诏自杀、满门抄斩的悲惨结局,不知不觉已是酒过三巡,醉意朦胧。

卢纶仍是意犹未尽,他又与陆贽斟满酒,拉着陆贽来到阁窗前,对着正悬于骊山上空的一轮明月,举起酒杯,感慨吟诗道:

官微多惧事多同，拙性偏无主驿功。

山在门前登不得，鬓毛衰尽路尘中。

卢纶这首《驿中望山戏赠渭南陆贽主簿》，发自肺腑地说出了"官微多惧"的心声。"长安道路多风尘"，原来，一生仕途不得意的卢纶，因早年受过元载的举荐，今年三月元载被唐代宗赐死后，卢纶受到牵连，好在吏部尚书刘晏珍爱人才，网开一面极力保护，才侥幸免去一死。

听完卢纶如此惆怅之诗，陆贽感同身受，不由悲从中来，举起酒杯，一饮而尽，也随口吟诗道：

坐对高楼望华山，雁飞秋色满阑干。

酒罢人散独归去，咫尺明月共相看。

"咫尺明月共相看，贤弟好诗，好诗！"

"卢兄阅历超群，诗名远播，愚弟仰不可及啊！"

卢纶叹了一口气说道："为兄虚长老弟十余岁，却不曾收敛身上的锐气，不谙官场生态，仕途几起几落，差点招来杀身之祸。陆弟少年得志，才华横溢，但官场险恶，人心险诈，少不了被人嫉妒陷害，排挤打压，此去渭南不必急于功业，切要藏器于身，待时而动！"

陆贽听完卢纶一番话，心头不由一阵悚然，背心处顿时已隐隐沁出一层冷汗来，拱手答道："感谢卢兄教诲，愚弟谨记了。"

昭应与渭南毗邻相依，两人又同为京畿县官，皆怀抱国之志，可谓英雄相惜，志同道合，在心底深处结下了深厚的情谊。后来两人均调任监察御史，又成为御史台里的同僚搭档。

第三日，陆贽便赶到渭南上任。作为一县之主簿，属官署掌管文书的佐吏，可谓一县之中枢，上要服务于县令、县丞，通达时务，谋划方略，负责县衙的日常事务，下要服务于百姓，为群众办实事、察民情、解民忧，一县之户籍、教育、农业、医疗、修路、饮水等民生事宜,无不需精心掌管处理。

京城要长治久安,京畿之地的百姓必须安居乐业。百姓怎样才能安居乐业呢?百姓"仓里有粮"才是最根本的。

看到过江南苏州、常州农业蓬勃发展的富庶与安宁,目睹过北方烽烟四起、游民满途奔走逃荒的悲凉与惨淡,也经历过郑县百姓万众一心抗旱救灾的峥嵘岁月,经过三个月的巡查州务、下访民情和实地考察,陆贽给渭南县令提出了第一项治县之策——"兴修水利,发展生产"。

只有全民兴修水利,农田灌溉才有保障;只有鼓励开荒垦田,官税收缴才有保证。渭南县令采纳了陆贽的建议,一场"兴修水利、发展生产"的运动从大历十四年(779年)的春节一过就拉开了序幕。

渭南城西南20公里清涧头东原下,有一股长年流淌的灵源泉,水质清冽,水势湍急。县城内还有灵池、瑞泉、甘泉、蔡泉、涌泉等17处泉源,水系丰富,河道交错。但是由于洪水泛滥、土地荒芜、植被破坏等原因,枯木、杂草和垃圾遍布河道,城内的水系紊乱,沟渠堵塞,到处流淌着浑浊的污水,百姓早已怨声载道。

自秦岭峪谷中流出的一股溪水,从南山涓涓而下,汇成清水长流的沈河。陆贽带领着百姓驻扎于渭南城南五公里的蒋家村,在险峻的山凹之间修筑了一个沈河水库。而后又组织开凿了一条人工灌溉渠,将渭水引入大片农田,在县城西南十里建成杜化渠,利用谷水灌溉农田,基本解决了渭南坡塬梯田的引水灌溉和人畜饮水,农业生产得到了有力的保障,为渭南后来成为"累岁丰熟、五谷大稔"的富庶之地,打下了坚实的基础。

为了打通江南赋税之路,朝廷又给渭南划拨了一批银两,进一步扩修了广通渠,实现了大兴与潼关之间的顺利通达,又在渭水之南疏通扩修了漕运渠,漕船经三门峡直通长安,使之一下成为了连接华北、西北、西南的一条重要交通枢纽。

春寒料峭的早春,陆贽带头脱下鞋袜,挽起袖子,扛起锄头,亲自下到城内的河道里清淤疏浚,整治环境,又从城西南将灵源泉水引入城内,连通各条水系。通过不断兴建水利设施,开垦冲积平原,沿河栽花植树,青山碧水里的渭南县,又重回小桥流水人家的美景,流泉潺潺,绿树阴阴,河鸥群飞,鸡犬相闻,好一幅"关中水乡图。"

据当地传说，渭南东塬龙脉很重，盘着千年之龙，南有龙耳山（今华县境内）、龙正山（清明山），北面之坡形似龙尾，人们便称之为"龙尾坡"，龙尾坡下就是姜泉的源头。

陆贽将位于龙尾坡东西两侧的梁泉、姜泉引入县城，两泉之水日夜不息地从街道旁流过，不仅保障了生活用水，而且在泉水滋养下绿树成荫，提供了休息纳凉的场所。每逢暴雨，大水从龙尾坡直下，流入县城东关，竟将东关的平地冲成了大沟，陆贽又带领百姓修建了东关桥，沿着龙尾坡底修建排水设施，修建泄洪渠，渠水西入于酒河，东入于明光谷水，消除了水患。

陆贽经常到龙尾山登山观远，踏雪寻梅，有一次登山归来，口渴难耐的陆贽喝下清澈而明净、凉爽而甘甜的姜泉水，不由诗兴大发，留下了这一首赞美姜泉的五言绝句：

渭南东塬下，姜泉冽冽清。
绕街流渺渺，夹砌树荫荫。

在给京城的信函中，陆贽欣然地介绍渭南："其左控仓堡，右扼青原，风门前列，渭薮后汇，丰麓神川，坎衍膏沃。严坡龙背，崇卑麓盘。远挂少华于赤水，拖秀岭于灵源，石鼓跨星峰而险踞箭峪，莲池通金陂而饶引石川。长川千里，胜气苍然。九嶷太华，秀涌芙蓉。浮泾屯灞，漾洛滞河……"读到此文，朝中官员们无不对渭南的山水心向往之。

两年后，陆贽离开渭南时，城里的百姓为了歌颂陆贽为民爱民的功绩，纷纷解囊捐资，在姜泉的源头修建了一个碧瓦朱檐的四角亭子，题名"敬舆亭"，两边的檐柱上刻下陆贽题姜泉的诗句"绕街流渺渺，夹砌树荫荫"，北宋龙图阁学士宋敏求所著《长安志》中记载了这流传至今的千古佳句。

渭南县河湖众多，泉眼遍地，城市以水为伴，农业以水为给，历代渭南百姓引水、治水、惜水蔚然成风，抬眼望去，满城众多河流环绕，几乎几里一河，芦苇千顷，鸥鹭成群，水草丰茂，槐树参天，一派北方江南风光。直至今日，渭南人仍将"率先建成秦东水乡"作为美好生活的向往。

正当陆贽在渭南轰轰烈烈兴修水利、发展农业生产之时，割据魏、博、相、卫、洺、贝、澶七州的魏博节度使田承嗣终于死了，并将节度使之位传于侄子田悦，又玩起了藩镇世袭的套路。垂垂老矣的唐代宗无奈地任命田悦为节度使。淮西都虞侯李希烈又发动兵变，驱逐了节度使李忠臣，迫使李忠臣单骑奔走京师，唐代宗只有无奈地复以李希烈为留后，不久又任其为节度使……

山雨欲来风满楼，长安大明宫中即将发生一场轰动天下的大事。

大历十四年（779年）五月二十一日，唐代宗李豫在长安大明宫阒寂无声的紫宸殿里，永远地闭上那一双被杀戮、阴谋、猜忌、背叛、纷争、割据折磨得疲惫不堪的眼睛，终年52岁。

这位平定安史之乱、改革漕运、姑息藩镇的唐朝第八位皇帝，走完了他功过参半的一生，有人说他是"昏君"，也有人说他是"贤君"。《新唐书》评价他"代宗之朝，馀孽犹在，平乱守成，盖亦中材之主也"。

五月二十三日，立了16年的太子李适在太极殿即皇帝位，是为唐德宗。大唐帝国的历史又将揭开新的一页，迎来一个叶葳蕤、花烂漫的初夏。正是稻花散香、桐子花摇曳地盛开，一派生气勃勃的景象。渭南县衙的正堂上，主簿陆贽正在研磨着一池浓墨，挥笔书写他的治政体会。

陆贽的人生命运，随李适皇帝的登基，翻开了新的篇章。

第二十章　监察御史

唐德宗李适继位时，正值 38 岁。盛年即位的天子意气风发，立志中兴社稷、重整萎靡的帝国江山。

这位李唐王朝第九任皇帝，经历过烈火烹油、鲜花似锦的繁华盛世，目睹过长安沦陷时"忽喇喇似大厦倾，昏惨惨似灯将尽"的乱世残阳，也取得过以天下兵马元帅之职率领唐军决战安史叛军余孽、克复两京的赫赫战功，与大唐名将郭子仪、李光弼等八人一起图形凌烟阁……整整当了 16 年太子的李适迎来他闪亮登场、重振朝纲、大展宏图的历史。

"一朝天子一朝臣。"唐德宗首先决定从唐代宗的功臣郭子仪"下手"，很快就加授这位"四朝元老"为太尉，保留中书令，其余兼职全部免去，"分配"给他麾下的几个主要将领。又下诏尊郭子仪为"尚父"，巧妙地收回了这位帝国元勋手中的权力。郭子仪戎马一生、战功赫赫，但正是因为他太功高权重了，方有今天的收场。谁叫唐德宗父皇的父皇李亨还曾对他说过"国家再造，是你的功劳"。

接下来，唐德宗决定换掉"一人之下，万人之上"的宰相，重建政事堂。很快便将宰相常衮贬谪为潮州刺史；擢升河南少尹崔祐甫为门下侍郎、同中书门下平章事；任命吏部尚书、尚书左仆射刘晏兼度支使、盐铁使、转运使，掌管天下财赋。

唐德宗下令拆毁了元载等罪臣的豪宅别墅，禁止文武百官建造私宅官邸，反对权贵阶层的贪污之风、奢靡之风。诏令天下不得进贡珍禽异兽，银器不要用黄金装饰；各州府、新罗、渤海每年进贡的鹰、鹞子都停止进贡；撤销剑南每年进贡的春酒，岭南进贡的荔枝。就算是山南的枇杷、江南的柑橘每年也只进贡一次，以供给宗庙，其余进贡全都停止。撤销邕府每年进贡的奴婢，裁撤专供宫中取乐的梨园使及戏子之类300余人，遣散100余名宫女，让她们归家……

六月初一，群臣贺朔，德宗临朝含元殿，封赏文武百官，诏令各级有司、官员，恪守大唐律法，秉公而断，以下法典。朝会之后，唐德宗驾往丹凤楼，大赦天下，不论罪恶轻重，都加以赦免。百姓对审理不公、判决不服者，可直接到三法司敲"登闻鼓"，上诉申冤。

最让满朝文武拍手称快的是，唐德宗以迅雷不及掩耳之势，罢去了当权宦官王驾鹤神策军都知兵马使的兵权，给了他一个东都园苑使的清闲职务，让白志贞以神策军使兼御史大夫的身份取而代之，不动声色地从宦官手中夺回了失去了几朝的禁军兵权，扫除了"宦官擅权"的乱象。

唐德宗以铁一样的政治手腕，雷厉风行地推出了一系列施政改革、人事任免的措施，革除了种种弊政，树立了崭新政风，朝野为之轰动，百官为之振奋，四方百姓欢呼雀跃，都称圣明君主出世，认为"天下以为太平之治，庶几可望焉"。

打完这一连串强悍的"新政"组合拳，已是公元780年的早春。正月初一是朔日，德宗临朝含元殿，改元为建中，群臣奉上尊号曰"圣神文武皇帝"。随后，唐德宗又带领群臣百官拜谒太庙，郊外祭天，大赦天下。

新年伊始，唐德宗下诏，擢升因与元载同党而贬为道州司马的杨炎为门下侍郎、同中书门下平章事，入阁拜相。彻底地废除了自战国以来实施一百多年的"租庸调法"，颁行全新的"两税法"，改过去"以人丁为准"的税制为"以资产为准"的新税制，大刀阔斧地实施赋税改革。

为推行"唯以资产为宗，不以丁身为本"的新税法，杨炎上奏唐德宗，从六部有司中遴选了一批德才兼备的官员，任命庾何等11人为"黜陟大使"，巡视天下，统一税制，考察地方官吏的政绩。

"黜"者，贬斥、废除之意，"陟"者，晋升之意，黜陟使负责对地方官吏进行考察，提出升迁或贬黜的建议。也可以直接处置一些违法犯纪的官员，可以罢官、入狱甚至可以直接处决。

关东四月，可谓东郊和气新，平野菜花黄。黜陟使庚何带领着巡视组一行来到渭南时，漫山遍野的油菜花攒足一生的劲，一望无际地开放，花浪之间蜂蝶蹁跹。城西的杜化渠碧水蜿蜒，潺潺地流向田园，辛勤的渭南人在层层梯田里犁田、插秧……

流经县城的渭水，两岸玉柳飘逸，蝉歌嘹亮，绿荫掩映之间，青砖碧瓦，和谐宁静。纵横交错的泉渠水系，碧波粼粼，跃金夺目，凫飞鹤舞，生机勃勃，一派欣欣向荣的田园风光。

巡视组对渭南"察善恶、举大纲"，四处走访了解，调查民生民情，都没有发现官吏侵渔百姓、接受贿赂、杀赏聚敛无度的现象。在听取渭南工作汇报时，主簿陆贽堪称县衙的"内当家"，他对渭南的"户口垦田、钱谷出入、盗贼多少"答得滚瓜烂熟，对"严课农桑，发展生产，固修堤防，兴学重教"等施政措施讲得有条有理，得到了巡视组的高度评价，考绩结论为"甲"等。

汇报会上，庚何询问县官们对朝廷治国理政还有何意见建议。县令见县丞、县尉缄口不言，面面相觑，于是指定陆贽发言。

早有准备的陆贽有条不紊地侃侃而谈，提出了"三科登隽义，四赋经财实，五术省风俗，五要简官事，六德保罢瘵，八计听吏治"的为政新略。

庚何对陆贽提炼的"345—568"政略颇感兴趣，吩咐他详细介绍一番，陆贽不紧不慢，娓娓道来：

"三科"即茂材异等科；贤良方正科；干练有才科。

"四赋"即根据庄稼的好坏来定税；估量土地财产的多少来征税；统计壮丁的数量来计算赋庸；测算商业来协调税利。

"五术"即一听民谣考查民间哀乐；二纳商人观察他们的好恶；三审官署文卷来考查判别民间诉讼当与不当；四看座车服饰来衡量他们的俭朴、奢侈；五省察从事的业务、工作来考察其所取舍。

陆贽滔滔不绝地讲完"345"，巡视组的使官和渭南官吏无不拍掌称赞，陆贽

喝了口水,继续陈述,郑地有声:

"五要"即一要裁减吃闲饭的士兵;二要免除枉害百姓的法规;三要精简闲散官吏;四要去掉没有用的器物;五要停办不紧急的事务。

"六德"即尊敬老人为一德;慈爱幼童为二德;医治病人为三德;抚养孤儿为四德;赈济贫穷为五德;安排就业为六德。

"八计"即一看户口的增减来考查抚养爱护;二看开垦土地的增减来察看农业和商业的比重;三看徭役赋税的轻重来考查是廉洁奉公或是侵害百姓;四看案卷繁简来考查听讼断狱的才能;五看监狱关押囚犯的多少来考查断案的快慢;六看有没有恶人强盗来考查防范的松紧;七看推选贤才的多少来考查风俗教化;八看学校的兴办或废弛来考查教诲开导。

陆贽条分缕析地讲完,庾何用洪钟般的嗓门说道:"今闻陆主簿一番治国理政之策,本使不禁胸中热血奔涌、由衷折服。三科四赋五术也好,五要六德八计也好,皆是上合天心、下顺民意、安邦济世之道啊!如若我朝各地州县官员都能效法,大唐社稷幸甚!天下幸甚!"

又是一阵噼里啪啦的掌声,四座喝彩声大作,好似穿城而过的渭水浪潮,久久激荡不息。"陆主簿今日所讲之策略,既有宏观性,也有微观性,既有理论性,也有操作性,值得我们黜陟使巡视学习借鉴,有请陆主簿将'三科四赋五术、五要六德八计'拟成奏折,我们将禀呈圣上御阅。"

这年十二月初一,长安城下起了零星小雪。五更刚过不久,大明宫承天门上遥遥传来第一声晨鼓,各地朝集使、贡使、黜陟使和文武百官起程赶到宣政殿朝见皇上,一个时辰后,空旷的大殿灯火通明,百官云集,老臣们已多年没有见过如此隆重的朔日朝会了。

自地方叛乱以来,四方州府官员都不上京向皇上报告人口、钱粮、诉讼等情况,官员不朝见君主25年了,到现在才开始恢复旧制。看着朝气蓬勃的年轻天子,人们仿佛又看到了当年那个年富力强、气吞山河的年轻唐玄宗。

大朝会上,黜陟使庾何将陆贽所拟奏折《考课黜陟六条》上呈唐德宗御览。

德宗早闻陆贽名声，多年前还是太子时就对他写的《登春台赋》《鸿渐赋》耳熟能详，推崇备至，早已想把这位连中"科举进士、博学宏词、书判拔萃"的公卿之器纳为己用。

唐德宗从宦官窦文场手中接过奏折，倏地展开，一排排遒劲有力的楷书，一句句言简意赅的奏议跃入德宗眼里，片刻之间，目光霍然一亮，群臣看到皇上的脸顿时泛起笑容，清晨第一缕朝阳透过宣政殿的窗格，恰好照在他的脸颊上，显得更加俊朗而昂扬。

唐德宗的阅读声逐渐增大，继而字正腔圆，洪亮如钟，满朝文武都屏息听着这篇出自渭南主簿之手的奏议：

三科曰："茂异，贤良，干蛊。"四赋曰："阅稼以奠税，度产以衰征，料丁壮以计庸，占商贾以均利。"五术曰："听谣诵审其哀乐，纳市贾观其好恶，讯簿书考其争讼，览车服等其俭奢，省作业察其趣舍。"五要曰："废兵之冗食，蠲法之挠人，省官之不急，去物之无用，罢事之非要。"六德曰："敬老，慈幼，救疾，恤孤，赈贫穷，任失业。"八计曰："视户口丰耗以稽抚字，视垦田赢缩以稽本末，视赋役薄厚以稽廉冒，视案籍烦简以稽听断，视囚系盈虚以稽决滞，视奸盗有无以稽禁御，视选举众寡以稽风化，视学校兴废以稽教导。"

唐德宗朗声读完奏议，群臣无不频频颔首，面面相顾，啧啧赞叹。"陆贽"这个名字从此铭刻在文武百官的脑海里，一个政坛新星即将闪亮登场。

唐德宗灼灼然俯视着满朝百官，慨然说道："朝堂之上若是个个都像陆贽这样胸怀大志、腹藏谋断、熟知天下利弊、善解民间疾苦、竭忠尽心、砥志励行，靖平四海、中兴大唐的雄图大业，必是指日可待！"

"陛下此言甚是。巍巍大唐，赤运正隆，以陛下的神武圣明，若是天下豪杰之相、贤君之姿同心同德、济世安民，何愁天下不能大治？"新任宰相杨炎出班奏完，"咚"地一声跪地高呼："陛下万岁！万岁！万万岁！"

群臣皆倒身下拜，齐呼"陛下万岁！万岁！万万岁！"

唐德宗龙颜大悦，即刻下诏擢升渭南主簿陆贽为监察御史。同时又任命了一批德才兼备的朝廷重臣，也贬谪了一批庸臣、罪臣。

唐德宗这"一擢一谪"，刚柔兼济，恩威并施，意在以法之严明而制奸、以才之卓绝而取士，让仁者竭其诚、智者尽其谋、勇者献其力，使州县官吏敬畏朝典，不敢放纵，皇帝的威望空前上涨。

建中二年（781年）正月，28岁的陆贽回到了长安，直接进入了大唐帝国的政治中枢。

陆贽催马穿过锦官城外的苍松翠柏，穿过天风激荡的朱雀大街翩然归来。靖安坊东门外，一个三岁的男孩边跑边欢快地喊着："爹爹回来了，爹爹回来了。"

陆贽的儿子陆简礼开始从走到跑了，他的父亲也站在了一个新的起跑线上，从此可以一展"致君尧舜上，再使风俗淳"的政治抱负。虽然，这条中兴社稷、利济苍生的征途是那样的漫长而坎坷。

监察御史属御史台三院之察院，官小却权重，有着监察百官、巡视郡县、纠正刑狱、肃整朝仪的职权，《新唐书》载"监察御史十五人，正八品下。掌分察百僚，巡按州县，狱讼、军戎、祭祀、营作、太府出纳皆莅焉；知朝堂左右厢及百司纲目。"朝中官员都会高看一等，敬畏几分。

飒飒东风吹来时，又是长安一年中最让人心醉的早春。以文武全才而自命的唐德宗，常常于麟德殿宴请群臣，饮酒赋诗，群臣赞声如海、献媚如潮，开始有些飘飘然。每有这样的政事活动和文学活动，唐德宗都请来陆贽参加，与他歌诗戏狎，朝夕陪游，在觥筹交错中指点江山、激扬文字，重要的制册文书都令陆贽起草。

这年，唐代宗十二子、蜀王李溯迎娶蜀王妃，唐肃宗十四子杞王李倕迎娶杞王妃，唐德宗都诏令陆贽为其撰写庆典册文。《旧唐书》就记载了这篇文笔洒脱、清晰和美的《册蜀王妃文》：

> 皇帝若曰：夫茂建亲戚，以敦族固本；明慎选纳，以厚别蕃嗣：实人伦之始，王教之端也。朕奉若谟训，允求淑哲。贤必有象，钟庆于令门；姻不失亲，载光于戚里。故某官驸马都尉田择交第若干女，生禀柔惠，习知礼则，

容德纯备，孝睦洽闻，可以叶美好逑，辅成乐善。是用使某官某持节册命为蜀王妃。

呜呼，敬之哉！备礼以崇其好合，起家而居其爵位，非义信不固，非温顺不亲。克恭匪懈，则罔攸悔。朕言必复，可不慎欤。

面对唐德宗如此喜欢歌舞升平，嬉娱游乐，每日沉浸于大唐渐渐复苏的锦天绣地和逸乐声色之中，朝中大臣也上行下效，崇尚文词、矜诩风流的奢靡风气愈演愈烈。陆贽开始暗暗担忧，曾经那颗中兴大唐、澄清吏治之心，好似不再那般沸腾，如今却是那般迷茫。自他踏进古柏森森的御史台门槛的那一刻起，这位前途大好的政坛新秀就高兴不起来。

因为，一直关注提携陆贽的吏部尚书刘晏，遭到杨炎的构陷，谪贬忠州刺史。杨炎又怂恿唐德宗任命庾准为荆南节度使（管辖忠州），配合捏造莫须有的罪名极尽诬陷刘晏，唐德宗遂派遣宦官手执御旨与庾准来到忠州，将其缢杀于忠州东坡龙兴寺，19天后，方才颁下赐死诏书。

《赐刘晏自尽敕》写道："乱常干纪，罪莫大焉，除恶去邪，刑其无舍。忠州刺史刘晏，性本奸回，志惟凶慝。顷司邦赋，历践朝伦，剥削为功，毒痛黎庶。按问赃贿，不知纪极。朕将崇政本，必去憸人，犹是含垢，务全大体。俾从降黜，尚烈藩侯，默乱之辜，掩而不问。旋乃结聚亡命，擅兴师徒，罔有悛心，力行非度。播于人听，恶迹彰闻，爰命连率，究实其罪。而蒐兵补卒，遍于乡间，执锐披坚，出于郊境，拒捍朝旨，威胁使臣，人之无良，一至于此。孽由自作，法所不容，正其典刑。宜赐自尽，仍令庾准差官勾当，处置闻奏。"

每次读完这篇声色俱厉的敕书，陆贽总是情不自禁地一声长叹，宛如一声鹤鸣在御史台的官署里久久回响，听得同朝的监察御史们不由叹惋。

"就在几月前，皇上还在《罢尚书左仆射刘晏领使诏》中称刘尚书'久勤元老，集我庶务，悉心瘁力，垂二十年'，没想到事隔几月，却被当朝宰相杨炎扣上'性本奸回，志惟凶慝'之奸蠹，'拒捍朝旨，威胁使臣'之反臣的帽子，不公不平、不尽不实，纯属诬构栽赃，赤裸裸地陷害忠良。"

"是啊，朝廷在缢杀刘尚书后，派员登记籍没刘晏的家产，结果只有杂书两车、米麦数斛，如此居行简陋、清廉奉公的良臣却惨遭诬杀，难道不是天下奇冤？"同为监察御史的顾少连，不由怒火中烧，力挺同乡好友陆贽。

"顾御史说的是，刘尚书执掌大唐财经20余年，经手的资财、赋税不可计数，早已超过万亿贯。然而刘尚书公财分文未沾，厘账不差，廉洁自律，清正不阿，这样的清官、这样的忠臣，我朝又有几人能做到啊！"

"佞臣当道，刘尚书被敕自尽，已让人痛心疾首。更让人不可思议的是朝廷还将其妻子李氏及长子执经、次子宗经充军岭南，将刘尚书选拔栽培的杜亚、崔造、卢征、柳冕等大批精通财税的臣子流放，这是大唐帝国最大的损失！"

御史台的官员们对刘晏冤死议论纷纷，愤愤不平。朝野上下为之震动，对杨炎睚眦必报、大兴株连的做法深表不满。虽慑于杨炎权势的官吏缄口不言，不敢公开为之辩解，但心底无不痛恨此等暴行。

气愤至极的陆贽决定起草奏折，上书皇上，要求朝廷重新审理刘晏案件，平反冤案。顾少连拿过陆贽的奏章，铺开宣纸，提起笔来重新抄写了一遍，在奏折结束处，署上了自己的大名。

陆贽瞪大眼睛，疑惑不解。顾少连两眼盯视着他，缓声而道："贤弟，杨炎为报元载提携之恩，为报刘晏弹劾元载之仇，只要与刘晏有关系的都惨遭贬黜，凡其枝党无漏。我估计他们早已对你也暗藏杀机，你这冒着干犯汤镬的危险，直言上书，无疑是飞蛾扑火。"

"欲加之罪，何患无辞，身为一国之宰相挟私愤、报私怨，嫉贤妒能，借刀杀人，岂是大丈夫所为？作为刘尚书提携厚爱的晚生，知恩不报，忍气吞声，又岂是大丈夫所为？"陆贽双眉一拧，愤然说道。

"为兄理解你的心情，但奏折必须由我来上书。我顾某已过不惑之年，天生傲骨，不屈权贵，大不了我辞官归田，云游天下。可是贤弟你少有逸群之才，今为公卿之器，来有中兴社稷之责，万不可意气从事，必须沉毅自持，隐忍不发，将自己的锋芒，像剑刃和箭镞一样收入套中、藏于鞘里。"

听完顾少连一番语重心长的话，陆贽惭色尽露，他紧紧握住顾少连的手，感慨说道："顾兄的教诲与友情，贤弟衷心铭记！"

顾少连将署押的奏折放到了御史大夫卢杞书案上。这位不久前才从虢州刺史升为御史台最高长官的卢杞肃然而坐，细细阅看了奏折，呷了一口福建进贡的苦丁茶，那一张天生蓝色的鬼脸浮起了莫名其妙的笑意。

让卢杞又添一丝丝笑意的是，刘晏之死，触犯了众怒，朝野之外的藩镇节帅、黎民百姓纷纷为这位帝国财相鸣冤叫屈。淄青（又称平卢，治所青州）节度使李正己直接上表唐德宗，指责朝廷偏听奸臣之言，残害天下贤士，要求朝廷公布事实真相，严惩杀人罪犯。上疏一出，天下州郡一片哗然。

为了急于扑灭烧在身上的怒火，封堵烽烟四起的抗议舆论，六神无主的宰相杨炎又犯了一个低级的政治错误。

杨炎向全国诸道派遣亲信巡视，声言是宣慰各地官员将士，实质是想消灾避祸，为自己开脱。其亲信四处为之辩解说："刘晏之获罪，是他过去附会奸邪，参预阴谋要立独孤妃为皇后，因此皇上才厌恶杀掉他，并非有其他的过错。"将诛杀刘晏之事说成是唐德宗意旨，与己无关，要让皇帝来背上这口黑锅。

殊不知，卢杞已悄悄地将杨炎散布言论、洗脱自己罪名的勾当密奏唐德宗："杨炎遣五使往诸镇者，恐天下以杀刘晏之罪归己，推过于皇上。"唐德宗听闻，即派亲信宦官密查暗访，结果是"还报信然"，不禁勃然大怒。

敢让皇帝当替罪羊的杨炎，从此失去唐德宗的信任，宛如一只釜中之鱼、幕上之燕了。不久，唐德宗升任卢杞为门下侍郎、同中书门下平章事（宰相），与杨炎同操国柄，同秉政事堂。

满怀济世安民平天下之志的陆贽回到京城，没想到面临的正是这样的一个勾心斗角、风波险恶的政治生态。杨炎会不会极尽追杀，置我于死地？卢杞会不会重蹈杨炎覆辙，独揽朝政？

这些天来，内心苦闷、夙夜难寐的陆贽独坐官署里，默默地读着厚厚的50卷《北齐书》，书的作者是唐太宗时代著名的史学家、诗人，他自幼体弱多病，药不离口，祖母给他取名"李百药"。7岁便能谈诗论文的李百药被称小神童，20岁就被授予东宫通事舍人，步入仕途。

正是这样一位"名臣之子、才行相继、四海名流、莫不宗仰"的才子，却招致形形色色的谣言和诽谤，年纪轻轻就读懂了人心的险恶，终于推说自己身患疾病，辞掉了让人艳羡的官位，逃离了龌龊的官场，写下这部反映东魏、北齐王朝盛衰兴亡的 50 卷《北齐书》。

在沮丧和绝望中徘徊的陆贽，也打算像李百药一样，悬车告老，穿池筑山，文酒谭咏，著书立说，以尽平生之志。但他却无缘"隐于野，隐于市"，谁叫唐德宗又偏偏如此欣赏他呢？

第二十一章　亮剑藩镇

鸡在十二生肖中排列第十，易卦曰："巽为鸡。"

关于鸡的成语故事很多，比如闻鸡起舞，杀鸡儆猴，宁做鸡头、不为凤尾等，但有一些关于鸡的成语，总是不那么吉利，譬如鸡犬不宁，鸡飞狗跳，鸡鸣狗吠，鸡犬升天……

建中二年（781年），正值鸡年。春节刚过，成德（治所在恒州，今河北正定县）节度使李宝臣重病不起，感觉自己灯尽油枯，不久便将日薄西山。

"我曾打下的江山，岂能拱手相让外人？"在藩镇节度使的眼里，"父亡子继、兄终弟及"的世袭制好似天经地义。

为让李惟岳顺利接班，深谋远虑的李宝臣把儿子叫到床边气息奄奄地说："儿啊，你通知张献诚（深州刺史）、王武俊（成德兵马使）、张孝忠（易州刺史）等来恒州团个圆、聚个餐，就说老夫好久没和他们喝酒了，很想他们！"

这哪是聚个餐，当一同南征北战的十几个心腹大将来到恒州，一夜之间就全部死于非命了，亏得他们还带了拜年的礼品。

"父亲，你也太绝情了吧！"李惟岳胆战心惊地说。

"儿啊，你太年轻了，老子不给你清场，日后那帮悍兵骁将，你可镇得住啊？"李宝臣摇摇头，须眉紧蹙。

功高盖主必招杀身之祸，古来如此，何况这个安禄山的头号部将、养子李宝臣？

不巧的是，在这串血肉模糊的人头里漏掉了一个——易州刺史张孝忠。

当张孝忠醒悟这是李宝臣的鸿门宴时，怎么也不肯前往恒州。

正月初九，身兼成德节度使、恒州、定州观察使、陇西郡王数职，又兼领同中书门下平章事（宰相）虚衔的李宝臣终是无力回天，一命呜呼。

李惟岳妄装镇定，秘不发丧，随即以李宝臣的名义上表朝廷，谎称自己疾病缠身，难以主政，请求让儿子李惟岳继任成德节度使。

"陛下，谨防其中有诈。"接到李宝臣的奏表，门下侍郎、同中书门下平章事（宰相）卢杞蛇眉鼠眼地对唐德宗说。

唐德宗看了一眼卢杞，义正词严地说道："朕早就想亮剑了，不杀杀藩镇的威风，我何以君临天下？"

卢杞那张形同鬼豹的蓝脸微微一笑，开口逢迎道："陛下英明，自陛下登基两载来，革除弊政，图强复兴，遣散乐工，杜绝进献，挫败政变阴谋，夺回禁军兵权，颁行实施'两税法'，天下君臣同心，宇内升平，国库殷实，军粮充裕，是该对藩镇亮剑了！"一席阿谀谄媚的话，把唐德宗捧上了天。

"天下诸藩，尤其是河北诸镇，名为藩臣，实如异域，动不动就兴兵叛乱，动不动就上表求宽，将朝廷玩弄于股掌之间，朕就要捣了河北这个巢穴。"唐德宗意气风发地说道。

卢杞奏道："淄青（又称平卢，治所在青州，今山东青州市）、成德（治所在恒州，今河北正定县）、魏博（治所在魏州，今河北大名县）三藩（史称河北三镇）太嚣张了，对内自立自专，对外互为奥援，拥兵自重，为所欲为。陛下，铲除成德，杀鸡儆猴，这是天赐良机啊！"

"卢爱卿，你看如何杀鸡儆猴？"德宗正色问道。

"陛下，暂且不必打草惊蛇。臣认为可以将计就计。户部郎中班宏既懂财政，又擅言辞，可派遣班宏为使臣前往恒州，探看李宝臣病情。"卢杞答道。

李惟岳未等到皇帝任命的圣旨，等来的却是一个刚正不阿的使臣。终归是纸包不住火，乱了神的李惟岳，心存侥幸地带着500两黄金来贿赂班宏，班宏不但一金未收，而且还教训了李惟岳一番。深夜，李惟岳又安排两个如花似玉的美人前去服侍诱惑班宏，班宏也拒不接受。"此地不可久留。"次日，班宏赶紧回朝向唐德宗如实禀报了实情。

"削藩"达到了爆点。这一年,唐德宗李适正好40岁。有人说,男人四十一朵花,也有人说男人四十一只虎。明知山有虎,偏向虎山行,唐德宗决定"打藩震虎",铁血削藩。

唐德宗随即召见文武百官议政含元殿,共商削藩大计。

卢杞出班奏道:"诸位大臣,自陛下登基以来,运筹帷幄,志在必胜,以坚如磐石的雄心壮志削藩,建中元年一举平灭刘文喜之乱,形势一片大好。皇上欲乘捷报频传的浩荡东风向成德宣战,再展宏图,真是英明神武啊!"

85岁的老将郭子仪凛然上奏:"陛下欲效汉景帝削平七国之志,锐意中兴,削藩强国,未尝不振奋人心。但削藩不是小事,要削藩,靠的是人和钱,陛下要一手抓选贤用能,一手抓强军富民,才能彻底铲除藩镇之乱。"

唐德宗点了点头,缓声说道:"尚父说的极是,只有锐意中兴、削藩强国,我大唐帝国的子民们才不再遭受生灵涂炭之苦。"

河东节度使马燧出班奏道:"多少年来,河北藩镇遍地骄兵、自立自专,朝廷有何威信可言?帝国有何安宁可言?陛下,机不可失,时不再来,臣请求率军讨伐叛贼,缉拿李惟岳。"

谏议大夫韩洄敛起忧郁之色,缓声而道:"陛下,老臣认为,河北三藩虽是明争暗斗,各怀鬼胎,但是为确保'藩镇世袭'又是沆瀣一气,一致对外,杀死李惟岳,势必是向'河北三藩'宣战。先皇也曾与诸藩大动干戈,而诸藩废立自专、拥兵抗命的局面并未得到改善。老臣认为,实行汉代推恩的办法曲线削藩,将藩王的权力分封其子孙,同时实行异地分封,如此一来,诸藩权力将会逐渐削弱,必然归依朝廷。"

唐德宗从龙椅上站起身来,紧咬嘴唇,掷地有声地说道:"河北三藩,无法无天,欲壑难填,微孽不除,何以令天下?"

看到德宗浩气如虹,削藩意决,卢杞赶紧屈膝而跪,叩首奏道:"陛下英明,只有铲除那些名为藩臣、实如异域的跋扈藩镇,改写父子世袭、兄终弟及的'河北故事',才能不负先帝中兴社稷的遗诏啊!"

见宰相跪地,满朝文武百官也跟着跪地齐呼:"陛下英明!吾皇万岁,万岁,万万岁!"雄浑的声音在偌大的含元殿久久回荡。

唐德宗要对成德藩镇动真格了,同穿一条裤子的河北三藩大为惊愕,隐隐察觉到一股唇亡齿寒的气息。

三藩是坐以待毙,还是抱团取暖?成德李惟岳发出求救信号,淄青节度使李正己、魏博节度使田悦立即赶赴临州,秘密召开"成德会议",山南东道(治所湖北襄阳今湖北襄阳市)节度使梁崇义也派出观察团,为确保世袭制而谋合,最终达成一个共同的目标——"结盟而战"。

成德会议后,魏博节度使田悦代表诸藩上表朝廷,请求唐德宗让李惟岳承袭父位,赐予旌节。德宗早已视自立留后的田悦为眼中钉,对他父亲田承嗣的狼子野心早已恨之入骨,断然拒绝了他的请求。

田悦怒火中烧,决定与李正己、李惟岳武力联合,对抗朝廷。田悦亲率5万兵马围攻临洺城(今河北永年县),遣兵马使孟佑领5000步骑北助李惟岳反唐,遣兵马使康愔领8000兵马围攻邢州(今河北邢台市),命部将杨朝光率5000兵马扎营邯郸西北竖起营栅,切断昭义救兵。淄青节度使李正己也出兵扼守徐州、甬桥(今安徽宿州市)及涡口(今安徽怀远县淮河入口),联络山南东道节度使梁崇义,封锁了江淮运输线。

是年五月,"临洺之战"打响,邢州刺史李洪、临洺守将张伾坚壁据守。连日连夜的战争,致使临洺城中食尽库竭,死伤无数,守将张伾请卖爱女犒赏将士,将士感动不已,愿尽死力,奋勇抗敌。

五月的长安,牡丹花即将谢幕,大唐帝国的上空又一次笼罩着战争的阴霾。是可忍,孰不可忍!唐德宗李适倏然亮剑,命令唐军兵分三路,开辟南、中、北三条战线,向藩镇全面开战。

中路战场,德宗命河东节度使马燧、昭义节度使李抱真、神策军先锋都知兵马使李晟,联合三军进攻田悦。

南线战场,德宗诏封淮宁(原淮西,治所蔡州,今河南汝南县)节度使李希烈为南平郡王、汉南、汉北招讨处置使,又委任他为诸军都统,率诸道军队进攻山南东道,征讨山南东道梁崇义。

北线战场,德宗命幽州节度使朱滔(原节度使朱泚的弟弟)领兵北上,讨伐成德李惟岳。

其实，幽州和淄青、成德、魏博曾经也是同穿一条裤子的"藩兄"，后来，幽州节度使朱泚入朝觐见，唐代宗任其为陇右节度使，诏其弟朱滔为幽州节度使。而那时，魏博节度使田承嗣怂恿成德节度使李宝臣借机偷袭幽州，从此幽州与成德结下死仇。

朱滔笑逐颜开，立马整军备战，领军进屯莫州，步阵黄河两岸，讨伐成德，报仇雪恨。

三大战场狼烟四起，打得如火如荼，天昏地暗。

河东节度使马燧与李抱真合兵十万，越过太行山抵达邯郸，直扑魏博部将杨朝光，又命大将李自良于邯郸西北的双冈阻击田悦援军，一举歼灭杨朝光部5000余人，联军乘胜杀向临洺，与田悦主力进行殊死决战，斩叛军首万余级，田悦弃城而逃，临洺光复，邢州也随之解围。

淮宁节度使李希烈率大军沿汉水而上，在蛮水（汉水支流）与诸道兵会，击溃其部将翟晖和杜少诚，随后一举拿下襄阳，梁崇义欲带着妻儿投井而亡，李希烈割下他的首级送往京城。

在这节骨眼上，淄青节度使李正己也因病死亡，其子李纳向德宗皇帝上表，请求朝廷赐以旌节，承袭淄青节度使。

唐德宗仍是一个"不"字，斩钉截铁地拒绝了。

与此同时，未赴成德恒州参加李宝臣"鸿门宴"的易州刺史张孝忠，经过幽州节度使朱滔的一番游说，侥幸躲过李宝臣屠刀的他早已身在曹营心在汉，随即奉表德宗皇帝向朝廷请降。德宗顺势任命张孝忠为恒州刺史，充任成德节度使，命其率领驻守易州的八千精锐平叛李惟岳。

唐军日夜猛攻，诸道平叛大军对成德形成南北夹击之势，李惟岳已成孤家寡人，铲除成德藩镇看来已是胜券在握。

高兴至极的唐德宗，穿上崭新的戎甲，跨上枣红骏马，率领朝中重臣和一批年轻体健的官员共30余人于城南郊外飞鹰走马、射箭狩猎，要锻炼朝中百官挽弓善射的才能，以保国家长治久安。

在这群伴驾游玩围猎的人群中，有一位策马扬鞭的白衣青年，看上去是那样的威风凛凛，气宇轩昂，他正是监察御史陆贽。

萧萧马鸣，悠悠旆旌。在一阵阵鸣金擂鼓声中，唐德宗执弓搭箭，只听"嗖"一声，一只从林中惊飞的大雁射落坠下，随行百官齐声而贺，欢呼声、锣鼓声、马蹄声、犬吠声一时响彻云霄。

欣闻皇上"射中九霄之禽"，驰骋战场的官军大为振奋，士气愈加高昂，三路战场取得节节胜利，朝廷内外一片赞颂之声。陆贽亦是文思泉涌，挥笔写下《圣人苑中射落飞雁赋》：

> 于穆我皇，受天明命，与乾坤而合德，配唐虞而齐盛。成功斯著，射中九霄之禽；文教已宣，道应千年之圣。
>
> 想彼禽矣，雍雍可珍，配玉帛于前礼，齐山木于至人，栖必择处，翔无失伦。候律南徂，沿庭之芳草犹碧；顺时北向，上林之繁花已春。苟应弦以启圣，同杀身以成仁。尔乃云收远天，水落上苑，风萧劲夕，日杳杳而低晚。夜间圣人悦年丰，修武功，有直斯矢，有召其弓，因肃杀之候，游苑囿之中。彼雁于飞，斜当禁掖，带轻云之微素，映遥天之晴碧。虽逢蒙之绝艺，莫敢措心；固离娄之明眸，其才能觌。我弓斯张，我矢斯射，算分数之远近，则舍拔而应镝。质毛纷其已坠，弦声振犹未释，闻之者足蹈手舞，睹之者目骇心惕。彼贯心称妙，穿叶无怍，一则三年而后发，一则百步以为约。岂如料必中于飞动，骋绝伎于寥廓。雁以远而矢发，矢既发而雁落。
>
> 异哉！莫高者天，戾天者飞。彼搏空之逸翰，尚无所违；矧荒服之逆命，曷不咸归。则知皇圣有作，夷夏无间，鄙楚庄之戏猿，笑晋平之失鹞。固将威九弘而清八荒，岂直落翔云之一雁。

从州县官擢升为京官不久的陆贽，此赋一出，一鸣惊京，满朝文武百官无不刮目相看，唐德宗自是大喜，从此每有宴请、郊游、狩猎、蹴鞠等活动，必命陆贽侍从，歌诗戏狎，赋诗纪实，朝夕陪游，成为唐德宗身边"红人"。

唐德宗早闻陆贽回乡省母拜见寿州刺史张镒时，张镒赠钱千贯而只取一串茶叶的故事，便请陆贽介绍了一下在寿州的所见所闻。陆贽言道，张镒在寿州疏浚河渠，发展生产，勤政为民，他还亲自延经术士，讲教生徒，兴学重教，老百姓都说他是为官清正、名重道直的好官。

听完陆贽的介绍，唐德宗心中甚喜。因为，他又将找到一个忠直勤政、廉洁奉公的宰相人选。

不料，在平叛藩镇取得良好开局之际，大唐帝国的头号功臣郭子仪溘然病逝，这位经历武则天和唐中宗、睿宗、玄宗、肃宗、代宗、德宗七朝的将军走完了辉煌一生，从此永垂史册了。

德宗辍朝五日，为其筹办丧葬，修建一品陵墓，亲自主持"追悼会"，率文武百官赴郭宅吊唁，亲临安福门为之送葬，赐其谥号"忠武"。

这是为了隆重纪念故去的帝国军界大亨，还是让那些战场上誓死削藩的将军感受到皇帝的恩威？也许只有懂政治的人才知道。

在送走郭子仪的那天，德宗一夜未眠，他仰望苍天，执香祈求："上天啊，请再赐给我几个郭子仪。""何以得到一个忠心朝廷的郭子仪？"德宗认为，时势造英雄，得让在削藩战场上抛头颅、洒热血的将士看到荣誉和权力的曙光。

经过一夜的思索，唐德宗又进行了一场大规模的人事调整：

命淮宁节度使李怀光任灵州大都督、镇北大都护、朔方节度使。命张延赏为检校兵部尚书兼成都尹、御史大夫、剑南西川节度使……

最大的人事调整，就是擢升永平军节度使张镒为中书侍郎、同中书门下平章事（宰相），将仅仅任了两年宰相的杨炎贬为崖州司马。

杨炎构陷吏部尚书刘晏之时，其实已是"黄雀在后"，同事秉政的宰相卢杞自踏入政事堂那一刻，就与杨炎暗地较量上了。

卢杞面色青蓝，长得奇丑无比，《旧唐书》描写他"貌陋而色如蓝，人皆鬼视之"。意思就是，卢杞不但长得丑陋，而且脸还是蓝色的，人们视之为鬼魅。

长安坊有则逸闻，传郭子仪听说卢杞要上门拜访，赶忙叫环绕身侧的姬妾、侍女退屏躲开。卢杞走后，家人问他何故？郭子仪面容一肃说道："卢杞貌陋而阴险，我怕你们一见他的鬼相，难免对他非议讪笑，此人若是他日得势，怀恨在心，郭氏家族定有灭顶之灾。"姬妾侍女无不唏嘘，赶忙悉数退去。

有着"美须眉，峻风寓"美男之称的杨炎，自认为气标王韩，文敌扬马，一点也瞧不起这个蓝脸奸臣，每日与卢杞在政事堂办公就令他烦躁，还要与他在政事堂共进午餐，同阁休息，搞得杨炎经常作呕，食欲全无。于是一到午餐时间，杨炎就借口身体不适，跑到别处吃饭，气得卢杞那张脸，蓝中带绿，绿中带蓝。

可杨炎万万没有想到，这个令他不屑一顾的蓝脸卢杞，比他更心性阴险，更擅长玩弄权术。最关键的是，经历了"杀刘晏之罪以罔上"的事件后，卢杞猜准了唐德宗的想法，那就是取杨炎而代之。

不久，卢杞将太常博士裴延龄擢为集贤殿学士，置为心腹，欲置杨炎于死地。先是用杨炎构陷刘晏的勾当，寻机罢免了杨炎宰相职务，接着又利用同党裴延龄和与杨炎有仇的严郢等人，上奏杨炎在曲江修建的家庙"此地有王气，炎故取之，必有异图"，给他冠上了一个同元载、刘晏一样的罪名——"有异志"，被唐德宗贬为崖州司马。

杨炎跋山涉水走到崖州地界，路过一处叫"鬼门关"的地方，望着遍地瘴疠、荒无人迹的九幽之狱、魑魅之乡，不由痛苦而泣，仰天长叹："一去一万里，千知千不还。崖州何处在？生度鬼门关。"

杨炎没能走出"鬼门关"，就被追来的中使缢杀，终年 55 岁。这位中唐政治家、两税法的创造者，从此湮没在天涯地角的荒烟蔓草里。

第二十二章　四王二帝

短短两年，唐德宗就缢杀了两位才能卓著的宰相。

如果这是唐德宗"中兴大唐"的失败之始的话，那么，接下来唐德宗在蓝脸宰相卢杞的"辅佐"下，便是"一步错，步步错"了。

为了封赏淮宁节度使李希烈割首叛臣梁崇义，唐德宗加授李希烈右仆射、同中书门下平章事，其虽不在政事堂供职，却遥领宰相职务，享受宰相的待遇。在唐德宗的眼中，李希烈将来一定会成为像郭子仪那样的帝国功臣。

两天后，独揽朝政的卢杞唯恐李希烈做大，威胁自己，于是上奏唐德宗说李希烈早蓄异志，心怀不轨，他之所以请缨讨伐梁崇义，正是打着替朝廷平乱之旗，意在吞并襄阳。唐德宗听信谗言，于是任命淮宁黜陟使李承为山南东道（治所襄阳）节度使，让他接管襄阳。

李希烈眼看自己打下的地盘，一下子就被唐德宗派来的李承占去，不由剑拔弩张，在襄阳纵兵大掠，安插心腹之后，才悻然引兵而去。

建中三年（782年）二月，轰轰烈烈的削藩之战仍在进行。

河东节度使马燧统领诸军进屯洹水，以突袭魏州的假象引诱魏博节度使田悦贸然出击，斩敌两万余人，取得"洹水大捷"，田悦如丧家之犬，败逃魏州。

幽州节度使朱滔、成德节度使张孝忠进攻深州束鹿城，大败李惟岳，赵州守将康日知举城降唐，李惟岳又命兵马使王武俊统兵进攻赵州。没想到，这位差点死于恒州"鸿门宴"的王武俊，竟率其部将卫常宁发动兵变，倒戈杀回恒州，活捉了李惟岳，砍下人头送往京城。"树倒猢狲散"，李惟岳部下的深州、定州刺史纷纷归降朝廷。

黄河以南，淄青节度使李正己之子李纳未获朝廷授职旌节，擅领军权，被唐军打得势穷力蹙。不料后院起火，叔父徐州刺史李洧又率军归降，李纳甚是郁闷。唐德宗命神策都知兵马使曲环、宣武节度使刘洽、滑州刺史李澄围攻徐州，连战连捷，李纳如惊弓之鸟，逃亡郓州。

自此，淄青节度使李正己病死，其子李纳兵败如山倒；成德李惟岳被朱滔砍了头；魏博节度使田悦被马燧打得如丧家之犬，河北三藩"两亡一伤"。

然而，胜利往往使人头脑昏乱，形势突然急转而下。这个拐点，正是唐德宗赏赐削藩"两亡一伤"功臣的时候。

唐德宗下诏加授河东节度使马燧同中书门下平章事（兼职宰相），授昭义节度使李抱真检校右仆射，授神策军先锋都知兵马使李晟右散骑常侍……一批军中豪杰脱颖而出，让德宗喜出望外。

德宗将成德一分为三，诏张孝忠统领易、定、沧三州，新授义武节度使。诏康日知为深、赵二州团练观察使。诏王武俊为恒、冀二州团练观察使。令王武俊拨给朱滔粮食 3000 石，拨给马燧 500 匹良骑。令朱滔退回深州，北还幽州。将魏博、淄青大部和山南东道收归朝廷直管。

此番封赏埋下了祸害。朱滔本以为拿下富庶的深州，便可论功封赏，占为己有，可朝廷却将深州划给了康日知，于是屯兵深州，拒不奉诏。王武俊认为诛杀李惟岳，当为削藩大功。然而却与康日知一样，得了区区两个州，封了个小小的团练观察使，而张孝忠却分得三州，擢升为节度使，郁闷之极，于是亦愤然拒诏。

被马燧官军围困于魏州的田悦，好似一只狡猾的狐狸，他立即派遣密使游说窝了一肚子火的朱滔、王武俊，三人一拍即合，于是又诞生了第二个"河北三藩"——幽州节度使朱滔、魏博节度使田悦、成德恒冀二州都团练使王武俊，此三藩又联络被围困于郓州的淄青留后李纳，"四镇联盟"共抗朝廷。

唐德宗气红了眼，立即下诏朔方节度使李怀光率两万朔方步骑，开赴河北支援马燧，共同讨伐田悦。

魏州城，成了一座血与火的炼狱。求胜心切、有勇无谋的李怀光，未能与马燧共商大计，在惬山（今河北大名县）与朱滔大军决战，不料王武俊援军杀来，李怀光大败。又遭田悦决河冲淹，惨遭损折，仓皇与马燧合兵退至魏县。

官军与叛军对峙不下。与此同时，经过一年半的削藩，国库已消耗殆尽，德宗诏见度支郎中兼和籴等使杜佑问道："杜爱卿，国库还能支持多久？"

杜佑答道："陛下，各道用兵打仗，每月耗费度支钱100多万贯，假若再打半年，至少得筹集500万贯。"

唐德宗又问宰相卢杞："这仗必须打下去，卢爱卿，你看钱从何来？"

卢杞信誓旦旦地回答道："陛下英明。夫战，勇气也。一鼓作气，再而衰，三而竭。长安的商户百姓，对平定天下叛乱热情高涨，对朝廷取得的胜利欢呼雀跃，抓住这个时机，可以借京城富商之钱以充军费，如果每位商人出一万贯，至少可纳200万贯。"

卢杞这一招，便是找富商出钱赞助，只准富商留一万贯作为经营产业之备，其余一律借给朝廷以充军费，待朝廷讨贼成功后再归还。手中正缺钱的德宗，不得不采纳了他的建议。

为了筹集军资，卢杞立即给京兆尹韦祯、长安令薛萃下达筹款任务，大肆勒索京畿富商，用严厉的刑法逼迫缴纳。他们驾着马车，拿着枷锁，在街坊市场搜索财货，富商们不得不"慷慨解囊"，不愿出钱的商人经不住严刑，或逃离京城，或上吊自杀……京师人心惶惶，怨声载道。

繁华的长安城，商贸经济立即出现下滑，富商多次上街罢市，唐德宗登基以来那种生机勃勃的气象开始褪色。

同朝为相的张镒为官素有声望，也深蒙皇上圣眷，他对宰相卢杞的所作所为极为不满，为他横征暴敛之事时常与他抬杠。不久，卢杞就设计了一个陷阱，将宰相张镒排挤出政事堂。

卢杞择机上奏德宗，唐朝与吐蕃关系向来紧张，西部边疆常年用兵，在此内忧外患之际，需派一名忠君之臣镇守西疆，中书侍郎、同平章事张镒乃不二人选。很快，唐德宗便下诏，任命张镒兼任凤翔尹、陇右节度使。

张镒只有西进扶风（今陕西凤翔县），坐镇凤翔。由于凤翔的战略地位异常突出，它既是防御燕军西进的桥头堡，更是帝国财赋运输线上的一处重要枢纽。张镒到任后为避免起战，积极着手与吐蕃结盟，和平相处。

到了建中四年（783年）正月，张镒与吐蕃宰相尚结赞"清水会盟"，约定"泾州西至弹筝峡西口，陇州西至清水县，凤州西至同谷县，暨剑南西山、大渡河东，为汉界。蕃国守镇在兰、渭、原、会，西至临洮，又东至成州，抵剑南西界磨些诸蛮、大渡水西南，为蕃界"。之后，张镒牢牢捍卫着这个战略要地，为危机中的李唐王朝立下了汗马之功。

宰相张镒走后，卢杞决定提携一个能"听其使唤"的副手，于是上奏唐德宗："吏部侍郎关播精通兵法，文雅忠厚，可镇风俗，才堪大用。"德宗点了点头，即授关播中书侍郎、同中书门下平章事（宰相）。

但在卢杞的淫威下，关播遇事皆不置可否，一切政事皆决于卢杞。卢杞给关播的定位非常明确，就是一个任凭他摆布的木偶，一盘招之即来的"下饭菜"，不但不让关播插手政务，连话也不让他多说，关播好似一根墙头草，风往哪边吹，就往哪边倒，"卢"云亦云，唯命是从。

卢杞如此风光，确是给他爷爷争了一口气。当年，他爷爷卢怀慎也是宰相姚崇身边的伴食宰相，而今他又把关播变成了自己的伴食宰相。

不久，唐德宗诏命关播前往淮西宣慰，劝说淮宁节度使李希烈继续率军讨伐"三藩"。没想到卢杞举荐的这个"将相之器"，竟是个纸上谈兵的缩头乌龟，到了蔡州不久，就被李希烈"软禁"了。

建中三年（782年）十一月，幽州节度使朱滔自称冀王，魏博节度使田悦自称魏王，成德、恒冀二州都团练使王武俊自称赵王，淄青留后李纳自称齐王。"四藩"设坛祭天，共立兵力最强的朱滔为"四王"之主。

朱滔自称为"孤"，田悦、王武俊、李纳自称"寡人"。各封其妻为"妃"，封长子为"世子"；皆以治州为府，设东西两曹视同中书、门下省，设左右内史，视同中书令、侍中，仿照唐朝官制遍封州县官吏。

十二月，南方又传来了更坏的消息，淮宁节度使李希烈在"四藩"的怂恿下，自立为天下都元帅、太尉、建兴王。

一年之间，大唐帝国四分五裂，天下震惊。建中四年（783年）正月十五日，李希烈公然举旗反了。

李希烈先派兵攻打汝州（今河南汝州市），汝州守将李元平不战而降，叛军继续攻下尉氏（今河南尉氏县），包围郑州，直插伊川（今河南伊川县），东都洛阳危在旦夕。

无比愤怒的唐德宗，立刻在含元殿主持朝会，分析战争形势，商讨削藩之策。

唐德宗端坐龙椅，沉声说道："诸位爱卿，两年来，削藩之战在马燧、李抱真、李晟诸将的指挥下顺利推进，各个战场捷报频传。然而，藩贼共抗朝廷，李希烈公然称帝，直逼洛阳，如何力挽狂澜，平定天下，众爱卿各抒己见。"

大殿沉寂了片刻，宰相卢杞出班奏道："陛下，臣有本奏，可以不用一兵一卒平定叛贼李希烈。"

"卢爱卿，你有何制胜之策，快快讲来。"德宗欣然问道。

卢杞提了提嗓子，满朝文武百官的眼睛瞪着这个蓝鬼奸相，不知道他葫芦里又是卖什么药。

"陛下，颜真卿乃三朝元老，德高望重，素来以忠君爱国闻名，如果派颜老携带皇上诏书前往许州（今河南许昌市），向李希烈陈其福祸利害，宣慰陛下恩泽，委以恩典，相信李希烈定能革心悔改，为我朝廷所用。"

卢杞话落，满朝文武一阵唏嘘。大家心照不宣，这个睚眦必报的小人是想借李希烈之手杀掉颜真卿，以固自己首席宰相之位。

兵部尚书萧复出班说道："颜大人已是年过古稀，如果派他前去宣慰李希烈，必定凶多吉少，有去无回。宰相这是要置颜老于死地吗？恳请陛下，臣愿意替颜老前往。"

左龙武大将军哥舒曜出班说道："陛下，萧大人言之有理，李希烈敢公然称帝，勃勃野心已昭然若揭，臣认为决无商量的余地，臣愿意率兵出征，讨伐叛贼李希烈。"

唐德宗凝视着哥舒曜，感慨而道："爱卿不愧为我大唐将军哥舒翰之子，想当年，你父亲浩气扶西倾、英名壮北斗，治军有方，号令严谨，讨伐吐蕃，所向披靡，三军无不震慑。"

唐德宗说完，转头对户部侍郎、判度支（财政总监）赵赞问道："赵爱卿，平乱打仗，兵马粮草先行，需要庞大的军费开支，如果以半年为期的话，还需600万贯军饷和补给，爱卿有何良策？"

一听要600万贯，赵赞倏然脸色大变，战战兢兢地出班答道："回陛下，国库已捉襟见肘，日益恶化，要筹集这么多军饷，巧妇难为无米之炊啊。如果非得要打这一仗，只能颁布新税法，广开税源。"

"有什么新的税法？请讲。"德宗急迫地问道。

"可以在'两税法'的基础上，新增两项杂税，一是新增'税间架'（相当于房产税），上等房每年每间征税二千，中等一千，下等五百。二是新增'除陌钱'（相当于交易印花税），对商业交易收入，每贯钱收税20文，竹、木、茶、漆都按十分之一抽税，若全国能够实施新税法，今年能新增税收500万贯。"

宰相卢杞不久前实施的"借商"已搞得京城商贾群情激愤，如今又要实施"税间架""除陌钱"，如此赤裸裸地横征暴敛，百姓怨黩之声，将会嚣然满于天下，朝堂文武百官都憋着气，不敢说话，大殿静得只听得见呼吸声。

"诸位爱卿，谁还有什么建议可奏？"德宗蓦地提高嗓门大声说道，声音震得朝臣们的耳鼓里隐隐生疼，朝堂又是一阵沉默。

"陛下，臣有本要奏。"铿锵之声从大殿左角传出，说话的正是监察御史陆贽。

陆贽出班，手持笏板奏道："陛下，臣以为李希烈虽乃藩镇之首，势急而祸重，但料他并无枭雄之才，只要妥善调兵，便能适可而止。"

"陆爱卿，那你看如何调兵？"德宗笑问道。

"陛下，克敌之要，在乎将得其人；驭将之方，在乎操得其柄。目前，朱滔退归幽州，王武俊踞守恒州，田悦困居临洺，李希烈以许、蔡二州为基地，逼迫东都。臣认为兵贵拙速，不尚巧迟，速则乘机，迟则生变。朝廷可速派左龙武大将军哥舒曜讨伐李希烈，派汴宋（治所在汴州，今河南开封市）节度使李勉屯汝、汴二州以卫东都，派马燧、李抱真将军屯魏州以攻田悦，派李晟将军屯易、定二州以攻朱滔、武俊，如此一来，河北局势便将转危为安。"

陆贽镇定自若地缓声讲完，群臣无不唏嘘点头，没想到这位年轻的监察御史也懂得御军布阵之道。

唐德宗深深点了点头，不禁有些诧异地讲道："任将在得人，驭将必操柄，讲得好啊！陆爱卿，你对两河（指河南、河北）的军事和关内形势有何看法？"

陆贽思索了片刻，郑重地说道："臣认为，两河幽、燕、恒、魏之寇，势缓而祸轻，目前朝廷屯兵太多。而淮西汝、洛、荥、汴之虞，势急而祸重，目前朝廷守御不足。可调朔方（治所在灵州，今宁夏吴忠市）节度使李怀光回救襄城，调河阳（治所在孟州，今河南孟州市）节度使李芃还镇东都，如此一来可停发关中之师，以防患于未然。"

朝臣们点头示赞，只有卢杞的蓝脸阴沉沉的，没有一丝笑容。

"陆爱卿，还有什么良策可奏？"德宗见陆贽说完，深吸了一口气，欲言又止，于是喃喃问道。

陆贽语气一顿，谨慎回道："陛下，臣以为，人者邦之本也，财者人之心也，兵者财之蠹也，其心伤则其本伤，本伤则枝干颠瘁，而根柢蹶拔。而今朝廷赋役日滋，兵穷民困，臣建议除'两税法'之外，诸如税间架、除陌钱、榷酒、抽贯、点召等税赋皆应立刻停罢。免除老弱病残及出征士卒之税，万万不可竭泽而渔、饮鸩止渴啊！"陆贽沉沉缓缓说完，额上早已渗出豆大的汗珠，兵部尚书萧复也为陆贽的大胆进谏抹了一把汗。

唐德宗思忖片刻，郑重下诏，命左龙武大将军哥舒曜为东都、汝州节度使，命汴宋节度使李勉为淮西招讨使，命荆南节度使张伯义为淮西应援招讨使，命江西节度使李皋为淮西应援招讨副使，命神策军使白志贞为京城招募使，会同河东节度使马燧、昭义节度使李抱真、神策军先锋都知兵马使、散骑常侍李晟，合军征讨李希烈。

擢升监察御史陆贽为祠部员外郎，充翰林学士。唐德宗对陆贽的这次破格任命，是陆贽进入朝廷上层核心的一个重要标志。

祠部是尚书省礼部四司之一，祠部员外郎为祠部的副长官，官秩为从六品上，陆贽在监察御史（正八品上）任上连升了五级。

更为重要的是，陆贽虽本官为祠部员外郎，却又被加授为翰林学士。翰林学士本身没有品级，也没有俸禄，但却是天子的顾问、皇帝的心腹，负责决断朝政大事，起草重要诏书，俨然与政事堂的宰相、内侍省的宦官三权分立，构成李唐王朝的决策中枢。

陆贽敏锐地洞察削藩形势，上奏平叛策略，又阐明了关中安稳之隐忧，提出了"薄税轻赋、以民为本"的主张，群臣对陆贽的擢升并无异议。但令群臣疑惑不解的是，唐德宗竟然还是采纳了卢杞的"馊主意"，诏命77岁的颜真卿前往许州，宣慰李希烈。

颜真卿接到诏书，早已将生死置之度外，慷慨前往许州劝降。面对李希烈的软硬兼施、劝诱威胁，颜真卿凛然不惧，恼羞成怒的李希烈将其软禁一年零七个月，最后将其杀害于蔡州（今河南汝南县）。

大唐帝国才失郭子仪，又失颜真卿，满朝文武甚是悲恸不已，唐德宗为以身殉国的颜真卿举哀辍朝五日，追赠司徒，谥号"文忠"。

八月初，李希烈亲率三万精锐进攻襄城，与哥舒曜展开殊死决斗，德宗即命淮西招讨使李勉前去援救，李勉经过分析时局，决定趁许州（今河南许昌）空虚，以围魏救赵之策突袭许州，解围襄城。

然而，正当李勉快要抵达许州，德宗派来的遣使朱冀宁责备李勉擅自行动，违抗诏令，导致李勉的部将唐汉臣、刘德信错失进攻机会，惶惧退守，在扈涧惨遭李希烈部将的猛烈伏击，全军覆没，叛军占得主动，相继攻下汴州、汝州，江淮与长安的交通要线汴渠也被阻断，李希烈步步逼近东都。

东都洛阳一旦失守，后果不堪设想。在此关键时刻，翰林学士陆贽挥笔疾书《论关中事宜状》，再次就两河军事形势上表唐德宗：

> 夫君人之柄，在明其德威；立国之权，在审其轻重。德与威不可偏废也，轻与重不可倒持也。蓄威以昭德，偏废则危；居重以驭轻，倒持则悖。恃威则德丧于身，取败之道也；失重则轻移诸已，启祸之门也。
>
> 陛下天锡勇智，志期削平，悠兹昏迷，整旅奋伐，海内震叠，莫敢宁居，此诚英主拨乱拯物，不得已而用之。然威武四加，非谓蓄矣。所可兢兢保惜，慎守而不失者，唯居重驭轻之权耳。
>
> 臣闻国家之立也，本大而末小，是以能固。又闻理天下者，若身之使臂，臂之使指，则大小适称而不悖焉。身所以能使臂者，身大于臂故也；臂所以能使指者，臂大于指故也。王畿者，四方之本也，京邑者，又王畿之本也，

其势当令京邑如身，王畿如臂，四方如指，故用则不悖，处则不危，斯乃居重驭轻，天子之大权也。

当胜而反败，当安而倒危，变亡而为存，化小而成大，在覆掌之间耳，何可不畏而重之乎？近事甚明，足以为鉴。……是知立国之安危在势，任事之济否在人。势苟安，则异类同心也；势苟危，则舟中敌国也。

且今之关中，即古者邦畿千里之地也，王业根本，于是在焉。秦尝用之以倾诸侯，汉尝因之以定四海，盖由凭山河之形胜，宅田里之上腴。……豪勇之在关中者，与籍于营卫不殊；车乘之在关中者，与列于厩牧不殊；财用之在关中者，与贮于帑藏不殊。有急而须，一朝可聚，今执事者先拔其本，弃重取轻，所谓倒持太阿，授人以柄……陛下倘俯照微诚，过听愚计，使李芃援东洛，怀光救襄城，希烈凶徒，势必退衄。则所遣神策六军士马及点召节将士子弟东行应援者，悉可追还。

河北既有马燧、抱真，固亦无籍李晟，亦令旋旆，完复禁军。明敕泾陇邠宁，但令严备封守，仍云更不征发，使知各保安居。又降德音，劳徕畿甸，具言京辇之下，百役殷繁，且又万方会同，诸道朝奏，恤勤怀远，理合优容。其京城及畿县所税间架、榷酒、抽贯、贷商、点召等，诸如此类，一切停罢。则冀已输者弭怨，见处者获宁，人心不摇，邦本自固，祸乱无从而作，朝廷由是益尊。然后可以度时宜，施教令，弛张自我，何有不从。端本整桑，无易于此，谨奏。

陆贽上表的这篇《论关中事宜状》(节选)可谓引经据典，鞭辟入里，情真意切。陆贽根据居重驭轻、以内制外的理论，准确地分析了河北诸藩的军事态势和政治形势。表达了对关中事宜的深切隐忧，再次建议朝廷停罢"两税"之外的杂税以安民固邦，速调李怀光之师南救襄城，调李芃还镇河阳为东都之援，切忌征调关中军队。

这正是对唐德宗"竭国以奉军，倾中以资外"的忠心进谏，是对黠虏"伺隙承虚，微犯亭障"、叛臣"窃发效畿，惊犯城阙"的析势预言。

遗憾的是，无动于衷的唐德宗不愿撤河北之兵回救河南。他听取卢杞之言，紧急征调关中泾原（治所泾州，今甘肃泾川、宁夏六盘山以东，浦河以西）诸道的军卒出关开赴前线，讨伐围困襄城的李希烈，以解东都之危。

这支来自关中泾原的部队，宛如那一场"安史之乱"轰然打败唐玄宗一般，给茫然之中的唐德宗带来了一场致命的大灾难。

第二十三章　泾原兵变

秋风动地黄云暮，长安阴天叶簌簌。

建中四年（783年）深秋，长安千寻大道，满地秋霜，北风一阵阵呼啦啦地吹落枯叶，吹起了沙尘，吹乱了秋雨，含元殿外参差错落的宫阙，好似回响着一声声凄楚的胡笳曲。

十月初三，泾原节度使姚令言接到唐德宗出关平叛的诏命，来不及整装强训，立马率领安西、北庭行营的5000将士，奉诏出关，开赴关东援救哥舒曜，征讨李希烈，以解襄城之围。

衣着单薄的泾原部队，迎着寒风冒雨东进，经过一天的长途跋涉，天黑之时抵达长安以东的浐水（今西安市东浐河）。疲惫不堪、饥寒交迫的士兵冒着秋雨趁黑扎营城外，蜷缩在营帐里。

按照旧制，诸道军队离开本镇出境作战，皆要另列度支，加以酒钱，得到额外的厚赏，一人兼得三人之给。而此刻，"手长衣袖短"的德宗皇帝国库空虚，倒是真穷了，就连太仓供给六宫的膳食都已减半。

泾原节度使姚令言要面见圣上，请求给士兵们赏赐。神策军使白志贞带着姚令言入城觐见皇上，其余将士们被拒之城外。

饥肠辘辘、睡无厚被的士卒望穿秋水，盼望着朝廷的赏赐。既没有盼来酒肉，没有衣被，也没有赏赐，负责犒赏事宜的京兆尹王翃，也是草草应付，给他们配制的饭菜也是糙米野菜，着实难以下咽。

血气方刚的安西、北庭行营军气得火冒三丈，久战沙场的辛酸与怒火喷薄而出，军营兵士即刻发生骚动。领头的兵士踢翻饭菜，围住京兆尹王翃大声吼道："我们抛弃父母妻儿，冒死东征，食且不饱，安能对阵？"训斥王翃必须拿来酒肉壮行，不然就要砍下他的人头。

激起军人的群愤实乃大忌，一旦惹火可是难于收场。这场面，不禁让人想起唐玄宗逃亡马嵬坡的情景，护驾的禁军也是如此饥肠辘辘，怨声载道，怒火攻心的禁军顿然哗变，缢杀了杨国忠、杨贵妃。

京兆尹王翃也是个不会做事的主，为了逃命只得谎称："各位将士，姚将军正在宫中禀奏赏赐事宜，眼下天色已晚，饭菜只能将就，朝廷的赏赐明日便可分发，大家早点安顿休息。"闹事的士卒在泾原行军司马的劝说下，只得忍住怒火，等待次日朝廷的赏赐。

怪只怪京兆尹王翃，这个首都的长官，一点也没有应对复杂局面的能力，没能认识到这是一个严峻的政治问题，没有及时将当晚的严峻情势如实禀奏皇上，一场浩大的兵变悄然酝酿、发酵。

次日一早，5000将士早早起床，翘首望着京城的驿道，京兆尹王翃害怕士卒革他的命，于是派京兆少尹韦祯前来慰劳，挑来的饭食依然是粗粮素食，没有一点肉腥、一点油水。

愤怒爆发了，泾原宣节校尉马奕跨上战马，踢翻了饭桶菜盆，举起长矛大声煽动道："我们千里迢迢赶赴前线，为皇帝血洒疆场，临死前连一碗饱饭都吃不上，安能以微命拒白刃？皇宫有琼林、大盈二库，黄金满仓，绢帛如山，不如我们闯进京城，自取犒赏！大家说取不取？"

"闯进京城，自取犒赏！闯进京城，自取犒赏！"5000泾原士兵举起长矛刀枪，摇旗擂鼓齐声高呼。京兆少尹韦祯吓得瘫倒在地，眼睁睁地看着乱兵鼓噪着披上铠甲，挥舞旌旗，高喊口号，黑压压涌向长安城。

如果唐朝就有手机，即时给唐德宗打个电话，发个微信，一切都还来得及。因为士兵们要的，仅仅是一点钱财，而德宗要的，是大唐江山。孰轻孰重，德宗皇帝应该分得清。

一切都太晚了。正向唐德宗辞行的姚令言闻讯疾驰出宫，拦住哗变的士兵，声嘶力竭地安抚道："将士们，少安毋躁，听我一言。此去东征立功，何愁荣华富贵？如果起兵造反，却是诛灭九族的死罪啊！"

离弦之箭哪能收得回，士卒们胁迫着姚令言朝长安进发，战车开进长安朱雀大街，商户百姓吓懵了，纷纷仓皇逃窜。

乱兵已在丹凤阙下扎阵，德宗知道已兵临城下，无力回天，只能勒紧裤腰带，硬撑了。立忙下诏5000将士每人两匹绢帛，传令的宦官刚出城门，就被乱箭射死，德宗又急令内库火速运送二十车物资以补赐，哪知乱兵已冲到通化门，还没来得及宣旨，使臣就被剁成了肉酱。

5000泾原军一边"争入府库，抢运金帛，极力而止"，一边对商贾百姓高声大喊："不夺商户僦质啦！不税间架除陌啦！"事态迅速失控。

唐德宗急诏神策军使白志贞集合全部禁军，守卫皇宫，抵御叛军。禁军是直接保卫皇帝、侍卫宫中及扈从的军队，都是招募的精兵骁将，装备先进，作战英勇。按理说，凭借长安的高墙利剑和装备优势，拿下区区5000泾原士兵应该不费吹灰之力。

可惜德宗花费了心机才收回了肃、代两朝宦官执掌的禁军，交给最信任的武将白志贞。没想到白志贞以京师市廛沽贩之徒填阙禁军名额，骗取薪饷，这帮养尊处优的禁军犹如一盘散沙，简直就是一张空壳，早已丧失了捍卫京城的战斗力。

屋漏偏逢连夜雨，船迟又遇打头风。当天恰好中央禁军休整，德宗连下几道命令，只有几个禁军前来护驾。《资治通鉴》更是夸张地记载："德宗召禁兵以御贼，竟无一人至者。"

此前，司农卿段秀实曾进谏德宗："古时天子号称战车万乘，诸侯千乘，大夫百乘，现在外有不服朝命的叛贼，内有抗拒皇命的臣子，禁军太少，若突有祸患，何以对付呢？"

"停发关中之师，防患于未然。"翰林学士陆贽也曾上奏德宗："兵者，国之大事，存亡之道，命在于将。听闻神策军主帅不专军事，专营贿赂，俾名在军籍受饷，而人在市为商贾，禁军装备陈旧，兵员不足，训练无术，毫无战斗力，何以守疆戍土。朝政腐败乃国之病，军中腐败乃国之险，奏请皇上明察。"

白志贞是"安史之乱"名将李光弼麾下的胥吏，善于察言观色，吹牛拍马，以行贿朝中大臣为长。如此一来,曾经威名震震的京都神策军,一年光景不到,就成了聋子放炮仗——散了。

该死的白志贞,逼得皇上无人可调,乱兵很快就冲入了皇宫南门,"留得青山在,不怕没柴烧。"宦官窦文场赶紧劝说皇上离京出走,唐德宗当机立断——撤!

唐德宗口谕负责舆马之事的太仆寺少卿陆赞急备车马,带着王淑妃、韦贤妃、唐安公主和诸王子,在窦、霍等宦官的护拥下,迅速从禁苑北门仓皇出逃,由于时间仓促,王公大臣不及追随者十之八九。

途经禁苑时,正巧遇到郭子仪之子、司农卿郭曙带着数十名幕僚和家丁在北郊围猎,郭曙得闻兵变,处变不惊,立即上前护驾,以作先驱北疾。正在郊外教练士兵箭术的右龙武军使令狐建闻讯,立即聚集郊外的弓箭手400余人前来追随护驾。

唐德宗命普王李谊为前驱,太子李诵殿后,郭曙、令狐建护卫,迅速向咸阳撤离。这是继"安史之乱"唐玄宗入蜀避难、"吐蕃侵长安"唐代宗东逃陕州之后,唐朝第三个逃离京师的天子,史称"泾原兵变"。

陆贽上奏的《论两河及淮西利害状》《论关中事宜状》墨迹尚未干,泾原兵变旋疾而至,陆贽成了料事如神的预言家。

此时,翰林院(专门起草机密诏制的重要机构)诏议厅正在商议"税间架""除陌钱"的社会影响和政治影响,面对富商、贫民与军卒的积怨,是继续强制推行还是停止收税?陆贽、顾少连正与同为翰林学士的吴通玄兄弟激烈辩论。

"陆学士,出大事了,出大事了。"翰林院的大门砰地撞开,陆贽大哥陆赞派来的崔侍卫闯进院中大声喊叫。

陆贽闻声跑出诏议厅,方知泾原士兵哗变,冲进皇宫,大肆抢掠,诛杀朝臣,德宗皇帝已带着官宦、嫔妃和诸子从禁苑北门逃走。

陆贽异常震惊,但立刻镇定心神,迅速掏出身上所有的钱币,塞给崔侍卫,嘱托他速去安邑坊、崇贤坊告知嫂夫人、妻子和岳父一家,护送他们到乡下避难,不要挂念自己。

崔侍卫飞驰而去,陆贽立即与翰林学士们共商对策,姜公辅、顾少连、吉中孚、吴通微、吴通玄等翰林学士就危急之势各抒己见,出谋献策,经过一番切磋,陆贽沉稳地说道:"各位学士,志不求易,事不避难,臣之职也。眼下事情紧急,贵在忠心,人分三路,各行其职。"随后,断然作出决策:

"首先,泾原兵变,禁军无抵,皇上有难西撤。由吴通玄负责通知重要官员和翰林学士迅速集聚,即刻启程西进寻主。其次,朱泚系原泾原节度使,若他与其弟朱滔里应外合,趁机反叛,局势不堪设想,须果断杀之,免生后患。此事由姜公辅负责,立备快马追上陛下,死谏陛下下诏诛杀朱泚。最后,我与吴通微负责草拟勤王急诏,飞鸽传书左金吾大将军浑瑊、朔方节度使李怀光、凤翔节度使张镒、渭北节度使李建徽、河东节度使马燧等迅速集结勤王之师。"

三项决策思路清晰,既讲政治,又讲战略,在场的翰林学士们无不叹服,急忙带上文砚和朝廷重要奏章、典薄迅速向西撤离。

翰林学士是唐代地位很高的士人群体,是上层建筑参政议政的资政精英,在这关键时期,陆贽展现出不一般的冷静、果断、准确地判断时局。由此看来,三十而立的陆贽,已然成为翰林院的主心骨。

翰林学士姜公辅快马加鞭追上逃亡的德宗,跪在马前急促地请求道:"陛下,朱泚废居京师,难免心存怨望,若是朱泚借此反叛,乱兵奉之为主,其势恐难遏制。恳请陛下当机立断,速派令狐建军使率兵折返京师,即刻囚之或诛之!陛下,降住了朱泚,就能扼住泾原啊!"

唐德宗身边此时只有郭曙、令狐建二将,若再让令狐建带一支护卫军折返,逃亡之路更是凶多吉少,德宗无奈地说出三个字:"无及矣!"

心急如焚的德宗,突然想起陆贽,想起他曾说过"克敌之要,在乎将得其人;驭将之方,在乎操得其柄"。事到如今,德宗才终于明白"将得其人"是多么重要。

唐德宗着急地问:"陆学士现在人在哪里?速诏他前来与朕撤退!"

"陆学士已给马燧、李怀光等各路将军飞鸽传书西进勤王,这个时候应该在追随陛下的路上。"姜公辅喘着粗气答道。

唐德宗转过身来,暮色笼罩着一路逃奔的泥泞道路,身后的长安城早已消失在苍茫的雨雾之中。"故国不堪回首月明中",堂堂一国之君的德宗,不知是否也有南唐李后主的亡国之痛。

秦岭鸟飞绝,渭水秋风寒。渭河穿越黄土高原,被秦岭挡在函谷关与大散关中间，造就了富庶几千年的关中平原，孕育出中华文明的两座历史高峰——盛世汉唐。此时此刻，渭水浊浪，蜿蜒东去，两岸残柳，已是一片萧瑟枯败。

唐德宗骑在一匹枣红骏马上，立于渭水河岸，已不见昔日狩猎渭水的凛凛威风。他茫然若失地望着气贯长虹的秦岭山脉，任凭秋雨打湿头发，任凭寒风像刀一样刮着脸颊。渭河汹涌的浪涛一阵阵拍打河堤，时而汇成一曲悲壮苍凉的交响曲，时而缓成一曲寂寥凄美的《平沙落雁》……天渐渐暗下来，德宗匆匆北渡渭水，朝着咸阳进发。

翰林学士陆贽拟草完勤王急诏，飞鸽传送给张镒、浑瑊诸将后，赶紧与其他翰林学士和 30 余名朝中重臣，一同向西追赶。

陆贽等朝臣冒着秋雨，打着火把，渡过渭水，沿着深深浅浅的马蹄脚印连夜赶路，终于在十月初四早晨赶到咸阳。德宗在咸阳行宫见到疲惫不堪、好似一个个落汤鸡的朝臣们，激动的泪水顿时夺眶而出。

四海失巢穴，两都困尘埃，下一步何去何从？

德宗突然想起自己登基那年，在前往洛阳东都圣善寺烧香之时，曾遇见一个叫桑道茂的道士，道士相貌稀奇，仪容秀丽，口辞芬芳，似有大唐术士李淳风的风范，于是要诏其为翰林院待诏。

桑道茂一阵推辞后，对德宗一本正经地说道："不出五年光景，灾难降临长安，陛下暂有离宫之厄。臣望西北的奉天（今陕西省乾县）浮动天子之气，宜高大其城，以备意外。"

德宗决定避难奉天，那里也是唐高宗李治的乾陵所在地。公元 683 年，武则天葬高宗于乾陵后，割醴泉（今礼泉）、始平（今兴平）、好畤（元时废）、武功、永寿五县为奉天，意为供奉天子的地方。

乾陵位于八百里秦川腹地的渭北（今陕西省乾县之北），以梁山主峰为陵，登梁山峰巅可东望九嵕（唐太宗昭陵），孤耸回绝，南望太白终南二山，积雪皑皑；北望五峰（山），山石崔嵬；西接翠屏（山），层峦叠嶂。秦始皇筑宫梁山而御夷狄，汉代张骞越梁山而通西域，是东西交通之咽喉、兵家必争之地。乾陵规模宏大，建筑雄伟，林木葱茏，古柏参天，不愧"历代诸皇陵之冠"。

次日清晨，唐德宗带着君臣策马狂奔，苍茫的关中大地腾起滚滚沙尘，天地之间好似弥漫着一股股浸透骨髓的森森阴气。夕阳西下，残阳似血，经过一天的奔波，德宗抵达奉天城。

唐德宗逃离大明宫的这天，长安正遭受着一场灭顶之灾。

哗变的泾原士兵，黑压压地穿过丹凤门，闯进含元殿，发现已是一座空殿，哪里还有皇帝的踪影。

"皇帝逃走了，兄弟们自取犒赏，自求富贵吧！"宣节校尉马奕大吼道。泾原士兵哪见过如此金碧辉煌的宫殿，眼睛瞪得发绿，突然被马奕的喊叫惊醒，随即蜂拥而散，大肆劫掠金帛财物。

长安城胆大的暴民也趁机冲进皇宫，抢劫金银绸缎，六街九衢一片混乱，地痞流氓冲入官邸豪宅趁火打劫，京城顿时陷入无政府状态，暴民与士卒都抢得个个盆满钵满，皇宫一夜之间被洗劫一空。

见部将惹出此等大逆不道的祸患，泾原节度使姚令言吓得魂飞魄散，知是死罪难逃，九族连诛。不反也是死，反也是死，干脆一不做二不休，姚令言决定一条道走到黑——另立新朝。

然而，区区5000将士，何以能成气候？况且自己也无雄才大略，何以降服天下？说不定很快就被四面八方赶来的勤王之师诛杀，踌躇不定的姚令言急得像热锅上的蚂蚁。

突然，姚令言想起了老上级、前任泾原节度使朱泚闲居京师，请他出山当皇帝。宣节校尉马奕附和道："姚大帅高瞻远瞩，决策英明。但朱太尉是块'王牌'，说不定朝廷也会派人诛之。"若要收拾这个残局，必须请朱泚出山，主掌大唐江山，群龙无首的将士纷纷表示赞同。

朱泚，也确实是河北一大枭雄。

朱泚（742—784），幽州昌平（今北京市昌平）人，其父亲朱怀珪系"安史之乱"叛将李怀仙的部将。朱泚在军中长大，尤善骑射，李怀仙归顺朝廷后，荐举他为蓟州刺史、平卢军留后、柳城军使，累迁幽州经略副使，成为一名骁勇的藩将。

后来，朱泚协助李怀仙的部下朱希彩暗杀了李怀仙，朱希彩自任节度使，对朱泚、朱滔兄弟宠信有加。大历七年（772年），朱氏兄弟又与同僚李子瑗谋杀了朱希彩,拥立朱泚为王,上表继任节度使,唐代宗只能顺水推舟,任命朱泚为幽州卢龙节度使。

大历九年(774年),朱泚一时心血来潮,率3000步骑到京城朝见皇帝。唐代宗很是高兴,在内殿接见赐宴,赏赐他御马、良田、庄园,以及无数金银绢帛,又赏给他的随从将士马40匹,绢两万匹,光衣服就有1700套,还下令为其修建一座宏大的私宅。朱泚一时风光无限,又请求留于京师,得到唐代宗的恩准。

唐德宗继位后,命朱泚为泾原节度使,加授中书令和太尉。然而,要雨得雨的朱氏兄弟不思图报,"外若宽和,中颇奸诈"。建中三年(782年)朱滔与田悦、王武俊等人联合叛乱,同时也欲拉拢朱泚反叛,不料朱滔所遣之人途经河东之地,竟被河东节度使马燧截获。

闲居京城的朱泚,虽享受荣华富贵,但如同软禁,整天郁闷寡欢,心怀不满。他做梦也没想到,部下姚令言突然找上门来,要奉他为主,拥做皇帝。

陆贽的预言果然得到应验,暗蓄异志的朱泚,哪抵得住"过皇帝瘾"的诱惑。当夜,朱泚坐上尊贵豪华的龙辇,在乱兵的簇拥下来到大明宫,登上含元殿,自称"权知六军",统领军国大事。

有道是"树倒猢狲散",未跟德宗逃亡的光禄卿源休,因受宰相卢杞嫉妒打压,久不得重用,因而"居常怨望"。源休趁机招揽了一批郁郁不得志的"沦落人",与检校司空李忠臣、太仆卿张光晟、工部侍郎蒋镇等趋炎附势之陡,匆匆跑到含元殿拜见朱泚。

源休跪在冰冷的地上,嗫然说道:"朱太尉,上天已有符命,朱氏将得天下!太尉何不顺应民心,改朝换代,另立新朝。"

朱泚先是假意推辞,其实正中下怀。"源休大人,如果另令新朝,遽自称尊,百姓必视我犯上作乱,乘危篡位!"

源休满脸阿谀的笑容迎合道:"朱太尉权知六军,明日便可诏告天下,为了帝国稳定,百姓安宁,暂时接管军政大权,正纲朝纪,代行政令。"

站立一旁的司农卿段秀实愤然说道:"朱太尉本以忠义著称天下,先皇给了你自安史之乱以来最为隆重的犒赏,而现在泾原军因犒劳不及时,骤然兵变,致使圣上西逃。若说犒劳赏赐不足,那是宰相卢杞、京兆尹王翃之罪!臣建议朱太尉以此开导将士，说明祸福，迎接圣上回宫，这才是天大的功劳！"

段秀实见无法制止朱泚篡位称尊，暗中联系左骁卫将军刘海宾、泾原都虞侯何明礼等人，计划择机诛杀朱泚，迎接德宗回朝。

翌日一早，长安到处贴满告示："泾原将士久处边陲，不闲朝礼，辄入宫阙，致惊乘舆，西出巡幸。太尉已权临六军，应神策等军士及文武百官凡有禄食者，悉诣行在。不能往者，即诣本司。若出三日，检勘彼此无名者，皆斩！"

迫于朱泚的淫威，朝官们纷纷前来朝见朱泚，其勃勃野心大家早已心知肚明。李忠臣、源休、姚令言等大臣力谏朱泚称帝，朱泚坐在龙椅上，正襟危坐，自认为"众心所归"。

段秀实气得七窍冒烟，勃然大吼道："逆臣朱泚，陛下对你推心赤诚,恩宠深重，我恨不能将你斩为万段，岂肯随从你造反！"边骂边举起手中的笏板，猛击朱泚头部。朱泚急忙举手抵挡，却被朝笏击中额头，鲜血直流，朝堂一片哗然。李忠臣遂命左右卫士群起而上，一把长剑刺向了段秀实……段秀实被杀后，朱泚害怕背上杀戮忠臣的罪名，遂哭之甚哀，以三品官之礼安葬了段秀实。

陆贽听闻段秀实被杀，心中悲恸不已，立即上奏德宗："陛下，朱泚趁乱思叛，段卿舍身成仁，其昭昭之心可鉴日月。自古殁身以卫社稷者，无有如秀实之贤，段卿乃忠臣啊！"

"陆学士说的极是。记得安史之乱时，先祖（唐玄宗）移驾益州，先帝（唐肃宗）率领禁军从奉天北上灵武，既无可用之人，也无可调之兵，更无可支之钱粮，正是河西都知兵马使段秀实率领5000将士赶到灵武护驾，而今……"德宗哽咽道。

停顿片刻，德宗问道："陆学士，听闻朱泚已派兵马使韩旻率3000精锐向奉天扑来，若在此点燃战火，恐怕要惊扰乾陵。凤翔节度使张镒既为我朝宰相，又是陆学士忘年之交，朕欲御驾凤翔如何？"

陆贽默默思索了一会，恳切地说道："陛下，臣以为万万不可。朱泚原系凤翔节度使，凤翔部队大多还是朱泚从前的部属，甚至有些将领已生异心投奔朱泚，皇上切不可投不测之渊啊！"

正如陆贽所料，凤翔节度使张镒得到德宗逃亡奉天的消息，准备亲率5000军士前往奉天勤王护驾，命部将李楚琳离开凤翔率2000军士去戍守陇州。没想到李楚琳原是朱泚提拔的爱将，矫捷勇猛，军中将士都畏惧他。行军司马齐抗与幕僚齐映对张镒说："李楚琳不可用啊，若不将李楚琳除去，他定会成为变乱的祸首。"

听说朱泚入主含元殿，权知六军，李楚琳暗中密谋投奔朱泚。张镒命令李楚琳戍守陇州，李楚琳借口有事，按兵不发。当夜，李楚琳与其同党发动兵变。张镒闻讯，急忙从城墙上放绳出逃，然而张镒年老体弱，哪跑得赢乱军铁骑，还未跑出一里路，就被李楚琳一剑刺死。齐映从水洞中侥幸逃脱出城，齐抗扮成雇工肩挑杂物混出城去，得以免死。李楚琳将张镒其他部将幕僚都残酷地杀害，自领凤翔节度使，带领两万凤翔步骑投奔朱泚。

齐抗、齐映都到达奉天，唐德宗任命齐抗为御史中丞，齐映为侍御史。得知凤翔张镒被杀，陆贽的心好似被刀捅了一下，他恨不得马上赶到凤翔，一刀斩了李楚琳这个奸诈小人。

唐德宗紧紧拉住陆贽的手臂，痛苦地安慰道："安史之乱时，上天给先帝（唐肃宗）派去了李泌辅佐，而今泾原之变，上天给朕送来了陆学士。先帝管李泌叫先生，朕就称你陆九吧！"

在唐代，同辈或至友之间常将排行夹在姓名之间，以行第相称，而不直呼其名，从《同李十一醉忆元九》（白居易诗）、《韩十八侍》（刘禹锡诗）等唐诗中便可略知一二。

唐德宗不呼陆贽"陆学士""陆员外"等，而以陆贽排行称其"陆九"，这既是昵称，也是尊称，既是亲近，也表宠信。

唐德宗称陆贽"陆九"，可谓情真意切！纵观唐代历史，帝王以臣之辈行称呼的，除陆贽外寥寥无几。

第二十四章　血战奉天

建中四年（783年）十月初八，雨后初晴，刚被一洗而空的皇宫，很快就收拾整齐，布置一新，阳光照耀着金碧辉煌的大明宫。

朱泚戴上高高的冕冠，穿上"肩挑日月，背负星辰"龙袍，于宣政殿隆重举行登基仪式，自称大秦皇帝，改元"应天"。

朱泚大肆授官封爵，任源休为中书侍郎、同中书门下平章事（宰相）并兼判度支（财政总监），任姚令言为侍中、关内元帅（国防部长），任蒋镇为吏部侍郎、樊系为礼部侍郎、彭偃为中书舍人，其余投靠朱泚的朝臣都一一任命。

翌日，朱泚又下诏封弟弟朱滔为皇太弟，并致信朱滔："三秦地区（陕西中部）不日即可平定，黄河以北，就靠你剿灭残敌了，当择期在洛阳与你会面。"朱滔接信欣喜若狂，叛乱之举更加疯狂。

源休上奏朱泚诛杀皇室成员，以绝天下之望。朱泚下令对李唐宗室大开杀戒，唐室郡王、王子、王孙共77人被砍头示众。

泾原兵变，无疑是德宗即位以来最致命的打击，也是其帝王生涯中最刻骨铭心的耻辱。陆贽早在《论关中事宜状》中就预言，关中乃帝都所在，不可使之空虚，以防祸出萧墙。无奈唐德宗置之不理，只得自饮这杯苦酒了。

此起彼伏的叛乱席卷大半个天下，李唐江山岌岌可危。然以辩证法来看，不遇盘根错节，何以别利器？正是"四王二帝"之乱和泾原兵变，使陆贽从一名专草制诰的翰林学士走向了救国济世的政治舞台。

朱泚在京称帝的那天，奉天城迎来这个寒冬的第一个晴天。

这天，左金吾卫大将军浑瑊率兵赶到奉天；右武龙将军李观在奉天临时招募了5000步骑；泾原留后冯河清运来百余车兵甲、器械……唐德宗喜出望外，立即诏命文武官员，筹备奉天保卫战。

在翰林学士陆贽的建议下，唐德宗任命浑瑊为京畿渭北节度使、行在都虞侯，负责指挥防御；命神策京西将、上谷郡王侯仲庄为左卫将军兼奉天防御使；命右龙武军使令狐建为中军鼓角使、左右厢兵马使、散骑常侍。

浑瑊（736—800），铁勒族人，10岁就随父征伐西北，勇冠诸军。"安史之乱"后成为郭子仪麾下大将，收复西京，横扫吐蕃。大历年间，浑瑊征伐藩镇，无不所向披靡，累迁御史大夫、检校工部侍郎、振武军使等职，唐德宗继位后诏其为左金吾卫大将军。

侯仲庄（生卒年不详），蔚州（今河北省蔚县）人，天下兵马副元帅李光弼的先锋将领，"安史之乱"后，仆固怀恩因宦官骆奉先陷害举兵叛唐，侯仲庄为都将，训兵自守，号为"平射"，人畏其锋。仆固怀恩兵败后，郭子仪将其引为腹心，封上谷郡王，为神策京西将。德宗幸难奉天后，侯仲庄筑修垒堞，昼夜执戈徼巡，忠心耿耿护驾。

令狐建（生卒年不详），京兆富平人，唐将令狐彰之子，其父死后，滑州三军争权夺利，令狐建守死不从，举家归顺京师，为父守孝三年，累转右龙虎军使。德宗北出禁苑时，令狐建正巧教射于郊外，遂以400人随驾奉天。

陆贽也得到唐德宗新的任命，由祠部员外郎、翰林学士擢升为考功郎中（从正五品上），仍兼翰林学士。

考功郎中系吏部四司之考功司主管，职掌为"方武百官功过、善恶之考法及其行状"，郎中判京官考，员外郎判外官考。德宗将如此重要的部门委以陆贽，并仍充翰林学士，足见对其信任有加，有意提升陆贽在奉天行在的地位。

由于随驾奉天的四品以上朝臣极少，文武高官诸多空缺。非常之时，需用非常之人，陆贽上奏德宗："为政之道，重在得人，必须不拘一格降人才。"

在陆贽的建议下，唐德宗诏令兵部尚书萧复、刑部侍郎刘从一、谏议大夫姜公辅都以本官兼任同中书门下平章事（宰相）。

如此一来，奉天军势壮大，君臣同道，人心所向，全城进入全民防御状态，城里的百姓和将士誓死效忠朝廷，保卫皇上。

不久，朱泚任命姚令言为元帅，张光晟为副元帅，李忠臣为京兆尹留守长安，李日月为西道先锋，披甲驾乘，亲率十万军兵临奉天城，假以迎驾之名，实则是想活捉天子以令诸侯。

此时，邠宁镇留守韩游瑰、庆州刺史论惟明率领3000兵马绕过叛军主力，从乾陵北面赶赴奉天，正好在东门外与叛军迎面而战。

战斗十分惨烈，京畿渭北节度使浑瑊、左卫将军兼奉天防御使侯仲庄也率军出战，战争从卯时一直打到午时，城门外死伤累累，杀声震天。浑瑊见城门内有装满干草的战车，于是命将士推车塞住城门，点燃干草，顿时城门烈火熊熊燃烧，唐军趁机猛烈反攻，终于杀退了叛军。

朱泚攻城心切，大肆制造云梯和冲车，连续十天兵分三路进攻奉天东、西、南三面，昼夜矢石不绝。

浑瑊、侯仲庄指挥若定，官军拼死力战，唐军将领吕希倩、高重捷等人先后阵亡。正在奉天告急之时，由灵武（今宁夏宁武市）留后杜希全、盐州（今陕西定边县）刺史戴休颜、夏州（今陕西靖边县北）刺史时常春、渭北（治今陕西富县）节度使李建徽四路勤王之师集结而成，正领万余兵马前来援战。

援战兵力虽不多，但对于鏖战已久、伤亡惨重的奉天守军来讲，无异于一根及时的救命稻草。然而，由于奉天城已三面受敌，被叛军围困得水泄不通，德宗不得不召集文官武将商议援兵路线。

陆贽与唐德宗一道仔细查看奉天地图后，思忖良久开口说道："陛下，援兵之路只有两条，一为距离奉天北面12里的漠谷，二为距奉天西北4里的乾陵（唐高宗李治陵寝）。漠谷道险谷狭，易遭敌军埋伏，臣认为沿韩游瑰将军的援军路线，从乾陵北面抄道奉天东北扎营，此为上策。"

浑瑊、侯仲庄以及萧复等朝臣都认为利用乾陵茂密的柏树林隐蔽行军，在奉天东北鸡子堆扎营，与奉天守军里应外合，减轻正面压力，堪称良策。

宰相卢杞满面痛惜之色，假惺惺地说道："陛下，朱泚盘踞乾陵高地，若从乾陵行军，万一在那发生血拼，无疑会惊动先帝陵寝，而行军漠谷，就算遭到伏击,大部队也能快速抵达奉天。"

浑瑊极力争辩道:"陛下,自从朱泚造反攻城以来,日夜不停地砍伐乾陵松柏,先帝陵寝早被惊动,生死存亡之际,绝对不能让援军走漠谷,此谷既险又窄,一旦遭到叛军伏击,必然全军覆没。"

卢杞寸步不让,厉声呵道:"陛下用兵,岂能与逆贼相提并论!倘若让杜希全行军乾陵,那就是我们自己惊动陵寝,那就是大逆不道!"

唐德宗最终还是选择了卢杞的方案,下令杜希全率军经由漠谷入援奉天。果不出所料,叛军居高临下发射强弩,投掷巨石,漠谷成为唐军的死亡之谷,杜希全溃不成军,连夜退守邠州(今陕西彬县)。

经过一个月惨不忍睹的杀戮,奉天城陷入绝境,将士们饥寒交迫,伤亡惨重,城里到处是残兵败将,城里的粮草均已消耗殆尽,德宗只能吩咐王淑妃、韦贤妃以及家人到野外采食野菜,自己也只能与军将和朝臣们同食粗糠之食。

"越在危难之时,越要赢得人心。"在陆贽的建议下,唐德宗带着文武官员亲自到城墙慰问守军,只见守城将士穿着单衣,面黄肌瘦,冻得瑟瑟发抖。精神快要崩溃了的唐德宗,含泪对着守城将士们喊道:"将士们,朕以不德,自陷危亡,罪大无极。而众卿无罪,宜早降敌,以救家室,各奔东西吧!"

"让我与卿等诀别吧!"唐德宗一声大吼,顺势从浑瑊将军的腰间抽出宝剑,准备自刎。浑瑊、侯仲庄和陆贽等人赶紧夺过长剑,紧紧抱住皇上,群臣和将士见此情景,无不叩头流泪。

"陛下,众将誓死保卫皇上,大唐万岁!"浑瑊跪在德宗面前痛哭大喊,慷慨发誓:"死与奉天同在!"奉天守军听闻将军誓言,也齐声高喊:"死与奉天同在!"继而士气大振,誓死战斗。

十一月一日,朱泚打响了进攻奉天最后的决战。八万叛军的脚步声从东西南北传进奉天城,人心、房屋和城墙一样地震颤不已。

陆贽不顾德宗的阻拦,穿上铠甲,手提利剑,跟随太子李诵加入了奉天北城保卫战。

此时,守卫北城的士卒只有5000余人。而正面进攻的叛军五万余人,悬殊之大,令守城士卒无不惊骇恐惧。

守城将军浑瑊见太子和翰林学士陆贽也加入了战斗，心中忧喜参半，于是举剑吼道："壮士们，太子和陆学士来了，让咱们同生共死，保卫奉天。"

听闻太子到来，士卒们齐刷刷的目光投过来，果然见太子和陆贽身着铠甲、手执长剑，威武地立于城墙之上，守城士卒们纷纷举起刀剑长矛大声吼道："同生共死，保卫奉天！"

血战面前，赢的是血性和士气。陆贽趁热打铁，登上高台大声喊道："勇士们，各路勤王之师很快就到了。为了奉天无辜的百姓，为了父母妻儿的生死，为了大唐帝国的存亡，咱们宁做断头将军，不做逃命狗熊。太子今日给大家带来了朝中最后一坛烈酒，誓与逆贼决一死战。勇士们，生死一碗酒，人人喝一口，人在城在，大唐永存，大唐万岁！"

陆贽一番慷慨激昂的鼓动过后，士卒们恐惧尽褪，血性如涌泉般顶上喉头，高举刀枪齐声大吼："人在城在，大唐永存。大唐万岁，大唐万岁！"一阵阵惊天动地的狂呼，令千米之外的叛军齐齐惊愕，瑟瑟发抖。

为过一把皇帝瘾，朱泚也是豁出去了。一声令下，叛军骑兵阵、弓箭阵、步兵阵蜂拥而至，如潮水般展开了攻城。

浑瑊执剑大声吼道："壮士们，架起盾牌，准备弓箭。"说完，搭起一把黄杨大弓，一支秋水寒光般的毒箭飞闪而出，眨眼射中叛将李日月的眉心，李日月一声惨叫跌下马去。

陆贽大声吼道："勇士们，擂鼓，投石，放箭，决不让一个叛军冲上来！"

高达数丈的巨型云梯一架架搭上城墙，数百名弓箭手朝奉天北城猛射火箭。黑压压的叛军亡命般地朝城墙上冲。陆贽与太子一道，死死守住北城中央的垛口，挥舞刀剑与叛军厮杀。

"太子，闪开。"突然，陆贽看见一支带火的利箭电掣般朝太子射来，瞬间使出全身力气朝太子扑去。太子倒地，而火箭嗖地射中陆贽的右上胸，陆贽咚的一声倒在城垛下。

浑瑊见陆贽受伤，一边虎啸般疯狂地砍杀敌军，一边大声吼道："壮士们，誓死保卫太子，誓死守住城墙，杀啊！"

"杀啊，杀啊！"奉天城四座城门都杀得天昏地暗，杀得血流成河，唐军一直拼命到夕阳如残血般落下，北城士卒仅剩下2000多人，然而士气高昂，临危不惧。

陆贽被转到奉天行营，鲜血已染红了铠甲和衣服，已是昏迷了半天。闻讯赶来的唐德宗紧紧握住陆贽的手，泣声道："陆九，陆学士，醒醒，醒醒啊。你可千万不能死，你死了，我大唐就死了啊！你救了太子，还要救大唐啊！"

危如累卵的奉天城，静静地等待着奇迹的出现。

"安史之乱"以来，唐朝战争连连，烽火不断，可谓乱世出英雄，出身陇西士族李氏的西平郡王李晟就是其中一个。

李晟（727—793），字良器，出身军伍世家，洮州临潭人，身材高大，善于骑射，勇敢绝伦，18岁就投身河西节度使王忠嗣麾下，征讨吐蕃，在吐蕃之战中纵马出阵，一箭射死吐蕃悍酋，名扬军中，累功至左羽林大将军，被赞为"万人敌"，广德初年被唐代宗提拔为太常卿。

之后，李晟对内攻击郑景济，对外抵抗朱滔，与敌军对抗数月，终于疾劳重病，驻兵定州休养。

李晟病情刚有好转，便得知唐德宗逃亡奉天，心急如焚。义武节度使张孝忠担心李晟走后被叛军击溃，于是强加阻止。李晟为了取信张孝忠，留下儿子充当张孝忠的女婿，方才得到张孝忠的信任，立即率军，翻越太行山，经代州（今山西代县）雁门关南下，沿途招兵买马一万余骑，星夜急行抵达了长安东渭桥。

与此同时，神策军大将尚可孤率3000兵马在武关（今陕西商南县）突袭叛军，攻占长安东南的蓝田（今陇西蓝田县）。汝郑应援使刘德信率子弟兵抵达灞桥，于长安城外击败朱泚守军，进屯东渭桥。

屡立战功的李晟，简直就是一名"唐德宗的救火队员"，他与马燧、浑瑊正是为唐德宗两肋插刀、赫赫有名的三大名将。

朱泚的部将掩袭华州，占领了都城，断绝了长安与中原的通道。镇国军（治所华州郑县）节度副使骆元光率潼关守军反攻华州，华州守军猝不及防，弃城而逃。骆元光攻下华州，又率军西进，驻扎在昭应（今临潼），扼制了叛军东进要道，也阻隔了朱泚与中原的军事联络。

朔方节度使李怀光接到勤王诏书，毅然回师靖难，亲率五万大军和魏州所有辎重粮草，昼夜兼程，渡过黄河，进驻蒲城，直指长安之北的泾阳（今陕西泾阳县），沿关中平原北面向西推进，在奉天以东 30 余里的澧泉（今陕西礼泉）重创朱泚部队。

叛军腹背受敌，京兆尹李忠臣又告急求援，战局发生逆转，朱泚不得不下令班师回京，遁归长安。历经 40 天的奉天保卫战终于消停，险遭覆没的唐王朝逃出了灭亡换代的厄运。

奉天解围，德宗惊魂甫定，朝廷转危为安。好在有铠甲保护，有唐德宗御医的精心治疗，陆贽的箭伤得以渐渐好转，带着伤痛帮唐德宗起草了《赐将士名奉天定难功臣诏》：

国家受天明命，平一宇内，自武德迄于天宝，百四十载，海内无事，崇德广化，泽浸生人。时洽和平，俗登富教。

昨以泾原士徒，将赴汝郊，失于抚绥，致使溃叛。朱泚乘衅，因构异图，肆其狼心，诱我蠡贼，谓君可叛，谓天可欺，纵恣凌悖，无所愧畏。朕失守宫阙，出次郊畿，九庙震惊，万姓奔骇。内省思咎，外顾怀惭，罪实在予，不敢自蔽。

实赖股肱心膂，励从戎之节；方岳将校，集勤王之师。赴难如归，见危思奋，坚贞励操，何日忘之。

平巨猾者，必仗群雄；赏茂绩者，不限彝典。保勋庸于带砺，传爵邑于子孙，崇功美名，与国终始。其诸军使应到奉天县将士等，宜并赐名奉天定难功臣。食实封者，子孙相继，代代无绝。身有过犯，递减罪二等；子孙有过犯，递减罪一等。当户应有差科徭役，一切蠲免。其功臣已后，虽衰老疾患，不任军旅者，当分粮赐等，并与全给。身死之后，回给家口，十年勿绝。

如有能枭擒朱泚者，即以朱泚在身官爵授之，仍加实封二千户，朱泚所有田宅财物，悉并充赐。……其今日已前身死王事者，追赠官爵，亦称奉天定难功臣。子孙为功臣之家，应合袭封减罪蠲免差役等，一切同例。宣告中外，令知朕怀。

建中四年（783年）十一月二十三日，唐德宗在奉天举行盛大的庆功宴，封赏"奉天定难功臣"，告示天下"如有能枭擒朱泚者，即以朱泚在身官爵授之，仍加实封二千户，朱泚所有田宅财物悉并充赐"，给定难功臣赐赏"德音"。

当晚，唐德宗与朝臣将士尽情欢饮，趁着酒意大肆赏赐官爵、马匹和金帛珠宝。陆贽直言进谏道："陛下，在播迁危难之中，赏功、抚恤、大施德音，虽能鼓励士气，赢得军心，但朱泚未诛，大业未定，绝不可滥赐无常啊！"

次日，陆贽又上表德宗，立即诏见回师靖难的李怀光将军，让其乘胜进取长安，一举剿灭朱泚。

李怀光（728—785），渤海靺鞨人，因其父亲屡立战功而赐"李"姓。李怀光自少从军，为郭子仪部将，其性严猛，郭子仪命为朔方军司法，军中将吏无不畏惧，其以军功累进都虞侯。德宗继位后，罢去了郭子仪兵马副元帅之职，开始重用李怀光，视他为股肱之臣。建中三年（782年），李怀光率朔方两万步骑奉命东征魏博田悦，与朱滔等军大战愜山，为削藩浴血奋战。

奉天解围，乾坤逆转，李怀光功不可没。然而，李怀光性情粗犷，只会打仗，不懂政治，回师途中于军中扬言："泾原兵变，天下大乱，陛下蒙难，罪在蓝脸宰相卢杞、判度支赵赞、神策军使白志贞、京兆尹王翃等奸臣，等我解除奉天之围，定将觐见皇上，将这帮奸佞一一诛之！"此话很快传到宰相卢杞耳里。

姜还是老的辣，当唐德宗打算宣李怀光到奉天行在觐见时，狡诈的卢杞皱了皱眉头，表情沉重地说道："陛下，李怀光忠心勤王，大建勋业，功炳史册。但朱泚叛军如今贼胆已破，无心固守，若诏怀光乘胜直取长安，则可收复京师，一举消灭叛贼！"

卢杞说完，斜眼看了一眼"伴食宰相"关播，关播立即跟言道："陛下，李怀光率两万大军于醴泉，如果陛下接其入朝设宴款待，其士卒势必流连数日。这样一来，朱泚回师得以重振旗鼓，恢复元气，恐怕就难以图之了。李怀光刚愎自用，自命清高，若不降其威风，以后难以驯服。"

"陛下，机不可失，失不再来，莫让李怀光拖延时日，误了剿灭叛军的大好战机。"神策军使白志贞也心虚地奉迎道。

按理来说，李怀光击退了朱泚，立下汗马功劳，唐德宗自然应该接他进城，给予重奖。然而，德宗急于收复京师，早日重登含元殿，又听了卢杞、关播的一番谗言，于是不假思索，从其奸计。

陆贽见唐德宗未宣李怀光入朝赴宴，让戴功之臣吃了"闭门羹"，提醒德宗不要厚此薄彼、赏罚不公。而卢杞纯粹以己之私，先发制人，将李怀光拒之门外。

李怀光打了胜仗，救了皇帝，自是洋洋得意，常在部下面前大夸海口："兄弟们，你们跟我立下护主救国的盖世功勋，皇上将赐我以厚礼，给兄弟们封官赏赐！"

李怀光以为立了巨功，皇上一定会对自己刮目相看、褒赏有加。然而，李怀光左等右等，迟迟不见皇上的诏见，曾经夸下的海口，如今一个字都未能兑现，无颜以对部下将士。

过了一周，李怀光等来了一纸军令："即刻进驻西渭桥，择日与神策先锋都知兵马使李晟反攻长安，一举收复帝京，不必入城相见。"

李怀光气得咬牙切齿，心理极度不平衡。其实，李怀光也是打算觐见皇上后，即日拔军讨伐京师朱泚，他求的就是皇帝亲口给他下指令。

李怀光恼羞成怒对着部下大吼："将士们舍身成仁，血战沙场，皇上却听信奸佞，视而不见，既无赏赐，亦不诏见，令我两万将士寒心啊！"

"我朔方军还有什么前途啊？"将士们也认为千里竭诚靖难，奉天城近在咫尺却未得分毫赏赐，连天子的影子也没看到，军中一片哗然。

"你对我不仁，别怪我对你不义。"怒发冲冠的李怀光选择了对抗朝廷。

绝望的李怀光拒奉诏命，他一面让部队佯动，随后屯军鲁店（今陕西乾县东南），按兵不动。一面接连上表揭露卢杞的罪过，把所有的怨恨和愤怒洒在卢杞头上，文武百官也借此予以抨击，将颜真卿之死、泾原兵变、朱泚称帝、漠谷之败都归咎到卢杞身上，纷纷上书卢杞擅权误国，排挤忠良，恶贯满盈，反对卢杞的人越来越多，声势越来越大。

唐德宗连发三次催军令，李怀光才启军怏怏而行，到了长安附近扎营等待，索性养精蓄锐，坐山观虎斗，就是不肯出兵。这真是"中原不可生强盗，强盗才生不可除。一盗既除群盗起，功臣皆是盗根株。"

"君不杀卢杞，臣就不杀朱泚。"历史上，凡是那些既看不到政治前途，也看不到富贵的绝望之人，最容易成为偏走极端的危险人物，尤其像李怀光这样居功自傲、又带着两万军队的人，若是真反了，那定会搅得天下大乱。

卢杞一次次让唐德宗指挥失误，一次次犯下弥天大错，他心胸狭隘，睚眦必报，拉帮结党，算计同僚。在他害死颜真卿后，又算计了唐肃宗称赞为"卿门地、人物、文学皆当世第一"的李揆，让这位74岁的"三绝宰相"死于非命。这个"在阴人中执政，在执政中阴人"的卢杞，德宗为何还如此袒护他？

卢杞虽是貌丑，但除开为了巩固自身地位排挤对手之外，亦无卖官鬻爵、贪污腐败、荒淫无度之事。他对德宗事事逢迎，从无半句违逆之言，能时时抚慰德宗那一颗被藩镇折磨得憔悴的心。"万人皆说他丑，唯有德宗亲近他"，卢杞于是将自己的一生都交付给了德宗，德宗又何尝不迁就这个"丑儿"。

也许，在卢杞心里"别人都不喜欢我，那我就只喜欢皇上一个"。在德宗心里，"朝臣们都不喜欢卢杞，那我就宠信这个最忠诚我的人"。正如一个有着诸多漂亮姐妹的家庭，哪一个父亲不是最疼那个生得丑些、过得差些的女儿？可能越是被世人都瞧不起的女儿，得到的宠爱越多。

唐德宗找来陆贽，诉说自己的委屈："众人皆论卢杞奸邪，朕何不知？"陆贽直截了当地回答道："卢杞奸邪，天下人皆知；唯陛下不知，所以为奸邪也！"

连陆贽都未为卢杞求情，朝中的舆论更是一浪比一浪高，到了"弃卒保车"的时候了！建中四年（783年）十二月，德宗下诏将宰相卢杞远远地贬任新州司马（今广东新兴县），贬神策军使白志贞为恩州（今广东恩平县）司马，贬判度支赵赞为播州（今贵州遵义市）司马。

李怀光虽得到安慰，但知道自己除掉了皇帝身边的信臣，心中害怕皇帝秋后算账，或是给自己"小鞋"穿，甚至招来杀身之祸。李怀光暗畜异志，养寇自重，扩大实力，以在德宗面前有更大的底牌。

自从朱泚在长安称帝后，幽州节度使朱滔野心俱增，日益骄横，他与魏博节度使田悦（魏王）、恒、冀二州团练使王武俊（赵王）、淄青留后李纳（齐王）已是貌合神离，同床异梦。

朱滔为了配合朱泚逐鹿中原，统一江山，决定带上数箱金银绸缎前往漠北结盟回纥，很快达成了挥师南下攻取洛阳的协议。

陆贽得知情况，紧急上奏唐德宗："陛下，朱滔是个利欲熏心、忘恩负义的小人，朱泚称帝,朱滔更是得意忘形,移书各路叛军,俨然以王者自居,定会引起田、王、李三人的恐惧,若此时对田、王、李三人加以抚慰,分化瓦解叛敌联盟,或可消弭兵祸,四藩不战而灭。"

唐德宗采纳陆贽的建议,立即派遣左司马孔巢父等使臣宣慰田、王、李三人,劝他们归顺朝廷。离间计很快有了效果,铁杆"四王"渐渐疏远,表面虽眉来眼去,称王如故,实则各怀鬼胎,各自打着自己的算盘。

如此一来,只有盘踞汴州、僭越称帝的李希烈跳得最高,他与淮西招讨使李勉率领的唐军在汴州对峙,打得难分难解。

面对新的战争形势,在陆贽的进谏下,朝廷对"四王二帝"的平叛政策进行了重新调整,对朱泚、李希烈二帝和冀王朱滔,采取强硬政策——打,对田、王、李"三王"采取软烫政策——拉。

长安这边,神策军都知兵马使李晟屯驻东渭桥,兼并了汝郑应援使的刘德信以及神策大将尚可孤所率两军兵骑,实力大振。李怀光害怕李晟率先攻克京师,独揽大功,于是奏请德宗欲与李晟合军,增强军力,联军讨伐朱泚。德宗认为如此一来平叛朱泚更有把握,于是同意了李怀光的请求。

李晟与李怀光合军之后,德宗诏命李怀光为主帅,攻克长安。然而,李怀光毫无攻城之意,他屯兵咸阳,逗留了一月之久,德宗频频派遣使臣催促行动,李怀光总以天气寒冷、士卒疲惫、战机不适等借口推托。在李怀光看来,打败朱泚、光复长安之日便是自己兔死狗烹之时,于是暗中向京城派去使臣,以自己两万朔方军的底气,频频向朱泚抛送"橄榄枝",缔结互不侵犯之约。

李晟早已察觉了李怀光心存异心,加之一山难容二虎,于是秘密上奏德宗,要求与朔方军分兵扎营,以防李怀光谋反。

李怀光听闻李晟在皇帝面前参了自己一本,于是又生一计。他上表德宗:"当前,朔方军与神策军会师伐贼,但军饷和赏赐却不公平,同是靖难官军,朝廷却赏赐不均,李晟所领的神策军赏赐多,其余诸军赏赐少,难以进战。"

朝廷历来重用神策军,其粮饷都比诸军队高,目的是为了加强中央防御,制约各个藩镇和地方武装,防止叛乱。两军粮饷存在差距是事实,是涨朔方军的粮饷,还是减神策军的粮饷?这个难题摆在了唐德宗面前。

第二十五章　多难兴邦

见唐德宗为军饷问题一筹莫展，陆贽自请前往咸阳斡旋，并督促各路勤王唐军早日进攻长安。

陆贽虽系一介书生，德宗朝中的五品官考功郎中，但从他被授翰林学士以来，谈论兵法，鞭辟入里，洞察军情，临危不惧，在"四王二帝之乱"中发挥了重要的军事参谋作用，其《论关中事宜状》《论两河及淮西利害状》等奏诏早已名闻天下。

见翰林学士陆贽到来，李怀光不敢怠慢，殷勤地迎接于大帐，置以丰盛的晚宴。席上，陆贽刚饮完李怀光接风洗尘的第一杯酒，几名军士抬着一只足有百余斤的烤全羊走进帐来，一股浓烈的香味瞬间扑鼻而来，溢满整个军帐，只见那焦红鲜嫩的羊肉还嗞嗞地冒着油花，满座将领一阵欢呼。

一时帐里鼓乐响起，一群身材丰满、香肩敞露的美女迈着轻盈的舞步来到帐里，站于军帐之中弯身行礼。几位美女弯下身子的刹那，朔方军的几个部将顿时睁大了眼睛，死死盯着美女的酥胸……

立于最中间的美女微微起身，长裙披帛，额描花钿，雪肤明眸，鲜红的樱桃小嘴露出玉般雪白皓齿，一张笑靥含着两个醉人的酒窝。

"婢女韦一梅，拜见陆学士，李将军！"说完，一双如水的眼睛含情脉脉地望着陆贽。

"哈哈，韦美人，请为陆学士舞一曲《破阵乐》好不好？"李怀光说完，其部下皆鼓起掌来，齐声叫道："好！好！"

韦一梅着一身粉红长裙，薄如蝉翼，香肩下露出雪白的胸脯。三声鼓点敲响，韦一梅裙角一扬，踏着乐曲翩然起舞，其余美女也挥袖挽裙，舞步娉婷，风情万种，军帐里一时灯火摇曳，衣香鬓影，好似一朵朵若隐若现的牡丹……

一位漂亮的乐伎移步过来，端起酒壶给陆贽敬酒。殊不知，陆贽最是反感朝中骄奢淫靡之风，又知李怀光心怀不轨，有意让他拜倒在石榴裙下。依陆贽素来个性，早已雷霆大发。但身在别处，加之身负重托，又岂能妄动？陆贽欣然接过美酒一饮而尽，又与李怀光及部将各饮一杯，韦一梅的一曲《破阵乐》还未跳完，陆贽就佯装不胜酒力，酩酊大醉伏于桌前。

李怀光命乐伎韦一梅等人将陆贽扶回帐房休息，回房的路上，陆贽给随行部将递了眼色，支开韦一梅和士卒，搀扶着陆贽歪歪斜斜地回到帐房。

"美人计"未能成功，李怀光又派徐庭光携带百两黄金贿赂陆贽，没想到在陆贽帐前候了半晌也未能见到陆贽。殊不知，陆贽早已换到其他帐房休息。

陆贽摸清了李怀光的底细，知道他是以给将士们涨俸禄为借口，故意逡巡不进。这一招够毒的，朝廷如果给李怀光部涨军饷，那驻守于长安郊外的三支勤王军队也势必要涨军饷，天下诸藩及地方军队也要求涨军饷，很快就会形成"蝴蝶效应"，如何破解这个僵局？

得知翰林学士陆贽来到咸阳宣慰唐军将士，神策军都知兵马使李晟带领部将火速赶来拜见。

李怀光当着李晟的面，脸色一敛，正色说道："陆学士，将士们同为朝廷流血牺牲，然而朝廷薄此厚彼，所拨粮饷却截然不同，朔方军缺少粮草补给，如何讨伐叛军？"说完，一双犀利的眼睛盯着李晟。

陆贽正襟危坐，不慌不忙地说道："诸位将领，泾原兵变，奉天蒙难，陛下征师四方，讨伐叛军，夙夜殷忧，捉襟见肘，非常之虞，亿兆同虑。而诸位却为军饷福利，斤斤计较，贻误战机，如何是好？李晟将军，依你之见，如何处理将士们的军饷问题？"

陆贽说完，顺势给李晟使了个眼色。李晟心领神会，朗声说道："李将军，你现在是皇上任命的两军主帅，我是你的部将，一切听你指挥，至于增减军饷的事，明公看着办就成。将军若要决定削掉神策军的粮饷，李晟无有不遵！"

李晟早料李怀光这一手"釜底抽薪"，顺势把"降军饷"的皮球踢给了李怀光，反将一军，陆贽心中暗自佩服李晟的勇气和机敏。

削去神策军既有的"福利"，简直就是引火烧身。如果不使神策军降军饷，皇帝明摆着无钱涨军饷，自己哪还有脸面对麾下两万将士。李怀光左右为难，犹豫不决，真是哑巴吃黄连，有苦说不出。

陆贽打破尴尬而道："诸位将领，现在不是争论军饷多少之时，而是考验将军胸怀气度、权衡孰轻孰重之时，两军若能咬紧牙关，同心协力，乘胜追击，定能一举克复长安。诸将士驱除勍伐，节效尤著，还会少了诸位的封赏？"

李怀光的脸青一阵白一阵，原本是想以此挑拨离间，让神策军发生内乱，将其收编囊中，没想到是"搬起石头砸了自己的脚"。

陆贽来到朔方军、神策军营帐查看军情，慰问受伤的士卒，观看将士们的射箭演练，在两军面前发表了动员令：

"将士们辛苦了！陛下诏命臣等前来前线慰问。泾原兵乱，朱泚称帝，皇帝蒙难，九庙震惊。长安城被叛军毁于一旦，涂炭生灵，百姓遭殃。而今四方诸道靖难勤王，朱泚困于京畿，已成瓮中之鳖。将士们，军败则死众，战胜则策勋，只要你们一鼓作气，万众一心，光复长安，指日可待！"

两军将士听完陆贽激情澎湃的讲话，群情振奋，齐声吼道："万众一心，光复长安！"那雄浑的吼声一浪接一浪，震天动地，好似掠过滔滔渭河，穿过喧嚣的京城，响彻于皇宫内外……

离开咸阳时，陆贽对李晟和李怀光深情地说道："两位将军皆是朝廷栋梁之柱，然人心不一则号令不行，号令不行则进退必难，你们要精诚团结，肝胆相照，才能进退可齐，无往而不胜！"夜里，陆贽又派两名精兵潜伏进李怀光军营，了解到李怀光确实有意勾结朱泚，孤立李晟，另有图谋。

陆贽立即返回奉天，紧急面奏德宗："陛下，朱泚势穷援绝，引日偷生。李怀光统仗顺之师，乘制胜之气，不追穷寇，师老不用，又阻诸将进取，确有反意，必须加以防备。"

唐德宗见陆贽从咸阳归来安然无恙，龙颜大悦，欣然说道："陆九啊，卿真乃智勇双全之才啊！一番辞令旋即就化解了李怀光索加军饷的图谋，为平叛立了大功啊！"说完又问陆贽："李晟将军奏请移军之事，爱卿看如何处之？"

陆贽斩钉截铁地说道："陛下，臣幸不辱命。但李怀光如今所管士卒，足以独制凶寇，他逗留未进，也许别有原因。令臣担忧的是，李晟、李建徽、杨惠元三位将令所率部队挨近李怀光的营垒驻扎，不仅无益成功，反而会衹足生事。"

"陆九，你且说说道理？"德宗疑惑道。

"陛下，四军接垒，必然群帅异心，论势力则悬绝高卑，据职名则不相统属。李怀光轻视李晟兵微位小，常为不能节制各军而忿怒。而李晟呢，当然怀疑李怀光养寇蓄奸，又对其经常气势凌人而生怨恨。平时他们互防飞谤，准备打仗时又递恐分功，龃龉不和，嫌衅遂构。有道是强者恶积而后亡，弱者势危而先覆，如此看来，四军共处，恐怕旧寇未平，新患方起，臣忧叹所切，实堪疚心！"陆贽叹惜道。

"陆九言之有理，爱卿有何方策？"德宗道。

陆贽缓声说道："陛下，臣以为，最好的办法是消慝于未萌，救失于始兆。目前祸难垂成，如果委而不谋，何以宁乱！好在李晟能见机虑变，先请移军。臣以为，可诏令李晟托言兵马不足，顾虑被逆贼朱泚突袭，立即从咸阳撤回东渭桥，以备非常。就算是李怀光意虽不欲，亦是计无可施！"德宗采纳了陆贽建议，同意下诏李晟结阵东行，归屯东渭桥，藉此两军迭为掎角。

陆贽又以极为担忧的口吻上奏唐德宗道："陛下，李晟撤走后，神策行营节度使杨惠元、渭北节度使李建徽必然势转孤弱，极有可能被李怀光吞噬。臣以为，解斗不可以不离，救焚不可以不疾，拯其危急，唯在此时，陛下应立传圣旨，速命杨惠元、李建徽赶快整治行装，待诏书至营，即刻从陈涛斜（今陕西咸阳东）移营，分开驻扎，严防李怀光。理尽于此，惟陛下图之。"

唐德宗思索了一会儿，犹豫不定地说："陆九，爱卿所料极善。但李晟移军，李怀光已经怅望不欢，如果再下诏让李、杨二将移军，恐怕正好给他生事的借口，反而难以调停，姑且等待十天再说。"

李晟移军东渭桥后，李怀光仍是迟迟不肯进军。德宗放出风来，要亲自统领禁军到咸阳慰抚唐军，催促诸将进攻长安。同时，为了体现朝廷对李怀光的信任，抚慰李怀光，又下诏晋升其为太尉，封其大批田邑，赐以免死铁券，并派神策右兵马使李卜前往咸阳颁旨。

部将徐庭光进言李怀光道："李适（唐德宗）这是汉高祖伪游云梦之策啊。昔时有人密告楚王韩信谋反，刘邦巡游云梦泽，大会诸侯，前来拜谒的韩信不知是计，被活活生擒。看来，皇上是要拿将军开刀了！"

李怀光听完徐庭光一番话，"大惧，反谋益甚"，他勃然大怒，将免死铁券哐当一声摔在地上，愤愤大言："天子怀疑我吗？古有人臣反，赐铁券以安其心。今李怀光不反，也赐铁券，莫非是逼我造反！"

事已至此，李怀光看来决定豁出去了。李卜立马赶回奉天，向德宗禀报李怀光的悖逆之词。

本是忠义勤王之师，却倏然变成了近在咫尺的贼寇，见李怀光彻底反叛，陆贽禀奏德宗："陛下，韩游瑰原是李怀光爱将，李怀光定会策同他叛变，请陛下加以提防！"正如陆贽所料，仅过了五日，韩游瑰果真收到李怀光的密信，并派部将赵升鸾潜入奉天，以焚烧乾陵殿为信号起兵反叛，偷袭奉天。

唐德宗立即召集群臣，商议对策。京畿渭北节度使浑瑊上奏道："陛下，驻守汴州的淮西招讨使李勉已被李希烈击溃，退至宋州（今河南商丘市）；李希烈以汴州为都城，自称大楚皇帝，改元武成，又派兵从东、西、北三方出兵洛阳；滑州刺史李澄已举城投降，襄邑（今河南睢县）守将亦自尽，叛军乘胜进攻宁陵（今河南宁陵县），淮南节度使陈少游已命所辖濠州、寿州、舒州、庐州解除武装，放弃抵抗，战火烧到江淮重镇了！"

宰相刘从一奏道："陛下，李怀光反意已决，应诏命奉天守军加固防御，派兵进驻洋州（今陕西洋县）、利州（今四川广元）、剑州（今四川剑阁县），扼守蜀中和汉中要道，一旦有变，文武百官随时可以南迁，护送御驾前往益州。"

唐德宗听完汇报，忧心忡忡地说道："国家危难关头，急需救国于危难之才。诸位爱卿多向朕推荐可用之才啊！"

见德宗求贤纳才，作为考功郎中、翰林学士的陆贽上奏道："陛下，据臣所知，华州刺史董晋俭约循旧，心系百姓；给事中孔巢父足智多谋，善于辞令；司封郎中杜黄裳在郭子仪入朝后，留守朔方主持军务，敝乘拒贿，胸襟开阔，三位皆有忠心报国之才。"

唐德宗终于想起这三个人来，记得陆贽在他耳边多次推荐过。

孔巢父后来成为"知君名宦"，足智多谋扶救社稷，舍身为国劝降平叛，名垂青史；杜黄裳、董晋以道致君，持诚奉主，官至宰相，实乃陆贽进贤荐士之功劳。

唐德宗正思考将三人如何授官时，陆贽上奏道："陛下，据报，李怀光已悍然发兵杀进李建徽和杨惠元军营，李建徽单骑逃脱，下落不明，杨惠元在回奉天的路上被追兵杀害，李怀光已兼并两支军队。御敌大任落在了李晟肩上，建议陛下加授李晟，犒赏将士，以防神策军倒戈变节。"

唐德宗点了点头，思索了片刻，随即下诏："加授神策军都知兵马使李晟河中（原江蒲州，今山西永济市）、同绛节度使，加封鄜坊、京畿、渭北、商华副元帅。擢升司封郎中杜黄裳、左司马孔巢父、国子祭酒董晋为给事中。"

宣布完诏书，唐德宗环视了简陋的行在政殿，寒风将窗纸吹得嗖嗖直响，德宗缓缓收回目光，黯然说道："朕即位以来，穷兵黩武，年年征讨，劳民伤财，眼看这一年就要完了，奉天城内无资给，外无救援，李晟将军只身叛军腹部，兵势悬殊，帝京何时才能光复？"

见群臣无言，陆贽不疾不徐地说："陛下，李晟将军擅于政治攻心与军事打击并用，治军严明，不畏强敌。依臣看来，必能谋定后战，临敌应变，克复长安，立不世之功。"

唐德宗顾虑重重地说道："李晟破敌攻城，当有详情规划。众将军听令，朝会后请到后殿，朕要与你们条疏计议，以便遣使宣慰，令其进取。"

唐德宗是在安史之乱的动荡中长大，饱尝过战乱和家国之痛。唐代宗即位时曾委任李适为天下兵马元帅，会集诸道及回纥兵十余万于陕州进讨史思明，大获全胜，功拜尚书令，与郭子仪、李光弼等人一起被赐铁券、图形凌烟阁。

有过这段统兵打仗的经历，唐德宗自认为精通兵法，战功显赫，总是将军事大权牢牢抓在手中，自向藩镇亮剑以来，习惯于每次军事行动都由他亲自下达详细的作战计划，然后派遣使者吩咐前线主将按照执行。

见德宗又欲自行制定作战规划，部署战事。陆贽迫不及待地上奏道："陛下，贤君选将，委任责成，故能有功，况今秦、梁千里，兵势无常，遥为规画，未必合宜。将领们如若违命则失君威，从命则害军事，进退羁碍，难以成功。不若假以便宜之权，待以殊常之赏，则将帅感悦，智勇得伸，才能取得战场的胜利。"

宰相萧复上奏道："陛下，陆学士所言有理，战场上的情况复杂多变，如若遥为规画，在上会招致对将帅掣肘的讥讽，在下会丧失军队的士气。"

陆贽继续进言道："陛下，自古以来贤君选将而任，分之于阃，誓莫于也，授之以钺，切忌专断。战场瞬息万变，将帅是否能掌握形势，主导战局，关系着成败的命运，即使有过人的智慧，如不能当机立断，很容易兵败山倒。而陛下身在千里之外，居于九重之中，军机遥制则失变，如何能替阵前的将帅决策定计呢？"

唐德宗缓声说道："陆九爱卿，如果一国之君不能统驭将帅，将帅也无法指挥士卒，再优秀的将才，若不能贯彻、领悟朕的意志，则会以自我为中心，恃宠而骄，自以为是，极易造成不测之灾！"

陆贽直言道："陛下，《孙子兵法》载，夫将者，国之辅也，辅周则国必强，辅隙则必弱。将帅是陛下的亲密助手，两者关系密切则国家强盛，反之则衰弱。择将授任，要做到疑者不使，使者不疑，既委其事，既足其求，必然可以核其否臧、行其赏罚，将自效忠，兵自乐战。千万不可信任于前，狐疑于后，否则难以人尽其才，择将又如何得人呢？"

唐德宗思考了片刻，缓声说道："陆九爱卿，联军作战就像共下一盘棋，必须建立统一的联军统帅部，统一调令，互相控制。如果各行其是，各怀心事，就永远形不成战斗合力，再强悍的军队也将是一盘散沙。假如李怀光独占长安后，也像朱泚一样称帝，那岂不是前功尽弃？"

陆贽回奏道："将领远征在外，胜败乃瞬间之事，传闻与指实不同，悬算与临事有异。况且，假使将帅中有肆意违令者，陛下能于此时违背诏旨的罪名将他诛杀吗？臣以为，自古作战，统帅专一则人心不分，人心不分则号令不二，号令不二则进退自能遥相呼应；若统帅节制多门则人心不一，人心不一则号令不行，号令不行则进退必难。机宜不可以远决，号令不可以两从，历来兵家之战，从未有过委任不专而克敌成功的啊！"

唐德宗见陆贽越说越起劲，面色肃然说道："孙子曰，凡用兵之法，将受命于君，统一指挥是取得胜利的法宝，必须对敌势进行准确判断，审时度势，才能制定出正确的战略战术。陆九，你说是不是？"

"陛下，古人也说过'将在外，君命有所不受'。君上之权，特异臣下，惟不自用，乃能用人。"陆贽坚定有力地答道。

此语正中唐德宗痛处，气得他满面通红。宰相萧复见机立即上奏道："陛下，太宗皇帝经常嘱咐臣下莫恐上不悦而停止进谏，励精图治，从谏如流，方才有了贞观之治。齐威王听取邹忌的讽谏，下令群臣，奖励进谏，从此齐国渐强。今日陆学士诤言直切，其本意是让陛下用人不疑，不免有犯颜之处，陛下今日审察群情，听取利弊得失，定会鼓励群臣直言进谏，将士归心。"

陆贽精辟地阐述了"将专其谋，君勿遥制"的军事思想，同时以"统帅专一"与"节制多门"进行比较，其利弊得失显而易见，从而解除了德宗对在外将帅的束缚，坚定了匡复天下的帝心。

唐德宗舒缓了情绪，慢声说道："是该革新除弊了。众爱卿，今时已至岁末，朕决定来年初一改年号为'兴元'，众卿以为如何？"

宰相萧复上奏道："陛下，按照惯例，改元就应该大赦天下，但正值内忧外患，长安失守，未复宫闱，臣认为时机不当，请皇上明鉴。"

宰相刘从一出班，和颜悦色地说道："陛下，国家遭逢厄运，应该有所变更，以便应合时下运数。玄宗皇帝尊号'太上至道圣皇天帝'，肃宗皇帝尊号'光天文武大圣孝感皇帝'。凡事宜有变革，今臣建议奉陛下'圣神文武皇帝'尊号再加一两字，以归天下之心，以济中兴之业。"

陆贽沉吟片刻，出班从容说道："陛下，尊号之兴，本非古制。行于安泰之日，已累谦冲，更何况丧乱之时采用尊号，尤伤体统。臣认为，秦德行衰败，将皇与帝合二为一，始称'皇帝'，沿及后代，昏僻之君便有汉哀帝'圣刘'、陈宣帝'天元'之号，由此可知，君主伟大与渺小，并不在于名称。损抑尊号，则有谦光稽古之善，崇尚尊号，则获矜能纳诌之讥。如果陛下一定要俯就应合气数，须有变更，与其增美称而失人心，不若黜旧号以祗天戒。"

唐德宗脸色一凝肃容说道："陆九所奏陈词，理体甚切，但今时事属倾危，尤宜惧思，必须小有改迹，诸位爱卿有无异议？"

陆贽深吸了口气，用恳切的语气回道："陛下，崇其号，无补于徽猷；损其名，不伤其德美。古之人君称号，无非一字而已，理乱治邦，关键在得人心。人情向背之时，陛下应该深自惩励，收揽群心，痛自贬损，引咎降名，不可近从末议，重益美名，才是两全其美之事啊！"

唐德宗坐在行宫的龙椅上，眉头微蹙，显得格外疲惫不堪。他望着殿下肃立的群臣，无限沮丧地说道："众爱卿，四年前桑道茂（术士）便有点算，泾原蒙难，朱泚逆反，惊犯宫阙，今已成事实。此亦天命，非由人事。"

宰相萧复上前奏道："陛下有股肱之臣，有耳目之任，有谏诤之列，有备卫之司，见危不能竭其诚，临难不能效其死，所致今日之患，是群臣之罪也！"

陆贽目光一凝，朗声说道："陛下，臣闻天所视听，皆因于人。所以祖伊斥责殷纣的文辞'我生不有命在天'，周武王数落殷纣的罪行'乃曰吾有命，罔惩其悔'，抛开人事来推求天命，实为不可之理。《易经》说'视履考祥''吉凶者，失得之象'。讲的就是天命由人。然则圣哲之意，六经会通，皆谓祸福由人，不言盛衰有命。"

唐德宗叹了口气，怅然说道："项羽曾吟'丈夫处世兮立功名，立功名兮慰平生；慰平生兮顺天命，顺天命兮登紫极'，朕以为，国运虽中衰，但天命尚未变易。"

陆贽继续回道："陛下，盖人事理而天命降乱者，未之有也；人事乱而天命降康者，亦未之有也。三年来，朝廷征讨频繁，刑网稍密，物力耗竭，人心惊疑，动荡不安。上自朝臣，下达蒸黎，族党日夕聚谋，皆忧必有变故，泾原之变，果如众庶所虞。京城的百姓，成千上万，固非悉知算术，皆晓占书，说明致寇之由，未必尽关天命。臣以为，理或生乱，乱或资理，有以无难而失守，亦有以多难而兴邦。如今，资理兴邦之业，在于陛下克励而谨修，何忧乎乱人，何畏于厄运？勤励不息，足以再致太平之世，岂止荡涤妖氛，旋复宫阙而已！"

陆贽旁征博引，大胆地运用五经之言，义正词严地阐述了"天人合一、天命由人"的观点。

"朕登基以来，志在统一疆域，然而凶渠稽诛，逆将继乱，兵连祸结，行及三年。征师日滋，赋敛日重，行者有锋刃之忧虑，居者有诛求之困苦。国家厄运，罪在朕躬啊！"德宗感慨万端，有些自责地说道。

陆贽降低了语气，缓声进谏道："陛下，臣以为，今盗遍天下，舆驾播迁，陛下宜痛自引过以感人心。昔日,成汤以罪己勃兴,楚昭以善言复国。陛下如果能不吝改过,以言谢天下,使书诏无所避忌,定能庶令反侧之徒革心向化,归顺朝廷。"

让天子向天下公开忏悔过错,简而言之,就是要德宗下诏罪己,陆贽话音刚落,朝臣一阵唏嘘。

"下诏罪己"能否让千疮百孔的大唐帝国获得重生?德宗明白,再添多少尊号都已无济于事,是该刮骨疗毒的时候了。

唐德宗端坐默然良久,缓缓开口而道:"成汤以罪己勃兴,楚昭以善言复国,陆九爱卿都为大唐基业永固而如此忧深思远,朕又岂会顾惜区区颜面?朕即位至此,所为狂悖,民力枯竭,叛乱并起,天下板荡,上累于祖宗,下负于蒸庶,不可追悔。朕愿照陆九之意,罪谢天下。"

朝臣们被德宗的坦荡而感动,立忙跪呼万岁。大臣们清晰地看到皇上的眼神渐渐柔和起来,脸上也露出一缕微微的笑意。

第二十六章　罪己诏书

"寒随一夜去，春还五更来。"

兴元元年（784年）正月初一，奉天风和日丽，鸡鸣紫陌，张灯结彩，朝官与百姓烧香祈福，无不期盼一个安定祥和的鼠年。

唐德宗在奉天行宫接受朝贺，改年号兴元，大赦天下，向天下颁布由翰林学士、考功郎中陆贽代草的罪己诏——《奉天改元大赦制》。天子罪己？皇上给天下老百姓道歉，公开忏悔自己的过错，"难道太阳打西边出来了？"奉天城的男女老少、官宦士卒无不奔走相告。

致理兴化，必在推诚；忘己济人，不吝改过。朕嗣守丕构，君临万方，失守宗祧，越在草莽。不念率德，诚莫追于既往；永言思咎，期有复于将来。明徵厥初，以示天下。

惟我烈祖，迈德庇人，致俗化于和平，拯生灵于涂炭，重熙积庆，垂二百年。伊尔卿尹庶官，洎亿兆之众，代受亭育，以迄于今，功存于人，泽垂于后。肆子小子，获缵鸿业，惧德不嗣，罔敢怠荒。然以长于深宫之中，暗于经国之务，积习易溺，居安忘危，不知稼穑之艰难，不察征戍之劳苦，泽靡下究，情不上通，事既壅隔，人怀疑阻，犹昧省己，遂用兴戎。征师四方，转饷千里，赋车籍马，远近骚然，行赍居送，众庶劳止。或一日屡交锋刃，或连年不解甲胄，祀莫乏主，室家靡依，生死流离，怨气凝结，力役不息，田莱多荒。暴命峻于诛求，疲氓空于杼轴，转死沟壑，离去乡间，邑里邱墟，人烟断绝。天谴于上而朕不悟，人怨于下而朕不知。驯致乱阶，变兴都邑。贼臣乘衅，肆逆滔天，曾莫愧畏，敢行凌逼，万品失序，九庙震惊，上辱于祖宗，下负于黎庶。痛心腼貌，罪实在予，永言愧悼，若坠深谷。赖天地降佑，神人叶谋，将相竭诚，爪牙宣力，屏逐大盗，载张皇维。将宏永图，必布新令：

朕晨兴夕惕，惟念前非。乃者公卿百寮，累抗章疏，猥以徽号，加于朕躬。固辞不获，俯遂舆议。昨因内省，良用矍然。体阴阳不测之谓神，与天地合德之谓圣，顾惟浅昧，非所宜当。文者所以成化，武者所以定乱，今化之不被，乱是用兴，岂可更徇群情，苟膺虚美，重余不德，祗益怀惭。自今以后，中外所上书奏，不得更称"圣神文武"之号。

夫人情不常，系于时化，大道既隐，乱狱滋丰。朕既不能宏德导人，又不能一法齐众，苟设密纲，以罗非辜，为之父母，实增愧悼。今上元统历，献岁发生，宜革纪年之号，式敷在宥之泽，与人更始，以答天休。可大赦天下，改建中五年为兴元元年。自正月一日昧爽以前，大辟以下，罪无轻重，已发觉未发觉，已结正未结正，系囚见徒，常赦所不原者，咸赦除之。

李希烈、田悦、王武俊、李纳等，有以忠劳，任膺将相，有以勋旧，继守藩维。朕抚驭乖方，信诚靡著，致令疑惧，不自保安。兵兴累年，海内骚扰，皆由上失其道，下罹其灾，朕实不君，人则何罪，屈已宏物，予何爱焉。庶怀引愿之诚，以洽好生之德，其李希烈、田悦、王武俊、李纳及所管将士官吏等，一切并与洗涤，各复爵位，待之如初，仍即遣使，分道宣谕。朱滔虽与贼泚连坐，路远未必同谋，朕方推以至诚，务欲弘贷，如能效顺，亦与维新。其河南河北诸军兵马，并宜各于本道，自固封疆，勿相侵轶。

朱泚大为不道，弃义蔑恩，反易天常，盗窃名器，暴犯陵寝，所不忍言。获罪祖宗，朕不敢赦。其应被朱泚胁从将士、官吏、百姓及诸色人等，有遭其扇诱，有迫以凶威，苟能自新，理可矜宥。但官军未到京城以前，能去逆效顺及散归本军本道者，并从赦例原免，一切不问。

天下左降官，即与量移近处，已量移者，更与量移。流人配隶，及藩镇效力，并缘罪犯与诸使驱使官，兼别敕诸州县安置，及得罪人家口未得归者，一切放还。应先有痕累禁锢，及反逆缘坐，承前恩赦所不该者，并宜洗雪。亡官失爵，放归勿齿者，量加收叙。人之行业，或未必廉，构大厦者方集于群材，建奇功者不限于常检，苟在适用，则无弃人。况黜免之人，沉郁既久，朝过夕改，仁何远哉！流移降黜、亡官失爵、配隶人等，有才能著闻者，特加录用，勿拘常例。

诸军使、诸道赴奉天及进收京城将士等，或百战摧敌，或万里勤王，捍固全城，驱除大憝，济危难者其节者，复社稷者其业崇。我图尔功，特加彝典，锡名畴赋，永永无穷，宜并赐名奉天定难功臣。身有过犯，递减罪三等，子孙有过犯，递减罪二等。当户应有差科使役，一切蠲免。其功臣已后，虽衰老疾患，不任军旅，当分粮赐，并宜全给。身死之后，十年内仍回给家口。其有食实封者，子孙相继，代代无绝。其馀叙录及功赏条件，待收京日，并准去年十月十七日、十一月十四日敕处分。诸道、诸军将士等，久勤捍御，累著功勋，方镇克宁，惟尔之力。其应在行营者，并超三资与官，仍赐勋五转。不离镇者，依资与官，赐勋三转。其累加勋爵，仍许回授周亲。内外文武官，三品已上赐爵一级，四品已下各加一阶，仍并赐勋两转。

见危致命，先哲攸贵；掩骼肌腐，礼典所先。虽效用而或殊，在恻隐而何闻？诸道将士有死王事者，各委所在州县给递送归，本管官为葬祭。其有因战阵杀戮，及擒获伏辜、暴骨原野者，亦委所在逐近便收葬。应缘流贬及犯罪未葬者，并许其家各据本官品以礼收葬。

自顷军旅所给，赋役繁兴，吏因为奸，人不堪命，咨嗟怨苦，道路无聊，汔可小康，与之休息。其垫陌及税间架、竹、木、茶、漆、榷铁等诸色名目，悉宜停罢。京畿之内，属此寇戎。攻劫焚烧，靡有宁室，王师仰给，人以重劳，特宜减放今年夏税之半。朕以凶逆犯阙，遽用于征，爰度近郊，息驾兹邑，军储克办，师旅攸宁，式当褒旌，以志吾过。其奉天宜升为赤县，百姓并给复五年。

尚德者，教化之所先，求贤者，邦家之大本。永言兹道，梦想劳怀。而浇薄之风，趋竞不息，幽栖之士，寂寞无闻。盖诚所未孚，故求之不至。天下有隐居行义、才德高远、晦迹邱园、不求闻达者，委所在长吏具姓名闻奏，当备礼邀致。诸色人中有贤良方正，能直言极谏，及博通坟典，达于教化，并洞识韬钤堪任将帅者，委常参官，及所在长吏闻荐。天下孤老，鳏寡守独不能自活者，并委州县长吏量事优恤，其有年九十已上者，刺史、县令就门存问，义夫、节妇、孝子、顺孙，旌表门闾，终身勿事。

　　大兵之后，内外耗竭，贬食省用，宜自朕躬。当节乘舆之服御，绝宫室之华饰，率已师俭，为天下先。诸道贡献，自非供宗庙军国之用，一切并停。应内外官有冗员，及百司有不急之费，委中书门下即商量条件，停灭闻奏。布泽行赏，仰惟旧章，今以馀孽未平，帑藏空竭，有乖庆赐，深愧于怀。

　　赦书有所未该者，委所司类例条件闻奏，敢以赦前事相言告者，以其罪罪之。亡命山泽，挟藏军器，百日不首，复罪如初。赦书日行五百里，布告遐迩，咸使闻知。

这是中国历史上最为著名的一道皇帝"罪己诏"。

"要想导致安定，兴起教化，就一定要对人推心置腹，忘掉自己的利益，救助别人的困难，不惜痛改前非。朕继承帝位，统领天下，然而却使祖宗的庙堂失守，使自己沦落于草莽之间。这是由于过去没有遵循德化行事。现在诚然不能将以往的失误追回，但朕久久地思考着犯下的罪责，希望在将来有所改正。"唐德宗如此"痛自引过以感人心"，这是来自他灵魂深处的一场自我革命，是千疮百孔的李唐王朝凤凰涅槃的浴火重生，是历朝历代因改元大赦而产生空前效应的鸿文巨篇，可以说"前无古人，后无来者"。

《罪己诏》全文 2000 余字，三分之一为德宗悔过罪己、自我谴责，剖析缺点、过错。三分之二为朝廷宽赦优抚，除朱泚之外，所有叛乱诸藩及所有胁从者都可得到赦免，所有民间痛恨的除陌钱、间架、竹、木、茶、漆等苛捐杂税悉数罢废，所有奔赴奉天和进军收复京城的将士一概赐以"奉天定难功臣"……德宗向全天下支持他的人、反对他的人都拿出了最大的诚意，抛出了最掏心、最动心的橄榄枝。

其实，之前德宗先命翰林学士、职方郎中吴通微负责起草这篇《奉天改元大赦制》，德宗御阅后，将吴学士所撰赦文让陆贽审阅、修改，陆贽看完吴学士的文章,觉得重点不突出,轻描淡写,忏悔不深刻,不痛不痒,遣词不精当,平铺直叙,关键是不能打动人心。

于是,陆贽上奏德宗道:"臣以为,动人以言,所感已浅,言又不切,人谁肯怀?如今下诏的德音,悔过之意不得不深,引咎之辞不得不尽,必须详尽地洗刷疵垢,痛陈错误,宣畅郁堙,使人人各得所欲,如此一来,则何有不从者、何有不感者乎?臣以为,应须大刀阔斧地修改条目,臣已恭谨地另草了一份呈陛下。除此之外,臣尚有所忧的是,假使赦文写得至善至美至精,但却止步于知过言善,当前的困境也无法解决。因此,臣希望陛下要知行合一,痛定思痛,彻底罪己!"

"投之亡地然后存,陷之死地然后生。"赦书写得深恳沉痛、诚挚动人。德宗采用了陆贽的诏书,盖上鲜红的玉玺印发全国。德宗拿出了"知耻而后勇,绝处而逢生"的勇气,以罪人自居,深自克责,置于死地而后生,其辞"痛切我心扉",其情"赢得满衣清泪"。

字斟句酌地读完这篇"罪己诏",好似听到陆贽那一颗忧国忧民的心,朝臣那一颗颗"望尽长安,梦回大唐"的心,德宗那一颗"拟哭途穷,死灰吹不起"的心,仍在千年的时空中跳动,跳动得那样凄凉,那样悲苍……百感交集的心久久不能释怀,不禁想起杜甫《蜀相》里那一句堪称绝唱的诗句:"出师未捷身先死,长使英雄泪满襟。"

风雨飘摇的中唐时代,谁在"居庙堂之高则忧其民,处江湖之远则忧其君"?答案就是:陆贽。

诏书最末规定"赦书日行五百里,布告遐迩,咸使闻知"。一匹匹快马扬鞭,一级级驿站接力,把奉天的诏令传向全国。"罪己诏"像兴元元年的一缕春风,很快吹过大江南北,吹进千家万户。

"皇上颁布罪己诏啦,大赦天下啦!""朝廷不再收间架税(房产税)和除陌钱(交易税)啦!""朱泚盗窃皇宫,毁坏乾陵,大逆不道,要遭天谴啊!""除开朱泚以外,皇帝把所有士兵的罪都免了。""听说朱泚把皇帝的兄弟姐妹、妃子儿女都杀了,好残忍啊!""凡是去奉天保卫皇帝殉难的,家里所有差科使役一切免除,立功退伍的还要发养老金。""在战场上牺牲的士兵,因战乱被无辜杀戮的百姓,都由州县本官收敛葬祭。""听说60岁以上的孤寡老人,州县长吏要给予发优恤金。满 90 岁以上的，刺史、县令还要亲自上门慰问。"

"好皇帝啊，真是好皇帝啊！"

"一诏激起千层浪"，罪己诏所到之处，大街小巷，田埂地头，群众议论纷纷，州县官吏深入群众宣读原文，把赦书中的内容串编成顺口溜、民谣到农村、军营巡回宣传，那些善良的百姓，憔悴的士卒，或高兴得笑逐颜开，或感动得泪如泉涌，或激动得手舞足蹈。即便是骄兵悍将们听到，也没有一个不感激涕零的。

这篇"罪己诏"之所以能打动人心，关键在于五点：一是皇帝自我批评、率以师俭；二是关注百姓民生，"免除赋役"；三是维护国家统一；四是赏罚分明，"咸赦除之"；五是尚德求贤，"备礼邀致"。这五点正是天下百姓、士大夫和大多数藩镇人心所向、众望所盼的，是老百姓对美好生活的共同向往。因此，正能量的舆论一下子倒向朝廷，陆贽掀起的这一场"舆论战"和团结统一战线取得空前成功。朱泚控制的长安城人心溃散，叛军的士卒人心惶惶，逃营的士兵不计其数。

《资治通鉴》卷 229 记载，这篇非同寻常的"罪己诏"发布之后，"四方人心大悦""士卒皆感泣"。

"罪己诏"带来的连锁反应还在发酵……

魏州的田悦（魏王）、成德的王武俊（赵王）、淄青的李纳（齐王）接到招安的赦书，读到了皇帝感人肺腑的"罪己诏"，好似德宗向藩镇的"亮剑"插进心脏，隐隐作痛。"皇上给自己这么个大台阶，能不赶忙顺溜下去吗？""三王"于是立即宣布废除自封的王号，恢复原来的官职名称，各自上表谢罪，与幽州的朱滔（称冀王）划清界限。

及至赦文颁后第二年，李抱真入朝这样对德宗说道："臣在崤山以东宣布赦文时，士卒皆感泣，臣见人情如此，知贼不足平也！"

盘踞汴州的李希烈，看似没有把"罪己诏"放在心上，倚仗自己兵力强大，财富充实，拒绝接受中央的命令，依然我行我素，妄自尊大，做着自己改朝称帝的黄粱美梦。

朱泚也策划了一场政治宣传，他召集所封的文武百官，在含元殿隆重集会，将国号"秦"改为"汉"，称自己为汉元天皇。一个国家的名号朝令夕改，恰恰反映出朱泚内心的脆弱和执政的恐慌。

李怀光也对"罪己诏"无动于衷，兴元元年（784年）二月，李怀光率两万铁骑，会同姚令言三万禁军分别从咸阳、长安出发，直扑奉天而来，公然叫嚣道："吾今与朱泚连和，车驾且当远避！"

旌旗猎扬，风樯阵马，士卒、辎车绵延数十里，卷起漫天烟尘。静听渭水涛声，远看梁山风色，表面的平静却是又一场惊雷暴雨的前兆。李唐王朝的垂垂政权又到了最危险的境地，撤离奉天，事不宜迟。

与唐德宗上次仓皇离京逃亡奉天不同，这次撤离先有预案，准备充分，实属一次战略转移。

唐德宗诏令行在都知兵马使浑瑊、奉天行营节度使戴休颜共同镇守奉天，迎击李怀光和朱泚的叛军。加授李晟为尚书左仆射、同中书门下平章事（兼职宰相），牵制朱泚叛军，趁京城空虚，直捣京师老巢，歼灭朱泚，光复长安。

翰林学士陆贽负责指挥奉天文武百官向山南撤离。御史中丞齐映为沿路置顿使，负责后勤保障。邠宁镇留守韩游瑰为邠宁镇节度使，南迁禁军统军为论惟明，贾隐林为副统军，指挥禁军护卫御驾，从驾梁州（今陕西汉中）。

李怀光毕竟老于军阵，也不是省油的灯，算定唐德宗会使这一招。于是派遣惠静寿、孟保、孙福达三大部将，率领万余精骑前往贞元（陕西武功县贞元镇，北边与奉天接壤）截击德宗皇帝。

"少小虽非投笔吏，论功还欲请长缨。"历经奉天战火洗炼的陆贽，毅然上奏德宗请战惠、孟、孙三将，来一次三十六计中的"调虎离山"，掩护"中央军"的撤离。

兴元元年（784年）三月十一日，唐德宗一行赶在叛军之前到达贞元镇。为了给"中央"军更多时间撤离，陆贽请命率军两千，与神策右兵马使李卞一道东进，迎战从长宁镇向西挺进的叛军，掩护唐军向南撤退至武功县，然后到周至县会合。

"一将功成万骨枯"，这一步也是一着险棋。两千步骑对一万朔方军简直就是以卵击石。虽说是调虎离山，拖住敌军，但搞不好就会虎口难逃。如果敌军中计，还能侥幸逃脱；若是正面对决，必陷死无葬身之地。

陆贽点齐人马，身着戎装，跨上战骑，威严地立在"李"字战旗下，明媚的阳光照耀着他闪着红光的盔缨，飒爽英姿，何其威武。

唐德宗站在山冈上望着陆贽、李卞绝尘而去的背影，慌乱、忐忑、感动、茫然，各种滋味涌上心头……2000步骑渐渐消失在沙尘尽头，德宗依然凝望着远去的旌旗，久久不肯离去。

此次大撤退，目标是梁州（今河南汉中），如果"天有不测风云"，终极目标也许会是唐玄宗李隆基的逃亡之地——益州。

撤退路线自奉天到贞元镇，而后经武功县到周至县，然后经周至县西骆谷（傥骆道北口），向西南经太白、洋县，三次翻秦岭及其支脉，出傥水谷（傥谷）至汉中盆地——梁州。

惠静寿、孟保、孙福达领着一万朔方军，两天两夜急行军，赶到长宁镇已是伸手不见五指，士卒们精疲力竭，饥饿难忍，首将惠静寿不得不下令扎营休整，改日再行军。

"报告，惠将军，我们抓到一个朝廷禁军。"当夜，惠静寿、孟保、孙福达三位部将与诸军粮料使张增正在帐里一边饮酒吃肉，一边谈论天下，突然，手下几名卫卒捆了一个禁军押到帐下。

"你叫什么名字，可是朝廷的禁军？"惠静寿厉声斥问。

"我是神策右兵马使李卞的部下王厉山，奉左神策护军驱使、翰林学士陆贽之命前来给逆贼送信。"王厉山临危不惧，大声回话。

孟保叫卫卒给王厉山松了绑，呈上陆贽的信笺。

"惠将军，你曾是我大唐关内副元帅、先臣郭子仪率领的朔方军将领，跟随郭将军抗击吐蕃，讨伐藩镇，俘虏数万，戎马倥偬，功勋卓著。而今，朱泚反易天常，盗据宫阙，大逆不道，导致天下战乱频频，生灵涂炭，百姓流离。自古以来，朔方军中涌现了张说、哥舒翰、李光弼、仆固怀恩等一大批忠君爱国、名垂千古的将军元帅。而惠将军不但不思则效忠，铲除祸乱，拯救社稷，而是同李怀光一样倒行逆施，祸国殃民，弃义蔑恩，助纣为虐，这可是辱耻朔方、诛灭家族的悖逆之事啊！……"

惠静寿还未将信看完，脸色一下子就红到耳根。他默默地将信笺递于孟保、孙福达看后，三人相顾，沉默不语。

"王厉山,陆学士我虽素昧平生,但听闻'罪己诏'就出自他之手,本将佩服。请你老实道来,陆学士现于何处?"惠静寿大声质问道。

"陆学士和李将军已率两万禁军守在贞元镇,等着你们这群不忠不义的叛军前去送死!"王厉山凛然回道。

孟保上前缓言劝道:"惠将军,先叫卫卒把他拉下去,咱们议后再说。"

几名卫卒将王厉山押出帐房,孟保叫其余卫卒离开,沉默了良久,开口说道:"惠将军,李太尉让我们去做背叛圣上的事情,陷吾辈于不忠不义之中,我们不应该一味地顺从他,做出诛灭九族的悖逆之事。"

张增发言道:"惠将军,孟将军说的不无道理,索性禀报李怀光没有追上天子。大不了,李太尉给你们罢官的处分,最多不让你们领兵罢了!"三人点了点头,经过一番讨论,惠静寿决定逗留延宕,放走唐德宗。

次日,天突然下起瓢泼大雨,士卒们又冷又饿,各部众前来请示:"惠将军,这么大的雨,部队是继续前行,还是原地休息?"

张增对惠静寿的部下说道:"从这里向东行12里有一座佛祠,那里储存着一批军需物资,我们可移军佛祠休整部队。"

于是,惠静寿率部向东而去,任凭部下士卒在长宁镇一带抢劫掳掠了两天,而后匆匆回师咸阳,禀报德宗皇帝已过周至县,进入傥骆道。气急败丧的李怀光也无可奈何,贬黜了惠静寿三将之职。

原来,陆贽与李卜从贞元镇一路赶到长宁镇,天色已晚,前方报告惠静寿率领的朔方军从兴平马嵬坡下山,已在长宁镇安营扎寨。看到山下密密麻麻的营帐,次第亮起灯火,陆贽知晓领军的惠静寿原是郭子仪的部将,如能通过力陈顺逆之福祸,打动朔方军心,使其率部归降,或者屯兵不动,岂不是避免一场血战?

次日一早,一夜未眠的陆贽看到山下的士卒在大雨中撤除军营,终于长长地舒一口气。此可谓"一纸书信,退敌八千"。

春雨淅淅沥沥,山路泥泞狭窄,陆贽率领2000禁军士卒扬鞭奔驰,昼夜行军,赶往周至县与唐德宗会合。

第二十七章　逼上梁州

唐德宗为何不北上灵武，选择南迁梁州？

在陆贽看来，迁幸梁州，进可旋即回师京畿，重归长安；守可凭秦岭山脉之天险，易守难攻；退可以经广元到沃野千里的蜀州、安定富庶的天府之国，"剑南虽狭，土富人繁，表里江山，内外险固"，正是理想的避乱之境。

古时入蜀有七条蜀道，穿越秦岭有四条，即子午道、傥骆道、褒斜道、陈仓道，翻越大巴山有三条，荔枝道、米仓道、金牛道。傥骆道是唐代南北陆路贸易往来、运送军粮的要道，是一条入蜀最近捷、也最险峻的栈道。

傥骆道至汉中全长240余公里，途中就要翻越太白山周围的五六座分水岭，人烟稀少，猛兽出没，山下是冲波激浪、曲折回旋的河川，泥石塌方，百丈深渊，艰险不言而喻。

"黄鹤之飞尚不得过，猿猱欲度愁攀援。青泥何盘盘，百步九折萦岩峦。扪参历井仰胁息，以手抚膺坐长叹。问君西游何时还？畏途巉岩不可攀。但见悲鸟号古木，雄飞雌从绕林间。又闻子规啼夜月，愁空山。蜀道之难，难于上青天，使人听此凋朱颜。连峰去天不盈尺，枯松倒挂倚绝壁……"

读过李白这首《蜀道难》，傥骆道的山川之险就不言而喻了。傥骆道，无疑是一道关系到唐德宗生与死的"鬼门关"。

三月十五日晚，德宗和百官到达周至县。在此遇到了山南节度使严震派遣的大将张用诚，他率5000士卒翻越傥骆道前来迎驾护卫。

韩游瑰上奏德宗："李怀光曾暗中勾结张用诚，叫他暗杀山南节度使严震，起兵叛乱，请圣上明察。"

之前在德宗即将出走梁州时，山南节度使严震就派遣牙将马勋到奉天进献表章，迎候德宗。于是德宗请来马勋了解情况，商议对策。马勋上奏德宗说："陛下，时间紧迫，末将速回梁州去取严震的兵符，传召张用诚返回军府。如果张用诚不接受传召的命令，末将便将他杀掉。"

德宗欢喜地说："为防万一，只能辛苦马爱卿。"德宗允后，派出五名勇士与马勋一道快马加鞭赶回梁州，取来严震的兵符。

德宗派遣韩游瑰、论惟明、贾隐林率领禁军，与马勋一道来到张用诚的兵营，张用诚带着他的儿子前来帐前迎接。

马勋从容不迫地拿出兵符递给张用诚说："张将军，严大夫已启程赶往周至县迎接圣上，为防城内空虚，传召你速回梁州，镇守梁州城。"

张用诚猝然而惊，明白阴谋暴露，于是站起来就要逃跑，韩游瑰立即命禁军勇士迅疾拿下张用诚父子。

马勋召集张用诚部下，大声说道："将士们，你们的父母、妻子、儿子都住在汉中，你们舍弃了他们，与张用诚一起造反，真是糊涂啊！你们不要自取灭族，如果放下兵器，我一定上奏圣上，免你们死罪！"

一场秘密蓄谋的兵变，就这样被控制在萌芽状态。于是德宗一行赶紧整理行装，从周至县骆峪口进入秦岭。德宗越过骆谷关，沿着黑河河道溯流而上，经过一天的艰难跋涉，终于来到仙游寺。

仙游寺静谧庄严，矗立于茂密的松柏之间。寺庙始建于隋文帝开皇十八年（598年），称"仙游宫"，隋仁寿元年（601年），杨坚为了安置佛舍利，命大兴善寺的高僧童真送佛舍利于此建塔安置，改称仙游寺。

疲惫不堪的唐德宗决定夜宿仙游寺。夜深人静之时，御史中丞、沿路置顿使齐映听见德宗的睡房传来啜泣之声，于是赶忙叫醒宰相姜公辅、刘从一、禁军统领韩游瑰等大臣叩见圣上。

原来，德宗自迁幸奉天以来，每日与陆贽相处，谋划军政大事，无论到哪里去，陆贽都伴随其左右。而今已有三日未见。不料当晚德宗梦见陆贽与李怀光的叛军血战长宁镇,被部将惠静寿一刀砍下脑袋,鲜血直喷,倒在万军丛中……一场噩梦惊醒,德宗估计陆贽已阵亡沙场,不由失声痛哭。

"速派一支禁军,赏赐一千金,回头寻找陆贽,若是阵亡,代朕将他厚葬吧!"德宗对韩游瑰说道。

吉人自有天相。次日一早,天刚蒙蒙亮,唐德宗刚刚起床,韩游瑰跑到帐下大声喊道:"陛下,陆学士没有死,他和李卞将军赶回来了!"德宗来不及穿上外衣,带着韩游瑰跑出门外,他要亲自去迎接陆贽。

唐德宗站在山上,只见远方一片朝霞,霞光里一队长长的人马正朝仙游寺奔来,德宗喜极而泣。当人马走近,只见骑在马上的陆贽,头发披散,面如土灰,衣衫沾满泥泞,已是筋疲力尽,陆贽看到了皇上,吃力地张开焦裂的嘴唇,喊了一声"陛下",眼睛一闭,一下从马上栽倒下来。

唐德宗赶忙上前抱起昏迷的陆贽,大声喊道:"陆九,陆九,陆爱卿,快醒醒啊,朕不准你死!不准你死啊!"德宗哽咽着,眼泪夺眶而出。姜公辅、齐映等朝臣赶紧将陆贽抬进寺院,给他换上干净暖和的衣服,叫人送来热水给他洗了脸,烫了脚,喂了温开水和稀粥。

过了三个时辰,陆贽终于醒来,看见德宗和朝中大臣站在床边,两眼滚出泪来,嘶哑着颤微道:"陛下,我还活着?这是哪里?"

陆贽右手揭开被子,使劲想撑起身子,可是浑身无力,嘴唇干裂,脸色苍白。德宗立忙让他躺下,用手摸了一下他的额头,一阵滚烫,定是中了风寒。正在此时,唐安公主端来一碗热腾腾的姜汤,一勺勺给陆贽喂下。

唐安公主系王淑妃所生,自幼谨孝,深得唐德宗宠爱,自随父皇逃难奉天以来,伴随德宗左右的陆贽一直留心关照着皇帝的亲人。聪敏秀雅的唐安公主善解人意,知书达礼,短短的接触,公主对陆贽顿生好感,经常向他请教骈文诗赋,十分仰慕陆贽的才华。虽然德宗已答应将唐安公主下嫁给秘书少监韦宥,但一直未正式嫁娶,常伴德宗身边的唐安公主与陆贽,朝夕相处,风雨相顾,在奉天城建立了兄妹般的患难之情。

或许可以这样说,唐安公主暗恋上了陆贽。父王德宗看在眼里,记在心里,也默许了唐安公主给陆贽喂药照顾。要是在皇宫大院,这是陆贽八辈子做梦也梦不到的待遇。

只可惜唐安公主不是弄玉,陆贽也不是萧史,他们就像两颗黑夜里的彗星,在苍茫的夜色中燃烧着青春的火焰,尔后瞬间擦肩而过。

唐德宗一行继续登山南迁,翻越海拔3000米的老君岭,陆贽的风寒病愈来愈重,高烧不退,神志不清,时而清晰,时而恍惚。德宗叫士卒把陆贽背上担架,抬着陆贽继续赶路。

越往秦岭山上,天气越加寒冷。虽是三月,但老君岭的山道冰天雪地,寒风刺骨。陆贽躺在担架上,口燥咽干,舌红苔黄,浑身发抖,胡乱呓语。

唐安公主一路陪着陆贽,她叫士卒到山中采来野山椒、花椒、黄连,一同与野生姜熬成辣汤让陆贽喝下,用自己带着的衣服和被子,将陆贽全身盖住,发汗退热。

陆贽喝下辣汤,全身汗水滚滚直冒,脑袋、手指、骨节钻心地疼,很快沉沉地睡去。朦胧中,他好似躺在长安家里的床上,妻子钱薇站在旁边,他轻轻地唤了一声妻子,伸出冰冷的手将妻子的手握住,感到一股热流暖遍全身……

"夫人,我要死了,我快不行了!"陆贽的嘴微微动了一下。

"陆学士,你不会死的,不会死的。"唐安公主哽咽着说道。

陆贽缓声道:"蜀道难,难于上青天!黄鹤之飞尚不得过啊!"唐安公主安慰道:"陆学士,翻过老君岭了,很快就下山了,你不会死的。"

"世人都说我是先祖陆平原投胎转世之鹤,秦岭恐怕我是逃不过此劫了。"陆贽说着说着又晕了过去。

唐安公主用力地握了一下陆贽冷冷的手,痛苦啜泣。

陆贽一直昏睡着,士卒们伤心地抬着担架一路前行,淌过八斗河,穿过父子岭垭口,翻过秦岭大梁,马不停蹄地赶到太白山南的都督门。当晚,不知是天气寒冷所致,还是陆贽的风寒之病传染,唐安公主咳嗽不止,脸面苍白如纸,病倒了。

韩游瑰报告德宗皇帝,军中也有很多士卒染上了风寒。德宗于是命禁军在山中找来几把黄连,挖了几捆侧耳根,叫军中厨师熬成大锅药汤,让全体将士和朝臣每人喝下一碗,防止风寒蔓延。

次日,德宗一行翻上岳子梁,穿越30里吊沟的原始竹林,翻过海拔2000余米的兴隆岭到达华阳镇，洋县县城就在眼底之下了。将士和朝臣沸腾了，逃亡的辛酸一下被抛到九霄云外，陆贽也完全清醒过来，风寒病得以好转，德宗领着大家欣然下山，很快来到洋县东北的清凉寺，只见一支人马挡住去路。

德宗正在疑虑时，只见为首的大将跳下马来，跑到德宗跟前，咚的一声跪下叩见："陛下受惊了，梁州刺史严震前来迎驾。"

"严爱卿，快快请起！"德宗高兴至极，请严震上马并辔而行。德宗一行在严震的护卫下，经洋县而西前往城固县。

三月十九日下午，德宗一行抵达城固县以东的马畅镇（洋县以西23公里），决定在此休整，次日赶往汉中。

夕阳西下，秦岭山脉在晚霞的映衬下，半山金黄，半山黛黝，依然那般肃穆、巍峨。德宗用过晚膳，骑上严震的那匹白色骏马，带着萧复、刘从一、姜公辅、韩游瑰、陆贽、严震等人来到傥水河畔，德宗正与大家商议军政大事之时，只见一匹快马疾驰而来。

"父皇陛下，不好了，唐安公主快不行了。"来者正是太子李诵。德宗一惊，大吼一声"驾"，提起马绳，调转马头朝着马畅镇飞奔。陆贽赶忙跟在德宗马后，忧心忡忡地往回赶。

陆贽来到唐安公主跟前，咚地跪在地上，看着公主憔悴苍白的脸，心中痛苦万分。公主看着陆贽，默默无语，任凭泪水在眼眶里打转，她抿住嘴唇，安详地露出一丝笑。那笑，是欣慰的笑，依恋的笑，也是绝望的笑，痛苦的笑……

而德宗的心在哭，在胸腔里号啕大哭。一个父亲，一个皇帝，让自己女儿仓皇逃亡，就连亲生骨肉都保全不了，还能护佑天下百姓吗？

陆贽的心好似被刀绞了一下，渗出一股一股殷殷的血，是自己连累唐安公主传染上风寒病的啊！他突然想起来了，曾经有个术士经过嘉兴时对母亲说过："你家公子命根子薄啊，33岁将丧命于秦岭雪山，除非有人替他而死。若能躲过此劫，定能官至三公。"

按虚岁来算，陆贽该是"吃33岁的饭"，应验了术士的谶言。或许冥冥之中已注定，唐安公主就是那个替陆贽而死的人，为一个暗恋的男人去死，是爱的代价，还是爱的极致？

子夜时分，23岁的唐安公主闭上了眼睛，永远闭上了……一个还未享受过幸福爱情的女人，就这样匆匆走了。也许，她是多么渴望再看一眼那繁华的长安，那辉煌的大明宫。也许，她更愿意流落民间，做一个普通的女子，远离杀戮，远离政治，远离繁华……

杜甫写过一首绝句《过骆谷》："二十一家同入蜀，唯残一人出骆谷。自说二女啮臂时，回头却向秦云哭。"饱受战乱的二十一家人从长安一同入骆谷到蜀地逃难，两个女儿在入骆谷时曾相互咬了一口臂膀，发誓一定要双双回到秦川，而到达汉中时只剩下一人，何等的凄凉。

今天，在马畅镇安中村有一座偌大的墓冢，它经过千年的风雨侵蚀，已然破败为一个孤零零的小土包，垮塌的墓冢，裸露的黄土，枯萎的杂草，令人凄然——这便是唐安公主的墓冢。

公主的去世使得唐德宗伤心欲绝，他下令为公主造塔厚葬。宰相姜公辅上奏道："陛下，山南非久安之地，我朝不久就会克复京师，公主的遗体肯定要归葬长安的。现值非常时期，此宜俭薄！"

气恼的德宗很想罢了他的宰相，急诏陆贽问道："陆九，公主从小聪敏，谨慎孝顺，我只不过想修个砖塔葬厝她的灵柩而已，其费甚微。此事非宰相所宜论，难道他是想指朕过失，拟自扬名吗？"德宗知道陆贽怜痛公主，想必他会指责姜公辅，以罢其官秩，厚葬唐安公主。

陆贽劝慰道："陛下，公主之葬，会归上都，到时以礼葬送也不迟。今圣上蒙难，不宜铺张浪费，留此金银以赏三军，定能振奋群臣将士，效忠陛下，万众一心，收复京城。公辅一片苦心，请陛下明圣而鉴啊！"

唐德宗愤然说道："陆九啊，朕将他从七品卑官骤然提升为宰相，擢拔其为腹心。朕为自己的女儿修个砖塔安置而已，花得了几个钱？然而公辅小题大做，岂不负朕之深？陆九，你说当如何处之？"

"陛下，公辅与我同为翰林，乃忘家为国之忠臣。姜大人本官谏议大夫，职居宰衡，献替固其职分。陛下将公辅擢为宰相，置之左右，目的就是令其朝夕纳诲，意在防微，微而弼之，这是公辅的职责所在啊！"陆贽诚恳说道。

唐德宗生气道："造塔役费微小，非宰相所论之事。朕决定罢黜其宰相，贬为右庶子。陆九,请速草拟制诰,选个地方,让他去当刺史算了!"

"陛下,如果造塔有理,役虽大而作之何伤!若造塔为非,费虽小而言者何罪?陛下日月之明,江海之量,一定要嘉忤旨之忠,祛逆耳之咎,不要轻易免去大臣之职,何况公辅是在奉天才提拔的宰相啊!"陆贽争辩道。

唐德宗说不过陆贽,心里实在不是滋味。"那好吧,朕依你,公辅之事先搁置几天再议。公主的丧事从简安葬,但还是要办得体面些!"唐德宗还是将宰相姜公辅贬为了左庶子,交由吏部侍郎卢翰负责公主葬礼。卢翰与陆贽在马畅镇的安中村选了一块依山傍水之地,简葬唐安公主的灵柩。附近的百姓得知皇帝的女儿在此道薨,纷纷赶来送葬,有的还送来一些瓜果、葬品。

唐德宗非常感动,于是令翰林学士吴通玄制敕,欲赏进献花果的百姓以"散试官"(虚衔,有品级、无职掌、无俸禄)作为嘉奖。

唐德宗将吴通玄书写的手敕递给陆贽,询问事之可否。陆贽进言道:"陛下,官爵之位乃天下公器,国之大柄,不可轻用,如果滥施赏罚,违背纲纪,使献瓜果的人比冲杀在疆场不顾生死的将士获得的奖赏还高,此端虽微,流弊必大,必将是坏其公器,失其大柄,难以劝勉臣下了。臣以为,轻易赏官,必导致人将不重、国无所持。百姓种粮植树,唯在衣食,圣上欲得人以喜悦,不如赏其钱帛为好!"皇上为进献花果人拟官状就这样被搁置。

唐德宗后来非常思念唐安公主,于是在洋洲城建了一座13层古塔,将公主的灵柩迁葬长安的龙首原,追册唐安公主为韩国贞穆公主,她是历史上第一位获得谥号的公主。

翻阅陕西省博物馆的出土墓志,唐安公主在长安的葬墓位于长缨路东段王家坟,其墓建有长长的墓道,高大的封门,拱顶的壁龛,穹窿顶的墓室长4.4米,高达4.23米。墓室甬道都有彩绘壁画,或绘花鸟,或绘朱雀、玄武,或绘天象图。随葬品有驼、马、牛、羊等卧陶,有男女侍俑、奏乐俑、文官俑等,有黑釉瓷罐、青釉瓷罐、象牙簪等珍贵文物,可谓规模宏大,极尽奢华。

唐德宗对唐安公主的那份情,那份爱,也就不言而喻了。唐德宗带着沉痛的心情离开了马畅镇,不到一日便到了梁州。

"华夏九州"将天下分为冀、兖、青、徐、扬、荆、豫、梁、雍九州。梁州北依秦岭，南屏巴山，中部就是汉中盆地，历来都是兵家必争之地，只要一提到梁州，脑海里就会浮现金戈铁马、血雨腥风、盘槊横戈、惊鸿出塞……

此时此刻的德宗，却是"心在长安，身幸梁州"。

梁州是山南西道、南郑县等15个州县的治所，辖区从秦岭以南直到云贵娄山，地域广袤，但土地贫瘠，百姓穷困。安史之乱以来，这里屡遭兵寇，户口锐减，租赋更加贫乏，财政更是拮据。

看来，德宗和他的逃亡政府只有勒紧裤腰带过紧日子了。

汉中天气逐渐变热，而将士的冬服依然在身，德宗的衣裘也没得更换，左右侍从的人请皇上穿暑天衣服，德宗说："将士还穿着冬天的服装，我独自一人穿春天的长衫岂不特殊？"

平添两万余人的梁州，粮食供给一天比一天吃紧，将士们住无房、食无粮、穿无衣，一些大臣纷纷建议德宗御驾成都。陆贽听闻大臣的议论，急忙上疏德宗："陛下，山南地接京畿，李晟将军方图收复，圣上能借六军以为声援，若移驾西川，长安光复遥遥无期了！"

宰相萧复也上奏道："陛下，兵马粮草自有办法筹集，圣上安心坐镇梁州，天下诸藩和叛臣就不会轻举妄动，关中军民才有光复京城的期冀，将士们就会一鼓作气光复京师。"未过几日，镇海节度（今江苏镇江县）使韩滉从镇江遣使献绫、罗40担至梁州，缓解了唐军急需。

李晟也快马送来战报："陛下幸临梁州，别来无恙。晟待筹集足够粮草后，即日将率诸路唐军向叛贼朱泚发起反攻，只要陛下驻跸汉中，便足以安系亿兆黎民之心，成剿灭叛贼之势。如果圣上听信谗言，取小舍大，迁都蜀州，则官民士庶将因之绝望，到那时，虽有猛虎谋臣，朝廷也将束手无策、无计可施啊！"

唐德宗决定驻守梁州，宣陆贽草拟诏书，以告天下："朕遭罹寇难，播越梁州，百姓烦于供亿，武旅勤于捍卫，凡百执事，各司其职，眷于斯邦，复我兴运，宜加崇大，昭示将来。宜改梁州为兴元府，官名品制同京兆、河南府，南郑升为赤畿，洋州宜升为望州，百姓免除赋税两年。"

无论身处何处，陆贽想到的总是百姓，无论身临何境，陆贽惦记的是民间疾苦。他已不再是一介书生，而是李唐王朝的"救时内相"。

第二十八章 克复长安

三月的梁州，春暖花开，春雨如酥，汉中平原到处是一望无际的油菜花，正是"好雨知时节"，朝野上下对长安充满了向往，德宗盼望着，盼望着克复京师的战役早日打响。

浑瑊将军与奉天行营节度使戴休颜以逸待劳，并肩作战，凭借充裕的后勤准备，坚固的军事防御，击溃了李怀光一次次疯狂的云梯进攻，浑瑊、戴休颜亲率精骑多次乘夜出城反攻，重创叛军主力。

李怀光灾患丛生、祸不单行的日子开始了。

石演芬是李怀光的养子，李怀光任命他为朔方军右武锋兵马使。然而，石演芬瞧不起李怀光的悖逆行为，于是将朔方军的军情悄悄密报给他十分敬重的浑瑊将军。怒不可遏的李怀光将石演芬逮至帐前，勃然骂道："石演芬，家贼难防，暗箭难挡，我收你为养子，你却背后捅老子一刀，难道你想灭我朔方门户吗？"

石演芬回答道："天子视太尉为股肱，您视我为心腹，太尉既能背叛天子，难道我就不能背叛太尉吗？我本胡人，也算一条好汉，苟且能免此贼名而死，死而甘心！"

"放肆！"李怀光气得牙齿格格作响，唰地抽出剑来吼道："危难之时，你竟忘恩负义，给我拉出去砍了！"

"不，砍头太便宜他了，给我剥他的皮，抽他的筋，一片片削他的肉。"李怀光怒发冲冠，但左右侍从面面相觑，无人执行命令。

无奈之中，李怀光属下左兵马使张名振走上前来唰地给石演芬一剑，然后大吼道："石演芬是个义士，不能受此凌辱！"

事后，张名振对将士们说："太尉对待自己的养子都如此残暴，何况我们？太尉不出兵讨伐朱泚，攻下长安，为大家谋取一份利禄，反而坚持与朝廷作对，自取灭族之祸，大家以死相随，有何意义？"

朔方军原是郭子仪当年一手训练的部队，多数将士对李唐王朝仍是忠心耿耿，迫于李怀光的淫威，没日没夜地与朝廷作战，早已看清了李怀光的不轨之图，失望的士卒无心恋战，纷纷逃离军营，或投降奉天的浑瑊，或逃奔东渭桥的李晟。

李怀光率领的朔方军在澧泉平叛朱泚时，兵力强盛，士气高涨。朱泚惧怕李怀光一鼓作气攻取长安，于是暗地与李怀光称兄道弟，恭敬有加。然今非昔比，朱泚窥视到李怀光的部卒早生叛心，李晟又蹑其后，处境益孤，势力日薄西山，于是赐给李怀光一纸诏书，命他一月内必须拿下奉天城。

李怀光气得七窍生烟，大骂道："朱泚狗贼，你派遣三万大军迟迟不到，害我孤军奋战，损兵折将，岂不是有意削弱朔方军，置我死地！"

此时，李怀光既不能打下奉天城，又害怕麾下部众哗变，既担心李晟背后攻击，更害怕朱泚背信弃义。面对内有兵变之虞，外有强敌窥伺，既无外援支持，又无后勤补给的格局，李怀光只有"逃"了。

李怀光下令烧掉营房，拔军向东，大肆抢掠泾原12县，百姓苦不堪言，关中被掳掠得鸡犬不宁。大将孟涉和段威勇鄙视李怀光的人品，于是投奔李晟，其余将士沿途逃亡。李怀光袭取河中蒲州后，凭借河中充足的粮食储备以及高墙重兵，盘踞老巢，养兵蓄马，又派兵扼守进入河中的必经之路蒲津关、龙门关，准备与朝廷打一场持久战。

驻守东渭桥的李晟接到德宗从梁州发来的诏书，加授自己为尚书左仆射、同中书门下平章事（宰相），不禁感激涕零，他朝着梁州方向咚地跪下叩首："陛下隆恩浩荡，吾皇万岁万岁万万岁！天子播越，人臣当百舍一息，死而后已，若不能收复京师，真是无颜面对圣上啊！"

李晟部将唐朝臣说道："大帅，我军夹在李怀光与朱泚之间，内无资粮，外乏救援。不如率军前往梁州，招兵买马，壮大军威，以图未来。"

李晟正言说道："朝臣此言差矣，长安乃大唐宗庙所在，为天下之本，若众将都执羁靮以跟从圣上，谁来克复京师？"其麾下将领人人称是，誓死讨伐朱泚。于是，李晟以忠义激励将士，率军修筑城防，修理衣甲，锻造兵器，为收复京师加紧备战。

幸难奉天以来，在翰林学士陆贽的建言献策下，李晟一路高升，官运亨通，先由神策军都知兵马使擢升河中、同绛节度使，兼京畿、渭北、鄜坊、丹延节度招讨使，后又封其鄜坊、京畿、渭北、商华副元帅，而今又加授尚书左仆射、宰相职务。可以说，李晟已坐上了朝廷军界的第一把交椅，他与陆贽一文一武，内外呼应，正是挽救危局的关键人物。

李晟派遣其雄武善骑的外甥王佖率领一万精兵西进支援奉天，令检校户部郎中李彧临时担任京兆尹，负责征收粮草赋税，自己亲率一万步骑与镇国节度使骆元光、神策大将尚可孤合围长安。

唐德宗担心李晟、浑瑊兵少，恐怕一时难以收复长安，故深倚吐蕃之力。于是传陆贽商议："陆九，正月吐蕃派来使者，自请发兵助朕收复京师，成功之后酬以安西与北庭诸镇。而今浑瑊、李晟诸军兵马不足，朕欲派秘书监崔汉衡出使吐蕃借兵二万，联伐朱泚，爱卿以为如何？"

陆贽向来对乱臣贼子、猾黠蛮夷，嫉之如仇，常把吐蕃喻为犬羊，为豺狼、为狐鼠。提起吐蕃，陆贽就是满腔憎恶鄙弃之情，恨不灭其朝食之忾。

陆贽回奏道："陛下，吐蕃非我族类，贪婪狡猾，出兵有害无益，如果让他们单独作战，其先占领长安，耀兵近邻，可能重蹈烧杀抢掠之灾祸；如果与唐军联合作战，他们又难从军令，延误战机，甚至旁观战争，坐乘衰敝。再则，请吐蕃帮助平叛，将帅们会认为陛下不信任他们，担心抢夺了收复京师的功劳！"

当晚，陆贽一气呵成一篇奏章《兴元贺吐蕃尚结赞抽军回归状》，对当前军情、战略及时势进行分析，细微而精晰，透辟而中肯，讲得有理有据合情入理，对浑瑊部保卫西北、李晟部攻其东南的战略部署高度信任。"瑊晟合力，中兴大业，旬月可期"三句话使德宗幡然醒悟，壮大了胆量，激励了斗志。德宗采纳了陆贽意见，决定放弃借兵吐蕃。

兴元元年（784年）五月二十日，李晟率领五万大军浩浩荡荡进抵长安以东的通化门摆开阵式，举行了一场盛大的阅兵仪式。

李晟站于帐台上检阅军队："将士们，国家多难，乱逆继兴，圣上车驾西幸，关中无主。本将代受国恩，见危死节，臣子之分，况当此时，不能诛灭凶渠，以取富贵，非人豪也。渭桥横跨大川，断贼首尾，吾与将士勠力勤王，择利而进，兴复大业，中兴大唐！"

台下的将士们热血沸腾，喊声震天："听从大帅指挥！听从大帅指挥！"通化门城楼上的守军个个吓得胆战心惊。

一场决定帝国命运的战斗打响了，唐军四面出击，分道并入，杀声雷动，李晟亲自充当先锋，一路杀进禁苑北墙。不料叛军在北墙修筑三重栅栏，掩伏一支能数箭齐射、连射的强弩军，两军在此攻守难分。叛军将领张光晟对弩箭手喊道："今日若不杀死李晟，我们就全完了！"叛军死守阵地，负隅顽抗。唐军冲锋十余次，都被箭阵挡下来。

生死攸关之际，李晟命部将骆元光、唐朝臣领军执盾，直扑而上。自己亲率百余骑兵跃马横刀，高声叫嚣："冲啊！一个人头赏一两黄金！"在冲天的喊杀声中，唐军冒着箭雨冲跨北墙栅栏，王佖等骑兵像雷电一般杀进白华门。兵马使赵光铣、杨万荣等率领的诸军大声吼道："相公来也！"（相公是李晟尊称）叛军素来畏怕李晟威名，闻之惊溃，四处逃窜。

朱泚眼看唐军势如破竹，自感败局已定，领着贼将姚令言、张庭芝、李希情及两万余士卒从长安西门仓皇逃奔，李晟诸将乘胜追击，叛军全线崩溃，唐军大获全胜。

李晟率军进驻含元殿，以军法号令将士，驻扎军营，严肃军纪，不准抢掠宫廷物品，不准惊扰京城百姓。又派河中尹李齐运、京兆尹崔纵负责维护治安，长安城安堵如故，秋毫无犯，秩序井然。

自封大秦皇帝的朱泚，仅仅做了8个月的皇帝，就尝到建中四年唐德宗逃亡大明宫的滋味。落荒而逃的朱泚逃到泾州，沿途部众尽散，仅剩士卒100余骑，其任命的泾原节度使田希鉴闭城不纳，亲信姚令言也被前途无望的属下砍下首级，投降田希鉴。

穷途末路的朱泚继续向西逃亡，打算投奔吐蕃。当他逃至彭原西城屯（今甘肃镇原县）时，部将梁庭芬不想跑了，他故意落马朱泚身后，搭起弓箭，一箭将他射下，栽进水坑，还未等他明白过来，其部下韩旻、薛纶等人已至跟前，只听刷刷几声，朱泚身首异处，头颅落地。

朱泚任命的宰相源休、相国李忠臣以及李子平、蒋镇等叛臣很快被捕，打入大理寺狱，其余党羽有的逃亡藏匿，有的投降朝廷，浑瑊、戴休颜听闻朱泚向西逃亡，也分兵截击，一直追到泾州。

朱泚称帝的丑剧谢幕了，泾原兵变终于尘埃落定，长安城又插上了李唐王朝的旗幡。

想当年，河朔三镇，割据一方，游离中央，从不曾入朝觐见，作为幽州节度使的朱泚也可谓一腔忠烈，率先入朝觐见皇帝，唐代宗李豫兴建弘丽的大宅加以恩宠，又加授其同平章事（宰相），被列为满朝文武学习的标杆忠臣，宴犒之盛，天恩至极。事实证明，那些自不量力、急于想当皇帝的人，最后都踏上了一条不归路，很快死在攀登权力巅峰的悬崖绝壁，没有一个好下场！

六月四日，朱泚的首级被传到梁州，全城欢呼雀跃。陆贽将李晟《收京城露布》的檄文呈给皇上，谨然上奏道："陛下，李晟恪守命令，一举歼灭叛贼。古代建立功勋、收复京城的不乏其人；但不惊动皇帝宗庙，不扰集市，人民不遭战乱而安居如日，自夏商周以来，仅此一人！"

唐德宗看完李晟的檄文泪如雨下，沾湿了衣襟，他喜极而泣道："李晟是为天下社稷而生，为国家和人民而战，不仅是为朕一人啊！"

唐德宗宣陆贽诏赐兴元府所辖州县，加授李晟司徒兼中书令的职衔，封户1000户；授浑瑊侍中职衔，实封800户；授骆元光、尚可孤左右仆射的职衔，封户500户；授韩游瑰检校左仆射职衔，实封400户。

擢升水部员外郎顾少连为礼部郎中，仍充翰林学士；擢升考功郎中、知制诰陆贽为谏议大夫，仍充翰林学士。陆贽又一次晋升官职，之前，陆贽本官为考功郎中，属政务机关尚书省礼部，官秩从五品上。谏议大夫则属中书、门下省，官秩正五品上，大唐宰相魏征、褚遂良等都担任过此职。

按理说，陆贽被唐德宗从祠部员外郎擢升考功郎中，南迁梁州又擢升谏议大夫，定当高兴才对。然而，自跟从德宗以来，皇上一贯以刑赏之权为天子独享，喜则谬赏，怒则滥刑，时而赏官，时而赐名，有的赏及官民，有的赐及阉宦，甚至出现为逃难途中进瓜者拟官，宰臣为阉官求名……陆贽对于德宗将翰林学士夹在中官、朝官中赐名"定难功臣"表示拒绝。

犹豫了一番后，陆贽还是上奏唐德宗道："陛下，奉天解围后，圣上为了奖励将士，特赐他们定难功臣，名副其实。今天，凡重围随行梁州者，都赐以'定难功臣'，本为六、七品的县令官就身着深绯官服，臣认为很不妥当。"

"陆九，褒亡厚往、赏罚分明，这是择将用人之道。驰骋沙场的将士也好，供奉内廷的朝官也好，还是宫闱近侍宦官也好，他们跋履崎岖，随朕幸难，为驱除窘伐、平定叛乱作出了贡献，都有定难之勋，而今天下既定，当功而奖，有何不妥？"德宗反问道。

陆贽回奏道："陛下，臣认为目前'难尚未定'，于功何有？赏赐名不正言不顺。同时，攘除凶逆，实赖将士，如果一同封赐，中官、朝官寡，战士、勋臣多，并且赏赐之名器愈尊，受赏赐者的职分愈贱，必将沮士卒激励之心，结武将愤慨之气。陛下的赏典太多，不如贼平再议，甄录不晚啊！"

唐德宗正色道："陆九，卿也是朝官，学问渊博，见识卓越，廉洁自好，好比朕的军师内相，为何不可擢升？难道是爱卿认为朕给你赐的官小了？朕心意已决，爱卿不必多言，请抓紧制诰！"

陆贽无言以答，德宗普赐中官、朝官后，将陆贽宣到行在，悄声说道："陆九，李晟已克长安，大乱告平，请爱卿具录先前散失宫人名字，诏浑瑊将军派人先至奉天，寻访散失的内人（宫中供使唤的侍女），以得为限，酌给资装，量与资粮，送往梁州行在。"

陆贽见德宗正在喜极之际，"未敢承旨"四个字到嘴边又咽下了。长安刚刚克复，车驾尚在梁州，而皇帝想的不是如何弃旧图新，匡复江山，而是迫不及待地诏寻侍女，君道何存？龙颜安在？

此等诏书，草则不免彰君之恶，不草又恐逢彼之怒，陆贽彻夜难眠，情急之下又给德宗回复了一篇《论赐浑瑊诏书为取散失内人等议状》。

"天下固多美人，何必独在于此！"唐德宗离宫八月，社稷荒废，性命难料，仍如此"自亏君德"，"以内人为号"眷恋昔日三宫六院的美人。可见，过惯了骄奢淫逸的日子，要改其所性，返璞归真，是一件多么艰难的事情。

唐德宗是憬然悔悟，永为鉴戒？还是居安而骄，奢欲日行？他虽然放弃了制诏，还是改明搜为暗访，吩咐内侍秘密寻访后宫佳丽。心系黎民、清慎自守的陆贽，只知道此时正是"吊恤死义，慰犒有功，绥辑烝黎，优问耆耋，安定反侧，褒奖忠直"的最佳时机，哪能像善于阿谀奉承的卢杞那样，懂得皇帝的心思？

大明宫有着魔一样的磁场，深深地吸引着唐德宗，恨不得插上翅膀顷刻回到长安城，于是决定六月十九日起驾还朝。

不料，天公不作美，六月的天气说变就变，连日霖雨不止。从梁州返回长安须再次翻越秦岭，沿途危栈绝壁，高山峡谷，满布褒斜，随时都可能葬身万丈深渊，唐安公主就是在翻越秦岭中香消玉殒的，陆贽也是命悬一线，文武臣僚们早已心有余悸。

然而，皇帝定下的归期谁又敢改呢？

陆贽壮起胆子上奏唐德宗道："陛下，秦岭山脉，千山万壑，黄鹤难飞，褒斜道山高谷狭，崖险水急，匹夫单骑尚且难过，今遇积雨滞浸，群峰湍流，巨石崩奔，訇殷相继，深谷弥漫，往来不通，何况万乘时行，千官影从，圣上不能蹈不测之险，冒无御之灾啊。内臣以为，在这逆顺将分之际，吉凶多变之时，须速镇安，理宜促驾，陛下一定要慎重决策啊！"

唐德宗哈哈笑道："陆九爱卿，京师克复，銮驾回宫，大喜啊。朕先颁敕旨，已定行期，如果朕不早日还都，必然人心惊疑，如居风涛，汹汹靡定，你快通知其他臣做好准备，按期起程！"

陆贽慎重回道："陛下，孔子说过'欲速则不达'。人主举措，宜图万全，必先事以防危，不临危而求幸，幸而获济，贻愧已深，不幸罹灾，追悔何及？恳请陛下稍俟数日，等到雨止天晴，再发不迟。"

"我的地盘我做主"，德宗并未接受陆贽的建议，仍按已定发日启程，果不然一路大雨磅礴，车驾顶着震雷飞电，冲破雨幕，艰难行进，在泥泞里走了四五天才抵达秦岭褒斜谷道。

"来时傥骆道，去时褒斜谷。"同样是翻山越岭，同样是车马劳顿，但与三个月前相比，德宗的心情却迥然不同了。令人高兴的是，到了褒斜谷，天骤然变晴，德宗骑马立于褒河边，滔滔褒水浪花飞溅，雨雾空蒙，秦岭山脉云蒸霞蔚，气象万千，看着曹操在此写下的"衮雪"二字，那般圆浑流动，柔中寓刚，洒脱飘逸，德宗禁不住吟诵起诗来："滚滚飞涛雪作窝，势如天上泻银河。浪花并作笔花舞，魏武精神万顷波。"

唐军踏过古栈道，沿溪曲折行，移步登千仞，道边飞瀑流泉，竹簧摇曳，崇山峻岭里的松涛隐隐飘过耳际，马嘶回响于山林之间，旌旗随着山势上下起伏，蜿蜒成金色的长龙，何其壮观。

唐德宗登上秦岭，汉中、巴蜀和荆楚的大片山川沃野尽收眼底，汉中平原被秦岭和大巴山围绕着，宛如一个美丽的金瓯，阡陌纵横于良田美池之间，白墙黛瓦的村舍散落在绿色的原野，浸润在一片烟霞里，汉江自西向东穿越其间，蜿蜒地流向远方……

唐德宗想起来了，这条褒斜古道留下了太多悲怆的故事，秦惠文王曾因蜀国不贡，派遣大将司马错沿褒斜道长驱入蜀，征服了这片膏腴之地；萧何月下追韩信，打马走过褒谷口才追上韩信，刘邦从此文依萧何，武靠韩信，"明修栈道、暗度陈仓"，还定三秦；诸葛亮以伐魏兴汉为己任，兵出斜谷北伐曹魏，"六出祁山"，终至积劳成疾，退回汉中……

"一骑红尘妃子笑，无人知是荔枝来。"德宗或许还想到汉中以东的荔枝道，那是唐玄宗为了让贵妃吃上新鲜荔枝专门修建的架通"忠州—涪陵—长安"的驿道；"只知一笑倾人国，不觉胡尘满玉楼。"德宗或许也想到汉中以北的古褒国，那个为了乞降献给周幽王的美女褒姒，只可惜已无法见到她那倾国倾城的绝世容颜了……

唐德宗何尝不想成为唐玄宗、周幽王那样的千古情种。然而，令人惆怅的是，古来既得江山、又得美人的贤君总是寥若晨星。

"陛下，该出发了！"唐德宗从沉思中恍然回过神来，看见宦官窦文场、霍仙鸣立于马下。德宗挥了挥手，调转马头，大喊一声"驾"，朝着长安的方向策马而去。

第二十九章　王者归来

兴元元年（784年）七月十三日，陆贽伴随颠沛流离的唐德宗抵近阔别10个月的长安。

王者归来銮驾急，长安大道沙为堤。

为了不让唐德宗蒙受风尘，李晟派遣大将吴诜带3000兵卒前往宝鸡勘路候驾，又派神策军从浐水边运来一车车细柔亮丽的白沙，将进入皇城的道路铺成宽阔的白沙堤，长安城的千门九陌一尘不缁，沿街洒下一瓢瓢清凉的渭河水。

壮丽的大明宫在七月烈日的照耀下熠熠夺目，恢宏而静美。

含元殿已装饰一新，玉宇璇阶，云门露阙；天华爽霁，朗日朝彻；赤旗隆庭，朱柱艳月。重檐雕彩以切霞，旌旗猎风而振响。进而仰之，大殿左翔鸾，右栖凤，翘两阙而为翼，刻着威武龙腾的檀木龙椅宝座已新漆上了一层金漆，静静地安放在大殿前方，那般威严、高贵。

唐德宗带着随驾禁军、山南、陇州、凤翔诸道军队翻过秦岭，经凤翔府到咸阳与浑瑊、戴休颜的大军会合，驻扎休整了两日，德宗领五万唐军浩浩荡荡起驾回京，步骑、幡旗连绵十余里，所经大道尘土飞扬，蹄声如雷。

天还是蒙蒙亮，商贾小贩、黎民百姓、达官显贵、道士僧侣，早早聚集在皇帝御驾即将经过的路旁，人流如织，翘首以盼，一睹皇帝的容颜，好像今天的粉丝排着长长的队伍迎接心中的偶像一般。

他们，是想看看，那个逃亡的皇帝是否别来无恙，朱颜已改？

或许，他们是想看看，他们的皇帝还是那个血气方刚的天下兵马元帅吗？还是那个誓言削藩的亮剑天子吗？还是那个复兴贞观之治的大唐领袖吗？

李晟换了崭新的神策军甲胄，骑上一匹红鬃宝马，率领骆元光、尚可孤等大将和5000神策军来到长安未央宫以西的三桥恭候御驾。李晟远远看见唐军的旗幡近了，立即跳下马来，率军整齐地跪在地上。

将士们足足跪了近半个时辰，德宗的御驾到了，全场欢呼之声惊天动地："恭迎陛下，吾皇万岁，万岁，万万岁！"

唐德宗看到整整齐齐跪在地上的将士，激动得泪如泉涌，陆贽等大臣赶紧将他扶下马车，一起来到李晟跟前。

李晟三呼万岁后说道："陛下，末将身为武官，却未能早日打败叛贼，致使圣上两次幸难。我军兵临城下，数月才击溃叛贼，都是我无能为力，治军无方，勤王无勋的过错。恳请圣上恕罪！"

唐德宗轻轻扶起李晟，激动地说道："吾之家国，爱卿再造啊！"将士平身后，德宗大声喊道："将士们辛苦了，朕要重赏你们！"全场将士再次欢呼万岁，欢喜交加，无不感动泪流。

"皇帝回来了！战争结束了！"长安的大街小巷沸腾了。德宗站在御驾上，向迎驾的军民频频挥手，那张经历了秦岭风霜吹拂过的脸庞，带着沧桑的笑容，那一双目睹了"四王二帝之乱"的眼睛，闪着辛酸、又略含幸福的泪光……

面对手舞足蹈、高呼万岁的人群，李适没有讲话，只在心里默念着：子民们，别来无恙！长安城，别来无恙！

"百事尽除去，唯余酒与诗。"这一夜，大明宫银泥殿、红烛筵，德宗与王淑妃、韦贤妃在麟德殿国宴厅大摆筵席，与李晟、浑瑊、侯仲庄、戴休颜、韩游瑰、骆元光、尚可孤、唐朝臣、刘从一、萧复、卢翰、陆贽、顾少连等文臣武将饮酒庆功，回顾烽火沙场，诉说沧桑往事，互道君臣之情，满朝文武百官，无不把酒酣滔滔，饮尽手中杯。放歌纵酒的唐德宗触景生情，摇摇晃晃地站起来，举觞吟诗道："共此欢娱事，千秋乐未央。"欢欣若狂的唐德宗，已是很久很久没有吟出这样恢宏的诗句了，当夜，德宗大醉了一场。

醒来的李适，又将会迎来一个怎样的王朝？

八月一日为朔日，含元殿举行盛大的朝会，腰金曳紫的满朝五品以上文武百官左右分侧，拱手肃立。

金钟九响，唐德宗走上金阶入座，满朝官员三呼万岁，朝仪礼毕后，唐德宗快速地将殿下大臣的脸都扫了一遍，那样熟悉而又陌生，久违而又亲近。

唐德宗慨然而道："朕谬膺大位，志在削藩，征师四方，不料叛乱四起，京邑失守，引起'四王二帝之乱'，天下不宁，百姓涂炭。而今已光复京师，重振兴邦之业，皆是卿等辅弼之力，君臣相保，勉副天心，长如今日，不敢矜怠。卿等宜各进封事，极言得失，以匡不逮。"

浑瑊出班奏道："陛下，长安虽已光复，但李怀光盘踞河中，又攻下同、绛二州割据一方。他非但不束身待罪，反而倒行逆施，诛杀朝廷宣慰使孔巢父和钦差啖守盈，是可忍也，孰不可忍也！臣愿率军讨伐李怀光，恳请陛下恩准！"

刘从一上奏道："孔巢父到河中宣慰李怀光时，李怀光脱掉金紫官服，俯伏于地，素服待罪。臣认为是孔巢父操之过急，倨傲不为礼民，言辞失宜才会引起朔方军的怀疑和不满，加之李怀光的左右皆是胡人，既痛主帅素服待罪，又恶孔巢父傲慢，终究导致杀身之祸。"

卢翰跟言奏道："刘相国说的极是，泾原兵变，李怀光奔赴国难，立下了再造社稷之功。陛下若对其优崇安抚，既能赢得朔方将士，又能缩减军费开支，缓解财政压力，臣以为利大于弊！"

李晟挺身而出，执笏大声说道："赦免李怀光，固然可以避免当前的战争，但李怀光与朝廷的信任已荡然无存，不可能化干戈为玉帛。绥靖政策必然导致河北诸镇死灰复燃，不能换来真正的和平。河中只离长安300余里，是长安与太原的交通要道，是我朝军事和经济的战略要地，如果不翦除李怀光，必是我大唐的心腹之患。臣愿意与浑瑊将军、驻扎太原的马燧将军一道，南北夹攻李怀光，一个月定能平定河中。"

浑瑊随言道："李晟元帅说的对，赦之逆臣，难以令天下啊！"

唐德宗坐在龙椅上，捋了捋胡子，提声问道："陆九，是免其罪孽，还是挥师讨伐，爱卿说说看。"

陆贽出班，缓声说道："陛下幸难奉天时，李怀光从蒲津渡过黄河火速勤王，在醴泉打败朱泚，旋解奉天之围，有功于社稷。只怪卢杞以己之私，不许李怀光入朝觐见，逼反李怀光背主而去。如今，长安已光复，为表示朝廷的仁德和恩惠，陛下应崇德以待之，不战而屈人之兵，内臣愿学郭子仪单骑招安，奉命前往河中劝降李怀光。"

唐德宗缓思片刻，重声说道："李怀光胜则分功，败则图变，余孽不得不剿除。陆九爱卿，打仗的事就不用你操劳了。众爱卿，朕意已决，对于李怀光，朕决不再妥协，浑将军，请抓紧制定讨伐李怀光的战略方案！"

"遵旨！"浑瑊出班跪地领旨。

李晟主动请缨，出班上奏道："陛下，末将也请命讨伐。"

唐德宗龙颜大悦，笑着说道："李爱卿，你负责镇守京师，就让浑瑊元帅去就行了。传我旨意，朕决定加授司徒、中书令、合川郡王李晟兼凤翔尹、充任凤翔节度使、陇右节度使、泾原、四镇、北庭行营兵马副元帅，改封为西平郡王。封李晟父亲李钦为太子少保，母亲王氏为代国夫人，赏给永崇里宅院、泾阳良田、延平门园林和女乐师8人。"

李晟忙拜倒叩头："谢陛下，隆恩太过，末将不敢领赏。"

唐德宗肃然说道："李将军忠心朝廷，战功赫赫，理应给予重赏。请神策军在东渭桥设立纪功碑，请太子李诵为李将军撰写碑文，送陆九修订后再呈朕审定。"

陆贽领旨后，凛然说道："陛下，臣也想奏请陛下为另一位忠留丹笏的大唐英雄树碑立传。"

"陆九，爱卿说的是哪位大臣？"

"泾原兵变时，就在这含元殿上，当廷勃然而起，以笏板抗击朱泚而死的司农卿段秀实。"陆贽回答道。

南宋文天祥的《正气歌》颂扬了许多历史上的仁人志士，其中"或为击贼笏，逆竖头破裂，是气所磅礴，凛烈万古存。当其贯日月，生死安足论"讲的就是段公的故事。

唐德宗点头感慨道："段爱卿忠贞不贰，明察勇敢，自古殁身以卫社稷者，无有如秀实之贤啊！朕追赠段秀实为太尉，谥号忠烈。赏赐500户的赋税，庄园、府第各一座。长子封三品官，其余的子嗣封五品官。"

"陆九，朕请你亲自为段爱卿树碑传，题写碑文，修建庙宇！朕要亲自去祭祀段爱卿！"

"臣遵旨。"陆贽继续说道："臣建议，应对灵武留后杜希全、奉天行营节度使戴休颜等赴难勤王之臣和壮烈牺牲的士卒，以及为克复京师的骆元光、尚可孤、唐朝臣等军中将领、士卒给予册封擢升。对投降朱泚的逆臣应该仿照至德二载先帝光复两京时的律令，依情节轻重，以'六等定罪'加以惩处。"

唐德宗思考了良久，开口说道："请陆九牵头，会同李晟元帅，抓紧提出褒奖赏赐方案，朕将对赴难扈从、克复京师的功臣，予以进阶赐爵、加食分邑等封赏。对在平叛战争中捐躯殉国的烈士，追赠官爵，对他们的子孙恩荫授官。"

杜希全迁太子少师、检校右仆射，兼灵州大都督等职，又封余姚郡王；戴休颜迁检校尚书右仆射、左龙武军统军；唐朝臣迁检校兵部尚书、鄜坊丹延等州节度使，封平乐郡王。

唐德宗又采纳了陆贽"征韦皋、李楚琳，俾入分文武之职，择元勋宿望，命出总歧陇之师"的建议，以保义军节度使、凤翔尹李楚琳为金吾大将军；以奉义军节度使、陇州刺史韦皋为左金吾卫大将军。

被征调入朝的韦皋，得知以兵变杀害张镒的李楚琳竟然还被升为金吾大将军，气得火冒三丈，他径直跑到翰林院找到陆贽，狠狠地质问这个表弟："敬舆，张相国既是你同乡，又是你忘年之交，当年你御任郑县尉东归省母，途经寿州时，张镒刺史是如何款待你的？你难道都忘得一干二净了吗？你不但不上奏陛下杀了仇人，反而还推荐这样狼心狗肺的人为金吾大将军，难道你也要做如此忘恩负义的人？"

陆贽被韦皋质问得哑口无言，一脸茫然，无可辩说。韦皋倏地抽出腰中长剑，剑锋直抵陆贽前颈，忿然道："表弟啊表弟，就算是你我与张镒无牵无挂，李楚琳擅杀主帅，投降朱泚，罪在不赦，千刀万剐也不为过。"

陆贽缄默了良久，仰天长叹道："李楚琳趁国难而肆逞其奸，贼邦君（指张镒）而篡居其位，按以典法，是宜污潴（古代一种严厉的刑罚），贽何尝不想置他于死地。韦兄，陆贽无能，你杀了我吧！"

韦皋厉声呵道："可是，陛下都决定胁夺其职，以惩逆乱，可你为何两次进状为之缓解，使此恶贼得保首领，还朝升官，天理何容？"

"楚琳之罪，固不容诛，让我咽喉梗而心膂分矣。然君子报仇，十年不晚，楚琳之贼，卒伍凡材，厮养贱品，因时扰攘，得肆猖狂。在我眼里，楚琳琐劣之资，颇同狐鼠，乘夜睢盱，晨光既升，势自蜷缩，纵令商蹰，何恶能为？不用你我出马，自有人让他死无葬身之地！"陆贽肃然答道。

韦皋抽回长剑，愤然说道："此等不忠不义之徒，你不杀之，我定杀之！"说完怒气冲冲而去。

为何韦皋对李楚琳如此恨之入骨。原来，张镒也是提携他的恩人。张镒曾延请韦皋入幕，先以殿中侍御史的宪衔担任营田判官，辅佐自己处理陇右的军政要务。

韦皋在凤翔陇右广获声誉，他一边整顿军纪，提升军力，一边构筑防御，固守城池。陇州刺史病故，张镒便让韦皋代理陇州行营留后，赋予韦皋统领陇右的兵马权，负责第一线防卫吐蕃，坐镇边关。

历史造就英雄，正是在这场泾原兵变中，陆贽与韦皋，一文一武的两表兄，一个成为唐德宗的救时"内相"，一个成了奉天解围的"勤王先锋"，都担任起了李唐王朝起死回生的历史重任。

对李楚琳杀害张镒之事恨之入骨的还有一人，他就是唐德宗回銮后，新任命的凤翔、陇右节度使、北庭行营兵马副元帅、西平郡王李晟。

李晟临行时，特向德宗皇帝奏请携带杀害张镒而自称凤翔节度使的李楚琳同返凤翔，以作政务交接，其实意在遣回而诛之，以惩逆乱。可叹的是德宗"以新复京师，务安反仄，不许"。李晟愤然来到凤翔，斩杀了王斌等参与谋杀张镒的十几名罪犯，狡猾的李楚琳留任京师，逃脱一命。

李楚琳受到了朝臣和士卒的一致诟骂。宰相萧复、御史中丞齐映、翰林学士顾少连纷纷上奏诛之。时有开元、天宝中朔方节度使光乘之子、年过七旬的太子少师韦伦持笏上奏，弹劾李楚琳："楚琳凶逆，忠诚蕃戎丑类，不合厕列清班。"却都被德宗以观后效之言保下了。

冬月初，长安下了第一场雪，在一个天寒月黑之夜，李楚琳的府第突然燃起熊熊烈火，李楚琳被活活地烧死，葬身火海，可谓"天子不取，必遭天谴"。

第三十章　中书舍人

在奉天、梁州的艰难突围中，陆贽挽狂澜于既倒，拯时局于危难，已然是名副其实的"内相"。按理说，在长安光复、德宗回銮后，陆贽这位救时"内相"应该得到更大的升迁，吏部尚书、宰相萧复就三次给德宗上奏章，请求罢免自己，力推陆贽为相。

兴元元年（784年）十二月，唐德宗下诏，陆贽以门下省谏议大夫升为中书省中书舍人，依前仍充翰林学士。

隋唐时，中书舍人在中书省掌制诰，负责诏书起草工作，多以有文学资望者充任。正拜中书舍人不是随便授予的，翻开大唐宰相谱，姚崇、张嘉贞、张九龄、杜鸿渐、崔祐甫、张延赏、李吉甫、李德裕、李绛……这些宰相都曾做过中书舍人，唐朝诗人齐澣、白居易、元稹也任过此职。

中书舍人定额6人，秩正五品上，高宗武后时曾称西台舍人、凤阁舍人、紫微舍人，中书舍人还有一个重要职责，就是参议表章，佐宰相判案，宰相办公的政事堂就有一个后门直通中书舍人院。

在唐代，以翰林学士草拟"内制"，以中书舍人草拟"外制"，正拜中书舍人，不失为官员们跃居台省长贰，以至拜相的一块重要跳板。生于公元754年的陆贽，三十而立就加授正五品官员，正拜中书舍人，足见唐德宗对他仍是相当地倚重信任。同朝官员们都相信，总有一天陆贽会攀上帝国政坛的最高枝，位登宰辅。

转眼，冬去春来，万木逢春，陆贽以《周易》"贞下起元"为寓意，建议唐德宗改元"贞元"。公元785年正月初一，唐德宗在含元殿接受百官朝贺，改元贞元，宣告命令大赦天下。

长安的正月，大风凛冽，大雪纷飞，异常的寒冷。由于去年秋天蝗虫灾害，冬天又逢大面积干旱，河南、河北连续荒年，米涨到一斗1000文钱（一串铜钱，法定1000文）。自古号称"金城千里"的关中，地域狭窄，出产的粮食也很有限，很难支撑一个奢华的长安，再加之连年用兵打仗，国库钱粮耗竭殆尽。

勒紧裤腰带过日子的唐德宗，不由想起那个前任宰相卢杞来，因为卢杞事事逢迎、处处顺从、从不敢说半句违逆之言，既讨德宗喜欢，还替德宗背负骂名，这就使得心中歉疚的德宗在国势稳定之后希望再次启用卢杞。贞元元年的大赦令一下，卢杞就从新州（广东新兴县）司马调任吉州（江西吉安市）长史。

远在千里之外的卢杞又露出了蓝脸奸笑，逢人便道："皇上念我旧情，老臣不久定将还朝啦！"不久，唐德宗果欲将卢杞量移为饶州（今江西波阳）刺史，命给事中袁高草制诏书。

袁高，沧州东光人，正是陆贽向德宗推荐、重新起用的谪贬官员。袁高早知卢杞奸邪，见唐德宗又将起用他，不由一惊。立即请示现任宰相刘从一、卢翰："卢杞为相时，致銮舆播迁，海内疮痍，为何遽迁大郡！希望两位宰相执奏之，事尚可救。"

刘从一、卢翰知道，要改变皇上决定的事比登天还难，明哲保身的两位宰相，不愿冒着得罪皇帝、丢掉乌纱的危险进谏，于是不置可否，绕开袁高，改令翰林学士吴通玄起草诏书。

消息传到中书省中书舍人陆贽耳中，陆贽找来袁高询问详情后，不由喟然长叹一声："奸臣卢杞，为相三载，朝纲紊乱，党同伐异，残害忠良，千夫所指。吾皇却要宠任奸臣，必失天下万民之心啊！"

在陆贽的安排下，袁高约同翰林学士顾少连、左补阙（监督官）陈京、谏官赵需、裴佶、宇文炫、卢景亮等人联名上疏，都说卢杞嫉妒贤能，稍有不顺从他自己的意愿，定要致对方于死地；对百姓横加征敛，罪大恶极，使天下人人鄙弃，若是重新加以任用，必使忠臣寒心，好人痛骨，成为祸乱的根源，纷纷请求唐德宗千万不能再宠用卢杞。

时隔三日,由吴通玄起草的诏书得到唐德宗的同意,传到中书省颁布。陆贽急召给事中袁高,愤然扣下诏书。

次日早朝,德宗询问卢杞的诏书颁布没有?袁高出班,执笏痛心疾首地说:"陛下,是您赋予给事中封驳诏敕奏章之职,对有异议者可直接批改驳还诏敕。卢杞的诏书是我扣下的。"

唐德宗大声呵斥道:"袁高,你好大的胆子,难道你不是因为兴元大赦才得以擢升给事中吗?卢杞受贬以来不是经过了两次大赦了吗?你能赦免,为何卢杞不能?"

袁高凛然进谏道:"陛下,卢杞极恶穷凶,百姓疾之若仇,六军思食其肉,何可复用啊?"

唐德宗强忍着怒火,森森然说道:"袁高,我看你是自高自大,目空一切,朝廷拔擢官吏,岂是由给事中所论奏?"

袁高理直气壮地答道:"陛下,这是国家大事,忠臣应当冒死相争。"

"放肆!"德宗已是怒发冲冠,起身咆哮道。朝臣们从没见过德宗发这么大的火,不禁一阵惊惶失色,朝堂顿时鸦雀无声。

陆贽"见火已烧到房顶上",于是出班奏说道:"陛下息怒!依唐律,赦者止原其罪,而不可为刺史。再者,卢杞执政时,独揽朝政,党同伐异,宰相杨炎、张镒、御史大夫严郢、太子太师颜真卿,无一不是死在他的手上,百官每日如兵在其颈,如今复用之,则奸党皆唾掌而起,朝廷必是人心惶惶,大唐帝国来之不易的否极泰来,又将一去不复了。"

顾少连也上言道:"陛下,陆学士言之有理。臣以为,陛下乃一国之君,莫说饶州刺史,就算大州的长官亦可封给他,但结果必然是——天下失望!"

顾少连不温不火的一席话,让唐德宗倏然感到背心一阵着凉,"天下失望!"这是多大的罪孽啊!德宗万万没想到,复用卢杞为一州之刺史,会招致如此浩大的反对声。

众怒难犯,唐德宗只有无奈地放弃了。数日后,朝廷终于下诏,将卢杞量移为沣州别驾,显然,天子作出了让步。但这一步,对于大唐帝国来讲何等英明,若是卢杞复相,不知又有多少忠臣良将死于非命。

唐德宗的内心经过一番衡量与挣扎，认为陆贽所荐的袁高果真刚正不阿，无所屈挠，是位敢于犯颜直谏的忠臣，于是派神策军左厢兵马使窦文场给袁高送去了一句话："朕徐思卿言，诚为至当。"

陆贽借机上言道："陛下，袁高进谏，言辞激烈，伤了陛下的面子。但自从袁高犯颜直谏后，朝堂内外、长安巷道，无不把陛下比作任贤纳谏、从谏如流的唐太宗。"德宗听后，一张沧桑的脸，豁然露出了好久不见的笑容。

接到朝廷的诏书，卢杞却是一脸愁容，他明白自己再无返朝的机会，皇上是永远抛弃他了。不久，万念俱灰的卢杞抑郁而终，一代奸臣魂飞魄散，留下的，只是世世代代对他的骂名。

时至三月，河中（今山西永济市）又传来一个令人愤慨的消息。李怀光的都虞侯吕鸣岳有意归降朝廷，私底下派人向马燧暗自联络，准备率部投诚，不料密使被抓，事情泄露，李怀光竟将吕鸣岳全家及九族屠杀殆尽，包括数十余名妇孺老人、少年幼童死于非命，惨不忍睹。驻扎宝鼎（今山西万荣县西）的马燧义愤填膺，率军攻占陶城（今山西永济市西北），大败李怀光军队，斩首万余级。

军情传到朝廷，唐德宗立即召集文武大臣议奏，很快下诏授以河东节度使马燧为奉诚军、晋、慈、隰节度使，充管内诸军行营副元帅，封北平郡王。授以京畿渭北节度使、侍中浑瑊为河中、绛州节度使，河中、同、陕、虢行营兵马副元帅，封咸宁郡王。命两位将军自河西、河东共同讨伐叛贼李怀光。

陆贽立即起草颁诏《马燧、浑瑊副元帅招讨河中制》，向盘踞河中的李怀光发起了最后的总攻。

"覆载所不容，人臣所共弃"的李怀光，即将迎来他的末日。

浑瑊率镇国节度使骆元光、邠宁节度使韩游瑰、鄜坊节度使唐朝臣统3万唐军，直扑河中蒲州讨伐李怀光。李怀光决定与朝廷死抗到底，他派遣猛将徐庭光率万余名朔方军于长春宫（今陕西大荔县）阻击。

长春宫本是皇帝在河中设置的行宫，宫城高耸，守备森严，易守难攻，叛军在城墙上布下千余名身负森森利箭的弓弩手，唐军掀起无数次汹涌的攻势，数度失利，始终登不上城头，双方伤亡都十分惨重。

驻守太原的河东节度使马燧接到朝廷的诏命，对德宗的封赐无不感恩戴德。

他亲率步骑3万人由晋州（今山西临汾市）出发向南进攻，迅速攻下稷山（今山西稷山县）、龙门（今山西河津县）、夏县三座城池。李怀光的妹夫要廷珍，守将冯万兴、毛朝扬等纷纷投降。驻守绛州的骁将奚小俊虽是出了名的万人敌，但是得知绛州（今山西新绛县）已是一座孤城，无法坚守，于是也只有弃城逃亡，守军全部归降。

马燧文武双全，打仗讲究战略战术，不喜蛮拼蛮打，尤其擅长制造战车，作战时"蒙以狻猊象，列戟于后，行则载兵甲，止则为营阵，或塞险以遏奔冲，器械无不犀利'"。(《新唐书·马燧传》)马燧的军队攻下绛州后，部队沿黄河东岸南进，一举攻下永乐（山西芮城县西南）、猗氏（今山西临猗县）、虞乡（山西永济市东），在陶城（今山西永济县境）与李怀光的主力相遇，展开激战，斩首敌军万余骑，与南线战场的浑瑊、骆元光、韩游瑰部遥相呼应，形成了南北夹击包围之势。

老子云："师之所聚，荆棘生焉，大兵之后，必有凶年。"就在战争如火如荼打得不可开交的同时，大唐半个江山旱魃肆虐，灾荒接踵而至，从太行山东到河北平原，蝗虫飞舞，遮天蔽野，秋收的稻谷、庄稼、花草树叶都被吃光，乃至农民颗粒无收，饥民四方流散乞食。

奚抱晖鸩杀了节度使张劝自任留后，大言不惭地向朝廷奏请授予节度使旌节。

此时，又逢关中起旱，灞河几近干涸，浐水已无水流，长安城的井中滴水全无，生产生活无法得到保障。蝗虫从海边飞来，飞得遮蔽了天空，每次飞下地来，草木及牲畜的毛则被全部吃光，没有一点剩余。宰相刘从一上奏德宗，命朝廷大臣祈祷各种神灵以求雨，但事与愿违，灾情肆虐，谷价飞涨，关中闹荒的民众甚至蒸蝗虫来吃，以度时日。

宰相刘从一及度支使裴腆、京兆尹韩洄等大臣，纷纷上奏请求唐德宗停息战争，赦免李怀光，减裁朝廷冗员。

天灾肆虐，国库告急，国库中储存的粮食、货币仅够两个月的支用，战争打还是停？唐德宗犹豫不定，急诏李晟、李泌、陆贽等重臣到紫宸殿议政。

李晟力主讨伐，慨然上奏道："陛下，臣认为赦免李怀光有五不可。一是河中距长安仅300余里，同州当其中，多兵则未为示信，少兵则不足提防，忽惊东偏，何以制之？二是赦免李怀光，如同养腹心之疾，晋、绛、慈、隰四州必将落入叛军之手。三是陛下讨除贼寇，兵力未穷，遽赦其反逆之罪，而今西有吐蕃，北有回纥，南有淮西，他们都在拭目以待，观我强弱，毕竟起觊觎之心。四是赦免李怀光后，朔方将士应叙勋行赏，但目前国库空虚，赏不满望，很易激之反叛。五是既解河中后，就得罢诸道兵卒，赏典不举则必起怨言，泾原之变就是教训啊！臣请求陛下发兵两万，晟自备资粮，独讨怀光。"

陆贽进言道："陛下既定的战略，不管面临多少困难，决不能偃旗息鼓。目前马燧、浑瑊两将一北一南，对李怀光形成掎角之势。如果停止战斗，让其喘息休整，势必让逆贼积蓄下一场战争的能量。臣认为，李怀光部下只有徐庭光骁勇善战，过去也是尽忠朝廷的大将。呈请陛下修书一封，诏命马燧将军招降徐庭光，徐庭光若是归服朝廷，李怀光必成孤家寡人、瓮中之鳖。"

唐德宗忧心忡忡地说道："河中距京城不远，朔方兵马乃唐军精锐，如果河中李怀光与陕州达奚抱晖联合抗廷，猝然之间可形成掎角之势。而且一旦达奚抱晖占据陕地，到长安的水路、陆路运输线就会瘫痪，后果难以设想。"

唐德宗说完，望着眼前镇定自若的李泌。李泌（722—789），京兆（今陕西安）人，系玄宗、肃宗、代宗三朝元老，他崇尚出世无为的老庄之道，视功名富贵如敝屣，所以在肃、代两朝几度拒辞宰相之位，远离朝堂，隐居于衡山。

唐德宗避难梁州时，急诏李泌至行在，授以他右散骑常侍，令其每天在中书省值班，以便等候德宗召对。长安克复后，李泌又欲辞别，归隐衡山，但唐德宗始终没答应。

李泌悠然答道："陛下，天下事甚有可忧者，若惟河中，不足忧也！如果说李怀光是一名大将，达奚抱晖之徒乃一兵耳，何足为惧！况且陕城之人，向来忠于朝命，这只是达奚抱晖作恶罢了。"

唐德宗舒展了眉头，高兴地说："不得不烦李爱卿一往。"

李泌回答道："谢陛下信任，老臣定会夺其奸谋。"

唐德宗诏命李泌为陕虢都防御使，兼水陆转运使，东出潼关，前往陕州招降达奚抱晖。李泌单枪匹马，凭着他绝伦的智慧和胆识，很快将达奚抱晖收拾得服服帖帖，成功化解了一场拥兵割据的叛乱，为唐军集中平叛李怀光赢得了战机。

马燧也担心唐德宗会放弃讨伐李怀光，于是自行营呈上奏折，向唐德宗主动立下军令状："李怀光凶逆尤甚，罪大恶极、清庙震惊，赦之无以令天下，只要陛下再给我一个月的粮饷，必为陛下平之。"

陆贽建言唐德宗给马燧写了一封密诏："长春宫不取，则怀光不可得。徐庭光不出，则怀光可得矣。"马燧接到飞鸽传书后，明白了朝廷的意图，于是单枪匹马驰于长春宫城楼下，说服徐庭光投降朝廷。

徐庭光素来敬畏马燧，见他只带几骑兵马前来，于是带领麾下诸将立于城头观望片刻，方才大声喊话道："来者何人？"

"徐将军，我是马燧。"马燧大声回话后向城头举拳恭礼，徐庭光与诸将士在城上列队向马燧下拜。

马燧看出徐庭光有意投诚，敞开嗓子喊道："诸位朔方将士，自安史之乱以来，你们转战南北，忠心报国30余年，战功赫赫。今日为何要抛弃郭、李元帅和祖辈先烈奋战的功勋，背叛大唐，自取灭族之罪？今我自朝廷来，你们如能回心转意，可西向受命。"

朔方军的大多数将领、士卒对朝廷还是忠心耿耿的，听完马燧的喊话，一些士兵悚然动容，低声议论起来。

"将士们，李怀光造反，你们何以同罪？如果你们招降，我保你们死罪可免，富贵可图。如果有假，请搭箭射我！"马燧解开衣襟喊道。

马燧一席话打动了守城将士，也打动了徐庭光。徐庭光度量当前形势，又看到将士们的反战情绪，知道固守下去是死路一条，于是率众将士以觐见天子之礼向西下拜，随后命令打开城门投降。

降服的朔方将士没有丝毫狼狈之意，反而欢呼雀跃，大声呼喊："我们又是天子臣民了，我们又是朔方军卒了！"

招降徐庭光后，马燧与浑瑊率领的军队随即会合，骆元光、韩游瑰诸军积极支援，汇聚10万官军进抵焦篱堡（今陕西合阳县），直逼河中府。河中府分为两城，河西为西城，河东为东城，两城隔河（黄河）相望，以一座浮桥连接。唐军兵分两路，从东西两面合围河中府。

是时，黄河两岸杀声震天，烽火四起，河中府守军惊恐不已，军心动摇，胆战心惊地奔走相告，东城传言西城陷落，西城传言东城归顺，不到七日，河中府就纷纷插上了"太平"旗。

原来，穷蹙无路的李怀光，绝望地自缢而亡了！河中大将牛名俊砍下李怀光的首级，率军开城请降，河中之乱宣告结束，用时刚好27天。

一意孤行的李怀光，终是害了自己，也害了儿子。李怀光奉天解围时，唐德宗念其功勋，升其子李璀为监察御史，尤为器重。李怀光因未能觐见皇上忽生叛逆时，李璀就曾密报德宗："臣父必负陛下，陛下早作准备，陛下未能诛臣父，而臣父足以危陛下。"

唐德宗闻言惊讶道："爱卿应替朕与卿父弥合嫌隙。"

李璀直言答道："臣父非不爱臣，臣也非不爱吾父，只是为臣力劝，臣父也不能回心转意！"

"爱卿苦心，朕心明白，你再劝劝卿父，他可是朕的股肱大臣啊！"唐德宗被李璀的忠心坦荡而感动。君臣、父子皆人之大伦，深晓儒家之学的李璀见父亲自缢，含泪杀掉了自己的两个弟弟，而后自杀而死。

消息传到含元殿，唐德宗说不出是喜是悲，他真没想到：一个千里勤王护驾、立下再造社稷之功的大臣，为了赌"未得觐见"之气，让彼此付出如此大的代价！不禁喃喃自语道："或许，是朕错了！"

唐德宗将陆贽诏来紫宸殿，轻声询问道："陆九爱卿，今河中已平，唯有淮西蔡州李希烈，你看如何伐他？"

陆贽回答道："臣不敢担保李希烈会归降，但臣揣测其私心，不是不愿归顺朝廷，料想他暗中也不是没有追悔之意。但是，他肆意妄行，已经窃称帝号，即使陛下对他有宽宥之恩，但他也无颜生存天地之间了。就算他不肯顺命归降，盘踞蔡州任意横行，也不过是一独夫民贼而已。对内无辞以起兵，对外则无类以求助。只能是厚抚部曲，苟且偷生，余生残喘，朝夕殒灭。陛下只管敕令诸镇各守封疆，李希烈定然气数殆尽，穷途末路。古之不战而屈人之兵者，此之谓也！"

经陆贽一番论理，唐德宗的心一下轻松了不少。他继续问道："陆九爱卿，你说说，李怀光何以走到此步？"

陆贽静默着，什么也没说。唐德宗一个人又谈起李怀光来："朕避难奉天时，李怀光三军凤驾，千里勤王，上假雷霆之威，下逐虎狼之众，赶走了暴虐的叛军。

朕正要论功行赏，可惜他不守臣节，暗萌叛意，为臣至此，有法必诛，朕还绥怀招抚他，但他叛行愈显，一意孤行，大兵讨伐，竟至灭门。"

　　唐德宗说着说着已是泪流满面，泣声而叹道："唉，朕实不德，临于兆人，泣辜宥罪，素诚所志啊。李怀光孤魂无归，怀之潸然，请陆爱卿替朕拟以诏书，以慰其地下之灵吧！"

　　侍从备好笔墨，陆贽好似也触景生情，蘸了蘸研墨，挥笔写下："李怀光久从戎旅，颇著勤劳，拔于等伦，授以旄钺，誓师河朔，奔难奉天，有夷凶嫉恶之诚，有弭患释围之绩。怀旧念功，仁之大也；兴灭继绝，义之弘也……"一个时辰的功夫，陆贽代唐德宗写下了《诛李怀光后原宥河中将吏并招谕淮西诏》。诏书虽厉斥李怀光的叛逆之为，但念其当年救难之功，也不免感叹惋惜。

　　为了哀其绝后，为其继嗣，陆贽起草的诏书中，将李怀光的外孙燕八八赐名李承绪，任其为左卫率府胄曹参军，成为李怀光继承人。并赐钱1000贯，让他在李怀光的墓边购地建园，侍奉赡养李怀光的遗孀王氏。更让人感怀涕零的是，诏书中写道："河中及同州、绛州百姓，并经陷贼，又久屯军，骨肉分离，生业废弃，兴言轸念，良用恻然，宜各给复一年。"免除河中、同州、降州百姓赋税徭役一年……可见陆贽已算是至仁至义，爱民如子了。

　　侍从轻轻地叫醒半躺在卧榻上的唐德宗，德宗诏陆贽诵完诏书，似听非听地点了点头，舒了口气叹道："陆九，明日上朝替朕念吧！"说完停了片刻又断断续续说道："加封马燧兼任侍中，加封浑瑊为检校司空，其余将士的赏赐陆爱卿你看着办吧！"

　　唐德宗是该安心地歇一会了。就在河中李怀光被斩首不久，盘踞幽州、自称冀王的朱滔也一命呜呼，河北终算平静下来。更喜的是，镇抚江东15州的镇海节度使韩滉向朝廷贡奉的100万斛米也运抵陕州。

　　陆贽见唐德宗闭上了眼睛，轻轻地应声"诺"，缓缓退出了紫宸殿。

第三十一章　平凉劫盟

贞元二年（786年）春天，长安曲江两岸柳如丝、花似霰，别有一番好光景。陆贽与李晟、李泌、萧复等大臣陪着唐德宗、王淑妃以及太子李诵，漫步在百花盛开的春天里。

河中、河北已熄灭了燃烧六年的战火；濒临崩溃的财政已度过危险期；固守蔡州、自称楚帝的李希烈也被官军打得偃旗息鼓，不料又感染重病，其麾下将领陈仙奇将他毒死，屠杀了其全家后，宣布归顺朝廷。唐德宗好似迎来了一个柳暗花明、否极泰来的春天。

自建中二年（781年）唐德宗向成德藩镇亮剑以来，兵连祸结，赋役繁兴，战火席卷大半个帝国，诸藩叛乱你方唱罢我登场，锐意中兴的唐德宗被迫逃难奉天、梁州，朝廷付出了极大的代价。然而，"兴，百姓苦；亡，百姓苦"，付出代价最大的还是天下无辜的百姓。

就在曲江愉悦的踏春中，唐德宗向陆贽问道："陆九爱卿，如今四方叛乱一一平定，天下太平，你看朕现在该做何事？"

陆贽回答道："陛下，臣以为，福不可以屡徼，幸不可以常觊。陛下嗣位七年，连兵六载，追惟往事，无不悔恨于怀。臣姑以生祸为忧，未敢以获福为贺。"

"诸藩之乱，尘埃落定，大唐帝国浴火重生，国威远扬，此乃天下百姓之福，何尝不贺啊？"德宗反问道。

陆贽话语一敛，肃然回道："国家安危，或未可保，天下百姓渴求德声，翘望圣泽。昔日陛下的'罪己诏'悔过之深诚,又降非常之尊号,所在宣扬之际,天下闻者,莫不感激涕零。那些自署王号的叛逆之夫,纷纷削去伪号,请求治罪;那些伺机而动、迟疑不定的将领,也都诚心诚意地效力勤王,四方来同。"

"朕要感谢陆九起草的'罪己诏',一纸诏书能救国啊。不过,你可给朕的面子丢大了。朕以百万之师兵穷力尽,而颁布不满一尺的诏书却能德化天下诸藩,为何愈讨之而愈叛,今释之反而毕来归顺呢?"德宗苦笑道。

陆贽答道:"陛下英明,这正是明君的治国之道,使强暴之人心悦诚服,任德而不任兵,明矣;各镇节帅悖臣礼、拒天诛,图活而不图王,又明矣。可见,好生以及物者,乃自生之方;施安以及物者,乃自安之术。从古及今,未之有焉!"

听完陆贽一番进谏之后,唐德宗静思片刻,方才淡淡地说道:"天下为公,天下为信。这是入唐贞观之治最重要的治国之方。现在,朕就以贞观之治为榜样,在陆九诸爱卿的辅佐下,中兴大唐,开创'贞元之治'。"

陆贽恭敬地回道:"陛下,如今皇运中兴,天祸将悔。朱泚谋逆,偷居上国,李怀光窃占中畿,皆不足两年,相继枭殄,主帅伏诛,全军覆灭,实为众慝惊心之日,群生改观之时。但臣以为,陛下的威严已昭然天下,而陛下的恩惠还没普及天下,陛下诚宜上副天眷,下收物情,布恤人之惠以济威,乘灭贼之威以行惠为上策。"

唐德宗转脸望向陆贽,沉吟道:"陆九,难道朕真的威则已行,惠犹未洽?"

陆贽举目望向曲江之水缓缓流向远方,喃喃说道:"陛下,一夫不率,阖境罹殃;一境不宁,普天致扰啊!如今,天下已定,昏昧无知之人,自专自立之帅,都因陛下改过自新而感激涕零,为陛下盛德仁爱而心悦诚服,洗心革面,且修臣礼。然而,他们对陛下的深言密议、肺腑之言和治国之道,肯定还没有完全明晰,朝廷内外之臣,必当聚心而谋,倾耳而听,观陛下所行之事,考陛下所誓之言。如果陛下言与事符,朝臣迁善之心定会逐渐牢固,倘若陛下所行之事,有悖言理,则虑祸之态必然重蹈覆辙,陛下应三思啊!"

唐德宗又问道:"陆九爱卿,宰相刘从一已去世,姜公辅也转为左庶子,政事堂只有萧复、卢翰两位老臣。卿以为,谁能堪当宰相之职?"

陆贽不遗余力地推荐李泌、齐映、崔造三人为相,又推荐了一批忠贤良才任职中书门下。不久,唐德宗下诏,以门下侍郎、平章事卢翰为太子宾客;以散骑常侍刘滋为吏部、礼部尚书、同中书门下平章事；以给事中崔造为户部、工部尚书、同中书门下平章事；以中书舍人齐映为兵部尚书、同中书门下平章事。又升京兆尹韩洄为刑部侍郎，以御史大夫崔纵为吏部侍郎，以谏议大夫吉中孚为户部侍郎。

自此，政事堂的宰相，尚书省六部官员焕然一新。户部上奏，本年共有150州入朝进贡，唐德宗好似又迎来大唐中兴的曙光。

然而，内忧刚平，外患又起。西陲吐蕃，又露出狰狞的面目。

雪域高原的吐蕃王朝，幽静而深邃，浩瀚而空灵，神秘而雄浑，勇敢顽强的游牧民族，舍生忘死，生生不息，铁骑踏遍万里河山，威震四海，邻国莫不畏服。甚至有传说，这是因为神和龙族通婚，繁衍出了一代一代吐蕃赞普。

为解决连续旱灾、国库空虚、关中粮食紧缺以及防御吐蕃等问题，唐德宗曾采纳陆贽的建议，擢升韦皋为检校户部尚书，兼成都尹、御史大夫、剑南西川节度使。

这个西川节度使，可不是一个随便任免的官职。

从唐睿宗到唐玄宗开元年间，为防御吐蕃而专设河西、陇右、剑南三道。安史之乱发生时，曾任过剑南节度使的杨国忠，就极力进言唐玄宗暂且避乱成都，凭着蜀地之天险、天府之财富，定能卷土重来，克复长安，重登皇位。后来，唐肃宗北上灵武称帝后，着手铲除杨国忠在剑南道的残余势力，于是将原来的剑南一分为二，重设剑南东川节度使和剑南西川节度使，即东川和西川，其中西川占据了剑南道最重要的军事重地和富庶的土地良田。

到了唐德宗时期，西川在辖成都府、简、彭、蜀、汉、眉、嘉、邛、资、茂、雅、黎诸州基础上，又复领东川15州，共计26州，人口约占全国的五分之一，人富粟多，位列各道之首。因此，古时就有"守天下之至险者，莫如蜀任"的说法，西川节度使这个职位，唯有诚有德、德才兼备的人才能赋予镇蜀的重任，非上将贤相殊勋的人物不可寄任。

作为前任西川节度张延赏的女婿，又在泾原兵变中建立殊勋的韦皋，出身名门望族，又文武兼备，很受唐德宗和朝中重臣们的赏识。宰相萧复就曾在德宗面前多次进言，将韦皋调任淮南节度使，镇守江南富庶之地。

而陆贽在唐德宗面前，大赞韦皋执掌陇州、勤力王室的社稷之功，力荐他去任西川节度使，接替他的岳父张延赏。陆贽上奏唐德宗道："以韦皋年轻有为的治政才干，足以治理富庶的天府之国，以保障朝廷的长远贡赋。同时，以韦皋卓越非凡的军事才能坐镇西川，定能掣肘吐蕃，防御南诏，保卫西南边疆，完成李唐王朝的天下大统。"

这个决定，当然也是陆贽与韦皋经过一番商谈和激烈争论后，为了整个陆氏、韦氏家族的长远发展而得出的最佳选择，陆贽留任朝中，韦皋出任西川，内外相援，比肩而驱。很显然，陆贽这是有意保护这位如今功绩盖天、性格刚直的表兄，让他早些离开朝廷勾心斗角的政治漩涡，安于一隅，施政一方，成为自己最铁杆的封疆大吏。

韦皋出镇西川后，补前人之漏略，极当时之能事，大力实施"边疆御边型藩镇"战略，在经济上开通商路、发展农业；在文化上兴办学校、进献骠乐、建寺崇佛；在军事上广筑边事、整顿军纪，提升西川军事威慑力。

吐蕃尚结赞感受到了几十年来从未有过的精神压力。这位出身于吐蕃那囊氏显赫家族的吐蕃大相，也有一番文韬武略。自古以来，帝国与吐蕃的交锋，唐军总是败多胜少，如狼似虎、血性膨胀的尚结赞，岂能忍受刚刚恢复元气的唐王朝如此咄咄逼人的威慑。

贞元二年（786年）四月，青藏高原的雪山才刚刚消融，吐蕃尚结赞便派遣使者尚览铄、论莫陵悉继来京，一是索要四镇和安西、北庭之地，交付吐蕃赞普彩绢一万匹段；二是要朝廷将奉天盟书刻于清水碑石之上。

"丧权辱国的条约岂能答应。"陆贽上奏德宗道："自安史之乱以来，吐蕃在西北、西南频繁发动进攻，侵占大唐大片领土。安西、北庭两地乃控制西域、牵制吐蕃的天然屏障，如果割让两地给吐蕃，关中从此就处境危险了。"

唐德宗断然拒绝，并诏陆贽草拟了一篇《赐吐蕃将书》，坚决维护帝国主权和领土的完整，彩绢可赐千匹，但国疆寸土不让。

八月三十日，尚结赞悍然发兵，入寇泾（今甘肃泾川县）、陇（今陕西陇县）、邠（今陇西彬县）、宁（今甘肃宁县）四州。吐蕃军长驱直入，掠抢人马牲畜，收割田地庄稼，西部边境骚扰不断，狼烟四起。

义愤填膺的陆贽又草拟了《赐吐蕃宰相尚结赞书》，派遣使者送与吐蕃，严正申明：大唐皇帝唐德宗自嗣位以来，"即与赞普斥通和，敦以舅甥，结为邻援，惩战争之弊，知礼让之风，彼此大同"，并以"彼国兵马，逾越封疆""轻举甲兵，便逾境界""北约侵渔，必无此理"等措辞严厉斥责尚结赞。

狡黠残忍的尚结赞愤然撕毁诏书，扣押使者。九月下旬，尚结赞亲率10万大军进攻汧城（今陕西陇县南），游骑已达好畤（今陕西乾县）。

陆贽再次草拟一封《赐吐蕃宰相尚结赞书之二》，诏书严厉痛斥尚结赞道："国家利害，计须久长，和好之道既亏，仁义之风何在？"敦促吐蕃大军"守其盟誓，务在同和。收敛甲兵，速归本界。所掠百姓财物，一切放回，然后表卿之直心，信卿来奏"。

在频频发出严正外交辞令的同时，陆贽又代唐德宗起草诏令：命凤翔、陇右节度使李晟赴汧城阻击吐蕃；令河中、绛州节度使浑瑊和镇国节度使骆元光各率一万步骑进驻咸阳，以防李豫时代吐蕃入寇长安的历史悲剧再次上演。

面对汹涌而来的吐蕃大军，李晟命令麾下大将王佖率3000精锐，埋伏在吐蕃军必经之路，出其不意地打得吐蕃先头部队大败而逃，尚结赞也受伤逃脱，若是唐军认得他是吐蕃宰相，他早就被王佖砍下脑袋。

为避免战争再次升级，陆贽再次起草了一份外交诏书《赐吐蕃宰相尚结赞书之三》，厉斥尚结赞"假曲徵前事，广起异端，仍发师徒，务张威势"，并慨然声明："和好者礼义之事，甲兵者争夺之由。和与不和，于兹决定。"尚结赞在汧城吃了败仗，窝了一肚子气。数日后，他重新集结两万余吐蕃步骑，浩浩荡荡地直扑凤翔而来。

陆贽闻长安坊间巷尾流言汹汹，传言唐德宗和宫中宦官正在日夜收聚财物，打点行装，随时准备逃离京城。陆贽赶紧邀同萧复、崔造、齐映等人入宫进谏唐德宗："外间皆言陛下已理行装，广具糗粮，人情凶惧。夫大福不再，陛下奈何不与臣等熟计之！"

唐德宗思忖良久，听从了萧复、齐映、陆贽等人的劝谏。京师坊间百姓和军中将士闻之倍增信心，誓死保卫长安城。

李晟派遣王佖率精兵5000，直插唐吐边境，突袭吐蕃的军事重地摧砂堡（今宁夏海原县），将守城的两万吐蕃军斩杀过半，大将扈屈律悉蒙被砍下头颅，送回京师。尚结赞撤军到合水（今庆阳县），邠宁节度使韩游瑰已率军夜袭吐蕃军营，砍杀数百人，重创吐蕃军。

随后，唐德宗命马燧、浑瑊、韩游瑰、骆元光联军10余万主动出击，很快就占领了吐蕃所掠盐州、夏州、石州等城池，吐蕃节节败退，尚结赞大为恐惧，不得不向唐朝告饶求和。其实，尚结赞心里打的是另一张算盘——缓兵之计，他狡黠地对左右大将说："唐之良将，李晟、马燧、浑瑊而已，当以计去之！"

贞元三年（787年），张延赏进言齐映、刘滋非宰相之器，弹劾其在相位无所启奏，慵懒无为，毫无建树。唐德宗于是罢去齐映、刘滋相位，也免去了萧复宰相之职，贬为太子左庶子。齐映贬为夔州刺史，刘滋罢为左散骑常侍。擢升左仆射张延赏、兵部侍郎柳浑同中书门下平章事，入阁拜相。

尚结赞嗅到了"战机"，决定利用唐德宗赏识的张延赏与李晟的不和关系，采取计谋使唐朝廷内部大臣引发矛盾冲突，从而浑水摸鱼，捞取好处。

原来，张延赏任西川节度使时，李晟带领神策军戍守成都半年，等到班师回京时，蜀中一位营妓高洪非要跟随李将军。西川节度使张延赏很生气，追上李晟，硬是将高洪索回，从此产生了嫌隙。到了宰相刘从一去世时，德宗欲诏张延赏回京出任宰相，李晟又立即上表陈述张延赏之种种过失，德宗不愿得罪李晟，于是任命张延赏为左仆射，无缘宰相一职，两人的矛盾由是更深。

张延赏当上了宰相，看出了唐德宗对功高震主的李晟渐生猜忌之心，于是常在德宗耳边进谏"李晟不宜久典兵"之言，又在朝中散布舆论说李晟以功臣自居，目无朝廷，妄自尊大，生活腐朽奢靡。加之负责筹措与吐蕃作战粮饷的财政大臣、江淮转运使韩滉染病身亡，马燧也在尚结赞的怂恿下选择了主和立场，主动倒向了宰相张延赏。

三月，唐德宗对执意主战吐蕃的李晟明升暗降，加授李晟为司徒兼中书令，保留原有勋阶和待遇，凤翔、陇右节度使等职务却都被免去，并决定与吐蕃于清水议和，签订和平协议。李晟被唐德宗免去节度使，陆贽深感遗憾和忧虑，对这位忠烈勇武的社稷之臣心怀崇敬。在起草《李晟司徒兼中书令制》中，陆贽深情地写道："非山岳降神，不生良弼；非股肱叶契，不集大勋。天祚我唐，降生忠烈，社稷之臣李晟，沈肃有勇，坚明能断。闻难感愤，誓军徂征，诚激于衷，义形于色。自河之右,万里济师,殷然雷奔,大盗慴骇。属皇家不造,戎帅诱奸,重兹播迁,郊甸震荡。而李晟蓄锐养士,深垒固军,以谋吞元凶,以义纠群帅。躬擐甲胄,率先启行,布忠信为军声,持义烈为战器。廓清氛祲,宁复皇都,宗庙载安,宇宙斯泰,佐予兴运,时乃茂功。德厚者任崇,业盛者报重,升以元辅建于上公。熙庶绩而翼宣九歌,扰兆人而敬敷五教。用畴井赋,贻厥子孙,与国咸休,永播丕烈。可司徒兼中书令,仍赐实封一千户,馀并如故。俟还京后,所司择日,备礼册拜,宣示中外,以彰元勋。"

年过六旬的李晟见陆贽之笔如此高度赞颂自己,这位身经百战、贯以丹诚,为唐王朝的光复宗祐做出了重大贡献的定乱之勋,不禁老泪纵横,擂胸大哭道:"陆贽立言立功,乃器伟雄才也!"

五月十九日,唐德宗任命浑瑊为会盟使、兵部尚书崔汉衡为副使、宦官宋奉朝为都监,率两万步骑前往清水(今甘肃清水县)会盟。

陆贽为清水会盟提心吊胆,总有一种不祥的预感,于是郑重地上奏德宗道:"陛下,吐蕃贪而多防,狡而无耻,威之不格,抚之不怀,他们弱则求盟,强则入寇,是天下最不讲信义的对手,臣对清水会盟深感忧虑,最担心的是尚结赞出尔反尔,诓骗朝廷,让我大唐再蒙耻辱。建议陛下命镇国节度使骆元光进驻潘原,邠宁节度使韩游瑰进驻洛口,以备万一。"

事实正如陆贽所料,几天后,平凉传来噩耗——"两万汉军零落尽,独吹边曲向残阳。"

吐蕃在平凉会盟仪式的盟坛西面山谷埋伏了万余精锐骑兵,没等唐军反应过来,吐蕃军便如潮水般杀进帐幕,唐朝使团立即被砍倒在血泊中,唐军战死500人,重伤千余人。好在骆元光、韩游瑰伏兵接应,浑瑊和部分唐军才得以生还,这便是震惊历史的"平凉劫盟"。

浑瑊从平凉归来,身穿白色素服入朝面见皇上请罪,唐德宗气得差点吐血,大吼一声:"浑瑊啊浑瑊,我大唐威严全被你丢尽了。"随后下令刑部侍郎韩洄将浑瑊押进监狱,等候处斩。

陆贽见唐德宗要治浑瑊之罪,立马执笏上奏道:"陛下,浑瑊将军乃我大唐神降才杰,天资忠厚,叶于兴运,为国辅臣。往以盗起上京,驾言出狩,群凶怙乱，再犯郊畿。时乃奋扬武威，董制师律，深居筹画，奸慝寝谋。当敌指挥，士旅增气，危城克固，我伐用张。重以贼臣蔑恩，养寇资乱，再罹艰阻，播越巴梁。时乃并辔载驰，执羁从迈，有见危致命之节，有忧国灭私之诚，凛然贞规，介若金石。纵横有夷难之略，感激陈复国之谋，分总偏师，径出重险。秉大节以誓群帅，布宽令以宥胁从。师次近郊，摧凶靡抗，军临近甸，下邑如归。推成功以不居，期尽敌以自效，率其全众，扬旆前追。雄威疾驰，元恶授首，柔德怀服，馀党归心。扫辟氛昏，安复园寝，懋乃嘉绩，其维格天。臣以为，浑瑊之功劳，足以铭勋旂常，垂美竹帛。"

唐德宗听了陆贽对浑瑊忠诚谨慎、功烈可嘉的一番褒扬，甚受感动，不但对浑瑊未加责怪，反而信任有加，仍命他镇守河中。

唐德宗的气最后撒在了马燧身上，因他力主和议、结盟吐蕃，还与李晟有隙，所以被免去了河东节度使、兵马副元帅等军职，改任司徒兼侍中。宰相张延赏为此也惭惧不已，惶恐不安，于是称病不理朝事，次年七月，张延赏去世。

唐德宗令陆贽制诏，擢升陕虢观察使李泌为中书侍郎、同中书门下平章事（宰相）。

第三十二章 北结回纥

李泌拜相后，提出了"北结回纥、南通云南、西结大食、天竺，以困吐蕃"的军事方略。

大明宫里、朝堂内外，无不知晓唐德宗怨恨回纥，个个讳莫如深。唯有中书舍人、翰林学士陆贽力挺李泌。

贞观二十一年（647年），唐太宗灭掉了称雄大漠的薛延陀汗国，在漠北设立6个羁縻都督府、7个羁縻都督州，后设置燕然都护府（内蒙古乌拉特中旗），统辖今蒙古中部、北部和俄罗斯南部的"六府七州"。

漠北的回纥，曾臣属于强大的突厥。公元743年，在大唐帝国的帮助下，以骨力裴罗为领袖的回纥联盟杀死东突厥最后的王者白眉可汗，成为大漠新的霸主，建立了漠北回纥汗国。

公元755年"安史之乱"爆发，唐廷征调河陇劲卒入关靖难，吐蕃却落井下石，趁机攻唐；而回纥"感念旧情"，三次派漠北铁骑南下，助唐平叛，收复长安，之后又联合安西、北庭两都护府，抵御吐蕃对西域的屡屡进攻。

唐肃宗李亨称赞回纥说："万里绝域，一德同心，求之古今，所未闻也。"太子李豫（即唐代宗）还与回纥汗国之子叶护亲王一见如故，结拜为兄弟。公元756年，葛勒可汗将回纥公主嫁于李唐敦煌王李承寀为妃，唐肃宗将次女宁国公主嫁给回纥葛勒可汗，之后共有6位公主和亲回纥，形成了肃宗、代宗两朝的外交政策——优待回纥，共防吐蕃。

可是，唐德宗李适却不认这亲密的兄弟关系，恨透了回纥！

时间倒回至公元763年，吐蕃大举攻唐，占领长安城，"剽掠府库市里，焚闾间，长安中萧然一空"（《资治通鉴》），唐代宗李豫避难陕州，任命雍王李适以皇长子身份出任天下兵马元帅，向回纥借兵平蕃。

李适率领属从数十骑前往陕州面见回纥登里可汗，没想到可汗身边一将领车鼻耀武扬威地叱责道："唐天子与可汗早已约为兄弟，可汗于雍王，叔父也，何得不拜舞？"

李适的随从药子昂愤然回道："雍王乃天子长子，今为元帅！安有中国储君向外国可汗拜舞之理！且太上皇和先帝尚未出殡，不应舞蹈。"

李适伫立不言，不肯行拜舞之礼。恼羞成怒的车鼻，无处泄气，竟将药子昂、魏琚、韦少华、李进等随从猛抽了100鞭子，赶出了回纥大营，被打得血肉横飞的魏琚、韦少华当夜就不治而死。

此等奇耻大辱，太子岂能受得。如今李适虽已是大唐皇帝，但那道结痂的伤疤，却是他心中永远的痛！

但陆贽认为李泌提出的"北结回纥"战略可行，并大胆向唐德宗进谏："陛下，臣以为'不用中国之兵，方使吐蕃自困'的决策很有道理。"

"有何道理？"德宗捋了一下须髯，面无表情地问道。

陆贽正视着唐德宗严肃的脸，平静地说道："我朝若与回纥结盟，回纥与吐蕃断交，即斩掉吐蕃左膀。南诏素来臣服于我朝，只因杨国忠无故侵扰，逼使南诏叛唐，臣于吐蕃，多年来，南诏苦于吐蕃赋役之重，未尝一日不思复为唐臣。如若招顺南诏，即斩断吐蕃右臂。大唐西域之国大食为最强，自葱岭尽西海，地几半天下，它与天竺两国皆慕我大唐帝国，且世代与吐蕃为仇，招之必可，即断吐蕃肢脚。如此一来，借回纥之骑，困吐蕃之兵，可从根本上制衡贪得无厌、邪恶无耻的吐蕃！"

"回纥才是邪恶无耻！"德宗恨恨地呵道。

陆贽无畏地说："陛下，不是回纥无耻，只是回纥登里可汗无耻。可是，横暴傲慢的登里已被其从兄顿莫贺所杀，罪有应得！算是顿莫贺为陛下报了仇，陛下理应封赏其功，况且顿莫贺继位合骨咄禄可汗后，又屡欲与大唐恢复旧好，和亲结盟。臣以为，北联回纥，南结南诏，西结大食、天竺，定能使吐蕃四面受敌，耗尽国力，崩溃瓦解！"

德宗思忖了片刻，舒缓了语气说道："陆九，爱卿所言朕已明白。可结盟回纥之事，还是等朕的子孙去做吧。"

"陛下，如今吐蕃背信弃义，平凉会盟杀死我朝数千将士，又大举入侵京西，杀人断臂凿目，掳妇孺为奴，驱丁壮为隶，是可忍，孰不可忍！陛下不要再纠结了。"陆贽恳切地说道。

唐德宗无力反驳，他望着陆贽缄默良久才悻悻然说道："朕困了，此事容朕徐思之，改日再议。"看来，德宗对回纥的恨也许已深入骨髓。

事隔三日的朝会上，河中节度使浑瑊从咸阳归来，紧急上奏唐德宗："吐蕃尚结赞集结重兵，连营数十里，大举入侵陇州，掠夺汧阳（今陕西千阳县）、吴山（今陕西宝鸡县）、华亭（今甘肃华亭县）等地，屠杀老弱，掳掠壮年万余人押往安华峡，分给羌人和吐浑部落为奴。我不甘受辱的大唐子民面朝东方，哭辞乡国，自投崖谷死伤者不计其数！"

宰相柳浑哭丧着脸上奏道："陛下，吐蕃长驱直入，侵犯边防，驻扎百里城（今甘肃灵台县）的唐朝臣、驻守武功县的石季章等将领纷纷上奏边将乏马，无法应战，向朝廷求援马匹，臣哪来的战马啊！"

宰相李泌不慌不乱地说道："只要陛下北和回纥，南通南诏，西结大食、天竺，战马之难就可迎刃而解，吐蕃之敌就会兵溃而退！"

唐德宗大为不悦，望着李泌亢声说道："南诏、大食、天竺可和，回纥绝不可和！朕心已决，不必再议！"

陆贽见状，挺身上前力谏道："陛下，臣以为，结盟南诏、大食、天竺还可暂缓，而结盟回纥却乃当务之急！"

唐德宗面色一敛，怒气冲冲地说道："陆九啊陆九，朕已跟你多次讲过，结盟回纥的事情让朕的后代去考虑。朕若结盟回纥，朕将有何颜面，缅怀受辱而死的魏琚、韦少华？谁再提与回纥和解，别怪朕刀不留情！"

陆贽毫无惧色地回道："陛下，臣今日也学一回魏征以死相谏。魏琚、韦少华两将护卫陛下纵然身死，但他们当时事先商洽会晤礼仪了吗？贸然让陛下进入回纥军帐，也有失职之罪。况且，登里可汗携大军南下助唐，难免骄横霸道、趾高气扬，在平定'安史之乱'时，登里可汗叶护王子与先帝（即唐代宗）结为兄弟，率4000骑兵与朔方节度使郭子仪共讨史朝义和同罗诸蕃，在取得香积寺大捷后，按当时的盟约'克城之日，土地、士庶归唐，金帛、子女皆归回纥'，回纥将按约劫掠长安粮盐、金帛、美女；时为广平王的先帝跪拜于叶护王子马前尽力阻止，叶护王子被先帝疼爱百姓之情所感动，也下马跪拜广平王，放弃了劫掠。长安克复后，先帝回到京城，城中男女老幼、军士以及胡人无不欢呼悲泣！先帝为了百姓之福尚能受一时之辱，难道陛下不能？"

唐德宗反问道："依卿之言，北结回纥为是（正确），则朕固非邪？"

李泌见德宗执意不肯同意与回纥和解，躬身恭然说道："陛下既不许回纥和亲，臣已垂垂老矣，愿赐臣骸骨，归隐衡山。"

唐德宗见李泌竟然为此提出辞职，不由一怔，缓声说道："李爱卿，朕非拒谏，但欲与卿较理耳，何至遽欲去朕呢！"

李泌动情地说道："陛下许臣言理，此固天下之福啊。"

面对李泌"天下之福"四个字，德宗无语了。他愣了半晌，缓声说道："朕与回纥怨恨已久，已屡次拒绝合骨咄禄可汗送书请婚，而今要主动结盟回纥，请军讨伐吐蕃，恐怕事与愿违，尽遭蛮族耻笑。"

陆贽见德宗的语气变得委婉，知道他心里虽已妥协，但又丢不下大唐皇帝的面子，于是慨然说道："陛下不用多虑，回纥乃真心和亲，臣先前提出的五项和亲条件，他们都已一一应允。"

"哪五项条件，说来听听。"德宗疑虑着问道。

陆贽有条不紊地侃侃而谈："其一，向大唐称臣；其二，向陛下称子；其三，回纥每次派遣使节，不许超过200人；其四，回纥每次与我朝贩马互市，不许超过1000匹；其五，不得携中国人及商胡出塞。"

李泌郑重地说道："陛下，回纥合骨咄禄可汗、国相素信臣言，如若五者皆能如约，则我朝可许和亲。如此一来，我大唐帝国可威加北荒，孤围吐蕃，威服四夷，足以快陛下平昔之心矣。"

唐德宗那张严肃了很多天的脸，不由露出了一丝微笑，欣然说道："既然李相国胸有成竹，则回纥可恕，朕当奈何呢！请陆九爱卿写信回复可汗，朕欲将咸安公主和亲回纥合骨咄禄可汗！"

"陛下英明！"满朝文武跪地齐呼！

唐德宗的心结终于解开，也从此解开了许多年来一直困缚在大唐帝国身上的蛮夷枷锁。

"申之以婚姻，约之以兄弟。"昔日唐肃宗以宁国公主嫁给回纥葛勒可汗，约为兄弟之国，唐为兄，回纥为弟。而今，唐德宗以天生丽质、聪慧有加的八女咸安公主嫁给回纥的第四任可汗——合骨咄禄可汗，缔结两国秦晋之好，可汗得唐许婚，大喜望外。

合骨咄禄可汗立即驱逐吐蕃使者，宣布与吐蕃断交。随后派遣其妹妹骨咄禄毗伽公主及大臣妻并国相、跌跌都督等千余人来朝和亲，并向唐德宗呈上国书："昔为兄弟，今为女婿，情即半子，如果吐蕃为患，子当为父除之！"

唐德宗喜不自胜，将回纥国名改为"回鹘"，取义为"回旋轻捷如鹘"，加封合骨咄禄为"长寿天亲可汗"，一次性归还唐帝国历欠回纥的马钱和五万匹绢，重启两国互市贸易。

既美如天仙、擅长琴棋书画，又懂得习武练箭的咸安公主深明大义，在以右仆射、兼御史大夫关播为回纥可汗使的大唐送亲队伍的陪同下，浩浩荡荡地远嫁漠北，咸安公主在遥远的漠北生活了21年，历任四代可敦，深受回纥可汗和子民的尊重和爱戴。

咸安公主病卒于公元808年，将自己的一生献给了唐朝与回纥的和亲事业。她的事迹与中国四大美女之一——王昭君下嫁匈奴呼韩邪单于，历任三代"阏氏"（匈奴皇后），促成汉朝与匈奴长期和睦相邻一样，同样地感天地、泣鬼神。

诗人白居易写过一首《阴山道》赞咏她："咸安公主号可敦，远为可汗频奏论。元和二年下新劫，内出金帛酬马值，仍诏江淮马价缣，从此不令疏短织。合罗将军呼万岁，捧授金银与缣彩。"

有了回纥的掣肘，不可一世的吐蕃有了后顾之忧，气焰收敛了许多，暂停了对大唐的侵犯劫掠。在李泌和陆贽的携手共谋下，唐德宗开始实施"联合四国、打击吐蕃"战略，吐蕃开始走下坡路了。

边境暂时安静了，可大明宫又出事了。唐德宗准备废黜太子。

太子李诵出生于上元二年（761年），是李适的第一个儿子，她的母亲王氏是秘书监王遇的掌上明珠。李适继位的当年（779年）六月，册封李诵为宣王，李谟为舒王，李谌为通王，李谅为虔王，李详为肃王。十二月，李诵被诏立为皇太子，此年刚好27岁，正是太子英姿飒爽、气宇轩昂之时，为何动辄被废？

原来，唐德宗有个花容月貌的妹妹郜国公主，她与驸马萧升又生了一个美女，嫁给了太子李诵为妃。不久，萧升患病升天了，寂寞的郜国公主仗恃自己的特殊地位，不仅乘着肩舆自由出入太子的东宫去，而且自由地享受着放荡淫乱的私生活，不仅与彭州司马李万、蜀州别驾萧鼎、丰县县令韦恪等朝外官员勾搭成奸，还和太子詹事李昇等宫内官员私通交欢，丑闻很快在长安四处蔓延。

不知是那些嫉妒郜国公主恩礼过厚的宗室亲戚，还是想借此扳倒郜国公主女婿——太子李诵的东宫势力，抑或是那些为正朝廷纲纪而直言规讽的中书、门下的谏官，很快就将御状告到了唐德宗案前。

在繁荣开放的唐代，美女与才子风花雪月，有点桃花绯闻也不值一提，像太平公主、上官婉儿等等，都是性观念开放的绝代佳人。但上告公主折子的罪状可不单单是说她的生活作风、宫闱丑闻，除了"权色交易"外，更可怕的是"巫蛊位尊"——搞厌胜、咒天子！

"妖妄莫甚于巫蛊，罪恶莫逾于奸乱。"看完接二连三的奏折，唐德宗气得怒火中烧。即刻下令将郜国公主软禁于宫中，又把太子李诵叫来严肃地审问了一番，狠狠地将他责备了一通。

在宫中施行巫蛊之术诅咒天子，这可是天大的死罪。而主谋郜国公主既是李诵的姑母，又是其丈母娘，势必让人联想到她厌胜的目的是想让太子早日取德宗而代之，如此一来，太子和萧妃都涉嫌参与其中。

若是巫蛊事件属实，宫中无疑又会有一场血洗之灾。惶恐不已的李诵在太子侍读王叔文、王伾等人一番商议下，决定仿效唐肃宗在天宝年间做太子时的故伎，请求与萧妃离婚，与郜国公主划清政治界限。

当了八年储君的李诵，早已磨炼出了谨慎的政治态度。想当年，李诵还是太子时，也是一位血气方刚、不畏牺牲的皇族男儿。建中四年（783年）"泾原兵变"

时，唐德宗带着皇妃、太子、诸王等仓皇出逃奉天，既无军队保驾，又无众臣随行，李诵毫无畏惧，手提佩刀，执剑殿后，稳住了皇室阵脚。在战火弥漫的奉天保卫战中，李诵奋勇杀敌，为奉天解围、社稷再造立下大功。

唐德宗避难奉天时，李诵与翰林学士陆贽走在了一起。无论是制令定策、论事拟诰，还是礼乐祥瑞、祠祀祭享；无论是铨选司勋、彰善瘅恶，还是军事部署、战略战术，太子李诵都谦虚地向陆贽请教，并坚定地站在陆贽阵线，在生活上也没有太子架子，与陆贽有饭同食、有酒同饮，身为翰林学士、实为"救时内相"的陆贽与李诵形成了护驾平叛的统一战线，建立了深厚的患难之情。

经历了避难奉天、逼上梁州的艰难和困苦，经历了藩镇叛乱、战火纷飞的混乱和烦扰，也经历了朝臣拉帮结派、你追我逐的倾轧和争斗，李诵在政治上变得格外谨慎，逐渐变得成熟。

回到长安后，李诵仍极为信任陆贽。由于陆贽对佛教经典也有涉猎，又擅长隶书，于是经常到陆贽家里拜望，请教古文与书法，以及孔孟之道、为政之道。陆贽也一直看好这位历经沧桑、涅槃重生的太子，期望他将来能够成为大唐的中兴之主。甚至有朝臣在背后悄悄议论说，陆贽正在将太子李诵培养成皇帝，而将自己培养成李诵的宰相。

听闻唐德宗要废黜太子李诵，改立舒王李谊（即李谟），并已密诏李泌宰相入宫商议，陆贽发觉大事不妙，赶紧入朝面见圣上。

陆贽匆匆来到紫宸殿外，德宗正与李泌交谈，吩咐宦官窦文场说今天有事与宰相商量，其余朝臣一律不见。陆贽见不到德宗，心急如焚，直直地站在殿外等候，非要等到皇上召见。

此时，宰相李泌也正在极力说服唐德宗放弃"废黜太子"之事，不一会儿屋里便传出唐德宗的怒吼声："放肆！"顿时把站在殿外的窦文场和陆贽吓了一大跳，陆贽心中不由怔道："宰相、太子凶多吉少了！"

李泌知道，风暴即将来临，但仍是毫无惧色地说道："陛下，废黜之事，关系社稷安危、帝国存亡啊。臣以为陛下圣德广大，当使海外蛮夷皆戴之如父母，可陛下却如此怀疑自己的亲生儿子！陛下，自古父子相疑，未有不亡国覆家者。陛下可曾记先帝在灵武称帝时，建宁王李倓何故而诛？臣今尽言，不敢避讳，此等大事，愿陛下审慎图之啊。"

建宁王李倓是唐肃宗李亨的第三子。安史之乱爆发，唐玄宗率皇族逃往成都，李倓进谏李亨收西北守边之兵，召郭子仪、李泌于河北，东讨逆贼，李倓亲率数百骁骑，统军作战，屡次击溃关中叛军。

李亨在灵武称帝后，李倓向唐肃宗揭露唐朝第一个宦官宰相李辅国、皇后张良娣的专权罪恶。李辅国、张良娣狼狈为奸，诬陷李倓欲谋害其兄广平王李豫、欲改立越王李系为太子。唐肃宗听信谗言，下诏赐死了李倓。后来，唐肃宗得知李倓并无谋反迹象与过错，一生追悔莫及。

殿内，李泌与唐德宗为"更易太子而国亡与不亡"争辩得面红耳赤，充满了浓浓的火药味；殿外，寒风呼啸，陆贽冻得瑟瑟发抖，见李泌宰相很久未出来，心中更是提心吊胆。

"李泌如此冒死进谏，要是皇上怀疑太子李诵笼络宰相篡位夺权，一怒之下，定会将李泌和李诵都杀了，这可如何得了。"陆贽越想越急，准备硬闯进殿里，然而每次都被宦官窦文场挡在了门前。陆贽急中行智，索性敞开嗓子，站在殿门外大声唱起歌来——种瓜黄台下，瓜熟子离离。一摘使瓜好，再摘使瓜稀。三摘犹自可，摘绝抱蔓归。

这首乐府民歌《黄台瓜辞》，是唐高宗李治第六子、武则天次子——章怀太子李贤写的一首诗，诗以瓜与采瓜人比喻子与亲，以摘瓜喻武后在政治斗争中废杀子嗣的残忍。

唐德宗听到了陆贽似泣似哭的歌声，武则天毒杀太子李贤、武惠妃诬陷太子李瑛、肃宗赐死李倓的往事一幕幕浮现眼前，顿时缄默无语。过了片刻，德宗低声说道："李相国，外面天冷，将陆贽请进来吧！"

在李泌和陆贽一番恳切进言下，唐德宗冷静思考了几日，终于醒悟"太子仁孝，实无罪错"，果断地罢了废黜太子之事。

"星辰拱帝座，剑履翊天机。"在李诵的心里，李泌与陆贽就是大唐苍穹下两颗不昧的德星，在深邃的夜空散发出如此深沉而柔和的光。

第三十三章　丁忧洛阳

贞元三年（787年）十一月二十七日。这一夜，京师三次地震。

这一夜，长安城的天气异常地寒冷，冷风飕飕地吹着，落叶坠落寒霜，鸟巢也震得散落。连续多日的大雪将长街大衢覆盖成白茫茫一片。在前几天，靖安坊外那棵光秃秃的银杏树上，有只猫头鹰总在夜深人静的时候呜呜地叫，凄厉的声音穿过冷烟寒树，回响在寂寥的夜空。

这一夜，陆贽辗转反侧，始终无法入睡，思绪又回到了泾原兵变那段惊心动魄的艰难岁月……

五年前，陆贽的大哥陆赓一家在陆贽还未踏上仕途之前，住在靖安坊东门之南，陆贽结婚后和妻子钱薇寄住在陆赓家。大历、建中年间，陆贽于郑县、渭南漂泊为官，妻子钱薇带着孩子寄住于娘家钱府。泾原兵变，陆贽随德宗避难奉天，钱薇随父亲钱起辗转洛阳、郑州一带，避难于蓝田旧居。

兴元元年（784年），长安克复，唐德宗胜利凯旋后，对陆贽格外器重和信任，已将这位"上至天子朝臣，下至胥吏同舍，皆伏其能"的翰林学士当做宰相看待。

《全唐书》这样描写唐德宗与陆贽两人的"患难之情"："陆贽从幸山南，道途艰险，扈从不及，与帝相失。一夕不至，上喻军士曰'得贽者赏千金'。翌日，贽谒见，上喜形于颜色。其宠待如此。"

那么，如何提拔这位再造社稷的"救时内相"呢？唐德宗反复思考了很久，又征求了萧复、刘从一等重臣们的意见，然而种种原因，仅擢升陆贽为中书舍人，仍充翰林学士。

因此，唐德宗总觉得自己好似亏欠了陆贽什么。

知道陆贽长期寄居长兄陆赓门下，家境拮据，恰好曾背叛朝廷、委于朱泚的源休被籍没的家就在靖安坊北门，于是唐德宗令户部对其重新整修一新，赏赐给陆贽作为京城的府邸。

然而，此事虽好，陆贽却断然拒绝了！

唐德宗知道陆贽在家排行老九，父亲早故，是母亲韦婉芝含辛茹苦将这个幺儿养大，陆贽对母亲情深如山，最为孝敬，进士及第时、郑县尉任期满时，陆贽做的第一件事情就是东归省母。

这些年来，陆贽虽然结婚成家，但辗转颠沛南北，已有数年未曾回乡省母，以尽孝道。"百善孝为先"，唐德宗体悟到了陆贽对母亲的那份孝心，便道这房子是朝廷先租给陆贽，主要是让其把老母亲从苏州接到京城居老，以尽臣子孝道。

霍仙鸣知道了唐德宗的心思，他与陆贽同在奉天、梁州侍奉过陛下，有过一番接触。本知陆贽对宦官素来不屑，但考虑到陆贽正是皇帝身边的红人，将来说不定擢升宰辅，正是拉拢关系的机会，于是主动担起了这项重任。

没经陆贽知晓，唐德宗就令霍仙鸣悄悄带领了20余名神策军士卒简装南下，考虑到韦氏年事已高，还派了一名御医随行，沿途又特设专门驿站，不出一月，就将陆贽的母亲接到了长安城。

等到韦婉芝到达长安的当天，唐德宗方才诏令陆贽、陆赓及家人到长安春明门迎接老母亲。唐德宗带领宰相刘从一、右神策军监军窦文场等官员，亲自前往春明门迎接。

见到母亲，陆贽感动至极，急忙跪倒谢恩，眼中噙满泪水道："臣以布衣之身，荣幸得遇陛下，遂能成就一生富贵。陛下对臣尽心如此，臣刻骨铭心。"

唐德宗将陆贽扶起，轻声说道："陆爱卿常言圣人之化天下，莫不以孝为本，卿勿言感激。有国才有家，有家才有国，要说感激，朕和这个国家都要感激你！"在场官员无不唏嘘动容。

之后，唐德宗得知陪同韦氏进京的陆贽三哥陆贺在苏州经营"陆氏医馆"，又懂医术，擅长针灸，于是诏陆贺为太常寺太医署令，官从七品下，从事朝廷医疗、医学方面的工作。

纵观史册，皇帝亲自迎接一位臣子的母亲，实属罕见。在天下文人墨客的心中，再也没有比这更大的荣耀。消息传开，满朝文武官员、求学士子、庶民百姓，无不为德宗礼遇益亲、搢绅荣之的行动所感动，无不为陆贽得到的天子宠渥而羡慕，甚至有的是忌妒。

在"孝"字上，唐德宗还真是一位难得的皇帝！

唐德宗的母亲沈氏是代宗做太子时的正妃，在安史之乱时未随唐玄宗逃离长安，被叛军俘获而失踪。李豫即位后，立长子李适为皇太子，同时下诏寻找沈氏，十余年求之不得。大历十四年（779年），李适登基后，遥尊生母沈氏为"睿贞皇太后"，在含元殿具册立牌，上皇后朝服，亲自奉册伏拜痛哭不止，令左右群臣无不感泣。

为寻找母亲，德宗还命睦王李述为奉迎使，沈氏族人为判官，派使分行天下，四方寻访，以期母子团聚。玄宗时期的大太监高力士有位养女，容貌酷似沈氏，又懂宫中人情世故，诱于名利而冒充沈太后，但很快就被发现作假，刑部欲对之问罪，而德宗将其免罪，深情地说："朕宁受百欺，终必得之。"

虽然德宗一生也未能找到真正的沈太后，但他对母亲的这份"孝"，这份爱，让天下母亲为之动容。德宗在位26年驾崩后，其所被授给的谥号就是——神武孝文皇帝。

或许正是因为这份情结，才有了德宗对陆贽的母亲如此礼遇。皇帝都做到了这个份上，陆贽只有搬迁新居，照顾年迈的母亲，共享天伦之乐！

见到陆贽与母亲相见，其乐融融。德宗当是触景生情，倍加思念生母沈氏，于是隆重举行"告庙礼"给母亲追谥册封，建衣冠冢于代宗陵，并将神主祔于亡父之庙，令陆贽代拟"告庙文"，哀思罔极。

让人痛心的事，就在三年之后的这个令陆贽辗转难眠之夜，当冷月残光落满长安之夜，陆贽的母亲韦婉芝肺病恶化，一瞑不视，撒手西去。已居京城的陆瘵、陆贺、陆贽和家人跪于韦氏病榻床前，披麻戴孝俯地痛哭，肝肠寸断。

长风卷飞雪，阴风吹纸钱，靖安坊顿时淹没在一阵阵悲痛的哭声中。噩耗从京城传到故乡，韦氏子女陆赏、陆贤、陆贞、陆资、陆赟等陆氏家族子女无不遥对北方，长跪磕头，放声大哭，居住常州的八姐陆赟更是捶胸顿足，哭得撕心裂肺，差点晕死过去，后悔自己不该让母亲离开常州而远去长安。

陆贽的父亲陆侃有八兄弟，人称"苏州八貂"，时在京城为官的殿中侍御史陆渭、左司员外郎陆涧、兵部司员外郎陆淮、监察御史陆瀍等几位堂叔，闻讯立即赶来帮陆贽料理丧事。

韦氏病故的消息很快传到大明宫，中书侍郎、同平章事李泌以及朝廷三省六部的官员，与陆贽同在翰林院供职的翰林学士们，原任宰相、检校左庶子萧复，太尉兼中书令、西平郡王李晟，司徒兼侍中马燧，检校司空兼侍中浑瑊，检校左仆射韩游瑰等一批在奉天靖难的老臣名将，都纷纷赶来吊唁致奠。

华州、潼关节度使骆元光（德宗已赐名李元谅）、泾原节度使刘昌、徐泗节度使张建封、陈许节度使曲环等忠于朝廷的藩镇首领也派人进京慰问，并纷纷厚赠赙仪和馈饷，累计达到了100万余缗。

陆贽对登门拜祭的官员友人委婉回拒道："微臣家母过世，只是陆家私事，各位前来慰问，已令陆家上下感激涕零。诸位与我非亲非故，只是宦途之交，加之当下朝廷俸禄又薄，你们厚馈的奠礼臣怎敢收取，恳请都拿回去吧！"

陆贽安排同为中书舍人、翰林学士的顾少连作为悼念仪式总管、丧事官，嘱托他只登记来客名录，但一律拒收赙仪和馈饷。只收取了陆氏家族宗亲以及岳父钱起家、表兄剑南西川节度使韦皋的馈遗奠礼，以作治丧开支。

以丧礼哀死亡，《王制》规定："天子七日而殡，七月而葬。诸侯五日而殡，五月而葬。大夫、士人、庶人三日而殡，三月而葬。"第三日清晨，陆贽和妻子正跪于母亲的灵柩前大声哭奠，耳边传来一声浑厚而凝重的问话："陆学士，何以如此伤悲？请节哀顺变！"

陆贽不由回头一望，只见身后站着一位身着青色布衣的道士，正向灵柩行作揖礼，虽衣着单薄，但凛凛风骨，让人肃然起敬。

陆贽起身躬礼道："回道长，孝子不忍亲之故，惟当母亲弥留之际，犹必竭诚以祷，痛彻心骨。请问道长如何称呼？"

"散人吴善经。36年前散人见你时，你母亲刚生下你，你在大哭；而今见你时，你母亲刚离开你，你亦在大哭啊！"吴善经捋了捋苍髯，慈祥答道。

来人正是长安太清宫道长吴善经（732-814），幼从儒学，17岁入道，改习《灵宝》等经，先后漫游于"匡庐、天台、三茅、句曲"，于嵩山"博寻洞府，周历幽胜"，学道十余载。

《旧唐书》载："吴善经周历幽胜，逢洞仙授书辨识文字者也，传其内有三藏经花塔。"大历年间经宰相王缙所荐，受诏进京，拜从中唐道门领袖、博学高才的大德冲虚先生申甫受三洞经法之"天文玉字"，悟得道经"玉篆赤书、宝章真诀"，道术大进，声名远扬。

贞元年初，吴善经执掌长安街东大宁坊的太清宫后，于宫院立仙坛，广授法箓，儒玄宿学、有道仁人、贵游象服、男夫女士，传三景真箓者500余人，受到唐德宗的崇重，锡以纂节幡珮，也受到众多官僚和文人士大夫的礼遇。

作为德宗时代道教界举足轻重的人物，陆贽当然早有听闻，于是面色一恭说道："原来是太清宫吴道长，恭迎恭迎！"说完便奉上热腾腾的茶水。

吴善经将手中檀木拂尘轻轻一拂，茶香弥散，喃喃语道："朝上一微风，天外一渐鸿。雪卧秦岭下，春鸣翰林空。辇道逐氛沴，西台数舜功。良医与良相，鹤唳仿佛同。"

这诗好生熟悉，正是陆贽父亲弥留之际告诉他的。原来，36年前，吴善经还是一个羽衣星冠的青年道士，他南下拜访喜好道术的好友、候补杭州刺史张志和，在嘉兴城偶遇华亭鹤鸣、陆贽降生，离别时留下的一段偈诗。

陆贽一脸愕然问道："父亲临别时告知我的诗，难道是吴道长所赐？"

吴善经呷了一口茶，点头缓声说道："庄子云：来世不可待，往世不可追也。当年之乐，任其去留，所遇皆安，不忮不求。夫物芸芸，各复归其根。归根曰静，静曰复命。今陆学士父母安善，若能并骨合葬，生道合一，亦是得道化仙、一切归元之功德啊！"

陆贽哀伤地沉声说道："鸟飞反故乡兮，狐死必首丘。我将择期扶柩还苏，合葬父母于嘉兴运河之畔，长眠生息！"

吴善经轻拂手中拂尘，平静地说道："江南嘉禾（嘉兴），富庶之地、鱼米之乡。但此去千里迢迢，风餐露宿，棺重难迁。散人曾拜礼修谒于洛阳，在邙山下得有一块沃地，云山峨峨，松柏青青，细流潺潺，清风徐徐。今特奉与学士合葬父母，以报答学士父母36年前予以散人的井水之恩。"

从苍穹中俯瞰昆仑、秦岭，横贯华夏南北，宛如一条巨龙从帕米尔高原腾空而下，天山是其龙首，西昆仑、中昆仑、东昆仑、巴颜喀拉山、秦岭是其龙身，蜿蜒于洛阳的伏牛山是龙尾，卧于其中的黄河，一路滚滚东进，流向千里沃野，流向茫茫大海。

洛阳北侧的邙山位于黄河南岸，是秦岭山脉的余脉，东西绵亘190余公里。这里树木森列，苍翠如云，登阜远望，伊洛二川尽收眼底。邙山冢连冢、墓压墓，千余座大小参差的土包，都是历朝历代帝王将相、达官显贵的墓冢。光武帝刘秀、谋略家苏秦、仲父吕不韦、通天神探狄仁杰、诗圣杜甫……都静卧于北邙黄土之下。诗人王建诗云："北邙山头少闲土，尽是洛阳人旧墓。"张籍诗云："人居朝市未解愁，请君暂向北邙游。"

俗谚说，生在苏杭，死葬北邙（洛阳），洛阳称得上是一个古墓大观园。"头枕黄河、脚踏邙山"是古代帝王将相、三侯公卿最理想的埋骨之所，也是文人士大夫梦想的最佳安息地。

见吴善经将邙山风水宝地相赠，陆贽拒绝道："感谢吴道长一片赤心，然而无功不受禄，微臣仅乃中书舍人，岂有资格将父母葬于北邙。"

吴善经沉默有顷，缓声道："陆学士虽麻服肃穆、英华暗敛，但外儒内法，重实少虚，公忠体国，崇德尚廉，尽释私怨而昭明德于四海，曲尽奏疏而谋福祉于苍生，乃刚正雄远之才、乱世经纬之器。若能韬光养晦，屈中求伸，不出三载定能位极宰辅，难道还没有资格葬于北邙吗？况且，散人也非白送学士宝地，也有两个请求。"

陆贽思忖了良久，肃然问道："有何之请？"

吴善经又捋了捋花白须髯，不紧不慢地说道："散人受尊师冲虚之师申甫之启发，已著《道德经注》三卷，恳请陆学士阅批勘正，此乃一请。散人一生族系于东吴，禀灵于仙都，栖神于太清，归根于露仙，因此已在长安城南毕原选下了藏剑（埋骨）之所，建造'露仙馆'，待散人羽化（去世），恳请陆学士撰写神道碑，此乃二请。"

陆贽充满敬意地说道："吴道长法高上清，道契无为，任德积行，物我两忘，超然悬解逆旅弱丧,让在下高山仰止。"两人一番至谈,分享儒、道之参悟心得,互相顿生慕仰之情。

中唐时期,朝中重臣、士大夫晚年多喜居洛阳,修池筑馆,习佛修道,游山玩水,远离政治,安享致仕清闲晚年。比如宰相裴度、左赞善大夫白居易,太子宾客刘禹锡等。同时,自请移官或留守东都者不计其数。

"礼莫重于丧,善莫重于孝。"唐代的"丁忧"制度,如若遭逢父母丧事,无论你是何官何职,必须辞官回籍持丧三年,其间不得行婚嫁之事,不预吉庆之典,也就是不做官、不婚嫁、不大宴、不应考,一心守孝报恩。但也有例外,如果该官员职位非常重要、无人能替代,皇帝可以指令"夺情"而不必丁忧守制。

按此礼法,陆贽从此得远离朝堂,置身千里之外的苏州,消失政坛三年。

此时的大唐政治中心政事堂已是门庭萧瑟,门下侍郎、平章事萧复已转为太子左庶子,兵部侍郎、平章事柳浑转为散骑常侍,只有68岁的宰相李泌一人,垂垂老矣的李泌已多次向德宗辞却宰相之位。此时此刻,真正能把持朝政,匡正时弊,公忠体国,励精图治的,除了陆贽已屈指可数了。

当陆贽向唐德宗上奏解官回苏服丧守制三年时,唐德宗左右为难,不置可否。答应吗,天子正需要陆贽致力朝政运营财务税赋,商讨军国大事,奏陈施政方略,不答应吗,又违儒家之孝道,不合礼法律令。

见德宗犹豫不定,御史中丞窦参上奏道:"陛下,慎终追远,民德归厚,此乃儒家之纲常。自汉代以后,丁忧服丧已纳入朝廷律令,匿丧不举、丁忧期间作乐、制内求取仕途、嫁娶生子、应试求官等等,都被视为'不孝'之罪,将给予严厉的刑律惩罚,或判1至3年监禁,或罢职流放荒蛮之地。陛下,如若'丁忧'破例,实在是有违朝纲、有损礼法啊!"

窦参为何坚持礼法,主张让陆贽辞官回家守孝三年?目的很简单,拿下自己入主政事堂的头号政敌。况且,当年其侄子窦申看上钱起家的女儿,活生生被陆贽捷足先娶这口恶气,已如鲠在喉15年。

见唐德宗的脸色变得凝重,李泌缓声上奏道:"陛下,养生者不足以当大事,惟送死可以当大事。但治国安民更乃天下之大事。自古就有因时局需要,不必弃官去职而不着公服、素服治事的先例。《周书王谦传》记载,'朝议以谦父殒身行阵,特加殊宠，乃授谦柱国大将军，以情礼未终，固辞不拜，高祖手诏夺情，袭爵庸公'。臣以为，忠孝不能双全，朝廷应以国家为重，陛下可下诏陆学士葬母亲于东都洛阳，如此一来，陆学士既可于洛阳守制，以尽孝道，又与长安相隔不远，便于陛下随时诏请议商，以尽政道。"

唐德宗采纳了李泌的意见，诏陆贽扶母柩东归洛阳守制，并命宦官霍仙鸣带队再赴嘉兴车护陆贽之父柩于洛阳，与陆贽母亲韦氏合葬，又令东都留守贾耽和神策中使监护丧葬事宜。

唐德宗此番礼遇，陆贽感激涕零，不禁伏地哽咽而道："陛下如此恩德，天高地厚，日月可鉴，微臣立誓为我大唐中兴尽忠竭诚，死而后已，以报陛下殷殷优崇之恩。"

唐德宗略有些忧伤地说道："陆九爱卿，此去切要节哀顺变，多多善自珍重，朕等你制满还朝，谋猷参决，建不世之勋，助中兴大业！"

贞元四年（788年）正月，京师又连续三次发生地震，在一个霜露浓重、寒风凛凛的清晨，一驾装着灵柩的马车从长安春明门辚辚而出，朝着洛阳缓缓离去，陆贽和家人扶着母柩至洛阳与中使护至洛阳的父柩合葬于嵩山西麓，从此借住嵩山丰乐寺居丧守灵。

久在樊笼里，复得返自然。问君何能尔？心远地自偏。

丁忧洛阳的日子里，陆贽将自己早年创作的《月临镜湖赋》《鸿渐赋》《东郊朝日赋》等诗赋，科举应试的《禁中春松》《登春台赋》等文章，从政以来起草的《奉天改元大赦制》《贞元改元大赦制》《赈恤诸道将吏百姓等诏》《告谢玄宗庙文》《李晟司徒兼中书令制》《萧复刘从一姜公辅平章事制》《论关中事宜状》《奉天论琼林大盈二库状》等数十篇制诰、奏草、敕书、中书奏议，分门别类进行整理、校正、誊写，集结成《翰苑集》10卷。

丁忧洛阳的日子里，陆贽发现嵩山72座寺庙的僧侣与日俱增，由于僧侣不交赋税和服徭役，剃度的僧尼可以不耕而食，不织而衣，坐待衣食。很多受灾、受穷、受难甚至懒惰无术之人，想方设法，不惜钱财去换取一张度牒，无数善男信女不断投身佛寺，以逃避日益沉重的苛捐杂税和苦役劳动。

如此一来，全国缴纳税赋的人丁越来越少，导致耕于田地间、忙于织机前的百姓承担的赋税愈增愈多，贫富差距也越来越大，人民喘息在雪上加霜的苦难之中。而嵩山的寺庙禅院也越建越多，越建越豪华，有的甚至借佛之名，敛聚钱财、发放高贷、侵吞良田、奴役贫民，穷奢极欲蔚然成风。陆贽不由长声叹道："一夫不耕，犹受其弊，（佛寺）浮食者众，又劫人财，百姓苦矣，社稷穷矣！"从此，"均节赋税恤百姓"的民本思想深深地扎根于陆贽心中。

丁忧洛阳的日子里，少年时期便"颇勤儒学"的陆贽，平静地独坐于嵩山丰乐寺的青灯残月下，再次深读钻研五经以及《论语》《孝经》等儒家经典的精髓要义，博取尧舜之德，出入孔孟之道，在史学著作《史记》《汉书》《后汉书》《三国志》和李栖筠当年赠送的《贞观政要》之中寻找治国安民之道。

夕阳西下，鸟倦飞还时，陆贽遥望邙山，峰壑开绽，白云出岫，忽然想起吴善经所著的《道德经注》，于是也捧而读之，参悟老子"无为而治、不言之教"的道家思想。在陆贽后来的奏议制诰中，诸如"珠玉不以瑕颣而不珍，毫不以过失而不用""名称有虚实之异，课绩有升降之差""进而有过则示惩，惩而改修则复进"等等，都是取法于道家，又丰富发展了"必先有为而后至于无为"的政治思想。

丁忧洛阳的日子里，陆贽与夫人钱薇、长子陆简礼一起植树种菜、喂鸡养鸭、习字练书、弹琴弈棋，或登东皋以舒啸，临清流而赋诗，行到水穷处，坐看云起时；或"采菊东篱下，悠然见南山""开轩面场圃，把酒话桑麻"，陶醉在"山气日夕佳，飞鸟相与还"的风景里；或徜徉在"田夫荷锄至，相见语依依"的乡野中，生活如野鹤闲云般自由、清澈。

浩瀚如海的古籍名著，灿如星河的盛世诗词，其乐融融的温暖亲情，让陆贽的心静如一泓秋水，洁如一轮明月。在这寂寞的寺院岁月中，支撑起陆贽精神世界的，是那朴素而深邃的满腹学问，是那"吾上不负天子，下不负吾所学"的经世理想。

陆贽丁忧的日子里，雕拱画梁的大明宫，荧荧火光，离离乱惑，政事堂上的夜空，除了能眺望到那象征皇室的紫薇垣外，那象征繁华街市的天市垣和象征朝政的太微垣若现若隐，太微垣中的上相星眨了眨眼，湮没在黑暗的苍穹……

贞元五年（789年）三月二日，历任玄、肃、代、德四朝元老的李泌星陨长安，这位立言垂世之誉、独善兼济之略的神仙宰相，终得"事了拂衣去"。

李泌弥留之际向德宗力荐陆贽接任宰相，可陆贽却丁忧洛阳，错失拜相的机会。无奈的唐德宗，以御史中丞窦参为中书侍郎、平章事兼转运使，以大理卿董晋为门下侍郎、同中书门下平章事。从此，唐德宗的这驾帝国马车，就在宰相窦参的引领下，踉踉跄跄地走过长安的断烟残月、黄沙风尘……

光阴荏苒，三年弹指一挥间。贞元六年（790年）正月，隐逸草野、忧国忧民，以求济世安民之道的陆贽踏着残雪薄霜，带着妻儿回到了阔别三年的长安。"三条九陌丽城隈，万户千门平旦开。"当胯下那匹红鬣锦鬃的骏马穿过灞桥那片刚刚吐出嫩芽的柳树林，穿过锦宫城外的排排苍松翠柏，陆贽心里默默呐喊了一声："长安，我又回来了！"

回到长安一月有余，陆贽仍未盼来朝廷新的任职消息。但是，曾经焦急的等待、三年的寂寞并没有磨去陆贽的自信、执著与气魄，他坚信自己是一条"潜龙"，终有行云布雨、惠泽万民的那一天！

到了万物复苏的二月，陆贽终于接到朝廷礼部的请帖，参加唐德宗在曲江亭举行的中和节百官宴会。这天，兴奋的唐德宗与久别重逢的陆贽相谈甚欢，杯盏交错。德宗举酒与陆贽吟诗道："丝竹岂云乐，忠贤惟所亲。庶洽朝野意，旷然天地均。陆九，忠贤也！"

次日，唐德宗下诏，陆贽以中书舍人迁兵部侍郎，加知制诰，仍充翰林学士，官秩正四品，赐绯色朝服三件，从此开始执掌朝廷军政大权。

第三十四章　龙虎榜单

贞元八年（792年）二月。

又是一年贡举时，麻衣如雪落长安。来自全国各地的千余名举人汇聚京城，一路风霜，满面征尘，朝驰暮走，汲汲于一第。

谁将南宫折桂，春闱一鸣？谁会主持今年这场贡举考试，在数千举人中甄别出安国经邦的治世栋梁，百里挑一，为国选士？

朝堂上下，大江南北，黎民百姓，都在拭目以待。

端坐于含元殿龙椅上的德宗皇帝，怎不想像唐太宗李世民那样，迈上端门，纳"天下英雄入吾彀中矣"，谁又能担此大任？

心力交瘁的唐德宗倚在紫宸殿的龙案上睡着了，他梦见自己仍在逃难奉天的途中，饥肠辘辘时，只见监察御史陆贽气喘吁吁地跑到跟前禀报："陛下，臣发现南山坡南齐村到处是桃树李树，挂满了桃子李子。"

唐德宗喜出望外，遂带着王淑妃、韦贤妃和一起逃亡的大臣，浩浩荡荡一行跟着陆贽朝南山坡跑啊，跑啊，翻过一道山梁，淌过一道山涧，穿进一片树林，王皇后、韦贤妃再也跑不动了。

唐德宗仍牵着韦贤妃慢慢地走，出了树林，大家惊呆了，只见漫山遍野到处是野生的紫柰（野红苹果）树，圆圆的紫柰挂满枝头，顿时欢呼雀跃，大家摘啊、吃啊、笑啊……那场景，好生热闹，早已忘记是在逃亡的路上。

唐德宗拿着陆贽摘来的紫柰，个大色润，清香扑鼻，不由狼吞虎咽般地咬了一口，甘醇爽脆，甜汁四溢。

正当此时，御史中丞窦参对着陆贽厉声说道："陆贽，你奏有满山桃李，却明明是紫柰，欺君罔上，该当何罪？"

陆贽听见当头上司的训斥，赶忙跪下："罪臣恳请陛下恕罪！"

"哈哈，何罪之有啊？陆九，快起来，快起来。"德宗边说边站起来拉陆贽。

正在此时，梦醒了。

"陛下，快起来，快起来，到榻上去睡，这样睡会受凉的。"只见韦贤妃正拉着德宗的手唤德宗到龙榻休息。龙案上，正放着韦贤妃刚洗好的一盘紫柰，水淋淋的，红灿灿的，圆溜溜的。

唐德宗睡意全消，精神豁然一振。急宣宰相、中书、门下、御史台及二十四司官员到紫宸殿议政。

"梦里桃李满天下，一梦点醒糊涂君。"唐德宗突然想起，该举行科举考试了。当日下诏，令兵部侍郎陆贽担任今年科举考试的知贡举，右补阙、翰林学士梁肃、礼部员外郎崔元翰协助考试。

陆贽并非礼部官员，为何担此重任？翻阅大唐 300 年科举史，以兵部侍郎权知贡举，唯陆贽一人。

陆贽十八岁进士及第，又取博学宏词科，科名甚早，素负文名。建中三年以来，充十年翰林学士，既掌内制，又掌外制。泾原兵变时，运筹帷幄，谋猷参决，实为朝廷"内相"。陆贽丁忧归来，朝臣满以为他可以直接升任宰相，没想到宰相窦参占据政事堂，百般阻挠陆贽拜相之路。于是，唐德宗诏极餍人望的陆贽为兵部侍郎，并权知贡举，算是宠渥陆贽、以备大用的一种补偿。

接到任命后，陆贽约请御史台、吏部、礼部、户部、兵部和辖司各官，京兆尹、贡院参详官、试务官等官员商议贡举事宜，成立"科举工作领导小组"，议定"科举实施方案"，随后来到紫宸殿面见圣上。

唐德宗正在与中书侍郎、宰相窦参议事，陆贽躬身行礼后，慢声上奏德宗道："陛下，臣已与礼部、吏部、户部等大臣就今年举行贡举的时间、地点、人员、安保、后勤、阅卷以及律令纠察等事宜作了详细商议，奏请陛下定夺。"陆贽说完，将议定的贡举方案呈于唐德宗。

唐德宗阅后，点头说道："贡举之政，乃朝廷之盛选，天下瞩目，就按陆九爱卿们议定的方案去办吧！"

陆贽回话道："陛下，为了彰显陛下为国求贤、唯才是举的浩荡隆恩，诸臣商议对今春的贡举进行一些改革，奏请陛下恩准！"

"陆九爱卿，有何改革，尽讲无妨。"德宗欣然说道。

"启禀陛下，自隋炀帝废除世家大族世袭制和察举制，始以进士科取士已有180余年。武后时又开创了殿试和武举，玄宗皇帝改革诗赋取士，招揽天下之士，繁荣了盛唐诗歌，巩固了中央集权，缔造了开元盛世。"陆贽说完停顿了一下，话锋一转。"然而，洞察安史之乱根源，贡举积弊值得反思，进士科以诗赋取士，以声病为是非，唯择浮艳，岂能知移风易俗化天下之事？明经科以帖经为通，不穷旨义，岂能知迁怒贰过之道？忠信之凌颓，耻尚之失所，儒道之不举，最终酿成安史之祸。"

唐德宗静静听着，他捋了捋胡子，欲言又止。

崔元翰上言道："仅以诗赋取士，舍本逐末，重才轻德，无非皓首穷经、寻章摘句，不惟无益于用，实亦妨其正习，不惟挠其淳和，实又长其佻薄。陆侍郎提倡儒学复古、依经立义、经世致用的新理念，老臣认为可行。"

梁肃跟言道："我朝科举，肇于高宗之时，成于玄宗之盛，若陛下今'以经艺为进退'，选拔经世致用之士，扭转唯以诗赋取士之风，科举制度必然极于陛下之世。"

"陆九，爱卿说说如何以经艺为进退？"德宗疑问道。

陆贽一语切入主题："首先须改唯诗赋为既考诗赋、又考帖经和时务策问。陛下还记得建中元年试制举人时，陛下就'临御日浅，政理多阙，何以使天下大治'提问，应试举人们经天纬地，畅所欲言，何其壮观。这样一批有政治抱负的进士，才能精通为官做人的道理，才能潜心研究时事时局，才能不断寻求匡复天下、治国安邦之策。"

"其次，要改革弥封制（指糊名，将试者名字糊上）为'通榜制'，让科举公开于阳光之下，以止徇私舞弊之心，以劈投机钻营之累，把举子置于公平竞技的赛场，还一个清明的科考。"陆贽振振有词道。

吏部尚书刘滋说道:"陛下,科举百年来,均采用弥封、誊写等保密措施,防止阅卷官和考生串通作弊。而今要将科举之柄专付之主司,又以交朋之厚者担任助手,主司记于胸而弃糊名而荐士取士法,或有胁于权势,或挠于亲故,或累于子弟,都是常情所不能接受的,极易引起社会和落榜举子们的猜度和讥议,奏请陛下三思而定。"

唐德宗思忖了片刻,望着窦参问道:"窦相国,你有何意见?"

窦参慢声回答:"陛下,刘尚书说的极是。过去,举子们向达官显贵、名士闻人投书献文行卷,以博取他们的举荐和揄扬,引起主考官的赏识,公荐、私谒无可厚非。若将糊名制改为'通榜',行卷之风必将愈演愈烈,极易产生作假抄袭和徇私舞弊。那些既没有故旧之交,也没有亲朋推荐的寒庶子弟,请托无门,干谒无路,纵有奥学雄文,也势必折戟文场,对他们不公平。"

崔元翰说道:"陛下,以往取士皆以考场试卷优劣一锤定音,这样难以充分考察实际才学。过去许多名士都是通过投卷、荐举等方式参与科举进入仕途的,开元十九年(731年)状元王维不就是岐王和睿宗九公主推荐的吗?只要主司者秉于公心,推荐者独具慧眼,通榜取士更能让那些怀才不遇的举子脱颖而出。考前被推荐的人是早已闻名京城之才,可以避免其偶因失误而落选。考前未被推荐的贤俊之士,可凭真才实学及第。无论寒门士族,都可以登上历史的政治舞台,成为李唐王朝的栋梁之才,可谓两全其美之策啊!"

唐德宗微笑道:"诸位爱卿,你们说的都有道理。陆九,只要能诚招天下真才宏器,让天下英才为朕的大唐所用,就按陆九的思策去办吧!"

改革方案得到了德宗的恩准,朝命既颁,众卿便按陆贽的改革方案各行其事,为科举考试忙碌起来。

次日,长安城端门贴出了德宗皇帝的《贞元八年求贤诏》:"盖天下百废待举,藩镇连兵,国运衰微。朕受命于中兴之君,闻四海贤者智能,才艺尤著,有经学治国,军谋宏远,治乱安危者,应具以名闻。吾朝遂革通榜取士,海纳百川,弘济大猷,任贤使能,以期龙骧驰虎之盛世。"

看到皇帝的求贤诏,举子们心潮澎湃,群情鼎沸,扼腕抵掌,"朝为田舍郎,暮登天子堂"的熊熊火焰在心中燃烧。

陆贽是应试"过来人",在禀奏唐德宗同意后,着力改善贡院的考场环境,对考舍进行了粉刷整修,贡院统一设置笔墨纸砚,准备一日三餐和蜡烛,由巡廊军卒按时送上砚、水、点心、热菜热饭。

天刚蒙蒙亮,东方犹未明,参加应试的千余名举人就起床了,抓紧准备考试携带的物品,从长安城的各个客栈、酒楼赶往贡院,峨冠鹄袖,雍容而入,在试务官的引领下一一走进考舍,对号入座。

辰时即到,陆贽、梁肃、崔元翰和吏部、礼部、御史台等部司相关官员来到贡院,宣布贞元八年科举考试起卷,本届试题为《明水赋》和《御沟新柳诗》。

梁肃敲响青铜礼运大钟,十声恢宏而悠长的钟声响彻贡院每一个角落,举子们纷纷开卷铺宣,旋砚研墨。

端坐于考舍的举子,或冥思苦想、抠心挖血,或提笔蘸墨、奋笔疾书,像一匹匹驰骋奔腾的脱缰骏马,朝着梦中那片茵茵的草原迅疾地奔驰……

陆贽带着部司官员一行从东廊开始巡考,走了近200米远,陆贽见一应试举子长得气宇轩昂,相貌堂堂,左手拂牵着右袖,正凝神挥毫,陆贽一行刚刚走近,那举子已经呵成《御沟新柳诗》:

御苑阳和早,章沟柳色新。
托根偏近日,布叶乍迎春。
秀质方含翠,清阴欲庇人。
轻云度斜景,多露滴行尘。
袅袅堪离赠,依依独望频。
王孙如可赏,攀折在芳辰。

梁肃对陆贽轻轻说道:"此人名贾稜,长乐(今河北冀县)人,博学工文,才貌双全,早已是闻名长安的风流才子。"

"王孙如可赏,攀折在芳辰,一语双关,才情绝伦啊!"陆贽点了点头,带着众官员继续朝前走。

走了近半个时辰,陆贽来到崔群的考舍前停下,轻声问身边的班宏:"此位书生文质彬彬，面目俊秀，你可知他的情况？"

"崔群是清河武城人，年方十九，其父曾任过金部郎中。"班宏回话道。

崔元翰补充说道："崔群在投卷中曾论'玄宗朝政治，先治然后乱，原因何在？'他说'玄宗任姚崇、宋璟、张九龄为相，则天下大治；但用李林甫、杨国忠为相，则朝政紊乱'，以直言正论闻名。"

梁肃点头称道："崔群虽年少，他日必定官至公辅。"崔群后来进士及第，累官至中书舍人、吏部尚书、江陵尹、荆南节度观察使，到了元和十二年（817年），官拜中书侍郎、同中书门下平章事，成为宰相，此乃后话。

陆贽一行走到回廊转角处，见到一位身躯凛凛的汉子，一看便是北方人。陆贽正看他的时候，正遇举子也抬头看他，那汉子两道剑眉，一双凤眼，眼神冷峻、坚定而犀利，透出一道纯粹、明净的光芒。

陆贽向那举子点了点头，那举子好似心领神会，身板未动，头一点，站如松，散发着一股凛然正气。陆贽侧过头来，向崔元翰问道："崔员外，你可认识廊角的那位剑眉举子？"

崔元翰回话道："陆侍郎，此人名李绛，河北赞皇人，是个匡时济世、忠忱敢谏的义士，他行卷里诸如'自古圣王，未尝不纳谏则昌，拒谏则亡''大臣持禄不敢谏，小臣畏罪不敢言，管仲以为害霸最甚'的骈句早已名震京城，坊间传言他有魏征之风骨。"

"太宗皇帝曾说，贞观以前，先帝平定天下，玄龄之功无所与让。贞观之后，为天下所称者，唯魏征而已。大唐中兴，何尝不需像魏征那样的镜子？"陆贽慨然说道。

随行的监察御史裴度点头说道："是啊，太宗讲过，以铜为镜，可以正衣冠，以古为镜，可以知兴替，以人为镜，可以明得失。像魏征那样敢于犯颜直谏、廉洁奉公的谏臣真是寥若晨星啊。"

"裴度贤弟，千里马常有，而伯乐不常有，不是谏臣太少，而是我们大海捞针，没找着啊！"陆贽说完，一行人笑开了。

陆贽从东廊走了一圈，快到西廊时，瞥见考舍前的横梁上张贴着一个似曾熟悉的名字，梁肃介绍道："陆侍郎，那是韩愈。"

陆贽缓声道："哦！韩愈，韩退之，早有耳闻，他自称'郡望昌黎'，我曾在马燧将军府上见过他。"

梁肃向陆贽介绍道："韩愈曾作《上贾滑州书》，向检校右仆射贾耽行卷自荐过。马燧将军曾经帮助过生活窘迫的韩愈，韩愈于是写过一篇《猫相乳》以感其德，此文早已闻名士林。"

陆贽轻轻走到韩愈考舍前停下，韩愈仍聚精会神地悬笔而书，只见他执笔运指如挑拨灯芯，典型的"拨镫法"书艺，天骨劲健，洒脱飘逸。崔元翰侧过身子，看着韩愈的答卷轻声读来："既齐芳于酒醴，讵比贱于潢污。明德惟馨，元功不宰。于以表诚洁，于以戒荒怠。苟失其道，杀牛之祭何为；如得其宜……"

梁肃叹息道："韩愈三岁丧父，是其兄嫂将其抚养成人，早年流离困顿，科举三试不第，这是他第四次参加进士考试了。"

在这第四次科举中，正是有了主考官陆贽的拔擢，韩愈终于进士及第，多年沉沦郁闷的心情一扫而空。韩愈与陆贽一样幼年丧父，为兄嫂长育，经历人生沧桑的韩愈对名满天下的座主满怀感激，一生未忘陆贽的知遇之恩。韩愈后来虽然官运并不顺遂，流离颠沛，但他敏于吏事，不避时难，也不随波逐流，后来官至监察御史、考功郎中、中书舍人，长庆二年（822年）迁兵部侍郎，晚年官拜吏部侍郎，人称"韩吏部"。

午时，阳光普照贡院，杏花、桃花随风飘散，静静地落在礼部贡院的廊里墙外。举子们吃过贡院提供的饭菜，继续考试，到了傍晚，绝大多数举子都不愿交卷，坐在考舍里，或精心修改，或重新誊写。

当夜，贡院烛光烟万里，长安月明花千树。灯火通明的贡院里，当三根蜡烛一一燃尽，省试鸣钟收卷。千余名应试举子纷纷走出贡院，如释重负，仰望苍穹，群星闪烁。举子们或意犹未尽，或扼腕叹息，或高谈阔论，或据理力争，成群结队地从长安城的街市、巷陌络绎走过，长安重现"千门万户开相当，烛笼左右列成行"的难得景象，举子们手中次第亮起的一根根蜡烛，仿佛长安城里开满千万朵桃花李花。

诗赋、帖经、策问三场大考一眨眼就过去了，宛如白驹过隙。然而，正是这微不足道的历史瞬间，让昙花一现的李唐王朝的中兴大业重放一丝光芒。对于举子们来讲，当他们的脚踏出贡院之时，对于未来的仕途，有的好似近在咫尺，有的好似遥不可及，有如那水中月、镜中花。

陆贽、梁肃、崔元翰夜以继日地阅卷，监察御史裴度以及礼部、吏部官员昼夜值守于阅卷现场。守候在长安的客栈、馆舍中的举子们望眼欲穿，或是彳亍于礼部南院的东墙下，焦急地等待春榜的消息。

榜文经宰相及知贡举陆贽、梁肃、崔元翰署名后，禀奏唐德宗御准。早朝之时，春榜已从尚书省送至礼部，由梁肃、崔元翰张榜公示。

状元：贾稜。榜眼：陈羽。探花：欧阳詹。

李博、李观、李绛、崔群、王涯、冯宿、韩愈、庾承宣、齐孝若、刘遵古、员诰、万珰、许季同、张季某、侯继、穆贽等23人一同登第。

二十三人初上牒，百千万里尽传名。这些进士中，王涯、李绛、崔群三人后来位极宰相，庾承宣官至吏部尚书，刘遵古擢刑部尚书，冯宿迁工部侍郎，许季同迁兵部郎中……欧阳詹、韩愈、李观成为中唐时期著名的文学家，给后世留下了一篇篇千古不朽的诗赋古文。

陆贽以"得众则得国，失众则失国"的儒家思想，以"求才贵广、各举所知"的用人尺度，招揽天下英才，创造了中国历史第一个赫赫有名的"龙虎榜"，真可谓"星辰影落三阶下，桃李阴成四海间"。

对于及第的进士来说，座主的提拔对于他们来讲恩重如山。进士参拜主司，在唐代视为天经地义的事情。贞元八年及第的进士们，无异得惠于陆贽首创的科举"通榜法"。

放榜之后，新进士纷纷登门上诗陈情，拜谢座主。陆贽看着眼前英姿飒爽的进士们，不禁回想20年前自己曲江宴集的往事，想起20年来官场的险恶和仕途的坎坷，百感交集地对进士们讲道："十载驱驰倦荷锄，三年生计鬓萧疏，而今你们已是金榜题名，名闻天下。以后是兼济天下，为民造福，还是为虎作伥、贪腐堕落；是卑躬屈膝、结党攀附，还是心系社稷，犯颜直谏；是平步青云，飞黄腾达，还是身败名裂，遗臭万年，全靠你们自己决定运命的穷通与变数。吾常以'上不负天子，下不负所学'告诫自己，愿与众门生共勉。"

在唐代，知贡举握有举人的取舍大权，不仅能决定举子能否及第，还能影响到他们一生的命运，座主对有才之士加以提携，中举之人又留心报恩，二者最容易结成党派，交通权贵，编织一个庞大的官僚网络，以座主为圆心，一荣俱荣。为了能在接下来的吏部铨选中一举博名，谋得上好的一官半职，一些进士在参拜座主时，悄悄给陆贽送来一些金银、珍宝、名茶，都被陆贽婉言谢绝了。

"用财利交欢，而姑息人事，授者必有非分之求，受者必徇情而枉法。贪者与授贿者交欢，必然扼杀社会公平，败坏社会风气，给国家造成巨大损失。孔子说，其身正，不令而行，门生们以后擢升高位，一定要天下为公，无私于物，还民以清明之天下，成为一位青史留名、万世敬仰的良臣。"听完陆贽的教诲，送礼的进士俯首汗颜。

"通榜取士"得士之盛，人尽煊赫。陆贽之后，龙虎榜就成为科举取人浸盛的别称，文人们无不憧憬那"一举首登龙虎榜"的贞元时代……

特别是这年入朝担任太常博士的权德舆，对龙虎榜通榜取士的成功由衷推崇和赞叹，对陆贽更是顶礼膜拜。在朝堂内外，权德舆时时把陆贽比作汉代贾谊，称他"榷古扬今，雄文藻思"，奉为入仕从政的偶像。

后来，这位"三岁知变四声，四岁能为诗"的江南才子在陆贽的提携和影响下，官至礼部侍郎，三次担任大唐科举的知贡举，大胆使用通榜法，拔擢四海举子，官拜礼部尚书、同中书门下平章事。这位中唐著名的文学家、政治家，花费大量心血收集整理陆贽一生所拟的奏议、制诰等100余篇，集注成《陆宣公翰苑集》24卷传世，并亲自撰写了《陆宣公翰苑集序》。

名噪一时的"龙虎榜"，给贞元时代的文人士子营造了一个唯才是举、人尽其才的科举生态。声望甚隆的陆贽，其才能、智慧、资历和名望已远在宰相窦参之上，窦参岂能"视而不见"？

第三十五章 陆窦角逐

"阴狡而愎,恃权而污。"司马光在《资治通鉴》中如是评价窦参。

"窦参,贞元五年拜中书侍郎、同平章事,领度支、盐铁转运使。每宰相间日于延英召对,诸相皆出,参必居后久之,以度支为辞,实专大政。参无学术,但多引用亲党,使居要职,以为耳目,四方藩帅,皆畏惧之。"(《旧唐书》)

宰相窦参,何以在历史上留下如此骂名?

这位前工部尚书窦诞(唐高祖李渊的女婿)的玄孙,年轻时也矜严悖直,不畏权贵。

窦参在任大理寺司直时,婺州刺史邓珽贪污白银800缗,唐德宗命朝臣商议如何处置,他依律争辩,终将邓珽绳之以法,还平反了两桩冤案,德宗遂诏其为监察御史,很快升任到御史中丞。

刚任御史中丞的窦参,对违反律令的官吏不讲面情,处置果断,举劾无所避忌,审案以严厉著称,多次承蒙皇上召见,议论天下大事,深得德宗器重。

宰相李泌与世长辞时,窦参守在灵柩前睡着了,他梦见李泌死而复生,并且和皇上一起将半匹紫绶搭在他的右臂上。梦惊醒后,窦参请来术士解梦,术士击掌庆贺:"大吉啊,恭喜窦大人将不日授相。"

不久,唐德宗果然下诏,升御史中丞窦参为中书侍郎、同平章事兼度支运使,将朝政、财政大权都交给了他。

"地位一变,一切皆变。"窦参自得到德宗的宠信,做上一人之下、万人之上的宰相，渐渐变得率情制事，无所忌惮。凡新任官员都要到窦参处，或拜访行贿，或探听朝事。他不但纵容亲信贪污受贿，而且专权独断，树植党羽，排挤打压贤良忠臣。

窦参担任宰相后，很快将其族子窦申提携为京兆少尹（相当于现在的首都副市长），可谓权重位高了。然而，不到一年，窦参又趁自己权势炙手可热之际，擢升窦申为给事中。

给事中为门下省重要官职，常侍皇帝左右，备顾问应对，每日上朝谒见，帮助处理皇帝政务，不但有人事审查权，可审查六品以下文武官的授任，还可联合刑部、大理寺、御史台三法司，会审皇帝交办的重大案子。

窦申昨日还在京兆尹身边工作，一下升到皇帝身边，从此走路吃饭、应卯就寝都是眉开眼笑，真可谓"得意高枝占，忘形尾翘天"。

贞元七年（791年）的秋天，正是大理寺、刑部和御史台"三司"所判刑犯秋后执刑之时。为正纲律令，详决失中，裁其轻重，忌防冤假错案，树立皇帝执掌生杀大权的威望，唐德宗带着宰相窦参、董晋、兵部侍郎陆贽、尚书左丞赵憬等官员一行来到"三司"巡察。

唐德宗的御驾刚到大理寺，年迈的大理寺卿蒋沇早已率少卿、丞、大理正和全体司直、评事（法官）跪在门前迎候。

"臣等恭迎陛下，吾皇万岁万岁万万岁！"

唐德宗煞是高兴地说道："蒋爱卿，众爱卿，快平身，快平身！"说完，立即上前扶起弱不禁风的老臣蒋沇。

蒋沇颤巍巍地站起身来，领着德宗刚踏进大门，院中一棵高大的槐树上飞出一群"喳喳喳"鸣叫的喜鹊，绕着大理寺飞翔，声音那般嘹亮，那般空远。众人抬头仰望，只见一只只喜鹊闪着紫、蓝、绿的光泽，洁白的胸腹，楔形的长翅，或立于高枝，或凌空飞舞，好不欣喜。

"陛下，喳喳喳，喜事到家！大吉啊！"窦参呵呵笑道。

唐德宗站在槐树下，喜上眉梢地说道："众爱卿，相传大理寺的庭院素来杀气太盛，百姓望而却步，连鸟雀都不敢来栖息。如今居然有喜鹊绕树三匝，筑巢而依，这是我大唐的祥瑞啊！"

窦参扬眉弄眼跟言道："陛下举手召回纥，举头闻鹊喜啊，那喜鹊仰鸣则晴，俯鸣则雨，人闻其声则喜上加喜啊！"

随行官员们不约而同地说道："陛下盛恩，天下大喜啊！"

然而，德宗回朝不久，大理寺便传来噩耗，大理寺卿蒋沇与世长辞。

唐德宗听闻消息，痛心不已地说："想当年，蒋爱卿与郭元帅浴血平叛，绥抚宇内，主掌大理，持法明审，推覆检勾，剖断精当，动为群僚楷式啊！而今撒手人寰，朕大悲啊！"

韦贤妃轻轻走到德宗身边，递给他一杯热茶，靠着德宗的肩膀，细声地说道："陛下，上次皇上从大理寺回来，不是告诉臣妾看到一群喜鹊飞翔吗？怎么蒋大人这么快就——"韦贤妃没有把话说完就打住了，德宗喝了口茶，韦贤妃接过杯来端在怀里，好似怕风把茶水吹冷。

唐德宗还不是太子前，韦氏就在他的身边侍奉，之后从良娣到皇妃，跟着德宗享受过荣华富贵，也经受过战乱逃亡、颠沛流离之苦。自从王皇后去世后，德宗开始宠爱她，让她执掌后宫。

初冬的大明宫，天气渐寒，唐德宗与韦贤妃相偎而立，他见韦贤妃欲言又止，不由问道："韦贤妃，你好像有什么心事？"

"陛下，那窦相国是不是有个族子叫窦申，近来可在皇上身边供职？"韦贤妃好奇地问道。

"窦申……对，是窦参相国推荐的给事中，贤妃为何提起他来？"

"陛下，臣妾近些日在宫外宫内，听见大臣们议论，说那大理寺的喜鹊有一只跟着皇帝飞来了大明宫。"

"好啊，窦参说喜鹊仰鸣则昊，俯鸣则雨，人闻其声则喜。有什么不对吗？"德宗疑惑地看着韦贤妃。

"陛下，看来天子脚下，也有你不知晓的事情。你可知朝中臣僚、商贾平民给谁唤作'喜鹊'？"

"咦，有这等事？喜鹊？谁是喜鹊。可是那翰林学士梁肃（负责每年知贡举放榜）？"

"听说皇上的朝中密议，重臣提拔，举荐奏章，或是政事堂每议除授，谁要高升，谁要调动，任命还没下，朝堂之下、宫城之外便传开了。"

"晋职官阶之事，只有朕与宰相得知，朝外如何得知？泄露朝廷机密，可是要杀头的，谁竟敢如此大胆。"德宗生气地说。

"朝臣议论，皇上与窦相国这边刚刚把任免事项商议好，那边金银财宝已进了窦申的腰包。窦申提前上门报喜，得官职者，见窦申前往，便欢喜雀跃，人人呼其为'喜鹊'。"

次日早朝，德宗将窦参留了下来，脸色一敛，大发雷霆道："窦相国，给事中窦申有一绰号'喜鹊'，他是你族侄，可有此事？朕与相国密商之邦国大事，窦申何以事事皆知？"

"罪臣该死！请陛下恕罪！"窦参慌忙双膝跪下直磕响头。

德宗站起身来，无奈地说道："窦相国，朕以爱卿为肱股，而你……"德宗压抑着心中怨气，继续说道："爱卿他日必为窦申所累，不如将其逐出相府，以杜绝朝臣的非议。"

"恳请圣上恕罪！罪臣族子定不敢如此胆大妄为。窦申虽是老臣远亲，但臣素来以亲待之，定是有人借机诽谤。恳请陛下开恩，且饶恕他一回，老臣保无他犯！"窦参说完，将头咚地叩在地上。

"卿虽自保，如众人何？"德宗深吸一口气，说道："朕提醒爱卿，恐防令侄终究坏损相国名节。望窦相国劝阻令侄，悬崖勒马才是！"

"老臣叩谢陛下不杀之恩！"窦参又"咚咚咚"地叩头。吓得一身冷汗的窦参回到政事堂，感觉这个寒冷的冬天来得比去年要早一些、更冷一些。

窦参立刻通知窦申有事商议，窦申飞快地跑进政事堂，只见窦参站在堂中，背对着窦申沉默而立。

"伯父，传侄儿有什么——"窦申话还未说完，窦参忽地转过身来，抡起手臂，咣地给窦申一记耳光。"窦申，你知道泄露国家机密该当何罪？皇上都知道你的绰号'喜鹊'了。"

窦申顿时吓得冷汗一身冒，赶紧跪倒地上，战战兢兢地回道："伯父，侄儿知罪，再也不敢了！"说完耷拉着头，大气也不敢出一口。

窦参叹了口气，定了定心神，肃然说道："朝中已有大臣参你泄露机密，招权纳贿。你赶紧将贪污之钱如数归还行贿之人，引以为戒！要不是老夫在皇上面前苦苦哀求，你已是死罪难逃啊！"

窦申抬起头来，咬了咬牙，忿然说道："定是那可恨的陆九告的密，伯父要给侄儿做主啊！"

窦参沉吟了许久，挥了挥衣袖，缓声说道："你去吧！"窦申从地上爬起来，边退边哭泣道："伯父救救我啊，救救我啊！"如果说大理寺卿蒋沇是闻声喜鹊而病故，而窦申的"喜鹊"之声，将给窦参家族及党羽带来灭顶之灾。

贞元八年春（792年）三月十六日，宣武节度使刘玄佐病卒，德宗令吴凑为汴州刺史、宣武军节度使。然而，吴凑还未到达汴州，刘玄佐的女婿就率侍卫亲军悍然发动兵变，缢杀了汴州的州官，自拥刘玄佐之子刘士宁为留后，上表朝廷任其为节度使。

朝会上，唐德宗气得须眉戟张，失声大吼道："刘士宁，好大的胆子，居然敢杀朝廷官员，拒绝朝廷任命的节度使，简直是无法无天了。窦相国，此事你看如何处置？"

窦参急忙出班奏道："陛下，刘玄佐素与淄青节度使李纳厚交，如果朝廷拒绝，恐怕宣武（今河南汴州）就会和淄青（今山东青州）沆瀣一气，联合对抗朝廷。臣以为，如今刘士宁既然掌握了宣武大权，陛下不如来个顺水人情，任其为节度使。"

陆贽沉声上奏道："陛下，臣反对。贞元二年，兵马使陈仙奇毒杀了淮西节度使李希烈，自立为留后，朝廷授他为节度使；之后，陈仙奇大将吴少诚又杀了陈仙奇自立留后，朝廷又授吴少诚为节度使，藩镇将帅随意谋杀主帅，篡夺大权，为所欲为。而今，刘士宁竟然公开磔杀朝廷文武将吏，胁迫授以节度使旌节，此乃不赦之大罪。臣以为，若授其旌节，任其职位世袭，其余各藩镇就会潜滋效仿！况且朝廷已经任命吴凑为宣武军节度使，如若中途更改，朝廷还有何威信可言？陛下可以诏刘士宁入京任职，吴凑按原计划到宣武任职！"

窦参反驳道："陛下，任吴凑为宣武节度使，恐宣武军中拒命，重演河北诸藩之乱啊！况且，目前朝廷国库空虚，也打不起仗啊！"

陆贽铿锵有力地说道："陛下，据臣所知，刘玄佐倒还能轻财重义，严而有谋，纯孝荣亲，尽忠事国。而刘士宁却是个生性残暴、奢靡淫乱之徒，实是不可委以重镇之权，授其旌节啊！"

经过一番辩论，唐德宗最后还是采纳了窦参的建议，召回吴凑授右金吾卫大将军，诏令刘士宁为汴州刺史、宣武军节度使。但窦参却是憋了一肚子火——陆贽竟然敢在朝堂之上公然反对他。要知道，在窦参的眼里，就是同在政事堂的董晋也只能在他面前点头哈腰，唯唯诺诺当个"伴食宰相"，充位而已。

"不给陆贽点颜色看看，老夫咽不下这口恶气！"

宰相害人，要么敲山震虎，不战而屈人；要么借刀杀人，杀人不见血；要么笑里藏刀，暗杀于无形之中。

陆贽在翰林院时，同为翰林学士的吴通玄（左谏议大夫，知制诰）、吴通微（官职方郎中，知制诰）兄弟，俱承德宗顾遇，为了获得重用争宠，对陆贽忌妒之念暗生，唯恐陆贽超越自己。金吾大将军、嗣虢王李则之与窦申、吴通微、吴通玄向来友善有加，同为党羽，遂相与倾。

人急就开始出阴招，窦参气冲冲地召集这帮亲信到政事堂议事，经过一番谋划，认为陆贽首次采用"通榜法"取士，废除了自古科举应试"糊名制"，录取全凭主司，于是决定给陆贽冠上一个惊天动地的罪名——"通榜取士、徇私舞弊"。

陆贽主持的贞元八年的科举考试，让天下孤隽伟杰、卓砾英才鱼跃龙门，23名进士个个赫然有声，如果给"龙虎榜"栽上"舞弊门"之罪，煽动落第举子的疑忌与不平心潮，势必掀起一场贡举风波，令天下哗然，士林震动。若罪证做实，简直就是"一剑封喉"的杀招，最关键的是，已经及第的23名进士的人生命运将从此坠入深渊，无疑会给大唐科举制度，甚至政治生态予以重创。

然而陆贽是否"徇私舞弊"，唐德宗心里最清楚。寿州刺史张镒曾馈钱百万，陆贽唯受几串茶叶。丁忧治葬时，各藩镇赠钱无数，陆贽一文未取，就连表兄韦皋每月置遗，也必先奏而后受。他怎肯在知贡举时招纳贿赂，糊涂到在天下人才聚焦的科考中揩油，岂不是天大的笑话。

让德宗无法理解的是，窦参作为宰相，窦申官为给事中，吴通玄本官为谏议大夫，有何事不能向天子直接陈诉，反倒选择用阴招诬陷官员。若是陆贽真有"考贡不实"之罪，完全可以上表进言，明上弹章。然而，窦参与吴氏同党却舍正道而"伪造谤书",或张贴,或投匦,诬蔑陆贽在科举中或胁于权势、或挠于亲故、或累于子弟、或私受贿赂、或培植党羽,流言蜚语四处传播。好在德宗还没有糊涂,急诏礼部将科举前100名举子的诗赋调来查阅了一遍,又暗中派了御史中丞韩皋负责明察暗访,结果真相大白,"舞弊门"纯属栽赃陷害。

窦参同党与吴通玄兄弟合谋构陷陆贽"举人不实,招纳贿赂"的卑劣行为,受到了朝中大臣们的一致诋斥和愤怒,上表弹劾窦参、结党营私、打压功臣的奏折纷纷送到宫中,德宗气得恼羞成怒,决定罢黜窦参的宰相之职。

贞元八年（792年）四月七日,正是窦参花甲寿诞之日,窦相国的府上立起一块丈余高的"寿"字金匾,两边挂着一副寿联:"六十大寿,俯仰不愧天地；花甲之年,褒贬自有春秋。"相国府上红灯高挂,高朋满座,酒香四溢,前来道喜送礼的络绎不绝。

是夜,唐德宗命金吾卫大将军范希朝率领200名神策军士兵,迅疾赶往相国府中缉拿窦参。

"圣旨到,请窦相国接旨!"当范希朝洪亮的声音在相国府响起,手持刀箭的精兵已将大院团团围住。

红光满面、花白须髯的窦相国忽闻"圣旨到",不胜欣喜地前来接旨,以为是皇上给他"送生日蛋糕"来了,咚地跪下,周围的人也纷纷跪下。

范将军从怀里取出黄绫圣旨,唰地打开,大声宣读:"奉天承运,皇帝诏曰,宰辅重臣窦参,不思邦国安危,励精图治,纵挟私营党,招财受贿,恃权贪利,谋害忠良,不知纪极。朕命金吾卫大将军范希朝率兵缉拿归案查封家产,念窦参寿辰,先囚于政事堂,以候圣断。李则之、窦申、吴通玄、吴通微等从犯,即日拿获刑部审问!钦此。"

圣旨犹如晴天霹雳,窦相国惊骇莫名,顿时面如死灰,浑身打抖,战战兢兢地回道:"罪臣窦参领旨!皇上,老臣冤枉啊!"

窦相国的妻妾、儿女、族亲以及相国府的幕僚、随从、家丁200余人,惊惶失措,全被赶到大院里待命。立于院中那块巨大的"寿匾",早已被掀倒在地,慌乱中的人群一脚脚踏在那鲜花铺满的"寿"字上。

李则之、吴通玄、窦申、窦景伯等十余人手足无措,很快被拿下,连夜押往刑部。那只曾在长安城"喳喳喳"飞来飞去的"喜鹊"，从此销声匿迹。

四月十一日，空旷的延英殿里，唐德宗坐在威严的龙椅上，刑部侍郎韩洄上奏："陛下登基以来，大刀阔斧讨伐藩镇，新政纲常，铲除擅权。然窦参不理国政，结党营私，造谣中伤，诋毁大臣，朝堂上下，皆畏愤之！现已奉旨将窦参的同党及诸子一并缉拿归案。"老臣韩洄义正词严地讲完，将刑部审讯窦参的案卷一一呈上。

翰林学士顾少连出班上奏道："陛下，湖南道观察使李巽给御史台呈来奏章，上奏宣武刘士宁在汴州起兵叛乱时，窦相国曾在皇上面前极力游说诏其为宣武军节度使，事后窦参交结藩镇，收受刘士宁贿赂黄金200两，匹绢5000匹，请陛下明察。"此语一道，朝堂一阵欷歔。

当朝宰相接受节度使的贿赂，暗通款曲，争权请官，从轻里说是贪污受贿，从重里讲，这叫通藩篡逆！唐德宗最反感、最愤怒、最不可饶恕的行为，就是朝中大臣、亲王宗室结交藩镇，背地里卿卿我我，勾肩搭背。

唐德宗发出一声冷笑后，许久没有说话，脸色阴沉，眼睛好像射出两道光来，死盯着跪在地上的窦参。

"陛下，有人陷害老臣，老臣冤枉啊！老臣冤枉啊！"窦参伏地叩首，撕心裂肺地喊叫。

唐德宗一针见血地呵斥道："窦相国，窦申漏泄禁中密诏，索取贿赂，聚敛钱财，形如'喜鹊'。李则之、吴通玄兄弟经常出入窦府，密谋从事，奢靡挥霍，你可知吴通玄专干的那些蝇营狗苟的勾当，以宗室之女为外妇，淫污近亲属，枉如畜生。朕欲委任吴凑重职，相国嫉贤妒能，弄虚作假。甚至唆使同党'伪造谤书'，陷害知贡举，挑起士林怨恨。窦相国，哪一条不是死罪！"

窦参的脸色刷地一下白了，见皇上要赐死罪，已是吓得大汗淋漓，伏在地上痛哭流涕地乞求道："皇上，老臣知罪，老臣糊涂啊，看在老臣忠心耿耿、侍奉皇上的份上，恳求皇上留罪臣一条活命。"

唐德宗厉声说道："窦参，朕以爱卿为肱股，视爱卿为心腹，一向待卿不薄！而你欺君罔上，勾结藩镇，潜怀异图，结党谋逆，迹既已露，皆有证据，你还要朕留你一条生路？"

陆贽踏步出班，走到跪在地上的窦参旁站定下来，而后闭上眼，深吸一口气，朝德宗躬身后正声说道："陛下，窦参乃朝中重臣，进退之间，犹宜有礼，诛戮之际，不可无名。昔刘晏之死，罪不明白，及加罪责，事不分明，至今众人为之愤邑。而今，窦相国不顾君上之诫，贪受货财，引纵亲党，天下共知。但臣以为，窦参交结藩镇，潜怀异图，将起大恶（俱指谋反），迹既未露，若是不加推鞫，骤然治罪，遽加重辟，骇动不细，必谓冤诬，恐会惊动朝野，所宜重慎，恳请皇上刀下留情！"

唐德宗轻吁了一口气，朗声说道："陆九啊，窦相国妒卿已久，不遗余力加以陷害。今年的科举进士乃朕亲自御批圈点，窦相国造谤科举不实，难道朕也不实，朕也有罪，朕还要再写一次罪己诏吗？窦参啊窦参，你这是颇怙恩私，心怀叵测，自遗其咎，自取灭亡！"

陆贽颇为感动地说道："谢陛下，陛下英明。窦相国虽于臣无情，咎由自取，我非营救其人，而是顾惜朝廷常规，典刑不滥，不宜越轨而行，不宜因一己之恩怨荒殆法典朝章，置之于死，恐用刑太过。"

唐德宗目光灼然地正视满朝官员，正色说道："窦参，作为一国之相，结朕左右，鲜有安邦济世之举，反而胸怀叛乱之心，其意难测，兼有阴谋，事不暧昧，社稷事重，罪不可赦。难得陆九为你求情，死罪可免。传圣旨，革除窦参相职，贬为郴州别驾。"

"罪臣谢皇上不杀之恩！"窦参把头叩得砰砰直响，他万万没想到，机关算尽，没能算计得了陆贽，反而算掉了自己的相位。

散朝后，德宗又将陆贽诏至紫宸殿，询问如何处置窦参同党："窦申、窦荣、李则之，与窦参首末同恶，无所不至，又并细微，不比窦参，宜便商量处理。而窦参其他所有亲密朋党，并不可容在侧近，宜便条疏，朕决定将他们发配到杳无人烟的僻远之地。"

陆贽躬身行礼，恳切地说道："陛下，罪有首从，法有重轻，窦参既然已蒙受宽宥，其亲党亦应末减，从轻论罪。"

过了三日，德宗下诏，贬左金吾大将军李则之为昭州司马；贬给事中窦申为锦州司马；贬左谏议大夫、知制诰吴通玄为泉州司马。

第三十六章　首席宰相

四月清和雨乍晴，长安槐花次第开。

贞元八年（792年）四月十三日，一对从南方飞来的黄鹤停歇在中书门下的香樟树上，几声清亮而尖锐的鹤鸣响彻政事堂，值守当班的官员喜出望外，纷纷跑出屋子，聚在政事堂外的空旷草地上，仰望那对声上云天的黄鹤，似乎感觉到，皇城里的空气都换了味道。

这天，唐德宗下诏，陆贽以兵部侍郎迁中书侍郎、同中书门下平章事，赵憬以尚书左丞迁中书侍郎、同中书门下平章事，两人与窦参同时任命的门下侍郎、同中书门下平章事董晋，共事政事堂，参预朝政机密，定夺军国大事。

38岁的陆贽，成为唐德宗时代最年轻的宰相。

五月一日是朔日，唐德宗驾到含元殿接受朝拜，这天也是陆贽入阁拜相正式上任日。之前，德宗就令礼部以隆重之礼做好宰相上任册命的嘉礼，在京五品以上文武官员都参加朔日朝会恭贺。又令工部组织马车从浐水边取来一车一车细腻的白沙，为宰相的通行车马铺筑一条宽阔的沙面大路，从陆贽靖安坊的府邸一直铺到直入皇城（即子城）的大道上，上面再撒一层细细的矽砂，喷上一瓢瓢清洌的泉水，好似刚刚下过一场淅淅沥沥的小雨。

"长安大道沙为堤，早风无尘晚无泥。"只有宰相上朝的白沙道才是如此干净无尘、松软平坦。方至卯时，靖安坊陆贽府邸的灯就亮了，夫人钱薇早已将皇上赐的紫衣朝服给陆贽穿上，细心地在其腰间挂上金饰鱼袋，骑卫已将马车备好，等待宰相上朝。

陆贽喝完钱薇煮好的小米粥，深情地拥抱了夫人，然后神采奕奕地走出大门，双臂一展，深吸了一口气，满鼻子都充溢着槐花的幽香。抬头仰望，在东边漆黑的夜空中，那一颗闪烁的金星格外明亮。

陆贽乘上马车，两名金吾卫导骑提着灯笼在前引路，被灯光映衬着红色的"陆"字，在黎明的街道上显得格外醒目而端正，马车两旁和后面跟着四名骑卫一路护行，从靖安坊转到朱雀大街东第二街，一直往北朝丹凤门行进。

晨风吹拂着大街两旁的槐树，槐香随风飘逸。马车经过了长安城开始喧闹的东市，一路向北，崇仁至长乐坊的长街灯火通明，道路两旁插满了数百根缟夜巨烛，同时提灯上朝的百官见宰相的马车迤逦而来，纷纷驻足躬礼，伸出右手掩上灯笼的光芒，用身子遮住街边的火烛，尽力让宰相的车马灯光愈加光亮，以此表示自己敬重宰相，不敢与宰相争权夺利、招荣争光。

等陆贽的马车吱呀地远去，百官的灯笼和路旁的火烛又次第亮起，可谓霓灯流光璨，烛火花千树。长安城已经很多年没有见过如此"千门万户开相当，烛笼左右列成行"的升平景象了。

东方露白，晨鼓擂响，含元殿里喜庆腾腾，气氛热烈。唐德宗接受百官朝拜后，隆重册命宰相陆贽、赵憬当日入驻政事堂办公。陆贽谢表皇上"吾上不负天子，下不负吾所学"的铿锵之声，以及群臣的喝彩声、鼓掌声、祝贺声此起彼伏，久久响彻于雄伟的皇城宫阙。

朝日照北堂，芳草满阶墀。朝会之后，踌躇满志的陆贽在五品以上官员的簇拥下，踏入中书门下政事堂，朝野上下对这位学养深湛、正直无私、公忠体国的新宰相充满了期待。

众臣散去，陆贽坐于政事堂的宰相椅上，看着案前摆好的崭新笔墨宣纸，想着自己清晨踏进丹凤门，迈过御桥，健步走过宽阔的龙尾道，耳畔响起南宫传来的太常清乐，不禁心潮澎湃，欣然提笔写下《晓过南宫闻太常清乐》：

南宫闻古乐，拂曙听初惊。烟霭遥迷处，丝桐暗辨名。
节随新律改，声带绪风轻。合雅将移俗，同和自感情。

> 远音兼晓漏,馀响过春城。九奏明初日,寥寥天地清。

"九奏明初日,寥寥天地清。"这或许便是陆贽走上"一人之下,万人之上"的宰相心声,他期望能在自己辅任上,给朝廷来一次彻底的洗筋伐髓,使大唐从此如日初升,山河明秀,使天下从此清朗太平,百姓安宁。

由于陆贽"诏书旁午,洒翰即成,曲尽事情",其诏书奏议制诰无不令同职者拱手叹服。这位辅弼唐德宗再造社稷的"救时内相",曾与唐德宗"同生死、共患难"过,又因"龙虎榜"而时望甚崇,加之李晟、马燧、浑瑊、韦皋等文武重臣的信任支持,唐德宗钦定陆贽为政事堂的"执政事笔"。因此,陆贽既是中书省的负责人,又是政事堂当之无愧的首席宰相,成为朝中最显赫的重臣,达到了人生的巅峰。然而,刚履行新职,政事堂首先就迎来了一个政治事件的后续处置工作。

唐德宗给陆贽下了一道密旨,欲将已贬为郴州别驾的前宰相窦参赐死,籍没其庄宅、钱物、奴婢之类入宫,亦恐被人破除隐没。并强调此事非小,社稷事重,请陆贽马上拟诏:"不可更迟者。"

拟一张赐死窦参的诏书,对于陆贽来讲,本是件分分钟的事情。但在陆贽看来,这并不是一件小事,它既考验一个宰相的执政能力,又考验宰相的道德情操,甚至是千年名声。

按理说,窦参同党及吴氏兄弟极尽排挤、诬陷陆贽,陆贽完全可以借此机会报复,置窦参于死地易如反掌。

宰相董晋是历经唐肃宗、代宗、德宗三朝老臣,恪慎励精,详于吏事,窦参专政时,他也能默默奉职,深谙官场之道。当陆贽征求董晋的意见时,他用不紧不慢的语气说道:"陆相国,皇上旨意,拟诏吧!"

"董大人,这可是落井下石之诏,臣做不到啊!"陆贽摇头道。

已近七旬的董晋捋了捋颔下花白的胡须,缓声说道:"陆相国,皇上要赐死窦参,已不单单是你们个人之间的恩怨,而是摆在朝廷面前的一个政治选择,或者算是官场的潜规则,皇帝的帝王术。"

陆贽有些懊伤地说道:"宰相难道是互相'宰'杀的丞相吗?恩怨相报何时休,

能不能从我们开始做起,让这样的流血事件慢慢消亡?"

董晋摇了摇头说:"代宗时,命吏部尚书刘晏审理独揽朝政的元载宰相,元载被杀。其同党杨炎任宰相后,又将刘晏贬为忠州刺史,密遣中使令其自缢。接着卢杞任相时,又将杨炎贬为崖州司马,旋即就遭赐死。作为宰相,就算如履薄冰,慎而又慎,也逃不脱帝王之术的安排。老臣看来,皇上执意要赐死窦参,也是为了断其同党东山再起的希望,给陆相国一个中兴大唐的清朗乾坤!"

陆贽慢捻着青硬的胡荏,沉吟了一会儿,娓娓说道:"董大人,姚崇、房玄龄、杜如晦、宋璟堪称我朝四大贤相。他们励精图治、同心协力,都安得其所,姚崇病逝,终年72岁;房玄龄长辞,终年70岁;宋璟安息洛阳,享年75岁;杜如晦病逝于46岁,然都非政治斗争而死。如若我们能吸取四位贤相之济世经验和崇高德品,停止自相杀戮,同心同力,朝野互任,也能够开创一个繁荣稳定的贞元之治。"

"臣老了,也想退隐致仕,颐养天年了,难得陆相国有如此境界,此乃我大唐朝臣之幸,百姓之幸啊!"董晋欣慰地说道。

待董晋说完,陆贽提起笔来,很快写了奏议《奏议窦参等官状》,以"典刑不滥于清时,君道免亏于圣德"为出发点,上疏进谏德宗,守国家之法典,树信誉于兆民,对窦参从宽处理,免除死罪。

陆贽对唐德宗询问关于可否籍没窦参家赀房田之事,又单独呈上一封奏议——《请不簿录窦参庄宅状》。

奏议写道:"谨按国家典法,没入官产,唯有两科:一谓奸赃,一谓叛逆。皆须先鞫犯状,审得实情,宪司察冤,法寺论罪,会府覆奏,掖垣参详,如是悉无异词,然后谓之狱成,而闻于天子。其有抵于深辟者,制可既下,所司犹三五覆奏,庶或宥之。圣王爱人恤刑,乃至如此精慎。罪法既定,方合徵收,叛逆则尽没其家,奸赃则止徵所犯。盖示惩戒,匪贪货财,何尝有罪未断,有法未详,而可以纳其资产者也?伏惟圣德广大,如天包含,惩忿于彝宪之中,念终于常情之外,已存惠贷,不动严刑。今若簿录其家,窃恐以财伤义。猥蒙下问,实荷皇明,辄罄愚诚,所祈天鉴。谨奏。"

很多人都不曾料到,位极人臣的陆贽如此深明大义、以德报怨。两份奏议,让朝臣们大吃一惊,无不称赞陆贽心胸之宽阔,气量之恢弘,持身之严谨。朝堂内外、长安巷陌有了这样的声音：陆贽将成为一个像"姚房杜宋"那样的贤相。

陆贽拜相后的第一把火，就是"改革用人体制"。

在唐代，"用人"可算是宰相最大的权柄。而"选贤任能"乃是宰相治国理政的头等大事。纵观历史，无数宰相上任后，都是独揽选人用人大权，从个人恩怨出发选拔官员，致使出现用人腐败的不正之风，有的甚至借宰相之权，培植亲信和党羽，排除异己，掣肘天子，威胁皇权，左右政局，由此引发的党派斗争、政治斗争和官场血案举不胜举。

这种现象屡禁不止，关键就是宰相的权力太大了。陆贽实施的这场官员选拔制度改革，首先就是向自己开刀——削弱宰相大权，把宰相"选拔官员"的权力装进制度的笼子。

为改革推行这项"用人制度"，陆贽与赵憬联合向唐德宗进谏，大胆剖析"朝之乏人"的现状，得出"其患有七"的论断：

一患：人才之进用与否不由人才是否合适为准，而由推荐人才的宰相是否受到皇帝的宠信来决定；

二患：听信谗言而不加以任用；

三患：求全责备，标准太高；

四患：对于有"过错"的人，因痛恨太甚而不复用；

五患：考察不当，只看表面，不看本质；

六患：根据一个人一言一事来决定用与否，不能全面地看一个人；

七患：援引旧例使用朝官阙员，而有才干的人不得升迁。

唐德宗听完当朝选官用人之"七患"，认为切中要害，也被陆贽"损己利人""右手砍左手"的公忠体国之情深深感动，欣然同意陆贽提出的"四条用人体制改革措施"，很快便下诏颁行：

第一，台省百司之长，由宰相察举，上报皇上任命。

第二，台省属僚及地方佐僚由其长官自选，上报宰相请敕备案。

第三，各台省长官须在所荐人的任命状上属名，终身保任。

第四，考察提拔官员将来政绩，推荐人须承担相应奖惩升贬。

这四条改革措施的核心，就是除开三省六部二十四司、御史台、卿监百司（九寺五监、诸省诸卫诸军）以及县、州、节度使府的主要官员由吏部亲自考察，宰相察举，奏请天子任命外，其余凡是有才能学问和品行的人才，只要有台省长官实名推荐，随时可由吏部提拔任命。

关键的一条，推荐的人必须是"才德兼备之士"，朝廷每年要按照各台省所荐名单考核所荐人政绩的优劣，若所举荐得人，升迁举荐者；所举非人，那么就贬斥举荐者，以对进贤无能的官员处罚。

这项"削宰相之权，广求才之路，增长官之权，严考绩之责"的用人制度，"求才贵广，考课贵精"的用人导向，表现出陆贽改革时弊的勇气、海纳百川的胸襟、吏治从严的魄力及无私奉公的忠直和坦荡。

广纳人才、发现人才、提升吏治的官场人事改革受到皇帝、台省长官以及士大夫、举子们的欢迎和支持，很快各台省长官就公开属名给吏部推荐了一批德才兼备之才。

拔擢之人，皆才智过人，超群出众。当然，这些职务都是朝廷政治中枢最重要的岗位。

经过这番用人革新，朝中台省长官争权夺利的勾心斗角少了很多，集思广益而奉公勤政的人多了很多，朝堂上的氛围也变得清明而和协。陆贽在朝堂的权力与声望与日俱增，手中的人脉和资源也不断拓宽，埋藏心中多年的抱负与梦想也在不断地化为现实……这一切，足以让他为大唐中兴干出一番伟大的事业，朝堂内外都在惊呼：当今宰相的魄力和才干，真是古今罕见，定能让朝堂焕然一新。

然而，在唐德宗的心中，陆贽已不再是曾经与他避难奉天、只擅长起制诰、撰奏状的翰林学士，而是当今身居高位，主宰朝政，名望、德行和才干三者兼备的宰相。李室王朝经过鲜血与战争炼狱而成的"帝王术"告诉他——"得找个人牵制牵制他了！"

无独有偶，偏偏又出现了一个像卢杞那样最善逢迎的奸臣。

因"龙虎榜"事件，窦参所提携的李则之、窦荣以及吴氏兄弟世族受到株连，对陆贽怨恨至深。加之陆贽又为窦参党羽诸人开脱说情，反对株连，导致其余党势力重新结集，开始借陆贽的用人体制改革反扑上疏，领头的就是窦参曾大力提携的司农少卿裴延龄。

于此，唐德宗把陆贽召到紫宸殿，语气缓慢地说道："陆九，近来朕观前人纪要，发现玄宗皇帝改革大唐建国以来的集体宰相制，将朝政大权集中到首席宰相手中，虽然看上去宰相独揽朝政，但却能提高行政效率，树立朝廷权威，也能集中力量谋大略、办大事。"

陆贽不知德宗此话有何意图，思忖片刻，娓娓回答道："陛下，臣以为，政事堂三位宰相可以实行轮流值班制，分执事笔，分旬而更，大事共商，以防宰相独揽大权之患。"

唐德宗微微笑道："朕将首席宰相之位委任于卿，卿怎么推辞？只是，近来一些朝臣反对朝廷用人制度改革，反映诸司所举皆有情故，或受货赂，不得实才。朕决定自即日起，各台省百司所属官僚的升迁和调动，都由陆相国做主，不要交给台省长官了。"

见唐德宗要"收回成命"，让自己一人独揽朝政，罢去台省长官的用人选人之权，陆贽顿觉芒刺在背，好似头上也浇了一大瓢冷水。

陆贽郁闷无奈地回到政事堂，慢慢平复了失落的心情，整理了一下思绪，提笔写下了3000余言的《请许台省长官举荐属吏状》，一方面向德宗书面汇报用人制度改革的推进情况，另一方面也是向德宗进谏"求才贵广，考课贵精"的选人之道，奏状主要阐述了三层意思。

第一层意思讲，国朝之制，庶官五品以上，以制敕任命，经宰相商议上奏圣上批准则可。六品以下则旨授，由吏部铨才署职，圣上在诏旨上批"闻"字即可，不置可否。开元年间，凡起居郎、拾遗、补阙、御史等官员，亦由吏部负责选任。此后，宠臣专擅朝政，舍公议而重己权，废公举而行私惠，使宰相奏任官员之法遍及庶品（普通官员），若非宰相之意，则不得任命。过去则天太后欲收人心，尤务拔擢，大宏委任之意，广开汲引之门，进用不疑，求访无倦，不但可荐他人，还可自举其才。同时，对官员考课督责严厉，进退升降讲究效率，不肖者旋黜，怀才者骤升。因此当世认可则天太后知人之明，全仰仗她拔擢的士子报效朝廷，造福社稷。

第二层意思讲，自圣上颁行用人制度改革以来，台省推荐的官员，累经存延，多历事任，议其资望，既不愧于同僚，考其行能，又未闻有何缺败。然而别有用心之人骤然横加指责，误导圣上视听，治道之难行，可见一斑。陆贽直谏，听君子则小人道废，听小人则君子道消，恳请唐德宗命所言之人详察其情，再审其听，具陈所犯之状，何人受贿？何人徇私？然后付之有司严加审查。一经查实，对谬举者必行其罚，严肃问责；对诬善者亦反坐其罪，严肃追责，如果使无辜者受到怀疑，有罪者反获纵容，枉直同贯，对错不分，何以取信于民？如果让宰相拔擢所有官员，势必要辗转向台省长官询访意见。如此一来，公举变成了私荐，明扬变成了暗箱操作，任人唯亲、徇私枉法的流弊就会愈加严重。所以宰臣择官，改革人事，不涉谤者寥寥无几，其弊非远，圣鉴明知。

第三层意思讲，所谓台省长官，乃仆射、尚书、左右丞、侍郎及御史大夫、中丞等，陛下比择辅相，多亦不出其中。陆贽直言，慎选宰臣，必以为重于庶品，精选长吏，必以为愈于末流。今日之宰相，就是往日的台省长官；今日之台省长官，便是将来的宰相，只不过职名暂异，并非行举顿殊。岂有长官之时就无举用一两个属吏之能，居宰相之位则可铨选千百个官员之理？因此，尊者领其要，卑者任其详，必须是由圣上择辅臣（宰相），辅臣择庶长（台省百司长官），庶长择佐僚（下层官吏），层层选拔，才能将务得人。

在高度集权的封建社会里，选拔官员表面上是台省之权、宰相之权，其实质皆是帝王之权。纵观历史，古代多少帝王能像唐太宗那样信任宰相，高居深视、任贤纳谏，把权力分给诸位宰臣，分给台省长官？更何况，唐德宗已经成为一个深谙帝王之术的封建帝王。

"盖以小人君子，意必相反，其在小人之恶君子，亦如君子之恶小人。将察其情，在审其听。听君子则小人道废，听小人则君子道消。"

唐德宗强压火气，耐着性子读到此处，猛然起身怒声而道："好一个陆九，竟用如此难听之言将朕与小人同比而论，心中哪还有朕的威严？"

怒火腾腾的唐德宗本想立刻宣陆贽入殿，狠狠地骂他一番，以解心头之恨。可转念一想，陆贽这些谏言正与当年的魏征如同一辙，常常抓住一点小事就贯以大道理，上纲上线，无限夸大其词，我若不任贤纳谏，视他为"铜镜"，恐怕是要被他骂成一代昏君才作罢。

唐德宗于是又回到案前，耐下心来读到末篇，心情方才渐渐平息，陆贽这样写道："是将使人无所措其手足，岂独选任之道，失其端而已乎？臣之切言，固非为己，所惜者致理之道，所感者见遇之恩，辄因陈谢。布露以闻，惟陛下幸察。"

陆贽此篇奏章虽直揭其短，却多是真知灼见，虽言辞激烈，但其情殷殷，并非从语邀宠，唐德宗的脸上渐显几许惭色，心里暗道：陆九啊，你咋总是让朕下不了台，将我羞辱到极致呢？不采纳你的意见，又对国都无利，采纳你的意见，你又让朕丢面子。

"君使臣以礼，臣事君以忠，陆九倒还是个忠臣！"唐德宗来回踱步思忖了一番，而后回到案前提起御笔，在《请许台省长官举荐属吏状》上批了一个字——"可"。

第三十七章　清慎太过

"皆有情故，兼受贿赂，不得实才。"

陆贽没想到，他"广求才之路、增长官之权"的人事体制改革，换来的是朝中反对者的如此评价和议论。这12个字像一根根银针，时时扎在陆贽的心上。

也许圣上说得对。有权，就有寻租的空间。

如果改革被绑上了"贿赂"，那毫无疑问是一场危险的改革，一场失败的改革，必将留下千古骂名。为了让自己的改革"风清气正"，让用人制度在阳光下运行，陆贽做出了一个重大的决策——反腐倡廉，扫除"以贿为亲"的腐败风气，建立清正、清廉、清明的朝政。

因为，陆贽非常清醒，百姓最为痛恨的就是朝廷的贪官污吏，最最痛恨的就是选人用人之腐败。

或许，这便是陆相国的第二把火。

一场反腐风暴拉开了帷幕。第一个倒下的，便是正五品官员、光禄寺少卿崔穆。在唐代，光禄寺掌酒醴膳馐之事，总太官、珍馐、良酝、掌醢四署，好比现在的国家机关事务局，算是朝廷的后勤大管家。

德宗时代的长安官场，贪贿之风，九城劲吹。这个光禄少卿可是一个不一般的肥缺，朝廷的粮食、肉食、美酒以及盐醋等都由他掌供。崔穆竟然敢在天子脚下损公肥私，大肆贪污，从他家中搜出的燕窝就有50斤，胡椒500斤，茶叶300斤，食盐3000斤，贡酒500坛，银碗30桌，瓷器300余件，还有价值10万余缗的金银财宝。就连唐德宗都感到震惊，对崔穆忿然骂道："崔少卿，你简直就是一只朝廷的蛀虫，没想到你吃的、喝的、用的比朕还丰盛，还奢侈！"

陆贽很快查清了崔穆的贪污证据，按律至少要判个无期徒刑。一贯倡导宽刑的陆贽，将这个菜篮子里的大"蛀虫"罚了100棍，贬到了穷乡僻壤的瘴疠之地黔州。

要整顿吏治，打铁还须自身硬，大理寺、刑部和御史台在唐代并称"三法司"，形成三权分立式的司法审判制度。大理寺作为当时最高审判机关，相当于现在的最高人民法院，其官员首先就要自己戴上"紧箍咒"，知敬畏、存戒惧、守底线，杜绝"灯下黑"。

然而，偏偏有人知法犯法，知纪破纪，执纪违纪。这个人就是建中四年（783年）给泾原士卒供应"粮陈肉腐"导致"泾原兵变"，如今执掌全国刑狱案件审理的最高司法长官——大理卿王翃。

经查，王翃借接受馈赠之名，大行受贿之实，在审理案件中"受财枉法"，判糊涂案、判人情案，发明了10种恐怖枷刑，大搞刑讯逼供，滥用生杀之权，甚至又用上了武则天时代令人发指的"醉骨"之刑，苦害无辜，苛责商贾，折占庄田，非法收受财物共计2000余匹，造成冤案、假案、错案10余件。

按唐律，受财枉法，"一尺杖一百，一匹加一等，十五匹绞。"陆贽念及王翃有平息"安史之乱"之功，护驾德宗从狩奉天之劳，没有以死刑加以严惩，对王翃网开一面，将他贬到遥远的福建漳州。

紧接着，给事中韦夏卿被贬为常州刺史，太子宾客于邵贬为江州别驾，右庶子姜公辅贬为泉州别驾……短短一段时间，朝中许多弊病与不足给扭转过来，整个庙堂的送礼收礼之风、奢靡享乐之风、跑官要官的现象很快得到遏制，朝廷呈现出一派高效清明的气象，各地的风化吏治也大为改观。

陆贽就像一位大国手，开始从容不迫地布局天下，用遒劲刚正的生命意志捶挞着这个疲敝不堪的时代，一扫前些年的颓唐气象，满朝文武和黎民百姓，好似又看到一个如同李泌那样光芒四射的神俊人物。

贞元九年（793年）三月，朝廷又将举行科举考试，宰相陆贽依然以"通榜法"选取天下良才，并上奏唐德宗，命翰林学士、中书舍人顾少连权礼部侍郎，担任知贡举,负责主考;吏部侍郎郑珣瑜,礼部员外郎崔元翰,起居舍人、兼知制诰权德舆三人为副主考。

由于通榜法取士试卷仍不糊名,科举之柄专付于主司,宰相陆贽具有最终决定权。因此,诸多有钱有势进京赶考的举子们,都通过盘根错节的关系,寻访官贵,以"行卷"的名义找关系,走门子,千方百计想去拜访陆贽,顺便给陆贽赠送钱物,希望得到推荐和提携。特别是有公子或亲戚参加今年科举的朝中大臣,更是置以重金登门拜访,贿赂陆贽,以便稳操胜券,一举及第。

然而,陆贽对这一切都义正词严地断然拒绝了,一些朝中大臣见陆贽不肯收下自己的金银绸缎,油盐不浸,认为陆贽太过绝情,已然到了偏执的地步,于是朝野中悄悄流传议论之声,毁谤之言很快就传到皇上的耳朵里。

唐德宗找来顾少连,一本正经地对他说道:"顾学士,你与陆贽交往数年,感情深厚,无话不谈。近来,一些朝臣向朕反映,陆贽有些太过直板,不通曲理,不计人情。你侧面告诉他,水至清则无鱼,人至察则无徒,不要清慎太过,诸道馈遗,一皆拒绝,恐事情不通,如鞭靴之类,受亦无伤。"

皇上的意思就是让顾少连转告宰相陆贽:"不要太清廉、太谨慎了,你现在当了宰相,朝廷和各地官员送你一些物品,那是人之常情。如果你一概拒之门外,从情理上也讲不通,比如赠送你一根马鞭、一双长靴等这一类的东西,无伤大雅,你就收下吧!"

为了使"通榜法"能做到公开、公平、公正地选拔贤才,陆贽要求主持贡举的官员们慎之又慎,不徇私情,并且自己亲自参加阅卷,着力选拔一批弼辅朝政的新生力量。

这年科举中,贫寒子弟苑论考试时从容不迫,挥洒自如,文思敏捷,笔下生风,辞章精彩,语言实美,独占鳌头,一举夺得状元桂冠,大魁天下。刘禹锡、柳宗元等32名才俊同登进士第。

陆贽把刘禹锡、柳宗元等青年才俊看做未来的朝廷栋梁之才,用心培养提携,并郑重地推荐给太子李诵,让他们结识朝中重要官员,与太子侍读王叔文、王伾等人结成好友,充实他们的资历,拓宽他们的人脉。刘禹锡、柳宗元也将陆贽视为恩人,经常登门拜谒宰相,成为陆贽忠实的追随者、执政的捍卫者,陆贽浓厚的唯物主义思想、民本思想以及古文革新思想对两人一生影响深远。陆贽后来罢相后,"刘柳"二人与韦执谊、韩晔、凌准等人同素有改革弊政之志的王叔文、王伾结成政治集团,一道成为革新集团的核心人物。

这次科举中,最悲催的要数司农少卿裴延龄,因为他家公子裴操也入闱应试。考试之前,裴延龄多次登门拜访,陆贽早闻裴延龄虚言浮语、奸狡巨滑,总是找了个借口避而不见,不买他的账。放榜之日,裴操果然名落孙山,把裴延龄气得咬牙切齿,心中对陆贽自此埋下了仇恨的种子。

裴延龄一番思索酝酿后,暗中唆使子弟亲戚也在此次科举中落榜的几个朝臣,分别拟书上疏唐德宗,检举这次科举取士不隐名,不公正,全凭考官的好恶决定举子命运。直言刘禹锡父亲刘绪在苏州府任掌书记时,与陆贽交往甚密,对陆贽参加苏州乡试有过帮助和关照,加之刘禹锡来京城时曾到陆贽府上"行卷",刘禹锡这次及第进士,宰相陆贽一定有舞弊行为。

唐德宗将信将疑,他命顾少连再次将刘禹锡的诗赋、策问、帖经调来审阅,果然是诗赋文采出众,论断条理有道,行文意旨恢弘,书法洒脱豪放;相反,裴操的答卷文不对题,书写狼藉,差之千里。于是将那些检举的奏章搁置一旁,不再理会,相信陆贽、顾少连等并无舞弊之过错,但也当着顾少连的面,对陆贽太过清慎、宁方不圆的做法颇有微词,担心长此以往,上下之情不通,未免妨碍公务,便命顾少连多加提醒。

顾少连离开紫宸殿时,唐德宗又拟了两道密旨,传谕陆贽。

第一道密旨写道:"朕每于延英对卿,缘有诸人,言不得尽。中间卿所奏去冬荐人,实缘对赵憬执论,所以有言相拒,亦不是阻卿之意。若有要便事,但依前者意旨,自手疏密封进来。"意思就是,宰相议事堂里人多,有些话不好说,陆相国所荐之人,因外有别人议论,所以当时没同意,但并不是要否定陆贽的意思,如果有机要而重大的事情,不要当着赵憬的面陈述议论,应当将亲手所写的奏疏密封后上报给他。

第二道密旨写道:"卿频与苗粲进官,朕未放过,恐卿未知朕意。此人即苗晋卿之子,晋卿往年摄政,曾有不臣之言,又诸子皆与古帝王同名,意甚不善。缘非诸子之过,不欲明行斥逐,终是不合令在朝廷,卿宜密知此意。苗粲兄弟并改与在外闲僻处官，仍不得令近兵马者。"

原来，陆贽多次向唐德宗推荐苗晋卿（山西壶关人，历任万年县尉、侍御史、吏部侍郎、工部尚书等，安史之乱后被唐肃宗召赴凤翔，拜为宰相）之子苗粲。唐德宗以苗晋卿当年代理朝政时，曾经有过不合臣礼的言论，以其10个儿子与古代帝王的名字相同为由，始终不肯对其提拔重用，对苗粲的兄弟族亲也只允许授给外地官职，不让他们接近驻扎军队的州县。

天子与宰相，几乎每天都能在朝堂碰见，也可以随时诏对紫宸殿，为何唐德宗令陆贽好友顾少连传话劝诫，递送密旨呢？

原来，唐德宗心里非常清楚陆贽的为人品性，他是一个如同莲花般出淤泥而不染的廉臣，也是一位像魏征那般犯颜直谏、极言无讳的谏臣，若是当面提醒指责，肯定会遭到陆贽的犯颜直谏，甚至痛心疾首地对德宗一番奚落，说不定又要他自责悔过，颁发"罪己诏"。当年避难奉天时，陆贽给他写的罪己诏，已让德宗颜面丢尽，自尊心受到了致命的伤害，可谓天子心中一道永远的"伤疤"。

这日傍晚，顾少连来到陆贽家，两人酒过三巡，顾少连趁着酒意将皇上的密旨递给陆贽。

陆贽看完唐德宗的密旨，沉默了良久，而后独自倒满白酒一饮而尽，他瞪着一双红通通的眼睛望着顾少连，叹息而道："皇上命我凡是机要而重大的事情，都要避开赵憬陈述议论，或者手书奏疏，密封进奏。哎——王者之道，坦然著明，赵憬与我皆为宰相，一同辅政，事当无间。少连兄，皇帝为何如此？"

顾少连举杯劝诫道："皇上不让赵憬参与重大军国之事，这是皇上对敬舆兄的恩宠和信任，你又何必叹息！"

陆贽哭笑不得地说道："皇上曾在宣政殿信誓旦旦地说过，君臣一体，都不提防。而今却又岂能在心腹大臣之间有形迹之拘，迹同事殊，鲜克以济，如果职同而信任不同，就不合王者无私之道。"

"这是皇上在暗示敬舆兄要防备赵憬，难道你还看不出来？"

"天无私覆，地无私载，臣忠君体国，坦荡无私，诸事都到政事堂商榷，行事光明磊落，为何要防备赵憬？"

顾少连思忖了片刻，带着疑虑的口气说道："虽然当时赵憬拜相，也离不开敬舆兄的举荐，但时过境迁，人心叵测，难以猜度，既然皇上已在提醒你，你还是小心提防为好啊！"

陆贽脸色倏地一沉，一连声说道："皇上现在已是处处设防，疑心太重了。苗晋卿出身文儒世家，进士及第，位至宰相，其谦谦君子之风范，历来为玄宗、肃宗、代宗三朝所推重。谁都知道叛逆会招致灭族之祸，即使是狂险之徒也不敢为之，何况他这样一位三朝老臣呢？"

顾少连深有同感地缓缓说道："玄宗皇帝时，曾让苗老主持吏部铨选；肃宗皇帝拜他为宰相，后进封韩国公；苗老病逝时，代宗皇帝追赠其太师，并配享肃宗庙庭，确系根深功高的三朝元老。苗老十子，也有德才兼备之才，各自官任六部二十四司，可谓家族鼎盛，关键是其发、丕、坚、垂几字，与古帝王同名。加之，苗晋卿之女是前朝中书令张嘉贞之子、前宰相张延赏的夫人，张大人与苗夫人的女儿又嫁给了你的表兄韦皋，重权在握、赫赫有名的剑南西川节度使。苗粲已官至户部郎中，你还要继续擢升，委以重用，朝中难免有人以此进谏皇上，中伤敬舆兄，也难怪陛下有所顾虑啊！"

"原来如此！"陆贽摇了摇头，慨然而道："少连兄，治国理政，爵人必于朝，刑人必于市，唯恐众之不睹，事之不彰。君上行之无愧心，兆庶听之无疑议，受赏安之无怍色，当刑居之无怨言，此圣王所以宣明典章，与天下公共者也。凡是谮诉之事，多非信实之言，利于中伤，惧于公辩。或云岁月已久，不可究寻；或云事体有妨，须为隐忍；或云恶迹未露，宜假他事为名；或云但弃其人，何必明言责辱。词皆近于情理，意实苞于矫诬，伤善售奸，莫斯为甚！"

陆贽口里自顾自地说道："晋卿名起文儒，致位台辅，谦柔敦厚，为三朝所推。若晋卿父子实有大罪，则当公议典宪；若被诬枉，岂令阴受播迁。苗粲德才兼备，有口皆碑，就应该受到提拔，以此取信于天下。"

顾少连沉默了半响，待得陆贽的心情渐渐平复之后，才不无忧虑地说道："敬舆兄，你就不要再一意孤行，肆意冒犯陛下的天威。生活上也不要太过清慎，朝臣友人有时送你像马鞭靴子之类的，也就收下吧，以免招致一些权臣的中伤和谮毁。"

陆贽放下酒杯，惊讶地看着顾少连说道："少连兄，你我相交20年，难道还不知道我的品性？而你，满朝文武谁不知道你顾少连以正直敢言朝政得失而闻名，没想到你当上了礼部侍郎，也变了，也变了！"

"敬舆兄，不是我变了，是圣上变了。"顾少连饮完杯中酒继续说道："清慎太过，于情不通啊！"

陆贽愕然一愣，开口反问道："清慎太过，于情不通？难道，难道是圣上之意？"

顾少连目光灼灼地看着着陆贽，无奈地点了点头。

陆贽脸色一紧，极为严肃地说："太宗皇帝时，为劝诫文武百官廉洁勤政，写过《百字箴言》，'日食三餐，当思农夫之苦；身穿一缕，每念织女之劳。寸丝千命，匙饭百鞭，无功受禄，寝食不安。交有德之朋，绝无义之友。取本分之财，戒无名之酒。常怀克己之心，闭却是非之口。若能依朕之言，富贵功名可久。'没想到，皇上竟然让宰相公开纳贿收礼，我想不通啊！"

顾少连听罢连连点头，带着怅然的口气说道："来，敬舆兄，咱们喝酒，不言其他。"酒入肝肠，顾少连又关心地问道："敬舆兄，夫人近来可好，我记得她的哥哥已经跟随樊泽在荆南好些年头了，我们也有好些年没见面了。而今樊泽已是襄州刺史、山南东道节度使，是该提拔提拔一下钱徽了。"

见顾少连提起舅子钱徽，陆贽也平添几许思念和无奈，不由喃喃说道："是有好些年没见了。"说完思忖了片刻，摇了摇头说道："天下公器，王纲大权，执大权者不任其小数，守公器者不徇于私情。樊泽虚心好才，与能乐善，又精通兵法，武艺过人，让他跟着樊刺史再历练历练吧！"

已经微醉的顾少连缓缓抬起目光，在陆贽脸上盯了半晌，方才冷冷地说道："敬舆兄，你莫不是要做姚崇第二？"

陆贽哈哈大笑了三声，解嘲说道："唉，少连兄，别取笑我了。姚崇任宰相时，力革弊政，任用忠良，贬黜奸邪，不徇私情，虽身为宰相，却不置府第，为了上朝方便，就寓居在附近的罔极寺里，清廉节俭，以忠事国，逝后得到百姓立碑颂扬。唉，我怕是做不了姚崇那样与其浊富、宁比清贫的贤相了。"

按理说，唐德宗已直言不讳地诱导掌管国政的宰相收受"礼物"，有了皇帝在背后撑腰，陆贽完全可以大胆地收受贿赂，甚至大撒手地索贿贪腐，毫无后顾之忧。然而，在陆贽眼中，"伤风害礼，莫甚于私；暴物残人，莫大于赂"，收小礼必然养成大腐。陆贽并不领情于德宗、"奉旨"受贿,依然保持一身不贪不沾、不屈不挠的铮铮风骨。

次日,陆贽又给德宗上了一道奏折:"千丈之堤,以蝼蚁之穴溃;百尺之室,以突隙之烟焚。贿道一开,必然欲望膨胀,辗转滋甚,贿赂公行,愈演愈烈,起初是马鞭和长靴,接着就会从物到钱,一发不可收拾,可谓鞭靴不已,必及车舆;车舆不已,必及金璧,面对形形色色的诱惑,怎能不钱迷心窍?况且,拿人手短,吃人嘴软,已与交私,何能中绝其意,拒绝别人非法之求?于是行贿成风,涓流不绝,谿壑成灾!再者,对行贿的人有的接受,有的推辞,被拒的人便会怀疑事情难办,必是怨声载道。如果一视同仁,一概拒绝行贿,秉公而行,则人们都知道不受者乃其常理,又怎生嫌阻猜疑之心呢?臣以为,为官受贿,大者,忘忧国之诚;小者,速焚身之祸啊。"

唐律严禁朝廷官员收受贿赂,所得财物哪怕是一尺布,也算违反刑律,必予严惩。就算下至卑微官吏,也应当严禁受贿行为,何况是矧居风化之首、位居百官之长的宰相,岂能反可通行,放任贪腐呢?

唐德宗谓陆贽清慎太过,"鼓励宰相受贿",当是历朝历代皇帝中的唯一。"国家之败,由官邪也;官之失德,宠赂彰也。天子诸侯,相觌以货,相赂以利,则天下之礼乱矣。"陆贽用这篇《谢密旨因论所宣事状》,给皇帝上了一堂深刻的廉政教育课。

第三十八章　均节赋税

宰相陆贽任贤黜恶，指陈时弊，消失多年的君道正体、抑奢崇俭的清平气象，赫然浮现在大明宫雕拱画梁之中，朝廷内外对陆贽赞誉一片。

然而，朝堂之外，天下百姓的生产生活，纠结着陆贽的心。

唐中期之后，均田制遭到破坏，土地兼并越来越严重，中原出现了富者兼地数万亩，贫者无容足之地的状况。以汴、宋、许、陈等六州为例，贞元时的户数不到开元盛世时的五分之一，户数减少，人丁贫弱，赋税和徭役就更少了。

加之，这些年唐德宗用兵打仗，军费开支庞大，百姓赋税繁重，有的地方税外有税，征完又征，不分季节。有道是："蚕事方兴已输缣税，农功未艾据敛谷租。"全国大部分地区丝不容织，谷不暇春。

百姓遭受的剥削越来越多，有的不得不卖身为佃，依附豪强，成为私属，贷其种食，赁其房屋，终日劳苦，仍然难以维持生计。有的背井离乡，奔波流亡，转死沟壑；有的逃避苛役，竞相出家，了却残生。若是遇到灾荒之年，一些地方甚至出现遗骸遍野的凄惨景象。

若百姓都出家为僧，谁来发展生产，生育后代，祭祀祖先？然而，富强豪绅为富不仁，又大放高利贷，坐食租税，贫富悬殊越来越大，两极分化愈演愈烈，生产力遭到严重的摧残，民困国穷。

"民为邦本，本固邦宁。"为了缓和社会矛盾，解决国家的财政危机，陆贽决定推行他励精图治的第三个施政方略——均节赋税。也就是在选官任官、反腐治贪的政治改革之后，决定实施经济改革。

陆贽"均节赋税恤百姓六条"应运而生。

1. 均减赋税

国家安邦，经济是命脉，赋税是基础，而在封建社会，赋税的来源主要靠土地。实施怎样的土地政策，系关国家的生死存亡。

供给没有限度，这正是时势造成的弊端，而不是制度造成的弊端。然而，朝廷又因战需匆忙更改"租庸调制"，实施"两税法"，杨炎宰相派遣使者搜刮郡县，验证赋役簿籍，每州选取大历年间征收赋税最多的年份，以此数额作为两税定额，本意在于"敛财"而非"裕民"，也给那些敲剥媚上之徒，留下了许多可钻的空隙。

陆贽上奏唐德宗："财之所生，必因人力，故先王之制赋入，必以丁夫为本。不以务穑增其税，不以辍稼减其租，则播种多；不以殖产厚其征，不以流寓免其调，则地著固；不以饬励重其役，不以窳怠蠲其庸，则功力勤。"之后，对百姓赋税征收采取"六不"措施，就是赋税收入以成年男丁为依据，不因致力耕耘而增加税收，也不因停止种植而减少田租，使人民多加播种；不因产业扩大而多加征收，也不因寄居他乡而免去纳调，使人民牢固定居；不因勤勉自励而加重徭役，也不因懒惰懈怠而免除纳庸，使人民辛勤劳作。

2. 改革税额

陆贽大胆改良过去唯一以钱数计算征税的制度，推行"以布帛为额、不计钱数的两税制征收税额。以"量人之力，任土之宜"为原则，按照百姓的承受能力和土地的出产实际加以制定。

陆贽上奏唐德宗："帝国的财政大权，乃国之重大权柄，守之在官。谷物和丝帛，是百姓所生产的；钱财货币，是官府所制造的。因此，朝廷执行的租庸调制，明确规定了'租出谷，庸出绢，调出缯、纩、布'，何尝有过禁止人们铸钱，而又要求他们以钱币作为赋税呢？"

之前，全国各地每年杂物种类繁多各异，官府只考虑如何得到税收方便有利，不为老百姓考虑备办这些物品的难易程度，常常导致所征非所业，所业非所征，人们需要加价购买他们没有的物品，而贱卖他们拥有的物品，一增一减，耗损很多，劳民伤财。

陆贽下令各州县以实行"两税法"那一年所交纳的绢帛布匹总额为基数，按现行物价计算出总的价值，物价偏低就加价，物价偏高就减价，酌取其中定价，然后总计合税之钱，折为布帛之数。

土地之物产总有最大限度，取之有度，用之有节，则常足。相反，取之无度，用之无节，则常不足。物产的丰衰靠大自然决定，而消费物产之多少由人决定。陆贽指出，国库的开支必须估量当年收入的情况来制定支出的计划，这样即使遇到天灾人祸，民间也不会困苦穷顿。如果盲目收税，不管百姓有没有固定的收入，只能仓促地以预算支出情况来制定收入的计划。

因此，陆贽在财政体制上一改过去"量出而入"的模式，坚持"量入为出"的原则，取民有度，用之有止，将财政开支限制在收入范围内，这对于限制朝廷对人民的剥削，改善人民生活，推进财经改革起到了决定性作用。

3. 改革考课

何为考课呢？考课就是在一定的年限内，对各级官吏进行政绩考核，依其不同表现，区别不同等级，予以升降赏罚。

陆贽主张"考课贵精、按名责实"，早在任渭南主簿时，他就提出了考课的具体建议，即"八计听吏治"。而今，自己走上宰相之位，有了施展政治抱负的平台，陆贽决定对考课制度进行全面改革。

陆贽在"四善"和"二十七最"以及"八计听吏治"的基础上，将诸州县的"增户、加税、辟田"作为重要的课绩内容。向全国发布规定，各州县管辖范围之内，如果人口兴旺，财阜殷实，在完成朝廷规定的税额后，仍有剩余，便可以同意该地长官根据户口平均减税，以减税数多少作为考课的等级。

同时，陆贽对减税的数量与应管辖税收物资通常的比率作了明确规定：即每户纳税减少十分之三的，考核成绩为上等，减少十分之二的，考核成绩为次一等，减少十分之一的，考核成绩为再次一等。如果管辖范围之内，人口多有流离散失，于是在现存户口上增加税收，考查成绩居于劣等。陆贽将自己实施的"长史以增户加税辟田为课绩"这项改革，称作"当今富人固本之要术"。

4. 改革税收期限

陆贽郑重地提出"养人资国"的思想。

"养人资国",就是要使人民的个体经济得到发展,社会生产力得到提高,尽可能创造更多的物质财富,真正实现"民富国强"。

然而,有的州县百姓刚刚开始养蚕,就被逼着交纳丝织品税收了。农田的水稻还没有收割,就上门催收谷物的田租了。朝廷对州县的税赋管束督责得越来越严苛,下级官吏对百姓的欺凌暴虐也就益发紧迫。百姓走投无路,无钱可交,若家里尚有些值钱的东西,赶忙低价出卖物品,不惜损耗一半的价值。家里无钱无粮、一贫如洗的,只有变卖房屋、田地等,或是求人借贷,加倍还债,从此利滚利,债生债,永无翻身之日了。

"二月卖新丝,五月粜新谷。医得眼前疮,剜却心头肉。我愿君王心,化作光明烛。不照绮罗筵,只照逃亡屋。"反映的就是提前催征赋税,使农民在青黄不接之时被迫借贷的深重苦难。

"建官立国,所以养人,赋人取财,所以资国,必须先家给而敛其馀财。"贤明的君主,总是让人民先丰衣足食,安居乐业,然后才借用人民的余力,征收人们的剩余资财。

陆贽一改杨炎宰相之前所定"夏税无过六月,秋税无过十一月"的规定,以全国各州县的风俗所便、时候所宜,重新制定合理的收税期限,确保百姓"交得起"税、"交得上"税,朝廷"量入而出",养人资国,岁岁相承。

5. 恢复义仓

魏国时,魏文侯相李悝创立"平籴法",使魏国富国强兵。西汉理财专家、汉武帝的顾命大臣桑弘羊又改革均输、创立平准法,推行盐铁专卖,辅佐汉武帝雄踞中原。

何为"平籴法"?就是由国家收购或抛售粮食来稳定物价的经济理论。"平粜",指平价出售粮食;"平籴",指平价购进粮食。

怎么实施"平粜""平籴"呢?因此就有了"常平"。

"常平",就是汉代以后,历代封建王朝为了"调节粮价,备荒赈恤"而设置的常平粮仓,即"常平仓"。

唐初沿袭隋代"义仓"及"常平仓"以防年荒的救荒措施,"以岁稔伤农,令诸州修常平仓法"。然而,到了唐德宗时期,官吏与商人勾结,囤积居奇,贱收贵卖进行投机,经济制度遭到破坏,"义仓"也陆续中断了数十年之久。陆贽上奏唐德宗:"国无九年之蓄曰不足,无六年之蓄曰急,无三年之蓄曰国非其国也。今赋役已繁,人才已竭,穷岁汲汲,永无盈馀,陛下诚能为人备灾,过听愚计,不害经费,可垂永图。去年盐铁使上奏征收茶税,每年所得茶税钱50万贯。陛下先前敕令,须将茶税钱用救百姓凶饥。臣认为,现在可以恢复'义仓',将每年的茶税钱所得均融分配给各道巡院主掌,散就管内州县'和籴',如时当大稔,事至伤农,则优与价钱,广其籴数,谷若稍贵,籴可便停,准平物价,恒使得中,每遇荒灾,即以赈给,循环敛散,遂以为常,富不至侈,贫不至饥,农不至伤,籴不至贵,使天下黎民百姓,永无馁乏。"唐德宗看完陆贽《请以税茶钱置义仓以备水旱》的奏章,深深地被陆贽体恤百姓的真心所打动,于是准奏实施。

至此,停滞数十年的"义仓"如春笋般在各道州建立起来,50万贯茶税钱通过"和籴",设仓积谷,遇荒赈民。

为防义仓储粮移作他用,陆贽又在每州设立郡差,专职监督,旱涝之年,青黄不接的农民可以向"义仓"免息贷借种子,进行"赊粜",秋后偿还,防止富贵人家对穷苦百姓高利盘剥。

6. 扶贫济困

陆贽深入京畿微服私访,发现富者兼地数万亩,穷者无容足之居,"私敛重于公税"的现象十分严重,豪强所收租税,比官府征税更为繁重。

农民终年服劳,早出晚归,大多衣不蔽体,食不养家。而有田之家,坐食租税,贫富悬绝。按唐律规定,每田一亩,官税五升,而私家收租,重的每亩多达一石,是官税的20倍。降及中等,田租也有半石,是官税的10陪,土地兼备之甚、私家剥削之酷,愈演愈烈。

土地,王者之所有;耕稼,农夫之所为。然而,兼并贫民土地之人,如此压榨百姓,从中受利,官取其一,私取其十,农夫安得足食?陆贽看在眼里,痛在心里,于是直言进谏唐德宗:"凡所占田,约国条限,裁减租价,务利贫人。"陆贽于是在全国禁止土地大量兼并，对占田加以限制，对租价加以降低，使之让利于贫困家庭。

在推行扶贫济困改革中，陆贽将赋税制度设置得更加宽和，以此方便群众；将法令规定得比先前更严厉，以便惩戒违法乱纪者。损伤一点富贵人家的收入，赈穷恤贫，使稞人安得足食，分廪安得广储，风俗安得不贪，财货安得不壅。

贞元十年（794年）四月初六，京畿及同华等州发生地震，过了五日，再次发生地震，太白星在白昼忽然出现，一群大鸟飞集宫中捕吃杂乱碎骨。天气极端反常，阴雨连绵不停，庄稼全被摧毁，地里的种子全都腐烂。为救民于水火，陆贽代唐德宗起草颁布了《赐京畿及同华等州百姓种子赈给贫人诏》：

> 春阳布和，万物畅茂，实兆庶乐生之日，农夫致力之时。今兹吾人则异于是，迫以荒馑，愁怨无憀，有离去井疆，业于庸保，有乞丐途路，困于死亡，乡闾依然，烟火断绝，种饷既乏，农耕不兴。若东作愆时，西成何望？为人父母，得不省忧？虽国计犹虚，公储未赡，济人之急，宁俟盈丰，罄其有无，庶拯艰厄。

> 京兆府百姓，并宜赐种子二万硕，同华州各赐三千硕，陕、虢两州赐四千硕。委州长吏即与度支计会请受，差公清仁恤之吏与县令亲至村间，随便给付，仍加劝课，勿失农时。应诸仓所有远年粟麦，宜令节度，更分二万硕，京兆尹即差官逐便般载，赈赐贫人，先尽鳏寡孤茕目下不济者，务令均给，全活流庸。

> 呜呼！朕德之不敷，诚之不感。上帝降割，丁宁厥躬。元元何辜，罹此灾患？思欲拯救，未知其方。长人之官，寄任斯重。所宜极虑，与我同忧。勉敷惠和，以育疲瘵。伫闻良术，称朕意焉。

陆贽这些"失不损富、优可赈穷"的治国举措，意在使贫弱不致竭涸，富厚不至奢淫，体现出他"安定富人、体恤贫民""还富于民、还地于民"的民本思想，可谓中国封建社会缩小贫富差距保证社会公平稳定的先行实践。

"天下之物有限，富室之积无涯，养一人而费百人之资，则百人之食不得不乏；

富一家而倾千家之产,则千家之业不得不空。"在陆贽的强力推进下,"均节赋税恤百姓六条"逐步推行,政事堂以快刀斩乱麻的手法均节赋税,能征则征,不能征就免,布衣商贾各得其所,社风民风日趋安定。漕粮纷纷运至京师,盐利源源流向国库,茶税储粮渐渐填满"义仓",社会生产得到促进,大唐经济开始慢慢复苏,河北局势趋于稳定,天下百姓人心思定。

第三十九章　治军强国

选人用人改革、反腐倡廉改革和财税经济改革，陆贽雷厉风行地打出了三项改革组合拳，朝廷好似有了"贞观之风，一朝复振"的崭新气象。

这一切，似乎又点燃了唐德宗重振大唐帝国的雄心壮志。五年削藩战争的连年惨败、泾原兵变的狼狈出逃，让唐德宗时时如鲠在喉，而今朝政在宰相陆贽的锐意改革下，国库日渐充盈，经济逐渐繁荣。

特别令人振奋的是，在陆贽奉行的"结盟回纥、南诏以困吐蕃"外交军事战略下，贞元八年（792年）年九月，剑南西川节度使韦皋攻取了吐蕃侵占的维州，活捉了吐蕃将领论莽热，之后又攻破吐蕃峨和城、定廉城、通鹤军，铲平敌堡垒50余所。

贞元九年（793年），朝廷调集唐军3万人远赴盐州筑城，不到一个月时间，盐州城就完全筑成，朝野上下一片盛赞。

贞元十年（794年）正月，韦皋又联盟南诏王异牟寻，袭击吐蕃并大败之，虏其五王，降其兵10余万，攻取铁桥（今云南维西东北）等16城，令全国诸道沸腾，唐军士气高涨。

唐德宗又想打仗了。

正月初九的朝会上，文武官员五品以上列含元殿两侧，唐德宗威然入殿，升入御座，先让兵部侍郎韩皋通报了韦皋结盟南诏大败吐蕃的胜利消息，加授韦皋检校右仆射官衔，然后抛出了打算趁势而为"向藩镇亮剑、向吐蕃雪耻"的想法，让文武大臣们议奏。

见皇帝又要挑起战事,群臣面面相觑,场面一时静寂无声。

陆贽出班开口上奏道:"陛下,《老子》云,兵者不祥之器,非君子之器,以道佐人主者,不以兵强天下。《孙子兵法》亦云,兵者,国之大事,死生之地,存亡之道,不可不察也。臣以为,我朝在历经安史之乱、诸藩之乱、泾原之乱的重创后,刚刚换来帝国休养生息、重建家园的发展机遇,天下百姓如若久旱而得甘霖,虽然眼下大唐有了一些积蓄,军力大幅提升,但羸弱贫困的底子仍很薄弱,陛下若能息兵任德,深根固本,抚慰赦宥,天下必安。"

唐德宗神色严峻,森然说道:"陆相国,宣武军骄横跋扈,大将韩惟清、张彦琳擅自作乱,实在狂妄;昭义军行军司马、摄洺州刺史元谊也目无朝廷纲纪,蠢蠢欲动;钦州蛮酋黄少卿率蛮人围州城,又攻公孙器于邕州,天下何以安定?我朝如今国力倍增,兵强马壮,已非往日困顿之时,朕将率兵亲征,讨伐诸贼,以正国威。"

陆贽面容一正,又向唐德宗恳切地说道:"陛下,太宗皇帝在《帝范》中说过,夫兵甲者,国家之凶器也,不得已而用之。土地虽广,好战则民凋;中国虽安,忘战则民殆。凋非保全之术,殆非拟寇之方,不可以全除,不可以常用。上兵伐谋,以谋逼降,此乃上上之策,战争换来的只是帝国的生灵涂炭和满目疮痍,从此无日宁息。"

唐德宗捱住心头的不悦,直言问道:"陆相国比朕更明白,吐蕃弱则求盟,强则入寇,动辄便来犯我疆土,虏我边民,难道我大唐江山任凭高原铁蹄践踏蹂躏?平凉劫盟这笔账,朕早晚要与吐蕃清算。"

陆贽沉吟了片刻,毅然而道:"今四夷之最强盛,为中国甚患者,莫大于吐蕃。我朝要彻底征服吐蕃戎狄,使边境地区长治久安,唯有富国强兵,对内抚民以静,对外备边固防,以达到不战而屈人之兵,再造一个太平盛世。"

唐德宗平息了语气,缓声说道:"'抚民以静'乃太宗皇帝即位时定下的国策,陆相国公忠体国,仁政爱民,又是奉天靖难,克复长安的功臣,对打仗驭将和军制兵制皆有谋略,如何备边固防,再造盛世,陆相国有何良策?"

陆贽躬身回道:"谢陛下恩典。上佐天子理阴阳,顺四时,下遂万物之宜,外镇抚四夷诸侯，内亲附近百姓，此乃宰相之任。臣以为，备边御戎，国家之重事；理兵足食，备御之大经。兵不理则无可用之师，食不足则无可固之地，理兵在制置得所，足食在敛导有方。而今，陛下英明睿智，先务积谷，人无加赋，官不费财，坐致边储数逾百万，纵有寇戎之患，必无乏绝之忧。臣以为应消弭战争，备连足食守此成规，以为永制。"

"备边御戎，国家之重事；理兵足食，备御之大经。"陆贽认为，备边之要，其一在足食，其二在治兵。

何以足食？就是解决边防军粮问题。

早在贞元八年（792年）八月，唐德宗广征甲兵，分守城镇，经略边境，增筑城垒，加置戍兵，朝廷所支军粮，除所在营田税亩自供外，供给于度支者尚有八九万人，尤为匮乏。加之千里馈粮，涉履艰险，运米一斛达于边军，远的费钱五六千，近者也过其半，转馈劳费，负担沉重。

针对这一军情现状，陆贽经过一番缜密计算与思考，向唐德宗献策《请减京东水运收脚价于缘边州镇储蓄军粮事宜状》，此状就朝廷"如何为沿边州镇预储军粮""如何节减京东漕运的脚价（即运费）"进行了深入浅出的分析研究，提出了改革漕运、储蓄足食的强军之策。

为供给京城用度，朝廷每年要从江西、湖南、浙东、浙西、淮南等道运米110万石送至河阴，其中减40万石留贮河阴仓，70万石送至陕州，又减30万石留贮太原仓，剩余40万石送赴渭桥输纳。

陆贽经过勘察，发现河阴、太原诸仓储米犹有320余万石，仓廪充盈，随便露积，并且江淮办输转未断，搬次不停，因此旧者未尽，新者转加，积压过多，耗损也大。这年，关中之地，百谷丰成，京兆尹及诸县令频频以此事为言，忧在京米粟太贱，请广和籴，以救农人，可以储粮百余万。"量定所籴估价，通计诸县贵贱，并雇船车搬至太仓，谷价约四十有余，米价约七十以下，此则一年和籴之数，足当转运二年。"针对太原诸仓积压过多，京城米粟太贱状况，陆贽决定在京师实行和籴，在江淮实行减运。

陆贽岿然站在朝堂之上，给唐德宗和众大臣算了一笔经济账："旧例从江淮诸道运米一百一十万石至河阴，来年请停八十万石，运三十万石。旧例从河阴运米七十万石至太原仓,来年请停五十万石,运二十万石。旧例从太原仓运米四十万石至东渭桥,来年请停二十万石,运二十万石。其江淮所停运米八十万石,请委转运使于漕水州县,每斗八十价出粜,计以糙米与细米分数相接之外,每斗犹减时价五十文以救贫乏,计得钱六十四万贯。节级所减运脚,计得六十九万贯,都合得钱一百三十三万贯。数内请支二十万贯付京兆府,令于京城内及东渭桥开场,和籴米二十万石,每斗与钱一百文,计加时估价三十已上,用利农人。其米便送东渭桥及太原仓收贮,充填每年转漕四十万石之数,并足余尚有钱一百一十三万贯文以供边镇和籴。"

陆贽一番算度,将米之石、斛、斗数,于钱之贯、缗、文数,乘除加减,转运往来,数据详细,计算缜密,将唐德宗和大臣们搞得云里雾里,但不得不折服陆贽的智慧和胆识。

陆贽令度支巡院勘问诸军州米粟时价,统计了边垦之田和所籴之数。原来,凤翔、泾陇、邠宁、庆鄜、坊丹、延夏、绥银、灵盐、振武等道、良原、长武、平凉等除度支旋籴供军之外,另可储备和籴粟 135 万石。其临边州县各于当处时价之外更加十倍,其次每十分加七分,又其次每十分加五分,通计可得 135 万石,当钱 126000 贯文,犹合剩钱 104000 贯,留充来年和籴。

于是,陆贽又请转运使将江淮籴米及减运米脚钱,折成绫绢丝绵送赴京城,依平估价以利农人。

通过减少江淮漕运 80 万石,将其转运至水灾区减价出粜等系列举措,既不变法,不加税,也不劳民,费官钱,朝廷当年便贮备边粟 135 万石,可供 112500 人一年的军粮。《全唐书》载:"当年九月,朝廷便诏西北贵籴(官府以高价收购粮食)以实仓储,年内便积米 33 万斛,边备逐渐浸充。"

何以治军?陆贽一针见血地指出备边御戎"六失",向唐德宗提出了自己的治军强国方略。

第一条——措置乖方。

陆贽开门见山地上奏唐德宗道:"陛下,关东戍卒,不习土风,身苦边荒,心畏戎虏。国家资奉若骄子,姑息如偾人。屈指计归,张颐待哺;或利王师之败,乘扰攘而东溃;或拔弃城镇,摇远近之心。岂惟无益,实亦有损。复有抵犯刑禁,谪徙军城，意欲增户实边，兼令展效自赎，既是无良之类，且加怀土之情，思乱幸灾，又甚戍卒，可谓措置乖方。"

事实正如陆贽所奏，关东之壤，百物阜殷，从军之徒，尤被优养，惯于温饱，狎于欢康，比诸边隅，若异天地。

关东士兵戍边，不服边疆水土，身受边塞困苦，心中畏惧戎虏。即使朝廷像骄子那样以资奉养，像对女婿那样宽容善待，他们也只会屈指计算归期，张颐待哺。或者在官军战败之时，乘机向东溃退；或者舍弃城邑市镇，动摇远近民心。

因此，让关东士卒戍守边防，既无益处，反有损害。戍边的士兵中更有触犯刑律流放之人，本是不良之辈，再加上怀念故土的情绪，希图变乱兴灾。有的边塞节帅，身不临边而在内地，遥制疆场之事，又选精兵锐卒自随左右，从而守边防要塞的士兵更加缺乏战斗力。

陆贽建议，选派士兵"必量其习性，辨其土宜，察其技能，知其欲恶，用其力而不违其性，齐其俗而不易其宜，引其善而不责其所不能，禁其非而不处其所不欲"。军中将领既要加强军事训练，严明纪律，又要对士卒抚以恩惠，讲究仁义，部下才会拼死效力，决胜沙场。

第二条——课责亏度。

陆贽上奏唐德宗："将之号令鲜克行之于军，国之典常不能施之于将，务相遵养，苟度岁时。欲赏一有功，翻虑无功者反仄；欲罚一有罪，复虑同衅者忧虞。罪以隐忍而不彰，功以嫌疑而不赏，姑息之道，乃至于斯。故使忘身效节者获诮于等夷，率众先登者取怨于士卒，债军蠹国者不怀于愧畏，缓救失期者自以为智能。此义士所以痛心，勇夫所以解体。可谓课责亏度。"

輗軏之所以行车，衔勒之所以服马，重在赏罚分明。驭众而不用赏罚，则善恶相混，而能否莫殊；用之而不当功过，则奸妄宠荣，而忠实摈抑。

陆贽直言不讳地直谏道，奖赏功臣时，顾虑无功之人动荡不安；惩罚有罪之人，又顾虑与其狼狈为奸之人忧虑不安。如此一来，导致竭尽忠诚之人在同辈中招责备，率领将士冲锋陷阵的人在士兵中自取埋怨，令义士痛楚悲伤，勇夫心灰意冷。长此以往，有功不能赏，有罪不能罚。将不得竭其才，卒不得尽其力。

第三条——财匮于兵众。

陆贽继续上奏唐德宗："虏每越境横行，若涉无人之地，递相摧倚，无敢谁何，虚张贼势上闻，则曰兵少不敌。朝廷莫之省察，唯务征发益师，无裨备御之功，重增供亿之弊。闾井日耗，征求日繁，以编户倾家破产之资，兼有司榷盐税酒之利，总其所入，岁以事边。可谓财匮于兵众。"

每当异族越境犯边，唐军将帅互相推诿，不查实情，凭空上报军情，朝廷也未仔细省察，盲目征调人马，增加兵力军饷，导致军需困顿疲乏，百姓日益消耗，税赋日益繁多。

陆贽直截了当地指出：朝廷每年以百姓倾家荡产才交纳的物资、部门有司专卖食盐与征收酒税的钱财从事边备，军费消耗实在太大了。

第四条——力分于将多。

陆贽结合建中年间削藩之战以及广德元年吐蕃直下长安等历史教训，又款款奏道："吐蕃举国胜兵之徒，才当中国十数大郡而已，动则中国惧其众而不敢抗，静则中国惮其强而不敢侵，厥理何哉？良以中国之节制多门，蕃丑之统帅专一故也。夫统帅专一，则人心不分，号令不贰，进退可齐，疾徐如意，机会靡愆，气势自壮。斯乃以少为众，以弱为强者也。开元、天宝之间，控御西北两蕃，唯朔方、河西、陇右三节度。中兴以来，未遑外讨，抗两蕃者亦朔方、泾原、陇右、河东四节度而已。自顷分朔方之地，建牙拥节者凡三使焉，其余镇军，数目四十，皆承特诏委寄，各降中贵监临，人得抗衡，莫相禀属。每俟边书告急，方令计会用兵，既无军法下临，惟以客礼相待。是乃从容拯溺，揖让救焚，冀无贻危，固亦难矣。夫兵，以气势为用者也；气聚则盛，散则消；势合则威，析则弱，今之备边，势弱气消，可谓力分于将多。"

唐德宗登基以来，吐蕃可用之兵，只抵得上大唐十几郡而已，然而一有战事，大唐却惧其铁骑众多，不敢抵抗。战事平息后，又忌惮吐蕃强盛，不敢征伐。

陆贽明确地指出了其中的根源，在于唐军节制多门，而吐蕃军统帅专一。"人心不一则号令不行，号令不行则进退难必，进退难必则疾徐失宜，疾徐失宜则机会不及，机会不及则气势自衰。"

开元、天宝年间，西北边防仅有朔方、河西、陇右三个节度使，而唐德宗将朔方又分三个节度使统领，其余各镇军又设40多个，都由皇帝任命，宦官监军，兵力被繁多的将领所分散，常出现主帅与监军相互对抗，互不从属，导致边疆防御声势衰微，士气消沉。

陆贽义正词严地说："治军必须善择将帅，任用真正有军事才能、指挥能力且文武全备的能臣，一人为陇右元帅，统管泾、陇、凤翔、长武、山南西道等兵马；一人为朔方元帅统管鄜坊、邠宁、灵夏等所节度兵马，一人为河东元帅统管河东、振武等所节度兵马，三帅各到临边要害之州作为治所，唯有元帅可置统军，撤销或合并不重要的节度随所。同时，陛下要放权给将帅便宜从事，使其充分发挥智谋，做出果敢决策，不失战机。如此一来，我大唐军队理兵之宜既得，选帅之道既明，将帅专一，人心不分，号令一致，进退可齐，无往而不胜。"

第五条——怨生于不均。

陆贽清了一下嗓子，不慌不乱地继续奏道："陛下，臣以为，理戎之要，最在均齐，故军法无贵贱之差，军实无多少之异，是将所以同其志而尽其力也。如或诱共志意，勉其艺能，则当阅其材，程其勇，校其劳逸，度其安危，明申练核优劣之科，以为衣食等级之制，使能者企及，否者息心，虽有薄厚之殊，而无觖望之衅。"

大唐穷边之地，长镇之兵，皆百战伤夷之余，终年勤苦之剧，角其所能则练习，度其所处则孤危，考其服役则劳，察其临敌则勇。然而，戍边士卒衣粮所给，唯止当身，例为妻子所分，常有冻馁之色。反观关东戍卒，不安危城，不习戎备，怯于应敌，懈于服劳。但是，衣粮所颁，厚逾数等，悬绝太甚。

陆贽对此忿然指出："忠良所以忧嗟，疲人所以流亡，经费所以褊匮。矫佞行而廪赐厚，绩艺劣而衣食优，苟未忘怀，孰能无愠？养士若斯，可谓怨生于不均。"

自古以来，治军之要，关键在于公平公正，必须根据其材、其勇、其劳逸、其安危程度，依其考核优劣而定军饷等级，供给车徒器械。然而在安史之乱之后，唐军长期戍守边防的士兵，虽身经百战，勇于杀敌，服役劳苦，但衣粮供给不足，常有冻馁之色。相反，戍守关东的士兵，服役期短，不耐劳苦，怯于作战，衣食供给却相对丰厚。还有一些禁军将领编造逢迎之辞，将本属边防军的士兵，遥遥隶属于神策军，领取三倍的军饷颁赐，差别悬殊太大。

唐德宗听罢，点了点头，表情惘然地说道："陆相国言之有理、言之有理……"

第六条——机失于遥制。

陆贽瞅了瞅德宗的神态，硬着头皮继续苦口婆心地上奏道："陛下，臣以为凡欲选任将帅，必先考察行能，然后指以所授之方，语以所委之事，令其自揣可否，自陈规模。须某色甲兵，藉某人参佐，要若干士马，用若干资粮，其处置营，某时成绩，始科要领，悉俾经纶，于是观其计谋，校其声实。若谓材无足取，言不可行，则当退之于初，不宜贻虑于其后；若谓志气足任，方略可施，则当要之于终，不宜掣肘于其间。"意思就是选用将帅，必须让真正有军事才能、指挥才干的人担当军中重任。

陆贽讲完如何善择将帅后，又针对如何放权于将帅进言道："选任将帅要疑者不使，使者不疑，劳神于选才，端拱于委任。古之遣将帅者，君亲推毂而命之曰'自阃以外，将军裁之'，又赐铁钺，示令专断。故军容不入国，国容不入军，将在军，君命有所不受。指挥御戎作战，机宜不可以远决，号令不可以两从，未有委任不专，而望其克敌成功者。"

陆贽认为，两疆相接，两军相持，事机之来，间不容息，刻不容缓，所以将在外，君命有所不受，"况乎千里之远，九重之深，陈述之难明，听览之不一，欲其事无遗策，虽圣者亦有所不能焉"。戎虏侵犯我大唐，迅如风飙，而驿书上报朝廷，旬月才可回复。如此一来，守土者以兵寡不敢抗敌，分镇者以无诏不肯出师，逗留之间，敌寇已掳掠而去。贼兵纵掠撤退后，守边将领陈功告捷，兵败人亡时，则减百而为一，俘获戎虏时则张百而成千。将帅总是幸于总制在朝，不忧朝廷罪累；陛下又以为大权由己，不究事情真伪，从而导致战机失于遥制。

陆贽一番慷慨激越的陈词，听得满朝卿臣无不领首叹服，其善择将帅、足食治边、赏罚有度等军事思想，久久不绝地萦绕在唐德宗的耳畔。

"理兵而措置乖方，驭将而赏罚亏度，制用而财匮，建军而力分，养士而怨生，用师而机失。"此六者，乃疆场之蟊贼，军旅之膏肓。此六者，也全面阐述了陆贽的军事思想。

随后，陆贽又对各道将士番替防秋之制进行了改革。他将朝廷原有军队人数分成三部分，一部分委命本道节度使招募年轻力壮，且愿住边城者而迁移之；一部分则由本道但供衣粮，委命关内、河东各军州招募蕃汉子弟愿入边军者以供给之；一部分由本道仅出衣粮，加给应募之人，作为新迁居的费用。

同时，陆贽又起诏下令度支（掌管全国财赋官员）在各道"和市"（旧时指官府向百姓议价购买货物）耕牛，兼雇手工业者到各军城修造器具，并对招募的人家，每户送给一头耕牛，又给予各种农田水火器具，使其耕种完备，再赐以口粮、种子，劝之播植，大量开辟屯田，若有余粮，官为收籴，各酬倍价，务奖营田。

唐军自实施陆贽提出的"兵农合一"的军事制度后，边疆寇至则人自为战，时至则家自力耕，既避免了各道士卒轮番征发之苦，又增强了边防军事力量，同时也大大地减轻了国家的财政负担。

唐德宗静静地听完了陆贽的长篇论述，凝视着陆贽，目光湛然若渊，停了片刻，缓声开口道："陆相国精文通武，谋略无缺，旁征博引，直言进谏，可谓我大唐帝国第二个魏征，难怪朝中大臣与士大夫们皆称卿为'格君者'。"

陆贽躬身答道："陛下，魏征忠心为主，安国利人，谋事行事以公平为尺，有内政军事之经国之才，且敢于犯颜直谏，规谏阙失，臣不如魏征。但微臣坚信，以陛下之英圣，人心之思安，四方之小休，两寇之方静，真正做到减奸滥虚浮之费以丰财，定衣粮等级之制以和众，弘委任之道以宣其用，悬赏罚之典以考其成，则戎狄威怀，疆场宁谧，定能一统天下，中兴大唐。"

陆贽为相以来的改革之举和清明新政，悉数传到了远在成都的西川节度使韦皋耳中。韦皋不由深深赞叹道："敬舆啊敬舆，我大唐王朝有你这样的圣臣竭诚辅弼，中兴有望矣！"

第四十章　薰莸同器

在唐肃宗和唐代宗时代，李辅国、程元振和鱼朝恩这三个赫赫有名的宦官，掌典禁军，恃宠擅权，唐德宗深恶痛之，刚登基的几年，他大胆任用文武百官，立誓平定藩镇，严禁宦官干政。

泾原兵变时，唐德宗急召禁军御贼，拱卫天子的神策军竟杳无踪影，窦文场、霍仙鸣率领100多个阉人手执刀剑，护驾唐德宗避难奉天和梁州，立下功勋。长安克复后，唐德宗开始重用对其忠心护驾、朝夕相伴的宦官集团。

贞元八年（792年）三月，恰巧柏良器夫人的族人醉酒，违反禁令于宫舍过夜。窦文场借题发挥，向唐德宗进谗言，罢免了柏良器左神策大将军，降为南衙十六卫右领军闲职，将神策军一分为二，交到了窦文场、霍仙鸣的手里。从此，宦官再次掌控中央禁军，而且是永久性的。

历经"四王二帝之乱"和泾原兵变的唐德宗，渐渐沉溺在楼台逶迤、飞檐相接、歌舞升平的长安大明宫，开始"无为"而治。

"无为"而治的唐德宗在聚财方面还是非常的"有为"，他暗自派遣中使宦官直接向州郡各衙门以及地方公开索取，时称"宣索"，将宣索而得的财物，储藏在"琼林""大盈"两座金库。

"上梁不正下梁歪"，仗势左右神策监军窦文场、霍仙鸣，神策军很快扩张到近十万人，官兵士卒骄横无比，肆无忌惮地大量敛财，巧取豪夺、霸占民田民财，还招揽长安商贩富户在神策军挂名，坐领军饷，本人以交纳钱物代替出征，成为大唐后期一大流毒。

在窦文场的鼓吹下，唐德宗又开放"宫市"，由宦官负责宫廷采购。大小宦官们打着为宫中采办货物之名，于京城市肆，强买物资，掠夺民财，还索取所谓的"进宫钱"和"车马费"，百姓怒不敢言。

唐德宗由于对藩镇不信任，又委派宦官担任各地监军或宣慰使，宦官的地位如日中天，每次奉旨到诸道州办差，大肆受贿索贿，收受的赠品至少都在1000缗以上，纷纷在长安置地买房。宦官和神策军相互勾结，干扰政事，开始悄悄地蒙蔽了皇帝的耳目。

"意气骄满路，鞍马光照尘，借问何为者？人称是内臣。"这是陆贽所不能容忍的，他从骨子里鄙视这群横行霸道的阉党，他多次上奏唐德宗要罢去宫市，以除害民之政。

杀鸡儆猴的时机来了。之前，宣武节度使刘玄佐病故，其女婿发动兵变拥立刘玄佐之子刘士宁为宣武留后，胁迫朝廷授以任命状。湖南道观察使李巽上疏前宰相窦参收受刘士宁巨额贿赂，刑部在审理此案中，审问出刘士宁还给朝廷所遣宣武中使——宦官孟介行贿1000尺布匹、黄金200两。

孟府被查抄，府内存放着大量的粮油、财物和金帛，还私藏长矛一百、铠甲弓弩各200套。按唐律，私藏武器当做谋反，理应问斩，更何况孟介收受刘士宁贿赂，与藩镇交结。满朝文武早就对贪污受贿、作威作福的宦官恨之入骨，宰相陆贽于朝堂之上公开痛斥其罪状，唐德宗看着朝堂之下群情激奋的大臣们，不得不将孟介处死。

愤怒的宦官们见同阉被斩，纷纷跑到天子面前哭诉。从此，陆贽和阉党们结下了死仇，成为左右神策军首领窦文场、霍仙鸣的头号劲敌。

之前，户部尚书兼判度支（相当于财政部长兼财务总监）班宏溘然逝世，天下财政大权空了出来。唐德宗主持几次早朝议政，都没有议出个结果，吏部推荐的几个人选，皇帝都没有表态。

时任宰相的窦参想起了被他提携为司农少卿的裴延龄，他在德宗面前大赞其颇有文采韬略，精通农业生产，擅长理财经营，前宰相崔造曾将他提拔掌管东都度支院时，把账目做得很严谨，管理得井然有序，定能堪当大任。

陆贽也向唐德宗举荐了一个人，曾以给事中出为湖南道观察使的李巽。李巽（747—809），赵州赞皇人，以明经举拔萃，初授鄠县尉，精于吏职，长于吏事，也是书法高手。唐代宗时期，户部尚书刘晏改革榷盐制为官收商销专卖制时，具体实施推进这项改革的就是李巽，算是刘晏一手培养的理财专家。

唐德宗最后选择了李巽，令他出任判度支一职。裴延龄对陆贽简直是咬牙切齿、恨入骨髓。宦官窦文场相中了这个千载难逢的机会，他与霍仙鸣在唐德宗面前大肆诋毁判度支李巽理财无方，目中无人，就连他们找李巽要点钱给圣上备置寿礼的钱都舍不得给。

窦文场眯着眼睛环视了一下朝堂官员，他要相中一个人来牵制宰相。窦文场相中的这个人，就是裴延龄。他打的算盘就是让这位口蜜腹剑、妄诞阴险的裴延龄与陆贽"厮杀"。

同时，窦、霍两人又向唐德宗力荐两名新宰相。他们能猜度到，唐德宗正需要拔擢一二心腹来平衡朝中势力，掣肘位极宰辅的陆贽。

很快，宦官权阉向陆贽悄悄发起了"反扑"。

贞元九年（793年）五月，在窦文场、霍仙鸣的蛊惑下，唐德宗提拔义成军节度使、检校右仆射贾耽为左仆射、同中书门下平章事，以尚书左丞卢迈以本官兼中书门下平章事。

大唐权力中枢政事堂，从此有了四位宰相。陆贽所受的皇帝恩宠和执政堡垒开始受到几股政治势力的挑战。

唐德宗担心陆贽心有芥蒂，晓其"帝王术"，于是将与陆贽同为中书侍郎的宰相赵憬改为门下侍郎、同平章事，并诏陆贽于紫宸殿，告知宰相赵憬常在背后对其进谗言，干预陆贽执掌军国大事，因此才将中书侍郎赵憬迁为门下侍郎。

陆贽心里明白，唐德宗表面上贬赵憬为门下侍郎，让他独占中书侍郎这一核心要职，统领群僚，坐稳政事堂第一把交椅，其实是给陆贽树了一面敌旗，埋下了一招恶棋。

唐德宗时代，中书省掌制令决策，门下省掌封驳审议，凡军国要政，皆由中书省预先定策，并草诏敕，交门下省审议复奏，然后付尚书省颁发执行。中书省与门下省虽然是同秉军国政要，但中书侍郎实质上要权过于门下侍郎，赵憬怀疑陆贽"恃恩欲专大政,排己于门下",由是也与陆贽暗暗结下了嫌隙。

不久,唐德宗又以李巽理财毫无建树为由,免去了李巽度支、盐铁、转运等使职务,准备让司农少卿裴延龄取而代之。

唐德宗询问宰相陆贽意见,陆贽极力反对,肃然上奏道:"陛下,财政大臣执掌调控全国的财赋,需要稳定的经济政策,执行政策的成效也非立竿见影,主宰经济命脉的大臣,不易频繁变动。因此,陛下选用判度支,千万要慎之又慎,如果选用的财政大臣过于刻薄吝啬,会引发不必要的麻烦,如果包藏邪心,则会让财库乱成一团,臣认为裴延龄是一个愚昧怪诞的人,还请陛下三思。"

唐德宗不顾陆贽的反对,还是一意孤行地擢升裴延龄为判度支、户部侍郎,让他执掌了李唐王朝的财政大权。

从此,裴延龄登上了朝廷权力的中心地带,开始"报恩复仇",报前宰相窦参之恩,复现任宰相陆贽之仇。然而,要实现这个"报恩复仇"的计划,必须先把皇帝哄高兴,博得唐德宗的赏识和宠幸才行。

很快,裴延龄干了一件让唐德宗刮目相看、赞不绝口的事情,也从此开启了他的"奸臣生涯"。

新上任不久,裴延龄在朝会上趾高气扬地踱步殿前,大声向唐德宗上奏道:"陛下,臣理政户部后,发现左藏署管理混乱,多年来资产不清,财物遗失很多,不便核实盈亏。奏请陛下分设财署,分立账户,改革财政管理体制。"

唐朝国库分左右藏署,右藏署掌金玉、珠宝、铜铁、骨角、齿毛、彩画等;左藏署掌钱帛、杂彩、天下赋调,用于存放钱币、纱罗布绢、粮油等。"安史之乱"后,国库贫乏,收少支多,藏署里的新旧账务堆积交汇,着实存在不少问题。

裴延龄提出要"整顿左右藏署",理清国库家底,正合唐德宗之意。

得到唐德宗的同意后,裴延龄立即将左藏署重新列出专用库房,分设负库、胜库、季库、月库,清仓核查,造册登记,俨然一个像模像样的理财高手。

经过一番以虚充实、移花接木的做假账、分库存,裴延龄选了一个天气晴朗的日子给唐德宗报告喜讯:"陛下,经臣清账查库,左藏署的钱物多有失落,居然在尘土中找出银子13万两,还发现有20万贯的钱没有入账,另外还有绸缎、布匹等大量杂货,粗略估算,价值百万余钱。这些钱本已算遗失,而今能重新找出来，应当算作羡余，悉数另存内宫钱库，专供陛下支用。"

"干部出数字，数字出政绩。"裴延龄的忽悠一下子就给皇帝的私人腰包送上了百万余钱财，照单笑纳的唐德宗，乐得直夸裴延龄是一位"匡世济时"的理才高手、经济奇才。

不久，裴延龄又上奏唐德宗："自臣担任判度支以来，查收各州县所欠负钱800多万缗，收取诸州抽贯钱300万缗，进呈朝廷贡品30多万缗，请奏陛下，将归还亏欠和消耗所剩的钱另给季库，将着色熟绢另交月库掌管。"

唐德宗欣然答应。其实，裴延龄所奏各州亏欠官府钱的，皆是贫人，无钱可偿，纯粹就是给唐德宗的空头支票。他所奏的抽贯钱给用随尽，呈样、染练皆应理所当然上交左藏署。

其实，左藏署账面上钱财数字的快速增加，只不过是裴延龄玩的一套数字游戏，他巧置别库，拆东墙补西墙，虚张名目与数额，实无所增，以此迷惑皇上而已。

藏署"改革"成功，裴延龄又逮到了一个献媚机会。一天，唐德宗把裴延龄叫到内殿，和颜悦色地问道："裴爱卿，朕想把所居的'浴堂殿'重新修建一下，但苦于没有这笔预算啊！"

裴延龄听了，脸上笑容顿现，极尽讨好地回答道："陛下，宗朝至重，陛下本来就有一笔'本分钱'，取之不尽，用之不竭。"

唐德宗疑问道："什么是本分钱，朕怎么没听别人说过？"

裴延龄笑眯眯地解释道："陛下，按照《礼经》规定，天下之赋，本有三分。一以充乾豆（供应祭品），一以事宾客（外国使者），一以君之庖厨（皇帝膳食）。陛下奉宗庙，能竭天下赋三分之一吗？鸿胪礼宾，劳予四夷，用十一为有赢。陛下生活朴素，所御饔饩简俭，以所余为百官禀料飧钱都有节余，陛下省下的这笔资金，别说是翻修一栋房子，就是重建十栋房子也绰绰有余！这是皇帝天经地义的本分钱，那些迂腐的儒臣们岂能知晓。"

为讨皇帝欢喜，裴延龄无中生有，欺上辱下，弄术之大胆堪称一绝，造假之能事空前盖世，他频频上奏德宗，宣称国库中的财帛已是堆积如山，达到了有史以来最富裕的程度，可谓"帑藏充牣，古今罕俦"。

唐德宗欣然带领文武百官前去参观国库，果然如同裴延龄所奏——府库盈满，财帛积山,帑藏充牣,不可胜计!

贞元十年(794年)唐德宗准备在洛阳修建神龙寺,需要99根50尺的松木用作四梁八柱,规划工程的大臣尤为担忧。裴延龄听说此事后,马上上奏唐德宗:"陛下,臣最近得到下人报告,发现同州一处山谷古木参天,松林高大茂密,树高都在80尺以上,恰好派上用场。"

唐德宗惊讶地问道:"裴爱卿,就算在开元、天宝年间,先皇曾命人在京城周围寻找30尺以上的木材已非易事,犹不可得,最后费了九牛二虎之力才在很远的岚州与胜州境内找到,如今京城附近百余里之地怎么会有这么大的树木?"

裴延龄神秘兮兮地答道:"陛下,天生珍材,像这样的参天巨木,当然只有等到有英明君主时才肯现世,开元、天宝年间当然难找啊!"一席忽悠的话夸得唐德宗比唐玄宗还要贤明,这个马屁拍得唐德宗心里顿时乐开了花。

神策军监军窦文场请奏唐德宗,欲购2000骑战马以充禁军备战,宰相陆贽以京城暂缺养马之地,喂养上千匹战马需要大量的财力物力为由,认为此举劳民伤财,极力反对,使得唐德宗久拖未决。

为了讨好报恩窦文场,裴延龄听闻此事后眉飞色舞地向唐德宗说道:"陛下,臣近日派人在长安周围勘察,发现长安与咸阳的交界处有片数百公顷的坡地与水沼,长满茂密的芦苇、野草,非常适合牧放战马,况且此地距离京城不远,朝廷一旦需要,一个时辰就能调遣到。"

唐德宗大喜,宰相陆贽却坚决表示怀疑。唐德宗于是派遣中书舍人权德舆带人前去核实查看,裴延龄所言之处乃一片污秽潮湿之地,不过只长有几亩芦苇,哪有百顷陂泽,纯属虚构。

裴延龄凭借三寸造假之舌、信口雌黄之术,不惜倾送国库财物贿赂皇帝,不惜谤毁群臣而抬高身价,飞扬跋扈,恶迹渐彰,朝中大臣们无不对他欺世盗名之术嗤之以鼻。虽然皆知他奸狡如卢杞,常在背后诋毁朝臣,如同德宗宠幸、畜养之鹰犬,但揭发他的奏折依然源源不断地送到唐德宗手中。

权德舆早就看不惯裴延龄的所作所为,在朝会上愤然上奏道:"启禀陛下,臣上疏裴侍郎三状:其一,裴侍郎所奏长安、咸阳有陂泽数百顷,可牧厩马之事,纯属欺君之言。其二,裴侍郎取常赋支用未尽者,充藏库羡余,并以为己功。县官先所市物，再给其直，用充别贮，蒙蔽圣上。其三，自从今年春天以来，陆相国已多次催促户部划拨备边口粮军饷，截至目前，戍守边疆的士卒仍未得到口粮。臣以为，裴侍郎弄虚作假，弄景造势，移花接木，虚报产值，对经济财政一窍不通，请求陛下撤其度支之职，以免朝廷财政混乱，天下百姓遭殃。"唐德宗听罢，淡然说道："权爱卿，裴度支整顿左右藏署，宰征州县历欠税赋，得罪不少臣民，遭到诸多怨恨，但裴度支只是御前贪功，却不曾私下贪财，苍陌流言飞语，爱卿勿信。"

见唐德宗为裴延龄辩护，权德舆毫无惧色，坚定地说道："如果陛下以为裴侍郎孤贞独立，出类拔萃，而时人嫉害正直，散布流言，何不遣信臣覆视审察，究其本末，明行赏罚？今群情众口喧于朝市，难道京城士庶皆为朋党吗？恳请陛下虑而察之。"

裴延龄见权德舆等人公然在朝堂上弹劾他，虽是气得发抖，但他斜眼瞥见宦官窦文场使的眼色，最终还是克制了。他认为权德舆一定是在宰相陆贽的授意下对他进行上疏弹劾，所以不能硬碰硬，得背后使招。

裴延龄与宦官窦文场以及同党御史大夫李齐运（《资治通鉴》载："齐运无才能学术，专以柔佞得幸于皇上"）、太府卿韦渠牟（太府寺长官，是唐代中央重要的财务出纳机构，主管全国送京赋税正物和折租之物以及贡物的收纳、贮存、保管与出给事宜）等人一番商量，决定弹劾一位朝臣作为反击。

权阉们选中的这个人，就是驾部员外郎李吉甫。

为什么要选李吉甫呢？因为，他的父亲是李栖筠。这位曾任过苏州刺史、御史大夫兼京畿节度使并差一点就位极宰相的"李西台"，对陆贽有着浓厚的知遇之恩、提携之恩和媒妁之恩。

这一招，无疑是用敲山震虎之势攻击陆贽。

比陆贽小四岁的李吉甫，出自赵郡李氏西祖房，在父亲李栖筠的熏陶下，治学严谨，学识渊博，尤精国朝典故，年轻时就著有《六代略》30卷。不过，李吉甫最喜欢的事情，还是研究地理。李吉甫以门荫入仕，58岁的李栖筠于大历十一年（776年）病逝后，李吉甫的仕途停滞不畅。

贞元元年（785年），时任中书舍人、翰林学士的陆贽颇受德宗宠渥，可谓"天子私人"，在陆贽引荐下，27岁的李吉甫出任太常寺（掌礼乐、郊社、医药、卜筮之事）太常博士，负责掌辨五礼之仪式，成为朝廷礼仪方面的专家和礼制权威。

贞元六年（790年），陆贽丁忧归京出任兵部侍郎时，又将李吉甫调到兵部任驾部员外郎（从六品上），相当于今天国防部的一名副司长。兵部的驾部，执掌邦国之御辇、御马、车乘，以及天下之传驿、厩牧、官私马牛杂畜之簿籍，辨其出入、阑逸之政令，也就是负责全国1600余所朝廷驿站的政令管理。

裴延龄和宦官们要弹劾李吉甫什么呢？朝会上，裴延龄参奏李吉甫以驾部员外郎之职便，161次飞驰御马出入京畿驿站，四处游玩，私自乘驾舆辇（天子所乘），81次私驾皇帝御马上朝。

毋庸置疑，弹劾李吉甫的理由很充分，公车私用，游山玩水，并且是私用皇帝的御辇、御马，牢牢地扣上了一个大逆不道的罪名。

众人闻言，面面相觑。如何处置李吉甫，摆在了宰相陆贽面前。

裴延龄笑了，心里默默地嘀咕道："陆相国不是阔斧反腐、整顿吏风吗？你提拔的驾部员外郎，如今犯下大逆不道之死罪，看你如何收场？"

李吉甫擅驾御马出入京畿，此乃事实。但政敌们诬告李吉甫游山玩水纯属断章取义。因为，对地理研究情有独钟的李吉甫，正是在工作之余深入京畿地区，潜心考察、勘测地形面貌、交通水利、土壤岩石、植被气候等自然条件、风土人情，以为大唐编绘更为详细的地理图册。

在此20年后的元和八年，精通史地的李吉甫所著54卷《元和郡县图志》问世，成为我国现存最早的一部地理总志，全书详细地记述了全国建区的政区沿革、山川河流、形势险要、农田水利以及矿藏物产，记述大小河流500余条，湖泽陂池180余个，还记载了全国各地的土特产和手工业产品。对于大唐而言，既具有打仗御敌的军事价值，也有制驭藩镇的政治价值，还有社会发展的经济价值，为后世研究唐代地理的学者留下了宝贵的遗产。

弹劾李吉甫的奏章压在政事堂陆贽的案下已有好多天，朝中官员也在细细地等待陆贽如何破局。

"延龄小人，此乃釜底抽薪之计啊！"正当陆贽为处置李吉甫左右为难、彻夜难眠之时，李吉甫深夜悄悄来到靖安坊陆府门前，抬头望见府前两根圆柱上，一副对联在清朗的月色下格外庄重而醒目，"上以格君心之非，下以通天下之志。"

李吉甫崇敬地默念了几遍，轻轻地叩响了大门。

当晚，陆贽与李吉甫促膝交谈至次日五更，当皇宫正门城楼上的鼓点敲响，朝中官员也开始起床梳洗、准备出门上朝时，李吉甫才悄悄离开陆府，消失在京城茫茫的夜色之中。

天刚微明，文武百官鱼贯进入宣政殿，唐德宗端坐在御榻之上，神情略显疲惫，许是昨晚又大醉一番，宦官俱文珍照例阴阳怪气地喝道："有本启奏，无本退朝。"朝堂一阵静寂，大臣们听见大殿外淅淅沥沥地下起雨来，雨滴从屋檐扑簌扑簌地滴落在宫中的大理石上。

唐德宗欲起身退朝时，陆贽执笏上奏："禀皇上，李吉甫私乘陛下舆辇，私驾驿马出行，目无朝纲，按唐律《执职律》罪应夺官，处徒刑三年。众所周知，李吉甫罪因掌车舆、牛马厩牧之事、勘查地理图志心切而为，事出公心公责，而非本心故意犯罪，恳请陛下从轻惩罚。"

裴延龄立即出班驳斥道："陛下，御驾乃天子所乘，一律不准他人使用，就算是皇上使用的御笔，坐过的椅子，皇上和太子专用的明黄色，未经恩赐使用就是侵犯皇权，大逆不道，形同谋反，论罪当诛！"

性命攸关的时刻，礼部侍郎顾少连、中书舍人权德舆、京兆尹李充等大臣纷纷出班为李吉甫打抱不平，认为李吉甫有罪当罚，然罪不至死，称裴延龄夸大其辞，妄加罪名，奏请皇上宽平慎刑，赦免其罪。

唐德宗听完朝臣奏议，眉头紧皱，而道："裴侍郎言之有律，私驾舆辇，论罪当斩。"说完打住语气，犀利的眼神扫视了朝堂一圈，群臣一阵悚然。唐德宗思忖了片刻，缓舒眉头道："安史之乱时，李吉甫的父亲李栖筠选精兵7000赴灵武靖难，立下再造社稷之功，执掌御史台时，判析神明，磊落光明，世称赞皇公。今陆相国和众卿也为李吉甫求情，朕就免其死罪降为流罪，陆相国，卿以为如何？"

陆贽不禁松了口气，缓缓开口奏道："谢陛下恩典。李吉甫乃我朝难得的地理奇才，对理财、交通都有涉猎，南疆明州（今浙江宁波）位于大运河南端出海口，便于发展陆海贸易，地理勘测亦很重要，臣决定将其改任明州（今浙江宁波）长史，奏请陛下恩准。"

垂头丧气的李吉甫，次日便踏上了千里迢迢的南下谪贬之路。

第四十一章　核才取吏

《现代汉语词典》收录了"穷则思变"这个成语，而这个成语的发明者正是陆贽。

"凡人之情，穷则思变"出自陆贽呈唐德宗的奏状《三奏量移官状》。意思就是，"大凡人之常情，走投无路，就希望变革；身境痛苦，便图谋作乱，或许就是产生于此。"

这里的"穷"字，并非仅指生活的贫穷，而是指"尽头"，意为事物到了尽头就要发生变化。这个意思，最早出现在《周易》里，即"易穷则变，变则通，通则久"，这里的"穷"显然不是贫穷之意，而是"穷尽""到达了极点"之意，它蕴含着深刻的思想与哲理。

陆贽从《周易》里提出了"穷则思变"，另有一段鲜为人知的故事。

自从李吉甫被贬明州长史后，裴延龄四处散播流言蜚语，有说因为李吉甫早年受到宰相窦参的器重，陆贽将其视为窦参同党打击报复；有说陆贽从苏州解元到进士及第，全靠李栖筠的提携，而今却做出如此忘恩负义之事……

面对这一切，陆贽郁闷了很久，既感到愤怒，又感到无语，他常常梦见李吉甫孤单远去的背影，心中充满了内疚。

李吉甫何时能重返长安，既是陆贽的心病，也是一个遥遥无期的未知数。

何以遥遥无期？原来，自唐玄宗以后，开始出现一种特殊的贬官形式，即"左降官"。何为左降官？就是特指臣子失去皇上的恩宠而"左降"者，或因犯罪而被贬至边远地区担任员外官的官吏。

李吉甫正是属于前者类型的"左降官"。

宦海不测风云,贬官士人代不乏人。翻开大唐历史,贬官共计1200余人次,中央受贬官员782人次,这些"左降官"或是向皇上直言进谏,触犯龙颜,或是因朝中朋党斗争,受牵连坐,或有过失或犯罪,减刑贬职外放……但无论是何种情形,无论其官职曾经有多高,功劳有多大,他们的人生遭遇大都坎坷而悲凉,饱受囹圄之苦,常陷杀身之祸。能遇赦,或是重返长安者,极为罕见。

"名岂文章著,官应老病休。"杜甫一首《旅夜书怀》,一语中的地道破了大唐所有贬官士人的心声。

然而,这些贬谪者,大多是"信而见疑,忠而被谤",或一贬再贬,或一生多贬,或量移改贬,命运多舛,郁悱积中,绝大多数都在流贬地赍志而没,他们的"迁谪史",浸透着被贬士人一生的辛酸和血泪。

但也有一些被贬官员几番沉浮,却在谪贬中峰回路转,起死回生的。一些左降官在经过一定期限或遇赦,仍有酌情迁改官职的机会,这就是"量移"。顾炎武在《日知录》称:"唐朝人得罪,贬窜远方,遇赦改近地,谓之量移。"

"量移",早在开元时期,就建立相应制度,规定贬官"每至考满,即申所司,量其旧资,便与改叙",迁转到离京城较近的地方。

贞元十年(794年)四月,陆贽为了巩固提升大唐经济实力,推行"均节赋税"等改革,让懂经济的官员执掌财政,以防止裴延龄胡作非为,破坏大唐经济命脉。加之陆贽任相期间,内外大小官员皆由唐德宗亲自选批,已造成朝廷官员"至今常不充备"。于是,陆贽决定起用前吏部尚书刘晏栽培的包佶、李衡、李若初、卢征等理财专家。

然而,这一批理财行家中,很多都因刘晏被贬而受到牵连,卢征被贬珍州司户,裴腆被贬睦州司马……因此,陆贽便以中书门下名义,列出了三份名单上陈唐德宗,希望他们能受到朝廷提拔重用,或量移京城近处为官。

奏章搁在唐德宗的御案一月有余,唐德宗一拖再拖,久而不决。于是,在一个朝会过后,陆贽来到紫宸殿上奏唐德宗:"陛下,自从圜丘祭天,大赦天下的赦令颁下,已经将近半年。然而,贬官流放的官员还没有得到大赦的恩典,臣之前上呈的三份官员选任名单，不知皇上意下如何？"

唐德宗以惊诧的语气答道："陆相国，什么名单？"话一出嘴边，疑惑的脸上又露出好似忽然想起的神情，脸色一敛，肃然说道："陆相国，根据大唐惯例，对谪贬降职的官员可以依照赦令酌情迁移到近处来，但不能超过三五百里地。现在，爱卿拟定的迁官办法似乎稍微超过了规定，安置的地点又往往接近军队驻地，或者是处于进京路线上的州县，此事恐怕不够妥当。"

陆贽进言道："陛下，朝廷颁发的《贞元九年冬至大礼大赦制》，已对左降官量移事宜作出了办理从速、赦面从宽、标准求一的承诺。皇上也下令吏、刑二部，勘检已经颁布的有关流贬及量移的敕旨，根据原犯情节事状的轻重，酌情将左降官及流人一并量移近处，限两月内办理。而今已过三月，恳请陛下，早日决断。"

唐德宗思忖了片刻，一本正经地说道："陆相国，朝廷所贬官吏，大都对朝廷心怀怨恨，常常诽谤朝政，让这样的罪臣沾恩越少越好。因此，为防后患，左降官的量移一定要慎之又慎。"

陆贽争辩道："陛下，君王要待人以诚，可以责备臣下，对他们发怒，但不能够猜疑他们；可以惩处臣下败坏事功的行为，但不能怨恨他们。将臣下斥逐远方，是为了警告他们没有恭谨听命；甄别并宽恕臣下的过失，是为了劝勉他们重新做人。据臣所知，玄宗皇帝在开元年间的量移至少就有四次，一是开元二十年十一月，祀后土于脽上，大赦天下，左降官量移近处。二是开元二十七年二月，加尊号，大赦天下，左降官量移近处……"

未等陆贽将说完，唐德宗极不耐烦地反问道："陆相国，你这是在指责朕不如先帝之贤吗？"

见唐德宗发怒，陆贽诚惶诚恐地跪地叩首道："微臣以爱才为心，忠心耿耿，直言无礼，请陛下恕罪。"

唐德宗默不作声，自顾看着御案上的奏章，过了半晌才宣陆贽平身。陆贽只好缓缓起身，无奈地退出殿外。

自从长安克复，唐德宗回到长安后，渐生猜疑妒忌之心，总是不肯信任臣下。无论官职是大是小，一定要由自己选拔任用，对于宰相进呈的规划方案，很少称许认可，及至群臣一旦遭到斥责，往往一辈子不再收录起用。同时，唐德宗又好以能言善辩为前提选取人才，导致陆贽对官吏的提拔任用困难重重，各种人才沉抑于下，不得升进。

"明主不以辞尽人，不以意选士，如或好善而不择所用，悦言而不验所行，进退随爱憎之情，离合系异同之趣，是由舍绳墨而意裁曲直，弃权衡而手揣重轻，虽甚精微，不能无谬。"陆贽认为，作为明智的君主，不会只根据言辞巧令使用人才，也不会按照主观意向选拔士子。如果对自己所亲善的人便不加选择地任用，如果喜欢一个人的言辞巧令而不检验他的行为，升官降职、亲疏远近全凭个人的感情，绝对无法避免发生谬错。

次日，陆贽仍是冒死进谏，挥笔起草了第三份奏章——《三奏量移官状》。

面对陆贽"再予以斟酌审核"的请求，唐德宗仍是无动于衷。

然而，在陆贽看来，提拔任用是为了勉励功劳，贬抑降职是为了惩戒过失，两方面交相为用，其中的道理就如同圆环周而复始。受到进用以后又有了过失，便需要给予惩罚，受到惩罚以后又修正过来了，便应该再提升上来，这既不会荒废法度，也不会捐弃人才。所以，在贬降犯有过错的官员的同时，也给他们一些自新机会。如此一来，可以使受到贬逐的人勉励自己力求恢复官职，也可以使被提升的人自我告诫要恭谨地任官办事，使上无难解之疑虑，下无积蓄之怨恨。

此后，陆贽又多次向唐德宗陈述自己的用人观和人才观："进以懋庸，黜退以惩过，二者迭用，理如循环。""进而有过则示惩，惩而改修则复进，既不废法，亦无弃人""中人以上，迭有所长，苟区别得宜，付授当器，各适其性，各宣其能，及乎合以成功""珠玉不以瑕颣而不珍，髦彦不以过失而不用"……

然而，唐德宗没有听从陆贽的这些建议。陆贽原计划在李吉甫谪贬三年之后，便可将其量移京畿地区的打算终成泡影。后来，陆贽罢相后，贬官量移的机会更是少之又少，史称"德宗之末，十年无赦，群臣以微过谴逐者皆不复叙用"。

是年五月，陆贽又针对朝廷用人选官的旧弊，向唐德宗进呈了《论朝官阙员及刺史等改转伦序状》。

为了进谏唐德宗不拘一格发现人才、使用人才、爱惜人才，大力提高吏治水平，陆贽摆事实，讲道理，引用《诗》《书》《易》《礼记》《虞书》等经典名著中的治世名言和资政故事，论述人才之多寡和统治者的政治思想关系，一针见血地指出了当朝"官序失伦，人才不长，资望渐薄"的用人之患。

同时，陆贽针对朝廷选人用人存在的"七患"问题开出治疗"单方"，即核才取吏"三术"，一是拔擢以旌其异能，二是黜罢以纠其失职，三是序进以谨其守常。

"臣以待罪钧辖，职思其忧，兼迫于感恩愿效之诚，不得不冒昧言之耳，裁其用舍，惟陛下图之。"作为一朝之宰相，陆贽也在奏状之末，拿出了魏征冒死犯颜，壮士断腕的勇气，直言不讳地指出了唐德宗的用人之过；同时表达了自己职思其忧、引咎自责的惭惶心情，冒昧极谏、格君之过的赤诚之心，表现出积极的责任担当和进善使命，其言可嘉，其情殷殷。

这篇博古论今、雄辩有力的奏状，还真让唐德宗激动了好一阵子。在陆贽的极力进谏下，唐德宗在当年举行的礼部铨试中，重开策问贤良方正能直言敢谏科、策问博通坟典达于教化科、策问识洞韬略堪任将帅科，匦论资序广开才路，量才取士，为大唐兴盛招揽人才。

然而，在裴延龄的眼中，陆贽这是在"培植朋党，壮大势力"，在唐德宗身边伺机进献谗言佞语，极尽诋毁陆贽。

第四十二章　步步惊心

裴延龄愈来愈受皇上宠幸，开始策划一场更大的阴谋。

这场阴谋的起始，还得从王皇后说起。

至德年间，秘书监王遇的女儿王氏天生丽质，气质优雅，并且知书达理，聪慧可人，唐肃宗将王氏赐给皇孙、天下兵马大元帅李适（即唐德宗）为嫔。上元二年（761年），王氏在东宫生下长子李诵，19岁的李适初为人父，喜极而泣。

大历十四年（779年），唐代宗去世，太子李适即位为帝，册立王氏为淑妃，排众嫔妃之首。当年十二月，唐德宗诏立王淑妃的长子李诵为皇太子。母凭子贵，王淑妃从此行使皇后权利，以统六宫。

世事未料，建中四年（783年）暴发"泾原兵变"，唐德宗带着王淑妃、韦贤妃、太子、诸王和大臣出逃避乱，到达陕西乾县，唐德宗命陆贽下诏诸道平叛勤王，却发现自己因出逃仓皇，竟将玉玺遗忘。正当德宗与大臣们万分焦急，长吁短叹之时，王淑妃将传国玉玺从包裹中取出（《资治通鉴》载"以传国宝系衣中以从"），旋解燃眉之急，朝廷得以继续颁诏施令，最终平息叛乱。

怀孕七月的女子如此沉着冷静，令唐德宗和众臣无不惊赞，鉴于王淑妃的细心和殊功，唐德宗对王氏更是恩宠厚爱，可谓"特承宠异"（《旧唐书》）。

战乱平息，王淑妃携带玉玺有功，她的儿子、时为太子的李诵也功不可没。德宗出逃时召禁兵以御贼，无一人能至时，李诵执剑殿后，护驾前行；在惨烈的奉天保卫战中，李诵每次身先士卒，乘城拒敌，其英勇气概感召无数将士，无不奋勇杀敌，确保了唐德宗性命无忧。

也是在这场战乱中，时称"救时内相"的陆贽与王淑妃、李诵患难相知，生死相依，同甘共苦，同仇敌忾，牢牢地建立了深厚的感情。

在城外战火纷飞，城内粮草断尽的奉天城，王淑妃也只能吃些野菜粗米充饥，营养缺乏，刚出生不久的公主不幸夭折，自己也落下了月子病，身心遭受了莫大的打击摧残，又经过近一年的流离惊恐，兴元元年（784年）七月回到长安后，王淑妃就一病不起了。

按唐制，皇帝应配有皇后及贵妃、淑妃、德妃、贤妃四夫人。长安既克，唐室再造，百废待兴，擢升中书舍人的翰林学士陆贽上奏唐德宗，称赞王淑妃母仪天下，其修养、德行、智慧、才情、气度、仪容可为天下女性的典范和表率，请求册封她为皇后，诏告天下。

然而，无论唐德宗诏来多少太医问诊，王淑妃的病情始终没有丝毫好转的迹象，册封仪式一直未能举行。贞元二年（786年）十一月，王淑妃的病情一天天加重，陆贽为此忧心难眠，情不自禁地挥笔起草好谥册——《册淑妃王氏为皇后》。

在陆贽笔下，王淑妃诚于中而行于外，慧于心而秀于言，可谓大唐一代绝世美人。她不仅天生丽质，气质高贵，而且诗书礼乐，无所不通；不仅生活俭朴，心地仁爱，而且周旋中规，进退有度，将后宫管理得井然有序，融洽和谐。特别是在流亡奉天时"以传国宝系衣中以从"，明大义，共患难，资内助，无愧六宫之主、母仪天下之称。

唐德宗读完陆贽这篇情真意切的皇后册文，深深地发觉到，王淑妃真如陆贽所言，美誉之声溢满宫闱，德行之光照耀掖庭，不禁思绪万千，心愧不已，发自肺腑地念道："是该给这位德馨才淑的女人一个名分了。"

十一月十一日，大明宫流光溢彩，旌旗飘扬，文武百官以及四夷酋长、外国使节云集长安，隆重庆贺皇后加冕，册封大典上，病重的王氏身着高贵的霞帔，头戴熠熠生辉的金色凤冠，在浩浩荡荡的銮驾和仪仗的簇拥下，走进宣政殿接见百官朝贺。病入膏肓的王皇后激动地品味着这份万众仰慕的荣耀与尊严，眼里噙满了喜悦而幸福的泪水。

然而，就在加冕典礼刚落下帷幕不久，王淑妃仅仅当了三天皇后，便撒手人寰，薨逝于两仪殿。唐德宗为红颜薄命的王皇后素服七日,并"发哀三日",百官"服三日",谥为"昭德皇后",又举行了隆重的葬礼。白居易为此作《昭德王皇后挽歌词》:"仙去逍遥境,诗留窈窕章。春归金屋少,夜入寿宫长。凤引曾辞辇,蚕休昔采桑。阴灵何处感?沙麓月无光。"

此后100年,大唐再也没有如此隆重地册封过皇后,直到唐朝灭亡前夕,唐昭宗才册立了何皇后。可见,唐德宗对王皇后的情意之重,王皇后尊位之高,无人可及。

然而,在别的朝中重臣、嫔妃和诸皇子看来,特别是唐德宗另外一个女人韦贤妃的眼中,这是陆贽有意在保护和他共赴患难、一同出生入死的李诵。因为,确有一个皇子在对李诵的太子之位虎视眈眈。

这个人,就是舒王李谊,一个充满传奇色彩的"皇子"。

李谊本名李谟,根本不是唐德宗的儿子,他是唐德宗李适二弟李邈的儿子,算是唐德宗的侄儿。

李邈的生母崔氏,是唐代宗的正妃,崔氏之母是杨贵妃姊韩国夫人。唐德宗李适的生母沈氏,是唐代宗年少时的妾室,地位较低。李邈虽幼于李适,但却是唐代宗的嫡长子,最受唐代宗喜爱。

安史之乱时,唐玄宗出逃四川,宝应元年(762年),唐代宗在灵武即位,14岁的李适因年长被拜为天下兵马元帅,有平叛之功,遂进位太子。郑王李邈作为嫡长子,时运不济,未得立为太子,但唐代宗始终将郑王置于21个皇子之上。大历八年(773年),郑王李邈薨逝,代宗皇帝追赠其为昭靖太子。

唐代宗于是将李邈之子李谟过继给时为太子的李适。李适登帝后,对李谟这个侄子兼养子视如己出,将他当做二皇子。大历十四年(779年),唐德宗册封皇子李诵为宣王、李谟为舒王、李谌为通王、李谅为虔王、李详为肃王。

李谟长得玉树临风,聪慧明达,唐德宗对他的宠爱超过亲生儿子,其待遇之优渥比太子李诵还有过之而无不及。或许,这是唐德宗为自己抢了李邈的太子之位所做的补偿,史家甚至用"偏心"来形容德宗对侄儿李谟的宠爱。

建中四年(783年),唐德宗讨伐淮宁,任命舒王李谟为荆襄等道行营都元帅,更名李谊。泾原兵变时,英俊威武的李谊就是从驾德宗的开路先锋,《舒王谊传》

说他在奉天血战中，一个月来衣不解带，昼夜传诏，慰劳诸军，也是平定叛军的功臣。

因此，舒王李谊成为李诵太子地位最大的竞争者、挑战者。并且，这种野心也在一天一天慢慢地膨胀。

其竞争势力中，还有一个重要的砝码，就是唐德宗的韦贤妃。

韦贤妃出身显赫，母亲和奶奶都是大唐公主。韦贤妃初为唐德宗任太子时的良娣，贞元二年（786年）册封为贤妃。韦贤妃的竞争对手、"六宫之主"王皇后驾崩后，唐德宗开始宠幸韦贤妃，让她掌管了后宫。由于韦贤妃一直没生孩子，因此唐德宗就将李谊诏为她名下的养子。

作为皇帝的女人，谁不想当后宫之主，特别是见证了唐德宗册立李诵母亲王氏为皇后的盛大典礼，韦贤妃常常心向往之。更关键的是，她若当了皇后，养子李谊就有可能成为太子，将来成为天子，自己就是理所当然的皇太后了。

韦贤妃这个想法，还真的差一点就实现了。

故事前面讲过，李诵的岳母郜国公主生活淫乱放荡，与彭州司马李万、太子詹事李昪等多名朝臣通奸，韦贤妃指使大臣告发郜国公主以此为太子结交党羽，并在宫中大兴巫蛊之术，这可是天大的死罪。

唐德宗大怒，遂将郜国公主软禁，决定废掉李诵的太子位而立舒王李谊。岌岌可危的太子李诵，不得不与妻子萧妃离婚，与岳母划清界限。在李泌、陆贽冒死向唐德宗进言的保护下，李诵才躲过了这场劫难。

李诵虽然度过了这场危机，但韦贤妃一直是李谊势力集团夺嫡之战的中枢，其成员还在一年一年地增多。这些成员就像漫散在长安的青蝇一样，在玉座边、金殿上盘旋，聚集，飞舞。

唐德宗既立了嫡长子李诵为太子，却又宠爱韦贤妃和舒王李谊，两子自然为争储位私斗较量，皇宫内外也是暗流涌动。躲藏在茫茫九衢的秋后青蝇，嗅到了天子既然已经发出过"改立太子"的政治信号，有心人当然就纷纷投入韦贤妃和舒王李谊的阵营。

到了贞元十年（794年），裴延龄成为这个集团的核心干将。

在这个集团中，除了后宫韦贤妃、皇子李谊的势力，除了朝中裴延龄、李齐运、韦渠牟等奸臣，就连由中书侍郎迁门下侍郎的宰相赵憬，也因怀恨陆贽而悄悄加入了他们。数万阉人的首领、左右神策军的掌门人窦文场、霍仙鸣手握几十万禁军，驻扎在长安城内外，他们竟然也参与进来。

"后宫、皇子、朝臣、宦官"，四位一体的联合作战，可谓群敌环伺，凶险莫测。最让人担忧的是，唐德宗对他们都很宠幸。

这四股势力一荣俱荣，一损俱损，各有意图，各怀心事，但殊途同归，都是为巩固自身地位，获得用之不竭的荣华富贵。

手握重兵的这一群宦官们，更是销蚀着这个帝国的宿疾沉疴。

他们只贪图皇上或者太子的拥立之功，乞求得到他们的感恩戴德、恩宠不衰。在以窦、霍为首的权阉们眼里，即便是当今太子李诵，未来的天子，将来披上一袭龙袍，也与他们一文钱的关系都没有。

"别人支持的，就是阉人们反对的。"所以，窦文场、霍仙鸣也加入了李谊集团与李诵集团的政治博弈。

作为嫡长制最坚定的拥护者，执掌政事堂的首席宰相陆贽，无疑成为这四股势力的众矢之的。

设计让陆贽贬走李吉甫后，裴延龄为让唐德宗更加信任自己，不惜花费重金美色，竟将被德宗称为"真大臣之器"的前宰相李泌之子李繁拉下了水。

这位太常博士竟然与裴延龄沆瀣一气，巧佞奉上。他受裴延龄的指使，窃弄父亲李泌之威望，向天子告状说盐铁转运使张滂、京兆尹李充、司农卿李铦等大臣私底下常常出入政事堂或陆贽府邸，密谋从事，并告发他们倚仗陆贽，轻视舒王，不把李谊放在眼里，把唐德宗气得暴跳如雷，脸青一阵紫一阵，怒气忍了半晌，突然起身，"砰"地一掌拍在御案上道："陆九，自恃功高甚重！"

站在旁边的贴身阉人俱文珍，脸上露出一抹十足狡黠的奸笑。

裴延龄倚仗天子的宠信，又有韦贤妃和宦官撑腰，于是愈发有恃无恐。他忌妒京兆尹李充有能政，诬奏其充结陆贽，数厚赂遗金帛。他唆使御史大夫李齐运以涉嫌贪污之罪，逮捕了李充心腹张忠，严刑逼供，迫使张忠承认贪污官钱20万贯，私收大米、小麦500余石等，所有钱物都用以饵结权幸，贿赂朝臣，检举"充（李充）妻于牛车中藏金宝缯帛"，悄悄送给了陆贽的夫人钱薇。可怜张忠熬刑不过，只得按照裴延龄的口授，对"犯罪事实"供认不讳。

为防止翻案，神策军窦文场竟指使狱吏将张忠活活整死，谎称张忠与同监狱里的犯人发生矛盾，互殴而亡，并很快处死了那名殴打张忠的犯人，以示法律的公道。如此一来，此案已被他们做成一桩死无对证的铁案。

张忠的妻子、母亲不服，于是身披麻布衣于光顺门投甀诉冤，引起京城轩然大波。由于此案还涉及陆贽夫人受贿，已将构陷伐异的熊熊火焰直接烧到了陆贽身上。因此，陆贽竭力上疏唐德宗，请求将此案移交三司审理。唐德宗于是诏刑部侍郎奚陟携三法司会审，不出一月很快结案，真相大白，张忠"所供皆虚"。

愤怒的陆贽几乎忍无可忍，但他还是忍住了。这些天来，他习惯于带着自己的夫人钱薇在习习的秋风中登上城楼，仰望头顶浩瀚的星空，眺望东都的朱宫紫阙，遥望嵩山的丰乐寺……陆贽的父母都葬在嵩山，也正是在这嵩山丰乐寺，陆贽与夫人和孩子们度过了人生中最美好的采菊东篱下、坐看云起时的田园生活。

"敬舆，朝中权力纷争倾轧，宦官专权、藩镇割据、戎虏狡黠，而今你又深陷夺嗣之争，若是力不从心，就向皇上辞职吧，我们隐居嵩山，去过恬静的乡间生活。记得你曾给我讲过，安史之乱时，唐玄宗西避益州，太子北上灵武即位皇帝后，四处寻找隐居嵩山的李泌，李泌入朝以宾客身份伴随肃宗，分析天下大事，参谋军事国事，从制书文诰到将相升迁，无所不预，后来他将功名尽数舍去，隐居名山。人人称他'神仙宰相'。"钱薇轻声说道。

"是啊，我与皇上的际遇，与李泌宰相和肃宗皇帝好生相似啊，只是——"陆贽欲言又止。

钱薇点了点头，缓声说道："是啊，当年李泌出谋划策，辅助肃宗平息了叛乱，收复两京回到了长安。劳苦功高的李泌，自然遭到权宦李辅国、崔圆等人的猜忌和进谗陷害，李泌毅然主动要求离开了勾心斗角的朝廷，隐居衡山，视功名富贵如敝屣。而今天，夫君的遭遇何尝不是这样？"

"夫人，我也曾想过，像李泌那样潜遁名山，习隐自适，只是——"陆贽说完，停顿了片刻，好似从丹田深处发出一声叹息。

"留得青山在，不怕没柴烧。陷害李泌的李辅国、元载虽是权倾朝野，但他们跋扈极恶，邪不压正，最终不是落得个身首异处的可悲下场？因势而谋、顺势而为的李泌依然回到朝廷,得到代宗及当今皇帝的垂爱,成为一代名相,夫君何必与那奸臣裴延龄计较,早日辞去宰相吧!"

"夫人,裴延龄不除,太子李诵岌岌可危,继而会衍生一场宫廷政变,朝廷又将面临一场血腥屠杀和党羽清洗,天下百姓也难逃涂炭生灵的厄运,我必须将裴延龄拿下。"陆贽斩钉截铁地说。

钱薇不由惊讶地问道:"裴延龄有这么大的势力?"

陆贽点了点头,指着天空中刚刚划过去的一颗彗星说道:"大千世界扑朔迷离,李诵本应如同那颗紫微星垣,成为帝王天子,但稍有不慎就会像这一颗彗星,顷刻之间就会消失在茫茫苍穹。"

陆贽隔了片刻,才继续说道:"神龙元年(705年),太子李显、宰相张柬之等发动神龙政变,逼迫武皇退位,复辟唐朝,李显登基后,册封韦氏为皇后,并让她参预朝政,韦后和她的女儿安乐公主、武三思、上官婉儿等人结成同盟,害死了张柬之、崔玄暐、敬晖等五位宰相和无数功臣,韦后野心越来越大,竟然也想像武曌一样即位称帝。"

"听说韦贤妃性情淑敏,言行守礼,宫中都以她的行为作为规范,难道夫君担心当今韦贤妃……"

"我担心太子啊!当年,韦后生有一子四女,长子李重润早先得罪了则天皇帝宠信的张易之、张昌宗而被逼杀。中宗的次子李重福又遭韦后谗毁贬出东都,软禁于均州,太子之位落在三子李重俊身上,可是他却不是韦后所生。因此,韦后集团千方百计迫使唐中宗废黜太子,安乐公主更是向父皇提出了要当皇太女的要求。感到了强烈恐惧的李重俊铤而走险,与左羽林大将军李多祚、成王李千里等人蓄谋发动了流血政变,虽是诛杀了韦后一党的武三思,但最终功亏一篑,太子死于非命,他的追随者全被逮捕诛杀。"

陆贽仰天叹息道:"而今,权欲熏天的裴延龄勾结李齐运、韦渠牟以及权阉窦文场、霍仙鸣等人,纷纷向韦贤妃和舒王李谊靠拢,缔结后党,擅权乱政,离间君臣,志在废黜太子,立李谊为太子。政变何其残酷,何其悲惨,不可让他们为争夺储位而酿流血之灾,愿我大唐王朝不再重演历史的悲剧了。"

"既是如此,夫君还是辞职归隐吧!"听完陆贽的讲述,钱薇说道。

陆贽紧紧地搂住钱薇的肩膀,坚定而自信地说道:"我曾在皇上面前多次说过,吾上不负天子,下不负所学,不恤其他。为了大唐稳定,太子前程,百姓安宁,作为宰相岂能任凭他们野心膨胀,颠覆国本,让李唐宗室再遭灭顶之灾?"

山雨欲来风满楼。裴延龄集团又开始进一步行动,联名上奏唐德宗,请求册立韦贤妃为皇后。

陆贽坚决表示反对,他恳切无比地奏道:"当今太子李诵乃王皇后所生,是皇上的嫡长子。自大历十四年(779年)立为太子以来已有15年,15年来太子对皇上忠心耿耿,慈孝宽大,仁而善断,奉天战役中他亲自指挥作战,身先士卒,乘城拒敌,数次击溃叛军,英勇无敌。长安克复后,太子不离深宫,日受圣训,处事严谨,未闻过错,朝野上下都认为他是一个贤明忠诚的储君。一旦册立韦贤妃为皇后,太子必危,朝廷必乱,陛下还须三思啊!"

朝堂之上,京兆尹李充、卫尉卿张滂、起居舍人杨凭等朝臣也纷纷上疏,极力反对。就连69岁的司徒兼侍中马燧也出列,声泪俱下地讲述了太宗皇帝废立太子、唐肃宗因性急冤杀建宁王李倓的仓促和悔恨,声称储君是国家的根本,恳请陛下汲取前车之鉴。

谏议大夫阳城也慷慨激昂地出班奏道:"陛下,储君乃国之根基,一旦废黜太子,大唐帝国必遭一场洗筋伐髓的剧变。晋献公听信骊姬逸言,使申生于新城曲沃自杀,三世内乱不息;晋惠帝司马衷宠信皇后贾南风,废黜太子司马遹,中原动荡;隋文帝杨坚偏听独孤后之词废杨勇立杨广,痛失天下;汉武帝刘彻听信江充、苏文等佞臣巫蛊之言,致使太子受辱自尽……"

阳城还没说完,唐德宗便厉声呵斥道:"裴侍郎只是上奏册立皇后,并没有说废黜太子。阳大夫小题大做,一派胡言。王皇后已去世九年,朕乃一国之君,皇后乃一国之母,韦贤妃与朕经历战乱,颠沛流离,主持后宫以来,温婉贤淑,为六宫所敬仰。陆相国,难道你们要朕一辈子都不册立皇后?"

陆贽挺直身板,据理力争道:"陛下,裴侍郎上奏册立韦皇后,实则潜有夺嫡之意,这是人所共知的事实。朝中文武大臣心照不宣,又岂能轻易蒙蔽?臣今日就学魏征竭诚尽忠,犯颜直谏,若是忤逆陛下,万死不辞。"

陆贽的话让唐德宗极度愤怒,而又不敢大发雷霆,如果那样,自己就没有从谏如流的器度，背上一个拒绝纳谏的黑锅。

唐德宗铁青着脸厉声说道："陆相国，立后本乃朕之家事，难道什么事都由你做主吗？"说完愤然起身，拂袖而去。众朝臣面面相觑，默然而退。

离开宣政殿时，陆贽看见舒王李谊，还有宦官窦文场、霍仙鸣、俱文珍利剑一般的目光，从他峻拔的脸上瞬间划过。

为了彻底打消唐德宗"立后废储"的念头，陆贽次日写了一篇《伤望思台赋》呈递给唐德宗：

> 桃野之右，苍茫古原，草木春惨，风烟昼昏。揽予辔以踌躇，见立表而斯存，乃汉武戾嗣剿命地也，然后筑台以尉遗魂。
>
> 吁！自古有死，胡可胜论。苟失理以横毙，虽千祀而犹冤。当武帝之季年，德不胜而耄及。浮诞之士叠至，诡怪之巫继集。忠见疑而莫售，谗因隙而竞入。忘嗜欲之生疾，意巫诅而是因，将搜蛊以涤灾，纵庸琐之奸臣。言何微而莫仇，冤虽毒而奚伸？构储后以挂殃，矧具寮与齐人。旋激怒而诛充，竟奔湖而灭身。异哉汉后，因奸邪之是诱，俾家嗣而罹咎。彼伤魂之冥冥，故筑台其何有。嗟尔戾嗣，盍入明以见志，遽兴戈而自弃，谅君父之是叛，虽窜身其焉？
>
> 呜呼！一失其理，孝慈两坠，不其伤哉！夫邪不自生，衅亦有托。信其逸兴，利则妖作。恣鬼神之恣变，实人事之纷错。故子不语于怪乱，道亦贵乎淡泊，盖为此也。水滔滔而不归，日杳杳而西驰。时径往兮莫追，人共尽兮台隳，榛焉莽焉，俾永代而伤悲。

此篇《伤望思台赋》，骈散兼行，说理透彻，可谓句句含泪，用情推诚，以汉武帝任用江充、苏文、刘屈氂等奸臣执掌国事，听信谗言，以莫须有的"巫蛊之祸"使太子刘据逃亡自杀的典故为例，既批评了武帝后期的昏暗信谗，也批评了太子刘据的贸然行事。

陆贽上呈此赋的意图很明确，旨在进谏唐德宗不要像汉武帝那样宠信奸臣，迷信狐疑，听信阉官构陷太子，妄自干政，汲取汉武帝晚年得知太子冤情"轮台悔过",建造"望思台"以表丧子之痛的教训,劝诫唐德宗决不能受裴延龄等佞臣的蒙蔽,轻易册立皇后、废黜太子,以免重蹈覆辙,酿成宫廷政变。

或许是陆贽死谏的结果,又或许是唐德宗幡然醒悟,后来,就算裴延龄联通一帮宦官志在必得地欲立舒王李谊为太子,就算后来太子李诵中风,丧失说话行动的能力,唐德宗也一直未提废黜太子之事。

唐德宗对韦贤妃也很用情,他与比自己还大五岁的韦贤妃牵手走完了一生,直到贞元二十一年(805年)于会宁殿驾崩时,他也没有册立韦贤妃为皇后。虽然还有武德妃、赵惠妃、王才人等妃嫔佳丽超凡出尘,也无人有幸头戴凤冠、身着霞帔,成为母仪天下的皇后。

第四十三章　劣币逐良

"箭在弦上，不得不发。"当夜，陆贽秉烛急书"臣闻君子、小人，用舍不并，国家否泰，恒必由之……"怒不可遏地写下了《论裴延龄奸蠹书》。

陆贽尖锐地指控户部侍郎裴延龄其性邪，其行险，其口利，其志凶，其矫妄不疑，其败乱无耻。"以聚敛为长策，以诡妄为嘉谋，以掊克敛怨为匪躬，以靖谮服逸为尽节。"人神共愤，国法难容。为此陆贽义愤填膺地罗列了裴延龄七大罪状。

第一大罪状：以无为有，横征暴敛

裴延龄任度支以来，以供御所需的名义，荡心于上，敛怨于人，"搜求市廛，豪夺入献，追捕夫匠，迫胁就功。都城之中，列肆为之昼闭；兴役之所，百工比于幽囚。聚诅连群，遮诉盈路，持纲者莫敢致诘，巡察者莫敢为言。"其罪孽之深、民愤之大，朝堂内外，无不嚣声沸腾，远迩危惧。

第二大罪状：以有为无，欺天隐君

裴延龄执掌出纳财赋，不务精实，专行邪诡，公肆诬欺，"太府少卿韦少华抗表上陈，理须辨鞫是非，臣等具以奏闻，请定三司详覆。"可是皇上既不许差三司按问，又不令检奏辨明，明知其诬诳，却视而不见。裴延龄变本加厉，聚敛无度，"以在库之物，为收获之功；以常赋之财，为羡余之费。"户部收入与支出理应一律登记在册，怎么可能无故生出盈余？如果只是把国库里的财物移到内库就算是盈余，那这跟挖东墙补西墙有何差异？

第三大罪状：蹂躏官属，重困疲氓

裴延龄险猾售奸，诡谲求媚，诸州给朝廷输送布帛，裴延龄"不务准平，抑制市人，贱通估价"，辗转流弊，谋取私利。又将左藏署分建成"六库"，巧诈以变移官物，暴法以刻敛私财，意在别贮"盈余"，将虚挂于账簿的积欠、呆账800余万缗钱收入"欠库"，通过上输下征、钱物折估等卑劣行径横征暴敛，收入"剩库"，以奉圣上，迷惑视听。而陛下却不加检裁，不加诘问，一再掩盖他的罪过，裴延龄以为他能蒙蔽欺惑陛下，不再怀有畏惧，从此奸威沮于四方，敛聚行于内府，肆无忌惮地蹂躏官属，倾倒货财，移东就西，便为课绩，取此适彼，遂号羡馀，愚弄朝廷，如同儿戏。

第四大罪状：克扣军粮，蛊媚误国

平原远镇（甘肃平凉），扼制蕃戎，五原（盐州）要冲，控带灵夏，都是大唐边防要地，按备边条律，平原需积一年之蓄，五原需积半年之储，循环转输，不得缺数。然而，今秋两镇告急，俱称绝粮。陛下质问裴延龄时，他竟然谎称两镇馈饷不绝，储蓄殊多，岁内以来，必无缺乏。臣派人查覆，发现通往两镇的道路毫无转运之迹，军城已无旬日之储，几将不守。如此一来，边境一旦发生战事，或是因刻薄士卒引发兵变，后果不堪设想。裴延龄如此颠沛欺谩，按验既明，恩劳靡替，其为蛊媚，旷代罕闻。

第五大罪状：懒散暴虐，无德无仪

昔日，杨国忠为吏部尚书，竟然于私庭铨集选士（私请胥吏到家去，预先就定好名单以做形式），一人垄断选官大权，其任相期间，更是专权误国，败坏朝纲，史册书之，足为国耻。裴延龄身为六卿，放情乱纪，懈于夙兴，多缺会朝之礼，徇其鄙欲，大㲹省署之仪，徙郎曹于里闾，视公事于私第，或聚客大夸，不令白事，或纵酒凭怒，莫敢入言，或离次慢官，虐人致法，求之今古，鲜有其伦，比杨国忠有过之而无不及。

第六大罪状：不谙财赋，弄权受贿

裴延龄以素本僻戾之质，而加之以狂躁满盈，既憯且骄，事何由理。他将国家财政大计，委任于胥吏末流，"当给者无赂而不支，应征者受赇而纵免。""近者度支小吏，屡为府县所绳，鞫其奸赃，无不狼藉，通结动连于节将，交私匪止于苞苴。以至朝廷纪纲大坏，职守失序，贿赂公行，实窃邦柄。"

第七大罪状：诋毁他官，陷害同僚

陛下勤修仪式，以靖四方，慎选庶官，以贞百度，内选则股肱耳目，外选则垣翰藩维。济济师师，咸钦至化，庶相感率，驯致大和。然而，裴延龄凭宠作威，恃权纵暴，侵刻军镇，匮缺资粮。将帅每使申论，裴延龄率加毁誉，或指诬隐盗，或谤讦阴私，或数其出处贱微，或亿其心志邪悖，词皆丑媟，事悉加诬。裴延龄还虐害群司，幸其缺败，蔑彼彝典，逞于凶怀，气吞等夷，隶蓄郎吏。有履道而不为屈挠，守官而莫肯由从，遭其诋诃，则尤剧，或辱兼祖父，或毁及家门，构陷忠臣，抑复多端，咆哮礼义之府，蔑污清明之朝。

陆贽在奏状中一针见血地指出裴延龄诈伪乱邦之罪状，耗敚阙遗之恶行后，认为其奸佞邪恶得似横行，也在于唐德宗的曲加容掩，放纵怙宠。于是，引用魏征与李世民关于"明君与暗君"的一番对话，劝谏唐德宗不要再纵容裴延龄，纳其盗言，堕其奸计。

深居紫宸殿的唐德宗读到此处，再也看不下去，直气得七窍生烟，不禁狠狠地将陆贽的奏状摔到地上，拍案而起，勃然大怒道："一派悖逆之言，裴延龄可以是赵高，难道朕是秦二世那样的昏君？这个陆九好大的胆子！"

唐德宗虽是气得差点吐血，恨不得立刻把陆贽宣进殿来，一阵暴骂。待心情平静下来，又命当值宦官俱文珍捡起陆贽的奏状呈上，耐着性子读完奏状。

见唐德宗气得脸都青了，一句话也说不出来。俱文珍干咳了两声，然后上前说道："陛下，奴才有些话不知当说不当说。"

唐德宗沉吟了许久，脸色铁青地说道："但说无妨。"

俱文珍走到德宗面前，瓮声瓮气地说："陛下，近来太子常到陆相国府上议事，西川节度使韦皋也曾秘遣使者出入东宫，东宫近来人来人往，戒备森严，听说太子府上的幕僚王叔文、王伾等人还暗中结党营私，笼络名士，难道他们要重蹈先朝太子李重俊谋反的覆辙？"

太子谋反无不是天子最敏感的词语，唐德宗一双愤怒的眼睛瞪着俱文珍，好似透出一股杀机，顿时恼羞成怒地骂道："狗奴才，你说太子要弑父篡位？放肆！你好大的胆子，竟敢离间朕父子？"

俱文珍大惊失色，一下跪到地上，一边伏地叩首恕罪，一边颤颤抖抖地说道："陛下，太子忠厚仁慈，定是陆相国主谋，据说陆相国近来经常夜登城楼，观察星象变化。"

"夜观天象，此事当真？"德宗用犀利的语气问道。"陛下，千真万确。"俱文珍嗫嚅而道。

"夜观天象，占卜星术？难道他不怕落得个身败名裂、家破人亡的下场！信不信朕明天就杀了他！"唐德宗说完，脸色一阵青一阵白，黯然良久之后，才肃然纷咐俱文珍道："去把太子和赵憬给朕叫来。"

当朝宰相连通西川节度使与太子暗通款曲，互为表里，这是令天子最恐惧、最不可饶恕的行为，无异于阴谋篡逆！就算是私窥天象，其行为也已经是触犯了天子和朝廷权威，其罪当诛！

陆贽把弹劾裴延龄的奏书写好后，曾拿到政事堂递给同为宰相的赵憬，请他提出意见建议，并邀他一同弹劾裴延龄，请求皇帝罢去裴延龄户部侍郎之职。赵憬看完陆贽的奏书，思忖良久后，即刻在奏书上签名，同意一起上朝弹劾裴延龄的奸邪狂妄，并在陆贽罗列的七大罪状之后，又略举了裴延龄一些罪科，比如每次载运军资、供馈边军时，裴延龄用车800余乘外，还令府县差雇，房夺公私杂蓄，损耗军运车畜，糜损官钱尤多；比如日常遇事辄行，应口便发，靡日不有，靡时不为等作风问题。

赵憬口头上说得振振有词，同仇敌忾，勠力除奸，其实他是在骑墙。

自从赵憬被改任为门下侍郎后，他便从心底里怀恨陆贽"恃恩欲、专大政"，政治站位已悄然倒向了裴延龄集团。有道是"鹬蚌相争，渔翁得利"，赵憬巴不得唐德宗免去陆贽首相之位，自己取而代之。当晚，他就把陆贽罗列的七大罪状密告给了裴延龄，让他早谋应对之策。正当赵憬刚从裴延龄那里回到家里，俱文珍便带人来宣他入朝觐见皇上。

贞元十年（794年）十二月二十三日。唐德宗在宣政殿例行早朝，当文武百官鱼贯进入大殿，文臣武将都感到今日朝会的气氛有些异样，陆贽捧笏出班向裴延龄发起弹劾，严厉痛斥其蒙蔽天子、误国害民的"七大罪状"，其祸在顷刻，罪不可赦！要求唐德宗罢免其户部侍郎与度支之职，将这个像卢杞那样的奸诈小人贬为静州刺史。

由于唐德宗看过奏书,气也已经发泄殆尽。御榻上的唐德宗正襟危坐,神情威严,他无动于衷地听完陆贽的长篇大论,肃然问道:"赵爱卿,你也具名弹劾裴侍郎,陆相国所奏七大罪状是否属实?"

朝臣们齐齐地把目光转向赵憬,希望他能在这关键时刻挺身而出,铲除奸佞裴延龄。可结果却令朝臣们大失所望,赵憬一言不发。

见赵憬沉默不言,早已气得几乎要把牙齿都一颗颗嗑碎的裴延龄,极力掩饰住自己内心的恐惧,摆出一副极受委屈的嘴脸,畏畏缩缩地出列跪在殿前,很是无辜地大呼道:"陛下,冤枉啊,冤枉啊!"紧跟着眼泪就簌簌地掉下来。

唐德宗看着裴延龄涕泗横流的样子,表情怜惜地问道:"裴侍郎,陆相国所言七罪,皆有例证,你又有何冤枉?"

见唐德宗龙颜未怒,裴延龄施展他一贯擅长的变脸绝技,惺惺然哭诉道:"陛下,臣为了国之府库,殚精竭虑,开源节流,智权轻重,总领财赋,济之以均平,理之以勤肃,府库非但未曾隐漏,反而岁增盈满,这是有目共睹的事实。只是,为了中兴大唐、充盈国库,臣直言进谏陛下实施太宗皇帝精兵简政的政策,大幅度地削减国家机构,裁减官吏,并将本应付给那部分冗员庸吏的俸禄转化成了国库收入,因此对朝中官员们有所得罪,他们对我恨之入骨,于是联同陆相国弹劾罪臣,臣实在是冤枉,请陛下为臣做主啊!"说完又是啪嗒啪嗒地抹眼泪。

陆贽见自己有理有据揭告裴延龄的罪状,唐德宗却不愠不怒,心平气和地聆听裴延龄冠冕堂皇的狡辩之词,心头升起的熊熊怒火好似蹿得比御膳房的炉火还高。

陆贽强抑怨气,一脸从容地继续上奏道:"陛下,裴延龄阴潜引纳,愚弄国家,欺君罔上。陛下却受其蛊惑,纳其盗言,让他奸计得逞。如果陛下认为他横征暴敛而怨集有司,积聚丰盈而利归君上,此乃大缪。臣以为,君主昏庸还是英明,在天子如何用人,皋陶、夔、契仁德卓著,虞舜就享有圣贤名声。皇父、蘸氏、木禹氏父受宠信,周厉王就迎来颠覆之祸。自古以来,何尝有奸臣掌权,而灾祸不连累国家的?譬如操刀杀人,天下人不会诿罪于杀人的兵器,只会怪罪于操刀之人。蓄养害人的蛊虫殃祸他人,天下人不会归咎于毒蛊,只会责骂所蓄人家。道理必然，不可不察，陛下视其贤而任之，知其恶而弃之，于何不可啊？"

见陆贽以周厉王、蓄蛊人家作比直谏，唐德宗忍不住怒火中烧，直气得面色变紫，正欲大发雷霆时，京兆尹李充出列启奏道："陛下，裴延龄恶劣狂妄，流布寰区，众所周知，上自王公近侍，下至官吏仆役，无不言论纷纷。当今天下，能够像陆相国这样冒死进谏的，其人能有几个？陛下若执意宠幸他裴延龄，恐怕对李唐德业毫无裨益。恳请陛下派遣忠臣博采舆词，辨别真假，足鉴情伪……"

还未等李充讲完，唐德宗怒不可遏地厉声说道："李充，你这不是在拐着弯骂朕是个拒谏信逸、人臣钳口的昏主。你口出狂言，附声吠影，趁陆相国上疏之时，以张忠之事借机睚眦报复，该当何罪？"

"陛下，万万不可啊！"陆贽见唐德宗要治罪李充，急忙开口上奏道："陛下英明鉴照，怎能被裴延龄之所能蔽亏而莫之辨？以其甚招嫉怨而谓之孤贞，可托腹心；以其好进谗谀，而谓之尽诚，可寄耳目；以其纵暴无畏，而谓之强直，可肃奸欺；以其大言不疑，而谓之智能，可富财用。倘若陛下诚有意在兹，臣窃以为过。"

"陆相国，朕过在何处？"唐德宗反问道。

陆贽略一沉吟方才答道："陛下，臣每以谏诤为心，耻君不及尧、舜，臣不如魏征，《贞观政要》道，人君有过失，如日月之蚀，人皆见之。仲尼说过'一言丧邦者'，在于'予之言而莫予违'。如今文武朝臣缄口不谏，浸已成风，奖之使言，犹惧不既，下情不能上达。裴氏之恶，事关兴亡，固不可忽，李大人今日能冒死进谏，陛下却加阻抑，悍然治罪，以后谁当贡诚？"

"陆相国，你曾多次或面奏或上疏，诤谏偏激，直揭疮疤，弄得朕颜面尽失，朕曾经恼怒过你吗？"唐德宗慢声说道。

陆贽缓和了脸色继续说道："君治天下，必以天下之心为心，而不私其心；以天下之耳目为耳目，而不私其耳目。故能通天下之志，尽天下之情。以天下之心为心，则我之好恶，乃天下之好恶。因此，恶者无谬，好者不邪，安在私托腹心，以售其侧媚。以天下之耳目为耳目，则天下之聪明，皆我之聪明。如今陛下明无不鉴，安在偏寄耳目，以招其蔽惑。"

陆贽的一番论辩鞭辟入里，令唐德宗无法反驳，沉吟不言半晌，开口诘问道：

"陆相国，如果朕今日也只听宰相之言，那朕不也是偏寄耳目吗？"

其实，唐德宗何尝不知裴延龄就是如卢杞一样的奸诈小人，为何又明知众人厌恶而非要排众议而用之？一来可以借裴延龄之手聚敛财赋，充盈私库；二来可以利用其心险恶伐异党同，排挤大臣；其三，任其为耳目以闻外事，掌控时局。更重要的是，这家伙不像那个长得奇丑的卢杞人见人躲，而是伶牙俐齿，谙熟利益交换，很讨自己恩宠的韦贤妃喜欢。

难怪，唐德宗虽知裴延龄是条毒蛊，也把他视同一只鹰来蓄养。

鹰是生存于白山黑水之间的一种猛禽，传说十万只神鹰才出一只"海东青"。渤海国人擅长用海东青作为狩猎的猎鹰，先是"饿其体肤"，不准其眠，不让其食，饿其至发疯，再进行扑饵、猎物、鏖战训练，使之成为最凶险的猎手、最忠于猎人的飞鹰。

运用渤海国人的熬鹰之法以制衡朝中势力，也正是唐太宗李世民出神入化地运用并流传下来的帝王心术，也许唐德宗也想把裴延龄驯服成一只海东青。

"皇上竟薰莸不别，把臣看作裴延龄一样的耳目。"陆贽心里默念道，好像从三伏天一下子掉进了冰窟窿里。

陆贽暗暗咬了咬牙，不卑不亢地说道："陛下，臣少入翰林，幸于天子，又承恩遇，任当台衡，难道不知观时附会，顺从皇上以足保旧恩？难道不知随众沉浮，趋炎附势以免受罪责？如果借病黜退，能得见微知著的名声；如果苟合取安，便无身陷囹圄的危险。臣为何急于自讨苦吃，独当豺狼，上违陛下欢心，下召谗言攻击？只因臣身为宰辅，长期承蒙皇恩，唯在诚直，以忠言死谏效忠皇上。陛下既以此自容，愚臣亦以此自负，建中四年，臣跟从陛下逃离长安，历经播迁之难，目睹兴复之艰，至今追思，尤为心悸。"

说到此处，陆贽的心情显得异常沉重，他语气略略一顿又继续说道："陛下，人君当神器之重，居域中之大，不念居安思危，如同伐根以求木茂。四王二帝之乱、泾原兵变恍如昨日，臣畏覆车而骇惧，虑毁室而悲鸣，所以才情激于心，迫故词切，陈执裴延龄之罪状。恳请陛下唤醒睿聪，铲革讹弊，为国熟虑啊！"

陆贽一腔肺腑之言，说得唐德宗气得绷紧的脸开始舒展。御史大夫李齐运已察觉到皇上的表情，立即出列上奏道："陛下，臣有事上奏。"

御史大夫执掌公卿百官奏章，监察朝中文武官员。群臣一听李齐运有事上奏，一定没有好事，无不张口结舌。

李齐运上奏道："陛下，宗正少卿（宗正寺为唐代官署，副官称宗正少卿）李锜给御史台呈上奏章，称陆相国丁忧洛阳时，与太清宫道士吴善经交往密甚，曾在嵩山设坛，斋醮做法，窥伺宰相之位，图谋不轨。"

李齐运话音刚落，正将奏章递于宦官俱文珍呈送唐德宗时，谏议大夫崔损手里拿着一道诉状，急忙出列说道："陛下，臣有事要奏。"

唐德宗听完李齐运的上奏，本已舒展的脸顿时又变得阴霾密布，肃然问道："崔大夫，何事要奏？"

崔损也真是个损人的恶臣，他毫无顾忌地大声奏道："陛下，据臣所知，陆相国任知贡举拔擢的进士门生经常聚集府中，纵酒论事，勾连朋比，结成党派，干预朝政。西川节度使韦皋也常遣心腹出入陆府，从成都运送财物的车辆有时停满陆府所在的靖安坊，有人还看见其中的车辆曾在夜里卸下兵器，京兆尹李充、盐铁转运使张滂、司农卿李铦等人也经常随之出入。陆相国已涉嫌交结朋党，串通藩镇，意欲谋反，请陛下明察。"

裴延龄趁机向陆贽发出最后的致命一击："太子储位久矣，陆相国企图拥立太子，早日篡位登基！"

裴延龄的话好似一颗定时炸弹在宣政殿爆炸，朝堂一片哗然。在那一瞬间，陆贽和身后的一帮大臣们顿时神色大变。谁都知道，设坛斋醮做法，交结朝中朋党，串通地方藩镇，意欲阴谋反叛，哪条不是诛灭九族的死罪！

唐德宗也知道陆贽与韦皋乃族亲，交情甚厚，人之常情。但"意欲谋反"四个字瞬间触动了他最敏感、最恐惧的神经。自古以来，大多数君王对于以图谋反的指控，总是宁信其有，不信其无，更何况对于饱受藩镇拥兵自重、割据叛乱之苦的唐德宗来讲，更是闻之色变，大为震怒。

作为宰相，同犯四条皆是杀头灭族的罪名，陆贽死定了。

拜伏在地的裴延龄，贴地的额下分明是一张得意而狰狞的笑脸，他正是幕后指使李齐运、崔损构陷陆贽的主使。

权德舆出班执笏奏道："陛下，崔大夫纯属无端加罪。若是韦将军有不轨图谋，为何要率 10 万西川将士出兵西山峨和城决战吐蕃，捍卫李唐江山？若是陛下听信诬陷之辞，韦将军和前线浴血作战的将士们必然心寒，也必损朝廷名誉，由此观之，不可不慎。恳请陛下以至诚治天下，应对宰相推心置腹、坚信不疑，严惩裴延龄这等奸邪之徒。"

卫尉卿张滂也随即上奏："臣深知裴延龄之为人，此人奸邪异常，结党作恶，侵削兆民，倘若陛下一味因循苟且，对其包庇纵容，天子必取怨于下。历朝历代因犯颜直谏、触逆龙鳞而被天子诛杀的臣子不计其数，臣实在不敢说能保住身家，可陛下又岂能保得住帝国？"

唐德宗哪听得朝臣如此大逆不道之言，顿时气得须髯怒张，起身怒斥道："来人，把陆贽押入大牢，听候三司审查。"话音刚落，四名禁军卫士径直冲进殿来。

宰相一旦下狱，哪还有活命的可能？见唐德宗要把陆贽诏狱，众臣无不感到万分惊愕，陆贽的宰相生涯在这一刻走到了终点。

"且慢！陛下诛杀功臣，江山欲覆！"顾少连赶在卫士之前，冲到陆贽身旁，举起笏板说道："陛下，陆相国公忠体国，秉性贞刚，泾原兵变，靖难奉天，谋谟帷幄，剪除群凶，克复长安，唐室为之再安，皆相国悟主之功。陆相国位居宰辅以来，忠正匡济，抚宁内外去奢从俭，轻徭薄赋，慎刑恤典，守心克己，正直刚硬，声望卓著，我朝勋业日隆，中兴在望。今日陆相国不惜触犯龙麟，忤逆圣意，弹劾奸臣，实为忠于社稷大业！陛下岂能凭无据之词，盛怒之下将宰相逮捕下狱，恐怕会惊动朝野，震动天下，臣请陛下慎重。"

唐德宗无动于衷地听完顾少连的一番进谏，从他那双犀利决绝的眼神中，分明看到一股威严和肃杀之气。四名禁军卫士早在禁军统领窦文场的指挥下，拉开用身护住陆贽的顾少连，揪住陆贽往殿外走去。

就在此刻，太子李诵跪地乞求道："父皇，陆相国乃大唐一代文宗，千古廉相，魏征再世，悉心匡扶我大唐社稷，推诚辅弼父皇成为一代明君。有道是人臣禄位，最高莫过宰相，陆贽既已为相，若真有谋反企图，到头来仍不过是宰相而已，还能得到什么？奉天避难之际，若非陆相国随事进谏，策划事宜，筹措食粮，善顾皇室，孩儿与母后早已命丧乱世。恳求父王细细思量，念在母后和儿臣的份上，赦免陆相国！"

或许是太子一席话让唐德宗的思绪又回到了避难奉天、逃奔梁州的苦难岁月，也或许他一直在等待，等待太子出场挽救陆贽性命。其目的皆在从此之后，陆贽将对太子李诵更加忠心，对李唐王朝更加忠心。为回应太子的求情，唐德宗表情黯然地挥了挥手，四名恶煞般的卫士放开陆贽，满朝文武心里的千钧石头终于落地。

在唐德宗心里，对裴延龄等构陷陆贽的说辞半信半疑，但他也分明感受到了陆贽的朝政大权越来越大，其家族、亲戚在朝内外为官的也越来越多，已经拥有非常强大的政治能量，特别是韦皋联合南诏，打击吐蕃，功勋显赫，西川的财富、兵力、物产之丰硕，无疑是天下第一大藩镇，对皇权构成极大的威胁，为了防止出现"君弱臣强""藩镇做大"的局面，唐德宗不得不没收陆贽的宰相大权。

次日，唐德宗颁下诏书："免去陆贽宰相职位，罢为太子宾客。贬京兆尹李充为信州长史，贬卫尉卿张滂为汀州长史，贬司农卿李铦为邵州长史。"

铩羽涸鳞的陆贽，想起了昨晚"荧惑掩太微上相"的天象，眼眸深处隐隐透出一束无助的光芒，他仰望苍穹，不禁长叹道："天且杀我。"

第四十四章　别驾忠州

太子宾客为东宫官属，官秩同中书侍郎正三品，负责侍从规谏、赞相礼仪、辅佐太子。看上去品位崇高，但却闲简无事。

在唐代，东宫模仿中央三省六部、卿监百司等官制，为未来的天子设置詹事府、左右春坊、三寺。詹事府好比中央宰相府（政事堂），左右春坊好比中书、门下二省，三寺好比九寺五监。东宫有如此庞大的阵容，旨在让太子早些熟悉如何监国、如何当天子。因此，这里也是一个人才鱼贯、卧虎藏龙之地。

此时的太子李诵府中，就有一个善书的王伾，一个善棋的王叔文，除开这两位善论治国方略、推崇革故鼎新的翰林待诏、太子侍读外，还聚集了一批像韦执谊、陈谏、柳宗元、刘禹锡、韩晔这样的年轻俊士，其中最为出名的要数唐顺宗时代因永贞革新失败而惨遭贬谪的"二王八司马"，此乃后事。当然，作为太子最坚定的支持者，陆贽无疑是东宫这群学士俊才中最具威望的人，只要他还在朝中，太子李诵的地位就没那么容易被颠覆。

陆贽罢相改任太子宾客后，裴延龄既狂喜，又忧郁。

狂喜的是，裴延龄自己不但躲过了宰相发起的弹劾，反而一下翻盘把宰相搞下去了，还将其同党纷纷贬出了朝廷，剪除了政敌的羽翼。在裴延龄看来，他为舒王李谊夺嫡之路清除了最大的一块拦路石，宰相之位肯定非他莫属了，到那时，联手后宫韦贤妃、舒王李谊、神策军监军窦文场等除掉太子便是易如反掌。

忧郁的是，太子李诵一向深居东宫，不问政治，小心谨慎，这次竟破天荒地冒死为陆贽求情赦免。关键的是，天子也顺水推舟，将忠耿尽职、功高善谋的陆贽送给了太子，皇上好似也在有意释放出巩固太子地位的信号。那么，想废黜太子另立舒王李谊，恐怕将是一场春梦罢了。说不定，时不隔久，陆贽就会卷土重来，再登宰相之位。

裴延龄所虑不无道理，自古以来，受贬宰相再次得到起用的不知凡几，那就是皇帝一句话、一张白麻诏书而已。因此，裴延龄总怀有一丝后患未除的隐忧。

"不行，必须将陆贽置于万劫不复之地。"裴延龄心中暗暗念道。

京兆尹李充已经谪贬信州长史，裴延龄仍不解恨，要把他视为陆贽的同党一般置于死地。时过不久，裴延龄又上奏唐德宗，说李充离开京兆府后，户部发现"京兆府贞元九年两税及已前诸色羡余钱，共六十八万余贯"，都被李充破用花费，私下还收受茶商、盐商100余万贯钱。

裴延龄以比部郎中崔元曾被陆贽黜降之故，于是奏请职掌赋敛、经费核算审计的比部稽考核查，蓄意陷害京兆尹李充，怨恶陆贽，借刀杀人。崔元暗里曲附裴延龄，决定让府史弹劾处置李充。其府史用心险恶，趋炎附势，所到之处即使查不出过犯，都要想方设法用刑决狱以立威，刑部侍郎奚陟决定亲自阅视府案。

经过审查，奚陟具得其实，如实上奏唐德宗："掌管财赋统计与支调的裴侍郎所奏李充随意花费两税及已前诸色羡余钱68万余贯，证据不足，纯属猜度。今所勘查，其真实情况是，68万余贯中，1200贯一直以来是用于诸县供馆驿的花销，其余的都是经诏命准许以及有关官署开具符牒才支出的费用，羡余都已用尽，没发现李充有贪污行为。"朝中对此议论哗然，人们对这个恣骋诡怪的裴延龄更是厌恶。

裴延龄又与宦官窦文场、御史大夫李齐运等人一番密谋，利用唐德宗身边的宦官俱文珍频频向德宗施加影响，又命监察御史崔损给唐德宗呈上一份构陷陆贽的奏折："太子是大唐未来的天子，辅佐之人应为名士贤人，陆贽作为一个被赦免死罪的人，怎么能有资格当这个官呢？"

意图很明显，一定要拆散陆贽与太子，将他远远地贬出长安。

裴延龄如此诡秘奸诈，猖狂阴险，怎能不让满朝士大夫心惊肉跳，怎能不让文武百官恨之入骨。

陆贽罢相，好友顾少连气得直吐血。嫉恶如仇的他决定收拾收拾裴延龄这个奸佞小人。

贞元十一年（795 年）的中和节，京城百官进献农书，司农分献粮种。唐德宗摆下盛筵与臣僚会宴，宴会上演奏唐乐《破阵乐》及九部乐，妩媚的歌女表演精心编排的中和乐舞。

席上，自恃恩宠的裴延龄与唐德宗觥筹交错，极尽阿谀奉承；对群臣们却是颐指气使，目中无人，士大夫们清楚他是天子跟前的红人，个个疏远而坐，自斟自饮，埋头喝酒，以免一不小心得罪于他。唯有礼部侍郎、翰林学士顾少连主动与群臣们推杯换盏，划拳行令，评品时事，放歌纵酒。

酒过数巡，顾少连已是满脸通红，一副醉醺醺的样子，他晃悠悠地站起身来手舞足蹈，放声唱起了《凉州词》："葡萄美酒夜光杯，欲饮琵琶马上催。醉卧沙场君莫笑……"全场文武官员和舞女仕女、歌妓胡姬们的目光都聚焦到顾少连身上，顾少连衣袂飘飘，歌声绕梁，时时博得全场阵阵掌声。

裴延龄见状，心怀忌妒地嘲笑道："臣听闻顾学士向来海量，今日一见，原来却是戏言啊。这才喝了几盏酒，就醉成这般模样，盛名之下其实难副啊！"

顾少连装着没听见，未接裴延龄的话茬，依然神采飞扬地边唱边跳，晃晃荡荡地走到裴延龄的面前，突然从怀里掏出象牙朝笏，猛地朝裴延龄头上打去，边打边笑骂道："哈哈，敢嘲笑我的酒量，来与我痛饮几盏如何？之前段秀实用笏板痛打奸臣朱泚，今天我也用笏板痛打奸臣裴延龄！"顾少连一边打人一边发笑，疯疯癫癫的样子让全场哄堂大笑。

裴延龄大庭广众之下受此屈辱，心中羞恼异常。但他分明看见唐德宗和韦贤妃也因此而笑得特别开心，一时又不好撕破脸皮，让天子扫兴。于是举起杯来，对着唐德宗尴尬地说道："陛下，若臣同一个醉鬼论理，岂非降低了臣的身份和涵养？"

裴延龄一脸狼狈不堪，只好自认晦气，揉摸着脑袋自我解嘲地吼道："嘿嘿，顾学士发酒疯啦！顾学士发酒疯啦！"唐德宗见此情景，笑得又是一阵前仰后合，赶紧让人搀扶顾少连回府休息。

裴延龄遭此大辱，总咽不下去这口恶气，对顾少连、陆贽更是恨得牙痒痒的。

他只得收敛起怒气，咬牙暗忖道："不把陆贽扳倒，我誓不罢手！"

贞元十一年（795年）春，关中大旱，灞水、渭水将要干涸，春季作物减产歉收。裴延龄上奏唐德宗说："关中野无青草，民无宿粮，税赋减少，国库日渐空虚，朝廷内外的经费只能支撑70天了，不得不缩减各项开支。"

裴延龄趁此机会，又大大地缩减了朔方、河西、北庭等边防军队的粮草，当然，窦文场、霍仙鸣执掌的神策军是一分不少。各边防将领纷纷给朝廷呈上奏章，陈述军粮告罄，要求及时拨付粮饷。唐德宗于是召集宰相赵憬、户部侍郎裴延龄、兵部侍郎韩皋等议事。

唐德宗沉着脸问道："年前不是还国库充溢，资财无数，怎么现在连军粮都无法到位，边将士卒怨声载道？"

裴延龄赶忙回奏道："陛下，陆贽罢相失势后，心怀怨恨，最近常在大庭广众中宣称，'天下大旱，百姓恐怕又要流离失所了，度支克扣军队粮草，军中士卒和马匹都没有吃的，天下肯定会大乱，这事该怎么办才好？'臣以为，陆贽不在其位，理应不谋其政，他散布这种言论，表面上是中伤微臣一人无能，实际上是企图煽动士气，动摇民心，讥讽陛下，危害社稷！"

唐德宗听后，半信半疑，没当回事，因为他早已习惯了裴延龄的妄诞之言，只是恶狠狠地训斥了他一番："粮草不继，军心必然大为涣散，请抓紧筹措税赋，保障军队粮草供给。"

过了几天，唐德宗带领裴延龄等人到禁苑中打猎，窦文场借机唆使一名神策军士兵挡住皇帝的御马，跪地哭诉道："陛下，度支一直不供给我们喂马的粮草，恳请陛下怜悯发放厩马刍草啊。"

唐德宗闻言龙颜大怒，心中暗忖道："难道陆九真有此等悖逆之举？"认为陆贽确有散播蛊惑人心的言论，顿时就没了打猎的雅兴，立即拨转马头，打道回宫。

"散播谣言，煽动军心。"裴延龄又给陆贽扣上了一个满门抄斩的谋反罪。裴延龄看得出来，唐德宗已对陆贽渐生怨恨，于是到处散布皇上欲诛陆贽的消息，京城内外惴恐不已，皆以为陆贽罪且不测。

由于上次为陆贽申辩的李充、张滂等人都被皇上视其同党，纷纷遭贬，上自宰相，下至群臣，都慑于裴延龄的淫威奸恶，无人敢替陆贽喊冤。生死攸关之际，顾少连、权德舆联络谏议大夫阳城、左拾遗王仲舒、归登,右补阙熊执易、崔邠等人商讨对策,聚集守在延英殿门外,伏阁不去,联名上疏:"陆贽无罪,延龄奸邪,此乃天地神祇所共知,若陛下定要宠任奸佞,必失天下万民之心。"

唐德宗立即传诏,命宰相赵憬、贾耽等到延英殿廷议。

顾少连大义凛然地上奏唐德宗:"臣等希望陛下三思而行,勿治陆贽死罪,不要因陆贽之死而让天下人同声喊冤。"

唐德宗怫然怒道:"陆贽肆意散布谣言,到底是何居心?"

59岁的阳城毫不畏惧,义愤填膺地上奏道:"陆相国竭忠尽心,荷国厚恩,志存唐室,岂有谋反之图?若是皇上听信谗言,未经查实诛杀忠臣,臣便在延英殿上以头撞梁,以死相抗。"

阳城一番铿锵之言,令朝臣们顿时刮目相看,无不为他"城必谏诤,以死职下"的凛然风采所感动。

80岁的金吾将军张万福,听闻阳城为陆贽伏阁上书,立即叫人搀扶自己赶往延英殿。刚踏进殿门,老将军便高呼道:"陛下,朝廷有直臣,天下必太平矣!"张万福又遍拜阳城、王仲舒等,高呼"太平万岁!太平万岁!"然后跪于朝堂中央,老泪纵横地叩首道:"陛下,杀一匹夫尚且慎重,何况是经纶济世的陆宰相!他是我大唐继房、杜、姚、宋之后的真贤相啊。"

张万福出身世家,从军数十年,从征辽东,讨淮南盗,破平卢叛军,战功卓著,又直言敢谏,天下益重其名。唐代宗曾对其说:"闻卿名久,欲一识卿面,且将累卿以许杲。"

见三朝元老、军中老将张万福也为陆贽求情,吏部侍郎郑珣瑜、兵部侍郎韩皋、中书舍人权德舆等,还有及时赶来的太子李诵也随即出面斡旋,从容论争,恳请皇上宽宥陆贽。

唐德宗无奈地挥了挥手,用一种嘶哑的嗓音喝令禁军卫士把张万福送回府去,起身拂袖而去,只好暂时搁置治罪陆贽之事。

为拿下裴延龄这个奸佞,阳城开始秘密收集裴延龄的过失与罪状,并起草奏书详述其事,准备择机弹劾他。

依附裴延龄的太常博士李繁得知情况,潜入阳城府中熟记其疏草论事,当晚就告知了裴延龄。"恶人先告状"，还未等阳城呈上奏章，裴延龄就在皇上面前将阳城疏草中所论事情一一自解，又背后逸言阳城是陆贽培植的党羽，而且出言不逊，纵酒好奢。于是，唐德宗很快罢去阳城的谏官，改任国之司业。

裴延龄骄横跋扈之态一日甚过一日，顾少连怒火中烧，实在是看不下去他的所作所为，不给这小人一点颜色瞧瞧，真要尾巴翘上天了。

又逢朝会，顾少连在奏折上画了一幅画，上朝时把它作为奏章呈给皇上。唐德宗打开奏章一看，不见一个文字，只见画了一只老雕。

这只老雕，昂着头颅，伸着利喙，翘着尾巴，耀武扬威地站在当中；周围是一群小麻雀，有的垂着翅膀、耷拉着脑袋站在一旁，有的却是伸长着脖子朝老雕聒噪……

唐德宗一时之间不解其意，感到迷惑。当他抬起头来，朝阶沿下站立两旁的群臣瞥了一眼，他赫然看见裴延龄昂首挺胸，趾高气扬地站着，一副飞扬跋扈之态，像极了画中的老雕。只见顾少连直挺挺地立在那里，正斜着眼睛看着他，文武百官呢，或是缩颈，或是低头，或是面含怒容地望着裴延龄的后背。

唐德宗顿时明白顾少连这份奏折的蕴意，不由"噗"地一声打了个实笑。

唐德宗其实很清楚，在他的字典里，宰相"专任而不久任"是他的帝王心术，他绝不允许宰相的权力过大而危及皇权，酿成"王莽倾国"之乱。掐指算来，陆贽为相三年有余，是到了换相的时候了。有道是"鸟尽弓藏、兔死狗烹"，姚崇、宋璟、张九龄、张说、刘晏……一代代"功高震主"的名相，都没有逃出这样的宿命，所谓"朋党""谋反"云云之罪，往往只是一个幌子而已。

何况陆贽遇到的是越来越猜疑大臣、信任群小的唐德宗。德宗以苛刻为能，而贽谏之以忠厚，德宗以猜疑为术，而贽劝之以推诚，德宗好用兵，而贽以消兵为先，德宗好聚财，而贽以散财为急……毋庸置疑，罢黜陆贽已是定局。

按理说陆贽罢相，已经不在其位，应是人走茶凉，朝臣们躲都躲不及。加之，陆贽的政治态度渐始谨慎，罢相之后退隐私居，朝谒之外，不通宾客。陆贽明白，处处都有裴延龄安插的亲信，正在寻找置自己于死地的蛛丝马迹。

可是，唐德宗万万没想到，自己刚刚打出要诛杀陆贽的探底牌，就招来朝中要臣如此强大的抵抗，陆贽在朝廷的影响力竟然如此之大。想到这里，唐德宗感到背心嗖嗖吹进一股凉风，不由打了一个寒噤。

"不可与共治平。"唐德宗为此思忖了很久很久。

作为帝王，最关键的是维持朝廷的政治均势和利益平衡，陆贽与财臣裴延龄关系不和也并非坏事，正因为有两股政治力量相互牵制，唐德宗才能以仲裁者的身份制约和震慑两方势力，进而维护政治上的平衡与稳定，稳坐皇位。

而今，陆贽与裴延龄这两个强势人物水火不容，已公开相争到剑拔弩张、你死我活的地步。如果让陆贽继续留在太子身边，就算他没有联合太子、架空天子的图谋，谁又能保证他不会煽起太子集团篡位称帝、君临天下的政治野心。但是，如果只是因为一个神策军士兵子虚乌有的几句话，就将声望卓著的陆贽打入死牢，如此年轻就处以极刑，恐怕得背上一个诛杀功臣的千古罪名。

唐德宗站在紫宸殿外，望着大明宫外的复殿重廊、北阙青云，多年前与陆贽播迁奉天、山南时，患难与共、参赞机要、平定叛乱、罪诏天下的那一幕幕情景不由浮现眼前，不禁怆然长叹道："杀你，国不安。不杀，朕不安。"

就在唐德宗徘徊不定之时，司徒兼侍中、北平郡王马燧拄着拐杖来到紫宸殿觐见圣上。这位历经安史之乱、四王二帝之乱、泾原兵变的军中元勋已是七十高龄，他与李晟、浑瑊并称唐德宗时代的三大名将，正如唐玄宗时代的哥舒翰，高仙芝和封常清。

马燧将军戎马一生，衷怀忠亮，在收复汴州、镇守北都、征讨田悦、讨伐河北、平定河中的战事中立下了赫赫战功。其谋略、胆识和功勋堪比汉代的卫青、霍去病，大唐的李靖、郭子仪。贞元五年（789年），唐德宗将马燧与李晟的绘像存于凌烟阁时，动情地说道："卿二人与朕休戚是同，各赐图形麟阁。"

早在唐德宗避难奉天之时，马燧将军便对英朗特达、刚方中正的陆贽很是欣赏，并在奉天保卫战中结下了深厚的情分。听闻陆贽将被问罪诛杀的传闻，这位老将撑着苍老的身躯非要面见皇上。

马燧来到紫宸殿，正要行跪拜礼，唐德宗赶紧上前扶起马燧，很是尊敬地说道："马将军免礼，好久不见，身体可好啊？从前你和李晟将军一起来，现在只见到你了。"边说边将马燧扶上旁边的座位，又叫旁边的仕女端上水果。

马燧入座后，看着盘里红彤彤的紫柰（苹果），感慨地说道："谢陛下隆恩！

臣老了，这紫柰也咬不动了，听说西川节度使韦皋出兵吐蕃，攻破峨和城、通鹤军，获羌、蛮二万余户，幽州节度使刘济又破奚王啜利等六万余众，匹夫老朽，再也不能纵横沙场，挥刀杀敌了！"

唐德宗听完马燧之言，哽咽了好一阵说道："马将军老骥伏枥，壮心不已。想当年，你率诸军只用 27 天就平定了河中，朕还赐你《宸扆铭》《台衡铭》两篇铭文，你把它刻在起义堂西边，朕还为此题字，你还记得吗？"

马燧激动地说："臣记得，臣记得。"说完便侃侃而诵《台衡铭》中的句子"以天下之目为鉴，我鉴斯明；以天下之心为谋，我谋则智。求贤惟广，辩理惟精，逆耳咈心，必嘉乃诚。顺旨苟容，亦察其情，斥去奸谀，全度忠贞……"背至此处，马燧停了下来，或许是由于情绪太激动，已是气喘吁吁。

唐德宗见状，立刻吩咐仕女给马燧端上茶水，稍作歇息。看着老将军花白稀疏的银发，刀痕累累的双手，无言地述说着浴血奋战的悲壮和艰辛，唐德宗竦然说道："古人有言，善始善终，功业永载史册，美名传扬千古，马将军文武在躬，谦德弥著，常持至公，深识大体，乃大唐难得的忠臣良将啊！"

"陛下，陆贽也是忠臣啊！"马燧斩钉截铁地说，"陆相国经纶弥天壤，忠义贯日月，也让他善始善终吧！"

"难道马将军也是为陆贽而来。"唐德宗这才回过神来，思虑及此，于是直言问道："马将军有何见教，朕愿闻其详。"

马燧捋了捋额下花白的胡须，用一种不紧不慢的语气说道："若是陛下不用他。就让太子殿下用他吧！但愿他能活到老夫这把年纪。"

马燧退出殿时，拐杖未拄稳，踉跄一下倒在地上，唐德宗亲自将他搀扶起来，送到台阶之下。马燧跪地叩头拜恩道："臣追随陛下征伐藩镇，平叛乱贼，身经百战，今天只剩下了这副躯壳。陆相国还年轻，若是他没有什么重大过错，希望陛下不要舍弃他。"

唐德宗怃然颔首，没再说什么。马燧走后，京城开始下雨，霏霏淫雨一直连绵地飘荡在大明宫的上空。

贞元十一年（795 年）四月二十五日的朝会上，唐德宗下诏，贬太子宾客陆贽为忠州别驾，文武百官惊愕异常，朝野一片哗然。

中书省又称紫薇省,省前院内栽满了紫薇。隔不了多久,紫薇花就将灿烂地绽放。然而,曾是中书侍郎(中书省负责人,又称紫薇侍郎)、同平章事的陆贽再也看不到"紫薇当昼不胜繁"的那一刻了。

陆贽,只能带着钱薇夫人和孩子,踏上去往忠州的长长谪路……

第四十五章　良相良医

陆贽接过被贬忠州的诏书，怃然跪地叩首道："陛下，吾上不负天子，下不负吾所学。縻躯奉君，非所敢避。天地所知，神明共鉴！"

文武百官都俯首弯腰退出宣政殿时，陆贽依然俯首跪在地上。他应该不会镇静到耳朵还没有听到唐德宗离去的脚步声，或许是他的心灵感应，唐德宗的确没有走，他正默立于偌大的朝堂之上。

只是，朝堂之下那个俯首退堂的奸臣裴延龄悄悄抬起头瞄了一下朝堂。他看到的，正是唐德宗略渐佝偻的背影。

宣政殿沉默着。就连那个宣朝的宦官俱文珍也识相地走了。

暮春的空气还有丝丝寒意，宣政殿寒意森森，陆贽好似从丹田里冒出了两个带着些许暖意的字："陛下——"

宣政殿又是一阵沉默，那是一种意味深长的静默。

"去吧！那是先帝（唐太宗）赐名的忠州。"唐德宗终于缓声说道。

陆贽选择了沉默，他无须争辩，也无须哀求。他缓缓站起身来，转身踏步走出宣政殿。

"回来！"当陆贽的左脚正跨出宣政殿那历经几代风霜雪雨的檀木门槛时，唐德宗倏然沉声说道。

陆贽伫立着，耳畔传来唐德宗轻得像钢针掉地的话："太－子－等－你－回－来！"陆贽蓦然回过头，他看见的是唐德宗模糊的背影，还有那只轻轻挥动的右手。

陆贽跨出右脚，走出宣政殿，走下丹墀，沿着龙尾道，步出丹凤门，最后一回将宰相的脚印留在他熟悉而又陌生的大明宫。

陆贽走出大明宫，只去看望了老臣马燧，就径直回府准备远行的行李。这年八月，马燧病逝于安邑坊私宅，这一别也成了两人的绝别。

陆贽这些年，也没别的雅好，唯养鹤与品茗。"两只仙家鹤，笼中养数年，今朝终放出，直去上青天。"离开长安时，陆贽打开藤笼，将自己畜养多年的白鹤放飞，也放飞了年轻时"待到凌烟处，白鹤贯长虹"的凌云壮志。

陆贽的大哥陆赟已致仕，带着全家搬到了洛阳，以孝祭葬于嵩山的父母。三哥陆贺主动向吏部辞去了太常寺太医署令的官职，嘱托夫人带着一家先回老家嘉兴重开"陆氏医馆"，自己护送九弟到达忠州后，再沿长江顺流而下。

三日之后，陆贽带着夫人钱薇，公子陆简礼和女儿陆简仪，在陆贺的陪同下黯然离开长安，满心凄惶地踏上漫长的贬谪之路。

垂柳依依的灞桥，顾少连、阳城、权德舆、杨凭等人，不畏陆贽被贬连累之罪，早早在此等候陆贽，为他饯行。长亭外，古道边，顾少连临别把酒，动情说道："凤从池上济沧海，鹤到江南识旧巢。保重身体，等你归来！"

中书省别名"凤凰池"，在顾少连心中，陆贽这只凤凰到底要飞离池上，展翅南去，化为一羽唳声清亮、飞举高远的云鹤。巴山蜀水，山重水复，寄望好友"长风破浪会有时，直挂云帆济沧海"。

阳城虽因陆贽弹劾裴延龄而被贬为国子司业，却对陆贽毫无怨恨，依然敬重如昨，不禁举酒赋诗《送陆敬舆别驾之忠州》，抒怀酬别：

交深惜别浓，把酒话匆匆。去国八千里，闻猿十二峰。
革光迷客路，树影拂行踪，想到忠州日，君应念九重。

追忆过往，摛藻翰林苑，拼却醉颜红；几番道别，何处忠州界，山头卓望旗。不知不觉已过两个时辰，陆贽正欲起行时，一位衣裳楚楚、头戴芙蓉冠的道者徐徐走来，来者正是太清宫三洞法主吴善经。

太清宫位于长安街东大宁坊，天宝元年（742年）所建，初名玄元皇帝庙，次年更名太清宫。三洞，洞言通也。通玄达妙，其统有三，故云三洞。"唐太清宫三洞法主"，就是唐代道教界的最高领袖。

陆贽自小特立不群，颇勤儒学，却与这位长安道界举足轻重而又神秘莫测的吴善经颇有机缘。开篇讲过，就在陆贽出生时，吴善经就与他有过一面之缘，并留下了一道偈语："朝上一微风，天外一渐鸿。雪卧秦岭下，春鸣翰林空。辇道逐氛浸，西台数舜功。良医与良相，鹤唳仿佛同。"

仔细揣度这道偈语，好似一语成谶，与陆贽的人生轨迹冥冥相通。

"陆公，请留步，散人吴善经有话对你说。"吴善经还未走近，便举起手中的拂尘，清声喊道。

陆贽闻言，不由释怀笑道："哈哈，吴道长，你可是见证了我的'来'，也见证了我的'去'，还有什么可说？"

"道生一，一生二，二生三，三生万物。人法地，地法天，天法道，道法自然。陆公从哪里来，又到哪里去？"吴善经走到陆贽面前，面带微笑朝陆贽致意道。

"罪臣谪贬忠州，难道吴道长不知？"陆贽调侃道。

吴善经用不紧不慢的语气说道："其来适然，其去窅然。此去山高路远，散人送你一辆车吧！"众人见吴善经只身前来，哪有车送。

正当大家疑惑时，吴善经从袖子里拿出一枚圆玉递给陆贽，陆贽定眼一看，正是一枚象棋子。

这枚象棋一看就是绝世翡翠所刻，珠圆玉润，晶莹剔透，当面深深地雕刻着一个朴拙险峻的魏碑字"車"（jū），字的颜色好似刚漆上去不久，红得刺眼。

"如此高贵之车，罪臣惶恐，担当不起啊！"陆贽摇头道。

"皇上送给你的。"吴善经一本正经地说完，目光炯炯地望着陆贽，神色安然，看不出他有丝毫说谎的异样。

陆贽惊颤了片刻。敛容黯然长叹一声："原来，原来——"

陆贽确实没有想到，这太清宫就是长安道教与国家礼制的中心、李唐王室的家庙，吴善经早已是唐德宗幕后的一个重要人物。

陆贽丁忧洛阳时，吴善经好似从天而降，将邙山的一块风水宝地相赠，以葬陆贽的父母，那可是只有古代帝王将相、三侯公卿才可配得的。吴善经是真心相送，还是投石问路，还是跟踪其行……不过，一切都不重要，重要的是，这都是唐德宗秘密交办的。

当然，吴善经的灞桥送别，也是唐德宗安排的。

原来，就在唐德宗准备罢去陆贽相职的那段时间，唐德宗也是心悸矛盾，举棋不定。这时，正逢南诏王异牟寻既叛吐蕃，内附于唐，派遣其弟弟凑罗向朝廷进献地图、土贡及吐蕃所给金印。同时还献贡了许多金银玉器，其中就给唐德宗送了一副用云南玉石，其实是缅甸翡翠精心雕刻的中国象棋。

于是，唐德宗遣使请太清宫法主吴善经到宫中对弈。两人一番调兵遣将，车驰马奔，你来我往，杀得不亦乐乎。唐德宗一时疏忽，困于吴善经所布"象被炮打""将军抽车"的恶局，唐德宗顿时傻眼，执意说要毁棋重来。

吴善经郑重地提棋说道："陛下，棋如治军，亦如治国，步步为营，无法重来。皇上只能顺应时势，'舍車保帅'了。"

"舍車保帅！"唐德宗反复看了看棋局，又看了看吴善经，似有所思,似有所悟，思忖了片刻，欲言又止。

吴善经轻声地反问道："难道不是吗？比如——"

"比如陆相国。"唐德宗泠然说道。

看来，满朝文武中，只有一个人看懂了唐德宗的心思。这位曾经平定安史之乱，强明自任，亮剑削藩，有着一番征讨天下、再造盛世理想的雄心帝王，已经开始尊崇道教，吸收道家"无为而治"的治国理念。

帝王的心思，天下人摸不清，宰相有时也看不清。吴善经将翡翠棋子放到陆贽手中，慨然说道："收下吧。皇上收了那么多钱，忘了告诉你，也怕告诉你，他想打仗啊！"

"雄豪亦有流年恨，况是离魂易黯然。"陆贽紧紧攥住棋子，它是那样冰凉，那样冷默，又是那般直抵心魂，一行清泪瞬间从陆贽的眼眶夺出。

从长安到忠州，迢迢一千余公里。

好在这条道路并没有李白笔下所言"百步九折萦岩峦""飞湍瀑流争喧豗"那般险恶，它曾是唐玄宗为了满足妃子杨玉环喜食荔枝的需要，下令修建的自涪州（现重庆涪陵）直通长安的"荔枝道"，这条"皇家快递"运输荔枝的专用通道，也是长安与蜀中商贾贸易的主要通衢。

在这漫漫的跋山涉水之中，陆贽认认真真地读了吴善经离别时送给他的《道德经注》10 卷及著文 20 篇，不觉玄览至赜，通乎徼妙。

陆贽远离了官场尘嚣，一路翻秦岭、趟险滩、涉激流、过栈道，风餐露宿，猿啼浪惊之间，总会发现有几个人一直尾随在后，令人不解的是，从他们的穿着、神情和聚集行事来看，又非同一路人。

殊不知，这竟是裴延龄和窦文场经过一番密谋而密派的几名中使，意欲在陆贽走得筋疲力尽的时候，借过险滩湍河，或是绝壁岩口之际，半路择机害之。

裴延龄想得到的，西川节度使韦皋也想到了，京城政治圈里的变故，早已吹到了他耳朵。韦皋秘密派遣了几个心腹从汉中火速赶往他们的必经之路——西乡县子午镇等候，沿途护送陆贽安全到达忠州，并且决不能让中使发现。

裴延龄这等奸佞的如意算盘落空了。经过 40 余天的长途跋涉，公元 795 年六月，陆贽全家安然无恙地抵达忠州城。

这是一座古老而沧桑、忠信而崇德的城市。

东周末年，巴国朐忍（今重庆万州一带）发生内乱，烽烟四起，百姓饱受战争残害。当时巴国国力衰弱，无力平息乱象，兵荒马乱之时，国君命驻守忠州（离万州最近）的巴国将军巴蔓子向军事实力强大的楚国借兵平乱。

川东长江流域有着得天独厚的盐资源，是我国井盐、盐泉开发最早的区域之一，为此也是巴、楚、蜀各方争夺的重要战略要地。《华阳国志》中就有巴人贡盐的记载，特别是忠州、云阳、巫溪、巫山等地，盐资源蕴藏极其丰富。

楚王早已对巴国的盐业资源虎视眈眈，于是给出了借兵平乱的条件——事成之后，须割让荆楚上游的三座城池给楚国。

巴国国君不得不答应"许以三城"的条件，借楚兵平息内乱。事平之后，楚使索城，巴蔓子认为国家不可分裂，作为将军不能私下割城。何况所割三城乃巴国盐业重镇，巴国下游的奉节城更是巴蜀之咽喉。

若是不割城，楚使扬言以平息朐忍内乱的楚军攻打忠州，以此重新划定巴楚之国界。楚军兵临城下，战争一触即发，若是不履行承诺是为无信，割让国土是为不忠。在这关系国家生存、百姓命运的两难之际，巴蔓子将军做出了感天动地的选择——刎首留城。

长剑与头颅哐当落地，巴蔓子"将吾头往谢之，城不可得也"的慷慨之言，永远回荡、定格在这座忠义之城。

《华阳国志》记载，巴蔓子刎首留城后，楚王叹曰："使吾得臣若蔓子，用城何为！"乃以上卿之礼葬其头，巴国以上卿之礼葬其身。

巴蔓子"刎首留城、忠信两全"的英雄故事在忠州大地流传500年后，忠州乌杨镇将军村又出了一位赫赫有名的武将——严颜。

建安十九年（214年），刘备进攻江州，巴郡太守严颜战败被俘，张飞对严颜呵斥道："大军至，何以不降而敢拒战？"严颜毫无惧色，凛然答道："卿等无状，侵夺我州，我州但有断头将军，无降将军也！"

张飞大怒，即命左右将严颜牵去斩首，严颜仍是面不改色道："砍头便砍头，何为怒邪！"严颜威武不能屈的男儿本色和忠勇不惧的将军气魄，顿时让张飞肃然起敬，遂义释严颜，并将其"引为上宾"。

罗贯中如此评价严颜："白发居西蜀，清名震大邦。忠心如皎日，浩气卷长江。宁可断头死，安能屈膝降？巴州年老将，天下更无双。"

贞观八年（634年），唐太宗派李靖等13人为黜陟大使，巡察州郡，举察官吏。当李世民听完黜陟大使讲完了气贯长虹的"忠州故事"，非常感念巴蔓子刎首留城、严颜宁死不屈的精神，遂以"地边巴徼、意怀忠信"之意，改"临江"（县）而赐名"忠州"。

虽然陆贽早在长安听闻过巴蔓子、严颜的忠义故事，而今在忠州听到城里百姓绘声绘色地讲起英雄的壮举，不禁感慨道："巴蔓子为让人民不受战争之罹难，为让国君不背无信之骂名，头可断，命可舍，臣比其尽忠为国，差之远矣！"

时任忠州刺史的正是裴胄（729-803）。当年，李栖筠任浙西观察使，因僚属许鸣推荐，裴胄被李栖筠任用为支使。大历七年（772年），唐代宗李豫厌恶宰相元载专权，召李栖筠入朝先任御史大夫，再任其为宰相，李栖筠引荐裴胄任殿中侍御史，更是受到元载的憎恨。

宰相杨炎执政时，为替元载复仇，将元载所憎恨的人全都排挤出朝廷，裴胄被贬为汀州司马，之后，唐德宗将其量移忠州刺史。

裴胄在忠州守政奉公，吏治清明，待人亲和。虽远离朝廷，但早闻陆贽的忠厚秉性、磊落风度和卓著相业，知道他是受奸臣裴延龄等人构陷受贬。66岁的裴胄内心深处对少于自己近20岁的陆贽十分优礼尊重，善待有加，并不因为他是朝廷谪贬的冗闲官员而另眼相看。

忠州治所西边约两里处有一座破败的老祠堂，房子旁边有一棵好几百年的黄桷树，房前一块条石平铺的空坝，石缝间长满了萋萋青草。刺史裴胄将老祠堂两边的厢房进行了修缮，交给陆贽一家人居住。

清晨，陆贽站在房前，远眺南岸巍巍翠屏山云蒸霞蔚，文峰塔高耸云端，脚下滔滔长江水滚滚东去，打鱼船随波逐流，水鸟展翅掠过江雾……内心的苦闷、政治的失落、谪贬的委屈瞬间随风而散。这位曾经专擅起草制诰、诏书、奏议，很久没提笔写诗的宰臣不禁思绪飘逸，有感而发，朗声作诗道：

　　门前涌大江，归海是故乡。绿水盛塔影，青山掩草堂。
　　方舟逐浪去，飞鹤掠云翔。自古多羁旅，我何苦惋伤。

忠州虽没有长安那般富庶繁华，但眼前的青山绿水，飞鸟扁舟，草堂塔影，一江碧水朝着家乡日夜流去，喜忧交错的陆贽不禁豁然开朗，甚感欣慰。

毕竟，陆贽还是朝廷贡养俸禄的五品官员（上州别驾从四品下，中州别驾正五品下，忠州时为中州）。

别驾，亦称别驾从事，是诸州刺史的佐僚，掌贰州事，相当于二把手。由于他跟随刺史出巡时要另乘专车，故称别驾。

别驾在刺史缺位或由亲王兼领时可代主州政。但实际上别驾基本上是优游禄位的闲职，因其品高俸厚无职事，一般用以安排贬退大臣和宗室、武将。

由于裴胄年纪较大，行动不便，每到长江南岸复兴、乌杨、洋渡等乡镇处理州事，皆须乘舟过江，翻山越岭，于是决定由自己负责北岸所辖乡镇州事，陆贽负责南岸州事，分管全州教育、医事工作。裴胄还将陆贽的三哥陆贺聘为幕府，教授本州中医学生，巡疗州境疾病。

"不能谋政一国，还能造福一隅。"陆贽见裴胄如此推诚相待很是感激，决定全力协助裴胄,夙兴夜寐,爱民勤政。

一切工作谋划安排就绪,已是夏日炎炎的七月。陆贽带领司功(掌考课教育等)、司仓(掌仓贮、租赋等)、司户(掌户籍、婚姻、田宅等)等州吏划船渡过长江,登上南岸翠屏山,前往乌杨巡察,一方面了解老百姓农业生产情况,一方面去将军村拜谒严颜将军墓。

陆贽头戴草帽,徒步翻过天堑,下山后经陈家嘴、李家岩来到黄谷村、文峰村地界,只见一块块梯田层层叠叠铺向远方,水稻长势喜人,稻穗正在扬花,蛙鸣此起彼伏。丘陵坡地上的小麦已开始结籽,风吹麦芒,麦浪一层层荡过山野;高粱已长到人高,叶子茂密,苍翠欲滴,农户顶着烈日在给稻田灌水,在庄稼地里挥锄劳作……时至午后,陆贽带着欣喜之情走进村子,发现不少村民此时还在吃早饭,饭食简陋,清汤寡水,走了几户农家,所见房屋破烂不堪,百姓衣衫褴褛,米坛空了数月。

"看上去百姓收成不错,为何还这么贫穷?"陆贽焦虑地询问村民,个个都摇头不言。最后是一位70多岁的老人告诉他:"我们这里常年有伏旱,经常发生洪涝灾害,已经连续两年干旱了,加之连年蝗灾,交了州府的税粮,农民就所剩无几了,若不是严颜将军的家族出钱赈灾,施舍粥饭,怕是要饿死好多人。"

陆贽带着沉重的心情,徒步五里来到乌杨将军村祭拜严颜将军。来到墓园,只见一对重檐庑殿顶双子母石阙,对称地屹立于墓前,抬头仰望,主阙足有两层楼高,每尊约重十吨,庄重大气,造型挺拔巍峨,飞禽走兽,雕刻栩栩如生。

严颜圆冢之前,正立着两米高的青石碑,上刻"巴郡太守严颜之墓"。陆贽在严颜后代严义诚的带领下,与州吏虔诚地给老将军烧香磕头,完成祭祀仪程,已是夕阳西下。当晚,陆贽一行夜宿将军村,村民知道陆贽是被奸臣陷害的好官,纷纷前来一睹宰相面容。严义诚打开两坛桑落酒,招待陆贽和村民们。陆贽听着村民有声有色地摆谈严颜与张飞的故事、房公迁河东郡拜求刘白堕酿酒秘方的故事,与百姓共话桑麻事,共饮桑落酒。

次日,陆贽将巡察州事之情向裴胄汇报,裴胄采纳陆贽"薄税轻赋、以民为本"的治州策略,下令开放义仓向灾户借粮,待秋收后免息偿还。同时对去岁遭受旱灾、蝗灾的所欠租庸一概放免。百姓闻知,无不拍手称赞。

这一年,忠州南岸片区(称前乡)农作物大获丰收。然而,长江北岸(称后乡)官坝、三汇、白石等10余个乡镇突然发生特大洪涝灾害,洪水泛滥,冲垮了稻田,粮食颗粒无收,狂风肆虐,吹垮了房屋,人们居无定所。

灾区的老百姓缺粮少吃、衣不蔽体、食不果腹,有些村户靠着吃草根、捡苕叶充饥度日,有的将洪涝致死数日的鸟兽虫禽煮来填肚,有的甚至吃树皮、吃虫蒜泥(观音土),百姓到了生存的最底线。

最可怕的事情发生了。由于大旱继而大涝后,又是淫雨霏霏的秋天,乡村饮水也受到破坏污染,十几个洪涝灾区大面积发生疫情,疫病像魔鬼一样吞噬着百姓的生命,一些村寨还设坛做法,驱除疫疠之鬼。

陆贽惊恐至极,因为在避难奉天、梁州时,他亲眼目睹过唐军士卒大面积感染病疫,一个个痛苦嗷叫、狰狞而死、曝尸荒野的凄惨。

怎么办?深入灾区巡察的陆贽发现事态严重,疫情泛滥成灾,立刻从灾区火速赶回州府,跨进衙门便大喊道:"裴刺史,后乡疫情暴发,快调20担盐巴,20斗白酒,50个大铁锅,把全州的郎中也都调来。"

裴冑大惊,得知后乡大面积染上瘟疫,感染者持续高烧,畏寒怕冷,恶心呕吐,咽痛胸闷等症状,严重者不到半月就死亡,并且传染迅速。

此刻,陆贽不由回忆起父亲离世时,语重心长地叮嘱自己"如若出仕不第,躬耕江湖,定要学践张仲景进则救世,退则救民"的话,心中无限痛楚,突然想起祖父传下一本医书典籍,于是迅速回到府中,从京城带来的两箱书中找到了那本《黄帝内经》,立即与陆贺配制药方。

全州20余个郎中很快被召到州府,陆贽将他们分成五组,由陆贺给他们培训讲解如何治疗防疫的方法。最后,陆贽叮嘱他们一定要做好自保,防止自身感染,同时,不问贵贱,都须治病,做到一视同仁。

20担盐巴,20斗白酒,50个大铁锅,成捆的草药、剂方……很快送往全州各地,盐巴、白酒用于消毒杀菌,铁锅用于熬煎草药,各个村子烧起熊熊大火,将生姜、苦蒿、侧耳根、板蓝根等药草熬出大锅药汤,每人每天三碗,连续煎服七日。对病情严重或是感染病人单独配制药剂,采取隔离治疗。

经过半月的奋战,陆贽与郎中们深入村庄,发动百姓,打响了抗疫救命的生死之战。看着身陷病魔的疫区百姓一个个逃离死亡，露出感激的笑容，陆贽感到前所未有的欣慰和满足。父亲的遗言时时像忠州禹庙的钟磬之音，常常激荡于心扉。

忠州位于三峡腹心地带，温热寒凉，潮湿多雨，地苦瘴疠，疾疫流行，百姓饱受风湿、痛风、心脏病等病痛折磨，很多小孩子因患水痘、麻疹、天花病得不到救治而夭折。从此，陆贽开始参考《黄帝内经》，集古方名方潜心研究医术，撰写《陆氏集验方》治病救人，济世匡民。

此可谓：锄奸抗疏反招疑，一斥忠州势亦危。撮集名方成著述，不为良相且良医。

第四十六章 鹤唳长江

陆贽在忠州悬壶济世的时候，长安的政敌们还在兴风作浪。

陆贽罢相一年后，政事堂的宰相还有三人，赵憬以本官门下侍郎、贾耽以本官检校右仆射、卢迈以本官尚书左丞的身份，兼任中书门下平章事，而中书侍郎、首席宰相之位一直空着。

此时，贾耽已66岁，卢迈57岁，两人谨身中立，守文奉法，不愿多参与政治，便以年老病多之故回避宰相辅政从事，政事堂只有宰相赵憬一人顶着。然而，唐德宗就是不给裴延龄当宰相的机会，裴延龄心中更是怨恨陆贽。恼羞成怒的他，决定仿效杨炎当年对待刘晏一样，将陆贽置于死地。

而今，陆贽步刘晏后尘被贬忠州，历史好似又可以重演。贞元十二年（796年）六月，裴延龄上奏唐德宗，言忠州刺史裴胄政绩卓著，将其升任荆南节度使，而将陆贽任宰相时谪贬明州长史的李吉甫起用为忠州刺史。

明州长史如同别驾，是一个辅佐刺史的官。刺史就不同了，是一州太守，上千黎民的父母官。"今之太守古诸侯，出入双旌垂七旒。"刺史就是一方诸侯，对李吉甫来讲，这是升迁了。

然而，李吉甫并没有领裴延龄这个情。藏在长安雕梁画栋、锦衣罗袂间的奸佞小人有什么样的毒蝎心肠，李吉甫一清二楚，当年并非陆相国将他贬出长安，而是裴延龄一伙设计陷害，使得陆相国不得不作出妥协，依律办事。

李吉甫没有忘记，当年他被贬长安时夜访陆府，陆相国对他推心置腹说的话：

"弘宪,朝中斗争复杂,舒王为居储位,奸佞们使出釜底抽薪的阴谋,让我不得不为之。你且先离开长安,或许是对你的保护。赞皇公(李栖筠)对我的知遇之恩,我没齿不忘。"

陆贽只得将计就计谪贬李吉甫。还好,李吉甫夜会陆贽的这一切,除了他俩自知外,只有天知、地知了。

按理而言,待陆贽铲除裴延龄之后,重新起用被"冷却明州"的李吉甫并非难事。然而,陆贽没料到,自己也被裴延龄集团彻底扳倒。而今,奸佞竟派李吉甫来当自己的上司,其借刀杀人之心昭然若揭。

在裴延龄看来,谪贬忠州的陆贽已成瓮中之鳖,李吉甫借机复仇,唾手可得,还能像刽子手庾准那样,从此重回长安平步青云。然而,裴延龄如此小人,哪知赵郡李氏几百年来积蓄的深厚家学和儒雅门风,李固、李峤、李百药、李栖筠、李绛……哪一个不是风骨铮铮的士大夫,散发着贵族气质和人性光辉。就连《资治通鉴》都得出结论:"时赵郡诸李,人物尤多。"

一门文风蔚然的李吉甫,岂能与裴延龄这等小人同流合污。

李吉甫的到来,也着实让陆贽一家诚惶诚恐。一念之差,陆贽全家都将惨死刀下。然而,陆贽一家很快就从这种惶恐中摆脱出来。

这年七月二十七日,李吉甫刚到忠州赴任的第三天,正是当年刘晏被敕自尽忠州之日。这天清晨,李吉甫就领着夫人,儿子李德修、李德裕,邀请陆贽一家,前往城东一里处的刘晏墓烧香拜谒。

刘晏墓位于忠州城东龙兴寺旁,当年他被唐德宗以谋逆之罪敕赐自尽时,其妻和后人只为他修葺了一个小小的墓冢。后来,杨炎构陷杀害刘晏的阴谋败露,朝野震动,纷纷替他鸣冤叫屈。贞元五年(789年),唐德宗追赠刘晏为郑州刺史,加赠司徒。忠州百姓对其十分同情仰慕,于是筹资重新修缮了刘晏之墓。

凭吊刘晏之行,李吉甫是在向这位前宰相释放一个明确的信息——我李吉甫不会做庾准那样的刽子手。

凭吊完刘晏后,两家人又来到龙兴寺烧香祈福。这龙兴寺乃东汉所建,永泰元年(765年),杜甫出蜀东下,途经忠州时就寓居于此,并在寺壁上题了一首五言律诗:"忠州三峡内,井邑聚云根。小市常争米,孤城早闭门。空看过客泪,莫觅主人恩。淹泊仍愁虎，深居赖独园。"

李吉甫望着寺壁上由裴胄刺史题写的杜甫诗，不禁慨然对陆贽说道："陆公，从杜子美的诗中可以看出，30年前的忠州还是相当落后，'小市常争米，孤城早闭门'，而今在裴刺史和陆公的治政下，这东坡已是桃李林檎（别名花红果、来禽等），绿阴斜转，生机盎然啦。我等要承前启后，同心协力造福忠州百姓。"

"陆大人，杜甫在忠州时还写过一首《禹庙》，诗里说一到秋天，秋日普照大殿，庭前院外的橘子树和柚子树挂满了金黄的果实，树枝好似要被压垮似的，过不了多久，我们就有橘子吃了。"

对陆贽说话的，正是李吉甫的二公子李德裕。

"台郎（李德裕小名）刚满10岁吧，就知道杜甫的《禹庙》，将来可不得了哟。谁教你的，给大家背一背？"

李德裕随即"噔噔噔"地跑到龙兴寺正南的戏台上，清了清嗓子，拂袖挺胸，朗声背诵道："禹庙空山里，秋风落日斜。荒庭垂橘柚，古屋画龙蛇。云气生虚壁，江声走白沙。早知乘四载，疏凿控三巴。"其抑扬顿挫的节奏，昂然自若的神情，顿时让陆李两家人和来寺上香的人们发出啧啧赞叹。

李吉甫叫回李德裕，嗔怪道："台郎不要骄傲自满，陆公可是闻名遐迩的大文学家、骈文家，太子的老师，18岁就考上了进士，以后要多向陆公请教。"

李德裕不屑地回道："父亲，孩儿不考进士。父亲给孩儿读的那些入闱进士的应试诗寡淡如水，毫无诗味。只有钱起的《省试湘灵鼓瑟》和陆公的《禁中春松》乃上乘之作。不过，我更喜欢陆公写的奏议、制诰，孩儿长大以后也要当宰相。皇上把陆公这么正直的宰相贬出朝廷，我也要让皇上写《罪己诏》。"

李德裕一番话，听得李吉甫、陆贽顿时惊愕不已。李夫人一把将李德裕拉到身边呵斥道："台郎不得乱语，此语传到京城，可是杀头之祸。"

陆贽立即圆场道："童言无忌，童言无忌，当年臣代德宗皇帝写了《罪己诏》，现在不是好好的嘛。好了，昨日洋渡乡的一户秦姓人家给我捎来了一提篮刚摘的荔枝，走，我们回家吃荔枝去。"

李夫人惊讶道："啊？忠州还有荔枝？"

"夫人可是孤陋寡闻啦。当年玄宗皇帝的杨贵妃不喜欢岭南的荔枝，偏爱蜀中的桂味荔，核小肉厚，味甜色美。蜀中荔枝又以涪州、忠州所产最为鲜美。为了能让杨贵妃吃到新鲜荔枝，玄宗皇帝还专修了2000余里的荔枝道，驿使们30里一换人，60里一换马，五日之内必须送达京城。唉，不知多少驿使马匹疲毙于道，苦惨了沿途百姓。"李吉甫对夫人说完，喟然发出一声叹息。

李夫人听罢，呵呵笑道："难怪杨贵妃那么漂亮，原来是吃荔枝吃的。走，我们去陆公家吃荔枝去。"

"吃荔枝了，吃荔枝了——"李德裕和同岁的陆简仪边喊边跳，欢愉的笑声回荡在东坡的田野上。同是天涯沦落人的李吉甫和陆贽双手紧握在一起，过往的不快刹那间在孩子们的欢声笑语中烟消云散。

李吉甫秉承了他父亲李栖筠慎乃教令、薄其征徭的执政理念，采纳陆贽曾在渭南主簿任上提出的"三科登隽义，四赋经财实，五术省风俗"等治政措施，在忠州修水利、疏河道、开道路、垦农田、兴教育、推德政。

李刺史与陆贽精诚共事，在忠州城西修建巴王庙，每年举行"三月会"以祭祀巴蔓子；在鸣玉溪、澹井河上修建石拱桥，将城东城西连成一片；在龙兴寺旁新建官办学校，大力兴学，推行儒教；在全州种植水稻、小麦、高粱的同时，广泛发动百姓种植柑橘、荔枝和茶叶，大力发展农业生产。

由于李吉甫全力推行轻徭薄赋、省事宽刑等民生政策，忠州每年不得不拖欠上交国库的税赋。怎么办？陆贽于是修书一封给时为扬州盐铁转运副使的二哥李贤，请他派人来忠州，更新忠州落后的制盐设施，传授较为先进的制盐技术，推行刘晏的盐制改革，实施以民制、官收、商运、商销为主的食盐专卖制度，如此一来，盐价下跌，万民称颂，盐产陡增，州府盐税翻番，再也不担心交不上朝廷的税赋……忠州逐渐家给人足，岁用有年，百姓爱悦，呈现出一派安居乐业的景象。

空余时间，陆贽潜心研究医术，编撰《陆氏集验方》，李吉甫潜心研究地理，编撰《郡县图志》，两人时时聚在一起，相互切磋请教，漫步长江，吟诗作赋，或饮几杯桑落酒，或品一壶中岭茶，或读几卷汉赋唐诗，流连在翠屏春晓、紫极晚烟、巴台夜月、治平晨钟、玉镜天成、鸣玉平沙、五龙漾宝、西岩瀑声（忠州八景）之中……不知不觉就将远离长安的孤独和失落忘却。

陆贽和李吉甫也忘却了长安那个叫裴延龄的小人。"多行不义必自毙"，裴延龄后来仅被唐德宗由户部侍郎升为户部尚书，宰相梦彻底破灭，又得知李吉甫不计前嫌，对陆贽待之以礼，气得从此重病不起，贞元十二年（796年）九月十八日，户部尚书兼任度支使裴延龄去世。待唐宪宗当了皇帝，又将其谥号改为"缪"，这位处心积虑打击忠良的奸臣罪暴身后，臭名昭著。

但李吉甫时刻没有忘却对长安的向往、对孩子的培养，他让李德裕拜陆贽为师，请教学习文韬武略之术、经纬庶务之道。有道是，读书人三尺青锋一出鞘，便有龙吟般铿的一声清响，自从第一次听到李德裕背诵《禹庙》时，陆贽一眼就看中他胸怀大志，才气非凡，长大后定会是"天下伟器"。

陆贽用心传授李德裕毕生的学问，李德裕也用整整六年时间，读完了陆贽从京城带回的《论语》《孟子》《诗经》《礼记》《周易》《尚书》《唐六典》等书籍，尤其对《汉书》和《左氏春秋》爱不释手，潜精研思。几度春风，李德裕已从一个江风中的绣衣少年长成一个翩翩佳公子。

浩浩长江水，潮起又潮落。转瞬就是贞元十七年（801年）暮春，朝廷一纸诏书，将李吉甫调任饶州（治今江西鄱阳）刺史，几番辗转沉浮，贞元二十一年（805年），李吉甫回到阔别13年的长安，被唐宪宗召为翰林学士，两年之后便升任宰相，之后因与右仆射裴均不和而出镇淮南，元和六年（811年）重回长安，再度拜相，同陆贽为相时一样刚直明诚，整顿吏治，打击宦官，抑制藩镇，被誉为"元和名相"。

李德裕后来门荫入仕，任职台省，出镇浙西，治理西川，太和七年（833年）入朝拜相仅一年，遭外放浙西。开成四年（839年），唐武宗继位，李德裕回朝再度拜相，他外攘回纥，内平泽潞，加强相权，驭制宦官，功绩显赫。

朝中老臣们从李德裕的身上看到了陆贽的影子，他的制诏奏议，气象简严，辞情兼备，后人评价他是继陆贽之后最牛的公文大家，当然还有他的思想，他的性格……不过，这位"牛李党争"的李党领袖，轰轰烈烈推行的"会昌灭佛"，以及与牛僧孺为领袖的牛党倾轧斗争，是非功过，恩恩怨怨，都随后世去评说了。

只是，这位被李商隐称为"万古之良相"的李德裕，最后被贬到九幽狱、魑魅乡的崖州，在荒远天南的萧萧冷雨中，留下了生命的绝唱：独上高楼望帝京，鸟飞犹是半年程。青山似欲留人住，百匝千遭绕郡城……此乃后话。

其实，谪贬忠州的陆贽差一点也就再度拜相了。

贞元十六年（800年），当九世纪的第一缕曙光照在大明宫下，唐德宗好似又想起了他削平藩镇的中兴大业。

正月，恒冀、易定、陈许、河阳四镇联兵进攻诸藩之乱的重灾区蔡州。吴少诚所部唐军连连败溃，陆续退回本镇。这时，唐德宗听信神策军中尉窦文场等人蛊惑，又任命毫无勇略的韩全义为蔡州四面行营招讨使，率诸道唐军讨伐蔡州，不料官军屡战屡败，败得惨不忍睹。

此时，徐州、泗州、濠州也发生军乱，征伐官兵大败而退；黔中观察使韦士宗政令苛刻，又引发兵变；山南东道节度使于由以讨吴少诚为借口，大募战士，缮甲厉兵，图谋割据，朝廷无可奈何……大唐江山又见风雨飘摇。

板荡乱世，需要能够公忠体国、鞠躬尽瘁、声望卓著的忠臣。

是年十月，剑南西川节度使韦皋打出一张牌。他给唐德宗递上奏折，信誓旦旦上疏道："臣请率精锐万人以讨之（吴少诚），两月以内平定蔡州。"同时，请求让陆贽代领西川节度使，或是诏回陆贽回朝，再度拜相。

是年，唐德宗已罢去中书侍郎郑馀庆相职，贬为郴州司马，以太常卿齐抗为中书侍郎、同平章事，执掌政事堂。

先前，齐抗乃陆贽忘年之交张镒的行军司马，其同族兄弟齐映是其幕僚。泾原兵变时，齐抗、齐映靖难奉天，时为"内相"的陆贽上奏唐德宗，任命齐抗为御史中丞，齐映为侍御史，在奉天战乱和从幸梁州中结下了患难之情。

贞元三年(787年)，齐映被宰相张延赏贬为夔州刺史。陆贽拜相后，上奏唐德宗将齐抗、齐映调回京城，拟授礼部、户部官员，唐德宗不同意，陆贽又奏请将齐映从桂管观察使迁洪州刺史，德宗借口齐抗现任谭州刺史兼湖南都团练使，又以二齐同姓、同任太近、事非稳便的理由搁置不许。

陆贽于是给唐德宗呈上奏章《论齐映、齐抗官状》："齐映齐抗，同姓别房，既非五服之亲，则与众人无异，圣朝推诚致理，未尝先事示疑。曩之李皋、李兼，邻接方镇，今之韩潭、全义，密迩军城，此例甚多，无足为虑。但以中朝要职，常苦乏人，至如映、抗良才，并当台阁妙选。臣等先请授映礼部，圣旨令且向外商量。倘许移镇江西，亦是渐加恩奖。齐抗文学足用，精敏罕俦，掖垣之驳议司言,南宫之掌赋承辖,俾居其任,皆谓当才。"

有这份深情厚谊在,作为当朝首席宰相的齐抗,当然力荐陆贽回朝拜相。加之,唐德宗似乎也有点想念这位像魏征一样的格君者了,千疮百孔的帝国、云重烟深的大明宫太需要一面"可明得失"的铜镜。

从各方消息可以猜度到,陆贽很快就要回朝复相了。

朝会上,满朝文武官员都在翘首期盼,期盼陆贽从遥远的忠州飘然回朝的那一天,只有神策军中尉窦文场紧锁着眉头,满腹心事地从峨冠博带的朝臣身边走过,无形地消失在秋叶萧瑟的禁省深处。

贞元十六年(800年)十月,唐德宗诏给事中薛延到忠州宣慰,就是代表皇帝视察忠州,宣扬政令,安抚百姓。不过,此行最重要的一个目的,就是秘密考察陆贽忠心社稷、勤政为民的情况。

薛延此前在户部任仓部主事,上司正是裴延龄,裴侍郎在大肆敛财之时,薛延也颇受其恩惠,心存感激。后来,能从仓部主事升至正五品上的给事中(属门下省,掌封驳诏敕奏章),少不了裴延龄和窦文场的举荐功劳。

就是这个薛延,从此改变了陆贽的后半生。或许可以说,也改变了唐德宗、唐顺宗、唐宪宗时代。因为,薛延正是庾准那样的小人。

薛延本以为这次到忠州可以大捞一把。然而到了忠州已有七天,李吉甫和陆贽除公事接待以外一点也"懂不起",就连一锭银子也没给薛延"上贡"。习惯了长安繁华奢侈生活的薛延,顿然失望至极。为了能像庾准那样早日离开忠州,回京升官,于是匆匆草拟奏折,吩咐驿使快马加鞭传回大明宫。

此封奏折简直就是当年庾准构陷忠州刺史刘晏的翻版,诬陷陆贽被贬忠州后,满腹牢骚,埋怨天子,又与西川节度使韦皋暗通款曲,与李吉甫在本州私开盐厂,克扣盐税,招兵买马,训练甲兵,已有起兵反抗朝廷的迹象,后面还加了句"黎民早已怨声载道"。

唐德宗一看奏章,气得差点吐血,起身愤然骂道:"狗薛延,难道你要把朕活活气死!"陡然起身的唐德宗血压骤升,倏地颓然坐下,歇息了片刻,方才回过神来,想起韦皋多次奏请让陆贽代领西川节度使,李吉甫也多次呈上奏折说陆贽好话,"朕当年执意不肯陆贽奏请齐抗入朝授官……"想着,想着,唐德宗不由陡然心惊，额上冒出一颗颗冷汗。

是继续"冷藏"陆贽，留给太子登基时"解冻"？还是一纸诏书将他赐死，以防他联合韦皋、齐抗与太子谋逆，让自己也像玄宗皇帝那样当个傀儡太上皇？次日早朝，唐德宗让宦官俱文珍将薛延的奏折拿到朝堂上，让众臣议事。

薛延的奏折简直就是一张"死刑判决书"，顿时在朝堂引起轩然大波。宰相齐抗、刑部侍郎奚陟、兵部侍郎权德舆、京兆尹顾少连、右补阙归登等众臣纷纷上疏，竭力阻谏，痛斥薛延不可告人的勾当，防止再次出现冤杀刘晏的悲剧。

唐德宗最终妥协，没有治陆贽的罪，他下诏将李吉甫调离忠州，让薛延替任忠州刺史。"天作孽，犹可违；自作孽，不可活！"忠州乃中州，刺史官秩正四品上，虽是在给事中职上升了四级，但薛延从此不得不远离长安，流落峡江，再也没有在长安那种纸醉金迷、夜夜笙歌的日子了，至于何日是归途，那只能是听天由命，薛延心中满是怨恨和愤怒。

当然，薛延的怨恨要让陆贽来背。他很快免除了陆贽别驾的一切公务，治州议事、出巡接访也将他搁置一边，甚至取了他的"公车"，别驾的资格也没有了。陆贽成为一个真正的"闲人"，专心著述《陆氏集验方》。《旧传》记载，陆贽在忠州"常闭关静处，避谤不著书，人无识面者"。

十年弹指一挥间，转眼就是贞元二十年（804年）年末，千廊万屋的大明宫鸳瓦鸾旗、红绶高悬，正准备欢庆新岁之时，东宫传来一则惊动朝野的消息——太子李诵中风了。当了26年储君的李诵，气血逆乱，半身不遂，口齿麻木，再也不能说话了。

天子老了，太子瘫了，李唐王朝的明天又将何去何从？

次年正月初一，老衰残躯的唐德宗驾到含元殿接受百官朝贺，又在紫宸殿的病榻上接受李室诸王、宗亲、皇亲国戚拜贺新岁。唐德宗望穿双眼，也没能看见太子李诵。次日，唐德宗就病重不起了，以俱文珍为首的宦官集团隔绝了宫内外的消息，准备另立舒王李谊为储君，大明宫内云诡波谲、阴霾悬浮，弥漫着一股阴森森的气流。

正月二十三日，弥留之际的唐德宗传唤宰相杜佑、翰林学士郑絪和卫次公入宫交代政治遗嘱，他用尽最后的力气微声说道："朕以眇身，属承大统。股肱元臣，勠力同心。上帝顾怀，再新景命。念悉以后事付诸公。太子仁孝，元良继明，恭敬温文，公辈所知，善辅佐之！"

唐德宗疲惫地闭上眼睛，发出一丝一丝孱弱的呼息，又过了许久许久，唐德宗青灰的嘴巴又翕动了几下，上气不接下气地说道："朕往遭多难，侧身思咎，下负黎庶，惭损敬舆，待朕仙去，诏陆贽回朝复……"话未说完，唐德宗便走完了他生命的尽头，驾崩归天。

是夜，一颗硕大的流星拖着烛地的尾迹，从紫微座横贯而入，一闪而过，消逝在黑压压的苍穹……哀哀哭声如同决口的长江洪水，漫过别宫离院的白烛帷帘，漫过大明宫的雕梁画栋，漫过长安城的千寻大道，漫过大唐帝国的山川河流、紫陌红尘……

三日过后，天子驾崩的诏书传到忠州府。这日，陆简礼一大早就出门了，他要到城东的官学授课，路过治府时竟赫然看到了这则国之大丧的消息，撒腿便朝江边的河坝狂奔而去。

陆贽刚出门半个时辰，他今天又要划船渡过长江，去到南岸翠屏山崖上去挖几种草药，城中好几个患上天花病的孩子，已经生命垂危。陆简礼在沙石混杂的沙滩和卵石遍布的河床上拼命地奔跑，突然天空阴云密布，顷刻间下起了小雨，江雾渐渐弥漫了整个长江……

跑到陆贽平常系舟的河崖时，陆贽划出的木船已驶出岸边五丈远，雨雾朦胧中，陆简礼看到父亲正站于船上穿戴蓑衣斗笠，急忙扯开嗓子大声喊道："父亲，皇上驾崩了！父亲，下大雨了，快回来——"

陆贽循声听到陆简礼的叫喊，但却听不太清楚，只隐隐约约听见"皇上"二字。"难道是皇上退位，太子登基，诏臣返朝吗？"念头划过脑海，陆贽的心宛如这江中的浪涛，迅猛翻腾起来。

"简礼，什么事，听不清？"陆贽立于船头，朝岸边大喊。

陆简礼双手捧住嘴巴声嘶力竭地喊道："皇上驾崩了，父亲快回来。"

"皇上驾崩！"陆贽这次终于听清楚了。四个字犹如四声春雷轰然响过耳畔，穿透五脏六腑，存贮于陆贽脑海的千万个过往镜像，被碾碎成黝黑的火药，继而又混聚成一颗炸弹瞬间爆炸。

陆贽胸前一阵阵剧痛，宛如当年在奉天城楼中箭之伤。他挥开两臂，仰面长叹道："皇上，中兴何待？中兴何待啊！"顿觉天旋地转，江上大雨倾盆，狂风肆虐，大雾弥合，一泓急流挟裹着汹涌的排浪冲卷而下，将陆贽的木船顷刻掀翻。

一代忠心尽国的名相，顷刻间坠入浊浪滔天的江水之中，如同他坠入大唐帝国险象环生、变幻莫测的政治幻影里。

找到陆贽时，他已被浊浪冲到南岸翠屏山云鹤观下，那是长江白鹤栖息的地方，成百上千只白鹤冲翅盘旋，清逸高翔，悲怆的鹤唳之声如玉铮铮，随风穿过高峡、穿过云端，一直传到遥远的嘉兴……

七日之后，唐顺宗李诵诏陆贽回朝复相的诏书抵达忠州，陆贽已安葬于翠屏山麓。李诵得知，大声恸哭于含元殿，追赠陆贽兵部尚书，谥号"宣"。

"鹤鸣九皋，声闻于天。"陆贽已化羽成鹤，飘然归去……

附录一

陆贽年表

754 年(唐玄宗天宝十三载),甲午马年,陆贽出生。

　　陆贽出生嘉兴,排行第九。祖陆齐望,父陆侃,母韦氏。

　　是年,唐朝共 321 郡,1538 县,906.9154 万户,5288 万人口。

755 年(唐玄宗天宝十四载),乙未羊年,陆贽 2 岁。

　　11 月,安禄山反于范阳,安史之乱爆发。

756 年(唐肃宗至德元载),丙申猴年,陆贽 3 岁。

　　6 月,唐玄宗逃离长安,幸蜀避难,发生马嵬驿兵变。

　　7 月,太子李亨在灵武即位皇帝,是为唐肃宗,改元至德。

757 年(唐肃宗至德二载),丁酉鸡年,陆贽 4 岁。

　　9 月,回纥助唐军收复长安。

　　12 月,唐玄宗还都。

758 年(唐肃宗乾元元年),戊戌狗年,陆贽 5 岁。

　　2 月,唐肃宗赦天下,改元乾元。

　　10 月,李俶册立为太子,并改名李豫。

759 年(唐肃宗乾元二年),己亥猪年,陆贽 6 岁。

　　3 月,史思明杀安庆绪,称大燕皇帝,国号燕。

11月，宰相第五琦，谪贬忠州（重庆市忠县）长史。

760年（唐肃宗上元元年），庚子鼠年，陆贽7岁。

4月，京兆尹刘晏升户部侍郎，充度支、铸钱、盐铁等使。

是年，唐肃宗赦天下，改元上元。

761年（唐肃宗上元二年），辛丑牛年，陆贽8岁。

1月，李适长子李诵出生。

9月，江、淮大饥，人相食。

762年（唐代宗宝应元年），壬寅虎年，陆贽9岁。

4月，唐玄宗神龙殿驾崩；

5月，唐肃宗去世。太子李豫继位，是为唐代宗。

763年（唐代宗广德元年），癸卯兔年，陆贽10岁。

1月，史朝义自缢死，安史之乱结束。

10月，吐蕃入侵长安，唐代宗出逃陕州，12月还京。

764年（唐代宗广德二年），甲辰龙年，陆贽11岁。

1月，唐代宗立雍王李适为皇太子。

3月，以太子宾客刘晏为河南、江、淮等道转运使，疏浚汴水以通漕运。

765年（唐代宗永泰元年），乙巳蛇年，陆贽12岁。

1月，唐代宗改元永泰，赦天下。

10月，郭子仪劝说回纥共击吐蕃，吐蕃大败。

是年，陆侃去世，陆贽少孤，特立不群，颇勤儒学。

766年（唐代宗大历元年），丙午马年，陆贽13岁。

1月，以户部尚书刘晏、户部侍郎第五琦分理天下财赋。

11月，唐代宗大赦天下，改元大历。

767年（唐代宗大历二年），丁未羊年，陆贽14岁。

8月，淮南、浙西发生水灾，李栖筠任常州刺史。

9月，吐蕃围灵州，京师戒严。

768年（唐代宗大历三年），戊申猴年，陆贽15岁。

4月，常州刺史李栖筠调任苏州刺史、兼御史中丞、浙西观察使。

是年，陆贽结识李栖筠。

769 年（唐代宗大历四年），己酉鸡年，陆贽 16 岁。

5 月，唐代宗册仆固怀恩女为崇徽公主，嫁回纥可汗。

8 月，连续四月下雨，京城大末每斗八百文。

770 年（唐代宗大历五年），庚戌狗年，陆贽 17 岁。

1 月，唐代宗密诛鱼朝恩，元载专权。

8 月，陆贽参加苏州乡试，取解元，赴长安。

771 年（唐代宗大历六年），辛亥猪年，陆贽 18 岁。

3 月，陆贽登进士第，列第四名，返乡省母。

8 月，苏州刺史、浙西观察使李栖筠调任御史大夫。

772 年（唐代宗大历七年），壬子鼠年，陆贽 19 岁。

1 月，回纥使者擅出鸿胪寺，横行京师。

6 月，陆贽登博学宏词科。

773 年–775 年（唐代宗大历八年至十年），陆贽 20–22 岁。

1 月，授华州郑县尉；与钱起之女钱薇成亲。

此三年，陆贽在华州郑县尉任上。

776 年（唐代宗大历十一年），丙辰龙年，陆贽 23 岁。

10 月，陆贽过寿州，拜见寿州刺史张镒，请结忘年之契。

是年，陆贽郑县尉秩满，秋后东归省母。

777 年（唐代宗大历十二年），丁巳蛇年，陆贽 24 岁。

是年，陆贽侍母寄住常州，始交萧复。

4 月，宰相元载赐自尽。常州刺史独孤及死，萧复任常州刺史。

778 年（唐代宗大历十三年），戊午马年，陆贽 25 岁。

是年，吐蕃入侵灵武、盐州、庆州。

9 月，陆贽赴长安应吏部选，以书判拔萃授渭南县主簿。

779 年（唐代宗大历十四年），己未羊年，陆贽 26 岁。

5 月，唐代宗李豫去世。太子李适继位，是为唐德宗。

8 月，杨炎出任宰相。

是年，陆贽在渭南主簿任上。

780 年（唐德宗建中元年），庚申猴年，陆贽 27 岁。

1 月，颁行杨炎两税法，废除租庸调制。

7 月，尚书左仆射刘晏贬忠州（重庆市忠县）刺史，被唐德宗赐自尽。

是年，陆贽在渭南主簿任上。

781 年（唐德宗建中二年），辛酉鸡年，陆贽 28 岁。

6 月，唐德宗下令讨伐河北藩镇。

7 月，张镒入京任中书侍郎、同中书门下平章事。

8 月，陆贽由渭南主簿调京为监察御史。

782 年（唐德宗建中三年），壬戌狗年，陆贽 29 岁。

4 月，宰相张镒任凤翔尹、陇右节度等使。

12 月，幽州朱滔、魏博田悦、成德王武俊、淄青李纳称王，淮西李希烈自称天下都元帅、建兴王，五王分立。

是年，陆贽在监察御史任上，时从唐德宗特承异顾。

783 年（唐德宗建中四年），癸亥猪年，陆贽 30 岁。

3 月，陆贽以祠部员外郎充翰林学士。

10 月，爆发泾原兵变，唐德宗出奔奉天，陆贽随驾奔奉天。

11 月，朱泚长安称帝，国号秦。

12 月，陆贽转任考功郎中，仍充翰林学士。

784 年（唐德宗兴元元年），甲子鼠年，陆贽 31 岁。

1 月，唐德宗大赦天下，改元兴元，颁《罪己诏》。

2 月，李怀光勾结朱泚再反，陆贽随德宗由奉天从幸梁州。

5 月，李晟击败朱泚，收复长安。

7 月，唐德宗由山南回长安。陆贽迁谏议大夫，仍充翰林学士。

12 月，陆贽转中书舍人，仍充翰林学士。

785 年（唐德宗贞元元年），乙丑牛年，陆贽 32 岁。

1 月，唐德宗赦天下，改元贞元。

7 月，马燧收复河中，李怀光自缢死。

是年，陆贽在中书舍人任上，仍充翰林学士，迎母亲至京师就养。

786 年（唐德宗贞元二年），丙寅虎年，陆贽 33 岁。

  10 月，李晟破吐蕃。

  是年，陆贽仍在中书舍人任上，充翰林学士。

787 年（唐德宗贞元三年），丁卯兔年，陆贽 34 岁。

  5 月，唐与吐蕃平凉会盟，吐蕃劫盟。

  6 月，李泌入朝任相。

  11 月，陆贽母亲韦氏去世，扶柩至洛阳，寓居嵩山丰乐寺。

788 年（唐德宗贞元四年），戊辰龙年，陆贽 35 岁。

  是年，陆贽丁母忧，在洛阳守制。陆贽父柩至洛阳与贽母合葬。

789 年（唐德宗贞元五年），己巳蛇年，陆贽 36 岁。

  3 月，李泌卒于相位。

  是年，陆贽丁母忧，在洛阳守制。

790 年（唐德宗贞元六年），庚午马年，陆贽 37 岁。

  1 月，唐德宗迎佛骨，陆贽免丧由洛阳回京。

  2 月，罢本官中书舍人，令权兵部侍郎，加知制诰，仍充翰林学士。

791 年（唐德宗贞元七年），辛未羊年，陆贽 38 岁。

  6 月，西川节度使韦皋遣使招降南诏。

  8 月，陆贽拜兵部侍郎，罢翰林学士，权知贡举。

792 年（唐德宗贞元八年），壬申猴年，陆贽 39 岁。

  3 月，陆贽权知贡举，录取王涯、韩愈、李绛等 23 人，时称龙虎榜。

  4 月，陆贽拜中书侍郎、同中书门下平章事。

  5 月，陆贽上奏请许台省长官举荐属吏。

  7 月，全国四十余州大水，陆贽请遣使赈抚。

793 年（唐德宗贞元九年），癸酉鸡年，陆贽 40 岁。

  1 月，张滂请税茶，实行税茶之法。

  3 月，陆贽商量处置宰相窦参。

  5 月，陆贽上奏疏论备边六失。

7月，左补阙权德舆奏裴延龄罪状。

8月，太尉、中书令、西平忠武王李晟卒。

794年（唐德宗贞元十年），甲戌狗年，陆贽41岁。

1月，南诏与唐结盟大败吐蕃。

4月，陆贽上奏疏请均节赋税恤百姓六条。

5月，陆贽上疏论朝廷用人"七患"和"三术"。

11月，陆贽上书弹劾裴延龄。

12月，中书侍郎、同平章事陆贽罢相，为太子宾客。

795年（唐德宗贞元十一年），乙亥猪年，陆贽42岁。

4月，裴延龄谮害陆贽，陆贽贬忠州别驾。

8月，司徒兼侍中、北平郡王马燧卒。

796年（唐德宗贞元十二年），丙子鼠年，陆贽43岁。

9月，户部书尚、判度支裴延龄卒，中外相贺。

是年，陆贽在忠州（重庆市忠县）别驾任上。

797年（唐德宗贞元十三年），丁丑牛年，陆贽44岁。

1月，明州长史李吉甫调任忠州刺史。

是年，陆贽在忠州别驾任上。

798年（唐德宗贞元十四年），戊寅虎年，陆贽45岁。

9月，阳城以国子司业贬为道州（今湖南道县）刺史。

是年，陆贽在忠州别驾任上。

799年（唐德宗贞元十五年），己卯兔年，陆贽46岁。

12月，中书令、咸宁王浑瑊薨于河中。

是年，陆贽在忠州别驾任上。

800年（唐德宗贞元十六年），庚辰龙年，陆贽47岁。

3月，唐德宗令薛延赴忠州宣慰。

是年，陆贽在忠州别驾任上。

801年（唐德宗贞元十七年），辛巳蛇年，陆贽48岁。

2月，李吉甫改任饶州刺史。

是年，陆贽在忠州别驾任上。

802 年（唐德宗贞元十八年），壬午马年，陆贽 49 岁。

6 月，吏部尚书顾少连为兵部尚书、东都留守。

是年，陆贽在忠州别驾任上。

803 年（唐德宗贞元十九年），癸未羊年，陆贽 50 岁。

1 月，韦皋上表唐德宗奏请陆贽回朝复相。

是年，陆贽在忠州别驾任上。

804 年（唐德宗贞元二十年），甲申猴年，陆贽 51 岁。

9 月，太子李诵始得风疾，不能言。陆贽撰毕《陆氏集验方》50 卷。

是年，陆贽在忠州别驾任上。

805 年（唐德宗贞元二十一年、永贞元年），乙酉鸡年，陆贽 52 岁。

1 月，唐德宗在会宁殿驾崩。李诵在太极殿登帝，为唐顺宗。

3 月，陆贽卒于忠州，葬忠州翠屏山。同月，韦皋病逝。

5 月，唐顺宗追赠陆贽兵部尚书，辍朝五日，授予谥号"宣"。追赠韦皋太师，授予谥号"忠武"。

是年，礼部侍郎权德舆纂《陆宣公翰苑集》24 卷行世。

附录二

历代人物评价

公（指陆贽）之秉笔内署也，摧古扬今，雄文藻思，敷之为文诰，伸之为典谟。其在相位也，推贤与能，举直错枉，将斡璿衡而揭日月，清氛沴而平泰阶。敷其道也，与伊说争衡，考其文也，与典谟接轸。贾生有时而无命，终于一恸。唯公才不谓不长，位不谓不达，逢时而不尽其道，非命欤？

——唐代文学家、宰相　权德舆

德宗幸奉天，贽随行在，天下搔扰，远近征发书诏一日数十下，皆出于贽。贽操笔持纸，成于须臾，不复起草，同职皆拱手嗟叹。

——唐代文学家、思想家、哲学家　韩　愈

陆宣公比汉之贾谊，而高迈之行，刚正之节，经国成务之要，激切仗义之心，初蒙天子重知，末涂沦踬，皆相类也。昔公孙鞅挟三策说秦王，淳于髡以隐语见齐君，从古以还，正言不易。昔周昭戒急论议，正为此也。贽居珥笔之列，调饪之地，仵容易哉！

——五代时期政治家、史学家　刘　昫

唐宰相陆贽，才本王佐，学为帝师。论深切于事情，言不离于道德。智如子房而文则过，辩如贾谊而术不疏，上以格君心之非，下以通天下之志。德宗以苛刻为能，而贽谏之以忠厚；德宗以猜疑为术，而贽劝之以推诚；德宗好用兵，而贽以消兵为先；德宗好聚财，而贽以散财为急。至于用人听言之法，治边驭将之方，罪己以收人心，改过以应天道，去小人以除民患，惜名器以待有功，如此之流，未易悉数。可谓进苦口之乐石，针害身之膏肓。使德宗尽用其言，则贞观可得而复。

——北宋文学家、书法家、唐宋八大家之一　苏　轼

德宗之不亡，顾不幸哉！在危难时听贽谋，及已平，追仇尽言，怫然以逸幸逐，犹弃梗。夫君子小人不两进，邪谄得君则正士危，何可訾耶？观贽论谏数十百篇，讥陈时病，皆本仁义，可为后世法，炳炳如丹，帝所用才十一。

——北宋政治家、文学家、唐宋八大家之一　欧阳修

唐人房乔、裴度优于德量，宋璟、张九龄优于气节，魏郑公、陆贽优于学术，姚崇、李德裕优于材能，姚崇蔽于权数，德裕溺于爱憎，则所胜者为之累也。

——宋代著名词人　叶梦得

史以陆宣公比贾谊。谊才高似宣公，宣公谙练多，学便纯粹。陆宣公奏议极好看，这人极会议论，事理委曲说尽，更无渗漏。虽至小底事，被他处置得亦无不尽。陆宣公奏议末数卷论税事，极尽纤悉。是他都理会来，此便是经济之学。

——南宋著名理学家、思想家、哲学家　朱　熹

陆贽、杜黄裳、裴度，立言立功，赫奕垂于没世，而宁静淡泊，固非其志行之所及也。唐贞元以后，棼乱之宇宙，孤危之社稷，涣散之人心，疆悍之戾气，消融荡涤，而唐室为之再安，皆敬舆悟主之功也。

——明末清初思想家　王夫之

内相经纶（御赐牌匾）。

——清代皇帝　乾　隆

若贽者，乃可谓知无不言、言无不尽者也。刚直如魏征，而性行较醇方正。如宋璟，而谋略更优。

——清朝中期名臣、史学家　朱　轼

陆敬舆事多疑之主，驭难驯之将，烛之以至明，将之以至诚，譬若御驽马登峻坂，纵横险阻，而不失其驰，何其神也！

——清代政治家、理学家、文学家　曾国藩

贽之在唐，学究天人，志存经世，偶遭遇德宗，属时多艰，谋谟帷幄，剪除群凶，功在社稷。文章节气，师表百世。

——清代书画家　周　佐

《陆贽奏议》数十篇，可以维持乎三百年气运，予尝深味斯言。今之学者，不必泛博学诸子。只取《陆贽奏议》《朱之节要》二书，熟读得力，可以为文章，可以做事业。

——朝鲜·第二十二代国王　正祖李赫